I0812391

El último concierto de Viena

El último concierto de Viena

Martín Llade

Papel certificado por el Forest Stewardship Council®

MIXTO
Papel | Apoyando la silvicultura responsable
FSC® C117695

Penguin Random House Grupo Editorial

Primera edición: noviembre de 2025

© 2025, Martín Llade
Los derechos de esta obra han sido cedidos a través de Bookbank Agencia Literaria
© 2025, Penguin Random House Grupo Editorial, S. A. U.
Travessera de Gràcia, 47-49. 08021 Barcelona

Penguin Random House Grupo Editorial apoya la protección de la propiedad intelectual. La propiedad intelectual estimula la creatividad, defiende la diversidad en el ámbito de las ideas y el conocimiento, promueve la libre expresión y favorece una cultura viva. Gracias por comprar una edición autorizada de este libro y por respetar las leyes de propiedad intelectual al no reproducir ni distribuir ninguna parte de esta obra por ningún medio sin permiso. Al hacerlo está respaldando a los autores y permitiendo que PRHGE continúe publicando libros para todos los lectores. Ninguna parte de este libro puede ser utilizada o reproducida con el propósito de entrenar tecnologías o sistemas de inteligencia artificial. PRHGE se reserva expresamente la reproducción, la extracción y el uso de esta obra y de cualquiera de sus elementos para fines de minería de textos y datos y el uso a medios de lectura mecánica u otros medios que resulten adecuados (art. 67.3 del Real Decreto Ley 24/2021). Diríjase a CEDRO (Centro Español de Derechos Reprográficos, http://www.cedro.org) si necesita reproducir algún fragmento de esta obra.
En caso de necesidad, contacte con: seguridadproductos@penguinrandomhouse.com

Printed in Spain – Impreso en España

ISBN: 978-84-666-8283-1
Depósito legal: B-17.322-2025

Compuesto en Llibresimes
Impreso en Black Print CPI Ibérica
Sant Andreu de la Barca (Barcelona)

BS 8 2 8 3 1

A la memoria de mi suegro, al que no conocí,
Juan José Morales del Valle,
al que quizá le hubiese gustado esta historia

Y a sus hermanos Jaime y Ulises,
porque la leerán en su recuerdo

Señor marqués, ¿ha sido siempre un marqués?

MEILHAC y HALÉVY,
para *El murciélago*
de Johann Strauss hijo

Y el alma, desprotegida,
anhela volar, libres ya sus alas,
en el mágico círculo de la noche,
para vivir profundamente mil veces.

HERMANN HESSE,
«Al ir a dormir»

Señoras y señores, la Filarmónica de Viena y yo les deseamos ¡un feliz Año Nuevo!

CLEMENS KRAUSS

I

Viena, 28 de diciembre de 1944
Preludio a la noche, de *Rapsodia española*, de Maurice Ravel

—Así pues, ¿este año no escucharemos *El bello Danubio azul*?

Era una forma un tanto desconcertante de comenzar una conversación con un desconocido. Aunque no podía decirse que la irrupción de aquel *Hauptsturmführer* en la Sala Dorada, en pleno ensayo, entrase dentro de lo habitual. Era frecuente que militares de alto rango y miembros de las SS acudieran a sus conciertos en distintas ciudades del Reich, pero había algo inquietante en aquel capitán que no osó quitarse la gorra de plato negra, con su calavera incrustada en plata, mientras escuchaba la música desde un palco anexo al órgano. Incluso hubo un momento en que intentó seguir la obra dirigiéndola con su índice derecho envuelto en el reluciente cuero negro de su guante, de los que tampoco consideró necesario despojarse. Estaba claro que no se encontraba allí por afición a la música, sino porque buscaba respuestas que acaso esperaba hallar en el seno de la Filarmónica. Aunque el director trató de abstraerse de su presencia y centrarse en la partitura, lo cierto es que no pudo, y en el movimiento final de la *Rapsodia española* acabó por perderse en el incisivo colorido, pletórico de perfumes nocturnos, de la *Feria*. Los miembros de la orquesta, conscientes del traspiés, retardaron el tempo, todos al unísono, a la espera de que él volviera a tomar las riendas. Fue inútil, porque sabía que a partir de ese instante no podría quitarse al tipo aquel de la cabeza. O sea que detuvo el ensayo y anunció un descanso, a pesar de que el anterior había acabado media hora antes.

La misma intuición que evitó el caos dentro de las familias de instrumentos durante el despiste del maestro fue la que hizo comprender a los profesores cuál era el motivo de la nueva pausa. Se volvieron hacia el palco en el que el *Hauptsturmführer* dudaba ahora si aplaudir y le saludaron de forma unánime con un «*Sieg Heil*» que este no se esperaba, y al que respondió con la palma hacia el techo con los dedos doblados.

Al director le llamaba la atención que, cada vez que se veían en esa tesitura, sobre todo cuando una personalidad importante visitaba el teatro, los miembros de la orquesta afiliados al partido (algo más de la mitad) realizaban el saludo con absoluta naturalidad, como si fuese un movimiento reflejo del brazo, en tanto que los otros se apresuraban a hacerlo de forma un tanto exagerada para que nadie pusiera en tela de juicio su fidelidad. Él, en cambio, se limitó a apuntar al visitante con la batuta, como si estuviera dirigiendo su propio saludo.

El tipo le hizo señas de que deseaba hablar con él. Lo cierto es que al director no le apetecía lo más mínimo desviar la atención de la partitura de Ravel, que tanto se apartaba de la estética de las obras que constituían el grueso de su repertorio. Para su sorpresa, Wilhelm Jerger, que había acudido al ensayo, le salió al paso.

—¿Quién es ese? —le preguntó desconcertado.

—¿No lo sabe usted?

Jerger respondió con un silencio. Era más que obvio que lo conocía, puesto que él, además de director interino de la Filarmónica y el más influyente miembro de su junta directiva, pertenecía también a las SS. Le lanzó entonces una mirada ojerosa, como si le replicara: «¿Usted cree que todos los de la Schutzstaffel nos conocemos entre nosotros?». En cualquier caso, resultaba evidente que aquella visita le incomodaba. De hecho, en lugar de aguardar a que el desconocido bajase del palco, le dijo al maestro:

—Estaré en mi despacho, por si necesita comunicarme alguna cosa.

¿Y qué se suponía que debería comunicarle? De haber estado allí su asistente, Erik Maschat, lo hubiera utilizado de intermediario para enterarse de lo que buscaba de él. Pero Maschat languidecía en cama a consecuencia de un catarro.

Entretanto, el desconocido ya se había acercado a él desde la entrada de la sala en unas pocas zancadas con sus botas relucientes. El director le invitó a ir a su camerino, en el otro extremo del Musikverein. Una vez allí, le ofreció algo de beber, invitación que el capitán declinó. También le ofreció un puro, que rechazó. Entonces le preguntó si no le importaba si se lo fumaba él.

—No vivirá usted demasiado —le dijo con una media sonrisa.

El director palideció. Como apreció su estupor, el extraño le señaló el puro.

—Si fuma muchos de esos. Es más, al hacerlo delante de mí me convierte en un fumador pasivo.

«Fumador pasivo». Había leído esa expresión en los folletos propagandísticos antitabaco difundidos por el partido en los últimos años. Concretamente, este hábito no solo era el causante de los problemas de salud que era verosímil que conllevase, sino que además contribuía a la degeneración de la raza alemana. Por ese motivo llevaba años prohibido en espacios públicos y edificios oficiales. Tampoco se permitía fumar en automóviles, trenes y autobuses, con una advertencia en forma de letrero a los conductores para informarles de que cualquier accidente en que se vieran involucrados mientras fumaban sería considerado una conducta criminal. Pronto el cigarro puro pasó a engrosar la imaginería grotesca de los carteles antisemitas, con monigotes de nariz ganchuda, sombrero de copa y monóculo que echaban humo por la nariz mientras ordeñaban una vaca con la forma de Alemania. El director se deleitó con el aroma del suyo antes de encenderlo y aspirarlo con la hondura de quien lo necesitara para vivir. Y en el caso de que el tipo le recordase que provocaba abortos e infertilidad, podría replicarle que él ya tenía dos hijos creciditos, aunque no los viera demasiado.

Entonces el *Hauptsturmführer* sacó a colación la ausencia de *El Danubio azul* para el siguiente 1 de enero. ¿Cómo podía saberlo? Era una información que aún no se había hecho pública. Casi como si le leyera la mente, extrajo un papelito del interior de su guerrera y luego se tapó con él la boca de forma instintiva cuando el humo del puro se interpuso en el espacio vital de ambos.

—Tengo aquí las obras que mañana ofrecerá la Filarmónica por la radio desde este mismo escenario. Y no está entre ellas.

Recordó entonces que cuanto se emitía por la radio debía pasar una estricta censura de la que no se libraban ni siquiera las sinfonías de Beethoven, por lo que, siendo SS, no resultaba tan extraño que se hubiera hecho con esa información.

—No tiene por qué ser el mismo programa. De hecho, no lo será.

Le pidió que le pasase el papelito, cosa que el capitán hizo con reticencia, y se sintió incómodo al encontrar allí su nombre escrito con una pulcritud funcionarial, tal cual hubiera podido hallarlo en una ficha policial.

—Sí, mire... Aquí solo hay ocho piezas y en Año Nuevo y el día dos, en que repetimos el repertorio, sonarán catorce, de las que coinciden algunas. Estarán, por ejemplo, las polkas *La libélula* y *Sin preocupaciones* de Josef Strauss, y de Johann hijo la obertura de la opereta *Índigo y los cuarenta ladrones*, además del vals *Cuentos de los bosques de Viena*, entre otras.

—Pero no *El bello Danubio azul*, que ha evitado en todos estos conciertos del 1 de enero desde que se instituyeron.

La realidad era que el año anterior sí lo había dirigido, pero este lo retiró del programa a última hora, antes de dárselo a conocer a nadie.

—¿Puedo preguntarle quién es usted? —dijo sacándose el puro de la boca.

El capitán se quitó por fin la gorra y sonrió.

—¡Ah, qué despistado soy! No me he presentado. Mi nombre es Erich Krenn y trabajo para la Oficina Central de Seguridad del Reich.

¿Debía bromear? Por supuesto, como haría cualquier persona sin nada que esconder. Como él.

—Ya estaba pensando que venía usted de parte del Conservatorio de Viena.

El humo del puro le caldeaba el espacio entre los nudillos. Si lo mantenía mucho tiempo en esa posición, sin duda acabaría quemándose. Pero no era momento aún de llevárselo a los labios por si el oficial lo entendía como una provocación.

—Soy muy aficionado a la música. De hecho, toco el violín en mis ratos libres —dijo Krenn.

—¡Oh, bravo! Si algún día el señor Boskovsky se siente indispuesto, tal vez podríamos llamarle a usted.

Los dos rieron, y el director no hubiera podido afirmar quién tenía una risa más tonta.

—Oh, no tengo su nivel, me temo. Pero sí le confieso que me he impuesto como reto tocar un día la *Chacona* de Johann Sebastian Bach.

Rebuscó en su memoria una anécdota propicia, y se alegró tanto de encontrarla que elevó el tono de voz sin darse cuenta. Sí, la de aquella vez que el gran virtuoso belga Ysaÿe fue a dar un recital a un pueblo de la Bélgica profunda. Cuando vio que su público era un grupo de granjeros analfabetos, decidió tocar un repertorio de circunstancias y omitió la *Chacona*, que estaba anunciada en cartel. Al finalizar, uno de aquellos hombres del campo se quejó con amargura de que había caminado treinta kilómetros para escuchar la pieza en cuestión, pues era una de las ilusiones de su vida. Avergonzado, Ysaÿe lo invitó a cenar en el hotel en el que estaba alojado, y luego tocaría la *Chacona* para él en privado. El campesino estaba emocionado. Sin embargo, una vez finalizó la obra, torció el gesto y afirmó: «¿Sabe? Toda la vida he soñado con escuchar esto y me ha parecido aburridísimo».

Nuevas risas estúpidas, incluso una perla de saliva que se le escapó al director por entre los labios y aterrizó presumiblemente en la mejilla del SS. Contuvo el impulso de pedir perdón, pues prefirió mantener la ficción de que eso no había sucedido. Igual que la conversación que estaba demorando deliberadamente, en la infantil convicción de que así esta jamás tendría lugar. Pero Erich Krenn se sacó un pañuelo blanco con sus iniciales en rojo sangre y se limpió con discreción, mientras remaba a la orilla de lo que le había llevado hasta allí.

—En todo caso, no deja usted de sorprenderme. Hace unos años propuso la creación de este concierto para ensalzar el repertorio austriaco, como un modo de diferenciar la personalidad de Austria dentro del Reich.

—Oh, no. Nunca pretendí eso. Cuando empezó la guerra se me pidió un concierto que sirviera de apoyo al Socorro de Invierno para nuestros soldados... ¿Y qué hay que pueda alegrar más a las familias separadas que los valses y las polkas?

—Un concierto a mayor gloria de la familia Strauss, en el que sin embargo no está su obra más célebre. O, al menos, la más querida por el público.

Era cierto que había una razón para aquella ausencia. Pero no se la revelaría a él, un desconocido con una calavera sobre los ojos, aunque ahora la gorra de plato reposara sobre sus rodillas.

—Le voy a confesar algo que pocos quieren recordar... —dijo el director.

La quemazón le había alcanzado ya la piel que separaba los dedos. Aspiró el puro, sintiendo la amargura de lo malogrado. Y le explicó que, en sus inicios, la Academia Filarmónica de Viena odiaba con toda su alma a Johann Strauss y sus piezas de baile, odio que trasladó a su heredero espiritual e hijo más famoso, del mismo nombre. Por esa razón, durante treinta años nunca tocaron una sola de sus obras, que consideraban menores. Todo cambió cuando una hija del emperador Francisco José se casó con el príncipe Leopoldo de Baviera. Entonces se encargó a Strauss hijo que compusiera un vals para la ocasión, que debía estrenar la Filarmónica, precisamente en un baile en el Musikverein. Eso ocurrió en 1873, y los miembros de la orquesta cumplieron la petición muy a disgusto, iniciando con *Sangre vienesa* lo que no imaginaban que iba a ser una larga asociación con aquel autor.

—Ellos preferían tocar a Brahms y autores así —concluyó.

—Brahms... —dijo Krenn, arrastrando el nombre como si no debiera pronunciarse a la ligera—. Pues él no opinaba así de los valses.

¿No pensaría contarle la famosa anécdota de que el compositor hamburgués escribió los primeros compases del *Danubio* en el abanico de la mujer de Strauss hijo junto a las palabras: «Qué pena que esto no sea de Johannes Brahms»? No fue necesario. De alguna manera, el director se sentía como en una partida de ajedrez verbal en la que los adversarios intuyeran los movimientos del otro y lo desechó al ver sus intenciones al descubierto. Decidió tirar por la cuestión del repertorio.

—Strauss compuso quinientas obras, de las que unas ciento cincuenta son valses. —Soltó ahora un par de anillos de humo que eran la ejemplificación de las citadas cifras. O, al menos, así pareció contemplarlos el capitán, olvidándose de su indignación inicial por estar fumando delante de él—. Centrarnos siempre en las mismas piezas empequeñece su legado.

—Creo que es el pueblo el que decide cuál es el legado de un autor y el que decide conservarlo —argumentó Krenn después de unos segundos de reflexión—. Eso no le corresponde a un particular.

«¿Y no ha impuesto el Führer sus gustos personales en el repertorio que se interpreta en el Reich?», hubiera podido decirle. Pero un parpadeo severo en la mirada del *Hauptsturmführer* le previno de hacerlo.

—Si a la gente le gusta *El bello Danubio azul*, lo lógico sería que esa pieza sonase en todos los conciertos dedicados a la familia Strauss. Pero veo que es usted amigo de los experimentos. Por ejemplo, eso que estaba dirigiendo ahora.

—¿Tiene algún problema con la *Rapsodia española*?

—Con franqueza, me asombra mucho que la Filarmónica de Viena, quizá la orquesta más importante del mundo, pierda un solo minuto interpretando música de un judío francés.

—¿Judío?

La vieja cuestión de siempre. Amagó un suspiro de tedio y le explicó, como en su momento tuvo que explicarle a la censura, que puso las mismas objeciones, que Maurice Ravel no era judío.

—Su padre era suizo y su madre, vasca del sur de Francia. Si se le consideraba como tal era porque escribió varias obras sobre melodías hebraicas.

—Es extraño que un no semita se interesase por ese tipo de música —repuso Krenn.

—No veo por qué, él no era español y estaba fascinado por la música de ese país. De hecho, si mira su catálogo, la mayor parte de las obras están inspiradas en España. Como esta rapsodia. ¡Y hasta el *Bolero*!

El *Hauptsturmführer* no hizo ningún comentario respecto a esto último, así que el director decidió apuntalar sus ejemplos con una frase que Viorica y él solían repetirse con frecuencia, por el modo en que se habían conocido.

—Las apariencias engañan. La música solo dice la verdad.

—Eso me lleva al tema por el que he venido a verle —zanjó con sequedad Krenn, harto de cansinas metáforas musicales—. Hablemos de Múnich.

—¿Múnich?

—Sí. ¿Qué puede decirme de su relación con esa ciudad?

¿Qué podía contarle? Que fue director de la Ópera de Baviera entre 1937 y 1944, hasta la destrucción en un bombardeo del Teatro Nacional.

—Un lugar entrañable del que solo guardo estupendos recuerdos.

—Sí. —Krenn se guardó en el bolsillo el listado de obras de Strauss y sacó una libreta repleta de anotaciones que mantuvo alejada de su vista—. Y también de la Bräuhausstrasse.

—¿La Bräuhausstrasse? —exclamó con sincero desconcierto, aunque algo le dijo que la pregunta siguiente le provocaría un involuntario temblor en las piernas, como así sucedió.

—En los últimos bombardeos de los estadounidenses, las calles aledañas al Teatro Nacional resultaron arrasadas. Pero en uno de los edificios, precisamente situado en esa calle, un único piso permaneció intacto, como por arte de magia. Hace meses de aquello, pero recientemente, antes de derribar su estructura por motivos de seguridad, se revisó el piso y aparecieron en él, casi intactos, unos documentos de lo más desconcertantes.

El director contuvo la respiración y ni osó parpadear. Entonces el SS le mostró un par de hojas de la libreta, con aquella letra de trazo geométrico que tan apropiada hubiera resultado para una lápida, en la que volvió a encontrar su nombre y otros tantos que nada le dijeron, hasta que distinguió apellidos de procedencia claramente semítica.

—¿Me puede explicar cómo es que usted, Clemens Krauss, uno de los directores más reputados de la nación, aparece en una lista de personas que han desaparecido misteriosamente del Reich en los últimos años?

II

Salzburgo, verano de 1935
Preludio de *El oro del Rin*, de Richard Wagner

Aquella tarde, en el Festival de Salzburgo, Clemens Krauss experimentó la sensación más parecida a estar muerto. Al entrar con Viorica en el *foyer* del Grosses Festspielhaus, donde se ofrecía uno de los habituales cócteles tras los espectáculos, se encontró todas las espaldas de la sala vueltas hacia ellos. Al principio pensó que estarían sumidos en la pasión que siempre desatan entre desconocidos y viejos amigos los temas comunes. Pero cuando se acercó a uno de los círculos y ninguno de sus integrantes se movió invitándole a participar, como si él no estuviera allí, comprendió que ese iba a ser su destino el tiempo que permaneciera en la ciudad de Mozart.

Cedió entonces la iniciativa a Viorica, pensando que a ella la respetarían, puesto que ser su compañera no la convertía en partícipe de sus pecados. Sin embargo, no hubo la más mínima alteración. Pasearon por el *foyer* como Ulises por el inframundo en busca de Tiresias, y, como mucho, dieron con un camarero que les ofreció dos copas de vino en una bandeja, que ambos rechazaron, quizá para no beber solos.

—Diablos —refunfuñó Clemens—, sí que son orgullosos nuestros paisanos.

Ella no respondió, tratando de identificar algún rostro amigable, pero todos aquellos a los que ponía nombre y apellidos, con la mayoría de los cuales había compartido risas y escenarios, mostraron la misma indiferencia forzada. Y ahí fue cuando Clemens se preguntó hasta qué punto la vida, pletórica de luces y sonidos, que discurría en las proximidades de una tumba era susceptible de ser percibida por los restos de quien una vez la protagonizó. Pues así era justo como se sentía.

Estaba claro que se trataba de una estudiada puesta en escena para humillarle. Como el hecho de que, por primera vez en muchas temporadas, no se le hubiera encomendado ninguna ópera en el festival. Viorica y él tuvieron que conformarse con un recital de canciones del maestro Richard Strauss, acogido con entusiasmo por el público, acaso solo por veneración al compositor.

Por si fuera poco, las conversaciones de la sala, que en realidad eran variaciones de una misma en la que él no estaba llamado a participar, parecían materializarse en unos pocos nombres que estallaban en sus oídos como reproches. «Furtwängler», «Busch» y «Kleiber», y otros de los directores más importantes de Alemania.

Echó un somero vistazo al recinto, que pretendía ser el último, y dijo en voz lo bastante alta como para que muchos de los presentes lo escucharan:

—Ahora ríen mucho. Cuando todo esté lleno de esvásticas, habrá peleas por ver quién alza más el brazo.

Sin embargo, al girarse hacia la puerta se encontró con la única mirada no hostil del entorno, para su desgracia. Se trataba de Mitia Mayer-Lismann, a la que ya era tarde para eludir.

—¡Cuánto tiempo! —exclamó, y se mordió la lengua para no llamarla «Berta».

Le tendió su gran mano de director wagneriano, sin la certeza de si hallaría acomodo entre sus dedos afilados de pianista *répétiteur*. Ella se la estrechó y la sintió fría. Viorica se fundió con Mitia en un caluroso abrazo, tras superar el estupor que le causó descubrirla tan encanecida desde su último encuentro.

Clemens siguió preguntándose por qué se le asemejaba tanto a Berta Geissmar, pese a que no se parecían en nada. ¿Sería porque ambas eran judías? Entonces creyó reconocer, bajo el colorete y la sombra de ojos, inhabituales por lo general en Mitia, un desasosiego no muy distinto del que palpitaba en las facciones de Berta.

Lo peor es que Viorica se aferró a ella como si fuese un salvavidas para no salir de allí con el estigma de haber sido ignorada por todos. Él ya se imaginaba lo que vendría a continuación. Una retahíla de agravios entre sollozos, la misma que llevaba meses escuchando, como si él tuviera la solución para unas circunstancias que solo eran explicables por el caprichoso discurrir de los tiempos. El mismo que, en menos de un año, le había llevado de ser un ídolo en Viena a un traidor a la patria.

Viorica le preguntó a Mitia, como era presumible que habían hecho ya todos, por qué no abandonaba Alemania, donde acababan de cesarla de su puesto en la Ópera de Frankfurt, y se trasladaba a Austria.

—Toda mi vida está en Frankfurt —replicó con esa candidez que tan entrañable la hacía a ojos de quienes la trataban—. ¿Adónde voy a ir yo?

—Aquí, en el festival, desarrolla usted una labor muy importante —insistió Viorica a voz en cuello, como si eso fuera a ablandar la brutal resistencia de los indiferentes.

—Pero es solo un trabajo de verano. Y, además, están mi marido y mi hija...

Clemens, deseoso de encontrar una excusa para salir de allí, abrió los ojos con estupor al advertir que su antiguo amigo Lothar Wallerstein se les acercaba, no para hablar con ellos, sino en dirección al servicio. Les dirigió una mirada de reojo con evidente intención de no detenerse, y ambos, dentro de sus diferencias, parecieron coincidir en que era lo mejor para todos.

Pero Mitia, que si antes le parecía ñoña e infantil, ahora se le antojaba de una pesadez insoportable, tuvo la genial idea de interceptarle.

—¡Lothar, mire quiénes están aquí!

No tuvo más remedio que prestarles atención.

—Ya —gruñó, y en aquel monosílabo cabían todos los exabruptos de la lengua alemana.

Lo peor fue que la buena señora agarró a ambos por los codos, instándoles a saludarse. Cuando lo hicieron, Clemens tuvo la impresión de estar estrechando la mano de un cadáver.

—Ustedes han sido los mejores amigos —insistió Mitia—, no deben permitir que las cosas que están sucediendo les nublen el entendimiento. Miren, a pesar de todo, yo no he dejado ni un solo día de tener presente quién soy y con qué personas puedo contar. ¿No le parece, Lothar?

—Tiene usted un corazón de oro —repuso este con una gota de veneno en la punta de la lengua—, por eso las buenas personas la quieren tanto.

—En eso tiene razón —asintió Viorica—, debemos quedarnos con todo lo bueno. La música, la amistad... y Salzburgo. —Señaló la sala en derredor suyo, como si de alguna manera le perteneciera.

—Oh, están ustedes tratando de complacerme. No soy una niña para que me den la razón así como así. —La *répétiteur* no daba su brazo a torcer—. ¿Sabe qué, Viorica? Creo que no vamos a dejar que estos dos caballeros se separen sin que hayan hablado, al menos... para aclarar malentendidos.

Clemens suplicó con la mirada a su compañera que no avalase semejante idea, pero Viorica levantó las cejas, igual que cuando representaba a Isolda desvaneciéndose mortalmente de amor, y asintió sin palabras.

Lothar chascó la lengua con fastidio, pero recompuso su rostro en una expresión complaciente.

—Usted se aprovecha de que soy su más rendido admirador —le espetó a Mitia—, y solo por eso voy a darle el gusto, aunque no sirva más que para constatar que nuestros motivos son bien fundados.

¡Qué elegancia en su desdén! Por un instante, Clemens se vio admirando de nuevo a su más estrecho colaborador, con el que había puesto en pie las producciones operísticas de las que más orgulloso se sentía. Escudriñó la sala, por si encontraba a su antiguo asistente en la Ópera de Viena, Jerzy Maliniak. Había acudido para dirigir un *Don Giovanni* que fue muy aplaudido en el festival. Estaba seguro de que, después de todo lo que habían vivido juntos, él no le daría la espalda. Aunque lo mismo hubiera dicho de Lothar hasta ese momento. Esperaba que Maliniak no estuviera escondido en algún rincón para no tener que saludarle.

Dejaron a las damas en medio de los corrillos, de pronto interesados en tan dispares encuentros, y fueron a un salón de fumadores anexo al *foyer.* Allí Clemens sacó su pitillera y le ofreció un cigarrillo a Lothar, quien lo tomó por inercia. Luego jugueteó con él entre los dedos sin saber qué hacer, pues de sobra sabía su interlocutor que él no fumaba.

—No esperaba que viniera —le confesó Lothar.

No osaron siquiera mirarse, y desviaron los ojos al mismo retrato del emperador Francisco José, pintado con trasnochado entusiasmo.

—Este ha sido siempre mi hogar. O por lo menos lo era.

—¿Y le asombra que lo reciban así?

Clemens no tenía interés en volver sobre lo mismo. El tema quedó zanjado la última vez que hablaron, el día antes de que Viorica y él abandonasen Viena, poco menos que condenados al destierro por la opinión pública. Su crimen, según la versión oficial, consistió en aceptar el puesto de director de la Ópera de Berlín en detrimento de la de Viena, que dirigía hasta entonces. La realidad era un poco más compleja. Poco antes, la prensa alemana anunció su contratación, sin que Clemens hubiera sido consultado por nadie. Se trataba de una iniciativa personal del ministro del Reich Hermann Göring, mano derecha del mismísimo Adolf Hitler. Pese a que él negó con vehemencia esos contactos, toda la élite vienesa, con la junta de la ópera a la cabeza, se puso en su contra. Esto le forzó a tener que negociar su salida y aceptar el puesto berlinés, que finalmente se materializó en forma de telegrama.

En cualquier otro momento, una pugna entre teatros a cuenta de sus servicios habría llenado divertidas crónicas en la contraportada de los periódicos de ambos lados de la frontera. Sin embargo, la situación en Austria era delicada, con un intento reciente de golpe de Estado por parte del nacionalsocialismo, que se había saldado con el asesinato del canciller Dollfuss. Y ahora el fantasma de la guerra civil planeaba sobre el país. Trabajar para Alemania, por tanto, o más bien para lo que ahora las autoridades llamaban el Tercer Reich, constituía un acto de deslealtad imperdonable.

—Podría haberse negado —dijo Lothar, sin que Clemens hubiese abierto la boca.

—Me empujaron a tomar la decisión —contestó, rompiendo la nube de humo de su mutismo.

—¿Y también le empujaron a llevarse consigo a los mejores cantantes de Viena para allá, dejando en los huesos a la Ópera de Viena?

—Los necesitaba. Me resultaba imposible emprender un proyecto nuevo sin gente de confianza en mi equipo.

—¿Y prefiere estar al servicio de unos delincuentes que de quienes decía que eran sus amigos y familiares?

—No me meto en política. Lo sabe bien.

En realidad, esa conversación era una réplica de la última charla, que acabó en un punto muerto del que ninguno de los dos tenía intención de salir. Pese a ello, Lothar añadió una variante:

—Entonces, como el festival. ¿Ha visto qué sano es su ambiente?

Como para no serlo. Allí estaban todos aquellos cuyas actividades resultaban impensables en Alemania: el ferviente antifascista Arturo Toscanini; el sucesor de Clemens en Viena, Felix Weingartner, cuya felicidad había sido recompensada con dos óperas en el festival. Y, por supuesto, el director Bruno Walter, Mitia y Lothar; los tres, judíos.

—Sanísimo —asintió. Y le pareció que sonó más despectivo de lo que pretendía, por eso añadió—: Ya veo que la cortesía campa aquí a sus anchas.

—¿Le extraña?

Lothar le pidió una cerilla y, para su sorpresa, por primera vez en la vida lo vio fumar. Por supuesto, tosió hasta las lágrimas con las primeras caladas y luego, con las mejillas humedecidas, enronqueció su voz.

—Dice que no le interesa la política, pero se ha comportado como un arribista. Ha ocupado los puestos de todos los directores cesados por los nazis. ¿Le parece que eso no han sido nombramientos políticos?

Ya. Busch, Furtwängler y Kleiber. El soniquete que perseguía a su oído izquierdo, aunque lo prefería a la sensación de escupitajo invisible que le evocaba pensar en Berta Geissmar. Hubiera podido esgrimir los motivos de cada uno de esos ceses; en realidad, renuncias. Le constaba que la causa era haber dirigido obras de autores considerados degenerados por el Reich, o no seguir las directrices de la nueva política alemana, sin más. Si él las acataba, se justificaba a sí mismo, era más por su carácter conciliador que por seguidismo. Todo el mundo sabía que no era un director de los que gritaba a sus músicos, sino que se mostraba partidario de una crítica constructiva asumida por el conjunto de la orquesta, a fin de no repetir errores.

—El régimen nazi es un error —le dijo Lothar—. Lo que usted llama «política» es una organización criminal, y el día que se hunda, porque alguna vez tendrá que hacerlo, usted se hundirá con ellos.

Aplastó el cigarrillo con el talón del zapato y se dispuso a abandonar la sala de fumadores. Clemens salió con él, igual de deseoso de perderle de vista. Ya no había espaldas apuntando hacia su persona, sino decenas de rostros que lo observaban sin parpadear, sin dilatar siquiera las aletas nasales, como si no desearan respirar el mismo aire que él.

—Al menos, por una vez habrá sabido lo que siente mi gente en Alemania. Lo que se siente al estar muerto para todo el mundo —concluyó Lothar con tono de satisfacción.

Clemens se apartó de él sin decir adiós para buscar a Viorica y salir de aquel congreso de apestados de la cultura germana, al que no tendría que haber acudido jamás.

III

Salzburgo, verano de 1935
«Deh, vieni alla finestra», de *Don Giovanni, KV 527*,
de Wolfgang Amadeus Mozart

La brisa perezosamente cálida del anochecer salzburgués le pareció un soplo de aire fresco tras la tensión vivida durante la última hora. En toda su carrera profesional jamás había percibido una hostilidad tan abierta como aquella, y tuvo que luchar contra sus emociones para no desearles el mal a quienes ahora le volvían la espalda, sus amigos durante mucho tiempo, porque era algo ajeno a su naturaleza apacible. Respiró varias veces con hondura y luego exhaló el aire de forma ruidosa, como si con él pudiera filtrar los pensamientos siniestros. ¿Le acusaban de connivencia, a él? ¿Los mismos que propiciaron su expulsión de la sociedad musical a la que siempre había pertenecido, sin escuchar siquiera sus explicaciones? Por suerte para ellos, no era un nazi, ni de carnet ni por convicción. Conocía a otros, como por ejemplo los integrantes de la Liga Militante para la Cultura Alemana, que actuaban de forma mucho más drástica. Fueron ellos quienes arremetieron contra el arte considerado degenerado, y sacaron de los museos obras plásticas de las figuras más rupturistas de Alemania para destruirlas en la vía pública. Incluso llegaron a dirigir sus iras contra el movimiento Bauhaus, al que desterraron del Reich. Quizá el caso que más le impresionó fue el de Michael

Jary, al que le gustaba experimentar con el lenguaje clásico y el jazz. Instigados por el veterano compositor Paul Graener, los miembros de la liga irrumpieron en un concierto de Jary e intentaron lincharlo en el escenario ante los ojos del público, que fue obligado a aplaudir este acto. Esto se lo había contado el propio Graener, entre risas. Últimamente se trataban bastante, ya que desde el Ministerio de Propaganda le encargaron a Clemens el estreno de una nueva ópera suya. Se imaginó por unos instantes a los muchachos de la Liga Militante para la Cultura Alemana, porra en ristre, en el *foyer* del Festspielhaus dispuestos a descalabrar a unos cuantos de los que acababan de regodearse dándole la espalda, Lothar Wallerstein incluido. Lo visualizó con el frac desgarrado, sujeto por los cabellos por un sonriente militante de pura raza aria, y su nariz semítica reventada de sangre. De repente se interpuso entre él y aquella ensoñación macabra el rostro de Berta Geissmar con una hemorragia copiosa en los labios. Pero ¿qué demonios estaba pensando? Inspiró y espiró con fuerza hasta que le ardieron los pulmones. Aquellos pensamientos eran indignos de él y se alegró de que nadie pudiera convertir en realidad una escena semejante en Salzburgo, de momento.

Una vez se hubo calmado, Viorica meneó la cabeza con gesto de reprobación.

—Fumas demasiado, querido. ¿O estás disgustado por algo que te ha dicho Lothar?

Él negó con la cabeza.

—¿Por qué no nos retiramos al hotel a descansar?

Ella accedió, pero entonces sacó a colación lo que él pretendía evitar.

—¡Déjame que te cuente lo que he hablado con Mitia!

La historia no sorprendió para nada a Krauss. Una colección de penalidades de la familia Mayer-Lismann. Por ejemplo, aunque la hija, Else, acababa de graduarse en el Conservatorio de Frankfurt, de nada le servía el título, puesto que nadie iba a contratarla. Lo mismo para el marido, Paul, cuyos negocios se habían ido a pique. Los camisas pardas habían pintado la estrella de David en los escaparates de los establecimientos judíos y advertían a los viandantes de que no osaran comprar en ninguno de ellos. Tampoco ellos tenían permitido comprar en tiendas de los considerados alemanes de pleno derecho. Si deseaban adquirir alimentos, ropa y hasta papel higiénico, tenían que recurrir a alguna amistad, aunque cada vez les quedaban menos, o a personas dispuestas a hacerlo en su lugar a cambio de una fuerte suma. Y a propósito del dinero, a veces los bancos se negaban a dárselo, aunque fuesen sus ahorros de toda la vida, o lo hacían en muy pequeñas cantidades, con las que no era posible adquirir nada.

—No pueden ni ir al cine. Han tenido que habilitar uno especial para ellos en los suburbios de Frankfurt. Y si caen enfermos, solo pueden atenderles médicos judíos. Aunque estos corren el riesgo de ser detenidos por ejercer sin licencia, porque les han privado de ella.

También estaban a la orden del día las palizas a vecinos y a amigos, y temían recibir una cualquier día de estos.

—Y Mitia sufre del corazón. Su hija es fuerte, porque tiene la constitución del padre. Pero ella... ¡Nunca me lo perdonaría!

—No podemos hacer gran cosa. —Clemens pensó en las distintas posibilidades—. Deberían marcharse al extranjero.

—¿Con qué dinero, si les impiden disponer de él? Además, según me ha contado, su pasaporte está retenido.

«Como el de Geissmar», se dijo.

—Me temo que lo están haciendo con todos los judíos.

Era completamente descabellado. ¿Por qué el Reich no les permitía marcharse si tanto los detestaba? ¿A qué venía querer ver cómo se hundían? Se comentaba, aunque siempre en círculos con una relación de confianza muy estrecha, que bastantes se habían ido, aun dejando atrás sus posesiones y sus ahorros. Por ese motivo, algunos países estaban imponiendo restricciones a aquella nueva diáspora y exigían, al menos, un contrato de trabajo y que alguien en el país se responsabilizara de la persona exiliada.

—¿Por qué de repente te preocupas tanto por ellos? —quiso saber Clemens.

Ella lo negó con vehemencia, como si hubiera alguien cerca escuchándolos. Pero caminaban por la orilla del río Salzach, en dirección al hotel Steinlechner, sin nadie a la vista. Además, estaban en Austria, que tampoco es que fuera una democracia, aunque al menos daba cabida a todos aquellos considerados indeseables al otro lado de la frontera.

—No me preocupo por ellos. Solo por Mitia y su familia. Son nuestros amigos.

Clemens reflexionó. En realidad, pese a haber trabajado bastantes veces juntos en Frankfurt, Mitia no era una persona con la que hubiera mantenido una conversación de más de un cuarto de hora. Se entendían a través del piano de ella durante los ensayos. Y era cierto que tocaba muy bien, y que no le costaría encontrar trabajo en el extranjero, si es que lograba salir, cosa que dudaba dado su carácter infantiloide.

Al llegar al hotel se encontraron con gente. En la terraza departían en inglés dos mujeres junto al célebre bajo italiano Ezio Pinza, que cantaba esos días en una nueva producción de *Las bodas de Fígaro*. A pesar de la simpatía con la que el italiano correspondía a la exagerada admiración que ambas parecían profesarle, la signora Pinza contemplaba su parloteo con cara de circunstancias, con un nada velado deseo de irse a dormir. Deseo que era compartido por Clemens, pero Viorica corrió alegre hacia las mujeres y las abrazó con un entusiasmo que él encontró bastante sincero.

Fue suficiente para que la signora Pinza se levantase como impulsada por un resorte e impusiera la retirada a su suite. El bajo, que llevaba varias cervezas de más, acabó por obedecer y se marchó escaleras arriba del hotel haciendo eses, tras estampar dos sonoros besos en las mejillas de sus locuaces seguidoras.

—Qué alegría verlas —dijo Viorica en su limitado inglés—. Me preguntaba por dónde andarían y, claro, ¿cómo no?, con el gran Pinza.

—Y usted con el gran Krauss —repuso la más alta en su idioma, observándole a él, apartado un par de metros, con las manos en los bolsillos y un cigarrillo entre los labios para marcar distancia.

—¿Las conoces? —preguntó con desconcierto.

Viorica asintió con entusiasmo de chiquilla. ¿No las recordaba? Eran Ida y Louise Cook. Las conocieron cuando el estreno de *Arabella* de Richard Strauss en Londres, en mayo del año anterior. Él trató de hacer memoria y solo visualizó a unas hermanas insufribles que no dejaban de atosigarles para tener sendas fotos firmadas por ambos. Por lo general, era reticente a que el público se le acercara, y mucho más después de haber dirigido una función. De hecho, en cierta ocasión, tras una *Carmen*, alguien le pidió un autógrafo y se limitó a firmar como «Georges Bizet». Viorica, en cambio, como buena soprano, disfrutaba con la adulación y, ahora que recordaba, pasó un par de tardes en compañía de aquellas mujeres, que le enseñaron los rincones típicos de la capital británica. En su caso sí que obtuvieron la anhelada fotografía de ambas junto a ella y con su firma, pero la imagen de él quedó borrosa porque Clemens se movió de forma deliberada cuando se la tomaron. Después le hicieron otra de espaldas, con el rostro vuelto hacia la cámara, junto a Viorica y una de ellas. Sin embargo, eso no las dejó satisfechas.

Viorica le contó que cuando se despidieron las invitó a que los visitaran en Viena, algo que ahora, que ya no residían allí, resultaba a todas luces imposible. Pero el destino había querido reunirles de nuevo. Después de un cuarto de hora de intercambio de impresiones sobre el festival, las hermanas Cook recordaron que aún debían hacerse una fotografía con Clemens para que este la firmase.

—Habrá tiempo, habrá tiempo —prometió Viorica—. ¿Verdad que sí, querido?

—Si de algo sabe un director es de tiempos —bromeó él, sin demasiadas ganas de mostrarse simpático. Su dominio del inglés era bastante superior, pues lo estudió de joven con el propósito, nunca realizado, de probar fortuna en Londres.

Louise quiso saber cuándo podrían verlos actuar y Viorica les explicó que su recital ya había tenido lugar. Como la decepción se pintó en sus rostros, chasqueó los dedos y les preguntó cuándo iban a regresar a Londres. Las hermanas confesaron que pensaban quedarse hasta que finalizara el festival.

—¿Y por qué no vienen a verme a Ámsterdam?

A Clemens se le atragantó el humo del cigarrillo cuando escuchó aquello. ¿A qué venía? Las inglesas se miraron entre sí, perplejas. ¿Qué pasaba en Ámsterdam?

—Voy a actuar en la Radio Holandesa dentro de una semana —les contó la soprano—. Será una transmisión en vivo, sin espectadores. Pero si les pido que estén ustedes dos, seguro que no ponen ningún impedimento.

—¿Eso quiere decir que la veremos cantar para nosotras solas? —Ida quería asegurarse de que su interlocutora no había dicho algo que no deseaba por un mal manejo del idioma—. ¿Sin nadie más?

—No exactamente. —Viorica se echó a reír—. Estarán al menos un par de técnicos de sonido, y también Clemens, que me acompañará al piano, y, espero, que unos pocos miles de holandeses escuchándonos.

Quisieron saber cuánta distancia había entre Salzburgo y Ámsterdam.

—Casi mil kilómetros —intervino Clemens con acidez—, una locura para ir a verla cantar solo dos arias del *Fausto* de Gounod. Seguro que nuestras amables amigas declinarán la invitación. Lo que, por otro lado, es lógico. Pero otra vez será.

—¿Qué dice, maestro Krauss? —Ahora era Ida la que balbuceaba como una niña, incapaz de hallar las palabras que dieran cauce a su inmensa alegría—. Si hemos hecho mil trescientos kilómetros para venir hasta aquí, eso no es nada con tal de ver a frau Ursuleac... y a usted. ¡Por supuesto que iremos! ¿No es así, Louise?

—¡Hasta el fin del mundo, si es preciso!

—Pero tendrían que anular sus billetes de regreso a Londres y tal vez pierdan dinero —trató de razonar Clemens.

Nada de eso les importó.

—Voy a publicar mi primera novela con Mills & Boon el año que viene —les explicó Ida—. El anticipo ha sido bastante generoso, o sea que esto será un pequeño regalo que nos vamos a hacer... Bueno, que nos hacen ustedes.

Cuando se despidieron de ellas, alrededor de una hora después, y solo porque Clemens bostezó de forma exagerada como media docena de veces, les obsequiaron con besos en las mejillas tan entusiastas que a punto estuvieron de derribar a Viorica.

Por supuesto, una vez solos, Clemens le exigió explicaciones.

Entonces fue Viorica la que adujo estar cansada y le pidió subir de inmediato a su habitación.

—¿A qué viene esto? —insistió él—. ¿Para qué quieres cargar con esas dos chaladas en Ámsterdam?

—Primero te quejas de que te ninguneen aquí en el festival o te lancen pullas sobre tu posición en Berlín. Luego llegan dos personas que te admiran como si fueras un semidiós y eso te indigna. No hay quien te entienda.

Reflexionó durante toda la noche, sin poder conciliar el sueño, y llegó a la extraña conclusión de que su compañera estaba en lo cierto. Ni él mismo se entendía, aunque su intuición, materializada en forma de prurito en una cicatriz que tenía desde los siete años, de cuando se cayó de un poni propiedad de su abuela, le dio a entender que se avecinaban problemas, si bien ignoraba de qué índole.

IV

Ámsterdam, verano de 1935
«O Dieu! Que de bijoux!», de *Fausto*, de Charles Gounod

Una semana después viajaron a Ámsterdam como estaba planeado, aunque no sin sobresaltos. La primera señal de que algo se tramaba a sus espaldas fue cuando Viorica le rogó que llevasen consigo a Mitia.

—¿Y qué pinta allí? Supongo que el visado de trabajo que le habrán expedido en Alemania será para unos pocos días en Salzburgo. Tiene suerte de haberlo conseguido, ya es más de lo que pueden decir muchos en su situación. No le conviene pasarse de la fecha límite marcada para su regreso.

En realidad, ignoraba de qué modo había logrado asistir a su cita de todos los años en el festival. Y prefería no saberlo.

—Estos días en Salzburgo le han devuelto la vida —le dijo Viorica con un parpadeo suave, con el que confería ternura a su mirada. Pero era una ternura lasciva, con ansia de sangre, como la de Salomé cuando demandaba la cabeza del Bautista, papel que con tanta convicción abordaba en el escenario—. Ha sentido como se la trataba otra vez como a un ser humano y que los demás valoran su trabajo. Hagamos que aún pase unos días felices antes de regresar a Frankfurt.

Él suspiró. Supuso que unos pocos días no constituirían un problema. Sin embargo, ahí no acababa la cosa.

—¿Y qué te parece si le cedes tu puesto y es ella la que toca el piano en la transmisión?

No dijo nada. Cualquier argumento en contra sería replicado con el incontestable de que la presencia de Mitia le hacía feliz a ella, y eso, por lógica, debía bastar para que él también se sintiera bien. Además, era cierto que, cuando estaban juntas, no paraban de reír, incluso de cosas sin ninguna gracia, ya fuera porque salía el sol o el té estaba demasiado caliente. Sin más, se entendían y eran poseedoras de un humor similar. Clemens recordó con amargura que él llegó a establecer una complicidad parecida con Lothar Wallerstein.

—Viorica —dijo fingiendo gravedad—, ¿esto no será un ardid más de fräulein Ada von Richthofen?

Ella irradió un sonrojo de pretendida indignación.

—¿Te permites bromear sobre una cosa tan seria?

Él negó con la cabeza, pero, sin mirarla a los ojos, musitó:

—Ya me la diste con queso una vez. Y no sé por qué después de aquello no te retiré la palabra.

—¿Qué palabra, si te las tuviste que tragar todas? —exclamó ella, risueña.

Él se molestó. ¿Quién estaba bromeando ahora?

La historia se remontaba a casi doce años atrás, cuando Clemens comenzó a dirigir la Ópera de Frankfurt y necesitaba incorporar sin demora una soprano a la plantilla estable. Le recomendaron que realizara una prueba a una de nombre rumano, nacida en Bucovina, que ya había obtenido un gran éxito en la Volksoper de Viena. Pero él se negó en las dos ocasiones en que le hicieron la propuesta.

—No quiero a gente de los Balcanes en este teatro. Tienen mucho temperamento, pero luego no son de fiar —objetó.

Cuando aquello llegó a sus oídos, Viorica, poseída por una inmensa rabia, decidió darle una lección a aquel engreído. Solicitó realizar una audición bajo un nombre ficticio: Ada von Richthofen, quien se presentaría como sobrina del conocido héroe de la aviación, el Barón Rojo, caído en la Gran Guerra.

Durante la prueba cantó «*Come scoglio*» de *Così fan tutte* de Mozart y «*Depuis le jour*» de la ópera *Louise* de Charpentier, su último éxito. Al concluir, Clemens abrió los brazos y exclamó vivamente impresionado:

—¡Querida señorita Von Richthofen! ¿Qué clase de necio soy que hasta hoy no había oído hablar de usted?

—¡Uno que no sabe distinguir a una muniquesa de pura cepa de la hija de un diácono ortodoxo de Czernowitz!

Una vez satisfecho su orgullo, ella decidió que no le importaba perder la oportunidad. Se conformaba con ver la cara de perplejidad de ese petulante. Sin embargo, los rasgos afilados del maestro Krauss se contrajeron divertidos, sin acusar un ápice de resentimiento.

—¿Usted es la Ursuleac? Me alegra que haya montado esta pantomima porque así confirma que estaba en lo cierto. ¡Ustedes, la gente de los Balcanes, son de poco fiar! Bien, ¿cuándo puede empezar?

—¿Es que no va a echarme por haberle engañado? —exclamó sorprendida.

—Al contrario. Si la tengo bajo mi férula, podré desquitarme con usted poco a poco sobre las tablas.

Sin embargo, unos días después, acaso como consecuencia de su sorprendente contratación, que circuló por todos los mentideros operísticos centroeuropeos, la Ópera de Núremberg le ofreció un contrato por el doble de salario.

—Es una buena oferta, yo no la rechazaría —admitió el maestro Krauss cuando fue a explicarle la situación—. El caso es que nosotros no podemos pagarle más en este momento.

—¡Con las ganas que tenía yo de ponerle en ridículo más veces! ¿Habrá alguien en Núremberg de cuyas barbas pueda reírme a gusto?

—Es muy probable. Se carcajeará usted a gusto mientras cuenta billetes de cien billones de marcos.

Aquellos eran los días de la hiperinflación, en los que el dinero se depreciaba en cuestión de horas, convirtiendo en papel inservible los ahorros de millones de personas.

—Espere, mejor me lo pienso y me quedo, y así tendrá que fastidiarse usted.

—Pues, si se queda, será evidente que no es por el dinero.

Desde entonces no se habían separado. Ambos provenían de matrimonios rotos y decidieron no encorsetar su relación con una denominación oficial. Serían marido y mujer tan solo de palabra dada el uno al otro, sin importarles lo que pensara la sociedad.

Sin embargo, a Clemens se le había quedado la espina clavada de que ella pensara que lo había engañado con facilidad en su primer encuentro. Y era cierto que muchas veces le hacía creer cualquier cosa gracias a su prodigioso don para lo teatral, que la convirtió, en opinión del maestro Richard Strauss, en la intérprete ideal de sus obras.

Sobre esto reflexionaba Krauss durante la transmisión desde la Radio de Ámsterdam, en la que Viorica cantó el aria de las joyas y la del rey de Thulé. A él no le agradaba demasiado este *Fausto*. Al igual que Strauss, opinaba que Gounod había convertido en pura bisutería el precioso material literario de Goethe. Sin embargo, le conmovió ver los rostros de las hermanas Cook, sentadas a su lado, bañados en llanto.

—*Oh, wonderful, nice, incredible!* —exclamaron, con unos aplausos que, por muy apasionados que fuesen, debieron de sonar ridículos a la audiencia holandesa por provenir de tan reducido público.

Los técnicos de sonido hicieron furiosos aspavientos, pues les habían insistido en que no dijeran nada mientras estuvieran en el aire.

Cuando finalizó, Viorica las abrazó a ellas y a Mitia, a quienes había presentado unos minutos antes en el portal de la radio. También esta hablaba un inglés más que aceptable y simpatizó al instante con las Cook.

—Ha sido el momento más importante de nuestras vidas —les dijeron ya en la estación de tren de Ámsterdam. Habían decidido viajar hasta el puerto de Róterdam y desde allí embarcar hacia Gran Bretaña—. ¿Cómo podremos agradecérselo?

—Habría una manera —les confesó Viorica en el andén, pocos minutos antes de la salida del tren.

—Claro, díganos cómo —rogó Louise, deseosa de satisfacerla de inmediato.

—Esta amiga mía —puso la mano sobre el hombro de Mitia— necesita ir a Londres para... unas pruebas. Ya han visto lo bien que lo hace. De hecho, es la *répétiteur* oficial del Festival de Salzburgo.

—¡Ah, es usted! —Ida se llevó la mano al pecho, contrita—. Leímos su nombre en los programas y comentamos: «¡Una estirada de esas con apellido doble, que seguro que solo por eso se da muchos aires y en realidad no vale gran cosa!». La hemos prejuzgado y fuimos injustas. Le pido perdón.

—Yo también. Es usted estupenda —añadió Louise. Y la abrazaron como si se tratase de la tercera hermana Cook.

Un pitido avisó a los viajeros de que debían subir ya a los vagones. Viorica deshizo el emotivo abrazo.

—Tendrán tiempo de hablar por el camino. Queridas, no saben cuánto se lo agradezco. —Luego se volvió hacia Mitia y le dijo—: Ahora estarás bien.

—Pero... ¿Y Else? ¿Y mi marido?

Su amiga se llevó el dedo a los labios e hizo un gesto, como diciendo: «Todo se andará». Se despidieron con otro abrazo y lágrimas en los ojos, y las tres se acomodaron en el mismo compartimento.

Cuando se hubo disipado la nube de humo gris en la que el tren dejó envuelto el andén, Viorica se volvió hacia la silueta de su compañero, que la miraba severo, con las manos en los bolsillos.

—¿Qué demonios acaba de pasar aquí? —gruñó.

—¿Es que no lo has visto?

A pesar de estar lejos de Alemania, Clemens le espetó en voz baja:

—¿Te das cuenta de lo que has hecho? ¡Se ha escapado delante de nuestras narices! ¿Qué voy a decir?

—¿Y qué tendrías que decir? No eres su guardián, ni tenías potestad para retenerla en nombre de nadie.

—Esto es peligroso, Viorica. Dime que no lo habías planeado, que se te ha ocurrido de repente.

No dijo nada. Solo le hizo señas para que salieran de la estación en busca de un taxi que los llevara hasta el hotel en el que estaban alojados.

—Me has mentido —le reprochó en el interior del coche—. Esto ya no es una broma de la señorita Von Richthofen. Es el puñetero mundo real, y creo que, para que esta relación sea considerada como tal, no deberíamos ocultarnos nada más el uno al otro.

—Nada que se refiera a nosotros —respondió ella, tajante—. Esto es algo que atañe en exclusiva a Mitia.

—Pero ¿qué va a hacer ella en Londres?

Una sonrisa traviesa se dibujó en el rostro, siempre regio en escena, de Viorica Ursuleac.

—Pues mira, ya que en Alemania no la dejaban, espero que se vaya al cine y disfrute de una buena película.

V

Viena, 28 de diciembre de 1944
Sin preocupaciones, op. 271, de Josef Strauss

—«Mayer-Lismann» —leyó el *Hauptsturmführer* Krenn, con la ese estirada de forma un tanto irritante, como un silbido de serpiente.

—¿Cómo dice?

Al maestro Krauss le empezó a cargar el humo de su propio puro. Lo cierto es que prefería los cigarrillos, pero no le quedaban en el camerino. De hecho, los cigarros los reservaba para las bodas y otros festejos, y no le daba la sensación de que, ante aquel capitán de las SS, hubiera nada que celebrar.

—¿No le dice nada ese apellido?

—Pues sí, conozco a varias personas que se llaman así.

—¿Por ejemplo?

Se estiró sobre la silla, aun a riesgo de parecer maleducado. La cuestión era ganar tiempo para articular respuestas convincentes que no le comprometieran más de lo que ya estaba.

—Mitia Mayer-Lismann. Trabajaba de *répétiteur* en la Ópera de Frankfurt, que yo dirigí de 1924 a 1929, y también en el Festival de Salzburgo. —Como no estaba seguro de que su interlocutor le hubiese comprendido, hizo que tocaba unas teclas imaginarias—. Ya sabe, esos pianistas con los que los cantantes preparan sus partes antes del ensayo general. Así no es necesaria una orquesta en todo momento.

—Ha dicho que había varias personas con ese apellido en su entorno...

La palabra provocó que Clemens frunciera el ceño. Krenn consultó sus notas, tras lo cual le pidió con suavidad, pero sin opción a resistirse, que las nombrara.

—Paul Mayer-Lismann es el marido de Mitia... O era, pues tengo entendido que falleció. Un hombre de negocios de Frankfurt.

—Ah, es cierto que murió hace unos años. ¿Cómo se enteró usted? Su deceso, según nos consta, tuvo lugar en Londres.

La trampa estaba ante sus ojos, cual pavimento de baldosas negras y blancas. Las primeras cederían con solo pisarlas y lo arrojarían al vacío. Pero resultaba tan evidente que sospechó que no era más que un ardid para que cayera en otro mecanismo de captura oculto a su visión.

—Fue poco después del comienzo de la guerra, si no me equivoco —apuntó—. Y, que yo sepa, existen los teléfonos, los telegramas y las cartas. No recuerdo cómo me llegó la noticia o si me lo dijo alguien que había estado en Inglaterra y se enteró. En todo caso, en aquella época no era ilegal mantener contacto con el extranjero.

—Qué curioso que un director de orquesta, a quien por su profesión se le presupone buena memoria, no recuerde cómo se enteró de la muerte de un amigo.

Cada sonrisa de Erich Krenn se le incrustaba en el ánimo como una hilera de grapas. Estaba acusándole de manera descarada, aunque, como acostumbraba a hacer la Inquisición en tiempos felizmente lejanos, no le decía de qué. Ahora se encontraba a la pata coja entre dos baldosas negras y, aunque el paso siguiente parecía sencillo, dudaba de si sería el último. Lo más prudente era responder a una pregunta con otra.

—¿Por qué les presupone «buena memoria» a los directores de orquesta?

—Herbert von Karajan dirige sin partitura —apuntó su interrogador, orgulloso de poder esgrimir ante él su conocimiento de los músicos más destacados del Reich.

—Y así le va —le respondió cortante.

Krenn no pudo evitar reírse, y Clemens aprovechó su relajación para precisar algo:

—Paul Mayer-Lismann nunca fue mi amigo. Con la que sí tuve una relación estrecha de trabajo fue con su esposa, por los motivos antes citados.

—¿Y qué me dice de la hija del matrimonio, Else?

—¡Ah, sí, Else! Era una muchacha despierta, tendría unos veinte años la última vez que la vi. De aquello hará... ¿Ocho o siete años? Discúlpeme. Por mi profesión he trabajado con muchísimas personas. Entienda que para mí sea mucho más familiar la *Quinta* de Beethoven que quién era quién, sus relaciones familiares y lo que hacían cuando se marchaban del teatro a sus casas. Y si no le molesta que se lo diga, no soy particularmente chismoso. Eso se lo dejo a las cantantes de ópera.

Clemens forzó una sonrisa para evidenciar que era un chiste, pero Krenn anotó aquello en su libreta como si fuera un dato crucial para su investigación.

—Al menos en este caso se trata de individuos afincados en Frankfurt a los que usted ha conocido. Es lo único de esa lista hallada en el piso de Múnich que tendría sentido, al estar ambas asociadas a su nombre. Aunque no se especifica de quién se trata, si del padre, la madre o la hija... O de los tres.

—Si es por razones profesionales, de la madre, sin duda —se aventuró a puntualizar Clemens, con la naturalidad que se esperaba de alguien libre de toda sospecha.

—¿Y no tiene que decirme nada en particular de esta familia?

Era inútil mentir. Se había referido a ellos como «individuos» y no como «personas». Pero dado que estaban jugando al gato y al ratón, prefirió no dárselo todo masticado. Que hiciera su trabajo, al menos.

—Se marcharon a Londres, donde a Mitia le surgió un trabajo. Ya que aquí no podía...

Ahí estaba el meollo de la cuestión. Pero se ahorraría la palabra maldita en tanto no fuera pronunciada por su interlocutor, que parecía aceptar de forma tácita el reto.

—¿Y cómo llegaron los Mayer-Lismann a Inglaterra? O mejor aún, ¿qué relación tiene usted con el resto de la gente de esa lista?

Llamaron a la puerta. Clemens casi besó en la frente a Willi Boskovsky, quien, sabedor de que aquella no era una visita cualquiera, acusaba cierto nerviosismo.

—Lo lamento profundamente —se excusó—, pero los músicos se preguntan si este descanso se prolongará o pueden irse a sus casas. Puede que vuelva a nevar y no quieren demorarse mucho más.

—No, claro. Estoy seguro de que al *Hauptsturmführer* Krenn no le importará esperar un poco a que finalicemos el ensayo. O, si acaso, puede volver otro día.

—Le diría que lo escucharé con gusto, pero no le voy a mentir porque es Ravel. —El capitán se levantó y volvió a encajarse la gorra de plato—. Aunque, si no hay más remedio, esperaré.

—También íbamos a ensayar algunas páginas del Concierto de Año Nuevo. Ya sabe que lo hacemos antes por la radio. Quizá eso le resulte más placentero.

—¿Va a cambiar el contenido del ensayo únicamente para tenerme contento? —Krenn endureció el rictus, solo para desbordarlo en una risa de ratón viejo.

Clemens se preguntó cuántas veces habrían escuchado sus interrogados aquel sonido desagradable, tal vez entre profundos estertores de dolor. ¿O era un burócrata de uniforme sin más?

—No, no. Es lo que teníamos previsto. ¿No es así, Boskovsky?

Este asintió con tal desconcierto que más bien parecía estar negándolo. Tampoco los músicos de la Filarmónica objetaron nada cuando ocupó el podio y anunció lo que iban a tocar, aunque intercambiaron entre ellos algunas miradas de confusión. Pero como también parecían sentirse más a gusto con los Strauss que con Ravel, atacaron con extrema limpieza la primera pieza surgida de los papeles del maestro. Irónicamente, resultó ser *Sin preocupaciones* de Josef Strauss, que incluía el *«ha ha ha»* que con tanta energía exclamaban los miembros de la orquesta. A Clemens le sonó a una materialización macabra de lo que estaría pensando en aquellos instantes Erich Krenn, mientras seguía con ostensibles cabeceos el ritmo de la polka.

VI

Berlín, verano de 1935
Vida de artista, op. 316, de Johann Strauss hijo

Los días siguientes a la fuga de Mitia, Clemens se refugió en su trabajo en la Ópera de Berlín a fin de que se fuera diluyendo la profunda irritación que lo embargaba. En primer lugar, estaba enfadado con Viorica por haberle engañado con absoluta premeditación, y, desde entonces, apenas le dirigía la palabra. Luego, también estaba furioso con la propia Mitia, por su victimismo, y por su afán de solucionar sus problemas sin importarle las consecuencias que pudiese tener para ellos. Por igual, guardaba resentimiento hacia las hermanas inglesas, por no haber opuesto resistencia al descabellado plan de llevarse consigo a una desconocida. Aunque, para ser sincero, lo que subyacía bajo esta ofuscación era un temor borroso a no sabía muy bien qué.

Además, el cargo de director del teatro Bajo los Tilos, como era conocida la sede de la Ópera de Berlín, en modo alguno estaba resultando como había imaginado. Él no movió un dedo por ocupar ese puesto, sino que se vio envuelto en tejemanejes ajenos en los que su interés personal era lo que menos contaba.

Una vez pasada la efervescencia de su llegada, publicitada por los diarios como un triunfo nacional, se encontró con que, en realidad, su cometido no estaba del todo definido. Al asumir la temporada ya empezada, debía mantener las producciones contratadas y los estrenos previstos. También resultó que los siguientes años estaban cerrados en ese sentido, con la excepción de algunos cantantes judíos, ahora refugiados en el extranjero (bastantes de ellos en Austria), a los reemplazó con sus intérpretes traídos de Viena. Dio por sentado que aquella programación era obra de su antecesor, Wilhelm Furtwängler, pero cuando sugirió algunos cambios, recibió la visita de un secretario del Ministerio de Propaganda llamado Karl Hanke, quien se presentó a él con el uniforme de las SS. Según le explicó, compatibilizaba su labor para el ministro Goebbels con algunas tareas especiales para el *Reichsführer-SS* Heinrich Himmler.

—Trabajo no es lo que falta precisamente en el Reich —le explicó—, y son bienvenidos todos los brazos que quieran servir al Estado.

—Lo que yo pretendo es precisamente eso, ejercer como director de la Ópera de Berlín —dijo Clemens, encogiéndose de hombros.

Hanke extendió sobre la mesa unos cuantos folios mecanografiados con las sugerencias que Krauss había propuesto de cara a las siguientes temporadas. Todas ellas estaban tachadas sin dramatismo, con una sola raya en tinta roja.

—Lo que aquí ve son decisiones del propio ministerio, no de Furtwängler. O, mejor dicho, a él ya se le expuso que era preciso que esta fuese la programación futura. Cada obra y cada autor tienen su sentido y no deben alterarse. Cualquier cambio modificaría la concepción global con la que se ha diseñado. Y es evidente que una persona con la confianza de la que usted goza no trastocaría estos planes.

Clemens lo entendió. Entre los autores con sentido destacaban unos cuantos cuyo principal aliciente parecía ser su filiación, temprana o no, al partido. Él insistió en sus propuestas, habló de compositores que encontraba de interés, de cantantes a punto de dar el gran salto a los que convenía asegurarse, de directores de escena rompedores (no pudo evitar que el pensamiento se le nublase unos instantes con la imagen de Lothar Wallerstein llamándole «nazi» una y otra vez en fantasmagóricos susurros). A todo ello Hanke respondía con suaves negaciones con la cabeza, o se limitaba a señalar el programa para dar a entender que no precisaba de añadido alguno. Recalcó que, en su momento, lo prioritario fue deshacer los estragos cometidos durante el ignominioso periodo de Berta Geissmar como secretaria de la dirección. Era a ella a quien culpaban de que Furtwängler se hubiera desviado, hasta el punto de programar una obra tan degenerada como *Matías el pintor* del compositor Hindemith, contra el criterio del Ministerio de Propaganda, además de otras aberraciones culturales. A partir de entonces, el destino de Furtwängler dentro de la institución quedó sellado, a la vez que el de Geissmar, pues obligaron al maestro a deshacerse de ella antes de librarse de él.

—Por fortuna —concluyó Hanke—, esa labor de regeneración de la programación se ha hecho antes de que usted llegase.

—Entonces ¿qué demonios se supone que pinto yo aquí? —exclamó Clemens con hastío, tras acabar de revisar la documentación que debía seguir a rajatabla.

—¿Cómo que qué se supone? ¡Es usted el director de la Ópera de Berlín! ¡Ahora mismo todos los músicos de Alemania y parte del extranjero matarían por su puesto! Aprovéchelo y disfrútelo, herr director.

No logró sacar nada más en claro de aquella reunión. Si bien Viorica trataba de animarlo, y le aseguró que, a no mucho tardar, podría imponer proyectos más personales, la desidia fue apoderándose de él. Ya que todo estaba decidido de antemano, dejó de preocuparse por lo que aconteciera en el teatro.

Esa mañana, sin embargo, se encontraba escribiéndole a un viejo amigo, el director Hans Swarowski, para invitarle a dirigir unos conciertos allí. Pensó que, al menos, reencontrarse con él le depararía unos cuantos días de diversión evocando sus primeros años como profesional. Entonces entró Viorica en su despacho y, al verla, endureció el rictus y maldijo entre dientes por un borrón de tinta en la carta.

Ella meneó la cabeza, por su testarudez, y luego le comunicó a toda velocidad:

—Mitia ha vuelto.

A él le fue imposible comprenderlo hasta unos segundos después.

—¿Cómo? —Se levantó de golpe—. ¿La han deportado?

—No. Me ha llamado por teléfono. Por lo que le he entendido, ha vuelto por su propia voluntad. —Viorica empalideció, acaso por la conciencia de haber cometido un gran error—. Dice que echaba de menos a su familia.

Clemens arañó un puñado de aire y luego se hundió los dedos en el nacimiento del cabello, incapaz de reaccionar. Esa vieja estúpida los había metido en un lío. Aunque la artífice del problema era Viorica. ¿Cómo iba a explicar eso ante las autoridades del Reich? ¿Cuál sería la reacción de Hanke? ¿O, peor aún, la del ministro Göring, por cuyo empeño personal dejó Viena por Berlín? Aunque no se hubiera publicado en las cabeceras más críticas con él, era un secreto a voces que uno de los motivos de la pérdida de favor de Furtwängler fue que protegió a los músicos judíos de la Filarmónica de Berlín, a los que se negó a despedir. Incluso en el caso de Berta Geissmar, se comentaba que la cesó de su puesto por las presiones del Ministerio de Propaganda, pero que siguió trabajando con ella en secreto y le permitió dirigir todo desde la sombra.

—¿Y dónde demonios están? ¿En Frankfurt? —Tomó su chaqueta de la percha, dispuesto a salir para allá, sin tener en cuenta que se encontraba a más de quinientos kilómetros de distancia.

Ella negó con la cabeza.

—La conversación no duró demasiado, pero me pareció entender que se habían citado en el hotel Savoy, en Charlottenburg.

A Clemens le resultó de lo más extraño: era poco probable que la permitieran alojarse allí dada su condición.

—No sé más —se encogió de hombros su compañera, con el brillo de la mirada a punto de deshacerse en una lágrima.

—Es tarde para eso —refunfuñó él, y bajaron a la calle.

Allí no pudieron evitar ser requeridos por el chófer que la Ópera había puesto a su disposición. Se trataba de Woldemar Brick, un mocetón de unos veinte años que provenía de Jungholz, un pueblo tirolés perteneciente a Austria, pero, por caprichos de las demarcaciones territoriales, incrustado en pleno territorio alemán. Tal vez por eso, Brick poseía un acento híbrido, con expresiones de ambos territorios. Acaso lo escogieron de forma intencionada, en la creencia de que al nuevo director le halagaría que su chófer fuera austriaco como él. Lejos de eso, Clemens tenía la sospecha de que aquel muchacho estaba allí para informar de sus movimientos. De lo contrario, no se entendía que rondase por todos los rincones del teatro en los que él se encontraba en cada momento, y que siempre apareciera como por arte de magia, con el ofrecimiento de llevarle, apenas ponía un pie en la calle, aunque fuera por la entrada de artistas. Ya le había repetido en muchas ocasiones que vivía cerca y que prefería andar para hacer ejercicio.

—Buenos días, herr director —saludó con un insinuado canturreo tirolés—. No esperaba que saliera a estas horas. ¿Adónde le llevo?

—Al hotel Savoy —indicó Viorica, adelantándose a la negativa de Clemens, quien le dirigió una mirada furibunda.

Ella se encogió de hombros y agitó los pies para indicar que era urgente que llegasen allí. Montaron en el Opel Olympia gris plateado y fueron agasajados con el dulce olor del cuero nuevo de su tapicería y unos destellos de lavanda de un saquito que colgaba del retrovisor central.

—Ah, es un edificio precioso. Y lo levantaron hace pocos años. ¿Saben que fue el primero de Berlín en contar con un baño en cada habitación y un teléfono para comunicarse directamente con las camareras, evitando así bajar a recepción?

Woldemar se pasaba la mayor parte del tiempo enfrascado en la lectura de revistas cuyo contenido no se privaba luego de compartir con ellos en cada trayecto.

—Fascinante —exclamó Clemens—. Podrían instalar algo así en la Ópera, desde nuestros despachos hasta la cantina.

—Todo es plantearlo, herr director. Sin duda que usted merece eso y más.

Y prosiguió su perorata sobre el Savoy y algunos de los hoteles más elegantes de la ciudad, de los que conocía los datos más insignificantes e inútiles. A Clemens le enervaba Brick, aunque prefería dejarle monologar sobre naderías, que no le costaba ignorar, a que le preguntase cosas que no eran de su incumbencia.

—¿Y qué tienen que hacer en el Savoy? —preguntó de repente, como si le hubiera leído el pensamiento.

—Ver a una amiga —repuso Viorica.

Clemens rechinó los dientes. No era conveniente darle un pie como ese a Brick.

—¿Qué amiga? —quiso saber enseguida.

Su impudor, disfrazado de simpatía, parecía estar justificado por la gorra de plato de chófer que nunca se quitaba. Era tan evidente que estaba allí para vigilarlos que, en lugar de disimularlo, daba la sensación de que se divertía a costa de la inquietud provocada por su acuciante curiosidad.

—A una que no esperábamos ver, eso desde luego —atajó Clemens—. Y dígame, Brick, ¿quién es el arquitecto del Savoy?

—¡Ah! —El chófer se sintió tan complacido por tener la respuesta que perdió el interés por la misteriosa amiga—. No es otro que el señor Heinrich Straumer, el responsable de la Torre de la Radio de Berlín.

Por fortuna, los logros del eminente arquitecto eran lo suficientemente extensos como para llenar la media hora que costó llegar desde la Ópera hasta la Fasanenstrasse. Una vez entraron en la recepción, les salió al paso una figura frágil, de taconeo ligero, envuelta en un abrigo cuya elegancia parecía haber decolorado una década de encierro en un armario con humedades. Saltaba a la vista que no era el tipo de vestimenta de los clientes del Savoy.

—*Mister Krauss, what a great pleasure to meet you again!*

Era una de las hermanas Cook. Aunque Clemens no se había tomado la molestia de identificarlas de forma correcta, ya que en Ámsterdam no veía el momento de quitárselas de encima, le pareció que se trataba de Ida, la más parlanchina de las dos. Y por qué habría vuelto ella también a Alemania era otro cantar. Viorica preguntó, en su titubeante inglés, dónde se encontraba Mitia.

—*Come with me. She's safe, with Louise. Is that your car?*

Clemens quiso decirle que no era buena idea meterse en su coche, pero no tuvo tiempo. Brick se apresuró a abrirle la puerta a la mujercita inglesa y, cosa que no hacía casi nunca con él, se quitó la gorra de plato en señal de reverencia.

—No es conveniente que... —empezó a susurrarle a Viorica.

Sin embargo, ella se alejó de él en pos de Ida Cook, de forma que no pudo o no quiso escuchar sus objeciones.

—*Where are we going?* —le preguntó en la parte trasera del vehículo a Ida.

—Bergmannstrasse —le indicó esta a Brick.

El chófer se giró como si no hubiera escuchado bien.

—¿Eso no está en Kreuzberg?

Clemens experimentó una intensa vaharada de rubor, repartido por las mejillas como una inyección de tinta caliente.

—Sí, allí está. Llévenos sin demora, Brick —le ordenó.

¿Era consciente Ida Cook de que se trataba de uno de los barrios más pobres de la ciudad, cuya presencia allí difícilmente podrían justificar ante su chófer de poco fiar? Si era así, poco le importaba.

VII

Berlín, verano de 1935
Mov. 2, *Tema y variaciones I-IV*, de la *Sonata para viola, op. 11, n.º 4*, de Paul Hindemith

El trayecto esta vez fue un poco más corto, y no hubo anotaciones pintorescas ya que lo que Brick sabía sobre el lugar era escaso o poco digno de sacarse a colación.

El número indicado correspondía a un portal en cuyas escaleras varios adolescentes con los dedos manchados de grasa de taller compartían un cigarrillo. Al ver el Opel abrieron los ojos con estupefacción. Se apresuraron a rodear el automóvil para no perder detalle de sus espejos, neumáticos y embellecedores. Brick consideró preciso quitárselos de encima de un bocinazo, lo que provocó que un tipo vestido con un traje raído y dos tallas más grande que su cuerpo saliera a terminar de espantarlos.

—¿Tenemos clientes? No solemos recibir visitas tan distinguidas —exclamó a través de la ventanilla, revelando un hueco de una negrura infecta entre sus incisivos superiores. Y se sacó el mondadientes que sujetaba en la comisura para hurgarse con él las uñas.

—¿Están seguros de que es aquí donde querían venir? —preguntó Brick al ver que por distintas esquinas de la calle asomaban otras cabezas de arrapiezos, atraídos por la irrupción del automóvil.

Ida asintió y bajaron. Clemens, dubitativo, decidió seguirlas.

—Quizá sea buena idea que dé una vuelta por ahí —le dijo a Brick.

—No hay problema —replicó abriendo la guantera, de la que extrajo una reluciente Luger 9 milímetros—. Hagan eso que tienen que hacer sin prisa.

Desde luego, si buscaba tranquilizarle, había logrado el efecto contrario. Clemens se introdujo en la casa sin saber si le preocupaba más lo que Brick pudiera informar a quienquiera que le hubiese ordenado espiarle, o lo que le aguardaba en el interior del siniestro edificio. En las escaleras se cruzaron con varias señoritas que apestaban a flores mustias de la mano de individuos de mirada inyectada en sangre. Llegaron al tercer piso y entraron en una habitación donde tan solo había una cama con un colchón sin sábanas sobre el que estaban sentados Mitia Mayer-Lismann, su marido Paul y su hija Else. De pie, Louise Cook no dejaba de mirar por la ventana.

—¿Qué sitio es este? —preguntó Clemens mientras se llevaba un pañuelo a la boca para no respirar un olor rancio que le aterrorizó identificar.

—Es el único lugar donde podíamos alquilar una habitación —contestó Mitia—. Aunque sea por horas, aquí no nos piden los certificados arios.

—¡No, aquí veo que no piden ni los de sanidad!

—Pero ¿qué locura es esta? —Viorica abrazó a madre e hija, al borde del llanto—. ¿Cómo se te ha ocurrido volver?

En lugar de mostrarse apenada o arrepentida, como hubiera sido lo esperable, al menos para Clemens, Mitia esgrimió una sonrisa cómplice que compartieron las Cook.

—Es que no es tan difícil salir. Y no iba a dejar a Else y a Paul a su suerte en Frankfurt.

—¡Pero ahora no te dejarán volver a intentarlo! —se desesperó Viorica.

Las hermanas negaron con la cabeza y Louise abrió su bolso, del que extrajo varios pliegos sellados. Clemens los examinó con detenimiento y le quedó claro que eran contratos de trabajo a nombre de los tres integrantes de la familia.

—Son legales. A mí me han contratado en el Covent Garden y he conseguido que a Else la admitan de cocinera en un pequeño restaurante de la estación Victoria. Es lo único que nos ha surgido. Ojalá le hubieran salido unas clases en la Royal Academy of Music. En cuanto a Paul... No ha sido fácil, pero...

—*He will be working in a grocery shop owned by some friends of ours in Soho.*

—¿Una tienda de comestibles? —se extrañó Clemens. Aquello parecía una broma de mal gusto.

Paul, en cambio, asintió entusiasmado.

—Será como comenzar de nuevo. Así estaba yo a los trece años, y cinco después establecí mi primer negocio.

Krauss miró a su compañera, que inclinaba la cabeza con una sonrisa de desconcierto ante lo que estaba escuchando. No podían estar hablando en serio.

—No va a ser tan fácil. Se lo impedirán en la aduana —se pronunció Clemens.

Para su sorpresa, escuchó por vez primera a Louise expresarse en alemán:

—No problema... Contratos legales... Servirán.

—¿Y si les piden una garantía?

Ahí, tanto las Cook como Mitia, e incluso la tímida Else, alzaron las cejas en una súplica nada sutil. Al parecer, si alguien reconocido por su probidad, un buen alemán, se responsabilizaba de ellos, podrían salir del país sin problemas. Clemens abrió mucho los ojos y estuvo sin parpadear durante un buen rato. ¿De modo que esa era la encerrona? Llevarle a un burdel para ponerlo entre la espada y la pared. Empezó a preguntarse si Viorica estaba tan sorprendida como él o si formaba parte de una pantomima aún mayor.

—Me comprometería demasiado —dijo, con los contratos entre las manos, sin poder amagar un creciente temblor—. Mi propio chófer sin duda informará de cualquier movimiento extraño al Ministerio de Propaganda. Y las autoridades aduaneras comunicarán que estoy ayudando a...

—Judíos —asintió Mitia, y luego se quitó las gafas y lo recorrió de arriba abajo con su mirada de ángel de piel morena y cabellos encanecidos—. Tiene razón. Yo no me atrevería a pedirle tanto. Quizá tengamos suerte y con los contratos nos dejen marchar. Su carta solo sería una constatación de que nunca hemos dado problemas, por lo que no los daremos en el extranjero.

Como si eso último fuera a importarles a las autoridades del Reich.

—En todo caso, está usted contribuyendo a que unos apestados como nosotros abandonemos Alemania. ¿Qué mejor acción de cara a los nazis? —apostilló Paul, quien recibió de su esposa un suave codazo de reproche, tras el cual no volvió a hablar.

Clemens reflexionó unos instantes. Luego cayó en la cuenta de algo en absoluto baladí.

—¿Piensan llevarse con ustedes dinero y joyas? Porque eso sí que no se lo van a permitir. Lo retendrán todo en la aduana, y me temo que, si llegan a Londres, lo hagan sin un céntimo en el bolsillo.

Para eso también tenían respuesta las Cook. Sacaron de debajo de la cama varias maletas que contenían abrigos de pieles; también varios objetos de oro, entre anillos, pendientes y relojes. Igualmente, un joyero con piedras preciosas engastadas en distintas alhajas. Los ahorros de toda una vida de los Mayer-Lismann.

—Nosotras llevaremos esto —afirmó Louise—. Como nuestro... Como millonarias inglesas.

Se hubiera echado a reír de no parecerle todo tan patético. Estaba claro que iban a interceptarlas y que serían sometidas a un intenso interrogatorio en el que, casi con total seguridad, se derrumbarían. Y si eso pasaba, las pesquisas los llevarían hasta Viorica y él. Volvió a pensar en la frágil posición en la que quedó Furtwängler y se preguntó si era plausible poner en riesgo todo lo logrado hasta ese momento por la quimera de unas británicas chifladas y una familia que no le importaba lo más mínimo.

—Si no es Clemens, yo puedo firmarles la carta de recomendación —dijo Viorica, traicionándolo de nuevo—. También tengo un nombre y soy cantante en la Ópera de Berlín.

—¡Herr director! —se escuchó entonces desde la calle.

Clemens se asomó a la ventana y vio a Brick de pie junto al

coche, todavía con la pistola en la mano, acompañado por un cabo primero de las SA.

—¡Oh, mierda! —Se giró hacia los ocupantes de la habitación y meneó la cabeza con gesto de censura—. Nos han descubierto. Esta locura no podía acabar de otra forma.

Decidió bajar para afrontar el problema sin demora. Trataron de disuadirle de que fuera solo, y hasta Paul y Mitia se ofrecieron a entregarse y negar que le conocían, a fin de no arruinar su carrera. Se negó.

—Que pase lo que tenga que pasar.

En la calle, sin embargo, el cabo de las SA lo contempló entre divertido y receloso.

—¿De veras es usted el director de la Ópera de Berlín?

Clemens miró a Brick, tenía las manos a la espalda y no sabía si habría guardado el arma. También él sonreía, como si los tres fueran amigos de toda la vida. Después miró al cabo y asintió.

Entonces, el tipo se le acercó y le susurró al oído, con una lascivia que pretendía ser cómplice, sin dejar de mirar al tercer piso:

—Mire, no voy a meterme en sus debilidades, que todo el mundo las tenemos. Pero, siendo quien es, ¿no podría usted permitirse algo mejor?

Clemens dudó y luego se revolvió los cabellos con la mano, incapaz de ocultar su sonrojo:

—En realidad..., he venido a visitar a una vieja amiga.

En ese instante, Viorica se asomó con expresión inquieta por la ventana. El SA prorrumpió en carcajadas:

—¡Eh, monada! ¡Espero que el maestro te haya hecho cantar como a las valquirias!

Viorica, atónita, se retiró enseguida de la ventana. Clemens se llevó la mano al bolsillo y puso en la del tipo un par de billetes, que este contempló con recelo.

—¿Esto es algún tipo de soborno?

—No. Es mi agradecimiento por su presencia. Estoy seguro de que ha disuadido a aquellos golfos de allí de hacerle algo a mi coche. Tómese una copa a mi salud.

Una vena serpenteó por la frente del cabo, que endureció el

tono de su voz como si respondiera a las consignas de una parada militar:

—Yo no bebo, herr director. Pero me ocuparé de esos golfos. ¡Y usted cuídese de las golfas! —añadió con la boca hinchada de risa.

Al menos se alejó de allí para obligar a los jovenzuelos, que contemplaban curiosos la escena, a despejar la calle.

Clemens subió de dos en dos las escaleras y apremió a todos para que recogieran el equipaje:

—Es una inconsciencia que permanezcan aquí. Hay que... Pero ¿qué hace?

Louise Cook había puesto una pinza a uno de los pendientes de ámbar de las Mayer-Lismann y trató de engancharlo en su lóbulo izquierdo, lo que le provocó un evidente dolor.

—No tenemos agujeros... en orejas —aclaró en su borroso alemán—. Hay que... sujetar de otra forma.

¿Y esas eran las dos respetables damas que pretendían hacerse pasar por dos millonarias excéntricas de turismo por el Tercer Reich? Milagro sería que no los detuvieran a todos antes siquiera de tomar un taxi al aeropuerto. De momento prefirió que se buscasen uno que los condujese a la casa en la que vivían Viorica y él.

—Nuestro chófer nos llevará ahora mismo y les aguardaremos allí. Si el portero les pregunta, le dicen que son unos familiares de Viorica de visita desde Austria... Bueno, ustedes dos es mejor que no hablen nada —reconvino a las hermanas.

Volvieron al coche, donde Brick trataba de matar con la culata de la pistola a una mosca inoportuna en la parte trasera del habitáculo.

—Ah, herr Krauss. Me estaba inquietando. ¿Puedo preguntarle para qué han ido ustedes a esa casa tan... sórdida? ¿Y dónde está la señora inglesa? ¿No se viene de vuelta?

—Es una historia terrible —improvisó Clemens mientras tomaba asiento—. Ha ido a buscar a su hermana.

—¿Y qué le sucede a su hermana?

—Es muy triste —intervino entonces Viorica, sin haber sido requerida—. Llevaba una mala vida en Londres, y un joven berlinés de buena familia se hizo cargo de ella. Se iban a casar.

—¿En serio? —exclamaron a la vez tanto Clemens como Brick, lo que provocó que Viorica mirara de soslayo a su compañero.

—Sí, pero entonces el padre del chico se opuso... Porque esa unión implicaría que la hermana de él no podría casarse con un joven de alta alcurnia... De Frankfurt. Así que el padre habló con la inglesa a la que hemos ido a ver y le pidió que se alejara de su hijo. Ella rompió el compromiso, sin decirle a su amado el motivo... Él se puso furioso y le dijo de todo, y ella ha enfermado del disgusto.

Brick lanzó un elocuente silbido.

—Caray, y, por lo que veo, ha vuelto a la mala vida —comentó—. Ahora entiendo por qué me han hecho traerles a este barrio. Lo lamento por la amiga de ustedes. Ojalá encuentre el buen camino.

Clemens miró perplejo a Viorica y a punto estuvo de estallar en carcajadas. ¡Acababa de contar tal cual el argumento de *La traviata*! Pero como Brick podía vislumbrar sus rostros por el retrovisor central, hizo lo posible por mantener la compostura. Sin embargo, no tuvo que esforzarse mucho porque, al salir de Kreuzberg, divisaron infinidad de comercios y portales con enormes estrellas de David blancas pintadas en los cristales, y la advertencia, junto a una calavera, en letras mayúsculas: ¡CUIDADO, JUDÍOS!

•

Una vez en casa de Krauss y Ursuleac, repasaron el plan. Los billetes de avión a Londres ya estaban comprados y lo que tenían que hacer, según las Cook, era muy sencillo. Ocuparían asientos distintos a los Mayer-Lismann, a fin de que los aduaneros no pudieran establecer que los objetos preciados que transportaban las hermanas, como si fueran sus efectos personales, en realidad pertenecían a la familia de Frankfurt. Con eso, y los trabajos que les habían conseguido, era probable que empezar de cero no resultase tan duro. A regañadientes, e instado por Viorica, Clemens accedió a escribir una carta en la que explicaba los motivos del viaje y el comportamiento honesto de sus amigos. Precisó que solo la utilizaran si alguien les ponía algún impedimento para viajar. Luego trató de darle largas al asunto, hasta que una vez acabada la cena, durante las copas, su compañera tuvo la gentileza de traerle papel y pluma para que cumpliera con lo prometido.

Después, Mitia, Paul y Else se acomodaron en los divanes del apartamento, y Clemens se dispuso a acompañar a las Cook hasta la parada del tranvía.

Encontraron las calles aledañas a la Französische Strasse, que era donde residían, inquietantemente desiertas. Al otro lado de la manzana, de algún balcón lejano les llegó lo que parecía una discusión conyugal.

—Queremos ayudar —retomó Ida en inglés, pues, a diferencia de su hermana, no hablaba nada de alemán—. Ustedes no nos dijeron que Mitia era judía. Nos enteramos por casualidad, a los dos días de llegar a Londres, cuando la invitamos a acompañarnos a misa. Comprendimos entonces por qué nos pidieron que la ayudáramos a salir.

—Fue Viorica quien se lo pidió —aclaró Clemens—, no fue algo que saliera de mí.

—Pero ahora ha contribuido a que esa familia vuelva a estar junta.

—Ha sido una coyuntura muy concreta —insistió, tratando de sonar frío y con un ligero enojo—. Hemos corrido un gran riesgo. Mejor dicho, aún lo corremos. El ámbito operístico es el más intrigante de todos los que se puedan ustedes imaginar. Y no me cabe duda de que habrá quien me pregunte quién era usted y qué relación nos une.

—¡Pues vaya pregunta más tonta! —exclamó Louise, que se había mantenido al margen hasta ese momento—. Somos amantes de la ópera y nos contamos entre sus muchas admiradoras. ¿Tan raro es eso?

—Supongo que no. Pero una vez aclarada esta cuestión, cuando hayan llegado a Londres y podamos afirmar que este embrollo ha tenido un final feliz, tal vez lo mejor sea que no volvamos a encontrarnos.

Ida guardó silencio unos instantes y luego utilizó una expresión con su hermana que él no entendió. ¿Sería algún exabrupto?

—Díselo —repuso Louise entonces.

Ida asintió.

—Maestro Krauss, sabemos que en Alemania hay más gente en la situación de los Mayer-Lismann. Queremos ayudar.

—¿Cómo?

Lo explicó lo mejor que pudo. A la prensa londinense llegaban noticias terribles que, sin embargo, muchos admiradores de Hitler en el Reino Unido tildaban de patrañas. Pero, tanto por lo que Mitia les había relatado como por lo poco que pudieron ver en Berlín, ellas estaban convencidas de que era cierto. Además, por la propia Mitia conocían muchas historias de personas del ámbito de la música que se hallaban en situaciones similares.

—Podríamos hacer lo mismo con ellas.

—¿A qué se está refiriendo?

—Sacarlas del país. Vendríamos a entrevistarnos con las que estén viviendo unas circunstancias particularmente desesperadas. Podríamos intentar conseguirles permisos de trabajo... O lo que sea, ya se nos ocurrirá. Y también nos haríamos pasar por las propietarias de sus pertenencias a fin de que no se las requisen en la aduana.

¿Se estaban riendo de él? ¿Qué pensaban, que aquello era una de esas disparatadas historias de espías como las que publicaban por entregas en las revistas que leía Woldemar Brick?

—No saben lo que dicen. Esto no es un juego.

—Pero usted ha accedido a ayudar a los Mayer-Lismann —puntualizó Louise—. Eso quiere decir que no está de acuerdo con lo que les están haciendo.

—Repito que fue iniciativa de Viorica. En lo que a mí respecta, yo no hubiera movido un dedo. Tengo mis propias preocupaciones. Además, estoy seguro de que es un delito.

¿Era delito facilitar que alguien tuviera una vida mejor en un país extranjero, lejos de donde no lo querían?

—Al contrario, el Reich debería estar agradecido de que usted le ayude a librarse de... personas indeseables.

—Es mucho más complejo que eso —aseguró Clemens—. Como británicas, ustedes no pueden comprenderlo.

—¿Lo puede comprender usted?

—Ahí viene su tranvía. No lo pierdan porque es el último. Les dejará en la puerta del hotel Savoy.

Fue inútil que Ida insistiera en que tenía fe en que su novela, cuando fuera publicada, pudiera proporcionarle algunos ingresos con los que llevar a cabo aquella misión de salvamento en la que él no tendría que poner un céntimo, solo darles cobertura, como ahora. Confió en que ninguno de los cuatro pasajeros medio soñolientos que ocupaban el vagón en el que se sentaron comprendiera una palabra de inglés. Y se despidió con un elocuente:

—¡Adiós, y espero que lleguen sanas y salvas a su país!

Después se encaminó hacia su casa, sin ninguna prisa por abrir la puerta del piso y encontrarse en los divanes de su salón a aquella familia cuyo destino tendría que importarle un comino, y, sin embargo, no dejaba de traerle a la memoria el rostro odiado y magullado de Berta Geissmar.

VIII

Viena, 28 de diciembre de 1944
Pizzicato Polka, op. 234, de Johann Strauss hijo y Josef Strauss

—¿Le gusta a usted el cine?

—¿Por qué me pregunta eso?

El ensayo de las piezas del Concierto de Año Nuevo había concluido. Fue inútil que repitiera varias de ellas, aparentemente insatisfecho con algunos *tempi* o con el color de las maderas en *Cuentos de los bosques de Viena*, que hasta ese día le habían parecido adecuados. Al final, los profesores de la orquesta tuvieron que levantarse para regresar a sus casas, en la tesitura de sortear la nieve que ya cubría Viena entera, como en un cuento de hadas nórdico. Krenn volvió a requerirle para reanudar el interrogatorio, aunque pretendiera disfrazarlo de charla informal. Wilhelm Jerger se asomó a la Sala Dorada y, al ver que Krauss seguía en tan inquietante compañía, desapareció sin hacer preguntas, con evidente preocupación.

—Porque me recuerda usted a ese actor tan famoso, Emil Jannings —apuntó el *Hauptsturmführer.*

Clemens opinaba que no se parecían en absoluto. En cuanto a Krenn, no le encontraba parecido con nadie.

Reinstalados en el camerino, el capitán volvió a repasar sus notas.

—Sigue usted sin dirigir *El bello Danubio azul* —le dijo como de pasada.

—Pero si ya le he dicho que no está entre las piezas programadas este año.

—Pensé que quizá cambiaría de opinión.

Krenn no se había quitado la gorra de plato y la sombra de la visera le ocultaba la mirada, de forma que no pudo apreciar si le lanzaba alguna ojeada.

—¿Por qué habría de hacerlo? ¿Por la charla que he tenido con usted?

—La gente inteligente cambia de opinión cuando le conviene. Por ejemplo, usted ha negado antes tener relación con los Mayer-Lismann.

—Eso no es exacto. He precisado que tuve una relación de trabajo con ella, pero no con él, ni con la hija. Y quedamos en que la familia emigró a Londres.

El capitán de las SS asintió y realizó varios tachones en sus papeles.

—Cierto. Solo quería comprobar si tiene tan mala memoria como dice.

—Yo no recuerdo haber dicho nada semejante. Es más, creo que ha sido una elucubración suya respecto a los de mi profesión. Lo único que he afirmado es que no recordaba cómo me enteré de la muerte de Paul Mayer-Lismann. Creo que no es lo mismo.

Krenn sonrió mostrando todos los dientes, de una blancura digna del mármol de algún palacio de la antigua Roma. Tuvo entonces la visión de todas aquellas piezas hundiéndose en la carne de alguien y desgarrándola de un mordisco sin perder su sonrisa.

—¿Sabe? Esa frase: «No recuerdo haber dicho que tenga mala memoria», podría haberla afirmado alguien que, en efecto, la tuviese. ¿No le parece curioso?

—¿Adónde quiere usted llegar?

—A su amiga. —Arrancó una hoja de la libreta y le mostró dos fechas, ambas de 1935—. ¿Sabe que dejó Alemania hace nueve años y ya no regresó? Uno de los últimos lugares donde se la vio en público fue en el Festival de Salzburgo, donde usted dirigía. Por fuerza tuvo que verla allí.

Clemens se encogió de hombros.

—Un día la vi, al siguiente ya no. Fue al término de los conciertos. Pensé que había regresado a Frankfurt.

Krenn negó torciendo el labio, lo que deshizo la mitad de su sonrisa.

—No. Esa persona... Esa gente se marchó a Londres.

—Ya se lo dije antes. Encontró trabajo allí y...

La otra mitad de la sonrisa del SS también se esfumó, y ahora una chispa de fiereza asomó a sus ojos verde uva.

—No me refiero a ese segundo viaje. Mayer-Lismann desapareció a finales de aquel verano, se le perdió la pista en Salzburgo, Austria. Y de repente, dos semanas después, regresa a Alemania en avión desde Londres. ¿No le parece de lo más llamativo?

—No veo nada llamativo en eso. —Clemens no estaba dispuesto a que aquel tipo siniestro percibiera su miedo por si le hacía una pregunta que ya no pudiera eludir con evasivas—. Se fue, volvió, y luego se marchó de nuevo.

—Todo esto suena a que hizo una primera escapada para comprobar si era capaz de llevar a cabo su plan. Y luego, una vez asegurado el terreno, regresó para llevarse consigo a su esposo y a su hija.

—Usted mismo se lo dice. No sé para qué me lo pregunta.

Krenn volvió a sonreír.

—Le diré lo que pienso. Es una teoría curiosa, pero, de momento, es la única explicación que encuentro a por qué sale su nombre en esa lista junto al de esa mujer y los restantes...

—Mire, yo no...

—¿Va a negarme su relación con ellos, cuando ni siquiera le he dicho quiénes son? Curioso. Eso indica más bien que es justo lo contrario.

Krauss se contuvo.

—En realidad, no tengo tiempo para perderlo con acertijos. Si persiste la nevada, tal vez nos sea imposible salir del Musikverein y nos veremos obligados a hacer noche aquí.

—Mejor para mí, no tengo ninguna prisa, señor Krauss. La verdad siempre es paciente a la hora de salir a la luz. ¿Conoce la poesía japonesa?

Negó con la cabeza. Fue a citar los poemas chinos de *La canción de la tierra*, pues era el único ejemplo de lírica oriental que le venía a la mente, pero se calló al caer en la cuenta de que era una obra de Gustav Mahler.

—Pues el gran autor de haikus, Bashō, dice:

Ea, caracol,
asciende al Fuji Yama,
pero despacio.

—Entiendo. En ese caso, permítame que me sirva una copa. Supongo que usted está de servicio.

—Lo supone bien. De todos modos, tampoco bebo.

«¿Ni siquiera una taza de sangre fresca?», se dijo Clemens, y tuvo la tentación de decirle, en correspondencia por lo de Emil Jannings, que de repente él le recordaba a Max Schreck, el conde Orlok de *Nosferatu*. No tenía coñac en el camerino, solo un licor de hierbas de la Baja Sajonia que no le entusiasmaba, un regalo de un aficionado de esas tierras. Lo encontró muy fuerte, pero quizá era lo que mejor convenía al momento. Erich Krenn continuó con su exposición de los hechos:

—Tengo la teoría de que en su primera escapada, pues no fue otra cosa, ya que no estaba autorizada a ir a otro país que no fuese Austria, Mitia Mayer-Lismann viajó a Holanda. Desde allí es probable que tomase algún barco al Reino Unido.

El licor de hierbas le provocó un ataque de tos y hasta lágrimas. Krenn se vio obligado a darle unos golpecitos en la espalda, un tanto sorprendido. Al cabo de un par de minutos, y viendo que Clemens se encontraba mejor, prosiguió:

—Quizá le parezca una teoría peregrina. Pero es lo único que se me ocurre después de comprobar que acompañó a su esposa...

—No estamos casados —matizó Clemens, todavía con los ojos vidriosos y la voz velada.

—¡Eso ya lo sé! —exclamó ofendido Krenn—. ¿Se piensa que un dato como ese se me iba a escapar? Pero ¿qué prefería que dijera? ¿Su concubina? ¿Su amante? ¿O esa soprano con la que duerme usted desde hace cerca de veinte años? Ha sido por ahorrarle cualquiera de esos términos. Debería estar contento de que tenga delicadeza.

—Gracias... por la delicadeza.

—Bien. Pues es lo único que cuadra, teniendo en cuenta que ella acompañó a la señora Ursuleac al piano en la Radio de Ámsterdam.

La cabeza le daba vueltas. Estaba a punto de caerse de la silla. Era una trampa, estaba claro. Pero recordó que ese cambio se produjo sobre la marcha, al rogárselo Viorica en Salzburgo. O sea que en todas partes, al menos en la prensa holandesa, esa actuación se anunció con él como pianista.

—Era yo —se aventuró—, yo la iba a acompañar. Y la acompañé, de hecho.

—¿Está seguro?

¿Cómo no? Le citó las dos arias del *Fausto* de Gounod: la de las joyas y la del rey de Thulé. Y si lo deseaba, podían ir a la sala del piano del Musikverein y las tocaría para él. Solo la parte instrumental, claro estaba.

—Ya le he dicho que le perdí la pista a Mitia al final del festival. De haber tocado ella en Ámsterdam, eso querría decir que le he mentido. Y estoy seguro de haber sido sincero.

—Qué extraño —dijo Krenn, revisando sus notas—, no es eso lo que me consta. Quizá haya un fallo. En fin, habrá que repasar la grabación.

¿Grabación? Se pellizcó el brazo izquierdo. Aquello se estaba convirtiendo en una pesadilla interminable de la que resultaba imposible salir, como si de cruzar una puerta giratoria a toda velocidad se tratara.

—Sí. La Radio Holandesa grabó esa actuación. Es cierto que estos días no son los más propicios para pedir nada, pero creo que podríamos conseguirla y comprobarlo.

¿No se colaron las voces de las hermanas Cook en ella? Estaba perdido, sin remisión. O eso, o quizá pudiese rebatir una por una todas sus afirmaciones. Tal vez no existiera la grabación. Después de todo, el capitán estaba intentando todo el tiempo poner en su boca cosas que él no había dicho. Quería atraparle, y era posible que lo lograra si persistía y encontraba contradicciones en su testimonio. La única opción que tenía era aguantar a base de imaginación y resistencia física. Miró por la ventana. Pronto Viena entera quedaría sepultada de blanco. Iba a ser una noche muy larga.

IX

Berlín, verano de 1935
«Mein Herr Marquis», de *El murciélago*, de Johann Strauss hijo

No quiso despedirse de los Mayer-Lismann. A la mañana siguiente, se levantó antes del amanecer y se vistió a ciegas, sin estar muy seguro de si los calcetines estaban emparejados, y luego fue caminando hasta la Ópera de Berlín. En el salón de su casa quedaron las respiraciones de los tres miembros de la familia; agitada la de Mitia, apenas perceptible la de Else y deformada en asfixiantes ronquidos la de Paul. Deseó con toda su alma que a la vuelta los divanes estuvieran vacíos, sin hundimientos en la tapicería que evidenciaran que alguien había pasado la noche sobre ellos. Que todo fuera un sueño, así, caprichoso y sin sentido alguno, como los de verdad. Se dio cuenta de que últimamente él no los tenía, cosa que achacaba a que sentía limpia su conciencia. En la Ópera se encontró con las puertas cerradas, y se fumó tres cigarrillos mientras esperaba a que llegase el portero. Cuando lo vio aparecer, el hombre, que respondía al nombre de Joseph, le preguntó si pasaba algo fuera de lo común.

—Hoy por hoy, incluso estar vivo es algo extraordinario —respondió Clemens con una amargura que no fue captada por Joseph.

Una vez en su despacho, vio las cartas del día anterior aún sin abrir, debido a la sorpresiva irrupción de Viorica con la noticia del regreso de Mitia. Una de ellas era del maestro Richard Strauss y la otra, del Ministerio de Propaganda. Se preguntó si debía abrir primero la placentera o la fastidiosa. Rasgó la misiva del maestro con un abrecartas que imitaba las dagas de los SS. Como siempre, era un texto de maneras exquisitas, y le anunciaba una gran sorpresa. «A ver si puede escaparse un día para venir a verme y se la comunico en persona», finalizaba. Últimamente no dejaba de pensar en él y en el reciente escándalo en el que se había visto envuelto, aunque por fortuna no trascendió a la prensa.

La carta del ministerio estaba firmada por Hanke y decía así:

> Hemos tenido noticias de que está decidido a contratar a Hans Swarowski para que dirija unos conciertos en la Ópera de Berlín. Consideramos que la presencia de músicos no arios no es deseable en nuestro teatro si se tiene en cuenta el esfuerzo, desde este ministerio, para la purificación del arte alemán, y del cual debe ser usted baluarte.

Abrió un cajón y extrajo un folio para responder a aquella insolencia, pero luego se lo pensó mejor. Releyó la carta de Strauss. «A ver si puede escaparse un día». ¿Por qué no ese mismo día? Bajó a la calle y, como sospechaba, el inefable Brick le salió al paso.

—¿Adónde vamos hoy, maestro? —preguntó con su mejor sonrisa—. No me dirá que otra vez a Kreuzberg.

—No, a Garmisch-Partenkirchen.

Solo por ver la expresión alucinada del chófer ya merecía la pena la extravagancia de aquella escapada.

—¿Se refiere a… Garmisch…?

—Partenkirchen, sí. A la ciudad donde reside el maestro Richard Strauss. ¿Nunca ha estado allí?

—No, pero es donde van a celebrarse los Juegos Olímpicos de Invierno, ¿no?

Clemens aplaudió, a fin de justificar el ataque de risa que no pudo controlar. Brick abrió la guantera y extrajo un mapa de carreteras, en el que comprobó que su destino estaba a setecientos kilómetros.

—Espléndido. A cien kilómetros por hora con este motor de veinticuatro caballos, y con el añadido de las preceptivas paradas sanitarias y para almorzar, seguro que llegamos a la hora de la cena. Así podrá contarme sin prisa esas curiosidades que lee en las revistas. Por ejemplo, sobre los Juegos Olímpicos.

Para sorpresa de Clemens, Brick apenas despegó los labios en todo el trayecto, ignoraba si porque se sentía molesto o abrumado. Solo inquirió, sin un tono que invitara a una conversación larga, si era al maestro Strauss al que iba a visitar. Él asintió.

—¿Pero le ha informado de la hora a la que vamos a llegar?

—¡Ni siquiera lo sabe! Es más, a lo mejor resulta que llegamos y no está allí. Espero que tengamos suerte.

Brick no volvió a decir nada en las tres horas siguientes. De repente, su simpatía se había esfumado, y si entre sus obligaciones estaba la de sonsacarle algo, lo único que le quedó claro fue que el director de la Ópera de Berlín era un impulsivo y un extravagante. Lo que Clemens dedujo fue que no tenía a nadie que le aguardara en casa, puesto que no se planteó hacer una llamada para avisar de que no iba a ir a dormir. Él tampoco lo hizo con Viorica. No le apetecía lo más mínimo.

Lo peor de la falta de conversación y de la monotonía del paisaje fue que pensó, de forma inevitable, en Berta Geissmar. Recordó su único encuentro, a las pocas semanas de su toma de posesión como director de la Ópera, en la puerta de las oficinas del teatro, donde el portero Joseph le impedía la entrada. Después de todo lo que había oído hablar de ella, se la imaginaba distinta: ampulosa y de tupidas pestañas de persona calculadora. En cambio, se encontró con una persona delgada y pálida, envuelta en un descolorido traje y con unos zapatos con las suelas medio despegadas, aunque se apreciaba que eran de calidad. De no haberse presentado, la hubiera tomado por una sintecho de las que pedían en las calles aledañas a la Alexanderplatz, a las que la beneficencia obsequiaba las ropas y el calzado de los muertos que no eran reclamados por nadie en el depósito. Lo único sofisticado de cuanto portaba era un bolso Minaudière de la casa Van Cleef & Arpels, sin duda adquirido en los buenos tiempos, y que debía de ser su posesión más preciada, acaso la única.

Entonces Joseph se ofreció a llamar a la policía, pero Clemens la invitó a subir a su despacho.

Le sorprendió mucho enterarse de que solo tenía un año más que él, o sea cuarenta y tres, puesto que sus cabellos encanecidos y la piel cuarteada de su frente le hicieron deducir que pasaba de los sesenta.

—He venido en tren desde Lindau, en Baviera. Ahora vivo allí.

Le explicó que, desde su despido de la Ópera de Berlín, le había sido imposible encontrar trabajo. Que en cuanto mencionaba su nombre, las puertas se le cerraban de forma automática, y que residía en una modesta casita que le habían prestado unos amigos con la condición de que no revelase su identidad a nadie de la localidad.

—Hablar conmigo se ha vuelto peligroso, maestro. Y supongo que el hecho de que haya accedido a recibirme le compromete. Me siento en la obligación de decírselo.

Clemens había pedido a su secretaria que les trajera té con pastas. Cuando entró con la bandeja humeante, la mujer dio un respingo como si hubiese visto a un aparecido y por poco dejó caer las tazas. Luego, a espaldas de Berta Geissmar, gesticuló de un modo tan exagerado, a fin de advertirle que estaba hablando con una persona indeseable, que él no pudo evitar resoplar ligeramente de risa. Geissmar se volvió con extrañeza y la secretaria bajó las manos, sonrojada.

Cuando volvieron a quedarse solos, Clemens le preguntó en qué podía ayudarla. Su mirada humillada fue a refugiarse en el fondo amarillento de la taza de té.

—Mi situación es insostenible. Hace seis meses que fui cesada de mi puesto.

—Pero, según tengo entendido, no dejó de trabajar exactamente, ¿no es así?

Todo el personal de la Ópera de Viena estaba al tanto de que Furtwängler se reunía en secreto con ella y seguía tomando decisiones tanto administrativas como de programación, no solo del teatro, sino hasta de la Orquesta Filarmónica de Berlín. Luego Furtwängler le entregaba a su secretaria aria los documentos redactados por su predecesora para que los firmase.

—No tenía otra salida —confesó Geissmar—. Él deseaba que prosiguiera con mi labor. Decía que solo yo entendía a la perfección cómo funciona su mente. Hizo todo lo que pudo, dadas las circunstancias, hasta que lo echaron también.

—El maestro Furtwängler accedió a abandonar su puesto por discrepancias con la administración musical —puntualizó Clemens.

La mujer tragó saliva y, a juzgar por su mueca de dolor, debió de saberle muy amarga.

—Es verdad —admitió con un hilo de voz—. Y me culpan de haber ejercido una influencia negativa en sus decisiones.

—¿Y eso es así?

Ella se encogió de hombros.

—¡Por favor! ¡Es Furtwängler! ¡Usted también es director! ¿Cree que no tiene sus propias ideas?

¿Debía mostrarse ofendido por el comentario? ¿Estaba insinuando que Furtwängler era «el director» y él, un simple músico de oficio? Volvió a preguntarle qué precisaba de él. Berta Geissmar le mostró entonces varias cartas firmadas por Anthony van Hoboken. Clemens lo conocía bien. Se trataba de un excéntrico millonario holandés que participaba en un proyecto de fotografiado de los manuscritos musicales de los grandes maestros para la Biblioteca de Viena. Últimamente le había dado también por la catalogación de las obras de Haydn.

—Me ha contratado para que viaje a Estados Unidos y fotografíe los manuscritos de sus bibliotecas musicales. Pero mi pasaporte está retenido y no puedo salir de Alemania.

Clemens estuvo a punto de decirle que, ya que residía en Lindau, bien podría aprovechar un descuido de los aduaneros y trasladarse a Suiza o a Austria, pero se contuvo.

—El caso es que yo no tengo potestad para recuperar pasaportes, ni nada que se le parezca.

—Pero si usted, como director de la Ópera de Berlín, certifica que esta oferta de trabajo es real y escribe a quien sea pertinente, entonces podría marcharme.

—¿Qué le hace pensar que yo conozco a «quien sea pertinente»?

¿Por qué estaba tan en guardia? En realidad, para disipar toda sospecha sobre sí bastaba con despacharla con cuatro formalidades y luego ordenar al portero y a su secretaria que no la dejaran acceder nunca más al edificio. Berta Geissmar lo miró entonces con un reproche velado. Sobraban las explicaciones. Para refugiarse de la incomodidad de aquella mirada, volvió a leer las cartas de Van Hoboken.

—La idea parece sensata. Pero ¿no lo sería también que se buscase otro trabajo?

—Ya le he dicho que...

—Fuera del ámbito de la música. ¿Qué otra cosa sabe usted hacer?

Ella parpadeó varias veces seguidas, como si tratara de comprobar si sus sentidos no la habían engañado. La dignidad regresó entonces a sus facciones y desterró ligeramente su preocupante palidez.

—¿Y a qué se dedicaría usted, maestro Clemens Krauss, si de repente le prohibieran dirigir?

Era una insolencia abierta.

—Si esa prohibición se debiera a que me he metido en problemas, desde luego evitaría seguir por ese camino.

Le costó reconocer la dureza de su tono. Sabía de su fama de afable, incluso entre los músicos, o por lo menos nunca llegó a tratarlos con el despotismo de un Toscanini (quien, paradójicamente, odiaba a los dictadores).

—Entonces tengo un problema de nacimiento. —Los labios de Geissmar se quebraron en un llanto.

Se recompuso antes de que él hiciera amago de levantarse de su silla para consolarla. Las lágrimas ajenas lo desesperaban, incluso si estas eran causadas por el final de *La bohème*. Permaneció sentado y rebuscó un pañuelo limpio en sus bolsillos. No lo encontró.

—Escuche. Si lo que necesita es que le devuelvan el pasaporte, ¿por qué no acude a Furtwängler? Él ha sido su valedor y no la abandonará en este trance.

—No puedo pedírselo a él —dijo con restos luminosos de lloro en sus pestañas—. Ya le he complicado bastante la vida. ¿Sabe qué le dijo Hitler la última vez que coincidieron en público? —No aguardó su respuesta—. «Será mejor que acate de una vez la política cultural del Reich o tendremos que enviarle a un campo de internamiento».

—¿Eso dijo?

Le resultaba difícil de creer por lo burdo. No podía imaginarse al Führer gentil y estrechador de manos, con el que de vez en cuando intercambiaba un escueto saludo tras las funciones de ópera, profiriendo amenazas. No tanto al de los encendidos discursos de los noticiarios. Quiso saber si le respondió algo.

—Sí... «En ese caso, canciller del Reich, estaré mejor acompañado que ahora»...

Krauss se convenció de que aquella mujer era una mentirosa, o tal vez pretendía enredarle en algún tipo de crítica compartida hacia el Führer. O eso, o Furtwängler era más temerario aún de lo que suponía. En todo caso, no le gustaba el rumbo que había tomado la conversación.

Geissmar se percató y retomó el otro tema con aire grave:

—¿No podría escribirle a Göring, por ejemplo? Fue el valedor de usted y la Ópera de Berlín es la única sobre la que él ejerce jurisdicción. Quizá hablándole de forma razonable, él consentiría en que me marche. Así dejaría de ser una molestia. Aquí no me espera ningún futuro, creo que sabe bien a qué me refiero.

Rebuscó en sus bolsillos y extrajo unos cuantos billetes.

—Esto es lo único que puedo hacer por usted. Tome, para el regreso a Lindau.

La mujer miró el dinero con aprensión y se levantó como impulsada por un resorte. Iba a marcharse sin contestar nada, pero en el último instante se giró sobre sus gastados zapatos.

—Buenas tardes, herr director —dijo con voz neutra—. Ojalá nunca se vea en la tesitura de tener que pedirle a un extraño que le salve la vida.

Volvió a la realidad de golpe y se maldijo en voz baja por su extravagancia. ¿Dónde demonios estaban? ¿Todavía cerca de Leipzig?

De forma inesperada, Brick pareció leerle el pensamiento.

—Si me hubiera avisado con anticipación, podría haber pedido que me dejaran un Mercedes-Benz 770 de la serie W07, propiedad del ministerio. El *Reichsminister* Goebbels lo utiliza cuando va a dar discursos en distintas ciudades en un mismo día. Ese tiene una potencia de doscientos caballos y alcanza ciento sesenta kilómetros por hora.

—¿En serio? —exclamó sorprendido Clemens.

—Así es, hay muy pocas unidades de ese modelo y uno de ellos es propiedad del emperador del Japón. Pero eso no durará mucho. El Führer le ha encargado a Ferdinand Porsche que diseñe un automóvil para el pueblo. Estoy seguro de que en un año, a lo sumo dos, cada alemán tendrá uno como ese.

Pasaron el resto del largo trayecto hablando de automoción.

X

Garmisch-Partenkirchen, verano de 1935
Potpourri de *La mujer silenciosa*, *op. 80*, de Richard Strauss

Viorica se quedó muy sorprendida cuando, a eso de las diez y media de la noche, Clemens la telefoneó para comunicarle dónde estaba. Ella se había pasado el día llamando a la Ópera intentando localizarle. Le preguntó la razón de aquel viaje.

—Me ha surgido —repuso él, y se encogió de hombros a pesar de que ella no podía verle—. El maestro Strauss deseaba comentarme unas cuestiones y he preferido venir en persona.

—Pero ¿así como así? ¿Dejándome preocupada un día entero?

—Creo que tenías otros motivos de preocupación aún mayores. Espero que ya se hayan solucionado.

Una pausa al otro lado. Ella lo había comprendido, aunque era incapaz de reconocer en él al compañero de tantos años con el que apenas tuvo roces, sino más bien una complicidad que iba más allá de los silencios comunes.

—Sí... Eso no te causará más molestias... Por cierto, ha llamado tu madre desde Praga. Dice que no sabe nada de ti desde hace semanas.

Así era. Aunque su comunicación no fuese demasiado fluida, llevaba más tiempo de lo habitual sin darle señales de vida.

—Bueno, la llamaré a mi regreso. Ahora he de dejarte. Como

no me esperaban, han tenido la deferencia de preparar una segunda cena. Mañana nos veremos. Descansa.

Colgó, sin besos ni abrazos. Luego ocupó su sitio en la amplia mesa del comedor principal ante el maestro Richard Strauss y su esposa Pauline. En un rincón, la nuera del matrimonio, Alice, le leía a su hijo mayor Richard, de ocho años, *Emilio y los detectives* de Erich Kästner, el libro infantil más vendido en Alemania en los últimos años. En otra esquina, el hijo de Strauss, Franz, ensayaba una jugada de billar. En verdad que aquella suntuosa villa, levantada casi treinta años atrás como residencia de verano del compositor, se había ido convirtiendo en casi su único refugio, del que a sus setenta y un años apenas salía ya. Allí escribió sus obras maestras de los últimos tiempos, y le gustaba alojar a sus amigos más íntimos. Sin embargo, la llegada imprevista de Clemens lo contrarió, algo que este achacó a que era muy tarde. No tuvieron inconveniente en pedir a la cocinera que preparase algo para él y para Brick, quien fue alojado en las habitaciones del servicio.

Mientras daba buena cuenta de unas salchichas rojas y ensalada de patata, Clemens contempló la sorpresa que el maestro le tenía reservada. Era la partitura de su nueva ópera, *Día de paz*, en cuya portada rezaba: «A mis queridos amigos Clemens Krauss y Viorica Ursuleac».

—Me hubiera gustado mostrársela a ambos —explicó—, así que le ruego que guarde el secreto hasta que pueda encontrarme con nuestra querida Viorica.

—*Día de paz*. Muy apropiado para los tiempos que corren. No sé cómo agradecérselo, maestro. Es un honor que no creo merecer.

—¿De veras? ¿Le retiro la dedicatoria y se la propongo a otro director? ¿A Karl Böhm, por ejemplo?

Rieron. Clemens ardía en deseos de dirigirla. ¿Se había planteado el maestro alguna fecha? De inmediato se arrepintió de haber preguntado. Su temperamental esposa, Pauline, que llevaba un rato largo rumiando un exabrupto, no halló mejor ocasión para soltarlo:

—¡Habrá que ver si se estrena! ¡Porque estos idiotas que gobiernan ahora no tienen el más mínimo respeto por Richard!

—Ah, Pauline... Haya paz... Para eso he escrito esta obra. El mundo está ya demasiado crispado.

—No te merecen. —Ella le oprimió el pecho con su índice imperioso, que él no retiró—. Después del insulto a tu última ópera tendríamos que haber cogido las maletas y habernos marchado a América. Entonces ese payaso con cara de ratón de Goebbels te hubiera suplicado de rodillas que volvieras. ¡Y hasta te hubieran pedido que presidieras de nuevo la Cámara de Música del Reich!

—No insistamos en ello, querida.

Strauss procuró decirle esto con la mayor suavidad posible, puesto que los años no habían menguado la personalidad volcánica de su esposa. Circulaba una anécdota en torno a ellos por cuya veracidad Clemens jamás se atrevió a preguntarles. Al parecer, cuando Pauline era aún una cantante a sus órdenes, durante la producción de su primer título lírico, *Guntram*, las trifulcas entre ambos en los ensayos eran terribles. Pauline llevaba las de ganar y lo insultaba delante de la compañía del Hoftheater de Weimar, con amenazas literales de «arrancarle la piel a tiras». Sobrepasado por la humillación, Strauss le pidió arreglar sus diferencias en privado, dentro de su camerino. Al poco se escucharon golpes, rotura de vidrios y exabruptos provenientes del interior, y parte del elenco llamó a la puerta, a la que se asomó el maestro, algo tembloroso. Le comunicaron que estaban dispuestos a personarse como testigos si precisaba llevar a la temperamental señorita De Ahna a los tribunales, a lo que él replicó: «Testigos sí necesitaré, pero no tantos... Es que, verán, acabo de prometerme con ella».

Y esta no era la única historia de estas características que se contaba en el entorno operístico.

El maestro se levantó de la mesa y se acercó adonde estaban su nuera y su nieto. Clemens se fijó en que Alice se mostraba del todo inexpresiva, a excepción de unas marcadas ojeras que la avejentaban en unos siete u ocho años. La recordaba risueña y dicharachera la última vez que la vio, aunque quizá no fuera una referencia muy fiable dado que fue el día de su boda, en el que Clemens tocó el órgano. En todo caso, su lectura del libro había resultado monótona, por lo que era poco probable que hubiera suscitado interés en el niño. Richard Strauss acarició la cabeza del pequeño y tomó prestado el volumen.

—Querida, hay que ser pragmáticos. A esta gente le gustan mucho las puestas en escena, pero no son más que humo. Mira, al pobre Kästner lo han quemado en esas hogueras de libros que montaron hace un par de años. Él, muy digno, asistió a ese aquelarre que hicieron en Berlín, precisamente en la plaza de la Ópera. Y nadie se atrevió a tocarle. Por lo demás, tampoco es su deseo marcharse. Esos días escribió unos versos con los que me identifico plenamente, esos en los que afirma que su tierra no le deja marchar porque es como un árbol que, crecido en Alemania, cuando tenga que ser, en Alemania se secará.

Devolvió *Emilio y los detectives* al pequeño, pero ya se le habían quitado las ganas de leer. En realidad, hacía horas que tendría que estar en la cama. Alice se lo llevó de la mano, una vez que hubo besado a su padre y a sus abuelos. Franz, después de echar una mirada de reojo al maestro, siguió practicando carambolas.

—¿Salimos un rato al jardín a admirar la luna llena?

Clemens aceptó encantado. Le ofreció un cigarrillo, que el maestro tomó con dedos temblorosos. Una vez fuera, le preguntó por qué las autoridades consideraban un autor degenerado a Kästner.

—Por pacifista, que supongo que será de lo próximo que me acusen a mí. Ya soy viejo, no me importa lo que me hagan. De hecho, supongo que ya sabrá la razón de que me cesaran como presidente de la Cámara de Música del Reich.

—¿Fue por Stefan Zweig?

Era un secreto a voces que Hitler no había acudido al estreno de *La mujer silenciosa* porque el maestro había contado con Zweig, judío austriaco, como libretista, y se negó a quitar su nombre del cartel. Sus libros, precisamente, se encontraban entre los quemados en las citadas hogueras, encendidas a lo largo y ancho de Alemania.

—Todos se indignaron conmigo. Por un lado, los nazis, y por otro, el propio Zweig, que me exigía más apoyo desde Londres.

Yo le repliqué que si no le parecía bastante que me jugara mi posición por hacer honor a la verdad. Además, le expliqué que soy apolítico, y que a mí, en tanto pagasen las entradas, me daba igual que los espectadores fueran judíos o chinos. Por desgracia, la Gestapo leyó esta última carta.

Esa había sido la causa de su cese. Intentó hablar con Hitler para explicarle el sentido de sus palabras, pero este se negó a recibirlo. El mismo Goebbels despachó el asunto con la mayor celeridad y le buscó un sustituto más dócil. Por otro lado, *La mujer silenciosa* fue retirada de la circulación después de solo tres funciones.

—Quizá nos haya notado usted algo extraños esta noche, Clemens. Le confesaré la razón.

El maestro se dirigió a paso errático hasta el cenador, iluminado con luz eléctrica, y extrajo de su chaqueta una carta ligeramente rasgada, de las muchas veces que parecía haber sido doblada, y unas gafas de montura dorada.

—Es un resumen de unas leyes que piensan aprobar en unos días. Un supuesto amigo me lo ha adelantado en exclusiva.

Comenzó a leer, pero después de trabarse en las primeras frases, Clemens le solicitó ojearla él mismo. El documento mencionaba dos leyes en concreto: una denominada «De la ciudadanía del Reich» y otra, «Para la protección de la sangre alemana y el honor alemán». En la primera se establecía la definición de lo que era un ciudadano del Reich y sus obligaciones para con el Estado, en tanto que la segunda prohibía los matrimonios entre judíos y alemanes. No importaba que se hubieran contraído hacía mucho tiempo, serían considerados nulos de forma automática, y también los que se hubieran celebrado en el extranjero. Asimismo, se prohibían terminantemente las relaciones extramaritales entre personas judías y alemanas, so pena de prisión con trabajos forzados y fuertes multas. A modo de añadido un tanto extravagante, se prohibía a los judíos contratar a empleadas domésticas menores de cuarenta y cinco años.

El informante del maestro Strauss apuntaba además que aquellas leyes pronto se harían extensivas a negros y gitanos. Clemens le devolvió la carta.

—A mí me apodan «el barón gitano». Supongo que tendré que andarme con cuidado —bromeó.

—Evidentemente, es una amenaza nada velada. Cuando entre en vigor esta aberración, todos los matrimonios que el Reich considere «mixtos» serán disueltos, y quién sabe cuántas parejas se encontrarán en situación de concubinato. ¡Ah, no! Porque si incurren en eso, irán a uno de esos campos de internamiento que han abierto en Dachau o en Lichtenburg.

Clemens comprendió adónde quería llegar.

—Está claro que van a por mi nuera. Yo ya he escrito más de veinte cartas al respecto. Alice es católica. Sí, puede que naciese en una familia que no lo era. Pues bien, ellos se ciñen a los genes. ¿Me quiere explicar alguien qué demonios es un alemán? Por lo visto, llevo setenta y un años con una idea equivocada de lo que yo mismo soy. Por ejemplo a usted, Clemens, ¿podríamos considerarle un alemán apto según este proyecto de leyes?

Krauss se encogió de hombros. Su padre era griego de Constantinopla, y su propia compañera, aunque austriaca, tenía origen rumano. ¿Entraban ellos dos dentro de aquella categoría?

—No osarán afirmar que mi hijo y mi nuera ya no están casados. ¡Y no tendrán el atrevimiento de llamar mestizos a mis...! —Se contuvo al comprobar que alguien se asomaba al jardín desde uno de los salones de la villa.

—Por supuesto que no —trató de tranquilizarle Clemens—. Usted es Richard Strauss. Sería un escándalo.

Le habló entonces de *El gran pecador* de Eduard Künneke, prevista para fin de año en la Ópera de Berlín, para cuyo estreno había obtenido un permiso especial del propio Goebbels porque su autor no era un ario puro. Si permitían aquello, ¿cómo no iban a respetarle a él?

—Yo no necesito ningún papelajo que me autorice a estrenar mis obras, y menos para abrazar a mis niños en público. Cuando Hitler se meaba en el regazo de su madre, yo ya había estrenado *Don Juan*.

La silueta de Franz Strauss les observaba con los brazos en jarras, como si les instara a acabar de una vez con la charla, quizá porque se les escuchaba desde el interior de la casa.

—De todos modos, ¿no le han confiado la música de la ceremonia de los Juegos Olímpicos? Creo que eso cuenta por encima de cualquier otra cosa. Si no confiaran en usted, ya se hubiesen buscado a otro.

—Naturalmente —repuso Strauss con gesto algo ofendido—. Para representar a la música alemana ante el mundo no iban a contar con cualquiera de esos lameculos, que ahora estrenan todos los años en los grandes teatros, solo por su filiación al partido. ¿Qué otro podría hacerlo sino yo? No tengo nada que temer. Ya se lo he dicho, a mí no me interesa la política.

—Yo siempre digo lo mismo, pero me temo que a ella sí que le interesamos nosotros —razonó Clemens.

En esto, Franz se pronunció con una nota de hastío en la voz:

—Papá... Ya deberías estar en la cama. Luego no logras conciliar el sueño en toda la noche.

Richard Strauss se disculpó y se despidió hasta la mañana siguiente, no sin antes rogarle de nuevo que mantuviera el secreto sobre la partitura de cara a Viorica. No quería privarse de su expresión de alegría cuando leyera la dedicatoria.

Clemens iba a retirarse, pero Franz seguía allí de pie, muy serio.

—Apenas he podido escuchar su conversación con mi padre, pero me imagino las cosas que le ha dicho.

—En realidad, solo han sido unos comentarios intrascendentes, entre amigos.

—Es un hombre mayor —replicó Franz con acento recriminatorio—, y hay que procurar no darle la razón en determinadas cosas. No se da cuenta de que vivimos en una era muy distinta a la que él conoció en su juventud.

—Comprendo...

—Me alegro de que lo haga. Dado que es su amigo y confía en usted, y ya no le quedan muchos a los que pueda considerar como tales, hágaselo entender. Hitler es la antorcha que ilumina esta nación, y solo de su mano alcanzaremos la plenitud como pueblo. No es aconsejable discutir sus decisiones, ni dejar en evidencia la política cultural de Estado. Y lo de contar con Zweig fue un tremendo error.

Clemens no tuvo mucho más que añadir a aquellas reflexiones. Se despidió con educación de Franz, con el pretexto del cansancio del viaje.

—Usted parece una persona sensata. Estoy seguro de que su ejemplo le será de gran ayuda —remarcó Franz—. Ya hablaremos de esto durante el desayuno.

—Claro que sí, buenas noches.

En realidad, para él no fueron tan buenas. No sabía qué le causaba más asombro, si las leyes raciales que estaban a punto de ser promulgadas o la aparente indiferencia del hijo del maestro sobre el destino de su esposa e hijos. Tal vez esta actitud estuviera justificada por un exceso de confianza y la creencia de que su padre, y todo lo que se refería a él, era intocable. Por otro lado, le parecía que legislar sobre el antisemitismo era algo tan trasnochado como hacerlo sobre el amor. Él conocía bien aquellos prejuicios, muy en boga en la Viena de sus años mozos, pero jamás imaginó que alcanzasen rango de ley, sustentada sobre razones en apariencia científicas. Se preguntó si acaso no era lo bastante racional como para comprenderlo.

Todas estas ideas bullían en su cabeza y hasta eclipsaron la ilusión que, en circunstancias normales, le hubiese hecho la dedicatoria de *Día de paz*. Quizá también en su interior palpitaba el silencio de reproche de Viorica al otro lado de la línea telefónica, dolida con justicia.

A las cinco de la mañana, sin haber conciliado el sueño, Clemens irrumpió en el cuarto asignado a Woldemar Brick para interrumpir el suyo:

—¿Le importa si nos marchamos ya a Berlín?

XI

Berlín, verano de 1935
Mov. 1, Presto con fuoco, del *Cuarteto de cuerda n.º 1*,
de Erwin Schulhoff

El regreso fue todavía peor que la ida. O bien Brick estaba enfurruñado por el constante cambio de planes, o su lucha para que no se le cayeran los párpados en la carretera le impedía desplegar su habitual locuacidad. En todo caso, el tema de los automóviles se agotó en el viaje anterior. Y como no acababa de salir el sol, no contaba con la complicidad del paisaje para dejar que sus pensamientos se perdieran en él. Así que su mente volvió a aquella mañana de finales de invierno en Berlín, a Berta Geissmar y el Minaudière. Ya pensaba que se había librado de ella cuando oyó voces airadas que chocaban entre sí en la puerta del teatro. Eran Joseph, el portero, y Geissmar discutiendo de forma acalorada.

—¿Qué demonios le pasa a esa? —dijo en voz alta.

—Ya le dije que no la atendiera —le dio la réplica su secretaria, a su espalda.

Trató de distinguir las palabras que se dirigían, pero quedaban amortiguadas por los cristales de la ventana de su despacho y no le apetecía que Berta Geissmar se encontrara con su rostro escudriñante desde la altura del primer piso.

—Baje y dígale a Joseph que la eche de una vez.

—Quizá lo mejor sería avisar a la policía.

—Haga lo que crea conveniente, con tal de que se largue.

La discusión continuó diez minutos más. La secretaria subió con café y el rostro enrojecido de sudor.

—Esa tipa, si me permite que me refiera a ella así, herr director, es intratable. No deja de repetir que tiene que verle, que tiene usted no sé qué suyo... No la he entendido bien. Está histérica.

Clemens comprendió que se trataba del puñado de dinero que le ofreció. Al parecer, había cambiado de opinión. Él se había guardado los billetes en el bolsillo hechos una bola. Que se lo hubiera pensado mejor.

Hubo unos instantes de silencio y después se escuchó un alarido infrahumano, que le recordó al del cerdo en la matanza. En cierta ocasión, fue invitado a presenciar una en un pueblo de los Cárpatos Orientales con la familia de Viorica durante la llamada festividad de Ignatul. El matarife no hundió el cuchillo con suficiente profundidad y el cerdo lanzó aquel chillido que le heló la sangre. El tipo titubeó y el animal aprovechó para escaparse, hasta que se derrumbó unos metros más allá, al resbalar en su propia sangre.

Se asomó y vio a Berta entre dos policías. Ahora era su boca ensangrentada la que no dejaba de abrirse y cerrarse, lo mismo que sus grandes ojos oscuros. Alzó la mirada y se encontró con la suya tras la ventana. Al evocarla ahora, sus facciones se fundieron con las de Mitia Mayer-Lismann y Alice Strauss. ¿Creyó leer en sus labios teñidos de escarlata su propio nombre: «Clemens, Clemens»? El policía que estaba a su izquierda le descargó un porrazo en los riñones que la hizo doblarse igual que una marioneta a la que hubieran cortado los hilos de un tajo, y el otro le hundió la punta de su bota derecha varias veces en las costillas mientras la escupía.

La metieron a rastras en un furgón policial, acallados al fin sus gritos. En su lugar resonaron las risotadas de ellos, secas y dolorosas, como golpes de cuero, a modo de malos de opereta. «Esta puta está loca», creyó entenderle a uno. Joseph había contemplado la escena con satisfacción, con los brazos cruzados. «Espero que le den su merecido», dijo al despedirse de ellos.

—¿Cómo puede un ser humano emitir un sonido como ese?

—se preguntó la secretaria—. En verdad que no lo son. Ya le ajustarán las cuentas en la cárcel.

Contrariamente a lo que hubiera esperado, a Clemens la escena le había revuelto el estómago. Se sentó ante su mesa y le pidió que le trajera el frasco de bicarbonato. Cuando fue a verter el contenido en el agua, unos pocos polvos se le escurrieron de la esquina de la mesa y cayeron al suelo. Y ahí encontró, bajo la mesa, el Minaudière de Berta Geissmar. Sin duda, la infortunada mujer se refería a su bolso cuando dijo que tenía que volver a subir. Lo abrió y dentro encontró varios billetes, un documento en el que se la identificaba como judía, lo que supuso que sería la llave de su casa y varias fotografías, entre ellas la de una mujer con los ojos y el mentón idénticos a ella, tomada quizá dos décadas atrás. El cerdo, que se alejaba en los recuerdos distorsionados de Clemens, volvió la cabeza y lanzó una carcajada a través de sus dientes rotos.

—¿Se encuentra bien, herr director? —oyó la voz de Brick.

Se había quedado dormido a la altura de Múnich. Le alegró tan poco despertarse como ese mal sueño que acababa de tener. Definitivamente, la visita a Strauss no le alivió de su inquietud. Y la idea de llegar a Berlín y encontrarse a una Viorica que, sin duda, no iba a dirigirle la palabra en unos días no era de lo más reconfortante. Eso si no había preparado una maleta, ya fuera la suya o la de él, a fin de que se tomasen un tiempo de reflexión.

Cerró los ojos y aprovechó para dormir el resto del camino, salvo las dos últimas horas, en las que Brick se explayó hablando de las bondades de la red de alcantarillado de Berlín y la forma en que sus habitantes se deshacían de los detritos.

Por fin llegó a casa, con la misma ropa del día anterior. Su ausencia en el piso la llenaba la voz de Claire Waldoff cantando *Es gibt nur ein Berlin* en el gramófono. Lo llamativo era que quien adoraba las canciones de cabaret era él, en tanto que Viorica afirmaba que le resultaban ramplonas. Sin embargo, ahora estaba escuchando una, quizá para volcar en ella el resentimiento que sentía hacia él. La encontró en ropa interior frente al espejo del vestidor, probándose vestidos viejos, algunos de los cuales rasgaba si no se veía favorecida con ellos. No se giró para mirarle, ni le dijo nada.

Clemens se sentó en el sofá del salón y encontró una pluma estilográfica sobre la mesita de cristal con las iniciales «M. L.», el único indicio de que los Mayer-Lismann estuvieron allí alguna vez. También había un pequeño fajo de cartas, que le trajeron desde el teatro durante su ausencia. Recordó entonces que tenía que escribir una a su madre para cumplir con la costumbre de saber el uno del otro y que lo dejara tranquilo una temporada. Fue abriéndolas para luego arrugar su contenido sin excepción, hasta que llegó a la última. Era de la Cancillería del Reich. Ya había rasgado el sobre cuando sonó el teléfono.

—¿Herr Krauss? —inquirió con desconfianza una voz que no tardó en identificar como la de Ida Cook, desde Londres.

—Sí, soy yo.

—Solo quería decirle que... Bueno, que ya estamos todos aquí. Y que... le agradecemos su ayuda. Solo eso.

—Espere —dijo él con voz pausada, también en inglés, a la vez que extraía la carta del sobre—. Mire, lo he pensado y... ¿Sabe qué? Quiero ayudarlas.

—¿De veras? Pero eso... Eso sería increíble, maestro. Podemos hacer mucho bien.

—Es mejor no hablarlo por teléfono. A finales de septiembre dirijo unas funciones de *Tristán e Isolda*. Venga con su hermana a verlas. Creo que se me ha ocurrido cómo podemos hacerlo sin grandes riesgos. Aunque alguno habrá.

—Son ustedes unos ángeles, herr Krauss. Descuide, estaremos allí en esas fechas.

Cuando fue a colgar, tomó conciencia de lo que decía la carta.

—¡Oh, querido! —exclamó Viorica con lágrimas de emoción, todavía en ropa interior—. ¿Es cierto lo que he oído? ¿Ayudaremos a las hermanas inglesas? ¿Podremos lograr que otras personas puedan ponerse a salvo, como Mitia?

—«Sus excelentes servicios han elevado la cultura alemana una vez más a lo más alto frente a la injerencia extranjera —acabó de leer en voz alta—, dando brillo y esplendor a lo más excelso de nuestra música, nunca lo suficientemente ensalzada... Firmado, Adolf Hitler».

XII

Berlín, septiembre de 1935
«So muss allein ich bleiben», de *El murciélago*,
de Johann Strauss hijo

Aunque no hubo día que no se levantase con la sensación de arrepentimiento por haberse citado con las hermanas inglesas a finales de septiembre, no tuvo el coraje de suspender la reunión con ellas. Y el motivo era la dulzura que irradiaba la mirada de Viorica cada vez que se cruzaba con la suya, desde el silencioso despertar a su lado hasta el consabido murmullo con el que se despedía por las noches, antes de adentrarse en busca del sueño. Sin embargo, era consciente de que tarde o temprano aquel idilio se desvanecería sacudido por la nueva realidad que oficializaban los diarios con letras voluminosamente alarmantes, o las miradas sobreentendidas de quienes la asimilaban sin atreverse a ponerla en tela de juicio, siquiera con un tono de incredulidad. De esta manera, las leyes raciales que el maestro Strauss le había anticipado vieron la luz y fueron comentadas entre sus amistades y el entorno de la Ópera de Berlín con admiración. Aunque también le llegó, a través de sus íntimos, como los cantantes que se habían venido con él desde la Ópera de Viena, que algunos maledicentes se preguntaban si el nombre «Viorica Ursuleac» era susceptible de ser considerado «no ario». «Naturalmente, hice callar a los que andaban esparciendo esos infundios», le comentó indignado el barítono Josef von Manowarda.

Su caso era especial porque, pese a ser hijo de un general austriaco, había nacido en Cracovia y no era descabellado que alguien poco informado planteara la misma cuestión acerca de su arianidad. Y es que Manowarda era uno de los más activos miembros del Partido Nacionalsocialista que había tenido la Ópera de Viena, hasta el punto de que llegaron a sancionarlo en numerosas ocasiones por su exaltado proselitismo. No era extraño que hubiera aceptado sin dudar la propuesta de Clemens de irse con él a Berlín, en aquel momento de tensión extrema en el país de ambos.

La confidencia de Manowarda le hizo reflexionar sobre si la actitud de su compañera hacia los Mayer-Lismann y quienes se encontraban en su misma situación no se debería a que en cierto sentido se sentía identificada con ellos. Pero no era posible, porque Viorica había nacido, como él, en el Imperio austrohúngaro. El alemán era su lengua materna, casi tanto como el rumano, si no más. En todo caso, si alguien la considerara parte de una minoría, de ningún modo debía acarrearle problema alguno. ¿O acaso no trabajaban en el Reich personas procedentes de todos los países de Europa, sin ningún tipo de restricción?

Recordó entonces un hecho que había intentado erradicar, en vano, de sus recuerdos a lo largo de los años porque empañaba la mitología que forjaron en torno a su primer encuentro. En realidad, su deseo de no escucharla en la audición a la que se presentó no se debía a que fuese balcánica. Eso fue una mera excusa para no sacar a la luz el motivo real. Y es que en la profesión se había extendido la idea de que sobre Ursuleac se cernía una nube negra. En definitiva, que era portadora de una mala suerte que afectaba a cuantos teatros y orquestas contasen con ella. La leyenda tenía su origen en una tragedia bien real. Desde hacía unos años, Viorica formaba un dúo artístico con el tenor Trajan Grosavescu, también rumano. La fuerza escénica de ambos les llevó a ser contratados durante varias temporadas por la Ópera de Berlín. La prensa, no contenta con ensalzar su alto grado de compenetración, se preguntó si este no se debería a una conexión más profunda. En realidad, esta especulación no dejaba de ser la habitual en todas las parejas artísticas surgidas en el ámbito de la ópera.

Lo malo fue que la mujer de Grosavescu se tomó al pie de la letra las insinuaciones y, después de lo que ella supuso una cita con su amante, lo mató a tiros. La gota que había colmado el vaso fue que, siempre según la prensa, la noche anterior él cantó con especial retintín *La donna è mobile* de *Rigoletto* en la Ópera de Viena. El caso alimentó los titulares durante semanas y se saldó con la absolución de la esposa por enajenación transitoria y la condena tácita de la supuesta desencadenante de la tragedia, esto es, la última *partenaire* del difunto, Viorica Ursuleac. Los periódicos no se privaron de resaltar su escandalosa vida privada, que incluía el abandono de su marido, un reputado doctor, y el hecho de que se hubiese llevado consigo a su hija de corta edad, a fin de educarla en su disipado estilo de vida.

¿Qué había de verdad en todo esto? La fecha de la muerte del tenor coincidía, en efecto, con el periodo inmediatamente anterior a la prueba en que se conocieron. De los rumores que le atribuían incendios en teatros, rivales escénicas que caían enfermas antes de una función y otras calamidades no podía dar fe. Pero sí que le preocupaba que el público estuviera más pendiente de los pretendidos escándalos de sus cantantes que de su calidad vocal. De ahí su reticencia a escucharla.

Esa era la verdadera razón de su rechazo inicial, que nunca llegó a confesarle a ella, como tampoco que no cayó en el engaño de la supuesta fräulein Ada von Richthofen. Se lo advirtió su asistente, cuando ella iba a subir al escenario: «Maestro, ahí viene la Ursuleac, que piensa que va a engañarle con un nombre falso». ¿Conque esas tenía? Estaba pensando en obsequiarla con unas cuantas alabanzas sobre su actuación para acto seguido descubrir su ardid y despacharla con cajas destempladas. Sin embargo, para su sorpresa, le convenció de tal manera lo que escuchó que solo pudo soltarle la primera parte de su discurso; luego ya fue incapaz de revelarle que conocía su identidad de antemano.

Poco tiempo después iniciaron su relación, lo que puso a Clemens en la tesitura de decidirse a romper su matrimonio con Margarethe, también soprano, y madre de sus dos hijos. La relación ya se tambaleaba desde el nacimiento del pequeño, Oliver, apenas un año atrás. Si todavía continuaron siendo marido y mujer tres años más fue por la reticencia de Clemens a que los niños crecieran en un hogar roto. Aunque Viorica y él trataban de mantener en secreto su romance, no tardó en ser de dominio público en Frankfurt, donde muchos pensaron que la indeseable rumana acababa de corromper a una nueva víctima, tras haber provocado la muerte del tenor Grosavescu. El ambiente empezó a tornarse irrespirable para ambos tras cada función en la Ópera, donde siempre se dejaba caer alguna palabra gruesa o se escuchaban silbidos desde el gallinero cuando ella entraba en escena. Así que la oferta de la Academia Filarmónica de Viena para que se convirtiera en su titular no pudo llegar en mejor momento. Él le planteó a Margarethe el divorcio, que ella aceptó, no sin responsabilizarle de haber arruinado su carrera por haberse convertido en la madre de sus hijos.

Después Clemens le rogó a Viorica que le acompañara a Viena como su esposa.

—¿Vamos a dejar que un papel firmado acabe con una relación que ha sido liberadora para ambos? —le replicó ella—. Dejémoslo estar. Siempre tendremos tiempo de echarlo todo a perder cuando nos cansemos el uno del otro.

Partieron juntos como «compañeros», aplicable tanto dentro como fuera de las tablas. Viorica se llevó consigo a su hija Naditza, por quien había luchado sin descanso durante mucho tiempo para poder mantenerla, sometida a una agenda exhaustiva de trabajo y aceptando en ocasiones roles inadecuados, susceptibles de arruinarle la voz, en teatros de mala muerte. Pero, a diferencia de lo señalado por la prensa, la educó bien, hasta el punto de que, como le gustaba bromear a él, Naditza no estaba interesada lo más mínimo en desarrollar una carrera relacionada con el mundo de la música ni nada que se le pareciera, una declaración manifiesta de honorabilidad. Y se había convertido en una encantadora jovencita de dieciocho años que vivía su propia vida en Viena, ajena a la corriente de indignación que obligó a su madre a tomar el camino de Berlín con él.

Una relación «liberadora». Esta definición no dejó de intrigar a Clemens a lo largo de los años. ¿De qué la liberó él? ¿De la mala sombra que le atribuían y que pareció desvanecerse apenas se encontraron? ¿De la impresión por la muerte de Grosavescu? ¿O de un remordimiento secreto por haber sido, siquiera de forma indirecta, la causa de esta?

Viorica jamás le habló del asunto, pero estaba claro que era imposible que él no se hubiese enterado. Luego su ocultación fue deliberada, y acaso el hecho de que Clemens jamás le preguntase por lo sucedido fuese una prueba de que también a él le inquietaba lo suficiente como para evitar que su mención erigiera una barrera entre ambos. En realidad, esa barrera sí existía. Una de silencio, reforzado ahora por su extraña obsesión con quienes se encontraban en la misma situación que Mitia. Un silencio que se negaba a tratar de comprender por temor a contagiarse de la misma obsesión.

XIII

Berlín, septiembre de 1935
Denn alles Fleisch es ist wie Gras, de *Un réquiem alemán, op. 45*, de Johannes Brahms

El día fijado para la reunión en Frankfurt, una carta de Margarethe lo cambió todo. La capital iba a albergar un encuentro de las Juventudes Hitlerianas, y Octavian, que ya tenía doce años, debía asistir. Los niños y ella residían de continuo en Viena.

—Vaya —le comentó un tanto malhumorado a Viorica—, podría haber tenido el detalle de informarme de que mi hijo mayor ha ingresado en tan distinguido club.

—Pues mira, ya es más que tú y que yo —le hizo ver ella.

Cierto. Ninguno de los dos se había afiliado al partido. En realidad, nadie se lo llegó a exigir. Solo en una ocasión, durante un encuentro un par de años atrás con su amigo Alfred Frauenfeld, este le preguntó abiertamente por qué no solicitaba el carnet.

—He dejado de creer en los papeles —le replicó—. Es como con Viorica: no estamos casados de manera oficial, pero en espíritu no podríamos estar más unidos.

—Yo te haré la gestión —remarcó Frauenfeld en un tono que no admitía discusión—. Es necesario que se vea en Austria quiénes estamos por la labor de acabar con este gobierno corrupto que nos niega el derecho a nuestra grandeza.

Pero al poco tiempo Frauenfeld fue detenido, acusado de terrorismo tras un ataque con granadas de los camisas pardas a un puesto de la policía en Krems. El gobierno austriaco lo deportó a Alemania, de donde no tardó en volver para poner en marcha el fallido golpe de Estado. Y ahora su amigo de juventud residía en Berlín y era el flamante director de la Cámara del Teatro del Reich. Al reencontrarse, Frauenfeld le prometió ayudarle en todo lo que necesitase, pero sin volver a mencionar la afiliación al partido.

—Fíjate —bromeó con Viorica—, de haberme sacado el carnet cuando me lo dijo Frauenfeld, a lo mejor le hubiera acompañado a la cárcel y hasta me hubiese visto implicado en el golpe.

—Al final tú también estás exiliado aquí, por muy bien que te lo paguen y todo lo honorable que sea. Exactamente igual que él —respondió su compañera.

Clemens vio en ello un indicio más de aquel cambio de actitud, de su entusiasmo inicial por que él aceptara el cargo a aquella repentina necesidad de querer salvar al mundo.

Las Cook llegarían en avión a Berlín la tarde del día de la ceremonia de las Juventudes Hitlerianas, que iba a tener lugar en el Lustgarten desde primera hora de la mañana. Ahí se planteó el primer conflicto del día. Viorica declinó acompañarle, pretextando que se sentía algo mareada. Pero él conocía bien el motivo de su negativa. Aunque Viorica llegó a conocer a sus hijos, Octavian y Oliver, en la época de su divorcio, y estos le mostraron aprecio, la cosa había cambiado. Ya no eran aquellos chiquillos risueños que le preguntaban a su padre cuántos conciertos le quedaban por dar antes de regresar a casa con mamá y con ellos. Octavian acababa de cumplir doce y su hermano nueve, y en las últimas visitas se negaron a dirigirle la palabra a aquella a la que ni siquiera sabían cómo llamar.

—Tienen que aceptar la realidad —le insistió Clemens—. Sabes que Margarethe los está utilizando dentro de su juego de resentimiento. Pero llegará el momento en que piensen por sí mismos.

—Pues mira dónde los llevan hoy sus pensamientos —respondió ella con ironía.

Decidió no echar más leña al fuego. Salió de casa y allí estaba aguardándole el inefable Woldemar Brick al volante, con una revista entre las manos. Pero en esta ocasión no traía el Opel Olympia, sino un Studebaker Dictador. Le fue imposible ocultar una expresión de desconcierto al encontrárselo allí.

—Oh, permita que me haya tomado la libertad de venir a buscarle, herr director. Como hoy se celebra la reunión de las Juventudes Hitlerianas y su hijo participa en ella, supuse que le sería más cómodo que le acercara.

¿Debía preguntarle cómo había llegado hasta él esa información? Lo que más le fastidiaba no era que le hubieran puesto a su servicio para espiarle, sino que ni siquiera se esforzase lo más mínimo en disimularlo, acaso por el perverso placer de recrearse en su ofuscación. Montó en la parte trasera, dándole las gracias entre dientes.

—Si se pregunta cómo lo sé, ha sido por pura casualidad —añadió Brick entonces—. Me he acercado a la Ópera para preguntar si hoy me necesitaría y su secretaria ha consultado su agenda y me ha informado del acontecimiento. Por eso he pensado en venir a su casa para llevarle en coche.

—Veo que le gusta mucho pensar por sí mismo —se le escapó a Clemens, y no pudo evitar recordar las últimas palabras de Viorica.

—No crea. Es que me gusta sentirme útil, y por eso no espero a que se les ocurra a los demás, y hasta les ahorro el esfuerzo de pensarlo.

—Llegará usted lejos, Brick. No me cabe ninguna duda.

—Ya he llegado. ¡A Garmisch-Partenkirchen, el otro día con usted!

Clemens decidió guardar silencio el resto del trayecto, que tampoco fue muy largo. Una vez se internaron en el centro de Berlín, fue imposible avanzar entre la marea humana teñida de pardo, rojo, blanco y negro, formada por miles de jóvenes que desfilaban alegres bajo sus esvásticas. Brick se detuvo a la altura del Altes Museum. A pesar de que estaba atestado por una multitud similar a las que asistían a los congresos del partido, Clemens apreció que algo había cambiado en el Lustgarten desde la última vez que paseó por sus jardines.

—Lo han pavimentado todo y han retirado la estatua ecuestre de Federico Guillermo III —le explicó Brick, adivinando lo que pensaba—. Ahora es mucho más accesible para los desfiles y permite que se reúnan hasta un millón de personas.

Así pues, ¿eso era lo que le aguardaba allí? ¿Cómo demonios se encontraría con Margarethe? Al instante se arrepintió de la reflexión, porque el diligente chófer le señaló las columnas centrales del Altes Museum. Su exesposa estaba allí.

—Creo que su secretaria también ha hablado con ella —sonrió con picardía.

Avanzó entre hordas de chiquillos de entre diez y dieciséis años que, al contrario de lo que hubiera esperado, se apartaban para dejarle paso en respetuoso orden. Margarethe llevaba un sombrero de ala ancha y una gabardina de heroína de cine policiaco. Se preguntó si se habría maquillado con tanto escrúpulo para él o para lucir acorde con la elegancia marcial del acontecimiento.

Fue a besarla en las mejillas, pero ella le tendió la mano, enfundada en un guante de seda roja.

—Te han salido muchas canas. Parece que la vida de director en Berlín no es tan plácida como en Frankfurt, ¿eh?

Agradeció que no ironizara con lo mismo respecto a Viena. En los últimos tiempos de su matrimonio, Margarethe no pronunciaba una sola frase que no contuviera algún reproche sobre lo mucho que prosperaba la carrera de él en relación con la de ella, cada vez más episódica debido a la maternidad. Al final se le hizo bastante insoportable, aunque a veces se preguntara si había algo de razón en aquella queja. Por otro lado, no dejaba de ser una cantante bastante corriente, con una técnica acomodaticia que él pronosticaba que acortaría el ciclo natural de su voz. Qué diferente de Viorica y aquel caudal de cristal puro que le fluía de la garganta con la naturalidad de las aguas nacientes de un manantial. Esto, por supuesto, jamás se lo había dicho.

—¿Dónde está Oliver?

—He preferido dejarlo en casa de una amiga, a fin de ahorrarle un viaje tan largo y una jornada que va a ser agotadora. Ya lo verás cuando vayas de visita a Viena.

Lo más curioso de todo es que cuando Clemens se trasladó de Frankfurt a la capital austriaca con Viorica, para dirigir la Ópera de Viena, Margarethe se apresuró a instalarse también allí con los niños. De hecho, el desventajoso acuerdo de divorcio, con una pensión que a Clemens le escocía cada mes cuando ordenaba la transferencia, fue dictaminado por un juez austriaco. Sin embargo, eso no se tradujo en que él viera a Octavian y a Oliver mucho más que si se hubieran quedado en Frankfurt.

Así que se mordió los labios para no reprocharle a Margarethe aquella falsa esperanza de ver a su hijo menor y preguntó por Octavian.

—Está con la delegación de Frankfurt, claro.

—No entiendo para qué demonios lo has afiliado, y encima en una ciudad alemana. Si ya me acusaban de nacionalsocialista en mis últimos meses en Viena, no quiero ni pensar qué dirán los periódicos de esto.

—Nos han reservado un sitio —repuso lacónica ella, e hizo señas a un *Hitlerjunge* de unos diecisiete años, que aguardaba hierático junto a una de las columnas, quien los condujo hasta la primera fila de una de las tribunas.

Clemens tomó conciencia por vez primera de que en su vida había visto nada semejante. Nunca acudió a ningún acto del partido, y también había rehuido cualquier tipo de manifestación, fuera del signo que fuese. La mayor concentración de personas que había contemplado de un golpe de vista eran las que cabían en un teatro de ópera. Por eso no dejó de admirarse de aquel acto perfectamente coreografiado, igual que el más moderno ballet venido de París o de una ópera rusa, con las múltiples voces del pueblo concentradas en una sola y con todos los acentos posibles. Lo que más le asombró fue la seriedad con la que aquellas decenas de miles de jovencitos desfilaron al compás, totalmente sincronizados y sin un asomo de sonrisa. Si eran capaces de llevar a cabo aquella demostración con la misma facilidad que si se tratara de juegos propios de su edad (pues no menos de la mitad estaban por debajo de los trece años), se preguntó qué empresa, por muy difícil y compleja que fuera, no hubiesen acometido con éxito de habérseles requerido durante aquellas horas de obediente marcialidad. Por ejemplo, tomar las armas y embarcarse en una guerra contra alguno de los países a los que el Führer acostumbraba a lanzar dardos durante sus alocuciones, como Francia, Polonia o Checoslovaquia. O la propia Austria. Ahí tuvo que detener su pensamiento, espantado por la temeridad de su propia imaginación. Era imposible. No eran más que jovencitos consagrados a la fraternidad, el deporte, la devoción a la patria y el aprendizaje de la vida adulta a partir de la obediencia a los mayores.

Hasta ese momento, Clemens no se había planteado la forma en la que se dividían las Juventudes. Apreció que había cuatro secciones: masculina y femenina, de unos catorce a dieciocho años, y su equivalente, de diez a catorce, donde estaría Octavian. Se preguntó cómo sonaría todo aquello si todos esos jóvenes se hubieran reunido a fin de conformar una inmensa orquesta. Agradeció entonces que su imaginación retornara al cauce más sosegado. Sí, eso hubiera sido fabuloso. Una orquesta de diez mil o veinte mil niños que, a las órdenes de una sola batuta, entonaran un canto que llegase hasta la bóveda celeste. Algo así como lo expresado por Beethoven en su *Novena sinfonía*. Recordó entonces que Gustav Mahler había logrado reunir a mil cien intérpretes para el estreno de su *Sinfonía n.º 8*, una proeza que hubiera empalidecido de haberse plasmado su idea allí, con las Juventudes, en el Lustgarten. Aunque enseguida tomó conciencia de que la música de Mahler, a quien se recordaba más como el gran director que fue, no hubiera sido susceptible de ser interpretada en aquel contexto, dada su condición de judío converso.

Entonces, como si quisieran cumplir sus deseos, las Juventudes se pusieron a cantar al son de los redobles de tambor de sus miembros más jóvenes, que encabezaban cada una de las delegaciones. Eran cantos bastante ramplones, remotamente asociables a la belleza, por la forma tan ordenada y respetuosa con la que se interpretaban, como himnos ancestrales de monasterios del Medievo, a la par que en el centro de la explanada se formaba sin ruido una esvástica de carne humana y tela que comenzó a girar sobre sí misma:

Ante nosotros ondea nuestra bandera,
camino al futuro, hombre por hombre.
Marchamos para Hitler cruzando la noche y la miseria,
con la bandera juvenil, en pos del pan y la libertad.

Ante nosotros ondea nuestra bandera,
enseña de la nueva época,
y esta bandera nos conducirá a la eternidad.
¡Sí, la bandera es más que la muerte!

«La muerte». Este último verso se incrustó en el ánimo de Clemens con la frialdad de una saeta. ¿A qué venía asociar a los jóvenes con un concepto tan siniestro, cuando él, en la medida de lo posible, teniendo en cuenta la distancia que los separaba, trataba de alejarlo del pequeño mundo en el que estaban creciendo sus hijos?

—¿Dónde está Octavian? —preguntó a Margarethe, todavía sin creerse que su primogénito pudiera estar allí.

Ni siquiera hizo por buscarlo, pues todos los niños se le antojaban el mismo en distintas franjas de edad, tamaño y color de pelo y ojos. Variaciones sobre un solo hijo, entre banderas y flores. Ella le señaló la delegación de Frankfurt, y le costó identificarlo en aquel chicuelo espigado que redoblaba las baquetas sobre el parche del tambor. Bien podía ser por la gorra de cuña o por sus sienes afeitadas que conferían una angulosidad adulta a su rostro, que él siempre evocaba redondamente infantil. Al menos marcaba bien el ritmo, y recordó el ostinato de la caja del *Bolero* de Ravel que había dirigido hacía poco con la Filarmónica de Berlín, pese a las reticencias del inefable Karl Hanke, que él ignoró con satisfacción. Se preguntó qué cara se les quedaría a los jefes de las Juventudes Hitlerianas si de repente aquellas marchas rimbombantes fueran sustituidas por el glorioso *crescendo* de la composición de Ravel. Examinó a Octavian, que estaba tan concentrado que no hubiera reconocido a sus padres allí ni aunque el resto del gentío se hubiera esfumado de golpe. Solo los pantalones cortos se ajustaban a alguien de su edad, en tanto que la corbata negra sobre la camisa parda, los arreos de cuero, el cinturón de voluminosa hebilla y el brazalete, con la esvástica dentro de un rombo, parecían un disfraz que no tuviera más objeto que ofrecer una visión grotesca del mundo adulto.

—¿Por qué lo inscribiste? —le insistió en un susurro a Margarethe.

Por toda respuesta, ella le entregó un sobre con varios folios en su interior. Eran tres requerimientos de la Oficina de Raza y Asentamiento de Frankfurt, para que, en virtud de las nuevas leyes promulgadas, fuese a aclarar su posible origen judío. La razón era el apellido de Margarethe, «Abraham». Clemens arrugó la carta, furioso.

—Esto es un disparate... Tú no tienes...

—¡O a lo mejor sí! —exclamó ella levantando la voz, lo que provocó que los ojos del público que los rodeaba se apartaran del desfile para clavarse en ellos, con un reproche nada velado—. Mi familia ha indagado sobre nuestra procedencia, y nos hemos remontado a más de diez generaciones en los archivos de Austria. Y nada. ¿Adónde quieren que lleguemos? ¿A las doce tribus de Israel? Además, cuando nos divorciamos, yo me quedé con nuestra casa de Frankfurt. Debo demostrar que soy aria o me la expropiarán. ¡Por eso he afiliado a tu hijo! ¡Para reafirmar nuestro compromiso con el Reich!

—¿Y no te importa lo que eso suponga para los niños?

La mera idea de que sus hijos entrasen en la categoría de arios dudosos, aunque vivieran en otro país, le sublevaba. Margarethe se encogió de hombros, esa era la razón por la que desfilaba ese día Octavian, y en menos de un año lo haría Oliver. Él acabó por asentir, para no lanzar un grito de cólera. Ya se enteraría el responsable de la oficina de marras.

En ese momento subió al estrado el líder de las Juventudes Hitlerianas, Baldur von Schirach, y las baquetas de los tambores quedaron suspendidas en el aire.

—¡Queridos niños! ¡Muchachos! ¡Alemanes del mañana! —gritó, convirtiendo en innecesario el micrófono que tenía ante sí—. Gracias por venir desde todos los rincones de nuestra bella patria. Hoy es un día especial, porque queda uno menos para que nos liberemos del yugo que amenazó con destruir Alemania, que dejó a vuestros padres sin trabajo y que hirió a los héroes de la Gran Guerra sin que esas heridas hayan podido cicatrizar... ¡Y mucho menos la más dolorosa de todas, una puñalada por la espalda!

Hablando de puñales, Clemens volvió a fijar su mirada en Octavian, que escuchaba el discurso con la misma expresión que si su vida dependiera de ello. Descubrió entonces que de un lateral le colgaba una daga envainada, a escala en relación con su tamaño infantil.

El soliloquio continuó entre aplausos y gritos de «*Heil*» durante al menos una hora, en la que Schirach prometió que, para cuando los presentes se hubieran convertido en respetables padres y madres de familia, Alemania volvería a resplandecer como un gran campo de girasoles, más grande y radiante que nunca en toda su historia. Luego, de forma inesperada, y tras haberle nombrado no menos de una docena de veces, presentó, como si fuera el invitado sorpresa de un programa de radio, al propio Adolf Hitler.

De improviso, los jóvenes del desfile se hicieron a un lado para que el Mercedes del canciller hiciera su entrada en el Lustgarten. Iba con la capota bajada, de forma que el Führer se puso en pie, con el brazo extendido, y los jóvenes, hasta ese momento en disciplinada formación, fueron presa de un éxtasis colectivo y desordenado. Estiraron los cuellos buscando que al menos la sombra de su mano se proyectara sobre ellos, y lo saludaron a voz en cuello, en una cacofonía que poco se diferenciaba de algunas de las obras musicales consideradas ahora degeneradas por el Reich. Pero ni aun así aminoró el automóvil su velocidad. Unos instantes después, ya despojado de su gorra de plato y su guerrera, Hitler se subió al estrado con parsimonia y se quedó expectante ante el micrófono. Dejó que pasase al menos un minuto, en el que cada mínimo gesto suyo provocaba gritos de histerismo, hasta que su potente voz resonó en todo el recinto y en el interior de los cuerpos casi infantiles.

—¡Juventud de Alemania! —comenzó.

A partir de ese momento, Clemens perdió el hilo de sus palabras. Se fijó solo en la cadencia martilleante de las mismas, como Sigfrido en la fragua forjando su espada Nothung. Era aquel un discurso que, apoyado en la musicalidad de lo bronco, lograba impregnar a su audiencia de su ímpetu. Debió de hablar de las mismas cosas de siempre, sin rebajar la intensidad de su contenido pese a la edad aún tierna de la mayor parte de su auditorio. Pero esto era lo de menos. No importaba qué se dijera, sino cómo. Y el efecto era tan electrizante que, al concluir, él mismo subió el brazo más de lo habitual (cuando solía alzarlo con rápida cortesía) y coreaba las mismas consignas que las decenas de miles de muchachos congregados. ¿Qué había sucedido? Le pareció que aquel que tenían ante sí, tan pequeño en la distancia como infinito, recortado contra el horizonte de Berlín, dominaba a la perfección los resortes que era capaz de pulsar la música. Se trataba acaso del más portentoso director de orquesta de las emociones que hubiese visto jamás. Recordó entonces la carta que le envió unas semanas atrás, y le costó entender que ese mismo que se erigía como un torrente, emergiendo de entre las masas, hubiese apelado a él, tan poco digno de ese honor como se sentía ahora.

Volvió la mirada hacia su derecha y se encontró con que Margarethe también tenía el brazo levantado y los ojos humedecidos.

—¿Tú lo has conocido? —le preguntó.

Él la entendió de milagro, en medio de los vítores.

Lo cierto es que contestó a su carta, aunque ignoraba si tendría respuesta, con la solicitud de abandonar la dirección de la Ópera de Berlín para ocupar el mismo puesto en Múnich.

—Le he saludado en un par de ocasiones, después de alguna función.

Así era, pero sin mayor trascendencia. El Führer acudió acompañado de su plana mayor y estrechó las manos de todo el elenco con las habituales fórmulas de cortesía.

—Y dime —insistió Margarethe, intrigada de veras—, ¿en persona habla de la misma manera?

XIV

Berlín, septiembre de 1935
Sangre ligera, op. 319, de Johann Strauss hijo

Para sorpresa de ambos, cuando el encuentro finalizó y la multitud comenzó a dispersarse, el *Hitlerjunge* que los había conducido hasta su sitio les pidió que lo acompañaran. Los llevó nada menos que ante un Von Schirach rodeado de niñas y niños de cabellos casi blancos y ojos de un azul radiante de mañana de primavera, entre los que se encontraba su Octavian. Clemens fue a besarle, pero el niño se cuadró ante él. Solo cuando Schirach le hizo la señal pertinente, se adelantó a abrazar la cintura de su padre.

—Querido maestro Krauss —le sonrió el jefe de las Juventudes, quien le pareció mucho más simpático que otros líderes del partido que había conocido—, es un honor inmenso contar con sangre de su sangre entre nuestras filas. ¿Y sabe que alguien de la mía se cuenta entre las suyas?

Resultó que su hermana era Rosalind von Schirach, miembro estable de la Ópera de Berlín, una soprano que Clemens estimaba tan correcta como discreta, y a la que nunca hubiera puesto en un primer reparto. En apariencia, ella no alardeaba de aquel parentesco, salvo por un detalle: antes se hacía llamar Rosa Linde, hasta que la repentina celebridad de su hermano provocó que rescatase su nombre original en los carteles. Ahora, frente a él, encontró que el corte de cara de ambos era idéntico.

—Entonces, el director del Teatro de Wiesbaden, Carl von Schirach...

—Es nuestro padre —proclamó orgulloso el jefe de las Juventudes—. En mi familia, el amor a la música es lo primero. De hecho, yo también compongo. ¿No ha escuchado nuestra *Canción de la bandera* durante el desfile? La he adaptado yo. Es la que suena al final de la película *El flecha Quex*.

Ni se le había pasado por la cabeza pensar que aquella piececilla sin sustancia tuviera un autor.

—No tengo mucho tiempo de ver películas, me temo —replicó, más sincero de lo que le hubiera gustado—. Ya sabe, mis obligaciones.

Octavian levantó entonces la mano para que se le concediera permiso para hablar. Schirach asintió.

—Con todo el respeto, querido papá —dijo como si lo tuviera ensayado—, *El flecha Quex* es una película extraordinaria. Cuenta la historia del sacrificio de nuestro camarada Herbert Norkus, asesinado por los comunistas hace tres años. Nos la proyectan todos los fines de semana. Para mí sería un honor que la vieses conmigo... y con mi hermano.

—Claro, hijo —replicó Clemens confuso.

Se descubrió la cabeza ante Schirach, sin intención de prolongar más aquella conversación.

—¿Sabe? Deberíamos hacer algo juntos, usted y yo. Tenemos bastantes agrupaciones musicales de gran calidad entre los muchachos. Se me ocurren tantos proyectos posibles...

—Por supuesto, hablemos de ello algún día.

Estrechó su mano, que encontró sorprendentemente femenina, y se despidió sin importarle parecer indiferente. Octavian siguió a sus padres sin dejar de marcar el paso. Una vez se hubieron alejado del epicentro de la pacífica desbandada de jóvenes, Clemens le rogó que dejara de hacerlo.

—No le has dicho a Schirach nada de las cartas que me están enviando de esa odiosa oficina —le reprochó Margarethe.

—¿Y qué esperabas? No iba a sacarle un tema tan delicado en plena calle y rodeado de gente. Además, no creo que sea él quien lleve esas cosas.

—Pues daba la impresión de que quería hablar un rato contigo. Podías haber sido más amable.

La misma Margarethe de siempre, sin perder la ocasión para el reproche. Miró su reloj y se percató de que eran más de las cuatro de la tarde. ¿De veras se habían pasado el día de pie, contemplando aquella procesión pagana, sin comer ni beber? Ni que Hitler tuviera poderes hipnóticos capaces de provocar en el público la sensación de que el tiempo se suspendía. Se preguntó cómo recogería a las hermanas británicas en el aeropuerto. Le propuso a Margarethe dejarlos en el hotel en el que se alojaban y verlos a la mañana siguiente, antes de que regresaran a Viena.

—Muy bonito —le afeó ella—. Tu hijo viene a Berlín, puesto que ya no te dignas aparecer por la ciudad en la que vivimos, y ahora te largas.

De sobra sabía ella que le resultaba imposible regresar allí, después de la forma en que se había marchado. Por desviar el tema, le señaló a Octavian la daga que colgaba de su cinturón. El niño, sin disimular su orgullo, la desenvainó y se la entregó, sosteniéndola por la hoja. En ella estaba grabado, igual que en la hebilla, el lema «Sangre y honor». En cuanto a la sangre, afloró en ese mismo instante porque Clemens se cortó el dedo índice con el filo y se la arrebató indignado.

—¡Pero si está afilada! —exclamó.

Rechazó el pañuelo de Margarethe y prefirió echar a perder el suyo propio, de seda de Lyon, regalo de cumpleaños de Viorica.

—Es una daga... —repuso contrariado el niño.

—¿Y para qué demonios la necesitas?

—Por si nos encontramos con una horda comunista.

Su respuesta le hubiera provocado una sonora carcajada en cualquier otro contexto, pero no en aquel.

—¿Crees que esta es forma de borrar el «Abraham»? —le afeó Clemens a Margarethe.

—Tú me quitaste el derecho a utilizar el Krauss, de modo que ni siquiera tendrás que pasar el apuro de que nuestro matrimonio sea invalidado de forma oficial.

Percibió que la mirada endurecida de Octavian estaba a punto de agrietarse. No era cuestión de ampliar aún más la distancia que los separaba. Limpió la daga, aunque no pudo eliminar de su superficie el borrón de sus huellas, y se la devolvió con fingida ceremonia a su hijo. En esto, apareció por allí Woldemar Brick, al que por primera vez no encontró inoportuno.

—¡Un valiente jovencito! —Estrechó su mano con sincera simpatía—. ¿Y eso que tienes ahí? ¿Es una daga? Déjame echarle un vistazo.

—Vamos con prisa —le instó Clemens, temeroso de que, en correspondencia, se le ocurriera sacar la pistola de la guantera y mostrársela a su hijo.

De camino al hotel donde se alojaba su exmujer, hizo sus cálculos y se dio cuenta de que apenas disponía de tiempo para llegar al aeropuerto de Tempelhof. Su idea inicial era tomar un taxi con tranquilidad e ir hasta allí con Viorica. Pero ahora esto quedaba descartado, y ni siquiera podía buscar un teléfono para avisarla. Aunque lo que menos le gustaba era que le llevase el metomentodo de Brick.

Dejó a Margarethe y a Octavian en la puerta del hotel Central y se despidió de ellos de forma escueta. Hubiera besado a Octavian, pero este se limitó a hacerle el saludo nazi y no quiso forzar la situación. Margarethe no se guardó el reproche:

—Ya vemos qué prisa tienes por ir a reunirte con tu queridita. Espero que pases una velada más divertida de la que te hubiera esperado con nosotros.

—Mañana os llevaré a desayunar al Café Josty. Lo prometo.

Salieron hacia el aeropuerto.

—Debe usted estar orgulloso de tener una familia así —comentó el chófer.

—¿Tiene usted familia? —le preguntó, aunque había percibido cierto tono de burla en sus palabras.

—Claro, por supuesto. Mis padres siguen viviendo en Jungholz, y tengo una hermana pequeña...

Por algún motivo, la locuacidad de Brick se esfumó de golpe. ¿Acaso su puesto de vigilancia constante le impedía proporcionar datos personales a sus observados? ¿Datos que pudieran revelarse falsos a poco que uno hiciera averiguaciones por su cuenta? ¿O es que no le apetecía inventarse una sencilla historia que contestase a esa pregunta sin levantar sospechas?

Woldemar chasqueó entonces los dedos para salir del paso.

—¿Le apetece escuchar la radio, herr director?

—¿Cómo? ¿Este coche tiene radio?

Le señaló la puerta del copiloto, en la que apreció de inmediato un aparato integrado que pasaba desapercibido para un observador superficial, como él.

—Todos los Studebaker llevan una. Un modelo de la marca Ideal. Ya sabe, tecnología alemana, de la casa Bosch.

—Pero, que yo sepa, este modelo de coche es norteamericano.

Brick se lo explicó entonces, divertido:

—El Ministerio de Propaganda solo utiliza coches fabricados en Alemania, pero este es la excepción. La marca estadounidense ha bautizado a su modelo Standard Six como «Dictador», en homenaje al Führer.

—¿En serio? —Clemens estuvo a punto de señalar que ya había unos cuantos en el mundo como para que se refiriera precisamente al que los gobernaba a ellos, pero se contuvo.

—Totalmente. Lo sacaron bajo el lema: «Un brillante ejemplo de exceso de poder» (o de «potencia», en inglés es lo mismo) y se vendió como rosquillas. ¿Qué emisora quiere escuchar?

—La que sea, algo de música.

Pero por mucho que Brick girase la ruedecita, la programación era idéntica en todos los canales: la noticia de la reunión de las Juventudes Hitlerianas esa mañana en Berlín y el discurso en diferido de Hitler, ofrecido en versión íntegra.

—«¡Juventud de Alemania...!» —resonó aquella voz inconfundible, que hizo vibrar la carrocería del Studebaker.

Clemens tuvo que aguantar el trayecto hasta el aeropuerto con la sensación, que sospechaba que Brick compartía, aunque no lo confesase, de estar metido dentro de la garganta de ecos infinitos del canciller del Tercer Reich.

XV

Berlín, septiembre de 1935
Nur eine Stunde, del filme *Mazurka*, con Pola Negri

Podría haber dejado que las hermanas Cook tomasen un taxi y fuesen por su cuenta hasta su apartamento, pero le intranquilizaba la idea de que llamasen la atención. A pesar de la nobleza de sus intenciones, y de una valentía que acaso fuese más bien inconsciencia (aunque tampoco él predicaba con el ejemplo), dudaba bastante de que estuviesen preparadas para lo que se avecinaba. Dos inglesas un tanto estrafalarias, que apenas hablaban alemán, no eran precisamente el colmo de la discreción en aquel Berlín nacionalsocialista.

Aguardaba en la puerta de llegadas del aeropuerto, y ya comenzaba a impacientarse porque no las veía venir por el pasillo con el resto de los pasajeros de su vuelo cuando se le acercaron dos damas de pestañas que se hubieran dicho alfileres negros, con los labios dolorosamente pintados de color sangre y sendos sombreros turbante en verde oscuro coronados con plumas de cisne. Sus cuerpos estaban envueltos en dos abrigos idénticos de terciopelo de seda azabache, con los cuellos de blanco pelaje de armiño. Ambas le tendieron la mano, mostrando unos guantes de encaje floral.

—¡Qué alegría verle, querido maestro! —le dijo una de ellas.

—¿Ida? —repuso él, confundido.

—No, yo soy Louise —rio esta.

¿Era posible? Le habló en un alemán obviamente memorizado y titubeante, pero el acento era bastante bueno; la última vez que las vio no sabían más que un par de palabras en su idioma.

—He estado tomando clases intensivas este mes —prosiguió de corrido Louise, como si recitara el padrenuestro—. No podríamos llevar a cabo esta misión sin hablar alemán, al menos una de las dos. A Ida no se le dan bien los idiomas, lo suyo es la logística. En cambio, para eso yo soy más desastre.

¡Con lo bien que hubiera venido que esto último se lo dijera en inglés, en vez de a voz en cuello, estando como estaban rodeados de pasajeros y empleados del aeropuerto!

—Ya hablaremos de eso... Pero ni una palabra en el coche. No hablen con el chófer, no me fío lo más mínimo de él. Y, díganme, ¿por qué han venido así?

—¿Así cómo?

—¡Pues disfrazadas de Pola Negri!

Se miraron desconcertadas. La conversación prosiguió entonces en inglés.

—Teníamos que hacernos pasar por millonarias británicas, ¿no? Les pedimos los abrigos y los sombreros a unas amigas nuestras de Kensington.

—Todavía no era preciso. En este viaje se supone que no haremos ninguna... misión.

—Era para ir metiéndonos en el papel.

—¿Y por qué vienen vestidas igual? Parece que estén anunciando a gritos que son «el equipo al rescate». —Se mordió los labios para no añadir «de judíos en apuros».

Ida se encogió de hombros:

—Es que esas amigas que le hemos dicho son hermanas y siempre visten igual. Y esto es lo que nos han prestado.

Clemens suspiró y las condujo hasta el coche, donde Brick les abrió la puerta con una complaciente sonrisa:

—¡Pero si es la encantadora señorita inglesa de la otra vez! ¿Y esta es su hermana? Se parecen mucho. *Welcome to Germany again, how do you do?*

Por toda respuesta, las Cook se miraron con desconcierto y

bajaron la cabeza sin decir nada. Se metieron en la parte trasera del automóvil y mantuvieron su mutismo el resto del camino, lo que dejó perplejo al conductor.

—Están muy cansadas —adujo Clemens—. Pero ¿usted sabe inglés?

¿Acaso hablaron algo inconveniente la otra vez con Ida durante el trayecto hasta Kreuzberg que Brick pudiese haber captado?

—Un par de frases de cortesía. De esas que se dicen por educación y para que te respondan de igual manera... O eso creía yo —apuntó con intención.

—Ande, ponga la radio, que me ha gustado eso de ir escuchándola sobre ruedas.

Brick obedeció con escueta diligencia. En ese momento estaban radiando una entrevista al ministro de Asuntos Exteriores, Konstantin von Neurath, sobre la conveniencia de remilitarizar Renania y romper así una de las condiciones más humillantes impuestas por Francia tras el fin de la Gran Guerra.

—«El Führer y las tropas de la Wehrmacht están dispuestas a todo con tal de acabar de una vez con los abusos del Tratado de Versalles» —explicó Neurath.

Pasaron junto a un cartel que daba la bienvenida a los turistas y que representaba a una mujer en traje de baño en una playa de la isla de Norderney. «Alemania, siempre una experiencia maravillosa», rezaba el eslogan al pie de la imagen.

Llegaron al apartamento cuando ya eran cerca de las diez de la noche, y Clemens creyó conveniente mostrarse amable con Brick tras el incómodo silencio que había imperado durante todo el trayecto.

—Le prohíbo que mañana se acerque a la Ópera —dijo tratando de sonar jocoso—. Hoy le he tenido todo el día en danza, y no es cuestión de abusar.

—Pero me han puesto a su servicio exclusivo, herr director. Estoy aquí para lo que necesite y a la hora que necesite.

—Ah, demonios. ¿Es que usted no duerme nunca?

La respuesta fue acompañada de una mirada sardónica:

—Bueno, una vez lo intenté y usted me despertó. Buenas noches, herr director... *And goodnight to you!*

Mientras subían al apartamento, Clemens quiso salir de dudas:

—¿Me pueden decir por qué no le han respondido cuando les ha hablado? Ha sido una situación de lo más extraña.

—Pero, maestro Krauss —contestó Louise con la mirada compungida—, usted nos ordenó que no le dijéramos una sola palabra, y eso es lo que hemos hecho.

Viorica los aguardaba con una cena que ya se había quedado fría sobre la mesa. Abrazó a las inglesas como si ella misma fuese otra hermana más, y a Clemens le dirigió un seco: «Ah, estás aquí». Estaba enfadada por no haber tenido noticias de él. Vaya día. Su exmujer enojada, su hijo distante y ahora esto. Se sirvió una cerveza del refrigerador y les ofreció otra a las Cook, que aceptaron encantadas.

Durante la cena, tras un rato de charla insustancial en torno al mundo de los cantantes de ópera y a su adorado Ezio Pinza, las hermanas hablaron de los Mayer-Lismann y de lo bien que se adaptaban a la vida londinense. Clemens entonces se encendió un cigarrillo, algo que a Viorica le molestaba que hiciera en la mesa, y extrajo de la primera calada el impulso que necesitaba para hablar:

—Si están decididas a seguir adelante, y, por lo que me han comentado antes en el aeropuerto, veo que sí, necesitan una buena coartada. Sus entradas y salidas de Alemania podrían llamar la atención de la Gestapo si se producen con asiduidad. Y aquí es donde podemos prestarles ayuda. Les propongo que cada vez que lleven a cabo una misión, como ustedes lo llaman, me informen antes de salir de Alemania de las fechas en las que llevarán a cabo la próxima. Entonces adecuaremos el calendario de ustedes al mío como director. Les proporcionaré información completa del reparto, las fechas y hasta el más mínimo detalle, y, por supuesto, las entradas para las funciones. De ese modo, si las interrogan, podrán ofrecer un motivo creíble de sus idas y venidas. También pueden decir que son... —aquí se sonrojó— unas locas admiradoras mías y de Viorica, y que, como pueden permitírselo, vienen a vernos siempre que les es posible. ¿Qué les parece la idea?

Primero se miraron un tanto confusas, luego sonrieron y se tomaron de las manos, entusiasmadas.

—No mentiremos si les decimos eso, desde luego.

Louise extendió el brazo y Clemens dejó el cigarrillo en suspenso en sus labios para estrecharle los dedos. Viorica hizo lo mismo, aunque en su mirada se apreciaba que no estaba convencida del todo.

—¿Solo haremos eso? —preguntó.

—¿Solo? —Clemens volvió a confiar su coraje al cigarrillo y le dio otra calada—. Les damos una coartada sólida y fácilmente comprobable. Y además verán óperas con sus cantantes favoritos. Al menos, el riesgo principal, desviar la sospecha de un número elevado de viajes al Reich, estará controlado.

—¿Y ustedes cuentan con recursos para una empresa como esta? —les preguntó Viorica a las Cook.

—Sigo escribiendo, y después de mi primera novela, espero publicar más libros —asintió Ida decidida—. De momento tenemos algún pequeño ahorro que destinábamos a viajar algún día a Nueva York, y si, como el maestro Krauss dice, nos regalan las entradas, mucho mejor. Aprovecharemos ese dinero para hacer más misiones. También hay un grupo de personas de nuestro entorno que conocen nuestras intenciones y han manifestado su voluntad de contribuir económicamente, aunque sea con unos pocos chelines.

—¿Y cómo justificarán la salida de las personas a las que ayuden?

Repentinamente, Viorica tuvo dudas respecto a la idea que tan fascinante encontraba antes. Las mismas dudas que Clemens se planteó al principio.

—Mitia nos ha dado los nombres… —aquí Louise tuvo que cambiar al inglés, pues, pese a sus sorprendentes progresos, sus carencias aún eran grandes en la lengua de Goethe— de otras personas del ámbito musical que están viviendo el mismo infierno por el que pasaron ella y su familia. Las buscaremos, las entrevistaremos, y con sus perfiles trataremos de obtener permisos de trabajo para ellas en Inglaterra. Esa es la manera de que las autoridades alemanas les permitan salir de aquí.

—Conseguir tantos trabajos no va a ser fácil —reflexionó Clemens—. Y menos si sus empleadores han de hacerlo a ciegas, porque a Mitia sí que pudieron entrevistarla antes. ¿Se dan cuenta de que necesitarán mucho tiempo para eso y a lo mejor no logran nada?

—Hay gente dispuesta a realizar esas ofertas —admitió Louise—. La comunidad judía de Londres está al tanto del plan y estamos seguras de que no dejarán en la estacada a quienes necesiten de su ayuda.

Clemens lamentó escuchar aquello, pues implicaba, sin ninguna duda, su propia perdición si alguien llegaba a enterarse. Le recordó a cuando el Führer denunciaba en sus alocuciones el complot judío internacional.

—Supongamos que esos permisos funcionan. —La voz de Clemens se veló unos instantes, acaso por la amargura de tener que rebajar sus expectativas—. ¿Han pensado en cómo no levantar sospechas en las aduanas si allí siempre coinciden con algún judío que va a abandonar Alemania? Es un patrón que puede llamar la atención.

Las Cook volvieron a mirarse, esta vez con cara de circunstancias, y se dieron fuerzas la una a la otra. En esta ocasión habló Louise, como si pudiesen compartir sus pensamientos:

—En ese caso, tenemos otra opción; es algo incierta, pero dio buenos resultados en su momento.

Extrajo de su bolso una especie de esquema en inglés, y Clemens frunció el ceño mientras se preguntaba qué hubiera pasado si a los policías del aeropuerto de Tempelhof les hubiera dado por registrarla.

—Esto está planificado de forma que yo no tenga que faltar a mi trabajo, porque eso es algo que no podría permitirme. Miren, yo termino mi jornada el viernes por la tarde. Tendríamos el tiempo justo de tomar un taxi hasta el aeropuerto de Croydon y coger el último vuelo a Colonia, que llega a las nueve y media de la noche. Después hay un tren nocturno que nos dejaría en Berlín. Eso, si no paramos en Frankfurt.

—¿Por qué allí?

Ida le explicó que unas amigas de Mitia Mayer-Lismann (hermanas, para más señas) residían en Arndtstrasse, no muy lejos de la Ópera de Frankfurt. Una era profesora de música, aunque le habían prohibido enseñar a estudiantes arios. Las hermanas tenían algunos contactos en el American Friends Services Committee, una organización cuáquera estadounidense que estaba intentando ayudar a otros judíos a escapar a la neutral Suiza.

—Nos han ofrecido ese piso para quedarnos allí cuando lo necesitemos, y para realizar entrevistas a personas en apuros que puedan encajar en nuestro plan de rescate. ¿Les parece bien pensado?

Ahí Clemens miró a Viorica antes de contestar. Esta se alarmó ligeramente cuando detectó en él una expresión que no supo descifrar.

—Mi idea es lograr la dirección de la Ópera de Múnich. No me encuentro a gusto en mi puesto en Berlín, y creo que tampoco es seguro para lo que queremos llevar a cabo.

Las Cook, haciendo alarde de esa maravillosa capacidad de compenetración, tomaron su esquema y realizaron un par de tachaduras.

—Tanto da si es Berlín como Múnich —anunció Ida—. Hemos estudiado todos los horarios de tren de las grandes ciudades de Alemania. El tren nocturno a Múnich nos dejaría allí a la hora del desayuno del sábado. Iríamos con la persona en cuestión, y si hay función de ópera el sábado por la noche, Ida y yo acudiríamos al teatro para dar verosimilitud a nuestra coartada. Al día siguiente, domingo, nos dirigiríamos a la frontera con Holanda. Igual que hicimos la otra vez.

Krauss empezó a sentirse mareado por el humo de su propio cigarrillo, sostenido entre los dedos índice y corazón derechos desde hacía un rato. La frontera con Holanda no le parecía nada segura. ¿Iban a dejar que los judíos escapasen por allí?

—Funcionó con Mitia. Apenas miraron su pasaporte... Y eso que su apellido es claramente judío. Lo que de veras les importa es que no saquen bienes ni dinero del Reich. Y eso lo haremos nosotras.

Imaginárselas delante de los guardias envueltas en pieles y con joyas equivalentes a la fortuna de toda una familia no dejaba de resultar cómico. Hasta que algún aduanero más avispado les pidiera que demostraran que todo aquello que llevaban encima era suyo. Las Cook siguieron explicando el plan:

—Si en Holanda tomamos un barco nocturno el domingo, podemos llegar a Harwich la madrugada del lunes. Y una vez allí, y tras ir en tren hasta Londres, Louise podría incorporarse a su trabajo en la oficina con absoluta puntualidad. ¿Qué les parece?

Viorica y Clemens se miraron, pero su grado de compenetración no era ni por asomo como el de Ida y Louise. Hablaron a la vez y dijeron cosas distintas. Al final, Clemens se levantó y volvió con un folleto con la programación de la Ópera de Berlín.

—El próximo 19 de octubre, sábado, hacemos *El caballero de la rosa*, de Richard Strauss. Cantará Viorica, con Jaro Prohaska, Tiana Lemnitz y Adele Kern. ¿Tienen tiempo de preparar una excursión para entonces?

Sin perder una gota de entusiasmo, las inglesas se pusieron a hacer planes. Agotado, Clemens acabó por rogarles que se retirasen y que seguirían en contacto.

—Por cierto —recordó Ida—, no pudimos tomarnos una fotografía con usted para que nos la firmase aquella vez en el Covent Garden. ¿Le importaría que nos hiciéramos otra?

—El Covent Garden, me temo, nos queda un poco a desmano ahora. —Trató de que sonara a broma, pero no le agradaba la idea de tener una foto con ellas si iban a embarcarse en aquella aventura. Y añadió—: En otra ocasión, podremos tomarnos una en la Ópera Bajo los Tilos o en la Estatal de Baviera.

También señaló que era preferible que si necesitaban algo de él cuando estuvieran en Londres, le enviaran un telegrama con la pregunta de cuándo iba a dirigir de nuevo una ópera. Entonces él les respondería con la fecha y el lugar donde debían verse de nuevo, también por telegrama.

Al despedirse, las hermanas los abrazaron entre lágrimas y sonrisas de felicidad. Clemens y Viorica, en cambio, se miraban como dos extraños.

—Si me permiten un consejo —se dirigió él a las Cook—, todo está bien planificado, pero, a fin de hacerlo más creíble, la próxima vez no vengan vestidas de espantapájaros.

Ellas se rieron con ganas y se marcharon en taxi a su hotel. Al cerrar la puerta del apartamento, Clemens comentó:

—Todavía no sé muy bien lo que vamos a hacer.

—Yo sí, por lo que a mí respecta —refunfuñó ella—. Tú sabrás por tu parte, que bien calladito te traes todo.

—Si es porque no vine a buscarte, al final se me hizo tarde. La reunión de las Juventudes no se acababa nunca.

—No estoy hablando de eso, y lo sabes.

¿Era por Múnich? ¿De qué se extrañaba? Él dudó mucho si aceptar el puesto en Berlín, y solo lo hizo porque estaba claro que no los querían en Viena. Cuando se lo consultó a ella, Viorica le dijo que era su decisión y la respetaría. Pero en realidad se pasó semanas haciéndole ver todos los pros de un puesto así, sin ninguno de los contras que ahora le motivaban a querer marcharse.

—Pero fuiste una apuesta personal de Göring. Le harás un desaire si te largas de repente.

—Ya he escrito al Führer.

—¿Cómo?

Se alejó unos pasos, evidenciando así el dolor de lo que consideraba una traición imperdonable. Que además no se lo hubiese dicho antes de hacerlo dejaba gravemente herida la confianza mutua, si es que todavía quedaba algo.

«Ja, ¿y qué hay de Grosavescu?», podría haberle replicado él. «¿Tuviste algo que ver con lo que le sucedió? ¿Por qué nunca me has hablado de él?». Tuvo que morderse los labios hasta que notó el sabor picante de su propia sangre. Sabía que si le preguntaba algo así en ese momento, quizá todo terminase de forma fulminante e irreparable.

—Solo le he dicho que me gustaría unificar las direcciones de las óperas de Berlín y Múnich, nada más —admitió—. Pero tardará en contestarme, si es que lo hace. Recibe miles de cartas diarias y esto no es algo urgente para él.

Ella pareció experimentar cierto alivio al escucharle; aun así, antes de marcharse al dormitorio, sola, le dijo:

—Vamos por mal camino, Clemens. Y un director que no sabe planificar no tiene ningún futuro.

De momento, su plan más inmediato fue dormir en el cuarto de invitados. Al día siguiente se levantó pronto, a fin de cumplir su promesa de desayunar con Margarethe y Octavian. Desde el dormitorio le llegaba la respiración suave y ligeramente ronca de Viorica. Se preguntó si habría tardado tanto en dormirse como él. Pensó en dejarle una nota sobre la mesa del desayuno, junto a un pastel, con un corazón garabateado. Luego le pareció que era una imbecilidad y se marchó.

En el hotel Central se encontró con otra nota, esta con los arabescos de reproche habituales de la caligrafía de Margarethe:

> Nos hemos ido a Viena. Ya nos veremos... si es que tienes tiempo para tus hijos.
>
> Un saludo.

Se encaminó entonces a la Ópera, donde, debido a lo temprano que era, nadie lo aguardaría, ni siquiera el inefable Brick, del que dudaba que hiciera caso a su orden de no aparecer por allí en todo el día. Quién sabe si de habérselo encontrado no le hubiera invitado a desayunar con él en el Café Josty. Y como la Potsdamer Platz no estaba más que a un par de kilómetros, decidió ir allí para disimular en la amargura del café la repentina soledad que le embargaba.

XVI

Berlín, otoño de 1935
«Hab mir's gelobt, Ihn lieb zu haben»,
de *El caballero de la rosa, op. 59*, de Richard Strauss

Las semanas siguientes, Clemens se centró en los preparativos de *El caballero de la rosa* a fin de calmar una tensión nerviosa que apreciaba en un temblor pertinaz en la punta de su batuta. La situación con Viorica no había mejorado demasiado. ¿A qué venía en realidad aquel enfado? Quizá manifestara a su manera su propio nerviosismo por el plan de las hermanas inglesas. Que se molestara por no haberle informado de la carta al Führer era una tontería. Estaba seguro de que, de obtener respuesta, esta no llegaría hasta pasados unos meses, y con toda probabilidad sería negativa o le derivaría a otras personas, con lo que volvería a la casilla de salida.

Curiosamente, su relación con Viorica era mucho más fluida los días de ensayo. Clemens suponía que ella se metía tanto en el papel de la Mariscala que luego le resultaba muy difícil desprenderse de él, o tal vez se negaba a hacerlo para no tener que reanudar la atmósfera de constante reproche.

Entretanto, él intentaba en vano lograr de Karl Hanke un asomo de apoyo en su pretensión de marcharse de Berlín. El secretario de Goebbels acudía religiosamente a los ensayos y, desde el centro del patio de butacas, tomaba notas en una libreta y Clemens suponía que no eran apreciaciones sobre el montaje y las interpretaciones.

Cuando paraban para almorzar, se acercaba a él, y Hanke, sin levantar siquiera la vista del papel, le replicaba:

—Olvídese, Krauss. El ministro está muy ocupado y no tiene tiempo para atender caprichos de diva.

Pese a ello, Clemens persistía en el intento:

—¿Qué diferencia habría? Hay muchos buenos directores deseosos de estar en mi puesto, y yo solo pido seguir con lo mismo, pero en otro lugar.

—De ahí lo incomprensible de su petición. Tiene aquí un teatro de ópera, los mejores cantantes de Alemania y algunos de Austria, un buen sueldo y libertad creativa total. ¿Qué más quiere?

Se mordió los labios para no citar el veto a su amigo Hans Swarowski, y otras cuestiones relacionadas con la programación.

—No lo entiende. ¿Ha escalado usted montañas?

Hanke cerró la libreta con una expresión que oscilaba entre el desconcierto y el fastidio. Clemens le habló entonces del Grossglockner, entre Carintia y Tirol, la mayor montaña de Austria. Utilizó ese símil a sabiendas de que era mucho más alta que la mayor de Alemania, el Zugspitze.

—Ningún montañero puede considerarse como tal sin haber escalado el «Gran Campanario». Y eso representa la Ópera de Múnich para un director. ¿Lo comprende ahora? Es una cumbre que mi crecimiento personal como músico me insta a coronar.

Como Hanke permaneció impertérrito ante ese argumento, decidió arriesgarse un poco más. Frauenfeld le había contado un secreto procedente del círculo de Hitler: que el Führer detestaba la manera de dirigir de Hans Knappertsbusch, pues la consideraba plomiza, y que le irritaba sobremanera que este se creyese intocable por haber firmado años atrás un contrato vitalicio con la Ópera Estatal de Baviera.

—Además, en Múnich está Knappertsbusch. Quizá así pudiéramos matar dos pájaros de un tiro —le dijo al secretario.

—Las muertes en la ópera son escandalosamente falsas —repuso con sorna Hanke—. Y en *El caballero de la rosa* no hay ninguna, lo que me temo que la hace más aburrida que las demás.

Luego miró su reloj y, sin que su poca imaginación le brindara una excusa, se levantó para marcharse. Clemens se consoló con que al menos no tendría que aguantar su perturbadora presencia el resto de la jornada.

—¿De qué hablaba con el secretario de Goebbels, maestro? —le abordó Viorica vestida de Mariscala. Incluso lo trataba de usted para permanecer en la piel del personaje.

—Nada, que le aburre la ópera.

—Pues si se ha marchado después de su conversación, a lo mejor el que le aburre de veras es usted.

Buen dardo. ¿Habían terminado los demás el almuerzo? Sin ganas de discutir, prefería volver a lidiar en el terreno de batalla en el que se sentía más fuerte. Por desgracia, al tomar la batuta, esta empezó a temblarle entre los dedos como una vara de zahorí al detectar un pozo bajo sus pies.

La cosa no mejoró con los días. Y la mañana de la función le llegó un telegrama al teatro que le costó leer a causa del temblor de la mano derecha.

—¡La madre que las parió! —soltó cuando entró en el camerino de Viorica.

Antes de cada función, a ella le gustaba recluirse sin hablar apenas, con un par de botellas de agua para hidratar las cuerdas vocales y algún libro.

—¿Qué problema hay? —exclamó, arrepentida al instante de haber sobrecargado los agudos.

—Están alojadas en el hotel Adlon.

Ella se encogió de hombros, prescindiendo de toda palabra innecesaria.

—Ese lugar está atestado de oficiales de las tropas de asalto —le explicó—, y a veces se reúnen allí los altos cargos del Reich. Se han metido en la mismísima boca del lobo. ¡Y se supone que vendrán con...!

Las manos de Viorica aletearon como cisnes ante su rostro crispado. ¿Qué se suponía que debían hacer? El hotel estaba a trescientos metros de allí y Clemens propuso ir a buscarlas antes de que cometieran una torpeza, si es que no la habían cometido ya.

—Salgamos por la puerta principal, porque por la de artistas nos abordará ese cretino de Brick con sus preguntas. ¡Qué ganas tengo de perderle de vista, como a todo esto!

Viorica asintió, aunque una ceja levantada evidenció suspicacia ante el último comentario. ¿Acaso estaba ella dentro de aquel «todo»? Sin tiempo para restañar heridas superficiales, Clemens la tomó de la muñeca y la llevó prácticamente a rastras hasta el hotel.

—¡El zapato! —chilló ella tras perderlo con el ímpetu de la carrera, y el grito involuntario la hizo sonrojar de ira.

Clemens se detuvo y puso una rodilla sobre la acera para calzarla de nuevo. Si buscaban pasar desapercibidos, solo lograron que los transeúntes los contemplaran con curiosidad.

—Eres un idiota... —susurró ella con contundencia.

—Este zapato... ¿No nos hemos visto usted y yo en un baile? —bromeó él.

Si pretendía arrancarle una sonrisa, esta surgió de unos labios tan apretados que fue un milagro que no se le saltara algún diente.

El hotel Adlon estaba situado frente a la Puerta de Brandeburgo y lo que menos esperaban al entrar era que les llegaran los sones de una orquesta de baile desde el fondo de uno de los pasillos que conducían al vestíbulo. A ellos se sumó una voz ligera de tenor que parecía haber dejado la tentación de la ópera tiempo atrás.

—Ah, es la orquesta del hotel con Joe Bund. Deben de estar ensayando... —dijo Clemens.

—Así es, señor —corroboró el recepcionista—. Esta noche tenemos concierto.

—¡Pues nos harán la competencia! —exclamó Viorica con la pretensión de resultar simpática—. Nosotros hacemos hoy *El caballero de la rosa.*

—¿Es usted el maestro Clemens Krauss? —se sorprendió el recepcionista—. Entonces usted debe ser la señora Ursuleac. Cuánto honor, esperen que avise al gerente.

—¿Para qué les dices quiénes somos? —le susurró Clemens, furioso.

—Yo no le he dicho nada. Lo ha adivinado él —replicó sonrojada.

El gerente era un hombre joven y dinámico, dotado de ese mentón partido en el que tanto se recreaban las postales turísticas del Ministerio de Propaganda para mostrar al prototipo de hombre alemán. Estrechó con sincera cordialidad la mano de Clemens y este sospechó que ya no se desprendería en todo el día del olor de su loción de afeitado.

—Somos admiradores de su trabajo aquí, maestro. ¿En qué podemos ayudarle?

—Estamos buscando a unas hermanas inglesas... Ida y Louise Cook —respondió Viorica antes de que él pudiera inventarse una excusa.

Otra torpeza, se dijo. Solo les faltaba desplegar una pancarta con sus intenciones escritas en ella.

El gerente consultó su número de habitación y luego un mozo le informó de que en aquel momento las señoras se encontraban comiendo en el restaurante del hotel. Cuando los condujeron ante ellas, Clemens tuvo que hacer serios esfuerzos para no frotarse los ojos porque no daba crédito a lo que veía. Louise e Ida Cook se hallaban sentadas a la mesa disfrutando de una opípara comida junto a las que supuso que serían las personas rescatadas en aquella ocasión: una familia integrada por un hombre entrado en la cincuentena, de lustroso mostacho encanecido por completo, además de la que quizá fuera su esposa y una jovencita de unos dieciocho años, con una figura escuálida un tanto inquietante. Un perfil bastante similar al de la familia de Mitia Mayer-Lismann. El hombre le resultaba conocido, y no tardó en identificarle en sus recuerdos, sin una sola cana y de espíritu más vigoroso, como un violonchelista de la orquesta de la Ópera de Frankfurt, con el que había trabajado unos años antes. La modestia con la que vestía aquella familia, ignoraba si deliberadamente o fruto de las circunstancias, no solo chocaba con el lujoso ambiente del hotel, sino con la indumentaria de las Cook. A los ya habituales abrigos de pieles, que podrían haberse quitado para comer sin ningún problema, a menos que pensaran que eso rebajaría su credibilidad como hipotéticas millonarias, se sumaban collares de oro, pendientes con piedras engarzadas y una sortija con un brillante en cada dedo. ¿Cuánto dinero llevarían encima? Sin duda que todos los ahorros de los infelices que comían con ellas a bocados cortos y espaciados, como si el peligro que intuían les hubiera dejado sin apetito.

Lo que más pavor le provocó a Clemens de aquella escena fue que en las mesas circundantes comían numerosos integrantes de las tropas de asalto, todos de alta graduación. Y aunque era *vox populi* que Hitler las había depurado el año anterior, con el asesinato de su líder, el díscolo Ernst Röhm, y toda su cúpula, no por ello resultaban menos amenazantes en aquel salón, rodeando a una pobre familia judía y sus pretendidas salvadoras.

—Ah, herr Krauss —exclamó Louise con la boca llena—, qué placer verle. Permítame presentarle a...

—Es un placer —se adelantó él para impedir que pronunciara un nombre de resonancias seguramente semíticas—. No las hacía aquí.

—Sí, es que yo he tenido la idea de... —prosiguió Ida en inglés.

Ayudado por su envergadura, tomó a ambas de los hombros y las levantó con sutileza, para a continuación encaminar sus pasos fuera del comedor. Viorica, dubitativa, los siguió. La familia se quedó sola en la mesa, con evidente expresión de preocupación.

Clemens preguntó a un mozo dónde podía hablar en privado con unas viejas amigas, y este los condujo a una sala de reuniones.

—¿Se puede saber por qué se han metido en la mismísima boca del lobo? —les espetó, conteniendo el grito que el cuerpo le pedía que acompañase a esas palabras.

—Se me ocurrió a mí —admitió Ida—. No hay lugar mejor para pasar desapercibidas.

—¿Cómo? —exclamó Viorica—. Aquí cualquiera puede verlas...

—Aquí, en lo que es casi un cuartel general para la cúpula

nazi, nadie pensará que están teniendo lugar estas operaciones. Como podemos pagarnos la habitación en un lugar así, todas esas personas de uniforme ni se fijan en nosotras. Nos toman por turistas y ya está... Y si alguien nos pregunta a qué hemos venido a Berlín, decimos que a ver *El caballero de la rosa* con Clemens Krauss y Viorica Ursuleac, y se dan por satisfechos.

—¿Y qué hay de sus... protegidos? ¿Cómo han tenido la osadía de meterlos aquí? Sus nombres en los pasaportes los delatarán como ju... —se calló al percatarse de que nada le aseguraba que aquellas paredes no escucharan.

—Pierda cuidado por eso —se adelantó Louise en un alemán sin duda mejorado—. Han venido a comer, y para eso no se pide el pasaporte.

—Entonces, ¿dónde van a dormir esas personas?

—Hemos contactado con alguien que les brindará un alojamiento seguro en Berlín por una noche. A ellos y a otras personas que lo necesiten en operaciones futuras. Hemos jurado no revelar su identidad.

—¿Y no les parece excesivo ir por ahí haciendo alarde de toda esa pedrería?

—Si fuésemos alemanas, probablemente nos pararía la policía y tratarían de averiguar quiénes somos y de dónde hemos sacado todo esto —respondió Ida—. Pero hablamos en inglés a voz en cuello para que se escuche bien, y entonces dan por hecho que es algo natural. Al parecer, tienen una idea bastante pintoresca de cómo es la gente acaudalada de nuestro país.

—Es una idea bastante buena —intervino Viorica, en un intento de que el nerviosismo de Clemens se disipase—. Están en un sitio donde pasan desapercibidas y, encima, muy cerca de la Ópera. ¡Además, vienen a disfrutar de la función de esta noche!

—Eso es lo que queríamos comentarles, maestro —tomó el relevo Louise—. Quisiéramos que nuestros... invitados... nos acompañaran a ver *El caballero de la rosa* esta noche.

—¿Cómo, los tres?

—Claro... En algún sitio tendrán que estar, y no los vamos a dejar solos para que algún policía o los camisas pardas les hagan preguntas peligrosas. ¿O es que acaso se pide el pasaporte para entrar en la Ópera de Berlín?

Era evidente que no. Clemens consintió, a regañadientes, en que accedieran al palco que les había reservado a ellas. Miró la hora y se percató de que empezaba a ser tarde. Quedaban unos cuantos detalles por ultimar antes de que se alzara el telón.

Salían del reservado cuando, de otro que había enfrente, emergieron varios miembros de las SS en torno a otras personas en traje y corbata, entre las que reconoció al ministro de Propaganda, de estatura inferior al resto y cojo de la pierna derecha.

XVII

Berlín, otoño de 1935
Du sollst mein Glücksstern sein, de *The Broadway Melody of 1936*, con Joe Bund

Lo mejor hubiera sido evitarlo y no dar pie a una conversación que pusiera en evidencia su presencia allí. Pero, sin darse cuenta, ya le había tendido la mano.

—Doctor Goebbels —le dijo—, no sabe cuántas ganas tenía de hablar con usted. Hemos de tratar una cuestión urgente.

La mirada del ministro, rebosante de oscuridad, se clavó en él con desconfianza. Tuvo que identificarse y solo entonces el interpelado detuvo su paso renqueante e hizo señas a los SS, ya en alerta, de que se relajaran.

—Krauss, esta tarde tenemos una cita con usted en *El caballero de la rosa*. ¿No puede esperar hasta entonces para decírmelo?

Conocía cómo eran esos encuentros de fugaces apretones de manos, en los que se decía poco más que «*Heil Hitler!*».

—Al contrario, creo que nuestro encuentro es providencial, y no le robaría más que unos pocos minutos.

Goebbels señaló entonces el reservado del que acababa de salir y abrió los cinco dedos de la mano derecha para precisar los minutos que le concedía. Clemens indicó entonces a Viorica y a las Cook que volvieran al comedor, cosa que estas hicieron, para alivio suyo, sin cometer ninguna extravagancia inoportuna.

En el reservado tomaron asiento y, vencido el temor que lo había llevado hasta el hotel, Clemens le explicó su deseo de ser relevado como director de la Ópera de Berlín, a fin de obtener el puesto análogo de Múnich.

—No lo entiendo. —El ministro endureció su ya de por sí rígido rictus—. Se le ha brindado el cargo más honorable para un director en Alemania. Se le ha dado prioridad frente a personalidades nacidas en el Reich, ¿y ahora pretende ofendernos de esta manera?

—Creo que la mayor de las ofensas es la insinceridad —apuntó Clemens—. El problema es, precisamente, la virtud que acaba de señalar. He venido a mesa puesta, y todo está tan pensado y previsto que yo poco puedo hacer salvo aparecer en el escenario y agitar los brazos.

—¿No consiste en eso la profesión de director? —Algo parecido a una sonrisa afloró en aquella boca llena de dientes.

A Clemens le pareció que a aquel rostro de piel seca solo le faltaba una cicatriz para asemejarse a uno de los hampones del cine de Hollywood, como James Cagney. No obstante, por algún motivo, había perdido el temor tras la primera impresión y ahora percibía un respeto mutuo entre ambos.

—Ministro del Reich, me siento como un buey cebado —se sinceró—. Creo que así se malogrará mi espíritu de músico y acabaré convertido en un artesano, que no en un artista. Yo solo quiero servir de la mejor forma posible a Alemania. Estoy seguro de que si se me diera la oportunidad de dirigir la Ópera Estatal de Baviera, reto con el que he soñado toda mi vida, daría lo mejor de mí mismo.

—¿Acaso no es ese el feudo de Knappertsbusch?

Goebbels escupió más que pronunció el nombre, lo que Clemens aprovechó como una asistencia de gol en el fútbol para estampar el balón en la red:

—Precisamente por eso creo que al Führer le agradará mi propuesta.

Joseph Goebbels meditó unos instantes y se pasó la mano por el cabello cuidadosamente peinado hacia atrás, con un suspiro.

—¿Y qué pasa con Göring? Él armó todo aquel revuelo para

traerle aquí desde Viena. Si me inmiscuyo, lo tomará como una intromisión de mi ministerio. ¿Cómo demonios puedo exponerle lo que pretende usted? Cierto es que me ha invitado a su próxima fiesta en Carinhall, donde nunca he estado, pero aún no tenía decidido si asistir. Y aunque lo hiciera, no...

¿Era posible tan oportuna coincidencia? A Clemens se le ocurrió una idea descabellada. Quizá las Cook lo hubieran contagiado con sus planes sin sentido, desarrollados sobre la marcha. Pero él mismo había recibido un par de días antes una invitación para esa fiesta en la residencia de Göring, a las afueras de Berlín. Abrumado por su programa de ensayos, ni siquiera se planteó la posibilidad de acudir, y, además, era probable que asistieran tantos invitados que no tuviese ocasión de cruzar más que un par de palabras con el anfitrión. Sin embargo, todo cambiaba con la presencia del ministro de Propaganda allí.

—Yo también pensaba acudir con mi chófer. ¿Puedo pedirle un favor?

Goebbels se miró las uñas de la mano izquierda, pulidas y relucientes, como buscando en ellas la respuesta.

—No le prometo nada. ¿Qué favor es?

—Si finalmente viene, ¿le importa si hago esa solicitud a Göring en su presencia, a fin de que vea que es cosa mía?

—Es usted un tipo extraño, Krauss —concluyó Goebbels, que consultó su reloj de pulsera para constatar que ya llegaba tarde a dondequiera que fuese—. No voy a decirle que sí en este momento, he de meditarlo. Y en caso de presentarnos juntos, tenga por seguro que no moveré un dedo para cumplir su demanda. Entienda esto: ni soy amigo del ministro Göring, ni tampoco de usted.

Cuando salían del reservado, Clemens no pudo evitar alegrarse con la melodía que salía del ensayo en el auditorio. Joe Bund cantaba *Melodía de Broadway,* de Nacio Herb Brown. La identificó para Goebbels y este enarcó las cejas. Justo en ese instante hizo su aparición su secretario Hanke, que miró con suspicacia a Clemens.

—¿Una degeneración judeonegroide en este hotel que se pretende de lujo? —exclamó el ministro pinzándose con dos dedos el tabique de la nariz—. Hanke, vaya a hablar con la gerencia y asegúrese de que algo así no vuelva a repetirse.

En ese momento apareció por el otro extremo del pasillo Viorica, que, con el rostro visiblemente alterado, le hizo señas de que se acercara.

Apenas pudo despedirse del secretario, que a buen seguro le hubiera echado en cara que pasase por encima de él, y que en modo alguno creía en la naturaleza casual de aquel encuentro. Pero la verdad, como siempre, era mucho más increíble que cualquier excusa. Al regresar al comedor, descubrió con espanto que la hija del matrimonio traído por las Cook yacía en un sofá rodeada por varios jóvenes de las SA.

Lo dio todo por perdido cuando Louise, a punto de sollozar, le dijo en inglés:

—Ay, herr director, ¡pobrecilla! ¡Qué susto nos hemos llevado!

Con el alboroto, el gerente se personó e insistió en avisar al médico del hotel. Clemens, consciente de que negarse hubiera llamado todavía más la atención, miró a Viorica.

El doctor, un hombre calvo de edad madura, auscultó a la joven y luego, como si no estuviera convencido del todo, posó el oído sobre su frágil pecho. «¿Podrá percibir que no son los latidos de un corazón ario?», le dio por preguntarse. Y después tuvo la absurda idea de que era un reluciente melón lo que se había posado sobre los senos de la muchacha. Un melón que alguien podría abrir con una daga en la que estuviera grabado el lema «Sangre y honor» para convidar a los presentes a degustar su carne pulposa. Después de hacerle sacar la lengua y palparle la frente, la sudorosa cabeza volvió a erguirse y enunció su dictamen:

—Está algo débil. Quizá sea un problema de anemia y esté falta de hierro.

Pidió que trajeran un vaso de agua en el que vertió unos polvos cuya naturaleza no explicó y la joven se lo bebió. Cuando pareció encontrarse mejor, los jóvenes de las SA se despidieron de ella con una educación tan exquisita que Clemens se preguntó si no se estarían burlando.

Una vez en la calle, Louise le aclaró lo sucedido:

—Cuando la muchacha regresaba del escusado, se ha cruzado con dos de esos jóvenes y le han dicho un piropo. La pobre se ha acordado de las veces que los han hostigado en su barrio, en Frankfurt, donde les rompían las ventanas por la noche y asomaban las cabezas entre los cristales para amenazar con prenderles fuego. Así que se ha desmayado. Luego, al despertarse en un sofá y verse rodeada por una docena de ellos, se ha puesto tan pálida que pensábamos que se quedaba en el sitio. El superior ha ordenado a los galanteadores que se disculpasen con ella. Pero, gracias a Dios, todo ha salido bien.

—¿Se da cuenta del riesgo que hemos corrido todos? —insistió Clemens—. Ha sido una temeridad. Menos mal que no les han pedido que se identificaran.

—No lo harán —insistió Ida—. Ese hotel es perfecto para que nadie nos haga preguntas. Y como vamos a convertirnos en habituales, menos reparos pondrán.

Viorica, que abrazaba por los hombros a la muchacha, exclamó con entusiasmo:

—Es una idea muy audaz, amigas mías. ¡Las tropas de asalto! ¡Ni el mismísimo Goebbels podría imaginarse jamás que estas personas... —rozó la jota con la punta de la lengua— tienen el coraje de meterse en pleno centro de actividades del partido!

Clemens asintió por complacerla, más que por convencimiento. Se les empezaba a hacer tarde y todo tenía que estar listo para la función. Se comprometió a que los protegidos de las Cook estuvieran junto a ellas en el palco.

—Y mañana zarparemos desde Róterdam —aseveró Louise—. En unas horas estaremos a salvo en la vieja y querida Inglaterra.

Se despidieron de ellas con sentidos abrazos e incluso hicieron lo propio con aquella familia desconocida, cuyo nombre no se pronunció en ningún momento.

Esa noche todo salió impecable en la función de *El caballero de la rosa*. Viorica hizo honor a su condición de cantante favorita de Strauss con una Mariscala temperamental y entrañable, en tanto que Prohaska bordó al libidinoso barón Ochs y Tiana Lemnitz fue un Octavian, el personaje por el que había puesto ese nombre a su hijo mayor, volcánico y en su más exquisito punto de ambigüedad.

Krauss se zambulló en la partitura con su habilidad habitual y logró que la historia le arrancase durante algo más de un par de horas de su desquiciante presente, aunque no pudo evitar dirigir la mirada primero al palco imperial, donde estaban algunas de las principales autoridades nazis, Goebbels incluido, y después a aquel otro desde el que le observaban en éxtasis las hermanas inglesas y sus rescatados, y entonces el mayordomo entró en el segundo acto:

Ha llegado el crucial instante
de que su gracia se vaya.
El padre de la novia,
como manda la tradición,
debe partir antes de la llegada
del caballero de la rosa de plata.
¡No sería adecuado que ambos
se dieran de bruces en la puerta!

XVIII

Berlín, otoño de 1935
Bacanal, de *Tannhäuser*, de Richard Wagner

A Clemens todavía le costaba creer que el ministro de Propaganda pudiera apoyar, aunque solo fuera con su presencia, la propuesta que pensaba hacerle a Göring en Carinhall. Viorica tenía la teoría de que Goebbels no le iba a hacer el menor caso, porque, en el caso de que acudiera a la fiesta, sería por la curiosidad de ver la suntuosa residencia de Göring, sobre la que se contaban tantas historias.

—Y si no se llevan bien, como te dio a entender, quizá la visita no resulte tan agradable. Es más, si Göring siente que el hecho de que Goebbels esté delante cuando le hagas la solicitud es una forma de ejercer presión, igual ya no quiere saber más de ti.

—Quizá precisase de una compañía lo suficientemente persuasiva para ablandar el corazón del guardabosques del Reich —le dijo Clemens mientras se hacía el lazo de la corbata frente al espejo del baño.

El rostro de ella asomó por encima de su hombro izquierdo, cubierto por una mascarilla hidratante y con una toalla en torno a la frente. Esgrimió una sonrisa que entre la densa capa de crema pareció siniestra, aunque acaso solo pretendía ser tierna.

—Me quedaré estudiando unas canciones de Hans Pfitzner, querido. Recuerda que oficialmente no soy tu esposa. Si aparezco de tu brazo, estaría atentando contra la moral y las buenas costumbres.

¿Cómo debía tomarse aquello? Desde que la última misión de las Cook finalizó con éxito, tras el pequeño sobresalto del desmayo de la joven cuyo nombre no llegaron a conocer, ambos se mostraban más relajados. También los resquemores por la visita de Margarethe parecían haber quedado atrás. Y, sin embargo, Viorica no acababa de abandonar aquel punto de reserva, cuyo estadio último para él era la omisión constante del tenor Grosavescu en su vida. En el intento de buscar una lógica a aquel silencio, se percató de que él tampoco le había contado nada de su encuentro con Berta Geissmar y de la culpabilidad que experimentaba no solo por haberle negado su ayuda, sino por haber empeorado claramente su situación. Acaso el secreto del equilibrio de una pareja estuviese en que ambos se guardaran para sí aquellas informaciones cuya revelación solo causara un dolor innecesario al otro, sin paliar el remordimiento que persistiría con el paso silencioso del tiempo.

El rostro de Viorica se desvaneció con un parpadeo, aunque una mancha de crema hidratante en su hombro era la prueba de que se había posado sobre él. ¿Por qué no quería acompañarle? Lo de no estar casados era una solemne majadería, y tampoco le constaba que Göring fuese un puritano a ese respecto. Quizá se tratara de una forma pasiva de no mostrarle su apoyo en su pretensión de marcharse de Berlín. Comprendía que para ella, que no sentía que le usurpasen sus funciones y la manejaran como a una marioneta, su estancia allí estuviera siendo satisfactoria a nivel profesional. Decidió marcharse sin insistir, con la promesa de no regresar demasiado tarde.

A eso de las cinco de la tarde, lo recogió ante el portal un Mercedes-Benz 770 de la serie W07, el exclusivo modelo del que Brick le había hablado. Sin embargo, no fue él quien le abrió la puerta, sino un hombre de unos cuarenta y pocos años de casi dos metros de altura. Pero más sorprendente fue descubrir que en el asiento de atrás iba el ministro Goebbels, con su perenne expresión de dolor de muelas contrayendo sus facciones.

—No me esperaba, ¿verdad? —le dijo—. Hanke, siempre tan

ahorrador, ha observado que dos coches del ministerio se dirigían al mismo sitio y me ha preguntado si podríamos recogerle a usted con el mío. Ha supuesto que, como es usted tan flexible, no le importaría este pequeño cambio de planes.

¿Era un reproche velado por querer romper su compromiso con la Ópera Bajo los Tilos? Se percató de que, desde que estaba viviendo en Alemania, todas las personalidades de la jerarquía nazi con las que hablaba se expresaban en un lenguaje susceptible de ser interpretado en distintos sentidos. Decidió entablar una conversación desenfadada con Goebbels, y le señaló la privilegiada ubicación de Carinhall, entre los lagos Grossdöllner See y Wuckersee.

—Si pretende una charla amistosa le recuerdo que el hecho de que le acompañe no nos convierte en amigos —le reconvino su interlocutor—. Tengo un olfato fino para detectar a los arribistas. Y fueron muchos los que intentaron afiliarse al partido cuando el Führer llegó a la Cancillería. Aunque me consta que usted no fue uno de ellos.

¿Reproche o halago? Se internaron en el bosque de Schorfheide. De repente, Goebbels encontró interesante hablar del paisaje:

—Sí, es bello este lugar. Tanto que Göring ha tenido que construir una carretera en mitad de un pinar para que todos sus invitados puedan apreciarlo. Matar la belleza para descubrirlo. Tan paradójico como legislar en favor de la protección de los animales desde un pabellón de caza.

Clemens decidió no replicar nada para que ni el más leve asentimiento de cabeza lo hiciera partícipe de una crítica a una autoridad, y más tratándose de Göring. Se enorgullecía de ser discreto en ese sentido, y de que jamás se había convertido en rehén de sus palabras en una situación de crisis, como las muchas que vivió en los distintos teatros en los que había trabajado. Goebbels pareció satisfecho con su actitud, así que cambió de tema:

—¿Sabe? He reflexionado sobre que el otro día sonase una música degenerada en el hotel Adlon. Creo que no se debería culpar de ignorancia a la gente, sino llevarla por el buen camino y mostrarles qué pueden escuchar y qué no. Al fin y al cabo, nadie nace sabio, y hemos vivido, por culpa de la infecta República de Weimar, unos años de contaminación cultural importante. Es tiempo de revertirla, incluso con ejemplos prácticos. Quizá debería hacerse una exposición de arte degenerado. Y la música ocuparía un lugar importante, con ejemplos en vivo de jazz, swing y esa patulea de experimentadores vieneses encabezados por Arnold Schönberg. La gente escucharía eso y, sin duda, saldría espantada a meterse en un teatro donde se hiciera sana música alemana, como una sinfonía de Beethoven.

«O una ópera de Strauss», le hubiera replicado, pero cierta cobardía, a la que prefirió considerar prudencia, le disuadió de ello. En su lugar, replicó con fingida ingenuidad:

—Lo malo es que para que esa música sonase en vivo tendría que buscar a un conjunto que se la aprendiera y la tocase para el público, al menos por una vez, para justificar esa prohibición.

Cuando se detuvieron, les pareció estar en otro país, o incluso en uno de los cuentos de hadas de los Grimm. Lo que fue proyectado como un austero pabellón de caza acabó convertido en un palacete, no menos magnífico por sobrio. Y es que su arquitecto era nada menos que Werner March, quien se encontraba por entonces sumido en la construcción del Estadio Olímpico para los Juegos del año siguiente.

Hermann Göring salió a recibirlos flanqueado por dos soldados. Tras él apareció su nueva esposa, Emmy, de unos cuarenta años, piel muy blanca y dos rosas encarnadas en las mejillas que hacían juego con las de él. Vestía con una elegante sencillez, análoga a la del pabellón, en tanto que él lucía un chaleco de cuero que le llegaba hasta las rodillas y unas botas que hubieran encajado con cualquier uniforme de gala.

—Querido maestro —dijo Göring, tomándole por las muñecas.

Era algo más bajo que Clemens, pero su imponente envergadura, que el chaleco trataba de disimular a la vista, le confería aspecto de coloso en las numerosas fotografías propagandísticas suyas que circulaban por toda Alemania. Su vozarrón de gigante le hizo pensar a Krauss que hubiera sido un interesante bajo.

Acaso un Sarastro de *La flauta mágica* entonando el aria «*In diesen heil'gen Hallen*» («*En estos muros sagrados*») que tan bien le iba al contexto.

Ignoraba cómo dirigirse a él, pues ostentaba muchos cargos, desde ministro de Aviación hasta presidente del Reichstag, ministro-presidente del Estado Libre de Prusia y otros que seguramente desconocía. Así que le respondió sin más:

—He venido acompañado...

El rostro de Göring se contrajo cuando Goebbels descendió del automóvil y realizó el saludo nazi a voz en cuello. Göring replicó con mayor énfasis y luego saludó de igual manera a Clemens, en lo que era a todas luces un reproche, no sabía si por no anticiparle que viajaba con el ministro de Propaganda, a sí mismo por haber prescindido del «*Heil Hitler*» al recibirle o ambas cosas a la vez.

—Como no confirmó usted su asistencia, pensaba que no iba a venir —comentó Göring con los labios fruncidos por el disgusto—. Le hubiera preparado un recibimiento acorde con su rango.

—Oh, no deseaba causar ninguna molestia —repuso Goebbels—. Me basta con encontrarle en su elemento sin formalidades, con la modestia habitual que usted derrocha.

—En realidad, lo que nos trae aquí es una cuestión referente a la Ópera de Berlín... —comenzó Clemens, y se arrepintió de inmediato de haber escogido un momento tan poco apropiado para abordar la cuestión.

Su anfitrión se limitó a señalar el pabellón.

—Entren primero, habrá tiempo de hablar de todo cuanto gusten.

En el interior, una treintena de invitados estaban ya acomodados entre sofás y canapés, en un salón en cuyo centro crecía un roble. Göring presentó a algunos de los invitados como diplomáticos de Estados Unidos, Gran Bretaña, Australia, México o Brasil. También había representantes de la vida cultural alemana, como el fotógrafo del Führer Heinrich Hoffmann o el escultor Arno Breker. Se suponía que Clemens estaba invitado en representación de los músicos del Reich. Goebbels estrechó la mano de los diplomáticos y se permitió articular una sonrisa que, al parecer, reservaba para contadas ocasiones.

—Bueno, ahora que ya estamos todos..., incluso alguno que no esperábamos —anunció Göring, sin disimular su incomodidad por la llegada a última hora de su colega—, permítanme que les muestre mi modesta finca.

Los invitó a salir por la puerta trasera del pabellón y hubo un murmullo de sorpresa cuando vieron a una docena de criados vestidos con librea y peluca, como si estuviesen a finales del siglo XVIII. Y acto seguido se encontraron con que otros tantos carruajes de la misma época, tirados por corceles blancos, les aguardaban para recorrer el coto.

A Clemens le asignaron el mismo coche que a Goebbels, quien contemplaba todo aquello en apariencia impertérrito, intentando ocultar el desconcierto que palpitaba en el brillo de su dura mirada.

En la media hora que duró el paseo se cruzaron con ciervos, jabalíes, bisontes y caballos salvajes, y en el claro de un robledal el anfitrión ordenó detener los carruajes para que se deleitaran con el vuelo de una pareja de halcones.

—Vean esto —dijo a la vez que se sacaba del bolsillo un pañuelo que envolvía algo que exudaba un líquido sucio, acaso sangre.

Bajó de su carroza para extender el brazo derecho y ofrecer, en la palma de su guante, un pedazo de carne fresca. Uno de los halcones descendió a toda velocidad y se lo arrebató antes de regresar a las alturas. Insatisfecho, Göring chascó la lengua y la rapaz, un tanto reticente, accedió a posarse sobre su antebrazo y luego reptó hasta la mano para olisquear los restos de la carne ausente.

—Aunque me gusta la caza considero a los animales como mis iguales —contó a sus visitantes—. A lo largo de la historia han sido tratados con la mayor de las crueldades, pero eso ha cambiado para siempre.

Al percibir desconcierto en los rostros de los diplomáticos, adoptó un rictus severo.

—Pero ¿cómo? ¿Acaso no conocen la Ley de Protección Animal del Reich?

Les explicó que una de las primeras leyes que había impulsado en calidad de ministro-presidente del Estado Libre de Prusia fue que los animales de los mataderos fueran sacrificados sin dolor, o, por lo menos, mitigado mediante anestesia. Y en los sucesivos cargos que fue ocupando en el gobierno del Reich prohibió la vivisección y los experimentos con animales.

—Solo un sádico puede infligir semejante sufrimiento y torturar a criaturas indefensas, eso fue lo que declaré a la prensa. Pero, desde ahora, cualquiera que lo haga tendrá que responder ante la justicia. No son seres sin alma, son nuestros semejantes.

Quizá consciente de lo paradójico que resultaba pronunciar estas palabras en un coto, precisó que había prohibido las trampas y establecido que la caza debía realizarse desde un punto de vista ético.

Prosiguieron el recorrido, y Göring ordenó de nuevo que los carruajes se detuvieran ante la idílica estampa de una cierva con sus crías sentada a la vera del camino, pero, alertada por un suave restallido de látigo de uno de los palafreneros, echó a correr. Esto le hizo exclamar con emoción:

—¡Ah!, eso me recuerda... ¿Han visto la fotografía del Führer alimentando a unos cervatillos? ¡Pues fue tomada en Carinhall! ¿Hay alguien entre ustedes que todavía no le conozca en persona? Es el ser más entrañable que haya existido sobre la faz de la tierra.

Antes de regresar al pabellón hubo una parada obligada ante un mausoleo excavado en la roca, al que se accedía a través de un túnel, como si se tratara de una tumba del Valle de los Reyes. Allí reposaba Carin, la primera esposa del *Reichsminister*, fallecida cuatro años antes y en cuyo honor se había bautizado el recinto. Göring depositó un ramo de crisantemos y amagó unas lágrimas, a la par que su actual esposa, Emmy, le apretaba las manos. Al parecer, su duelo no iba a ser eterno.

—Los mejores de entre nosotros son los que antes se van a un mundo mejor que este —dijo él con voz vulnerable.

Luego entraron por fin en el pabellón, donde Clemens decidió afrontar de una vez el motivo de su presencia allí:

—Verá, *Reichsminister*, el tema del que yo quería hablarle...

Pero, en ese momento, tanto él como Goebbels estuvieron a punto de arrojarse al suelo. ¡Y es que lo que habían tomado por una carísima alfombra africana resultó ser un león auténtico que se incorporó y corrió hacia ellos, para lanzarse, con las garras extendidas, sobre el corpachón de Göring! Sin embargo, aunque ambos rodaron sobre un tapiz afgano que cubría todo el recibidor, el felino se limitó a propinarle una serie de cariñosos lengüetazos en el cuello.

—¡Ah, Augie! ¡Por favor, basta! ¡Que tenemos invitados! No es momento de arrumacos.

El juego fue interrumpido por una mueca de dolor que alarmó a los recién llegados y provocó que el señor de Carinhall se llevara la mano a la pierna y la cadera derechas. Apartó al león de sí con suavidad y pidió a Emmy que llamara al servicio. El animal fue retirado con el cebo de un pollo entero que se puso a devorar en un rincón, a la sombra de un tapiz que representaba a Guillermo el Conquistador durante la invasión normanda de Inglaterra. Los domésticos ayudaron a Göring a sentarse en un trono de madera maciza cuyas patas, talladas con motivos foliados, titubearon bajo su peso. Según les explicó, era el trono en el que Federico el Grande acostumbraba a echarse un sueñecito entre despacho y despacho.

—Tendrán que disculparme por esta antigua herida de los días de lucha. Cuando va a cambiar el tiempo siento como si se me abriera de nuevo la carne.

En lo que tardó en venir su médico personal desde Berlín, les relató cómo fue alcanzado por una bala de la policía durante el fallido golpe de Estado de Múnich, en 1923. Los invitados le escucharon mientras sus copas de champán eran llenadas una y otra vez por los criados del Siglo de las Luces, que no dejaban que estuvieran vacías en ningún momento. De tanto en tanto, Göring clavaba su mirada, con una ceja levantada, en Goebbels, como a la espera de que este confirmara sus palabras con un asentimiento de cabeza. Pero, por lo que le pareció a Clemens, el ministro de Propaganda apenas acertaba a pestañear. Quizá fuese una indirecta, pues este se había incorporado al partido poco después de esos hechos y no participó en la primera jornada de la épica nacionalsocialista. Una suerte de reproche velado por no ser un camarada de primera hora.

—Fue un golpe de fortuna increíble, porque al verles cargar se me ocurrió adelantarme y extender los brazos, con la tonta idea de exhortarles a sumarse a nuestra causa. Si no me hubiese interpuesto, el disparo hubiera alcanzado sin duda alguna al Führer, que estaba a mi izquierda. Pero no crean que no se llevó lo suyo, porque se dislocó el brazo al tratar de frenar mi caída. Sea como fuere, y aunque me destrozó la ingle y llevo doce años viendo las estrellas con el movimiento más inofensivo, nunca conocerán a un hombre más feliz por haber recibido un balazo. El resto, como bien saben, es historia.

Los presentes asintieron. Los cabecillas del Partido Nacionalsocialista fueron condenados a prisión, pero durante la corta condena que cumplieron se empezó a forjar la leyenda de Hitler y, a su salida, comenzó su vertiginoso ascenso al poder, apoyado por cada vez más alemanes. Aunque pretendiera restarse importancia (cosa difícil, sentado en el trono de Federico el Grande), estaba claro que el *Reichsminister* se atribuía el mérito de haber salvado la vida de quien regía ahora los destinos del país. En una palabra, de haber cambiado la historia.

En ese punto, Clemens se fijó en que el interior del pabellón albergaba, entre pinturas, esculturas y hasta pequeños monumentos, una buena parte de la historia de Europa de los últimos siglos.

—Podría vivir sin morfina el resto de mis días, pero sin arte, jamás —comentó Göring mientras el doctor Ramón von Ondarza, recién llegado, le inyectaba una dosis para paliar los dolores.

Dado que esto provocó que su rostro se sumiera en una mueca de ensoñación, una vez disipado su sufrimiento, Clemens tuvo sus dudas. Göring, sin embargo, que estaba atento a la expresión de los presentes (la mayor parte de los cuales empezaban a sucumbir a los efectos del inagotable flujo del champán), interpretó su sutil gesto de escepticismo en otro sentido.

—Sí, es cierto que está todo apelotonado aquí dentro y eso desluce la belleza de cada una de las piezas. Pero ya tengo previsto construir una gran galería que albergue toda mi colección como se merece, además de las piezas nuevas que se vayan incorporando. Como ven, yo solo me rodeo de lo mejor...

—A propósito de lo que es mejor... Yo, modestamente, he pensado...

Clemens quiso aprovechar la pausa que Göring hizo para tomar aliento, ahogado por sus propias palabras, para retomar el asunto de la Ópera de Baviera. Sin embargo, el león Augie regresó y, apoyado sobre las dos patas traseras, se abalanzó sobre su amo surcándole de nuevo las mejillas de lengüetazos, que, después de zamparse el pollo, le dejaron restos de babas sanguinolentas. Era evidente que esto incomodaba al anfitrión, pero prefirió prolongar aquella estampa viendo lo que impresionaba a sus invitados. En esto, un aroma picante se extendió por el salón, que los presentes no tardaron en asociar con la postura del león inclinado sobre Göring. El animal se apartó y todos pudieron apreciar una inmensa mancha de orina en el uniforme de cazador del héroe de la Gran Guerra. De entre el grupo de los soldados que contemplaban la fiesta al fondo, apretados contra la pared, se escapó una risotada que se vio interrumpida cuando Göring se levantó con el rostro enrojecido como un crustáceo y las cejas arqueadas con una ira homicida.

—¿Quién ha sido? —bramó. Y se llevó la mano al cinto, del que pendía una Parabellum P08 que desenfundó raudo. Le quitó el seguro y extendió el brazo hacia el lugar de donde había partido la risa.

Los diplomáticos y las demás personalidades contuvieron la respiración. Tuvo que ser su esposa Emmy la que, sin miedo alguno, se interpusiera entre su cólera y los presentes. Se acercó a él hasta que el cañón de la pistola se aplastó contra su pecho, pero ella lo bajó con delicadeza.

—Querido, no te enfades. Si es como un bebé. ¿Y qué hacen los bebés? Pues pipí.

Clemens pensó que quien realmente aparentaba ser un bebé era el propio Göring, con su rostro mofletudo hinchado de enojo, que de repente se trocó en una risotada no menos violenta que su expresión anterior.

—Tienes razón querida, ¡qué demonios! ¡Además, estamos de fiesta! ¡Y las fiestas son para reírse!

Y disparó al techo, lo que provocó que cayera sobre su cabeza una lluvia fina de cristales de color rubí procedentes de una lámpara fabricada por Egermann el siglo anterior. Los presentes estallaron en carcajadas, no todas sinceras, menos Goebbels y Clemens, que se miraron sin necesidad de decirse nada.

Luego llegó la cena, en la que Göring se trasegó media docena de Masskrüge, siempre bajo la vigilante mirada del doctor Ondarza, mientras contaba algunas de sus proezas aéreas durante la Gran Guerra que le hicieron acreedor a la Cruz de Hierro de primera clase, y cómo se puso al mando del escuadrón «El Circo Volador» del Barón Rojo tras la muerte de este en acto de servicio.

En un momento determinado, y entre brumas de entusiasmo, acertó a estrechar la mano de Clemens y preguntarle qué era lo que deseaba de él. Mas fue Goebbels quien respondió:

—Creo que el maestro Krauss quiere agradecerle su interés por su trabajo y lo bien que lo ha defendido. Por mi parte, ha sido un placer habernos visto en un contexto, por decirlo de alguna manera, distinto al habitual.

—Para eso estamos, querido doctor... *Sieg Heil!*

Luego su enorme cabeza cayó hacia un lado, en un estado vecino a un dulce sopor. Clemens y Goebbels abandonaron el recinto sin decir más.

En el coche, el ministro de Propaganda rompió el silencio tras un largo rato sumidos en la oscuridad boscosa:

—Informaré en persona al Führer de su pretensión de dirigir la Ópera de Baviera y abandonar la de Berlín. Está el asunto de Knappertsbusch, pero no creo que cueste demasiado solucionarlo.

—Oh, le estoy tan agradecido...

—No diga nada —repuso Goebbels, con una sequedad que expresaba más con lo que se guardó para sí que con las pocas palabras que pronunció—. Esto no lo hago en absoluto por usted, sino por el bienestar... de la cultura alemana en general, y de su música en particular.

El resto del trayecto solo se escucharon los suaves arañazos de las ramas de los pinos en la carrocería del Mercedes y el embriagador ronroneo de aquel motor de doscientos caballos.

XIX

Viena, 28 de diciembre de 1944
Neue Pizzicato Polka, op. 449, de Johann Strauss hijo

—Veo que en las fechas en que estas personas empezaron a desaparecer, usted trasladó su residencia de Berlín a Múnich. ¿Por qué?

Krenn seguía allí. Había cerrado los ojos durante un rato largo con la esperanza de que fuese una visión que se desvaneciera solo con dejar de mirarla. Y el hecho de que el SS hiciera una pausa en su interrogatorio le ayudó a creerse aquella ficción. Pero no, no acababa de despertar de la pesadilla. ¿Por qué no se producía algún milagro que le pusiera punto final, incluso un bombardeo del Ejército Rojo sobre Viena? Los noticiarios eran realmente optimistas respecto a que la Wehrmacht pudiera llevar a cabo una contraofensiva para repeler el avance de los aliados por el oeste. Aunque lo que había escuchado a escondidas en la emisión de onda corta de la BBC era que, desde el desembarco en Normandía de los estadounidenses, los británicos y los canadienses, las tropas alemanas iban retrocediendo con milimétrica pero imparable lentitud. Se encendió un cigarrillo. Gracias a lo que no pudo calificar sino como un milagro, esta vez sí, encontró un paquete de tabaco a medias en la chaqueta de un frac que guardaba en el armario de su camerino. Aunque no eran muchos cigarrillos, y temía que la ansiedad por su dosis de nicotina le hiciera derrumbarse antes que la insistencia del meticuloso Krenn.

—Necesitaba cambiar de aires. Es algo que los directores de orquesta hacen con frecuencia.

—Knappertsbusch tenía su plaza asegurada en Múnich y no hubiese cambiado «de aires» de no haberse encaprichado usted de su puesto.

—Si me permite, él desairó al Ministerio de Propaganda con una...

—Déjese de zarandajas. Hiciera lo que hiciese, su destino ya estaba escrito. Esto es bastante parecido a lo que ocurrió antes con Furtwängler en Berlín.

—Creo que en eso se equivoca. Ambos colegas míos, extraordinarios directores, dejaron sus puestos por otros motivos, no porque yo me encaprichase de nada. Digamos que tuvieron sus... —midió con cuidado sus palabras— discrepancias con las autoridades del Reich.

—Este punto me interesa mucho. —Los ojos de Krenn irradiaron satisfacción—. Además de no acatar algunas de las instrucciones que se le dieron desde el Ministerio de Propaganda, tales como dirigir el himno del partido antes de cada concierto, Furtwängler intentó mantener a algunos elementos indeseables en la Filarmónica de Berlín. Luego, cuando se le ordenó que los expulsara bajo amenaza de destituirle, se cree que escondió a algunos en su propia casa. Sin olvidar la perniciosa relación que mantuvo con su secretaria, Berta Geissmar, a la que dejó que manejara a su antojo a la orquesta. Todos ellos, judíos.

Una vaharada de humo se estrelló indolora en la frente de Erich Krenn, pero no se inmutó.

—¿No le extraña que esta palabra no haya surgido hasta ahora en nuestra conversación?

—Pensaba que era un interrogatorio, no una conversación. Además, no es cierto. Usted ha calificado antes a Ravel como uno de ellos, aunque no lo era.

—Usted no la pronuncia, como si le diera miedo decir «judíos».

—¿De modo que ese es el problema? Pues lo arreglamos ahora mismo. —Clemens dio una calada profunda que casi lo quebró en una tos que controló, con no poco dolor de garganta, y se levantó decidido—. Ju-dí-os. Hala, ya está. ¿Me puedo marchar a mi casa?

Krenn se echó a reír, y sus carcajadas se le incrustaron a Clemens como cuchillas de afeitar entre los ojos.

—Qué gracioso, maestro Krauss. Bueno, a ver si le hago reír yo ahora. Sabe tan bien como yo que todas las personas de esta lista, menos usted..., aunque de eso ya hablaremos más adelante, son judías. ¿Sabe lo que creo? Que ha tenido algo que ver en sus fugas de Alemania. Más aún, que es el responsable directo de las mismas.

Era preciso actuar con rapidez. Fingió indignación, pero se sonó tan falso a sí mismo que se indignó por su falta de credibilidad. Y aprovechó este enfado auténtico para imbuir de contundencia al fingido.

—Me parece bochornoso que haga acusaciones de ese calibre. ¿Qué ganaría ayudando a esos pobres desgraciados?

—En el caso de Mayer-Lismann, está claro que son sus amigos.

—¿Y el resto? ¿De qué conocía yo a...?

Trató en vano de que Krenn le dejara ojear la lista que parecía condenarle sin remedio. Este volvió a repasar nombres y fechas.

—Al principio hay nombres radicados en Frankfurt... Pero luego el abanico se amplía a Berlín... Y a Múnich también. Y se da la circunstancia de que en las fechas en que estas personas desaparecieron, usted trabajaba en esas ciudades. ¿No le parece demasiado casual?

¿Cómo razonar ante argumentos tan contundentes? Debía aferrarse a que eran tiros al aire, acusaciones ciegas, sin nombres concretos. Era posible que se lo inventara para hacerle confesar, y no pensaba darle esa satisfacción. No, al menos, mientras le durase el tabaco.

—Mire, he viajado a tantas ciudades alemanas en los últimos años que hasta es posible que haya coincidido con esas personas que usted pretende..., que, según usted, han recibido no sé bien qué ayuda mía. Estar en el mismo lugar que alguien que desaparece sin dejar rastro no es, que yo sepa, un delito. O a lo mejor me equivoco y lo consideran así desde esta mañana, y yo no me he enterado por haber estado ensayando todo el día en la Sala Dorada.

—Ida y Louise Cook —dijo Krenn mientras garabateaba algo en su agenda.

—¿Qué?

Repitió los dos nombres, que se clavaron como puñales en el ánimo de Clemens. Se tomó otra copa del repugnante brebaje de hierbas. Quizá podía emborracharse y acabar por los suelos ante el cuero deslumbrante de las botas de Krenn, incapaz de balbucear nada coherente. Aunque también cabía la posibilidad de que el alcohol le hiciera hablar más de la cuenta.

—No disimule. Las conoce bien.

—Sí... Claro que las conozco. Son dos inglesas aficionadas a la ópera. Dos grandes admiradoras mías y de mi..., de la señora Ursuleac. Las veíamos con frecuencia antes de la guerra.

—¿Diría que eran... millonarias o algo así?

Clemens se rascó la cabeza.

—Ida, que yo recuerde, empezaba a ser una escritora de éxito. Podían permitirse sus frecuentes viajes a Alemania para ver las óperas. Además, vestían con elegancia y se alojaban en buenos hoteles.

—Claro... Los hoteles. Eso es lo más importante. Como, por ejemplo, el Adlon de Berlín o el Cuatro Estaciones de Múnich.

Se planteó seriamente acabar con aquella comedia y derribar de un puñetazo a Krenn, para acto seguido salir de allí a paso ligero. Pero estaba claro que lo siguiente sería una intensa persecución en la que no llegaría demasiado lejos. Y estaba el riesgo de que detuvieran a Viorica y la hiciesen pagar por sus propios delitos. Era mejor intentar razonar, pues no tenía constancia de que hasta qué punto su discurso se basaba en suposiciones.

—Sí, recuerdo haber estado con ellas en alguna ocasión en esos hoteles.

—En las fechas en que desaparecieron los judíos de la lista...

—¿Cómo quiere que sepa eso? —alzó la voz, buscando sonar más hastiado que temeroso—. No sé de qué personas me habla, luego difícilmente puedo saber qué hacían y dónde, ni si eso coincidió con las fechas de mis conciertos y las visitas de las Cook.

—Hay una testigo que sospechaba de las actividades de las Cook. Compatriota de ellas, además. La señorita Unity Mitford.

—¡Acabáramos! Ya decía yo que aquí había algún malentendido, y ahí está.

Ahora era Krenn el que mostraba desconcierto. Clemens se aferró a ello con toda su energía:

—¡Esa señorita es una perturbada! ¡Y ha dado muestras de ello en más de una ocasión!

El SS se rehízo de inmediato, tras tomar conciencia de que no debía mostrarse desconocedor de ninguna respuesta.

—¿Le parece que tratar de concienciar a Gran Bretaña de la causa de nuestro Führer es obra de una perturbada mental?

—¿Y a usted le parece que venir a Alemania para asistir a funciones de ópera implica por fuerza una actividad sospechosa? ¿Que no es natural dejarse llevar por el entusiasmo que suscita una pasión personal y ha de haber una razón oscura para ello?

Krenn meditó unos instantes, buscando sin duda darle la vuelta a este último argumento. Y al fin halló una salida:

—¿Quiere un nombre? Pues aquí lo tiene: Friedl Bamberger.

Clemens se preguntó cómo debía reaccionar a aquello. Se adentraría en sus propios recuerdos, a fin de establecer una distancia invisible entre la realidad presente y la inevitable. Procuraría, como en una interpretación ralentizada de algún adagio de sinfonía romántica, quizá de Bruckner, que cada uno de los elementos a su favor demorasen todo lo posible el momento en que Krenn se abatiera victorioso sobre él, el punto de no retorno. Respiraría más despacio y cada una de sus palabras fluiría como plomo derretido, en un desafío a las leyes del tiempo y la razón. Así pues, replicó con una lentitud exasperante para su contrincante:

—¿Friedl Bamberger?

XX

Múnich, invierno de 1936
Mov. 4, Feierlich, de la *Sinfonía n.º 3 en mi bemol mayor, op. 97*, *«Renana»*, de Robert Schumann

Todo sucedió a tal velocidad que, cuando quiso darse cuenta, Clemens ya se encontraba en Múnich, ante la programación que tendría que dirigir, y con algunos de sus cantantes favoritos de Berlín, varios de los cuales lo acompañaron desde Viena, recién incorporados a la plantilla de la Ópera. En realidad, nada se produjo como había previsto porque Hans Knappertsbusch tuvo la ocurrencia de estrenar *Lucedia*, una ópera del estadounidense Vittorio Giannini, y las autoridades del Reich arremetieron contra él por considerarlo un ultraje a la música alemana. Se le prohibió dirigir en todo el país, y a los pocos días Clemens recibió una notificación de Goebbels para que se incorporase a su nuevo puesto en la Ópera Estatal de Baviera. En realidad, por motivos contractuales, su nombramiento como director musical no se haría efectivo hasta el año siguiente, pero era una mera cuestión formal. Lo mismo sucedía con la dirección de la Ópera, que fue a parar de manera interina al intendente Oskar Walleck, quien, sin embargo, tendría que contar con el visto bueno de Clemens para cualquier decisión que tomase.

No tardaron en encontrar un piso relativamente cerca del Teatro Nacional de Múnich, pero no demasiado, a fin de que pudieran desconectar cuando fuera preciso de la atmósfera desbordante de la programación operística. Fue una sorpresa que estuviera amueblado al gusto de ambos sin que lo hubieran solicitado, y con una radio y una nevera de última generación, cortesía del Ministerio de Propaganda.

Viorica aceptó el traslado sin protestar, aunque su entusiasmo fue mucho menor que cuando llegó el nombramiento berlinés. Quizá no las tuviera todas consigo en cuanto a que él volviera a cambiar de opinión, y tenía motivos, porque, en su fuero interno, Clemens anhelaba regresar triunfante a Viena, como un César que hubiera cruzado el Rubicón. Sin embargo, allí continuaba gobernando el director judío Bruno Walter, y, de momento, las promesas del Führer de incorporar Austria a sus dominios sonaban a vagas ensoñaciones. El país de ambos aún mantenía a raya a los nacionalsocialistas, a pesar de las noticias que hablaban de una violencia creciente. La hija de Viorica, Naditza, que residía allí, les informaba con regularidad por teléfono del ambiente que se respiraba en las calles de Viena, todavía muy proclives a mantener la independencia.

Todo cambió cuando los periódicos anunciaron, con un tamaño de letra reservado a la muerte de algún monarca, que tres regimientos de infantería de la Wehrmacht habían penetrado en la Renania, lo que violaba una de las imposiciones del Tratado de Versalles. Cuando se constató, tras varios días de tensa espera, que los franceses y los británicos no responderían a lo que a todas luces era una provocación de Hitler, el entusiasmo se desató en Alemania. Clemens llegó a oír que la noticia fue acogida con alborozo incluso en los barrios judíos, donde se dejaban sentir las numerosas restricciones impuestas por la política racial.

—Todo el mundo se alegra —comentó con Viorica—. Y es natural, porque es el primer político en Alemania que ha cumplido sus promesas en lo que va de siglo.

—Ha hecho muchas —repuso ella con suave seriedad—, y algunas bastante inquietantes.

—Si logra que la humillación pasada se olvide, habrá hecho mucho. Y si además crea puestos de trabajo y no volvemos a las penalidades de hace unos años, tendrá a un pueblo infinitamente agradecido a sus pies.

—¿Como tú, querido?

No podía negar su inmensa gratitud tanto a Goebbels como a Göring por no haber interferido en su traslado, y, por supuesto, al Führer. Sin la aprobación de este último, su sueño nunca se habría cumplido. Por eso, cuando pudo constatarlo, tuvo sentimientos encontrados. Por un lado, consideraba que estaba ofreciendo lo mejor de sí mismo como artista al Reich, pero, por otro, ¿no cometía traición al ayudar a las dos inglesitas en su juego de espías de andar por casa? Los periódicos y las radios especularon durante días sobre una posible declaración de guerra por parte del Reino Unido, lo que sin duda les hubiera convertido a Viorica y a él en cómplices de haber ayudado al enemigo a violar las políticas raciales del Reich. ¿Y si fuera tiempo de dejarlo? Estuvo tentado de comentárselo varias veces a su compañera, pero cuando salían a relucir los nombres de Louise e Ida se mostraba tan entusiasmada por formar parte, aunque fuera mínimamente, de sus misiones de salvamento, que se sentía incapaz de desilusionarla.

Así pues, trató de centrarse en su nuevo puesto, donde fue mejor recibido por el personal que en la Ópera de Berlín. En su primera reunión con los trabajadores del teatro prometió una línea continuista con lo que se venía haciendo en los últimos tiempos, si bien soslayó el nombre de Knappertsbusch. Ellos acogieron estas palabras con una calurosa ovación, y, después, Oskar Walleck y otros miembros de la administración de la Ópera los invitaron a comer a él y a Viorica. Walleck no tardó en sacar a colación su membresía del partido, como bien apuntó, previa a la llegada del Führer a la Cancillería, y se congratuló de la desaparición del anterior titular. Clemens le preguntó cómo era posible que Knappertsbusch hubiera cometido el error de estrenar aquella ópera que tanto había disgustado a las autoridades culturales del Reich y que dio al traste con su puesto vitalicio.

—Porque era un ingenuo o un malintencionado, claro está —replicó con contundencia Walleck—. Me alegra que sea usted de esos directores que tienen en cuenta que son los amos en el podio, pero que por encima de ustedes hay una jerarquía. Knappertsbusch pensaba que sus perniciosas acciones no iban a tener consecuencias.

—Pero... no lo entiendo —intervino Viorica con lo que a Clemens le pareció un exceso de candidez—. ¿Esa ópera, *Lucedia*, no pasó una censura previa? No se puede estrenar hoy ningún título sin que haya recibido el visto bueno del Ministerio de Propaganda. De no ser así, no le hubieran permitido siquiera levantar el telón.

Walleck guiñó un ojo a los otros miembros de la administración del teatro y luego disimuló una risotada de cuervo tras su copa de vino.

—O sí que la pasó... y luego alguien se percató de que quizá no había sido tan buena idea darle el visto bueno. En todo caso, había que acabar de una vez con esa mierda de contrato perpetuo.

Más tarde, cuando ya estaban solos, Clemens dio rienda suelta a su indignación:

—O sea que era una trampa, le allanaron el camino para que él mismo se estrellase —le comentó a Viorica.

—En todo caso, querido, ¿no deseabas venir aquí con toda tu alma? Entonces, no debería importarte tanto.

Supuso que no, pero aquello era una advertencia de que, igual que en su día se habían desembarazado de otros cuyos puestos después ocupó él, llegaría el momento en que también él se vería reemplazado. Goebbels ya le dejó claro durante su visita a Carinhall que lo consideraba un oportunista, a pesar de haber confiado luego en él. También Lothar Wallerstein lo calificó de igual manera. No negaba que era un término que le causaba un prurito de ira en la piel del rostro. Pero ¿acaso se hubiera arriesgado un arribista a ayudar a las Cook? ¿No era eso mucho más susceptible de costarle un disgusto serio que el hecho de programar una ópera degenerada?

A propósito de disgustos, la mañana que Ida telefoneó a su nuevo domicilio, en Múnich, instándolos a verse en el hotel Cuatro Estaciones, se llevó una desagradable sorpresa. Cuando pidió a su nuevo asistente, un voluntarioso joven llamado Erik Maschat, que su chófer los llevase hasta allá, descubrieron que el conductor en cuestión no era otro que el inefable Woldemar Brick.

—Pero ¿qué hace usted aquí? Me da que se ha confundido de teatro... y hasta de ciudad.

—Buenos días, herr director.

Brick se quitó la gorra de plato con un respeto tan exagerado que le pareció que estaba burlándose de su evidente desconcierto. Le explicó que había solicitado un traslado al ministerio para poder estar más cerca de su familia. Al fin y al cabo, Múnich estaba a tan solo ciento cincuenta kilómetros de Jungholz, en tanto que eran más de setecientos los que lo separaban de Berlín.

—Así puedo escaparme los fines de semana y ver a mi hermana. Mi madre ya empieza a hacerse mayor, ¿sabe?

—¿Y lo han puesto de nuevo a mi servicio? Sí que anda escaso el ministerio de plazas que cubrir.

Con una sonrisa bobalicona, Brick confesó que, en realidad, había sido al enterarse del traslado del maestro Krauss cuando se le ocurrió hacer la solicitud y, por una carambola del destino, ahora continuaba a su servicio. No cabía duda alguna: lo habían puesto allí para espiarlos. Clemens trató de hacérselo entender por gestos a Viorica, con los carrillos hinchados de desidia, y ella tuvo que sujetarse la boca para no reírse.

—Me alegro de que siga con nosotros, Brick —dijo Viorica, y le dio un manotazo a Clemens en la rodilla para que dejara de realizar aquellas muecas—. Es muy curioso todo lo que nos cuenta. ¿Aún lee esas revistas?

—Oh, por supuesto. Me estoy ilustrando sobre los Juegos Olímpicos. No saben la cantidad de personas que vendrán de todas partes. Berlín se va a convertir en el centro del mundo.

—¡Pues vaya idea que hemos tenido! —A Viorica empezaba a divertirle la posibilidad de atormentar a su compañero, y el tozudo conductor le parecía un buen cómplice involuntario para ello—. ¡Marcharnos de allí justo cuando empezaba a ponerse interesante!

—¿Y para qué tienen que ir al hotel Cuatro Estaciones?

Clemens cometió el error de decirle por teléfono a Maschat que deseaban ir a esa dirección, en la Maximilianstrasse, a dos minutos del Teatro Nacional de Múnich, cuando aún ignoraba quién iba a ser su chófer. Ahora corrían el riesgo de que Brick, al ver a las hermanas Cook, informara a quienquiera que fuese su jefe de que algo extraño pasaba allí.

—Nos han citado unas... una cantante.

—Ah, ¿puedo preguntar de quién se trata?

—No la conocerá usted.

—Pruebe... A lo mejor le sorprendo.

—Eso, desde luego.

—No, mire... Estoy bien informado.

Extrajo de la guantera varios números de la revista *Musik und Theater.* En uno de ellos, doblado por una página, había un artículo sobre la llegada de Clemens a la Ópera Estatal de Baviera. Varias frases estaban cuidadosamente subrayadas con lápiz rojo. Como Brick insistió en saber el nombre de la cantante, Viorica intervino:

—Seguro que no la conoce... porque es inglesa.

—¡Ah! ¿Como sus amigas, las hermanas aquellas que no soltaban prenda la última vez? Fíjense que me daba la impresión de que iban a encontrarse con ellas, como en otras ocasiones.

—Pero eso ha sido en Berlín —dijo inocentemente Viorica.

—Sí, pero como parece que les tienen ustedes tanto apego... La verdad es que me conmovió mucho la historia que me contaron.

—Pues si supiera la de esta a la que vamos a ver, no se la creería usted.

La sonrisa traviesa de Viorica puso en alerta a Clemens. ¿Qué demonios pensaba contarle?

—Ah, pues dígame, dígame. A ver si me la creo —insistió Brick, con un arriesgado giro de cabeza hacia ella.

Viorica le contó que esta cantante era hija de un personaje muy importante del gobierno inglés y de una mujer de la aristocracia que murió al dar a luz. El padre entonces se tornó sobreprotector con la niña y decidió preservarla a toda costa de la corrompida atmósfera política. La muchacha vivió de esa manera hasta su primera juventud, prácticamente encerrada, entre colegios de élite y la mansión familiar.

—En realidad, la crio una nodriza, porque el padre se pasaba el día entero en el Parlamento. Y cuando ella cumplió dieciocho, empezó a recibir notas de un joven que la había visto desde la calle, paseando por el jardín de su mansión. Con la complicidad de la nodriza, a la que sobornó, pudo acceder a la casa y conocer a la chica. El caso es que se enamoraron y ella se fugó al poco tiempo con él. Y al padre se lo llevaban los demonios... Así que decidió vengarse a toda costa del seductor. Pero cuando descubrió quién era, ¡no pudo! ¿Sabe usted por qué?

—¡Me tiene en ascuas!

Brick volvió a girarse y Clemens, alterado, le señaló la carretera.

—Porque se trataba de un miembro destacado de la familia real... —Viorica concluyó la historia con una seriedad impecable—. Pero el joven no tardó en cansarse de ella y la abandonó. Y ahora la pobre se ha convertido en cantante de ópera porque no soporta la vergüenza de volver al hogar con su padre.

—¡Jesús, qué historias pasan en ese mundo al que pertenecen ustedes!

En esto, llegaron a su destino.

—No es necesario que nos espere —le dijo Clemens con rotundidad—. Iremos al teatro después y luego ya no sé cuándo volveremos a casa.

—En todo caso, no andaré demasiado lejos, para lo que necesiten de mí —lanzó Brick, como una amable amenaza.

En la puerta del hotel, Clemens aguantó con estoicismo a que Viorica acabara de reírse con ganas.

—Pero ¿a ti qué demonios te pasa?

—Ay, perdona, querido... ¿Has visto cómo se lo ha tragado? ¡Ni más ni menos que el argumento de *Rigoletto*! El pobre leerá mucho, pero tiene una candidez...

—Tiene una pistola, para empezar, y quién sabe si en su tiempo libre se dedica a reventar cabezas con alguna tropa de asalto. Es un regalito de Hanke, sin duda, por haberme saltado su autoridad recurriendo directamente a Goebbels.

—¡Pues a mí me hace gracia!

Entraron en el Cuatro Estaciones, en cuya recepción los

aguardaba Ida con semblante de honda preocupación, y sosteniendo un cigarrillo sin encender entre los dedos, envueltos en guantes de seda, de la mano derecha.

—¡Maestro Krauss! ¡Señora Ursuleac! Menos mal que han venido —les dijo en un inglés entrecortado—. No sabíamos qué hacer.

—¿Qué es lo que sucede?

Les explicó, aunque dado su nerviosismo les costó seguirla, que había aparecido de la nada una mujer inglesa que afirmaba conocerlas del hotel Adlon, y que aseguraba ser amiga del mismísimo Hitler.

—Además, no ha parado de hacernos preguntas. Quería saber dónde vivíamos y le hemos dado, sin pensar, nuestra dirección de Dolphin Square. Ahí está el ático donde yo suelo ir a escribir, y nuestra residencia habitual está en Morella Road. Entonces ha dicho: «Ya decía yo que me sonaban de algo. Mi hermana y mi cuñado residen ahí. Pero juraría que nunca las he visto tan emperifolladas ni con tantas joyas». Además, estaba presente, o al menos alguien se lo contó, porque lo sabe con todo lujo de detalles, cuando aquella joven encantadora que venía con nosotros se desmayó y todo el mundo se asustó tanto.

Clemens se encogió de hombros, desconcertado. Ignoraba a quién se refería.

—Está en uno de los salones del hotel jugando al bridge con Louise y unos caballeros que nos han dicho un montón de cosas, creo que bonitas, en alemán.

—¿No hay nadie más con ustedes?

Ida captó que se refería a alguno de sus protegidos.

—Un muchacho joven... El hijo de un profesor del Conservatorio de Frankfurt. Su padre murió hace dos meses de un infarto, después de que unos guardias de asalto lo hostigasen en la calle. No tiene a nadie en el mundo.

—¿Y dónde está?

Con un hilo de voz, Ida les dijo que lo habían metido en la habitación en la que estaban alojadas, pues les dio miedo el insistente interés de la mujer inglesa en él. Clemens se dio una ruidosa palmada en la frente. ¿Lo habían dejado solo? Era una idea nefasta. Alguna camarera podía entrar y preguntarle quién era, y si le pedían sus documentos identificativos, acabarían todos detenidos.

Viorica se ofreció a ir a la habitación para sacarlo de allí y dar una vuelta con él mientras Clemens se acercaba a conocer a la misteriosa mujer inglesa.

—¿No se asustará al verme? —le preguntó a Ida cuando le entregó la llave de la habitación.

—Más de lo que ya está, no lo creo. Tendrían que haber visto cómo esa horrible mujer lo ha acribillado a preguntas. Dígale que es usted la soprano de la ópera que vamos a ver esta tarde y se tranquilizará.

Una vez se hubo marchado Viorica, Clemens se dirigió con desgana al salón en el que, en efecto, Louise jugaba, y todo indicaba que con escasa fortuna, al bridge en compañía de dos integrantes del *Schutzkommando* de no más de treinta años. La enigmática mujer tendría la misma edad y mostraba una elegancia discreta. Llevaba un vestido decorado con plumas negras que realzaba su estilizada figura de gimnasta olímpica. Se puso en pie para saludarle, casi más cuadrada que en actitud informal, y con una voz enérgicamente embriagadora, endurecida por las esquirlas de su acento británico, dijo:

—Encantada de conocerle, maestro Krauss. Mi nombre es Unity Mitford.

Clemens apenas acertó a besar la mano que le tendió, en la que resaltaba una sortija de cabeza plana con una eme de oro grabada en su superficie. Y es que le pareció tener de repente ante sí a la encarnación en la tierra de Brunilda, la valquiria protagonista de la obra de Richard Wagner que tenía previsto dirigir aquella tarde.

XXI

Múnich, invierno de 1936
El despertar de Brunilda, de *Sigfrido*, de Richard Wagner

La señorita Mitford poseía un rostro ovalado de piel difuminada en un rosa suave, como irrigado de sangre infantil. Sus labios se recortaban en su cara a la manera de una mariposa de color cereza primorosamente clavada en una caja de entomólogo y había algo de aleteo de libélula en el movimiento eléctrico de sus pestañas, guarnecedoras de una mirada de felino al acecho de una presa despistada. De no ser por la tonalidad ligeramente castaña de su melena, sujeta por un lazo negro, hubiera encajado, con sus ojos desbordantes de azul lago, en el arquetipo perfecto de mujer aria.

—He oído hablar mucho de usted, y me ha dicho aquí, su amiga... —hubo algo de despectivo en cómo pronunció esta última palabra—, que acaban de nombrarle director de la Ópera Estatal de Baviera.

—En realidad, todavía queda algo de papeleo. —Clemens trató de retener en sus fosas nasales, sin conseguirlo, la intensa fragancia a magnolia que había aspirado de su mano al besarla—. Pero sí, es cierto que ya me ocupo de la programación de la Ópera.

—Es curioso que haya querido usted cambiar Berlín por Múnich. Recuerdo haber visto su nombre allí en cartel, en la Ópera Bajo los Tilos.

—Bueno, no voy a venderle los encantos de esta ciudad, ya que en estos momentos usted ha venido desde la suya hasta aquí.

Unity Mitford lanzó una risotada de ardilla y le instó a tomar asiento. Los miembros del *Schutzkommando* se miraron dudando de si eso significaba que Clemens iba a sumarse a la partida.

—No, el bridge es solo para cuatro. Caballeros, gracias, como siempre, por tantas atenciones. Ahora me gustaría charlar un poco con el señor Krauss... y mis queridas compatriotas.

Ida, cuya comprensión del alemán era aún bastante elemental, aguardó para ver qué hacía Clemens y luego se sentó con él. Los *Schutzkommando* se despidieron con un «*Heil Hitler*» y Unity Mitford pidió a los camareros que trajeran té para todos, sin preguntar si eso era lo que deseaban. Clemens hizo amago de encenderse un cigarrillo, pero fue disuadido amablemente por la mujer:

—¿No tienen acaso un modelo de virtud en el Führer, que no fuma, ni bebe ni come carne? Creo que, más que un ejemplo, debería ser norma de ley. Es necesaria una Alemania fuerte y sólida en sus principios para construir el futuro.

Clemens devolvió el cigarrillo a su pitillera sin saber por qué demonios accedía a tan estúpido requerimiento, pero supuso que era preciso calibrar antes si la tal Mitford constituía el riesgo que Ida le había anticipado.

—Pero yo no soy canciller, señorita. Soy director de orquesta, y los hombres no podrían haber levantado las pirámides, ni podrían dirigir orquestas, sin un consumo continuado de carne.

Unity Mitford volvió a hacer repiquetear su risa de cascabel y clavó sus dos dardos azules en los ojos expectantes de las Cook, que la imitaron con desgana.

—Ah, el sentido del humor austriaco. En el fondo es muy parecido al del Führer. Es una lástima que no lo deje asomar en sus maravillosos discursos. En público es muy serio, y ha de serlo. Pero en la intimidad...

Ya había dejado caer que conocía a Hitler, y el hecho de que estuviera acompañada de dos de los miembros de la guardia del canciller le daba verosimilitud. O acaso era una fabuladora que había hablado con algunas personas próximas al canciller para luego pretender tener acceso a él.

—¿Es usted amiga suya? —le preguntó Clemens abiertamente.

—Soy su admiradora número uno —estampó la palma abierta sobre la mesa haciendo saltar los naipes— y he venido con una misión: lograr el entendimiento entre el Reino Unido y Alemania.

—¿Representa usted a un partido o a algún miembro del gobierno británico?

Ahí titubeó un instante antes de contestar.

—Podría decirle que soy miembro de la Unión Británica de Fascistas, pero creo que eso sería minimizar mi papel... ¿Sabe usted dónde fui concebida? —Sin aguardar respuesta, cosa por otra parte lógica, porque ¿cómo demonios iba a saber él eso?, concluyó con otro manotazo—: ¡En la ciudad de Swastika, en Canadá!

Clemens no tenía ni idea de que existiera un lugar llamado así. La Mitford, sonrojada de satisfacción, extrajo un pasaporte británico de su bolso y lo abrió.

—Y mire cuál es mi segundo nombre: ¡Valkyrie!

Comprobó que era cierto, y que tenía treinta y un años. De repente empezó a gesticular como si quisiera echar a volar, igual que las valquirias sobre sus monturas. Tardó unos segundos en percatarse de que estaba imitando el peculiar estilo de alocución discursiva de Hitler. Se alegró sobremanera de que estuvieran en un reservado.

—¡El Führer cree que es la providencia la que le ha puesto en el camino de convertir a Alemania en la nación más poderosa de la historia! ¡Y eso no podrá lograrlo sin el apoyo de Inglaterra! Solo después de que mi país rompa con los cobardes de los franceses podrá sellarse esa alianza que durará mil años. Y para eso estoy yo aquí.

—¿Para sellar la alianza de los mil años? —intervino Clemens aprovechando que se detenía para tomar aliento, prueba de que no controlaba del todo la técnica vociferante de su modelo.

—Para reconducir las relaciones germano-británicas. Es preciso que nos mantengamos unidos. Somos parte de una misma raza superior destinada a dominar el mundo. Por eso nací en Swastika y me llamo Valkyrie, porque esa es mi misión en la vida.

—¿Y qué opina el Führer de todo esto?

En ese momento trajeron el té, lo que permitió a Unity Mitford recuperar el resuello. Las Cook, amedrentadas, cogieron sus tazas y soplaron en silencio.

—Me costó que el círculo de cortesanos que tiene a su alrededor me dejara acceder a él. Pero sabía que iba a diario al restaurante Osteria Bavaria a comer, así que empecé a acudir allí. Precisé de diez meses para llamar su atención, pues siempre había alguien que se interponía entre nosotros. Hasta que un día pidió que me sentara a su mesa y hablamos. Lejos de sorprenderle, mi propuesta lo llenó de alegría. «La esperaba desde hacía tiempo, pero no podía imaginarme que vendría en forma de una muchacha tan encantadora», me dijo. Desde entonces, tengo la suerte de contarme entre sus amistades.

Clemens asintió, aunque aquella historia no dejaba de parecerle una suerte de delirio mitómano. ¿Qué se suponía que iba a pasar ahora? Como si le leyera el pensamiento, la orgullosa valquiria, tras beber con decisión un sorbo de té, prosiguió:

—Desde entonces resido de forma permanente en Alemania, entre Berlín y Múnich, siempre cerca del Führer. Y así es como he conocido hoy, después de haber coincidido en el Adlon, a estas damas que afirman ser amigas suyas.

—Y lo son, por supuesto. —Para reafirmarlo, tomó de las manos a las inquietas Ida y Louise—. Son las mayores aficionadas a la ópera que se pueda imaginar. Digamos que... eso que hace usted por amor a la política lo hacen también mis queridas Cook. Vienen desde Londres a ver todo lo que dirijo. Para mí es un honor, del cual no creo ser merecedor...

—¡Ah! ¿O sea que usted se ve como un Führer de la música?

No estaba borracha, pues afirmaba ser abstemia, pero se expresaba con un temblor cada vez más creciente en la voz, como si la embriagara su propia satisfacción.

—Digamos que yo también estoy fortaleciendo, a mi manera, las relaciones germano-británicas...

—¡Qué loable! Además, veo que sus amigas..., ahora también mías, son muy generosas. Como para no serlo, si salta a la vista que son de familia pudiente... ¿Sabe que se dedican a hacer obras de caridad?

Por respuesta, las Cook bajaron la cabeza, paralizadas por el terror. Como no dijeron nada, la Mitford continuó:

—Sí, porque todas las veces que he coincidido con ellas, tanto en Berlín como aquí, estaban acompañadas de personas... de condición bastante modesta. Y siempre las he visto comiendo con ellas. Por cierto, ¿qué le sucedió a aquella muchacha en el Adlon? ¿Acaso acusaba síntomas de desnutrición?

Clemens decidió intervenir:

—Como aficionadas a la ópera, hacen amigos enseguida entre quienes comparten esa pasión. No me extrañaría que fueran personas a las que conocieron en estas peregrinaciones suyas para ver mis funciones.

La sonrisa de Unity denotaba de repente una indisimulable sensación de triunfo, a la vez que sus aletas nasales se dilataban como las de un ofidio que olfatease sangre.

—Pues si esas personas son amantes de la ópera, desde luego que ninguna parecía de gallinero para abajo. Extraño, ¿no? Que hayan tenido oportunidad de conocerse.

—Cuando al final de la función vienen en busca de autógrafos, coinciden gentes de muy diversa procedencia —aclaró Clemens—. Además, las Cook acostumbran a invitar a esas amistades que hacen a su propio palco para comentar la función juntos. ¿No es así, queridas?

El silencio de ambas empezaba a ser demasiado incriminador. Louise asintió y habló en alemán, repentinamente más endeble que de costumbre.

—Sí, querido maestro. Qué bien lo cuenta usted... Da gusto escucharle... Nosotras no podríamos... expresarlo mejor...

—*Oh, yes, well said* —intervino Ida, con una sonrisa desesperada.

—¿Y el amigo ese de ustedes? ¿Ese muchacho con el que estaban antes? Pensé que era un limpiabotas o algo así. ¿También es aficionado? ¿Irá a la ópera esta noche con ustedes?

Clemens no se lo pensó más. Chasqueó los dedos con tal rapidez que, de haber tenido en aquellos instantes un fósforo sobre la yema del pulgar, lo hubiera encendido.

—Y usted también, querida.

Unity Mitford acusó la sorpresa. ¿Ella, en la ópera?

—¿No se llama «Valquiria»? Pues no hay nada más adecuado para celebrar este encuentro. Le voy a dedicar la dirección de este título a usted, la amiga inglesa del Führer, y baluarte de las relaciones entre nuestras respectivas potencias.

—No soy una gran entendida... —quiso excusarse—. El aficionado es mi padre, el barón de Redesdale. Mis hermanas y mi hermano tampoco son grandes entendidos. Hemos heredado otras inquietudes familiares. Por ejemplo, mi hermana Nancy es novelista, como usted, Ida... Ya le preguntaré si ha leído su libro. ¿Cómo se titulaba?

—*La esposa de Christopher* —repuso Ida—, pero lo he publicado con el pseudónimo de Mary Burchell.

—¿Un nombre falso? —rio Mitford—. ¿Es que acaso tiene usted algo de lo que esconderse?

—¿Cuántas hermanas son? —intervino Louise, por desviar el tema hacia terreno seguro.

Unity respondió de mala gana, pues al parecer no le agradaba hablar de su propia persona. E hizo un recuento de la familia Mitford, seis muchachas y un varón. Con quien más se explayó fue con su hermana Diana, quien iba a casarse en breve con Oswald Mosley, el líder fascista inglés. Eran estos dos últimos precisamente los vecinos de las Cook en Dolphin Square.

—Ah, entonces esto viene de familia —apuntó Clemens.

—No lo crea, mi hermana Decca nos ha salido comunista. Yo creo que es por llevarme la contraria. Si de niña yo me vestía de blanco, ella se ponía un vestido negro; si a mí me gustaban los arándanos, ella se apresuraba a declarar que los aborrecía. Creo que esta última locura suya no es más que una rabieta de esas. Espero que se le pase cuando vea los beneficios del nacionalsocialismo para el mundo. La militarización de Renania es una prueba de ello.

Clemens miró el reloj. Debía ir al teatro para empezar a prepararse para la función. Prometió a la señorita Mitford un palco con buena visibilidad.

—¿Podré estar cerca del Führer?

—Me temo que hoy no vendrá. Ya estuvo en la función de estreno, hace unos días. Pero habrá otras personalidades como...

Frauenfeld. Claro. De pronto se le ocurrió cuál podía ser la solución al problema.

Las Cook pidieron acompañarle y la señorita Mitford se despidió con el brazo extendido en un peculiar movimiento ondulante, como el cuerpo de una serpiente que se enroscase en torno a una rama. Él volvió a besarle la piel y, lejos de notarla fría y viscosa, la encontró dulzona e incitadora. Demasiado.

Camino a la suite de las Cook, Ida rompió a sollozar:

—Esta mujer va a ser nuestra perdición. Si pregunta en Londres, se descubrirá todo. Mucha gente sabe que estamos ayudando a personas a salir de aquí. La comunidad judía nos está prestando mucho apoyo, como bien sabe.

—Pero no han mentido —puntualizó Clemens—. Usted ha dicho que es escritora y eso podrán comprobarlo con facilidad.

—¿Y qué pasa con sus sospechas? Se ha dado cuenta de que algo ocurre. Y en tanto se aloje en los mismos lugares que nosotras, corremos peligro. Nosotras y nuestros protegidos. Deberíamos cambiar de hoteles.

—En mi opinión, eso sería admitir su culpabilidad. Lo mejor es seguir aquí, donde no llaman la atención de nadie, salvo la de una compatriota fascista.

—Tenemos que hacer algo para alejar a esa mujer.

—Pero ¿qué? —exclamó Louise—. Es persistente. Y si es amiga de Hitler...

—Quizá sea una fanfarronada —añadió Clemens—. Estaba acompañada por sus guardaespaldas, pero a lo mejor eso es lo único que tiene y saca la información de ellos. Que haya comido un día con él puede ser cierto, pero de ahí a pertenecer a su círculo... Me informaré como es debido.

—Entonces ¿no llevamos al joven Hirsch..., esto, al muchacho, esta noche a *La valquiria*?

—Si eso es lo que han manifestado, no es prudente cambiar

de plan y alentar sus sospechas —dijo él—. Vayan los tres al palco que tienen adjudicado. Yo me encargaré de que la Mitford esté en otro lo bastante alejado como para que no las importune, pero lo suficientemente cerca para que compruebe que están allí con el joven, sin nada que ocultar.

Abrieron la puerta de la suite y se encontraron a Hirsch, según lo habían llamado, abrazado a Viorica mientras bailaban *Vida de artista*, que sonaba en un gramófono. Todas las habitaciones del Cuatro Estaciones estaban equipadas con uno, y un surtido bastante extenso de discos.

Viorica interrumpió el baile, un tanto avergonzada. Clemens miró cara a cara al muchacho, que no tendría más de dieciocho años. Igual que la joven del desmayo en el comedor del Adlon, estaba escuchimizado, y la palidez de su rostro resultaba enfermiza. Iba vestido con un traje de pana, demasiado llamativo entre aquellas paredes.

—Ah, maestro —tartamudeó—, mi padre era un gran admirador suyo y le vio dirigir muchas veces, allá en la Ópera de Frankfurt. Es un honor que me haya invitado a la función de esta noche.

Clemens había agotado su cupo de simpatía por aquel día y se limitó a asentir, sin forzar un estrechamiento de manos. Se despidió de las Cook en la puerta del Cuatro Estaciones.

—Ya sé que sus protegidos no han de parecer personas poseedoras de un patrimonio porque les impedirían sacarlo de nuestras fronteras —les dijo—, pero no los traigan vestidos de pordioseros a estos lugares. Luego pasa lo que pasa.

—Oh, por supuesto, maestro. Seremos más cuidadosas a partir de ahora.

Por fortuna, los escasos metros que separaban el hotel del teatro les libraron de la insolencia de Brick.

—¿Por qué bailabas con ese chico? —quiso saber él, lo que provocó cierta expresión de bochorno en ella.

—Habéis tardado un buen rato y trataba de tranquilizarle. Nos hemos puesto a hablar y me ha dicho que siempre ha lamentado no saber bailar el vals. Y cuando hemos visto que estaba el disco de *Vida de artista*, he querido enseñarle unos pasos, nada más. ¿Y tú? ¿Cómo te ha ido con esa inglesa que ha alterado tanto a las Cook?

¿Debía contarle su idea, que requería la participación de Frauenfeld? Pero aquel era un nombre que procuraba pronunciar lo mínimo delante de ella, pues no ocultaba su rechazo hacia quien era uno de sus más antiguos amigos. Y, además, se sentía algo celoso por la escena del bailecito, aunque en teoría no implicase nada. Sea como fuere, les aguardaba toda una jornada wagneriana, en la que ella cantaría a Siglinda, y él esperaba poder canalizar todos los sentimientos encontrados que bullían en su interior.

XXII

Múnich, invierno de 1936
Vino, mujeres y canciones, op. 333, de Johann Strauss hijo

Un aspecto de Alfred Frauenfeld que destacaba, junto a su tenacidad y su sentido del deber, era su carácter profundamente mujeriego. En sus años juveniles, en los que tantas correrías compartieron en torno al teatro y la música, Clemens se dejó arrastrar por la misma pasión, que encontraba análoga a lo que despertaban en él la música de Mozart o Wagner. No fueron pocas las ocasiones en las que unieron fuerzas para llevar a cabo una conquista doble, que luego incluso llegaban a extender, intercambiándose el corazón ya ganado de las muchachas. Esto último se producía siempre a instancias de Alfred, para quien el alcance de los objetivos propuestos no era sino una pausa técnica para marcarse otros todavía más difíciles de lograr. Según lo veía Clemens, era una proyección sentimental de los vericuetos por los que atravesaba la existencia de su amigo. Nacido en el seno de una rica familia vienesa, tuvo que ver cómo esta se arruinaba tras la Gran Guerra. Truncadas así sus ambiciones de convertirse en un gran artista, estudió para aprendiz de albañil en la Universidad Técnica, pero ni siquiera el desolador panorama de posguerra le aseguró una forma de ganarse la vida con esta profesión. Pudo entonces sobrevivir unos años como empleado del Bodencreditanstalt. Sin embargo, esto no acabó con su resentimiento por saberse en una posición para la que no estaba predestinado por nacimiento. Residió durante esos años en un piso tan modesto, en la Gusshausstrasse, que jamás invitó a Clemens a visitarlo. Siempre buscaba una excusa para verse en otro lugar, donde se presentaba de punta en blanco con el que debía de ser su único traje, en el que un observador atento podía apreciar los cuidadosos remiendos del mismo color que la tela. Esos años, la carrera de Clemens como director fue viento en popa, y de vez en cuando le invitaba a las funciones en las distintas ciudades a las que le fue llevando su periplo profesional. La respuesta de Frauenfeld era siempre que estaba demasiado ocupado en la salvación de Austria.

Cuando, tras la crisis del 29, Alfred perdió su empleo en el banco y descubrió el nacionalsocialismo, estas palabras adquirieron mayor contundencia. En esos años no se vieron mucho, y cuando coincidían, Alfred se presentaba ante él con el uniforme de las tropas de asalto, más interesado en atraerlo hacia su causa que en las disquisiciones operísticas que tiempo atrás mantuvieron hasta altas horas de la noche en la puerta de la Ópera de Viena mientras bebían *Glühwein*, vino caliente especiado. No obstante, en lo referente a las mujeres Frauenfeld permanecía inalterable y le instaba a nuevas aventuras, ya fuera con las cantantes de la ópera o con cualquier grupo de damiselas respetables de la sociedad vienesa cuya reputación pidiera a gritos que alguien la echara a perder. Pero aquellos eran años en los que Clemens ya había asentado su relación con Viorica, y en cuanto a la ideología, no dejó de repetirle lo mismo que a cualquiera que quisiese escucharle: esto es, que no estaba interesado.

—Y ahora me dirás que en lo otro tampoco, ¿eh, bribón? ¿Ese ruiseñor rumano ha logrado que cuelgues el arco y las flechas? Pues no olvides lo que dice ese vals de Strauss: «Al que no le gusten el vino, las mujeres y las canciones, será un idiota toda la vida».

Ya exiliado en Alemania, tras su paso por la cárcel y un campo de internamiento, Frauenfeld pareció sentar la cabeza casándose con Lilo, una dulce y sencilla muchacha de Königsberg. Sin embargo, en la presentación oficial de sus respectivas parejas, Viorica se llevó una mala impresión de él, que no mejoró en encuentros posteriores. Todo porque Alfred se tomaba confianzas que ella no le había dado, como cogerla de la cintura, besarla en ambas mejillas en un arranque de sobrevenido afecto o hablar, de forma en absoluto velada, de sus pasadas correrías junto a Clemens.

Por ese motivo, cuando le anunciaba que su amigo vendría a la ópera o los invitaba a cenar en su casa, Viorica manifestaba siempre su negativa a verlo.

—No es una buena influencia para ti —le señalaba.

—¿En lo político o en lo personal?

—Me da que pensar que hayáis tenido tanta relación, y si la política ha sido la causa de que dejaras de verle con asiduidad, bienvenida sea. Sabes que no me gusta ese sujeto.

Clemens entonces justificaba que seguía manteniendo la relación por lo mucho que le debía, pues era uno de sus principales defensores dentro del Partido Nazi, y también por los recuerdos de juventud.

—Además, si algún día ondea sobre Austria la bandera del Reich, Frauenfeld será determinante a la hora de recuperar la dirección de la Ópera de Viena.

—Calcular está bien, querido. Pero no hay suma que pueda comprar nuestra alma.

La cuestión era que en ese momento precisaba de Frauenfeld para solucionar el problema que suponía la aparición de la señorita Mitford. Por fortuna, estaba previsto que él acudiera a aquella función en calidad de presidente de la Cámara del Teatro del Reich.

Durante toda la función no pensó en otra cosa, y dejaba que fuera su instinto el que condujera, apenas con una sutil gama de aspavientos, la nave de pasiones, incesto, maldiciones paternas y círculos infranqueables de fuego mágico que solo un héroe sin miedo sería capaz de superar. En su caso, no lo hubiera llamado temor, pero sí una inquietud tal que no le permitía sumergirse en los múltiples recovecos de la partitura, y sorteaba por costumbre los principales escollos, sin lanzar más que efímeras miradas a lo que consideraba su paisaje emocional.

Al finalizar, se retiró al camerino, sin prisa, pues había ocultado de forma deliberada a Viorica sus intenciones. Tal y como se imaginó, la señorita Mitford se presentó allí, con un vestido cruzado por múltiples siluetas de llamas sobre fondo carmesí. Y lucía una cadena de gruesos eslabones de oro de la que pendía la *Reichsadler* —el águila negra con corona de roble, posada sobre la esvástica— más grande que hubiese visto en una medalla.

—¿No están sus amiguitas? —Echó un vistazo a la treintena de personas que aguardaban en el pasillo con intención de saludarle—. Es raro, dado que han venido desde tan lejos solo para verle.

—Bueno, ya me vieron antes —rio él—. No es necesario que estén todo el tiempo pegadas a mis faldones. De hecho, hoy me verá más usted que ellas.

Clemens les había pedido que evitaran coincidir en compañía del tal Hirsch con su compatriota. Ahora venía lo difícil. Procedió a presentarle a los miembros del elenco, que entraban y salían de sus respectivos camerinos despojados de sus pelucas y con los rostros a medio desmaquillar, hasta que apareció su compañera. Las miradas de la inglesa y de Viorica se cruzaron como sables de blasón. Se la presentó sin dejar de sonreír, una sonrisa idiota que ella, que tan bien lo conocía, solo podía atribuir a una circunstancia de fuerza mayor. No fue pródigo a la hora de decirle quién era; de hecho, despachó con un par de pinceladas el encuentro que habían tenido ese día, restándole importancia, más por querer creérselo él que por no crearle inquietud. Quizá si le hubiese dicho que poseía aquella belleza fiera, apenas domesticada por su cuidadoso peinado y sus abalorios, Viorica no hubiera dejado escapar una mueca inocua para el resto del mundo, pero que él supo identificar como furibunda.

—Ah, usted es... ella. —Unity Mitford señaló un cartel enmarcado que había en el pasillo de una producción de *El caballero de la rosa*, en el que Viorica aparecía, con el rostro medio cubierto por un abanico, en su rol de la Mariscala.

—Y usted es... usted... —La palabra se le quedó colgada de la boca.

Fue el momento oportuno para que Frauenfeld apareciera

por el pasillo, de uniforme además, aunque a esas alturas Clemens ya era incapaz de identificar de qué, de tantos que se veían por entonces en las calles. La última noticia que tuvo de él fue su inminente nombramiento como diputado del Reichstag por Schleswig-Holstein, a lo que había que sumar tal ristra de cargos simultáneos que dudaba que el propio Alfred fuera capaz de recordarlos todos. Aun así, la Mitford no pareció impresionada cuando los presentó, cosa del todo lógica si era cierto que se trataba de tú a tú con el Führer, como ella pretendía.

Frauenfeld le besó la mano y, en efecto, no tardó en hacerse notar enumerando todos sus títulos, si bien el de presidente de la Cámara del Teatro del Reich fue en el que puso más énfasis. Y en verdad que lo suyo era el teatro, pues de joven fue actor aficionado, lo que le ayudó a la hora de preparar sus discursos y en la manera de golpear el aire con el puño cerrado, con rotundidad en cada sílaba, basada en la de Hitler.

—Tanto gusto...

Unity Mitford lo escuchó con algo más de atención y empezó a enumerar a las personas del círculo del canciller como si fuesen amigos suyos de toda la vida, a lo que Alfred replicó con la descripción de encuentros casuales con los mismos, dejando clara su proximidad a ellos.

—Qué bello encuentro —le dijo a Clemens a voz en cuello—. ¿No podríamos continuarlo en alguna parte?

Era lo que esperaba. Asintió y luego se giró para ver la reprobación erizada en las pestañas de Viorica.

—¿Qué haces? ¿No dijiste que no era prudente...? —fue a susurrarle al oído.

—Oh, querida —dijo en voz alta para que todos en aquel pasillo lo escuchasen, incluso algunos admiradores que le aguardaban aún, con el cuaderno de autógrafos abierto por una página en blanco—. No te inquietes, no volveremos muy tarde. ¿Verdad que solo tomaremos una copa, Alfred?

—Ni siquiera eso. Media y nada más... —La frase se ahogó entre las risas de su amigo—. No se preocupe usted, mamá Oca, su polluelo estará de vuelta a medianoche.

Mamá Oca apretó los labios con fuerza y, con el mentón rígido, se metió en su camerino sin añadir una palabra. Clemens lo lamentó, pero era necesario que no los acompañara.

—¿Vamos en mi coche? —propuso Frauenfeld.

—Yo iré en el mío —respondió Clemens.

Se le había ocurrido la divertida idea de hacer trabajar a esas horas al incordio de Brick. ¿No decía que estaba a su servicio las veinticuatro horas del día? Fue a su despacho para telefonearle. Le alegró de manera indecible escuchar su voz medio sumida en el sueño al otro lado del auricular.

—No quisiera molestarle —apuntó Clemens, sabedor de que lo había hecho ya.

—Oh... No importa. Quiero decir, no, no. Estoy despierto, claro, y enseguida estaré allí.

Al salir a la calle le aguardaba su amigo con varios personajes, unos vestidos con uniformes de las SS y de las SA, y otros de traje y corbata baratos, sin duda de un rango inferior al suyo, y que Clemens dedujo que eran una suerte de arribistas que constituían la guardia de corps de un Alfred cuyos principales camaradas continuaban en Austria, con la presión del gobierno sobre ellos. La Mitford, única mujer del grupo, los contemplaba con recelo.

—Yo tendría que marcharme al hotel... Estoy rendida.

Frauenfeld le allanó a Clemens el camino y la persuadió para que no se retirase.

—¡Vamos! ¿Es usted de las que se van a dormir después de tres horas y media de Wagner? Eso, que lo sepa, es un desaire a la cultura alemana.

No hubo que añadir mucho más, y Frauenfeld les indicó unas señas antes de marcharse con los suyos. Sin haberlo previsto, Clemens se vio junto a Unity Mitford, y de noche, a la luz de las farolas que rodeaban aquel templo griego que era el Teatro Nacional de Múnich, la encontró aún más gélidamente bella: como una cariátide dispuesta a desplazar una de las columnas para soportar ella el peso de la sabiduría.

—Maestro Krauss, tampoco hemos visto al joven que acompañaba a sus amigas en el teatro. ¿Sabe? No me parecía para nada un fan loco de la ópera.

—¿Cómo se supone que es un fan loco de la ópera?

Últimamente, Clemens empezaba a sentirse un maestro en el arte de responder a una pregunta con otra. Quizá fuera una táctica más eficaz que responder al silencio acusador con otro vacío de excusas.

—En confianza, maestro, ¿puedo llamarle Clemens?

—Depende. ¿Llama usted Adolf al Führer?

Una risa hizo saltar por los aires aquella inquietante rigidez del rostro de Unity, lo que por unos instantes la convirtió, a ojos de él, en una niña adorable a la que hubiera dado un abrazo. Y se sorprendió de su propia temeridad. Ni de lejos él había sido un Frauenfeld, pero era cierto que aquel insólito personaje, surgido de la casualidad, le provocaba una mezcla de terror, por la amenaza que suponía, y de atracción. Era como una copa de néctar dulce que alguien le tendiera con la advertencia de que contenía un veneno capaz de acabar con su vida en cuestión de segundos.

—Aún no, Clemens. Pero ¿quién sabe? Usted hoy me ha mostrado su aprecio en reiteradas ocasiones. El problema es que hay ciertos intrigantes que se han interpuesto entre nosotros. De no ser así, creo que nuestra relación sería aún más estrecha.

—¿Qué intrigantes son esos?

—¿Por qué tendría que decírselo, cuando usted me oculta tantas cosas?

¿Dónde demonios se había metido el idiota de Brick? Aquel juego le gustaba siempre y cuando saliera ganando. Y estaba a dos o tres preguntas de caer en la casilla del pozo.

—¿Y qué cosas le oculto? —le preguntó de nuevo.

—A mí no me engaña. Esas pretendidas amigas suyas, las Cook. Los dos sabemos muy bien lo que hacen. Me di cuenta en cuanto las vi en el hotel Adlon, hará unos pocos meses.

—¿Qué es lo que hacen? —Fingió tan mal su sorpresa que pensó que Viorica, la mejor actriz que conocía, lo habría reprendido. Y no solamente por su mala actuación.

Unity Mitford cerró los labios unos instantes, que no fueron de duda, sino de prolongación de la agonía. Dominaba los tiempos de tal modo que no le extrañaba que el mismísimo subyugador de las masas, el canciller del Reich, se hubiera rendido a sus encantos.

—Sus amiguitas están ayudando a personas no adeptas al Reich. No sé en qué medida, pero tiene pinta de que están violando las nuevas leyes raciales. Y aunque no tengo las pruebas, siempre las acompañan alemanes de aspecto sospechoso... ¿Quizá sean no arios?

—¿Qué me dice? Jamás en la vida hubiera sospechado algo semejante.

—Ya, ya.

La sonrisa se le estiró hasta límites imposibles, con las comisuras casi a la altura de los ojos. Era un demonio con rostro de ángel. Acaso el rostro primero que tuvo Lucifer antes de caer en desgracia ante el Todopoderoso.

—No, en serio. Por lo que sé de esas extravagantes mujeres... y de los amigos alemanes con los que vienen a la ópera, son todos amantes de la música. Me hubiese dado cuenta si esas personas fueran impostoras. Hay pasiones que es imposible fingir.

La Mitford parpadeó varias veces seguidas y su máscara de perfidia dio paso a otra de decepción.

—¡Vaya! ¡Pues desde fuera daba la impresión de lo contrario! Y yo que pensaba que se aprovechaban de usted y de su bondad para cometer serios delitos contra las políticas del Reich para con los judíos...

—En todo caso, las vigilaré más de cerca —se arriesgó—. Como ve, tengo amigos importantes. Les pediré que investiguen por si encuentran algo extraño. No quisiera que un acto mío, aunque fuera por omisión, decepcionara la confianza que se ha depositado en mí desde la jefatura del Estado.

—¡Qué oficioso es usted! —Se echó a reír y multiplicó por diez su encanto de párpados como estrellas fugaces—. Que no se encuentra en el podio con la batuta... Es solo una charla entre amigos. ¿Me permite que cuente con usted entre los míos?

—Ya le he dicho que hay pasiones que no se pueden fingir, Valkyrie.

Se arrepintió al instante de aquel coqueteo, por muy necesario que fuese para que una bruma envolviera el asunto de las

Cook. Unity le tendió su pequeña mano y él la estrechó entre sus gruesos dedos, y ambos sintieron una ligera descarga eléctrica que les hizo deshacer el gesto amistoso. ¿La hubiera besado a la luz de las farolas de no haber aparecido en aquel momento, más oportuno que nunca, Woldemar Brick? Estaba seguro de que el modo en que se miraron y la posición de sus cabezas, orientadas al deseo como si las hubieran alineado las propias estrellas, que brillaban más que nunca en la oscuridad celeste, apuntaban a ello.

El suave bocinazo rompió la alineación y entraron en el coche sin decirse nada. A él, sus propios latidos lo ensordecieron hasta el punto de no oír siquiera el rugido del motor. Proporcionó a Brick la dirección brindada por Frauenfeld, y no tardaron ni veinte minutos en llegar a una mansión en el lujoso barrio de Schwabing. Fue providencial que, durante el trayecto, el locuaz chófer y ella hablasen de automóviles británicos y no surgiera más el tema de las Cook, que, sin duda, hubiera hecho atar cabos a Brick.

XXIII

Múnich, invierno de 1936
Danzas de Estiria, op. 165, de Joseph Lanner

La mansión alquilada por Frauenfeld era de estilo *art nouveau*, y ya salían de su interior escandalosas risas y música de gramófono. Cuando entraron en el salón, encontraron una larguísima mesa, digna de un banquete medieval, surtida de viandas frías, todo tipo de licores y dulces. Frauenfeld en persona los escoltó allí. Se habían sumado a la fiesta una docena de muchachas, algunas de la Liga de Jóvenes Alemanas, que no pasarían de los dieciocho años. Lo que sonaba en aquellos instantes eran las *Danzas de Estiria* de Joseph Lanner, que varias parejas bailaban con languidez en una zona presidida por una escultura de mármol de Dafne en el acto de transformarse en laurel, ante el acoso de Apolo, enloquecido de amor. Clemens recordó que Stravinski había parafraseado con mucho ingenio aquella música en su ballet *Petrushka*, ahora considerado degenerado. En realidad, si se observaba con detenimiento aquel salón, había bastantes obras pictóricas expresionistas y abstractas que entraban en la misma categoría. Le preguntó a Frauenfeld a quién pertenecía aquella casa.

—Creo que era de un judío que la vendió a todo correr por un precio irrisorio para marcharse a Estados Unidos —le explicó—. Es que en este barrio vivía una colonia de supuestos artistas, pero por fortuna ya lo han desinfectado. Aunque aún no ha habido tiempo de cambiar la decoración.

A Unity también le desconcertaron las obras de arte, y señaló una en particular.

—¿Qué sentido tiene pintar unos caballos de ese color? ¿Cuál se supone que es el título de esa pintura? ¿«La bosta azul»? ¿Cómo demonios se llega a visualizar algo así?

—¿Quiere que se lo explique? —Frauenfeld hizo traer un platito de porcelana con tres finas líneas de polvo blanco.

—¿Esta vajilla es de Rosenthal? —Nada escapaba a la mirada de halcón de la Mitford—. ¡Es una firma judía!

—Ya no... —rio Alfred—. La administración está ahora en manos alemanas y ese viejo chiflado en un manicomio, donde le correspondía estar. Pero no se preocupe, querida. Sírvase de esto, o la fiesta no podrá comenzar.

La valquiria adoptó una pose sombría y recitó de corrido la cantinela de que ni bebía ni fumaba, como el canciller, a lo que Frauenfeld replicó:

—Sí, todo eso está muy bien. Pero ¿cómo cree que se trata el Führer su sinusitis crónica? ¡Pues con esto!

Ante ese dato, a todas luces desconocido para Unity, primero titubeó y luego inclinó la cabeza sobre el platillo e inhaló con rapidez una de las rayas. Alfred consumió la segunda de forma ruidosa y le ofreció a Clemens la tercera. Él no la había probado jamás y eso que no le faltaron ofrecimientos. Conocía el caso de un colega de la clase de dirección, en su juventud, que ponderaba una y otra vez sus supuestos beneficios medicinales y el complemento excepcional que constituía a la hora de dirigir. Sin embargo, tras una función de debut, en la que este compañero brindó al público la versión de *El barbero de Sevilla* más corta de la historia, nunca más se tuvo noticia de él.

Sin embargo, estando en esa tesitura, y necesitado de la ayuda de Frauenfeld, consumió la tercera dosis del platillo. El efecto se dejó sentir en poco menos de un cuarto de hora. Sonó entonces el preludio de *La princesa gitana* de Emmerich Kálmán, y todos los presentes se sumieron en una danza de delirio tal, Clemens incluido, que Frauenfeld pidió que la pusieran más veces. Entonces Unity, empeñada en averiguar el nombre del autor, lo que le provocó cierto mareo pues seguía con la cabeza una y otra vez el giro del disco, se indignó y levantó la aguja, lo que dejó a todos los danzantes suspendidos en el aire.

—¿Kálmán? ¡Pero si también es judío! ¿Es que aquí todo lo es? ¡Los cuadros, la vajilla...! —Se volvió hacia Clemens, quien temió de veras que exclamase: «Los amigos de sus amigas, las Cook»—. ¿Qué clase de aberración es esta?

Frauenfeld intentó calmarla y le explicó que, en realidad, era un compositor que le gustaba mucho al Führer.

—Yo le he oído decir que cuando Austria sea parte del Reich, le concederá el título de «ario honorario» para que no deje de deleitarnos con sus magníficas creaciones.

—¡Y una mierda, honorario! —Los ojos de la Mitford estaban ahora amarillos, en pleno apogeo de la sustancia consumida—. ¿Y dónde queda la pureza? ¿Cómo van a salvar a Occidente de la decadencia y la barbarie si se hacen excepciones?

Frauenfeld suspiró, le arrancó el disco de las manos sin contemplaciones y lo hizo añicos. Luego tomó otro álbum de un montón y lo puso sobre el plato.

—¡Venga, seamos puros! —exclamó.

Y lo que sonó entonces fue el *scherzo* de la *Sinfonía n.º 4* de Anton Bruckner, en una versión de la Academia Filarmónica de Viena dirigida por el propio Clemens unos años atrás. No era, ciertamente, la más bailable de las músicas. Con la excusa de buscar el baño, Clemens se llevó consigo a Alfred mientras la fiesta, herida de muerte, congregaba en corrillos a los asistentes, que empezaron a charlar algo menos animados ante la presencia intimidatoria de aquella inglesa furiosa.

—¿Qué haces tú con la loca de la Mitford? —le preguntó al fin su amigo.

—No me la puedo quitar de encima... —le soltó Clemens, temiéndose no sonar convincente. Pero por la aceleración que la cocaína confería a sus palabras no le daba tiempo a plantearse su supuesta sinceridad—. Está obsesionada conmigo.

—¿En serio? Yo creía que solo agobiaba al Führer.

—No, no lo creas. ¡Dice que soy el Führer de los directores de orquesta!

El ataque de risa que esto provocó en el director de la Cámara del Teatro del Reich casi dio con sus huesos en el suelo. Clemens entonces afinó su discurso y relató que todo aquel acoso lo había puesto en una situación muy difícil con Viorica, y que en cierto modo había organizado aquel encuentro entre los tres a fin de que Alfred encontrase una solución. Frauenfeld hizo ademán de meditar mientras se mordisqueaba el pulgar izquierdo, pero le sobrevino un nuevo ataque de risa que tardó cinco minutos en desvanecerse.

—Ay, pobre Clemens... ¿Y tú no has caído en la tentación? No me digas que no... Se os ve bien juntitos.

¿Debía admitirlo? Asintió de forma tácita, y la culpabilidad que le embargó por la mentira hizo que su amigo pensara que se debía a otra cosa.

—Ay, ay. Mira que el virtuoso de Clemens resulta que es un pícaro. Ignoraba que hubiera quien pudiera bajarte del pedestal... Pero ¿la perseguidora del Führer?

—¿Y él le hace caso?

—Eso es complicado de explicar —le aclaró—. En un inicio, Hitler se sintió atraído por la entrega de la inglesa, y también por su personalidad y su belleza. Pero en los últimos tiempos se muestra más distante con ella debido a dos serios obstáculos: por un lado, la reticencia de Martin Bormann, quien ejerce como su secretario personal, aunque no haya sido nombrado oficialmente para el cargo. Bormann piensa que la Mitford es una chiflada y que no cuenta con ninguna de sus pretendidas influencias para convencer a las autoridades británicas de una alianza con Alemania. Y, por otro lado, está Eva Braun.

—¿Quién es Eva Braun?

Frauenfeld suspiró.

—Una ayudante del fotógrafo oficial del Führer, Hoffmann. Lleva un tiempo en relación con el canciller, y no está dispuesta a compartir esa intimidad con nadie.

—¿El Führer, emparejado? —exclamó Clemens, sorprendido—. Siempre dice que está casado con Alemania.

—Está casado con Alemania, pero la señorita Braun es su

amante, y no piensa tener competencia. Y te rogaría que esto último no se lo cuentes a nadie.

—De acuerdo, pero tienes que ayudarme con la Mitford. Se aloja siempre en hoteles próximos a los teatros donde trabajo. El Adlon en Berlín y el Cuatro Estaciones aquí. Me busca por todas partes y mi situación personal es insostenible. ¿No podrías alejarla de mí?

Otro ataque de risa. Alfred le dio varias palmadas supuestamente amistosas en el hombro, con tanta fuerza que le hicieron daño.

—¡Ay, pobrecito Clemens! Al final la virtud no iba a ser algo tan malo, pero sí aburrido. Está bien, a ver qué puedo hacer con ella esta noche...

—¿Esta noche? Esperaba que me la quitaras de encima una buena temporada.

Frauenfeld hizo crujir sus nudillos, como si se preparase para emprender algún esfuerzo físico de intensidad.

—Vayamos por partes. Le voy a dar una dosis más de eso con la excusa (cierta, por otro lado) de que Hitler la toma dos veces al día. Y a ver si así se le sueltan un poco las cuerdas, que las tiene muy rígidas. Luego ya veremos qué se me ocurre.

—Quizá podrías hacer que se acercase un poco más al Führer.

En lugar de indignarse por tan osada sugerencia, Alfred reflexionó en voz alta:

—La verdad es que Bormann me parece un imbécil y quiere concentrar demasiado poder en solitario. No estaría de más ponerle nervioso haciendo que «Miss Purity» —hizo una pausa para reírse de su propia ocurrencia— sea invitada unas cuantas veces más a la mesa del Führer y a otras reuniones. Respecto a Eva Braun, no deja de ser una mosquita muerta. Ya le ha dado un par de sustos a Hitler para llamar su atención, pero él no es de los que se dejan amilanar.

—¿Qué tipo de sustos?

Ahí Frauenfeld dudó si hablar, aunque al final le dijo al oído:

—Muy feos, relacionados con una pistolita. Eso es cruel, porque a Hitler le recuerda cosas que siempre ha querido olvidar.

—¿Qué cosas?

—La muerte de su sobrina, Geli. Estaban muy unidos, pero ella reclamaba todo el tiempo su atención y él estaba entregado por entero a su misión de llevar al partido a la jefatura del Estado. Así que ella se puso un día a hacer el tonto con un arma y... ¡pum! Fue hace cinco años. Por fortuna, eso no le hizo apartarse de su carrera. Otros se hubieran hundido.

A Clemens empezaba a asustarle la dimensión de aquella información, y todo a raíz de su asunto con las Cook. Esperaba que al día siguiente, una vez disipada la efervescencia de la sustancia, Frauenfeld no se arrepintiera de veras de haberle contado todo aquello.

Por lo pronto, ambos regresaron al salón, y el disco de Bruckner fue sustituido por la *Westerwaldlied.* Animados por el contexto, los asistentes a la fiesta habían cambiado las copas de champán por jarras de cerveza.

Tal y como había prometido, Frauenfeld se arrimó a Unity Mitford y no se separó de ella el resto de la noche. Y en verdad se la veía cada vez más animada, hasta que Alfred la sacó a bailar *Olas del Danubio*, de Ivanovici, con tanto ímpetu que a punto estuvo de desvanecerse en sus brazos. Sin embargo, ella tuvo los arrestos de quitárselo de encima y giró sobre sí misma varias veces hasta que fue a aterrizar sobre el pecho de Clemens. Él la sostuvo con forzada delicadeza, y al volver ella la cabeza para mirarle a los ojos, sus labios se encontraron con violenta casualidad.

—Oh, Clemens —exclamó—, no me deje bailar más...

Se aferró a su cuerpo con la precisión de la araña envolviendo a una mosca. Él dudó, y entonces Alfred le hizo señas para que la subiera por las escaleras hasta el piso de arriba. Suspiró y emprendió la tarea, y ella se dejó hacer como si fuese una princesa que llevase cien años dormida.

Cuando llegó a la planta superior, no sin esfuerzo, Frauenfeld le indicó una puerta que daba a un espacioso dormitorio decorado con cabezas de fieras africanas. Se preguntó quién podría conciliar un sueño tranquilo en un lugar semejante. A instancias de su amigo, la depositó sobre la colcha de la cama, estampada de corazones atravesados por flechas, que encontró de lo más inoportunos.

—¡Oh, mi Führer! —rugió Mitford, acaso inspirada por la cabeza de un león de colmillos afilados que dominaba el cabecero de la cama—. ¡La paz es tan necesaria entre nosotros! ¡Deme paz! ¡Paz!

Allí de rodillas sobre el cuerpo de ella, con la sangre circulando por sus venas al doble de la velocidad habitual, se preguntó qué debía hacer, o qué era lícito que hiciera. Su corazón pertenecía a Viorica, pero el problema era que en aquel momento, por obra de aquella diabólica sustancia, parecía más bien un ruidoso despertador con la alarma puesta. La miró y cuando iba a descender sobre ella, con todo el peso de la culpa impulsando su cuerpo, una mano se posó en su hombro y lo retuvo con fuerza.

—Vete a descansar, Clemens.

Este asintió y se levantó con la frente perlada de sudor. Lo último que vio, antes de cerrar la puerta tras de sí, fue a Alfred mientras se desabotonaba la camisa y a Unity Mitford agitando la mano con un aleteo de paloma, ignoraba si en señal de despedida o en un ruego de que no la abandonase. Abajo, el resto de los asistentes a la fiesta yacían desparramados en los sofás, en pugna por ver quién era el último en dormirse.

Ya había amanecido y encontró a Brick dormido sobre el volante. Al despertarle, apreció la marca del mismo grabada sobre su frente.

—¿Su amiga no va a venir?

—Espero no volver a verla nunca más —se le escapó entre dientes. De alguna manera, sabía que había estado cerca de algo de lo que se alegraba de haber salido indemne.

En casa, sin embargo, no hubo motivos de alborozo. Viorica lo aguardaba en bata, furiosa como Fricka con Wotan en *La valquiria* por no haber castigado el incesto de los hijos adúlteros de este, Siglinda y Sigmundo. Fue inútil explicarle lo complejo de su plan y el verdadero propósito del mismo.

—¿Y si en realidad no ha sido como cuentas? ¿Por qué voy a creer que no ha pasado otra cosa? ¿Qué pruebas tienes?

Era cierto que ninguna. Y lo más atroz era que un hormigueo

desconocido le recorría el pecho por dentro, desde la garganta hasta la cintura, tropezando de forma ruidosa en el corazón, como un reproche sordo por no haber hecho caso a la alineación propicia de los astros.

XXIV

Múnich, primavera de 1936
«Johohoe! Traft ihr das Schiff im Meere an», balada de Senta,
de *El holandés errante*, de Richard Wagner

Un mes después, Frauenfeld aprovechó otra reunión de la Cámara de Cultura del Reich en Múnich para encontrarse con Clemens y comunicarle que no tendría que preocuparse más por la Mitford.

—He conseguido que desalojen a una familia de judíos de una villa muy lujosa en las afueras de Múnich y que se la entreguen a ella. Le dimos a elegir entre cuatro. Estaba como loca de felicidad. Decía que iba a traerse a no sé qué decorador de Londres. Así, aunque te moleste, no la tendrás tan encima.

Le contó, además, que logró introducirla en una reunión informal de Hitler, a la que asistió una vieja amiga de ella, la nuera de Wagner, Winifred, también inglesa y directora del Festival de Bayreuth. Esto reavivó la cuestión de la necesidad de un pacto entre ambas naciones, y el Führer volvió a requerir con asiduidad la presencia de Unity en torno suyo.

—Eso es estupendo... Empezaba a ponerme las cosas muy difíciles. —Aquí no mentía, pues el enfado de Viorica perduraba, no sin cierta razón—. ¿Cómo te fue con ella?

La irritante sonrisa de su amigo se truncó.

—Apenas le puse las manos en las tetas, me las apartó de un

revés y me clavó las uñas. Me dijo que yo era un decadente, que no se creía que el Führer tomase una porquería como la cocaína, él, que tanto se cuida, y que era mentira que le gustase la música de Kálmán ni sé cuántas majaderías más. De repente, en medio de la verborrea, cerró los ojos y se desplomó sobre la cama, y ahí la dejé. Por la mañana, cuando nos encontramos en la escalera, salió muy apurada. Yo creo que piensa que sí pasó algo y se avergüenza profundamente. Es más, seguro que piensa que mis gestiones para conseguirle la casa e invitarla a esa reunión con Hitler se deben a una especie de remordimiento por mi parte.

—Bien está lo que bien acaba. Te debo una, querido amigo.

—A partir de ahora, no te metas en juegos cuyas reglas ignoras. Eso mejor déjaselo a los expertos.

—¿Y por qué has esperado tantos días para decírmelo? ¿No podías haberme escrito una carta o realizado una llamada? —le preguntó Clemens, extrañado.

Su habitualmente risueño amigo recuperó la sonrisa:

—Eso es algo que te quería comentar también. A partir de ahora, ten cuidado con lo que digas por teléfono y con tu correspondencia.

Se encontraban en el reservado de una cafetería con apenas un par de clientes, así bajó la voz para contarle que a raíz de la purga del partido con la eliminación de Ernst Röhm y la alta jerarquía de las SA, dos años antes, las SS vigilaban a todo el mundo.

—¿Quién es «todo el mundo»? ¿Los miembros del partido?

Cuando se produjo aquello, la prensa alemana habló de un intento de golpe de Estado que Hitler abortó, para ordenar después la ejecución de los traidores, todos ellos pertenecientes a la Sección de Asalto. El ejército cerró filas en torno al gobierno y la población suspiró aliviada pensando que se había evitado una guerra civil. Pero Clemens se encontraba por entonces en Austria, y los periódicos vieneses describieron aquello como un ajuste de cuentas criminal entre las distintas facciones, propio de bandas de gángsteres. Y el verdadero motivo, según estos periódicos, no solo habría sido arrebatar a Röhm el inmenso poder del que gozaba, pues amenazaba el liderazgo único de Hitler, sino la proliferación de costumbres decadentes en las SA, tales como escandalosas orgías, un tren de vida cada vez más lujoso y la abierta homosexualidad de muchos de sus miembros. El primero, el mismo Röhm. Clemens recordó la fiesta de Frauenfeld, en la que no todo eran parejas mixtas en el baile, sino que también percibió una actitud más que cariñosa entre algunos hombres. Por igual, habían circulado allí el alcohol y las drogas. ¿Acaso su amigo temía que se le pudiera meter en el mismo saco que a los purgados? ¿Era sincera su voluntad de comprar el silencio de Unity por su acusación de decadente, y no solo un intento de ayudarle a él? Fue escueto, pero su información le pareció lo suficientemente preocupante como para tenerla en cuenta.

—Himmler quiere evitar que las SA vuelvan a tener el poder de antaño. Por eso, además de nombrar al inútil de Viktor Lutze como su jefe, las tienen muy vigiladas. Y, de paso, a todo el mundo.

—¿También a los directores de orquesta?

El razonamiento de Frauenfeld no estaba exento de cierta lógica:

—Empezaron en los burdeles de lujo de Berlín y grabaron las conversaciones de los altos mandos con las prostitutas, que en realidad eran espías. Luego han extendido esa red a todos los aparatos del poder. Y las orquestas lo son también en más de un sentido. Seguro que tienes gente que te espía en la Ópera Estatal de Baviera, como la habrás tenido en Berlín. No te fíes de nadie. Ni de tu secretaria, ni de tu asistente de orquesta, ni, por supuesto, de músicos y cantantes...

«Ni de mi chófer», fue a decirle, pero prefirió reservarse sus más que fundadas sospechas respecto a Brick, no fuese que Frauenfeld se asustase y desconfiara de él por no habérselo revelado antes.

—Es Reinhard Heydrich, el director de la Gestapo. Hace unos años cayó en desgracia por un escándalo de inmoralidad, y el almirante Raeder lo expulsó del cuerpo. Pero se arrimó a Himmler y las SS y no tardó en ascender, dicen que a base de grabar conversaciones de alcoba. Sea como fuere, cada vez es más poderoso.

—¿Heydrich? ¿Como el compositor?

Frauenfeld ignoraba a quién se refería Clemens.

—Bruno Heydrich —le explicó—, un músico del montón. Tuvo algún éxito con la ópera hará como cerca de cuarenta años. Ignoro si aún vive.

—No sé si tiene que ver con este tipo. Lo que sí te puedo decir es que, si se cruza en tu camino, extremes toda precaución.

¿A qué venía aquello? ¿Acaso la Mitford le hizo algún tipo de comentario sobre las presuntas amigas de judíos con las que él se relacionaba? En todo caso, o Alfred no le había dado ninguna credibilidad, pero estimaba que habladurías de esa índole eran peligrosas para él, o anteponía su amistad a su obligación de denunciarle.

—¿Qué es lo que pasa? —le preguntó al fin—. ¿Por qué tenemos que andar con cuidado si todos vamos a una con Hitler?

—Ese es el problema —le apuntó con el índice Frauenfeld—. Todo el mundo quiere ser el mejor amigo del Führer y hay unos cuantos tipos sin escrúpulos que harán lo que sea para quitarse de encima a los que consideren un estorbo. O tipas, si tenemos en cuenta a nuestra fierecilla inglesa.

—¿Y a quién se supone que seguimos nosotros?

Alfred tuvo que mitigar un ataque de risa. ¿Sonó aquella pregunta demasiado ingenua? Mejor que lo entendiera así.

—Querido, tú sigue a Wagner y a Beethoven. En cuanto a mí, ya sabré cómo nadar entre tiburones. A pesar del desprecio que suscita en ciertos sectores del partido, pues no olvidemos que se afilió después del 23, me parece que Goebbels es un hombre íntegro. Si un día este barco se hundiera, no me cabe la menor duda de que él seguiría fiel al Führer.

Clemens tomó buena nota de todos estos consejos y se despidió de su amigo, quien aseguró que no tardarían en volver a verse. Su primer instinto fue llamar a las Cook a Londres e informarles de que no dijeran nada inconveniente por teléfono, pero enseguida cayó en lo estúpido de la idea. Tampoco podría escribirles carta alguna, aunque esta fuera sin remitente. No quedaba sino esperar a la siguiente misión y acordar con ellas algún tipo de código para futuras comunicaciones, de forma que todos pudieran estar al tanto de la más mínima incidencia en el desarrollo de las operaciones.

Durante un descanso de uno de los ensayos, le contó todo esto a Viorica, que, una vez más, parpadeó como una ametralladora al escuchar el nombre de Frauenfeld. Lo sucedido un mes atrás con Unity Mitford provocó que ella estuviera varios días sin dirigirle la palabra. Al final lo hizo para comunicarle que su madre había vuelto a llamar y deseaba hablar con él, pues se había enterado por la prensa de su nombramiento como director de la Ópera de Baviera. «Diablos, siempre se me pasa. Ya la llamaré», exclamó Clemens, contento porque creía que habían superado la pequeña crisis.

Sin embargo, esta solo se desplazó a un incómodo segundo plano, en el que siempre estaba latente y salía a la mínima ocasión. Si Clemens hablaba de algo relacionado con Gran Bretaña, le espetaba: «Ah, tú sabrás, que conoces tanto de ese país». O si le proponía salir a cenar juntos a algún restaurante de moda, a fin de rebajar las tensiones entre ambos, su respuesta era: «Creo que ya has trasnochado lo suficiente últimamente como para querer perder horas de sueño con una tonta como yo». Si bajaba la cerviz y se mostraba sumiso, ella recrudecía su desprecio, y si trataba de mostrarse duro, la mirada se le tornaba vidriosa y preguntaba como para sí: «¿Y no sería mejor si nos separásemos?».

Esta vez intentó disimular sus lágrimas mientras se desmaquillaba los párpados ante el espejo.

—Ni siquiera estamos casados —le recordó—. Esto es tan fácil como que uno de los dos se marche de casa. Puedo hacerlo yo. El otro día me hablaron de un apartamento que va a quedarse libre en Gärtnerplatz.

—¿No vivimos suficientes dramas en el escenario como para además traerlos a nuestra vida personal?

—Pues por eso te lo digo, para no tener que sufrirlos.

Se le ocurrió entonces una idea a la desesperada. Conocía de sobra a su compañera y sabía que estaba dispuesta a derivar todos los argumentos que le brindase a la sola desembocadura de la separación.

—Esa gente nos necesita —le dijo, y contempló su rostro lloroso en el espejo, sin atreverse a confrontarlo de forma directa, como Perseo a Medusa.

—¿Qué gente? —preguntó sabiendo perfectamente a qué se refería.

—Hemos iniciado algo extraño, y no me preguntes por qué. Un día, como un juego, decidimos socorrer a Mitia en un momento de extrema necesidad. Ahora resulta que hay muchas Mitias y podemos ayudarlas sin hacer nada más que lo que hacemos siempre: tú cantar y yo dirigir óperas. Es muy poco esfuerzo para tanta recompensa. Si dejásemos de hacerlo, quién sabe a qué estaríamos exponiendo a...

—¿A quiénes? —Ahora, con las lágrimas secas y la piel liberada de colores artificiales, se le antojó más fuerte en su vulnerabilidad—. ¿Por qué te importan de repente personas a las que no conoces y cuyos nombres ignoras? ¿Y por qué muestras con ellas más deferencia que con quien te quiere de veras?

Ignoraba qué respuesta dar a aquello. Al principio creyó que lo hacía por ella, por su necesidad de calmar su conciencia tras la misteriosa muerte de Grosavescu, pero ahora encontraba que, de alguna manera, él necesitaba sentir ese miedo que experimentó cuando aquella jovencita anónima se desmayó ante los SA del hotel Adlon, o el que le despertaron las certeras insinuaciones de Unity Mitford. Un miedo superior al que sentía cuando se levantaba el telón ante las principales autoridades del Estado, con algún miembro del reparto enfermo a última hora, al que ya era imposible reemplazar. Era esa sensación de sus tiempos de montañero, de escalada sin cuerdas hasta una cumbre coronada de hielo, con el pálpito de que cada movimiento sería el último antes de precipitarse al vacío. Cuando tenía veinte años, uno de sus compañeros de escalada resbaló y cayó por encima de su cabeza, lo que a punto estuvo de llevárselo también al abismo. Pero un instinto más fuerte que todos los pensamientos que hubiera tenido en su vida le instó a aferrarse a los salientes de la pared rocosa por la que trepaba y permanecer allí hasta que la sangre le bajara de la cabeza, para luego, con los nervios ya fríos, descender para hacerse cargo del cuerpo de su amigo.

Era eso lo que vivía desde que comenzó aquella aventura y

aún no estaba preparado para dejar de sentirlo. ¿Lo viviría ella así también? Supuso que sí, porque si no, no acertaba a explicarse que pusieran en riesgo su posición privilegiada, su libertad y quizá incluso sus vidas por unas personas que, *a priori*, no eran nada para ellos. Peor aún, unos indeseables de los que el Estado consideraba que lo mejor, a largo plazo, sería hacerles la vida imposible hasta que se marchasen. Desde ese punto de vista podía decirse que contribuían a ello de forma modélica, además de hacerle un favor al Reich. Aunque luego cayó en la cuenta del trasiego de pieles y joyas que cruzaban la frontera y comprendió que las autoridades no lo verían desde ese punto de vista.

—Me gusta esto porque estamos juntos en ello —le soltó de repente a Viorica, que abrió los ojos, sorprendida—. Creo que debemos hacerlo porque sabemos que no está bien. Podríamos darle mil vueltas a la cuestión ética y todo eso, y a cómo nos convierte en ciudadanos desleales por ir en contra de la política del Reich. Pero algo en nuestro interior nos dice que las cosas no pueden ser así. Y ese instinto es tan fuerte que solo podemos obedecerle.

Viorica echó la nuca hacia atrás y aplastó con suavidad su boca contra el rostro de él, lo que provocó que Clemens se inclinara un poco para liberar su prominente nariz, por la que lo habían apodado «el barón gitano».

—Tienes razón —le dijo al fin, con una voz que irradiaba algo parecido a la felicidad—, estamos juntos.

Un mes después, se hallaban con las Cook en uno de los reservados de la Augustiner Bräu, la cervecería más antigua de Múnich, con una libreta y lápiz sobre la mesa.

—¿Eso qué significa exactamente? —preguntó Louise, tras traducírselo a una incrédula Ida.

—Lo que han oído —replicó radiante Viorica.

—¿Quieren que nosotras diseñemos su programación de óperas?

—Sí, podría decirse así —admitió Clemens.

—Pero ¿en qué sentido?

Les explicó que eso requería planificar con bastante anticipación, porque repetir siempre el mismo esquema en todas las operaciones había demostrado ser más que arriesgado, como lo probaba el hecho de que la señorita Mitford se fijara en ellas, con el consiguiente recelo. Ellas le confirmaron que, en verdad, parecía haber abandonado el Cuatro Estaciones de forma definitiva. Se sonrió para sus adentros y prefirió ahorrarles los detalles de cómo logró aquello, no solo por no reavivar los resquemores de Viorica, sino por que el nombre de Frauenfeld, siendo fiel a la prudencia recomendada por este, no saliese a colación.

—A partir de ahora no teman establecer contacto con cualquier persona que las necesite en Alemania. No hay que limitarse a Frankfurt, Múnich o Berlín. Si me lo dicen con el tiempo suficiente, manifestaré mi voluntad de programar una ópera en el teatro que sea necesario.

—¿Y qué dirán los demás directores?

¿Quiénes?, se preguntó Clemens. Casi todos los que eran alguien apenas un par de años atrás ahora estaban fuera de juego, o con proyectos para actuar fuera, como la gira que Furtwängler iba a ofrecer el año siguiente con la Filarmónica de Berlín en Inglaterra.

—Ustedes díganme qué títulos quieren, con qué reparto... Y su sueño se hará realidad.

Ni que decir tiene que, una vez que a Ida se le tradujo este ofrecimiento, ambas empezaron a hablar muy deprisa, con los ojos como platos, como dos niñas que tuvieran que escoger lujosos vestidos de un guardarropa imperial.

—Yo quisiera *El holandés errante* —se adelantó Louise, beneficiada por su dominio del alemán—. ¡Nunca la he visto en vivo!

—¿Ah, sí? ¿Y con quién les gustaría que la hiciéramos?

—¡Ezio Pinza! —exclamaron de forma simultánea.

Clemens se echó a reír.

—Quizá pudiera servirnos si le dan un cursillo de alemán tan intensivo como el que ha seguido Louise. Además, no es una voz nada wagneriana.

—¡Viorica en el papel de Senta! —señaló Ida tras seleccionar cuidadosamente las palabras.

Clemens y la aludida se miraron. Era un personaje bastante

agotador para el estado actual de su voz. Pero al apreciar el entusiasmo de las hermanas, Viorica asintió:

—Está bien, lo haré por ustedes.

Clemens les pidió que, en ese caso, para el resto escogieran entre los profesionales habituales de la Ópera de Baviera, teniendo en cuenta que ya los habían visto cantar en otras óperas. Al final se decantaron por George Hann como Daland y Karl Ostertag como Erik. Pero ignoraban quién podría adecuarse a la compleja arquitectura vocal del personaje del holandés errante. Clemens recordó entonces cierta función en la Ópera de Praga un par de años atrás, antes de abandonar Viena. Le parecía que fue la última ocasión en la que estuvo con su madre, quien vivía allí.

—¡Ya está! ¡Hans Hotter!

Era un barítono heroico de unos veintisiete años que aún no había dado el gran salto. Su participación le brindaría esa oportunidad. Aunque a las Cook no les sonaba, celebraron su presencia en el hipotético reparto como si fuera un hallazgo propio.

—Esta la haremos en Múnich, porque creo que va a ser todo un acontecimiento. Y así nadie se fijará en dos hermanas que, además de ir a la ópera, a lo mejor hacen una buena acción.

Se abrazaron a él llorando y se les sumó Viorica, contagiada de la emoción. Y aunque Ida y Louise en realidad no habían llegado a diseñar nada, solo sugirieron el título y él las condujo a elegir lo que era más apropiado, no pudo evitar sentirse parte de algo más grande que una simple ópera de Wagner, y los ojos se le humedecieron también.

XXV

Berlín, agosto de 1936
Himno Olímpico, de Richard Strauss

La inminencia de los Juegos Olímpicos abrió un nuevo e inesperado escenario. De repente, los ataques a los judíos cesaron en los medios de comunicación y desaparecieron de los discursos de los líderes del Reich. Hasta Hitler los apartó de sus diatribas habituales y se centró más en la visión que la nueva Alemania debía mostrar al mundo con su predominio en el deporte y las artes. Y un espíritu de forzada concordia se extendió por la capital del Reich, por cuyas calles comenzaron a verse jóvenes de todas las nacionalidades. Se dieron estampas insólitas, como grupos de deportistas franceses y alemanes cogidos del brazo mientras cantaban, a los que se sumaron con alegría ingleses y estadounidenses. Entre estos últimos, los atletas negros causaron sensación con su porte físico, que provocaba que muchos transeúntes se detuvieran a admirarlos y a estrechar sus manos solo para saber qué se sentía al tocar su piel. Los negros, por su parte, se sorprendieron de que, en la racista Alemania de los nazis, no estuvieran obligados a sentarse en la parte trasera de los autobuses, ni se les prohibiera el acceso a cines y teatros. Aunque sí siguió restringido a los judíos, si bien no fueron pocos los que advirtieron que las tropas de asalto habían relajado su actitud y aquellos días se ocupaban de otros menesteres, tales como ayudar a los visitantes a localizar la Villa Olímpica o encargarse de que la gente desalojara en orden el Estadio Olímpico.

De entre las escenas que más destacó la prensa internacional estaba la de Hitler recibiendo un beso apasionado en pleno estadio de una turista estadounidense a la que ninguno de sus guardias detuvo. Pero lo que más le chocó a Clemens de aquellos días fue descubrir a Unity Mitford sentada junto al Führer en su palco, entre risas.

—Si ha alcanzado cotas tan altas, supongo que lo de las Cook será un simple chisme del que ya se habrá olvidado —le comentó a Viorica, que acudió con él a ver el desfile inaugural.

—¿Por qué hago como que no he oído nada? —le espetó ella, quien no había vuelto a mencionar la cuestión de la británica, zanjada más como un armisticio que como una rúbrica de paz entre ambos.

Lejos de parecer forzada, la atmósfera de concordia que pretendían las autoridades trascendió a los medios de comunicación extranjeros. Y si uno escuchaba las radios foráneas u ojeaba las principales cabeceras europeas que era posible adquirir en la capital del Reich, daba la sensación de que, de repente, el mundo hubiera empezado a entender un poco los motivos del belicoso canciller. Hitler se mostraba radiante ante los triunfos deportivos alemanes, que alcanzaron la clasificación más alta en medallas, a bastante distancia de los segundos, los estadounidenses, que causaron algún disgusto al Führer con la irrupción inesperada de un atleta negro llamado Jesse Owens, al que, sin embargo, una legión de niños le pedía autógrafos por la calle.

Precisamente, dado el trasiego de visitantes que recibió el Reich durante los dieciséis días de gloria y coincidiendo con que eran sus vacaciones estivales, las Cook aprovecharon para pasar más días de los habituales en suelo alemán. Que las aduanas se vieran desbordadas propiciaba que fuese más fácil sacar a sus protegidos del país, si bien julio era la época menos indicada para cargar con las pieles, que constituían una buena parte de la fortuna de estos. Por lo tanto, prefirieron emplear esas dos semanas para entrevistarse con aquellas personas a las que les resultara más acuciante abandonar el país, a fin de organizar misiones posteriores que encajaran con el calendario de las óperas que ellas mismas creían diseñar. Como siempre, Clemens y Viorica se mantuvieron al margen de estas actividades, y aunque afirmaban hacerlo por precaución, para que esa información no pudiera trascender de ninguna forma, la realidad, por lo menos en el caso de él, era que no deseaba volver a encontrarse con otro caso Mayer-Lismann. Creyó reconocer al chelista cuya hija sufrió el colapso en el hotel Adlon de Berlín y estaba seguro de que, al provenir del ámbito musical, no tardaría en coincidir con algún rescatado con el que hubiera tenido relación en el pasado. Por algún motivo, eso lo aterraba. En su fuero interno, era el límite para que aquel juego, en apariencia poco peligroso, se tornase en algo personal y le afectase más de lo que deseaba. Porque, pese a su papel más o menos relevante en la trama, como no dejaban de repetirse, aquellas personas no significaban nada para Viorica y para él. Es más, no debían significar nada. Él se encontraba en un momento ascendente de su carrera, a un paso de convertirse en el director de cabecera del Reich, si es que no lo era ya, en tanto que esa pobre gente, a la que no deseaba ningún mal, vivía el punto más bajo de sus respectivas existencias. Que de alguna manera él se sintiera obligado a agradecer al destino su buena estrella ayudándolas sin apenas esfuerzo era una especie de justicia poética a la que, de momento, no le importaba contribuir. Hasta que llegase el día en que sí.

El encuentro con las Cook se produjo tras una comida ofrecida por Hermann Göring a lo más granado de la música alemana, en la Ópera de Berlín, con motivo de la clausura de los Juegos Olímpicos. Allí, entre copa y copa de champán, el *Reichsminister* le preguntó a Clemens, con un deje de embriagada extrañeza en la voz, cómo era posible que ahora fuese el titular de la Ópera de Múnich y él no se hubiese enterado.

—Eso no le impedía seguir aquí en Berlín —le afeó con un bello guiño azul—. Mire cuántos cargos ocupo yo a la vez sin menoscabo de ninguno de ellos.

A la salida, se cruzaron con Louise e Ida cerca de la Puerta de Brandeburgo y, tras un titubeo mutuo, que fue vencido por Viorica, decidieron presentarles a sus amigos.

—No te alarmes, ahora no están salvando a ningún judío —le dijo ella con su irresistible ironía rumana—. Podemos saludarlas sin temor.

Conocer a Adele Kern, al tenor Julius Patzak y a Georg Hann provocó el alborozo de las hermanas, que dedicaron una hora a tomar fotografías y a recolectar autógrafos. A propósito de esto, y pese a todas las cosas vividas en común, todavía no habían logrado hacerse una foto en condiciones con Clemens que él pudiera firmar después. En dos ocasiones volvió a salir borrosa (aunque él ya no se movió, como en Londres), y una tercera se echó directamente a perder. Desde entonces, él bromeaba con que se verían muchas más veces, a raíz de su peculiar asociación, y que ya habría oportunidad para hacerla. Sin embargo, esto nunca se llevaba a cabo.

Él quiso aprovechar aquella reunión casual para conocerlas un poco más. Siempre las había mirado con una condescendencia que le era imposible evitar. A pesar de sus intentos por parecer damas de alcurnia, recordaba que en sus primeros encuentros sus zapatos acusaban la pérdida de color en punta y tacón, utilizados como calzado diario, y varios retales en forma de flores o mariposas disimulaban lo que debían ser desgarros en la tela de vestidos muy queridos en su primera juventud, lo bastante como para no querer buscarles un relevo. Ahora, aunque ya vestían mejor y eran capaces de fingir el papel de millonarias inglesas, al menos ante quienes no lo eran, seguía apreciando esa ingenuidad infantil, con su constante desafío al barro y al caramelo que emborronaba su blancura de mañana de domingo.

Buscaron un café tranquilo, tarea que resultó complicada en aquella tarde olímpica, hasta que unos guardias de asalto, que los reconocieron, instaron amablemente al dueño de uno en la plaza de París a hacerles sitio entre la nutrida clientela internacional. A la vista de todos aquellos visitantes y ante sus amigos, a los que consideraba como tales, pues le habían seguido desde Viena hasta Berlín y ahora hasta la Ópera Estatal de Baviera, reflexionó lo siguiente:

—Si querían demostrar que Alemania se ha levantado de sus cenizas, esta ha sido la ocasión propicia. Todo podría quedarse aquí, en la nobleza del esfuerzo físico, en la proeza inalcanzable para otros. Si este pueblo descubre, a través de las artes y el deporte, hasta dónde es capaz de llegar, serían innecesarias demostraciones de otro tipo.

—Querido maestro —respondió Patzak—, sabe usted perfectamente que esta carrera solo se detendrá a las puertas de nuestra Viena natal.

Cierto, las emisoras de radio austriacas no habían rebajado un ápice las críticas al nacionalsocialismo. Por lo menos, no las controladas por el gobierno del canciller Schuschnigg.

—Yo creo que ni siquiera ahí —opinó Hann, también austriaco—. Es más, me parece que nuestro éxito olímpico ha convencido a muchos de la veracidad de las promesas del Führer sobre que con voluntad todo es posible. Y hay muchas cuestiones territoriales derivadas del Tratado de Versalles que este gobierno quiere revertir.

—Todos tenemos sueños, y yo sé cuál es el mío —trató de razonar Clemens—, pero la razón me dice que es imposible que Austria recupere sus fronteras de cuando era un imperio.

En esto, miró a las Cook, que preferían charlar con Viorica a enredarse en un debate cuyo contenido encontraron o bien demasiado político en calidad de extranjeras o en un nivel de alemán muy elevado como para seguirlo de forma adecuada.

—Aun así, ¿aceptaría usted ponerse al servicio de ese imperio si fuera restituido? —le preguntó incisivo Hann.

Clemens desvió el tema pidiendo otro Masskrug.

—En todo caso... —dijo con un falso bigote de espuma de cerveza—, durante unas semanas ha parecido que el mundo estuviese al fin en paz.

—Se olvida usted de España —le señaló la dulce Adele Kern, quien era tan reservada que sus escasas frases merecían, las más de las veces, un marco de plata—. Pobre gente. Un golpe de Estado que ha derivado en una guerra civil. Y nadie puede hacer nada para detener esa sangría.

—Dicen que el Führer ha prometido su ayuda al ejército sublevado —recordó Patzak—. Eso podría inclinar la balanza de forma definitiva contra esa república roja cuyos hilos parece que maneja desde Moscú el propio Stalin. ¿Se imaginan que hubiera triunfado aquí la República Soviética de Baviera en el diecinueve? Estaríamos todos ahora metidos en el gulag... O bajo tierra.

—Tanto el Reich como Italia están dentro del Comité de No Intervención —apuntó Hann—. Oficialmente, no vamos a hacer nada por los españoles de bien. Y habrá que ver cuántos países se apuntan a ese comité cuando aquí empiecen a cumplirse ciertas promesas electorales.

Lo que le gustaba a Clemens de su círculo íntimo era que, de alguna manera, se consideraban unos supervivientes, como él, y rehusaban ingresar en el partido y dejarse llevar por la tendencia general, por lo que se cuidaban mucho de significarse públicamente. Otra historia era lo que pensarían si conocieran el secreto que Viorica y él compartían.

De repente, Louise se inmiscuyó, con no poco sonrojo, en la conversación:

—¿Sabe una cosa, herr director? Yo creo que la paz está más cerca de lo que creemos. Al menos, entre nuestro país y el suyo.

Clemens se abstuvo, por respeto a Viorica, de preguntar si cifraban aquella esperanza en los esfuerzos de su molesta compatriota.

—Sir Thomas Beecham viene de gira a Alemania con la Filarmónica de Londres en noviembre. ¿No se había enterado usted?

Recordaba bien al deslenguado de Beecham, precisamente en el estreno londinense de *Arabella*. Dado que él había sido el responsable de estrenar en Inglaterra las anteriores óperas de Richard Strauss, incluyendo *Salomé*, lo que provocó un enorme escándalo, se tomó bastante mal no hacer lo propio en esta ocasión. Y aunque asistió a la *première* de *Arabella*, la velada posterior fue de lo más desagradable, pues no dejó de lanzarle invectivas respecto a su postura para con los nazis. Unos reproches no demasiado distintos a los que le hiciera luego en Salzburgo su antiguo amigo el director Lothar Wallerstein. Solo que, en su caso, Beecham le recriminó que dirigiese unos días después en el Covent Garden *Schwanda, el gaitero*, del checo Jaromír Weinberger, autor al que habían retirado de cartel en Alemania recientemente, por judío.

Aún tenía grabadas sus palabras: «¿Por qué no tiene usted lo que hay que tener para presentar esta misma obra ante sus gerifaltes? Es un acto de valentía hacia no se sabe muy bien quién. ¿Por qué le parece que aquí merece la pena y allí se calla como una perra?». Le hubiera explicado que los ritmos y las danzas bohemios, con los que tan bien sabía jugar Weinberger, le recordaban a su juventud en las postrimerías del imperio, y que no pocas veces bailó polkas y furiantas muy similares en los salones más elegantes de Viena. Pero dudaba que aquel tipo obstinado, que se jactaba de que su adinerada familia puso a su disposición una orquesta para él solo en el salón de su casa, entendiera nada de eso.

—Pues que sea bienvenido —les dijo a las Cook.

Cuando le preguntaron si no pensaba asistir a ninguno de sus conciertos de la gira, Clemens se encogió de hombros. Sí, aún estaba resentido, ¿para qué negarlo? Aunque no pensaba contarles el porqué. Pero sí que hizo un comentario:

—Me extraña mucho que Beecham haya accedido a venir aquí. Me consta que no es nada simpatizante de la Alemania actual.

—Quizá haya sido esa nueva secretaria suya la que le ha convencido —intervino Ida en inglés—. Es alemana, y dicen que hace una labor maravillosa para él.

¿Ah, sí? Los amigos de Clemens y Viorica mostraron curiosidad. ¿De quién podía tratarse?

—Es que tiene mucha experiencia —intervino Louise, para lo que interrumpió su cháchara con Viorica—. Antes fue la secretaria de Furtwängler... Se llama...

Tanto ella como Clemens profirieron, la una con entusiasmo, el otro con temor, el mismo nombre: Berta Geissmar.

XXVI

Múnich, noviembre de 1936
Aires de primavera, op. 410, de Johann Strauss hijo

Unos años atrás, un trompista de la Academia Filarmónica de Viena visitó a un psicoanalista. Todo comenzó cuando cambió la embocadura del instrumento. De repente, su boca fue incapaz de adaptarse a la nueva y se encontró rebajado al nivel de un principiante de conservatorio nada menos que a la hora de interpretar el *Concierto para trompa n.º 4* de Mozart. Desesperado, trató de volver a la embocadura anterior, pero esta le resultaba tan ajena como la nueva. Solicitó ser relevado de su puesto, a lo que Clemens accedió de buen grado, pues no veía cómo retirarlo él de forma forzosa. Intuyó que la carrera interpretativa de aquel hombre se había acabado, pero regresó seis meses después, como si no hubiera pasado nada, en plenitud de facultades.

—Ha sido un doctor, un discípulo de Freud, el que me ha devuelto la confianza perdida —le confesó tras muchas dudas, pues no eran pocos los miembros de la Filarmónica que consideraban el psicoanálisis una ciencia judía, no muy alejada del ocultismo.

Clemens atendió a su recomendación. En realidad, no le preguntó cómo llegar hasta el milagroso doctor Riemann. Bastó el nombre para hallarlo en la guía telefónica de Viena, y que la consulta estuviera en la Judenplatz, no muy lejos de la Ópera, fue el argumento definitivo. Se presentó allí una tarde en que no tenía ensayo, envuelto en un gabán oscuro, preguntándose si se sentirían así los pederastas que buscaban muchachos en los soportales del Karl Marx-Hof. Cuando se adentró en la consulta, se inquietó ante la idea de tumbarse en el diván al que le invitaba el doctor Riemann, como si no fuera a levantarse nunca más de él. Se sentó a medias y, como le fue imposible precisar el objeto de su visita, sacó a colación el caso del trompista. El psicoanalista le precisó que no era exactamente alumno de Freud, sino del discípulo de este, Alfred Adler, y que su especialidad era el complejo de inferioridad.

—¿Acaso tengo yo pinta de tener eso? —quiso bromear.

—Depende —dijo Riemann con una voz tan cálida que, de ser cantante, hubiera podido interpretar al mejor amigo del héroe en una ópera verdiana—. ¿Se siente usted inferior a sus otros colegas directores?

Ofendido, Clemens enumeró a todos los que acudieron a su mente en ese instante, y señaló particularidades de ellos ajenas a su propia forma de dirigir, y hasta elucubró sobre cuál era el repertorio más adecuado para cada uno y por qué.

—Es interesante —le animó el psicoanalista—. Entonces, si hay lugar para todos ustedes en la profesión, ¿a qué viene semejante rivalidad?

La ignorancia del tipo en materia musical lo sacó de quicio. Tuvo que explicarle que no era lo mismo dirigir una ópera que una sinfonía, ni un Wagner que un Verdi, como tampoco un Strauss que un Puccini. Por eso, que se hablase de directores todoterreno era una auténtica falacia. Lo peor que podía suceder era que uno de sus colegas no supiera calibrar la medida de sus posibilidades y se adentrara en terrenos donde quedaría irremisiblemente empantanado.

—¿Y usted se encuentra a gusto haciendo lo que hace y donde lo hace? —quiso saber Riemann.

—Por supuesto, soy el director de la Ópera de Viena —le espetó.

—Y si le ofrecieran, por ejemplo, el Festival de Bayreuth, ¿no lo dejaría todo? ¿O la Ópera de Múnich?

—No se trata de aceptarlo... Aunque, claro, son puestos tan importantes que sería difícil decir que no.

—Entonces, si es posible encontrar algo mejor que la Ópera de Viena, ¿por qué se niega a sí mismo la verdadera medida de sus aspiraciones? ¿O prefiere ser reconocido como músico, al margen de la proyección social que esto pueda tener?

Cuando llevaban una hora de charla, cosa que el doctor no le había señalado en ningún momento, aprovechó para despedirse, con intención de no volver. Pero regresó a la semana siguiente sin haber pedido cita siquiera, y Riemann, que al parecer tenía que quedar siempre por encima, le recibió con una sonrisa resabiada.

—No piense que necesito su ayuda —le dijo Clemens—, es solo que le di vueltas el otro día a lo que hablamos y me parece que no me dio tiempo a dejarle las cosas claras.

—Por supuesto —admitió Riemann—, aclaremos lo que considere oportuno, faltaría más.

Esta vez sí que esparció su corpachón sobre el cuero retumbante del diván, quería estar cómodo para que todas las ideas que pensaba plantearle aflorasen de forma ordenada. Le habló de su visión del mundo como director, y de cómo la música era la plasmación más pura del orden, tan necesario en aquellos tiempos convulsos en los que la gente buscaba este concepto en terrenos más abruptos, como la política.

—Entonces, la política es ajena a sus intereses.

—¡No, son mis intereses los que son ajenos a ella! Porque piense usted, doctor, ¿qué ideología tiene, por ejemplo, Papageno? ¿Diría usted que es comunista?

—Bueno, es evidente que no pertenece a la clase acomodada.

—Pues vayamos a lo elemental. ¡Un re menor! La tonalidad de la tragedia, que hallamos en el *Réquiem* de Mozart o en su ópera *Don Giovanni*. ¿Es de derechas o de izquierdas? ¿Cómo se puede explicar eso?

—Y usted, ¿qué se considera?

Era una pregunta trampa. Sí, él encarnaba al arte burgués por definición. Sin embargo, la historia de su familia no había sido un camino de rosas. Hubiera podido contarle que su madre, Clementine Krauss, una bailarina de ballet, mantuvo un romance efímero con un caballero casado y de apellido Baltazzi, de origen griego, y que él era fruto de esa relación. O esa era la versión oficial. Por suerte, Clementine se armó de valor para soportar el oprobio que iba a recaer sobre su nombre y lo educó, a falta de un padre, en el amor al arte. Además, la familia materna, compuesta básicamente por artistas, la arropó para que saliera adelante, y ella supo reinventarse. Su embarazo acabó con su carrera de bailarina, pero se convirtió en una actriz de éxito, y luego, tras educar su voz a una edad tardía, se transformó en cantante de opereta. Con esa capacidad de superación como modelo se forjó él, sin miedo a la adversidad ni al cambio. Hubiera podido contarle aquello a aquel curandero del pensamiento, pero encontraba demasiado tópico que acabasen hablando de su madre, con la que, por cierto, llevaba años sin hablar apenas, algo que él achacaba más a la personalidad independiente de ambos que a que hubiera tenido lugar un motivo de ruptura.

—Yo me considero un luchador de mi propia causa —admitió después de un rato de rumiar la posible respuesta, hasta que empezó a saberle ácida.

Finalmente encontró que, por algún extraño motivo, le gustaba departir con aquel tipo que se limitaba a formularle una docena de preguntas durante la hora que duraban aquellas sesiones, sin sacar ninguna conclusión de las respuestas que le daba. Era, al igual que los gatos, un ser relajante, que sabía sacar partido de esa circunstancia. Así que le pagó por su tiempo y volvió de vez en cuando, pero no le dijo nada a Viorica, y, para evitar la sospecha de una aventura, se inventó un tirón en la espalda y disfrazó estas visitas de sesiones terapéuticas, y en cierto modo lo eran.

Fue en la última sesión con Riemann cuando decidió aceptar el puesto en la Ópera de Berlín, a pesar de no resultarle del todo tentador. Pero la presión de la prensa vienesa, al servicio del gobierno austriaco, y del público azuzado por ambos, no le dejaba otra opción.

—¿Se va usted con la sensación de ser inferior? —le preguntó el doctor.

—No —dijo Clemens—. Sé que volveré algún día, y entonces será esta ciudad la que se disculpe por haberme tratado así cuando lo he dado todo por convertirla en la capital mundial de la música, como lo fue hace tiempo. Porque, no nos engañemos, Beethoven nacería en Bonn, pero fue aquí donde dio lo mejor de sí mismo, como Mozart y Haydn. Y Schubert y los Strauss.

Por primera vez, Riemann se abstuvo de hacer preguntas. Le deseó éxito, algo que, sin duda alguna, obtendría en la capital del Reich sin apenas esfuerzo. Mas no le agradaba la idea de que un día pudiera regresar triunfante a Viena.

—Si ello llega a suceder, entonces tendría que marcharme yo —admitió.

Clemens cayó en la cuenta de que, como bien indicaba su apellido, él era judío. Y le dijo, quizá en un estúpido arranque de sentimentalismo:

—Espero regresar a una Viena en la que haya espacio para los dos. Para todo el mundo.

—Dios le oiga, Krauss. Porque me parece que, por su forma de ser, logrará usted en la vida todo aquello que se proponga.

De aquello habían pasado dos años, y ahora, mientras recordaba aquel último encuentro en vísperas de su partida a Berlín, se había propuesto encontrar a Berta Geissmar. Era más que un capricho; se trataba de una necesidad cuya verdadera razón le daba bochorno confesarse a sí mismo, como cualquiera de los pensamientos que se abstuvo de confiarle al doctor Riemann.

Se había informado de que la gira de la Filarmónica de Londres, fundada por el propio Beecham cuatro años antes, iba a recorrer las ciudades alemanas más importantes. En correspondencia, la Filarmónica de Berlín haría lo propio en Inglaterra, bajo la dirección de Furtwängler. Era un acuerdo al que Beecham había llegado con el embajador alemán en Gran Bretaña, Joachim von Ribbentrop.

Podría haberle contado a Viorica el porqué de su interés en encontrarse ahora con el viejo cascarrabias británico, por el que tanta antipatía había manifestado desde que coincidieron en Londres. Pero eso equivalía a poner en palabras lo que ni él mismo acertaba a admitir. Así que se inventó que el Ministerio de Propaganda le había encargado recibirlo en su visita a Leipzig. Sonaba bastante plausible y ella pareció creerle, hasta que al día siguiente, durante un ensayo en la Ópera, le dijo como si tal cosa:

—¿Cómo no has avisado a Maschat de tu viaje a Leipzig? Si es oficial, lo suyo es que te acompañe en calidad de asistente. Ya he hablado con él.

¿Lo hizo para fastidiarle, sabedora de que le había mentido? En todo caso, la presencia de Erik Maschat podía dar al traste con lo que tenía planeado. En primer lugar, porque era un ferviente miembro del partido, y en segundo lugar, porque nunca se separaba de él cuando trabajaban, tanta era su ansia de satisfacer todas sus necesidades, salvo la de perderle de vista durante la improvisada visita.

Otra opción era cambiar el plan y asistir al concierto que Beecham ofrecería en Berlín, pero aquel viaje resultaba demasiado largo para encajarlo en su abultada agenda. Al menos, se consoló, la presencia de Maschat suponía no tener que aguantar en solitario a Woldemar Brick los más de cuatrocientos kilómetros que mediaban hasta Leipzig. Su elegante presencia, pues vestía de forma inmaculada y, a sus treinta años recién cumplidos, respondía al canon de belleza aria, pareció impresionar al chófer tanto como la voluminosa esvástica de plata que lucía en la solapa de su chaqueta. Quizá por ello, Brick abandonó su nada disimulada pose de espía y apenas despegó los labios en el viaje.

—Ah, tenemos una cuestión pendiente —recordó Maschat en un momento determinado—. Hay que despedir a Albrecht Holzing, el figurinista. Mejor dicho, me he tomado la libertad de tramitar en su nombre su despido.

¿Debía indignarse Clemens por ello? Prefirió conocer antes el motivo de aquella decisión.

—Resulta que pagó en un café con los billetes falsos que había diseñado para la última puesta en escena de *Arabella*. Estaban muy logrados, tanto que los camareros no se dieron cuenta. Pero un par de días después, esos billetes fueron llevados al banco y ahí se percataron de la estafa. La policía tiró del hilo y vinieron a buscarlo. Como era una cantidad irrisoria, apenas estará un mes entre rejas. Pero es inadmisible que alguien así trabaje para la Ópera de Baviera.

—Ha hecho usted bien. Yo hubiese obrado de igual manera. Aunque si reprodujo los billetes con tanto detalle, quizá debamos lamentar haber perdido a un artista.

—No, no lo lamente —zanjó Maschat—. La policía me ha dicho que Holzing tiene un historial previo de agitación. Al parecer, le han arrestado un par de veces repartiendo propaganda socialista, diseñada por él mismo. No sé cómo demonios se nos ha podido colar alguien así en el teatro.

Tras este diálogo, quién sabe qué extraña asociación de ideas llevó a Brick a romper su mutismo para preguntarle a Clemens por sus amigas, las hermanas inglesas. El asistente, entonces, replicó con su eficiencia habitual:

—¿Se refiere usted a las hermanas Louise e Ida Cook? Yo gestiono todas las invitaciones que el maestro les reserva. Aunque creo que ellas acudirían igualmente a verle, no me he encontrado jamás a unas aficionadas a la ópera tan fieles.

Clemens tuvo que contenerse las ganas de reír. Ahora, con Maschat presente en todas sus actividades, era muy difícil que nadie sospechara de la honorabilidad de sus intenciones. Además, poseía una vasta cultura y podían pasarse largas horas charlando sobre estética musical, incluso a riesgo de descuidar sus compromisos en el teatro de la ópera. Durante este viaje, Clemens buscó los temas más áridos que pudo dentro del ámbito musicológico a fin de que Brick no se inmiscuyera en la charla, apoyado en su erudición de revista.

—¡Lo que saben ustedes, madre mía! —exclamó con un deje de reproche cuando llegaron a Leipzig—. Solo les he entendido los «el», «la», «los», «las» de todo lo que han dicho.

—Bien —se despidió malévolo Clemens—, usted dice siempre que el saber no ocupa lugar.

XXVII

Leipzig, noviembre de 1936
Mov. 3, Andante, de la *Sinfonía n.º 5 en re menor, op. 107, «Reforma»*, de Felix Mendelssohn

El encuentro con Beecham tuvo lugar a la salida de la Gewandhaus, tras un exitoso programa con la *Sinfonía n.º 1* de Brahms y el *Concierto para piano* de Robert Schumann. Sir Thomas se sobresaltó al encontrarse en la puerta de su camerino la figura imponente de Clemens, quien le tendió la mano con la rigidez de un autómata, como si llevara horas ensayando ese gesto de paz forzada.

—No esperaba encontrarle aquí, Krauss. ¿Cómo va la vida en el paraíso racial? ¿Ya se han librado de todos los indeseables que los parasitaban?

Ahora empezaba a resultarle incómoda la presencia de Erik Maschat, y más aún cuando Berta Geissmar apareció en el pasillo con el ramo de flores con el que la Gewandhaus había obsequiado al maestro y que este le entregó de forma ceremoniosa a ella ante el público, quizá a modo de desagravio.

—Ha sido un Brahms como hacía mucho tiempo que no escuchaba —ignoró la pulla—. Mejor dicho, jamás he oído sonar así a...

—¿Ninguna orquesta no alemana? —le interrumpió Beecham—. Quizá a nosotros nos falten compositores como los suyos, pero algo sabemos de música. No olviden que Händel y

Haydn vinieron a darnos unas cuantas lecciones. Berta, ¿conoce usted a Clemens Krauss?

Sus miradas chocaron con la fuerza del acero, pero cuando Clemens volvió a alzar la suya, después de sentir cómo la sangre se le subía al rostro, no vio un asomo de rencor en la de ella. Lo contempló con un brillo parecido al de la dulzura en sus grandes ojos oscuros que, sin embargo, diluyó el gesto seco de su boca mientras decía con un hilo de voz, sin vida:

—Nos vimos en una ocasión.

—Es cierto...

Clemens se vio en la obligación de presentar a Maschat, que estrechó la mano de Beecham con correcto entusiasmo y la de ella, sin apenas rozarla.

—Berta es mi nueva secretaria. La verdad es que, aunque llevamos poco tiempo juntos, me pregunto cómo he podido vivir hasta ahora sin ella... Y también me planteo cómo es posible que este país la haya dejado escapar.

—Nadie está obligado a quedarse si no quiere —puntualizó Maschat con una sonrisa de despecho.

Estaba claro que la había reconocido o, al menos, tenía referencias de ella.

Por fortuna, la charla de Beecham era tan arrolladora como su propia personalidad en el podio, y no tardó en envolverles con sus historias, que evitaron que la situación se tornara desagradable. Y eso que no cesó en sus invectivas:

—No sabe usted, Krauss, las críticas que me ha acarreado en mi país la decisión de hacer esta gira. Me han llamado de todo. Yo pensaba que a raíz de la concordia olímpica todo el mundo lo consideraría como algo normal, pero no. Quizá lo que menos ha gustado es que fue una solicitud directa de Ribbentrop, y no se me ocurrió pedir permiso a mi gobierno antes de aceptar. ¿Se lo imaginan, yo, implorando que me dejen dirigir mi orquesta en donde me dé la gana? Que yo sepa, vivo en un país libre.

Salieron de la Gewandhaus, pero sir Thomas ya no parecía interesado en seguir con la conversación, pues, pese a su energía, acusaba el cansancio de la gira y de sus cincuenta y siete años. Necesitaba retirarse a descansar.

—¿Se quedará hasta mañana por la mañana? Hoy estuve en el monumento a Mendelssohn con la señorita Geissmar y quiero que mañana venga toda la orquesta conmigo a llevarle unas flores. Al fin y al cabo, aunque no nació aquí, esta es la ciudad en la que desarrolló su carrera.

Clemens asintió, lo que extrañó a Maschat, que no ocultó su incomodidad ante la invitación cuando Geissmar, que se percató de que no hablaba apenas inglés, tradujo las palabras del maestro británico.

—¿Sabe? Propuse incluir en esta gira la *Sinfonía n.º 3 «Escocesa»* —confesó Beecham—, pero me pidieron que hiciera mejor el Brahms y el Schumann. Dado que también son obras maestras del repertorio alemán, accedí. Y luego me planteé si ese veto no se debería a que Mendelssohn era de origen judío. Pero hoy, al contemplar ese hermoso monumento erigido por Werner Stein, pensé: «Vaya tontería, ¿para qué prohibir su música y mantener una estatua suya?». No tiene ningún sentido. Les espero mañana.

—¿De veras hay que ir a eso? —exclamó con disgusto Maschat cuando se retiraban a sus habitaciones en el hotel Steigenberger, el mismo donde se alojaba sir Thomas—. Me parece una temeridad. Y esa mujer es una intrigante. Me han contado que manejaba a Furtwängler como a una marioneta en Berlín. Seguro que la idea de la visita es cosa suya.

—No debemos ser descorteses —repuso Clemens—. Al fin y al cabo, es nuestro huésped y se trata de consolidar la amistad germano-británica.

—Pues después de haber venido para recibirle, nos ha hecho bien poco caso.

Esa noche Clemens apenas pudo conciliar el sueño, obsesionado con la idea que lo había llevado hasta allí. Sin saberlo, Viorica había dado al traste con su sencillo plan, y no veía el modo de lograr que su asistente dejara de ser su sombra durante un rato.

Se levantaron pronto para desayunar con Beecham, y para Clemens fue descorazonador hallarlo solo en su mesa.

—La señorita Geissmar bajará enseguida, supongo —les dijo—. He pedido salchichas, huevos y beicon y me han mirado de forma extraña. ¿Es que no saben aquí lo que es un continental? Se supone que el continente es este, y no nuestra isla.

Pidieron sendos cafés y cuando Maschat se llevó el suyo a los labios, Clemens no lo pensó. Movió el brazo para coger el azúcar y le propinó un codazo que pareció involuntario, y le derramó por la camisa el café, que no estaba precisamente frío. Pero su profesionalidad le hizo morderse los labios para no soltar el exabrupto que reclamaba la situación mientras Clemens se deshacía en disculpas.

—Tendré que subir a cambiarme —dijo.

—Bien, yo me quedaré tomando mi café y así no ocasionaré más desastres.

Era el momento, si bien nada aseguraba que Geissmar fuese a bajar en el tiempo en que Maschat subía a su habitación y se cambiaba. Le preguntó a bocajarro a Beecham:

—¿Cómo ha acabado Berta Geissmar a su servicio?

La indignación se mezcló con la sorpresa en las facciones de sir Thomas.

—¿Y usted me lo pregunta? Sabe bien lo que ocurrió. De hecho, usted la despidió.

—No, eso no es así. Lo hicieron antes de que yo llegara. Pero, dígame, ¿cómo pudo salir de Alemania? Por lo que tengo entendido, le habían retirado el pasaporte.

Como observó que Clemens no dejaba de mirar a uno y otro lado, Beecham se acarició la barba con una sonrisa de curiosidad:

—Ajá. No desea que su compañero se entere de esto. Ya he visto la insignia que se gasta. Pues bien, la señorita Geissmar logró que un conocido suyo le rogase a Göring que le devolvieran el pasaporte. Y el caso es que lo logró, no por bondad de corazón, sino porque con toda probabilidad le convencieron de que era una persona incómoda, que conocía demasiados detalles turbios de la Ópera de Berlín y de los años de Furtwängler. El único lugar donde obtuvo un permiso de trabajo fue en Estados Unidos, cuando estuvo empleada al servicio de la Biblioteca Nacional de Austria. Y allí fue donde la conocí, durante una gira de mi orquesta. Vino a saludarme al camerino, me dijo quién era y le propuse venirse conmigo a Londres como secretaria.

—¿Y cómo es posible que le hayan permitido venir a Alemania en las actuales circunstancias?

Beecham le confesó, ahora en voz baja, que le pidió a Ribbentrop una garantía por escrito de que la señorita Geissmar no sería molestada.

—De hecho, en todos los lugares donde hemos estado se negaban a alojarla, pero tras enseñarles la orden firmada han tenido que callarse.

—¿Y por qué han venido aquí, sabiendo que esas cosas suceden?

Beecham se encogió de hombros, como si le hubiera dirigido un halago:

—Precisamente, por la gente que está en la situación de Berta y no ha tenido la misma suerte que ella de poder empezar de cero en otro lugar. Para ellos es esta gira.

A Clemens le pareció un argumento un tanto inconsistente, habida cuenta de que ningún judío podría acudir a estos conciertos. Como si le hubiera leído el pensamiento, su colega repuso:

—El concierto de Berlín, al que asistirá su querido Führer, será emitido en directo por la radio.

Por desgracia, cuando la secretaria bajó, coincidió en la entrada del comedor con Maschat, que lucía ahora un traje blanco con corbata negra. Él no pudo disimular un gesto de incomodidad. Geissmar se sentó junto a Beecham y se refugió en la visión del desayuno que le sirvieron. Clemens no pudo cruzar con ella palabra alguna, a excepción de un par de comentarios a las reflexiones del director británico.

—Se nos va a hacer tarde. He pedido al alcalde Haake que nos proporcione un par de autobuses para que la orquesta rinda el homenaje a Mendelssohn.

No hubo nada más que hacer. Clemens se ofreció a llevarlos en su coche, y no tardaron en llegar a los jardines aledaños a la iglesia de Santo Tomás, donde se erigía el monumento. En ese templo, precisamente, trabajó Bach hasta el final de sus días y era donde reposaban sus restos.

—Bach y Mendelssohn, el uno al lado del otro —exclamó excitado Beecham—. No se me ocurre una ciudad más privilegiada en el mundo.

Sin embargo, cuando la comitiva de la Filarmónica de Londres se acercó al lugar, descubrieron un enorme cuadrado de tierra negra removida donde unas horas antes se levantaba la estatua del compositor de *El sueño de una noche de verano.*

Los miembros de la Filarmónica bajaron los brazos, cargados de ramos, en un gesto de desagradable sorpresa.

—¡Pero no es posible! —exclamó Beecham con una voz que se hubiera dicho entre la risa y el llanto—. ¡Si el monumento estaba aquí ayer mismo! ¡Yo lo vi!

Clemens dirigió una mirada de soslayo a Maschat, en quien creyó apreciar una fugaz sonrisita maliciosa. ¿Habría sido cosa suya? Mucho se temía que tampoco era necesario que hubiese dicho nada, ya que sir Thomas había puesto al ayuntamiento al tanto de sus planes.

—Vámonos de esta mierda de ciudad —les dijo a sus músicos, ya sin ninguna consideración.

Y se despidió de Clemens sin dejar de murmurar entre dientes. Geissmar hizo lo propio con un ligero movimiento de cabeza. Era entonces o nunca. Se abrió la chaqueta y extrajo un bulto que le entregó. Ella lo palpó con estupefacción durante unos instantes, hasta que se percató de que era su Minaudière de la casa Van Cleef & Arpels. El bolso por el que la detuvieron cuando intentaba recuperarlo del despacho de Clemens. Dentro estaban las llaves de una casa a la que ya no volvería y varias fotografías familiares a las que seguramente tenía gran estima. Hubiera esperado un agradecimiento, siquiera una sonrisa o un apretón de manos, sin rencores. Pero Berta Geissmar se limitó a mirarle como si no entendiera nada y se volvió sin decirle adiós. Luego se alejó a paso ligero, como si le diera a entender que no volverían a verse jamás.

—¿Qué es lo que le ha dado? —le preguntó Maschat.

Clemens, como en sueños, replicó mientras apuntaba al suelo:

—Tierra removida. La hierba volverá a crecer en ella.

En ese instante lamentó que el doctor Riemann siguiera en

Viena. Era probable que le hubiese dado a todo esto una interpretación que a él se le escapaba y le torturaba no comprender en todo su alcance.

La controvertida visita de Thomas Beecham a Alemania tuvo un epílogo inesperado en el concierto de Berlín, en presencia de Hitler. Nada más terminar, sin percatarse de que los micrófonos de la radio alemana estaban en plena transmisión, el director inglés, impagable como siempre, exclamó:

—¡Parece que al viejo loco le ha gustado y hasta le hemos quitado esa cara de estreñido que tiene!

XXVIII

Múnich, invierno de 1937
Mov. 2, Poco adagio cantabile, del *Cuarteto en do mayor*, *Hob. III:77:2*, de Joseph Haydn

Pensaba que tras devolverle el bolso a Berta Geissmar, ella a su vez le retornaría la paz interior que le arrebató el día que se la llevaron detenida frente a la Ópera de Berlín. Pero no fue así, en modo alguno. Al principio se dejó llevar por el rencor, sin poder confesarle a nadie el porqué de su mal humor constante. En los ensayos, en lugar de corregir con amabilidad a músicos y cantantes —pues acostumbraba a pedir a la persona que había cometido un fallo que afinara un poco más, sin mirarla siquiera a los ojos—, padecía estallidos de cólera a la manera de un Toscanini. En esos momentos dejaba escapar un vozarrón de palabras martilleadas, como el Führer, a quien tomaba en secreto como modelo de furia incombustible. Y hasta tenía que resistir la tentación de llevarse los dedos al tembloroso mechón de la frente para que nadie pudiera asociarlo.

Viorica trataba de calmar la situación, y lo achacaba a sus muchas obligaciones, pero ni ella misma comprendía del todo lo que le sucedía. ¿O sí?

—Estás imposible desde que viniste de Leipzig —le hizo notar. Y luego, como si tal cosa, añadió—: Maschat ha contado por ahí que el viejo Beecham se presentó con Berta Geissmar. Qué vueltas da la vida. Ahora, secretaria del maestro y hasta de visita por el Reich. Supongo que te resultaría extraño encontrártela.

—Apenas pudimos hablar.

Clemens volvió a relatarle la historia de la estatua de Mendelssohn, que ella acogió con un asentimiento grave de cabeza.

—He pensado bastante en ello. Quizá no sea momento de tomarse a la ligera ciertas cosas.

¿Se estaba refiriendo a las maniobras con las Cook? En realidad, fue ella la que empezó, pero ahora, después del desaire de Geissmar, que trató de justificarse a sí mismo por el hecho de que no tuvo ocasión de estar a solas con ella, era a él a quien le resultaba imposible parar.

Las misiones para los primeros meses de 1937 ya estaban acordadas, con varios títulos programados entre Berlín, Múnich y Frankfurt. En todos los casos, bien fuera él o Viorica, enviaban a Londres una carta en apariencia inocua invitando a las Cook, como grandes amantes de la ópera que eran, a asistir a las funciones. Así, las hermanas podrían cubrirse las espaldas si la frecuencia con la que visitaban el país resultaba sospechosa, y ellos mismos de cara a los lectores de correspondencia de la Gestapo. Al parecer, tras los momentos de tensión provocados por las sospechas de Unity Mitford, Ida y Louise se volvieron más cautas a la hora de llevar a sus protegidos a comer a los hoteles en los que se alojaban. Tampoco volvió Clemens a verlas en compañía de ninguno de ellos en las funciones. Dado que cada vez que las Cook pasaban a saludarlos al camerino siempre había bastantes personas presentes, entre aficionados, parte de la plantilla de la ópera y el solícito Maschat, era imposible hablar con ellas de nada relativo a las misiones. Lo que sí pudo observar es que, en pocos meses, habían desarrollado una suerte de amistad con la soprano Adele Kern, quien las trataba con visible afecto, y con quien charlaban más que con nadie.

—¿No es curioso esto? —le preguntó a su compañera—. Me pregunto hasta qué punto se han vuelto precavidas después de los sustos que hemos tenido.

—Que hablen con Adele no me parece preocupante. Es un ángel de Dios. Otros me inquietarían más.

—Pero ya sabes que tomé mis precauciones en ese sentido.

Así era. Para trasladarse a Múnich, Clemens prescindió de algunos cantantes de valía que se quedaron en Berlín, como era el caso del barítono Joseph von Manowarda. Dado que como director no estaba obligado a proporcionar explicaciones, no lo hizo. Pero la verdadera razón era el grado de compromiso de los citados con el Tercer Reich y que estos, de alguna manera, hubieran podido sospechar algo y realizar la pertinente denuncia. Eso no implicaba, claro está, que entre el personal de Múnich no hubiese ya un nutrido número de fervientes seguidores del régimen, como Erik Maschat. Pero este tenía tanta familiaridad con las Cook que no llegó a sospechar nada.

Solo en una ocasión pareció dudar de lo que allí sucedía.

—¡Vaya fastidio! —exclamó mientras le mostraba un telegrama remitido por las hermanas.

—¿Qué sucede?

Le explicó que, a causa de un brote de tifus en Croydon, debían suspender un viaje a Múnich con ochenta aficionados británicos a la ópera. Eso implicaba realizar una transferencia por el valor de las entradas ya pagadas al Reino Unido, además del reembolso por la anulación de los vuelos y los hoteles.

—Es un dineral —apuntó Maschat—. Lo raro es que, hallándose en el epicentro de un brote de tifus, no hayan querido anular su visita para dentro de un mes, esta vez solas, a la Ópera de Berlín. Son muy optimistas respecto a que no vayan a contagiarse.

Era evidente que algo sucedía allí, pero no disponía medios para enterarse, pues ya no hablaban por teléfono, ni siquiera llamadas informales o con un lenguaje en clave. La advertencia de Frauenfeld de la vigilancia establecida por Heydrich lo había disuadido por completo.

Pero pronto tuvo la oportunidad de encontrarse con ellas. Fue un lunes, después de una de las funciones de sábado en Múnich que habían acordado. En esa ocasión las vio en el palco que les había reservado, pero no acudieron a visitarlos tras caer el telón. Tampoco era tan extraño, pues a veces debían ocuparse de otras cuestiones de última hora de su viaje de regreso y se saltaban el saludo.

Era esa la semana en que los hijos de Clemens estaban de visita en Múnich. En los últimos tiempos estas visitas se habían ido espaciando y en cada encuentro los veía tan cambiados como distantes. A sus once años, Oliver ya empezaba a acusar los síntomas incipientes de un cambio en su personalidad, en tanto que Octavian, a punto de cumplir los catorce, con la voz aún chillona, le trataba como si fuera un extraño. Quizá no fuera un buen comienzo que le obligase a quitarse el uniforme de las Juventudes Hitlerianas con el que bajó del tren.

—Aquí no estás en un desfile —le dijo—. Y déjate de «*Heil Hitler*» conmigo. Soy tu padre.

¿Hasta qué punto su forzosa separación provocó que se convirtieran en unas personas distintas a las que él hubiese criado? Su temor a que la conciencia de grupo, impuesta de forma implacable por la organización en la que militaba, hiciera de Octavian más un hijo del Führer que suyo empezó a acrecentarse. Por otro lado, apenas le dirigían la palabra a Viorica; ahí, sin duda, aleccionados por Margarethe.

Ella, en cambio, trataba de quitarle hierro al asunto:

—Durante la etapa del cambio, a mi hija le avergonzaba que nos vieran juntas por la calle y caminaba como cien metros por delante de mí para que no nos relacionaran. No te preocupes. Ya se les pasará.

Los llevaron tanto a los ensayos como a la función del domingo de *Tosca*, en la que no disimularon su aburrimiento. La mañana siguiente, durante el desayuno, suponiendo que atraería su atención, Clemens intentó explicarles los valores de la historia y cómo el pintor Cavaradossi sacrificaba su vida y hasta su amor por sus ideales.

—Ese Cava-lo-que-sea parece un bolchevique —respondió Octavian de corrido, como si hubiera memorizado su discurso palabra por palabra—. Y la república a la que defiende está vendida a los intereses extranjeros. Y tampoco entiendo por qué tenemos que representar en el Reich óperas en italiano. Es un pueblo decadente y sucio que no tiene nada que enseñarnos.

Esas no eran opiniones de un niño. Algún superior le habría aleccionado en Frankfurt para que le dijera todas aquellas cosas.

—¿Es que en las Juventudes no os hablan del Duce, Benito Mussolini? El nacionalsocialismo está inspirado, en muchos sentidos, en el movimiento fascista.

—El Duce es un entrometido que ha jurado defender la independencia de Austria —replicó con hostilidad su hijo—. Parece mentira que tú, como austriaco, no te indignes por eso.

Fue una suerte que llamasen a la puerta, porque Clemens estaba a punto de utilizar un lenguaje poco apto para la tierna edad de sus hijos. En el rellano se encontró nada menos que con Ida Cook y un hombre de unos sesenta y pocos años, delgado y ojeroso, con un traje de calle que en otros tiempos fue de color gris.

—Herr director —dijo la inglesa con acento implorante.

Tardó en percatarse de lo que pasaba. Dejó a los niños solos en la mesa del desayuno e hizo pasar a los visitantes al salón, donde, sin importarle la irritación posterior de Viorica, que en ese momento estaba en la ducha, se encendió un cigarrillo para aplacar los nervios. Ida le explicó todo en inglés, mezclado con las pocas palabras alemanas que conocía, que no contribuían demasiado a hacer más inteligible su discurso:

—No entiendo cómo ha ocurrido esto, maestro Krauss. En la mismísima frontera con Holanda nos han hecho bajarnos a todos del tren, y cuando han visto los pasaportes del señor Gershon y su familia, los han obligado a retroceder. Ha sido inútil que tratase de mostrarles los permisos de trabajo en regla tanto de él como de su esposa y sus hijas. Los han pisoteado con sus botas y se han reído en sus narices.

Clemens estuvo a punto de arrancarse el mechón grasiento que le caía sobre la ceja izquierda cuando se lo echó hacia atrás.

—Vamos a ver, ha dicho «de su esposa y sus hijas»... ¿De cuántas personas estamos hablando en total?

—Tengo dos hijas de dieciocho y veinte años —intervino el tal Gershon, sin haber sido preguntado.

—¿Y dónde están ahora? ¿Por qué no se han vuelto a su casa sin más?

Dos lágrimas silenciosas resbalaron por las mejillas de Ida, y Clemens prefirió encenderse un segundo cigarrillo antes que ceder a la tentación de estallar. El primero lo había despachado en apenas tres profundas caladas.

—Esta familia procede de Maguncia, y si hemos decidido sacarla es porque las cosas se les estaban poniendo muy difíciles. Las tropas de asalto arrojaron botellas de gasolina con mechas de trapo ardiendo por las ventanas de su casa, y esta ardió por los cuatro costados.

—¿Y por qué han hecho eso? —Al instante, Clemens se sintió un estúpido por preguntarlo.

—Yo era profesor de piano en el conservatorio local —le explicó Gershon—, y siempre he considerado que mis alumnos y el resto de mis colegas me apreciaban. Pero cuando expulsaron a todos los judíos de la enseñanza, nadie pudo hacer nada por mí. Hace poco, a un grupo de chicos recién ingresados en las SA alguien les encomendó una prueba de fuego. Por lo que me han contado, uno de mis antiguos alumnos de piano, que había estado en varias ocasiones en mi casa con sus padres, y con quien mantenía una buena relación, les dijo a sus compañeros: «Yo sé dónde vive un judío». Y eso fue lo que pasó.

Gershon se interrumpió para brindarle su pañuelo a Ida, que seguía llorando. Después prosiguió, sin perder la serenidad:

—Cuando salimos a la calle, me di de bruces con el chico y le pregunté por qué nos hacía aquello... Se quedó sin palabras, avergonzado. Entonces, supongo que por no mostrarse débil ante sus camaradas...

Ahí se contuvo y su voz, tan segura hasta ahora, pareció a punto de romperse. Bajó la cabeza y se mordió los labios, y se desabrochó los botones de la camisa. Desde el corazón hasta el ombligo, lucía los trazos irregulares, todavía de color carne abierta, de una estrella de David marcada a hierro, Clemens supuso que con una daga idéntica a la que poseía Octavian.

En ese momento entró en el salón Viorica, en bata y con una toalla en torno a la cabeza. Cuando vio aquello, se sentó junto al desconocido con una expresión de mudo horror y alargó de forma instintiva sus dedos hacia la herida, que palpó para comprobar si era auténtica. Luego miró a Clemens y a Ida, sin salir de su estupefacción.

Clemens consideró que lo mejor era que se cambiara y luego hablarían. Regresó junto a los visitantes y preguntó dónde estaba la familia del profesor. Ida confesó, con vergüenza, que con Adele Kern.

—¿Qué demonios hace Adele Kern metida en esto...?

Para Clemens aquello era una pesadilla, cuya siguiente escena, sin duda, sería la entrada de la Gestapo para detenerlos a todos, quizá ante el aplauso de sus propios hijos.

Ida intentó explicárselo, pero incluso parecía haberse olvidado de hablar inglés. Gershon, entonces, se dirigió a ella en su propio idioma, y luego le trasladó todo a Clemens. Le contó que en su juventud estuvo un par de años trabajando como pianista acompañante en Londres.

—La señorita Kern se ha hecho buena amiga de Louise e Ida y, conocedora de nuestra situación, ha aceptado que mi esposa y mis hijas se queden unos días en su casa. A los vecinos les ha dicho que son su tía y sus primas. Yo he preferido refugiarme en otro lugar, para no llamar la atención.

—Otro lugar que es mi casa, supongo. ¿No es así, señor Gershon?

¿Por qué no se cerraba de una vez la camisa? ¿Acaso utilizaba su desgracia como argumento para inspirarle piedad? De inmediato se reprochó aquel pensamiento, por mezquino. En verdad que era una desgracia, y querer sobrevivir no era algo que pudiera reprochársele a nadie. Pero se veía conminado a combinar indignación con piedad. Las Cook habían perdido toda perspectiva de los riesgos, y su caída, que estaba sin duda próxima, iba a arrastrarlos a todos.

—Louise ha tenido que volver... —Ida había recuperado el habla—. Le era imposible ausentarse del trabajo. Y no podemos permitir que vuelvan a Maguncia. Hay que sacarlos de aquí... como sea.

—¿Aún conservan los permisos de trabajo? —preguntó Clemens.

Ida se los entregó, con la bota de un aduanero estampada en ellos.

—No creo que funcionen en otros puntos fronterizos —se

temió él—. Supongo que no servirá de nada acercarse al consulado británico.

—¿Y qué podrían hacer allí? Por mucho que tengan a alguien que se responsabilice de ellos en Inglaterra, si en la frontera les impiden el paso, el cónsul no puede obligarles. Al fin y al cabo, son ciudadanos alemanes. ¿O ya no?

Clemens reflexionó durante unos instantes, pero no despegó los labios hasta que el señor Gershon, cuyo nombre de pila no fue pronunciado en ningún momento, no se volvió a abrochar la camisa.

—Su nivel de inglés es bueno, sin duda. ¿Podría hacerse pasar por ciudadano británico? —les preguntó a ambos.

Ida titubeó:

—Para mí tiene acento alemán, pero lo habla bien. Es probable que alguien que desconozca mi idioma pudiera tomarlo por inglés; o galés, mejor.

—Y su mujer y sus hijas, ¿lo hablan?

Gershon negó a medias con la cabeza. Desde que se planteó huir de Alemania, tres meses antes, gracias a su entrevista con las Cook, su familia lo estudiaba de forma intensiva, de cara a integrarse lo más pronto posible en su futuro país de adopción.

—Pero... es un nivel bastante básico, la verdad.

Algo en su interior pugnaba para que no abriese más la boca, para que no materializase en palabras una idea tan descabellada como peligrosa. Un tiro al aire que, de salir mal, daría con todos ellos en la cárcel.

—¿Cuándo regresa Louise? —le preguntó a Ida.

—El próximo fin de semana. Se llevó una maleta y otros objetos de valor de los Gershon. Yo tengo la otra. Podría hacer la misión sin ella.

—No; cuanto más puedan hablar entre sí en inglés, mejor.

Se levantó. Era una locura. No funcionaría ni con sus hijos. Los llamó, y mostraron extrañeza al encontrarse a Ida y al profesor de música.

—Es un viejo amigo de Maguncia —les explicó—, se quedará unos días aquí.

—¿Con nosotros? —Octavian dejó claro que la idea le desagradaba—. ¿Por qué no viene en otro momento? Mamá dice que nunca tienes tiempo para nosotros.

—¿Estudiáis música? —les preguntó Gershon con una sonrisa que no le devolvieron.

Krauss respondió que ambos, pero su falta de entusiasmo al respecto denotaba que la de ellos era menor aún.

—A ver si conocéis esto...

El hombrecillo se sentó al piano del salón, que estaba bastante desafinado porque Clemens apenas lo usaba, ni siquiera para acompañar a Viorica cuando tenía que aprenderse un nuevo papel.

Se temió que el desconocido tocase alguna melodía hebrea o algo así, pero de improviso hizo brotar los acordes enérgicos de *Das Deutschlandlied*, el himno alemán. Octavian y Oliver se pusieron a cantar la letra escrita por Fallersleben, con sincero entusiasmo. Cuando acabó, Octavian le preguntó si no se sabía también la canción de Horst Wessel, el himno nazi.

—Esa, para más adelante... Bien, muchachos, ¿a que no sabéis quién escribió lo que acabáis de escuchar?

—¿Cómo que quién? Eso es del pueblo —repuso el mayor con escepticismo.

—No es de nadie, es de todos —añadió Oliver.

—En realidad, es de Joseph Haydn —explicó Gershon.

No le creyeron.

—Pero ¿Haydn no era...?

—Austriaco, sí, señor. La escribió para el emperador Francisco, dentro de un cuarteto de cuerda. Por eso se llama *Kaiserlied*.

—¿Y cómo es que ahora es nuestro himno?

—Hay que quedarse con las mejores cosas, vengan de donde vengan, y como ha dicho tu hermano...

—Oliver —se presentó el aludido.

—Hacer que sean de todos. Así llegarán al corazón de más personas. Mirad, ¿conocéis esto?

No tardaron en identificar la canción navideña *Papá Noel viene mañana*, que cantaron con no menos entusiasmo que el himno alemán.

—Esta letra también se la puso Fallersleben, hará unos cien

años. Pero en realidad es una canción francesa que se llama *Ah! Vous dirai-je maman*, que cantaban las madres a sus hijos en el siglo XVIII. Pues bien, el gran Wolfgang Amadeus Mozart escribió unas variaciones sobre ella, que suenan así...

—Mozart, otro austriaco —exclamó perplejo Octavian.

Mientras Gershon entretenía a los niños, Viorica regresó ya vestida y sin reponerse del todo de la conmoción. Clemens se la llevó a ella y a Ida a la cocina y les dijo que tenía que salir un rato. A su compañera le sorprendió mucho enterarse de la participación de Adele en el asunto, y se mostró bastante molesta cuando Clemens le preguntó con insistencia si de veras no sabía nada de aquello.

—No soy estúpida... No voy a arriesgar nuestras vidas a la ligera. Y me ofende que se te ocurra siquiera plantearlo.

—Está bien. De momento, estos días tenemos un invitado más. Voy a ver qué puedo hacer. Necesito que la señorita Cook me acompañe. ¿Te haces cargo tú de la situación?

Viorica echó un vistazo al salón, donde el maduro profesor entretenía con el teclado a los hermanos. Supuso que no tenía otra opción.

Una vez en la calle, Clemens le preguntó a Ida si Adele Kern les había prestado su ayuda en más ocasiones.

—Oh, sí —confesó—, desde que pasó lo de la señorita Mitford. Se lo contamos y Adele nos ofreció su casa para ocultar allí a quien hiciera falta el día de paso de la operación.

—Debieron decírnoslo. ¿No se da cuenta de que nos han puesto en peligro a todos?

—En realidad, pensamos lo contrario. Si ignoraban ustedes qué otras personas estaban implicadas, no podrían dar sus nombres en un interrogatorio.

—Claro, pero ¿acaso ignora Adele nuestra implicación en esto? ¿Podría dar ella los nuestros a la Gestapo?

Ida se detuvo unos instantes antes de responder:

—Lo que ella sabe no les compromete apenas...

Prefería no preguntar qué era lo que sabía. De hecho, daba igual en ese momento. El delito ya se había cometido, y a esas alturas era indiferente cuántas veces.

—¿Qué número de operaciones se han llevado ya a cabo?

Dubitativa, Ida abrió su bolso y extrajo un folio manuscrito. Clemens se escandalizó cuando comprobó que era una lista con nombres, direcciones, teléfonos y fechas.

—Pero... ¿cómo lleva eso encima? ¿No se da cuenta de lo arriesgado que es? ¿Y si lo interceptan?

—No hay por qué alarmarse —sonrió con candidez—. Si alguien preguntase por esta lista, son aficionados a la ópera a los que visitamos cuando venimos a Alemania.

—¡Es algo completamente descabellado!

Ida razonó que el hecho de que fuese tan inusual era lo que confería verosimilitud al asunto.

—Me temo que si eso llegase a manos de la Gestapo, se percatarían muy pronto de que son aficionados a la ópera que tienen prohibida la entrada en ella.

—Pero, que yo sepa, no les han prohibido escuchar discos. ¿O eso también? Se puede ser aficionado a la ópera de más formas.

—Deme esa lista. Hay que destruirla ahora mismo.

Ida se negó. Había datos que solo estaban apuntados allí y cuya pérdida perjudicaría al resto de las misiones. Clemens le hizo jurar que, una vez regresase a Inglaterra, la lista no volvería a salir de allí. Por no hablar más de este tema en la vía pública, le preguntó a ella cómo iban las ventas de su libro.

—¡Oh, ha funcionado muy bien! —exclamó con su infatigable entusiasmo—. Tanto que ya he escrito otro y verá la luz pronto. Se titula *Nadie me lo pidió.*

Clemens estuvo a punto de replicarle que ese hubiera sido un título estupendo para sus propias memorias, de tener que escribirlas en ese momento.

XXIX

Múnich, invierno de 1937
Mov. 6, Andante, del *Noneto n.º 2*, de Hanns Eisler

Llegaron andando al Teatro Nacional de Múnich, en cuya puerta estaba el Opel Olympia que conducía Woldemar Brick. No tardó en bajarse y preguntarle si precisaba de sus servicios. Fue a decirle que no, pero luego pensó que este ya estaba informado de su amistad con las Cook y nada tenía de extraño que las viera en su compañía. Entró en el edificio y le solicitó a uno de los porteros las señas de Albrecht Holzing. Se las proporcionó a Brick, sin importarle si a este le parecía raro que tuviera que llevarle de nuevo a un barrio obrero; en esta ocasión, a Haidhausen. Cerca de la Sedanstrasse, Clemens comprobó que las señas correspondían a un bajo ocupado por una modesta imprenta.

Cuando preguntó por Holzing, el anciano que limpiaba una de las planchas se quitó las gafas y contempló a Clemens y a Ida con recelo. Luego, una vez hubo comprobado que no eran de la policía, fue a buscarlo. Albrecht Holzing resultó ser un joven que no llegaba a los treinta años, de piel algo oscura y unos ojos brillantes de desconfianza, apuntalados por dos pobladas cejas. Clemens comprobó que la semejanza entre el anciano y él era demasiado evidente.

—Quisiéramos hablar con usted a solas.

Los condujo a un pequeño despacho, en cuya mesa se acumulaba una amenazante pila de facturas, y cuando Clemens le dijo quién era, Holzing no acertaba a creérselo.

—Ya decía yo que me sonaba de algo. Si es por el asunto aquel, es una mentira cochina. He estado un mes a la sombra y no tuve nada que ver. Me han despedido de manera injusta.

—Entonces, ¿no falsificó usted los billetes?

El tipo se echó a reír, jactancioso, y miró a su alrededor.

—¿Cree usted que dormiría en la trastienda de mi padre si fuese capaz de crear billetes?

Clemens solicitó en inglés a Ida que le alcanzara su pasaporte, pero ella repuso, encogiéndose de hombros, que estaba en el bolso, en su coche.

—¿Lo ha dejado allí? —se indignó él.

—El chófer parece un buen chico, alguien de fiar.

Le rogó que fuese a buscarlo de inmediato. Mientras, trató de hacer entrar en razón a Holzing.

—He oído que fue un buen trabajo —dijo retomando el tema de los billetes—. Al fin y al cabo, en la caja del café no se percataron de nada. Fueron los empleados del banco los que detectaron que se trataba de una falsificación. ¿Qué cree que pudieron apreciar ellos que los camareros no?

Holzing sonrió, lo que denotó cierto orgullo.

—Supongo que la filigrana. Es lo más difícil de imitar... O eso dicen.

—Déjeme que esgrima una teoría. Quizá sea estúpida, quizá no. Usted se ha ocupado de diseñar los elementos de *atrezzo* de nuestras últimas puestas en escena y es muy detallista. Si mal no recuerdo, ese dinero correspondía al momento en que Mandryka le brinda su ayuda al conde Waldner, el padre de Arabella, que está muy endeudado. Abre su billetera y le presta varios miles de florines. Es curioso que, en lugar de dinero austriaco de hace cien años, fabricase marcos alemanes actuales. ¿No sería por la vanidad de ver si era capaz de realizar una copia perfecta? ¿Hablamos más bien de una cuestión de honor de artista que de una fechoría de tunante?

Holzing dejó escapar una carcajada. Era inútil que intentase adoptar una pose seria, así que se cruzó de brazos y preguntó:

—¿Mi respuesta serviría para que me reintegraran a mi puesto?

Clemens negó con la cabeza.

—Mi posición me impide avalar a alguien con su historial. Y no me refiero solo a la cuestión de los billetes...

—Entonces, ¿por qué demonios se arriesga a venir a verme?

Ida entró en ese momento con su bolso y una expresión torcida de preocupación.

—Herr director, no encuentro la lista.

¿Estaba bromeando? Si apenas unos instantes antes la había guardado en su bolso. Quiso comprobarlo él mismo. Se lo pidió y lo vaciaron, pero allí no había nada remotamente parecido. Le señaló a Woldemar Brick.

—¿Le ha preguntado si ha visto un papel con anotaciones?

Ida, temblorosa de pánico, negó varias veces seguidas.

—No estaba en el coche...

—¡Maldito cabrón!

Clemens salió del despacho, dejando a Holzing perplejo, y se encaminó hacia la salida seguido por Ida Cook. El coche estaba abierto y vacío de ocupantes. Fue inútil rebuscar bajo los asientos y en la guantera. En esta solo encontró la pistola de Brick, los papeles del coche y una fotografía suya con una niña. ¿Sería su hermana? La actitud cariñosa de ambos así parecía indicarlo. La muchacha en cuestión, de una edad que le costaba calcular, acaso entre los diez y los doce años, presentaba los rasgos mongoloides del síndrome de Down.

La puerta del conductor se abrió entonces y Brick alzó el puño cerrado, dispuesto a descargarlo sobre quien había tomado por un ladrón. Solo al percatarse de que era Clemens bajó el brazo, pero luego, al ver que tenía la fotografía en la mano, se la arrebató con tanta brusquedad que se rasgó por una esquina.

—Maestro Krauss, esto es algo privado —dijo entre dientes.

—Disculpe... —Se atusó los cabellos, con el corazón palpitándole en la garganta—. Buscábamos una lista de teléfonos... de amigos de la señorita Cook. Aficionados a la ópera como ella. ¿No la habrá visto usted?

—No... —El chófer trató de aplanar la arruga provocada en

la foto y la devolvió a su sitio—. Yo... necesitaba ir al baño y me he metido en ese café de la esquina.

—Pues se ha dejado el coche abierto.

—Por las prisas, les pido mil perdones. Y ese papel que dice, no me suena de nada.

Sea lo que fuere, las cartas ahora estaban boca arriba. Clemens se disculpó a su vez y regresó a la imprenta con Ida.

—¿Ha visto la cara que ha puesto cuando le ha sorprendido con la fotografía? Menos mal que no empuñaba la pistola en ese momento; si no, no sé lo que hubiera hecho —le dijo.

Holzing parecía haber observado toda la escena desde el interior del local, pero no comentó nada y los invitó a regresar al despacho.

Clemens le mostró entonces el pasaporte de Ida Cook.

—Esto no lleva filigranas, ¿verdad?

El joven lo examinó una y otra vez, y luego tomó una lupa para apreciar sus páginas al detalle.

—No, lo que es complicado de reproducir..., si de eso estamos hablando, son los sellos de entrada y salida. Pero veo que este tiene ya bastantes, o sea que no sería mucho problema hacer una copia e imitarlos. —Holzing se cruzó de brazos y miró a ambos con gravedad—. Porque de eso es de lo que hablamos, ¿no?

Clemens suspiró. Se sacó la cartera y extrajo quinientos marcos que había tenido la precaución de coger en casa.

—Necesito cuatro pasaportes como este con las identidades y las fotografías que se le proporcionarán. Tendrían que estar antes de una semana.

Albrecht Holzing meditó unos instantes y luego su rostro se contrajo en una máscara burlona:

—¿Por qué tendría que ayudarle yo a usted? O, más bien, ¿por quién?

—Está sin trabajo. Aquí hay un dinero, y podría haber más.

Holzing negó con la cabeza. No era dinero lo que necesitaba, sino volver a su puesto. Aquel incidente había arruinado su carrera.

Clemens suspiró, pero entró allí sin descartar aquella posibilidad.

—Mire, ahora tengo prisa. Quizá pueda buscarle algún teatro más pequeño... O en Múnich, o en otra ciudad. Pero con sus antecedentes, la Ópera de Baviera no puede readmitirle.

—Bobadas. Usted es el director favorito de Hitler. O, al menos, eso dicen todos en el teatro. Estoy seguro de que puede conseguir cualquier cosa...

—Claro, incluso que un maleante de tres al cuarto, fichado por repartir propaganda roja, me haga cuatro pasaportes del Reino Unido tan perfectos que hasta la familia real británica podría utilizarlos. Dígame una cosa, ¿cómo es posible que estuviera contratado por la Ópera de Baviera?

Con falsa modestia, Holzing abandonó su momentáneo estupor para afirmar que al maestro Knappertsbusch le gustaban mucho sus creaciones. Y les explicó que él no había nacido con esa vocación, y que todo empezó cuando se puso a recrear las atmósferas de sus libros predilectos. En cierta ocasión decoró el escaparate de la imprenta con escenarios del *Fausto* de Goethe, y con personajes de los cuentos de Andersen en maniquíes con diseños de su invención. Tuvo la suerte de que Knappertsbusch pasase por delante un día y entrara a preguntar quién lo había hecho.

—¿Sería capaz de realizar lo mismo con los diseños de una ópera? —le preguntó.

Él respondió que creía que sí, si bien nunca había visto una, pues le repugnaban por encontrarlas perversamente burguesas.

—Si Knappertsbusch le propuso aquello y usted lo hizo sin titubear, piense que esto es lo mismo. Probarse a sí mismo y a su creatividad.

—Me devolverá mi puesto y entonces le haré, si le parece, una copia a tamaño natural de la Puerta de Brandeburgo.

Clemens pegó un manotazo al fajo de billetes que estaba sobre la mesa.

—Este es el trato. Lo demás se verá con el tiempo. Pero no le prometo nada de la Ópera de Baviera. O lo toma o lo deja.

—Podría aprovechar esta información para tenerle a mi merced —puntualizó Holzing con una risa floja—. De hecho, ahora mismo puedo salir y contarle todo esto a alguien a quien le resulte de interés... a menos que sea sensible a mi petición.

—Haga lo que quiera —Clemens sintió cierto vértigo ante sus propios faroles—, pero la palabra de alguien despedido de su puesto de trabajo por actividades delictivas frente a la de su exjefe, considerado, como bien ha dicho usted, alguien de renombre en todo el Reich, no creo que valga más que los billetes con los que trató de pagar en aquel café.

—También podría denunciar a las personas que vayan a utilizar esos pasaportes —añadió Holzing, sosteniéndole la mirada desafiante.

Clemens miró entonces a Ida, quien, a pesar de no entender casi nada de alemán, parecía comprender el contenido de la charla entre ambos, y luego de nuevo a él:

—Si sigue usted fiel a ciertas ideas, no será capaz de impedir su salida de Alemania a unas personas inocentes, cuyo único delito es llevar un nombre que ellos no eligieron. Quién sabe si un día alguien no tendrá que hacer lo mismo por usted.

Holzing se quedó pensativo, luego abrió el pasaporte de Ida y lo examinó con detenimiento.

—Una semana es poco tiempo. Necesito conseguir ciertos materiales y, por supuesto, las fotografías, además de los nombres y cuándo se supone que han entrado en Alemania.

—Esta mujer vendrá esta tarde y le proporcionará todos esos datos. Mientras tanto, póngase manos a la obra con lo que pueda.

Holzing le tendió su mano manchada de tinta y Clemens, tras titubear, la estrechó con menos fuerza de la que implicaba sellar un trato. En realidad, no se fiaba de él, lo que sin duda era recíproco, pero no podía hacer otra cosa.

En el coche, Brick se mostró distante, con un punto de resentimiento en la voz. Al parecer, al metomentodo le disgustaba que se supieran cosas de él, pero a Clemens le daba igual su vida privada y todo lo que tuviera que ver con él. Al ir a sentarse, Ida descubrió que bajo la alfombrilla frente a sus pies estaba la lista perdida. Podría habérsele caído ahí, en efecto, pero Clemens recordaba haberla buscado en aquel lugar y, lo que era más alarmante, vio estampada la huella de una bota que no tenía antes. ¡Había sido Brick! La huella era liviana, como si hubieran tratado de borrarla a todo correr, pero evidenciaba que alguien había puesto el pie sobre el papel poco antes. ¿Encajaría con la de la bota del chófer? Este se volvió con las orejas coloradas y se quitó la gorra de plato, abochornado.

—Deben perdonarme. Cuando han dicho que no encontraban el papel, me he puesto a buscarlo por todo el coche y lo he pisado sin querer. He tratado de borrar la mancha de mi bota, pero ha sido imposible. Me daba vergüenza admitirlo, maestro Krauss, y por eso lo he dejado ahí sin decirles nada. Espero no haberles causado molestias a su amiga inglesa ni a usted.

¿Sería cierto? Ida, casi a punto de llorar, tendió su mano y estrechó la de Brick, quien se dejó hacer, confundido.

—No pasa nada —dijo Clemens—. Como ya le he dicho, es una lista de los aficionados a la ópera con los que tiene amistad aquí en Alemania. Hubiera sido una lástima perder el contacto con todos ellos.

—Y discúlpeme si antes he sido brusco con el tema de...

Clemens no quiso volver sobre ese asunto y le pidió que los llevara al Park Hotel Restaurant.

—¿No regresamos a casa? —le preguntó Ida.

—Todavía no... Necesito hacerme una idea de qué está pasando y a qué nos estamos enfrentando en realidad.

Solicitó una mesa en un rincón, aislada de los escasos clientes que almorzaban a aquella hora, y pidió caldo con Spätzle de hígado y fricasé de ternera con coliflor para ambos, sin consultarle a ella siquiera. También una botella de vino riesling, de la que sirvió sendas copas sin pérdida de tiempo.

—Se refiere a... ¿todo lo que ha sucedido?

—Absolutamente todo.

—¿Y lo que va a pasar... también?

—Si posee usted el don de la clarividencia...

¡Bendita mujer! A punto estuvo de estamparle un beso en la frente por la repentina ternura que le inspiró, mezcla de aparente ingenuidad y preocupación sincera por él. Pero aquello la hubiese confundido, y la necesitaba al cien por cien para que le hiciera un recuento de las actividades que habían llevado a cabo desde que empezaron a colaborar con ellas y cuántas personas estaban implicadas hasta el momento. En definitiva, necesitaba saber en cuánto se cifraría el valor de su cabeza y la de Viorica si alguien descubriera, como sospechaba que sucedería tarde o temprano, su alta traición al Tercer Reich y a los ideales que, como su director más prestigioso, se suponía que estaba obligado a defender.

XXX

Múnich, invierno de 1937
Che soave zeffiretto, de *Las bodas de Fígaro, K 492*,
de Wolfgang Amadeus Mozart

Supo así Clemens los nombres y la condición de las personas a las que se había rescatado hasta la fecha, en nada menos que dieciocho misiones. Le sorprendió que fueran tantas, y que en la mayor parte de ellas se tratara de familias completas, aunque no muy extensas. El hecho de sacarlas con sus posesiones, además, no era solo una cuestión de su supervivencia posterior en Gran Bretaña, sino una exigencia del gobierno británico para asegurarse de que aquellos extranjeros a los que acogía contaban con medios de subsistencia. Bajo ningún concepto deseaban que el país se viera desbordado por una comunidad de exiliados indigentes que recurrieran a la delincuencia para sobrevivir o pusieran a prueba los ya de por sí saturados centros de ayuda destinados a las personas sin recursos.

—Pero que tengan que ser ustedes siempre las que saquen de Alemania el patrimonio de sus..., de la gente a la que ayudan hace que todo sea muy lento y aparatoso.

—Oh, hemos probado otras cosas, herr director. Hace poco compramos ochenta entradas para otros tantos aficionados, además de billetes de avión y reservas de hotel, a fin de que vinieran a ver una de sus óperas aquí.

—Sí, lo recuerdo. Me dijo Maschat que tuvo que suspenderse por un brote de tifus en Croydon.

Ida sonrió, satisfecha de sí misma.

—Llámelo imaginación de escritora. Ese dinero no fue abonado por unos aficionados británicos, que en realidad no existen; quiero decir que como responsables solo figuraban los nombres de mi hermana y el mío. Lo pagamos en metálico aquí, en marcos alemanes, con todos los ahorros de la familia Gershon. Ahora bien, cuando se nos reembolse, por haber suspendido el viaje por razones de fuerza mayor, será ingresado en nuestra cuenta del Reino Unido; en libras, además. Y ese dinero volverá a manos de los Gershon cuando lleguen. Podrán disponer de nuevo de sus ahorros. Se me ocurrió cuando se desató el tifus el otoño pasado, aunque ahora ya está más que controlado. Pero pensé que nadie encontraría sospechoso que hubiera habido un pequeño brote en la misma zona y no se pondrían en tela de juicio los motivos por los que se canceló el viaje.

Clemens se maravilló de la argucia. Era una pena que un truco así no pudiera utilizarse demasiadas veces sin despertar sospechas. Ida le explicó la naturaleza de otras operaciones para ayudar a gente sin recurso alguno.

Últimamente había entrado en contacto con varias parroquias, que le brindaron la oportunidad de contar en sus revistas los casos de personas desesperadas a las que alguien pudiera ofrecer un hogar, aunque fuese de manera temporal. Optaron por publicar los perfiles de varios ancianos sin modo de subsistencia, o aquejados de enfermedades que les imposibilitaban trabajar, y también de jóvenes huérfanos. Los artículos llevaban el elocuente título de «¿Alguien puede salvarme?». La cuestión era que respondieron varios feligreses, de distintos puntos de Gran Bretaña, que se comprometían a hacerse responsables de ellos y tenerlos en sus casas.

—Resulta que había un hombre de mediana edad con muchos achaques debido a la situación de penuria a la que los nazis lo abocaron después de arrebatarle su próspero negocio. Pues bien, su esposa tenía una salud aún más precaria. Ella estaba dispuesta a dejar que se marchase para que tuviese una oportunidad. La familia que iba a acogerlo, de Escocia, no contaba con recursos para hacerse cargo de ambos, así que les propuse pagarles una libra a la semana por la manutención de ella, y han aceptado. Ahora estamos con los trámites para que puedan salir de aquí. Lo mismo ha sucedido con un adolescente cuyos padres murieron, y que irá a vivir con un granjero de Yorkshire que perdió a sus hijos hace poco.

Aunque estas historias parecían destinadas a tener un final feliz, Ida comenzó a llorar al rememorar otras.

—Hace una semana recibimos una llamada de socorro del familiar de un hombre de sesenta años. Ignoramos por qué, pero lo han internado en un campo que han abierto recientemente...

—¿Una cárcel?

—No. Un campo llamado Buch...

—Buchenwald.

Se había abierto el año anterior, cerca de Weimar, y a Clemens le llegó la noticia de que estaba destinado a terroristas y delincuentes comunes.

—No, no es así. Hemos sabido que este hombre es una persona corriente, sin ninguna filiación política. Solo que es ju... —Ida miró a su alrededor. Llevaban un rato largo de paseo sin rumbo por el centro de Múnich, pero tenía mucho cuidado de no ser escuchada por nadie que caminase cerca de ellos, ni aunque estuviera expresándose en inglés—. Su familiar nos contó que lo arrestaron en la calle por negarse a bajar de la acera cuando se lo pidieron. Entró sin juicio ni nada, y le propinaban palizas todos los días. Los otros internos eran gente como él, no necesariamente de los suyos. Había, al parecer, homosexuales, periodistas y hasta testigos de Jehová. O gente que simplemente se negaba a hacer el servicio militar. Un día lo golpearon con tanta fuerza que lo dieron por muerto. Cuando se disponían a enterrarlo, despertó en la camilla del tanatorio, y el superior de los guardianes, furioso, dijo que lo echasen a la calle, que, total, ya estaba para morirse y había que hacer sitio a nuevos prisioneros. Lo dejaron en la puerta de la prisión, completamente ensangrentado, y tuvo que arrastrarse hasta el pueblo más cercano, donde un sacerdote lo acogió. Pero ahora necesita salir del país, porque no sobreviviría si volviesen a detenerle.

Clemens suspiró profundamente, tras luchar durante un rato con su sentido de la prudencia.

—¿Ha encontrado familia para este hombre?

—Hay una... Pero tienen dudas. Les contamos la historia tal cual, y el marido, después de meditarlo, se ha echado atrás. Dice que a lo mejor sí es un delincuente, que no pueden saber si se trata de veras de una persona honrada. Que si alguien pudiera certificarlo...

—Y bien, ¿es un delincuente?

Ella negó a la par que se enjugaba el llanto.

—Es un hombre de sesenta años que estuvo trabajando en un banco hasta que lo despidieron.

Clemens insistió:

—¿Cómo puede saberlo, si no lo ha visto y solo cuenta con el testimonio de un familiar suyo?

—La mayor parte de estas personas nos han llegado a través de Mitia Mayer-Lismann —le confesó—. Y si no son conocidos suyos, son conocidos de conocidos. Ella es honrada y buena, usted lo sabe bien.

—¿Y dónde está ella ahora? —quiso saber Clemens.

Ida se encogió de hombros.

—Todavía vive con su familia en nuestro piso de Dolphin Square.

—Pero ¿es que aún no le han encontrado un hogar? ¿Y es grande ese piso suyo?

Ida respondió que no con cierto sonrojo a ambas cuestiones.

—Nos arreglamos como podemos. Un pequeño ático para escribir, como ya le conté en cierta ocasión. Estamos algo estrechos, pero nos entendemos bien. Por otro lado, a veces tenemos que alojar como invitadas algunas semanas a las personas rescatadas, hasta que logramos que alguien las acoja en su hogar.

—Pero ¿qué locura es esa? —Clemens no hubiera podido imaginar que el asunto llegaba a esos extremos—. ¿Y sufragan ustedes todo de sus bolsillos?

—Hacemos lo que podemos, herr director. No somos de

grandes lujos. Ya vio nuestros vestidos cuando nos conoció. Nuestro único placer culpable es la ópera, y al menos, gracias a esto que hacemos, estamos disfrutando de ella más que nunca.

Volvía a maravillarle que diera tanta importancia a ese aspecto, irrelevante en comparación con la tarea que llevaban a cabo. Ahora comprendía que era a costa de no pocos sacrificios. El hecho de que Louise tuviera que acudir a su trabajo de lunes a viernes, con el consiguiente condicionamiento del ritmo de las misiones, así lo demostraba. No solo no les sobraba el dinero, sino que sospechaba que, con la excepción de aquellas comidas opíparas en los hoteles de lujo de Berlín y Múnich para meterse mejor en el papel de millonarias, su dieta habitual era de una modestia escalofriante. Ahora comprendía por qué estaba tan delgada y, a pesar de su determinación, transmitía una imagen de fragilidad. Se le ocurrió una idea.

—Voy a decirle a Maschat que a partir de ahora les entregue más invitaciones. Y las de las butacas más caras podrán ofrecerlas ustedes en la reventa. Por lo general, nuestras funciones agotan las localidades, sobre todo en el estreno. Y no le digo nada si acude la cúpula del Reich. Pueden obtener un beneficio interesante. No creo que compense sus muchos gastos, pero algo las aliviará.

—Es usted tan amable...

Sus miradas se quedaron en suspenso. Clemens no la encontraba hermosa. Para él, tanto ella como su hermana ejemplificaban el arquetipo de mujeres destinadas a vivir solas toda la vida, sin una atadura con la que quizá soñaban en secreto. Pero, a diferencia de la deslumbrante señorita Mitford, podía contemplar el rostro de facciones en reposo de Ida como un pozo de agua cristalina al que asomarse, en busca de la claridad de su alma. Rezumaba una bondad que a él mismo le provocaba un sentimiento inesperado de amor, y que ignoraba cómo asimilar, si en un sentido fraternal, maternofilial o de otra forma tan extraña como pura. Al verla así, comprendió que aquella mujer haría lo que fuese por él. De hecho, ¿no lo hacía ya? No fueron ni ella ni su hermana las que iniciaron el juego al decidir que pondrían a salvo a Mitia. Todo partió de Viorica, con la oposición inicial de él, quien, sin embargo, ahora tenía la necesidad de participar en el asunto. Quizá para hacerse aún más acreedor de una admiración con la que ya contaba por parte de las hermanas. Pero no, antes ya sentían fascinación por el músico, y ahora se rendían ante el hombre. Aunque era absurdo, porque apenas había hecho nada para ganarse aquel crédito. Solo brindó unas cuantas facilidades, que palidecían en comparación con las cosas que acababa de descubrir y que, en modo alguno, podrían haber llevado a cabo las dos atolondradas con buenas intenciones que le parecían hasta ese momento. Él no era más que un estúpido del que no había nada que admirar. ¿Debía agradecérselo de forma explícita y tomarla de la mano? No era ajeno al hecho de que esto la confundiría, pero, atraído también por esa idea, lo hizo. Las mejillas de Ida se vieron desbordadas de claveles.

—Vamos a hacer algo más —le dijo—. ¿Podría reunir a unos cuantos amigos ingleses para este fin de semana?

—¿Para qué? —exclamó ella, aún ensimismada, convencida de que allí iba a suceder otra cosa.

Su frustración casi le hizo reír, al mismo tiempo que se sintió un miserable.

—Creo que si unos siete u ocho aficionados a la ópera ingleses llegan el viernes o el sábado a Múnich y se marchan de vuelta con los Gershon, todos ellos con idéntico sello de entrada, con la misma fecha en sus pasaportes, será más fácil que las autoridades aduaneras en Colonia piensen que forman parte del grupo. Mejor evitar Holanda, ya que allí los rechazaron y podrían reconocerlos.

—¡Es una idea estupenda! —exclamó ella con los ojos muy abiertos, como si buscara devorarlo con la mirada. Aún le sostenía la mano, que retuvo unos instantes, moviendo con suavidad los dedos, como en un balbuceo de caricia—. Voy a llamar a Louise ahora mismo para que reúna a ese grupo.

—¿Y es necesario que acompañen siempre a sus protegidos? Quizá esto ralentice mucho las cosas. Pueden ustedes adelantarse en un viaje con sus pertenencias, si es cierto que el gobierno británico pide una garantía de solvencia para que entren en el país. Quizá algún guardián de aduana haga la misma asociación que la señorita Mitford al verlas con personas que no pasan desapercibidas.

Ida asintió. Lo hacían para que estas personas viajasen tranquilas, pero era cierto que con los permisos de trabajo y sin sacar objetos de valor o dinero del país, la salida estaba hecha. Sin embargo, el caso de los Gershon lo trastocó todo.

Clemens le soltó la mano y sacó una pluma de su bolsillo, más que nada a modo de puesta en escena, ya que carecía de papel en el que escribir. Era la pluma de Mitia, con las iniciales «M. L.»:

—Para esa persona de la que me ha hablado, el hombre de Buchenwald, me comprometo a escribir una carta de mi puño y letra respondiendo de su integridad. Puede usted enviársela a esa familia que dudaba si acogerlo en Inglaterra. Y si es necesario, puedo responsabilizarme de otros, como hice con los Mayer-Lismann.

¿Por qué hacía eso? ¿Solo por una tonta mirada de colegiala enamorada? Era un grado de compromiso que lo implicaba en exceso. Un papel escrito por él en el que quedaba asociado a personas indeseables, que acaso pudiera acabar en la mesa de algún oficial de la Gestapo. Pero todos esos temores se disiparon cuando el pozo del alma de Ida Cook rebasó sus bordes y dos regueros de lágrimas afloraron a su mirada, borrosa de bondad.

—¡Oh, querido Clemens! —le dijo.

No vio nada malo en abrazarla, y al hacerlo sintió sus latidos retumbar como campanas en el interior de su pecho. Y hasta hubiera jurado que los suyos no sonaban menos intensos.

—Por cierto, ¿sabe cómo hacemos pasar por pieles inglesas los abrigos que nos llevamos? —le preguntó, rompiendo aquel instante de grata incomodidad.

—¿Cómo?

Extrajo de su bolsillo un puñado de etiquetas.

—Las recortamos de abrigos de fabricación inglesa y luego las cosemos a los que sacamos de aquí. Así, cuando algún guardia nos ha pedido que nos los quitásemos por si eran bienes no declarados, se ha tenido que callar al ver los nombres de Harrods o Montgomery.

—¡No me diga! ¡Es una ocurrencia genial!

Necesitaba saber más. Él, que en su fatuidad se había creído superior a aquella mujercita, en amores, fortuna, prestigio y porte físico, quería confrontar su insignificancia con el valor de ella. Porque nunca había conocido personas más valerosas que aquellas dos hermanas. Y si en algo podía ayudarlas, deseaba que fuera para incrementar el valor de lo que llevaban a cabo, en lugar de para atribuirse un mérito dudoso y cobarde.

—¿Hay alguna otra persona? Veo aquí —la lista de marras estaba ahora entre sus manos— un nombre lleno de interrogantes. «Friedl Bamberger». ¿Quién es?

Ida suspiró, conmovida. Le explicó que era la hija de una gran amiga de Mitia Mayer-Lismann.

—Son de Frankfurt, ¿sabe? Una historia muy triste. Trabaja en el cine. De hecho, su primo es el director Max Ophüls. ¿Lo conoce usted?

¿Cómo no iba a saber quién era el cineasta que con tanto acierto adaptó *La novia vendida* de Smetana al cine? Ida le explicó que la joven Friedl se trasladó a Italia para trabajar en una película con él. Sin embargo, por un desacuerdo con los productores, Ophüls tuvo que volverse a París, donde vivía exiliado.

—El problema de la joven Friedl es que se dislocó la rodilla en Roma y no tenía dinero para costearse una operación. Decidió regresar a Frankfurt para que su madre se la pagase. Hizo el viaje en tren en medio de unos dolores espantosos, y al entrar en Alemania le quitaron el pasaporte. Le han dicho que solo se lo devolverán si presenta un visado extranjero. Además, y esto es preocupante, para salir le reclaman una tasa de viaje, que igual se han sacado de la manga, de cuatro mil quinientos marcos, y un impuesto de reciente creación a los judíos que deseen marcharse de otros dieciocho mil. Quizá a partir de ahora sea imposible lograr que salgan las personas que no puedan pagar esa barbaridad.

—O a lo mejor han querido aprovecharse de que pertenece a una familia acaudalada. ¿Por qué han rodeado de interrogantes su nombre?

Ida le explicó que habían intentado en vano buscarle un trabajo, pero su desconocimiento de la lengua inglesa era un gran impedimento.

Clemens se atrevió a hacer una sugerencia. Según le había explicado, el gobierno británico solo expedía visados para empresarios, académicos, artistas y estudiantes. ¿No era posible inscribirla en alguna prestigiosa escuela para que aprendiese inglés? Así obtendría el visado de estudiante para entrar en el país.

—¡Qué buena idea! —exclamó Ida—. No se me había ocurrido. Mientras pague la matrícula, claro que se lo darán. ¿Por qué iban a rechazarla?

Sin embargo, estaba el problema de la rodilla. A pesar de que su madre podía sufragar la operación, la clínica se negaba a intervenirla por ser judía. Y en esas condiciones era imposible que hiciera un viaje.

—Todo es una locura. ¿Sabe usted, herr director, que los hombres judíos no pueden ser atendidos por enfermeras arias menores de cuarenta y cinco años? Se supone que para protegerlas de su carácter vicioso.

Clemens recordó el nombre de uno de sus mejores amigos de sus años en Frankfurt, cirujano de profesión. No le costaría nada llamarle y pedirle que atendiera a la joven Bamberger en su clínica sin hacer preguntas. Aunque quedaba otra cuestión.

—Y si no posee un visado de trabajo, ¿dónde va a vivir esta mujer en Londres?

Ida se encogió de hombros entre risas.

—Ya le haremos sitio en nuestro ático. Donde se aprietan veinte, pueden hacerlo treinta. Ha tenido usted una idea maravillosa. Aprende rápido, maestro Krauss.

A pesar de la sinceridad con la que fueron pronunciadas estas palabras, él se percató de que haber tenido acceso a toda esa información no hacía sino evidenciar cuán grande había sido su ignorancia hasta ese momento.

La semana pasó a una velocidad vertiginosa. Clemens tuvo que regresar a los ensayos, con Octavian y Oliver como involuntarios asistentes, a los que no llegó a gustarles *Tosca*, más bien al contrario; a fuerza de verla tantas veces se la aprendieron de memoria, pero para aborrecerla con más intensidad si cabía.

Sin embargo, sucedió algo sorprendente. Dado que el señor Gershon pasó aquellos días en su casa, los atraía al piano con las canciones populares más insospechadas, o con piezas con algún significado secreto. La víspera de su partida con su familia y los aficionados a la ópera ingleses, Clemens se encontró con un curioso recibimiento en el salón. Con Gershon al piano, los niños cantaron con sus voces todavía blancas, y algún ocasional gallo de Octavian, el dúo entre Susanna y la Condesa *Che soave zeffiretto* de *Las bodas de Fígaro*.

Viorica y él estaban tan impresionados que hasta se les olvidó aplaudirles.

—¿No quedamos en que no os gusta la música en italiano? —inquirió.

—¡Pero esta la compuso un austriaco! —replicó con una sonrisa rotunda el mayor.

—¡Mozart! —apostilló Oliver.

Clemens le dio unas palmadas de agradecimiento a Gershon, quien, sonrojado, se quitó importancia.

—Desde luego que si las circunstancias no fuesen las que son, le contrataría ahora mismo de *répétiteur* en la Ópera de Baviera.

—Tal vez algún día, maestro. ¿Cómo puedo agradecerle su ayuda?

Le pidió que repitieran el dúo, pero Viorica tuvo la idea un tanto desafortunada de sumarse a los chicos, a fin de encontrar en Mozart la complicidad que le negaban en el día a día. Lo único que consiguió fue que ambos se callasen y concluir ella la pieza, de forma un tanto desangelada.

Los pasaportes estuvieron listos para el día del viaje, y Clemens en persona fue a recogerlos con el tiempo justo de llevarlos al aeropuerto. Holzing exhibía un orgullo de delincuente, al que solo le faltaba la cicatriz de Mackie el Navaja, el famoso personaje de *La ópera de los tres centavos*, de Weill y Brecht. En verdad que era un buen trabajo, imposible de distinguir del pasaporte original de Ida, incluidos los sellos.

—¿Cuándo recuperaré mi puesto en la Ópera de Baviera?

—Ya le dije que eso no es posible. Veré si le puedo conseguir otra cosa.

Pero el obstinado bribón solo deseaba ser readmitido.

—Sabe que puedo denunciarle. Nada ni nadie me lo impediría.

Clemens depositó en su mano otros quinientos marcos. Tenía ese dinero en casa para regalarle una gargantilla a Viorica por su aniversario como pareja. Ahora debería esperar o conformarse con unas flores.

—¿Y perder la oportunidad de que le haga otro encargo? No me lo creo.

—¿Es que va a sacar a más judíos? Las cosas se están poniendo muy feas. En ese caso, ¿asume que habría que duplicar las tarifas?

—Ya veremos...

Salió de la imprenta en dirección al coche, en el que le aguardaban Ida y Brick, sin saber si esta última respuesta contestaba a la primera o a la segunda cuestión, o a ambas a la vez.

XXXI

Viena, 28 de diciembre de 1944
Mov. 1, Adagio mit grossem Ausdruck,
de la *Sinfonía de cámara*, de Franz Schreker

—¿Friedl Bamberger?

Clemens no acertaba a entender qué problema había con aquel nombre.

Erich Krenn leyó en el rostro de Clemens la reacción que pretendía provocar al pronunciarlo.

—¡Ajá! Parece como si eso le aliviase, ¿verdad?

—¿Y por qué habría de hacerlo?

El interminable juego de responder a preguntas con otras preguntas. Estaba claro que Krenn pensaba quedarse allí hasta el día del juicio final, y que nada de lo que le dijera, incluida la verdad, le haría cambiar de idea. Así que, ¿por qué no jugar con él? Aunque no era muy diestro en ese tipo de combates dialécticos. Seguro que Viorica habría sabido cómo salir mejor librada.

—Ese nombre sí que lo conozco, claro. Es una cineasta de Frankfurt, prima del famoso Max Ophüls. ¿No ha visto usted sus películas? Yo le recomendaría...

—De modo que volvemos al tema del cine.

Krenn consultó su libreta y a Clemens empezó a resultarle irritante que no se hubiera despojado aún de los guantes, ni siquiera para pasar las páginas. Se imaginó a sí mismo en el acto de dirigir a la Filarmónica con guantes, y la idea le causó escalofríos. Luego se preguntó si sería peor aún hacerlo con unas esposas puestas.

—Ese Ophüls es un indeseable que llevó a la pantalla una de las asquerosas novelas de otro indeseable judío, Schnitzler. ¿Se da cuenta? Se juntan entre sí, como las ratas o las cucarachas, para infectar cuanto les rodea, ya sea una cultura o una nación.

—Vaya... Pues mejor no se lo recomiendo —se le ocurrió replicar.

Krenn alternaba el endurecimiento indignado de su mandíbula con aquella sonrisa tan violenta que parecía que se la hubieran dibujado con un cuchillo de mesa. Ignoraba cuándo resultaba más peligroso y se preguntó si, de haber tenido al lado a un camarada, qué papel hubiese adoptado: si el de policía malo o el del peor.

—Bien, pues la tal Bamberger regresó a Alemania tras haber trabajado en un proyecto del Ophüls que usted dice, en Italia, y pagó por su salida del Reich. Recurrió a una treta tan burda como matricularse en una escuela de idiomas en Londres, algo que, supongo, dado lo revuelto de aquellos días, nadie se molestó en prohibirle.

—Pero acaba de decir que pagó por ello y salió de forma legal del país. ¿Qué problema hay?

Krenn pareció desconcertado unos instantes, pero luego un golpe de su gorra de plato en las rodillas reactivó la hostilidad de su discurso:

—Muy sencillo. Aparte de que fue un error dejar salir a los enemigos de nuestra patria para que conspirasen contra ella en suelo enemigo y prestaran su apoyo a un complot internacional antialemán... El caso es que esta Friedl Bamberger dio como domicilio suyo en Londres el de dos personas que aparecen una y otra vez en esta historia. Las hermanas Cook, sus amigas y admiradoras.

Clemens se encogió de hombros. Ya no le quedaban más que dos cigarrillos. Sopesó la posibilidad de aplastarlos encendidos contra los ojos relucientes de malicia de su interrogador. Si ya lo sabía todo, ¿para qué interrogarle, salvo por el placer perverso de verle cada vez más acorralado? Puede que, de haber tenido noticia de aquella visita, hubiese hecho un par de llamadas a amigos poderosos, pues todavía le quedaba alguno. Pero Krenn no daba la sensación de ser de los que se arredran ante nadie que no sea su superior director, el mismísimo Himmler, por lo que desistió de esgrimir los nombres de sus contactos. Es más, quizá con ello solo lograse implicarlos en su propio problema.

—Estas hermanas, por cierto —casi salivaba de placer al leerlo—, residen en una zona de Londres que para nada se corresponde con sus pretensiones económicas. Por tanto, su aparente opulencia es falsa. Entonces, ¿de dónde sacaron el dinero para los frecuentes viajes a Alemania y a Austria entre 1935 y 1939?

—Puede que sean unas excéntricas... —respondió Clemens, quemando sus últimos cartuchos, a la vez que encendía sin prisa el penúltimo cigarrillo—. Dicen que Beethoven vivía en la miseria y que, cuando murió, legó a su sobrino una fortuna en bonos de guerra que guardaba bajo el colchón.

—O puede que ese plan de sacar del país a un elevado número de enemigos del Reich de forma clandestina, junto con sus fortunas, correspondiera a una operación a gran escala de la conspiración internacional judía.

Clemens decidió contraatacar:

—Pongamos que es cierto eso que dice de que hubo una serie de operaciones en ese sentido. Me ha señalado a la señorita Bamberger, a la que le abrieron las puertas cuando se marchó. ¿Y cuántos de esa lista se fueron pagando su salida, o mediante permisos de trabajo o de asilo que esgrimieron tranquilamente en la frontera?

Krenn dio un aplauso que hizo restallar como un látigo el cuero que envolvía sus manos.

—¡Ajá! Me parece que ya empezamos a hablar el mismo idioma, maestro Krauss. Sus palabras ya suenan a confesión...

¿Confesión de qué? Se envalentonó. Le reiteró lo que llevaban toda la noche discutiendo:

—Conocer a judíos no es un delito, por mucho que se hayan marchado del país, y alguno de ellos de manera ilegal. De lo contrario, toda Alemania tendría que ser interrogada.

—Pero sí que lo es permitir una evasión de capitales a gran escala, además de dar cobijo a algunas personas acusadas de delitos muy graves contra el Reich. Personas que ya eran fugitivas antes de que alguien (pongamos que usted y esas Cook) ofreciera los medios que tenía a su alcance para que escapasen del país.

La envergadura de la acusación exigía que se defendiera de forma airada, y eso iba a hacer cuando su voz murió apenas salía de sus cuerdas vocales.

—¡Como Stiefel! Atrévase a negar ese nombre —gritó Krenn.

La sorpresa le hizo olvidarse incluso de cómo fumar, y el humo de la siguiente calada le atravesó los pulmones como si de metralla se tratase. ¿Cómo demonios podía saber Krenn aquello? Porque si de algo estaba seguro era de que aquel nombre no se encontraba en la lista que él había supuesto que obraba en su poder. A menos que se tratase de otro Stiefel, en cuyo caso sí que cuadraría. Pero, claro estaba, no iba a preguntarle a su interrogador, o mejor aún, este no iba a proporcionarle las fuentes de información que manejaba.

XXXII

Múnich, marzo de 1938
Descenso al Niebelheim, de *El oro del Rin*, de Richard Wagner

Hacía tiempo que no hablaba largo y tendido con Frauenfeld, más o menos desde el asunto con la Mitford. Sin embargo, lo veía en las representaciones de ópera a las que acudía toda la cúpula del partido, si bien entonces apenas intercambiaban un abrazo y unas cuantas frases afectuosas. Por eso no se esperaba escuchar su voz al otro lado del teléfono, presa de una excitación tal que le atravesó el tímpano como un alfiler:

—¿Te has enterado de lo del plebiscito?

Días atrás, Hitler había recibido al canciller austriaco Schuschnigg en Berchtesgaden para redefinir las relaciones entre ambos países, pero Clemens, escéptico ante lo que consideraba la retórica de costumbre entre ambas partes, no prestó especial atención. Estaba enfrascado en el estudio de la partitura de *Día de paz*, que, tras incontables demoras, por fin sería estrenada bajo su dirección el 24 de julio en la Ópera de Baviera. La causa del retraso no era tan solo la pérdida de influencia del maestro Strauss en la Cámara de Música del Reich por el asunto Zweig, sino su absoluta falta de entendimiento con su nuevo libretista, Joseph Gregor. De hecho, no había dejado de realizar cambios e incluso le solicitaba al propio Clemens algunas sugerencias para mejorar el texto.

—Sí, he oído que Schuschnigg ha dicho algo de convocar uno, ¿no? Cree que la mayoría de los austriacos se reafirmarán en el deseo de permanecer independientes.

—¡Al diablo el plebiscito! ¡El Führer le ha amenazado con invadir Austria si no lo suspende! ¡Y ese cerdo de Schuschnigg va a dimitir! Pronto podremos volver a casa, querido amigo.

—¿Es posible?

—¡Pon la radio ahora mismo!

Estaba en su despacho y lamentó no tener a mano ningún aparato. De hecho, los había prohibido en todo el teatro para evitar distracciones en el trabajo. Salió a la calle, sin tener muy claro adónde dirigirse, y vagó por avenidas desiertas hasta que en la Promenadeplatz vio una multitud agolpada a las puertas del hotel Bayerischer Hof, del que salían voces acolchadas a través de potentes altavoces. Tuvo que hacer presión para colarse entre el gentío, compuesto por personas de toda condición, entre obreros y hombres de negocios, que deseaban escuchar la alocución. A fin de que lo dejaran pasar se identificó como el director de la Ópera, y lo condujeron a uno de los salones reservados, en el que había un nutrido grupo integrado por militares de alta graduación y oficiales de las SS. No fue la voz de Hitler, capaz de hacer retumbar los cimientos de un edificio como aquel, la que brotó de la radio dispuesta allí para ellos (había varias repartidas por todo el hotel que sonaban como si fueran una), sino la del derrotado Schuschnigg, quien anunció que, para evitar un derramamiento de sangre, renunciaba a todos sus cargos y rogaba a las fuerzas armadas del país que no ofrecieran resistencia a lo que estaba por venir. Para sorpresa de todos, anunció que el presidente de Austria, Wilhelm Miklas, iba a nombrar nuevo canciller a Seyss-Inquart, el hombre de Hitler en el país.

—¿Ya? —exclamó Clemens, incapaz de contener su emoción, lo que llamó la atención del resto de los congregados en aquel salón—. ¿Ya está hecho? ¿Al fin somos una sola nación?

—Tendrá que ir a comprobarlo —se echó a reír un teniente de la Wehrmacht, que al parecer lo había reconocido—. Si se da prisa, quizá pueda entrar en Viena con nuestros hombres.

—¡Eso mismo voy a hacer!

Corrió hacia casa, donde no encontró a Viorica. Se dispuso a hacer las maletas sin tener ni idea de cómo se trasladaría, ni cuándo ni con quién. Estaba tan excitado que introdujo media docena de trajes de gala en una sola maleta que luego fue incapaz de cerrar. Se imaginaba en el Musikverein al frente de un concierto de gala, con obras de Mozart, Haydn, Schubert y los Strauss. Hasta tuvo que contenerse para no telefonear al inefable Hanke al Ministerio de Propaganda, para no parecer frívolo.

Dado que su compañera no daba señales de vida, conectó la radio para ver si había novedades. Por lo visto, Miklas aún no había hecho efectivo el nombramiento de Seyss-Inquart. Se le ocurrió llamar a Naditza, la hija de Viorica, quien vivía en el apartamento de Viena en el que ellos residieron hasta que abandonaron la ciudad y que, por fortuna, aún conservaba la línea telefónica. Aunque su relación era cordial, nunca dejaron de contemplarse como dos extraños, pues se conocieron cuando ella era una adolescente que responsabilizaba a la ópera de la separación de sus padres. Y Clemens, en ese sentido, era para ella su mayor representante. Quiso saber cómo estaba la situación por allí.

—Le gente está muy nerviosa, Clemens. Toman las calles y nadie les opone resistencia. Esto va a acabar muy mal.

—El ejército austriaco no piensa actuar, según dicen. No habrá derramamiento de sangre —trató de tranquilizarla en vano.

—¡Ese es el problema! —sollozó Naditza—. ¡Que no nos van a defender! Lo que pasa es que tú estás con ellos.

Dado que no le apetecía ahondar más en aquella brecha insalvable entre ambos, le dio las gracias y le rogó que se cuidase. Quizá pronto se vieran.

—Da recuerdos a mamá. Dile que hace mucho que no me escribe.

Viorica llegó a eso de la medianoche. Había estado en casa de Adele Kern, con otras amigas. Aunque la veía a diario en el teatro, Clemens experimentaba cierta desconfianza cada vez que escuchaba su nombre desde que se enteró de que estaba colaborando con las Cook a sus espaldas.

—Te he esperado —le reprochó Clemens, a pesar de que trató

de que no sonase a tal cosa—. ¿Te das cuenta? Podemos volver a Viena.

Ella esbozó algo que no pretendía parecerse a una sonrisa.

—Pero, querido, ¿a qué Viena te refieres? Y, por lo que me cuentas, no se ha decidido nada aún.

—No veo la hora de regresar. Sabes que esa ha sido mi idea siempre. No debemos faltar. Vayamos sin demora a la Estación Central y tomemos el primer tren nocturno.

Ella, sin embargo, bostezó e hizo ademán de quitarse el abrigo. Estaba cansada, y tampoco había nada seguro. Por su parte, prefería aguardar a que los acontecimientos se desarrollasen primero. Clemens estaba a punto de perder los nervios y manifestarle su incomprensión, por haber creído hasta ese momento que estaban de acuerdo en algo tan importante para la carrera de ambos, cuando sonó de nuevo el teléfono.

No hizo falta que preguntara de quién se trataba a esas horas de la noche.

—Me voy para allá. Estoy en Múnich, si quieres entrar triunfal en Vindobona conmigo, te recojo ahora mismo —exclamó Frauenfeld, ebrio de entusiasmo.

Incapaz de cerrar la abultada maleta, decidió, como si se dispusiera a recorrer mundo en un arrebato de juventud, ir tan solo con lo puesto. Ya habría ocasión de adquirir por el camino cuanto le fuera necesario, lo importante era ser testigo de un acontecimiento histórico que jamás había soñado que verían sus ojos.

XXXIII

Viena, 11 al 13 de marzo de 1938
Obertura de Tannhäuser, de Richard Wagner

Frauenfeld también disponía de un coche de la Cámara del Teatro del Reich con un chófer, por fortuna mucho más silencioso que Woldemar Brick.

—La Wehrmacht cruzará la frontera a las cinco de la mañana —le dijo cuando se subió al coche—. El Führer entrará primero en Linz, donde vivió en su juventud. Pero nosotros no nos detendremos allí. Me han pedido que ayude en la organización del discurso que dará en la plaza de los Héroes de Viena.

Se pusieron en camino por la Reichsautobahn, extrañamente transitada a esas horas de la madrugada por vehículos que, sin duda, iban en la misma dirección. La moderna autopista dio paso a una carretera mucho más modesta y repleta de tramos asfaltados de forma precaria que conducía a la frontera, que resultó ser un pequeño puesto con su barrera desmontada para que los aduaneros no tuvieran que levantarla continuamente. La comitiva, pues no parecía otra cosa, se desvió de la carretera principal para penetrar en un villorrio cuyos habitantes atestaban las calles con carteles de bienvenida, y flores que arrojaron sobre los coches con matrícula alemana, igual que habían hecho un par de horas antes con los carros blindados. Muchos lucían carteles con la efigie de Hitler y las palabras OR-

GULLOSOS e HIJO PREDILECTO rotuladas con grandes letras debajo.

—Esto es Braunau am Inn, la localidad natal del Führer —le explicó Frauenfeld.

Clemens no supo si sorprenderse más por la modestia del lugar donde el canciller vino al mundo o por el hecho de que hubiera llegado desde allí al lugar que ocupaba ahora en la historia.

La estampa no dejó de repetirse en todas las localidades que atravesaron, hasta el punto de que en un momento dado a Clemens dejaron de impresionarle y se quedó dormido.

Al rato, recién despierto, su amigo quiso compartir con él sus ensoñaciones:

—¿Sabes? Me prometieron que cuando se produjera la anexión me nombrarían *Gauleiter* de Viena. Si eso es así, cuenta con la dirección de la Ópera de Viena de nuevo, la del Festival de Salzburgo y todo lo que tú quieras. Aunque alemanes de raza, podemos considerarnos los puntales de la cultura austriaca dentro del Reich.

Fueron tantas las paradas que realizaron, debido a lo espeso del tráfico, que llegaron a Viena cuando ya atardecía. Frauenfeld le propuso que durmiera en casa de su familia, algo que Clemens agradeció, pues después de la charla telefónica con Naditza le daba pereza tener que pedirle que lo alojara en su apartamento.

Se pusieron al día de los acontecimientos a través de la radio y de lo que los familiares y amigos de Alfred, congregados en su casa para mostrarle su respeto, les fueron contando. Al día siguiente, tuvieron noticia del apoteósico recibimiento de Hitler en Linz y del nombramiento de Seyss-Inquart como canciller, quien firmó una ley de reunificación de ambas naciones. Para ello, convocó un nuevo plebiscito que habría de celebrarse al cabo de un mes, el 10 de abril.

—Somos otra vez un imperio. —Alfred brindó con Clemens con vino de Tokay—. La justicia divina existe.

—Si el plebiscito se gana, supongo que sí. Pero no seremos ese imperio, sino otro.

—¿Y cómo no íbamos a ganar? ¿No has visto cómo nos han recibido? Y todo ello sin pegar un tiro. En cuanto a lo del imperio, tiempo al tiempo. ¿No dice la Biblia eso de: «Esperad y veréis las maravillas del Señor»? Pues ten paciencia.

Dado que Frauenfeld tenía que ocuparse de aspectos logísticos, Clemens dispuso de varias horas la tarde de ese domingo para darse una vuelta por la ciudad. Encaminó sus pasos hacia la Ópera Estatal, donde aún colgaban los carteles con la programación de la temporada. Sonrió entonces con malicia, preguntándose si esta llegaría a su fin tal como se había previsto.

Entró por la puerta principal y los porteros, que le reconocieron de inmediato, casi se cuadraron al verle. Avanzó en línea recta hacia el patio de butacas. Del interior le llegaba el tema del coro de los peregrinos, expandido hasta el infinito, de la obertura de la ópera *Tannhäuser* de Wagner. Qué paradójico, pensó, que fuese recibido así por la Academia Filarmónica de Viena, como el protagonista de la obra en el castillo de Wartburg, unido a un grupo de trovadores, en busca de redención por haberse dejado vencer por el pecado de la carne en brazos de la diosa Venus. No pudo evitar que le vinieran a la mente los labios fruncidos de Unity Mitford en un carnoso «*Heil*». Al intentar apartar esa imagen, visualizó de nuevo a Ida sosteniendo su diestra entre ambas manos, como implorándole que dijera una palabra, aunque fuese para ordenar su muerte, que ella acataría con felicidad. En la ópera, Tannhäuser moría tras enterarse de que su amada Elisabeth, a la que tanto daño hizo con su comportamiento lujurioso, acababa de fallecer. Sin embargo, el florecimiento del báculo del papa al final de la historia constataba que se le había otorgado el perdón desde lo más alto. Su perniciosa imaginación dibujó una estampa a tinta china sobre papel blanco de Viorica en ese féretro, vestida de novia de la muerte. En realidad, ya la había visto ataviada de esa guisa en las producciones del *Tannhäuser* que habían realizado juntos. Se detuvo al pie del podio del director, que se volvió hacia él, sin que las potentes luces del escenario le permitieran distinguir su rostro. Por un instante fantaseó con que era un *Doppelgänger* suyo, que ya había asumido el papel que aspiraba recobrar. Un regreso triunfal no muy distinto al que Hitler vivía ahora en los pueblos y las ciudades de Austria. El director detuvo a la orquesta y el castillo de naipes de la fantasía de Clemens se desvaneció al descubrir el rostro desconcertado de Georg Maliniak, Jerzy para los íntimos. No hacía tanto tiempo que ellos lo fueron, con él como su asistente.

—Pero ¡Clemens!

Maliniak se sentó en el borde del escenario para luego aterrizar a su lado con un suave salto y lo abrazó como a un hermano. Él le devolvió la cortesía, apretado un largo minuto contra su pecho. En esto, sonaron unos aplausos secos procedentes del centro del patio de butacas. El único espectador se levantó. Era el director Lothar Wallerstein.

—¡Bravo, Führer Krauss! ¿Ha venido a tomar posesión de su nueva provincia imperial?

—Lothar, por favor —le rogó Maliniak—, Clemens es nuestro amigo.

—Sí, y muy pronto, me temo, nuestro jefe...

A medida que se acercaba, Clemens observó que en esos casi dos años Lothar había adelgazado de forma considerable, hasta el punto de parecer enfermo. Sus ojeras, fruto acaso de esos problemas de salud, habían pintado de resentimiento su mirada antaño jovial.

—Eso será si no nos echa a causa de la nueva política racial que, como futura provincia alemana, se nos aplicará —añadió Wallerstein.

Clemens fue a tenderle la mano en son de paz, pero Lothar la miró con repugnancia, como si se tratase de una araña sin pelo de cinco patas.

—Ya tiene lo que ha deseado todo este tiempo. Pero ¿era necesario que nos humillase así?

Clemens se volvió y contempló a todos los músicos de la orquesta, que se habían puesto en pie con forzado respeto, como si ya hubieran empezado a temerle. No era eso lo que buscaba. El miedo no le atraía, solo el respeto y la admiración merecida. Cayó en la cuenta de que tal vez Viorica tuviera razón y él se había precipitado al viajar a ciegas, antes de que la situación de su país de nacimiento y la suya propia se aclarasen.

—Debo marcharme... —Su voz se proyectó por todo el teatro, como si les debiera una explicación a todos los presentes—.

Solo quería volver a ver este escenario que tan buenos recuerdos me trae.

Lothar replicó que ahora solo les esperaban futuros malos recuerdos, pero Clemens no quiso escuchar más. Estrechó con sincero afecto la mano de Maliniak, aunque antes le cogió la batuta y la examinó con curiosidad.

—¿Le pasa algo? ¿Qué le llama la atención de ella? —quiso saber Jerzy.

Se hubiera sentido un estúpido si le decía que solo deseaba saber si había florecido, así que se retiró a toda prisa sin decir más.

En la calle sintió un retortijón en el estómago que le puso en la tesitura de buscar un baño. ¿Acaso se había excedido al brindar con Frauenfeld? ¿O aquello era fruto de sus propios miedos? Tal vez de su obsesión a no obtener reconocimiento, como le confesó en su momento al doctor Riemann. Y a propósito de él, ¿seguiría en la ciudad? Si bien le anunció su intención de marcharse si el nacionalsocialismo triunfaba en Austria, no creía que hubiera tenido tiempo aún. A pesar del baño de masas, Hitler no había proclamado de forma oficial la anexión. Quedaba el plebiscito, y estaba seguro de que gente como Riemann, Lothar y Maliniak irían a votar. Dudaba de si él mismo, radicado en la actualidad en Múnich, tendría potestad para hacerlo. Pensar en Riemann y dirigirse hacia su consulta fue todo uno. Sin embargo, no era sencillo caminar por las calles de la vieja Viena atestadas de transeúntes, expectantes por escuchar el discurso de Hitler un par de horas después.

La consulta de Riemann estaba situada en un bajo de la Judenplatz, cerca del antiguo ayuntamiento. Para su sorpresa, cuando se internó en aquella zona de la ciudad, a un cuarto de hora a pie de la Ópera, el gentío empezó a difuminarse y de repente caminaba por callejuelas vacías. Tocó el timbre y no obtuvo respuesta, entonces descubrió que la puerta del portal estaba abierta, con la cerradura reventada. Entró y llamó al domicilio del doctor, y escuchó en el interior de la vivienda voces agitadas, movimiento de papeles y chasquidos de cierres de maletas. Volvió a tocar con suavidad con los nudillos, y cuando Riemann asomó la cabeza, con temblorosa precaución, le costó reconocerle. Lo mismo que a Lothar. En su caso, acusaba unas profundas entradas, afeadas por un eccema en el cuero cabelludo que se extendía también por su rostro.

—¿Qué quiere? —imploró.

—¿No me recuerda? Soy Clemens Krauss.

Lo observó como si fuera un visitante de otro planeta. Cuando logró percatarse de quién era, abrió un poco más la puerta, pero no del todo. Dentro, una mujer vestida con un largo abrigo negro, propio de un duelo, abotonado hasta el cuello, le contemplaba con desconfianza. Portaban tres voluminosas maletas.

—¿A qué ha venido? Ya le dije que, llegado el día, me marcharía.

—Pero ¿adónde va a estas horas?

—A la Estación Central. Tiene que haber algún tren que nos lleve a cualquier parte... No sé, a Suiza, a Praga. Donde sea.

Dudando sobre lo que debía hacer, se ofreció a ayudarles a cargar con la tercera de las maletas, pues era evidente que entre los dos no podían con todo.

—Pero ¿qué llevan aquí? ¿Piedras? —les preguntó al sentir revivir su antigua ciática cuando levantó el maletón.

—¿Cuánto cree que pesa una vida? —inquirió Riemann en tono de reproche.

—¿De veras tienen que marcharse? ¿Por qué no esperan a ver qué sucede? ¿Por qué no aguardan al plebiscito?

Por primera vez en mucho tiempo vio a Riemann reírse, pero no con la generosidad de antaño, sino con una amargura ancestral. En la calle, le señaló la esquina de la Judenplatz con la Kurrentgasse.

—¿Sabe lo que sucedió aquí?

¿Cómo no? Y se complació en explicar que Mozart vivió un tiempo en aquel edificio llamado Zum grossen Jordan. Acababa de llegar desde Salzburgo a Viena para probar fortuna en la ciudad...

—Mucho antes... En el siglo XV, toda la comunidad judía residente en el barrio fue aniquilada —le aclaró Riemann—. Esto ha sido siempre así y no dejará de serlo.

La señora Riemann no decía nada, como si se hubiese quedado sin palabras para explicarse a sí misma lo que les estaba sucediendo. Al llegar a la altura del Stadttempel, la sinagoga más antigua de la ciudad, se encontraron con un impactante cuadro. Unos cincuenta judíos, vestidos como en las tradicionales caricaturas de la prensa alemana, con caftanes negros, sombreros de ala ancha y caireles de pelo desde las sienes hasta las patillas, fregaban la calle de rodillas, armados con gamuzas y cubos de agua jabonosa. Los rodeaban al menos un centenar de SA, porras en ristre, que tan pronto se reían de ellos como los insultaban. A veces tiraban de una patada los cubos y los acusaban de haberlo hecho ellos, solo para descargar la porra sobre sus espaldas. A Clemens le vino a la mente el célebre pasaje de *Mi lucha* en el que Hitler recordaba haberse encontrado en su juventud a un judío con los mismos ropajes, en Viena, lo que le llevó a formularse la pregunta de si era aquel un alemán.

Fue inútil que tratasen de retroceder. El que parecía el superior de aquel grupo señaló sus maletas y les pidió que se identificaran.

—Un momento —intervino Clemens—, no tiene usted derecho a exigirles eso. Vienen tranquilamente por su calle.

—La calle es nuestra ahora —replicó el SA con voz aguardentosa, pese a mostrarse sobrio en exceso, como si sus cuerdas vocales hubieran quedado tocadas por una cuchillada durante una reyerta anterior—. ¿Y quién coño es usted?

Se identificó, y se sintió ridículo al instante. En Múnich su posición quizá le hubiese dicho algo a un energúmeno de aquellas características, pero estaban en una Viena que aún no le había rehabilitado de forma oficial. Esgrimió entonces su amistad con Frauenfeld, y hasta su relación con Göring y Goebbels, lo que no hizo más que aumentar su sensación de impotencia.

—¿Habéis oído, muchachos? ¡Conoce a Göring y a Goebbels! ¡Nosotros también los conocemos, los hemos visto en todos sus mítines!

De una patada, el SA derribó las pesadas maletas, que se abrieron con violencia, deseosas de liberar el equipaje comprimido en su interior. Entonces, otros miembros de la tropa se abalanzaron sobre ellas para rapiñar los vestidos, los trajes y distintos objetos de valor, como una incriminatoria menorá con un baño de oro.

—¡Si ya lo decía yo! —rompió en carcajadas el superior—. ¡Que me olía a rata a kilómetros!

El contenido de toda una vida no tardó en ser sacado de las maletas, que quedaron como gigantescos cascarones de nuez vacíos sobre el pavimento. Solo dejaron dos gruesos tomos de psicología, firmados por su autor, Sigmund Freud.

—Tienen todos los boletos para ponerse a fregar la calle con sus hermanos ratas. ¡Venga, tú y tu puta, de rodillas! ¡Que cuando el Führer pase por aquí esto sea la esquina del cielo!

Clemens intentó protestar, pero dos SA lo zarandearon por los hombros para asustarle, cosa que lograron.

—Ahora, burgués de mierda, vaya y dígales a todos sus amigos importantes que nosotros solo tenemos un jefe, y es Adolf Hitler. Alemania es grande de nuevo. Y a cualquiera que trate de impedirnos darles a estas ratas lo que se merecen lo pondremos también a dejar el pavimento como los chorros del oro.

No tuvo más remedio que marcharse, mientras trataba de recomponer su corbata y atusarse los cabellos despeinados. Miró por última vez al doctor Riemann, quien recibió un golpe de puño americano en la clavícula por haberse detenido en la tarea impuesta, y, en reciprocidad, despedirse de él con la mirada.

Después vagó sin rumbo por las calles de la que fuera su ciudad, incapaz de identificarlas por su nombre. Al final, con cierto bochorno, preguntó a unos viandantes por la plaza de los Héroes. No fue difícil llegar hasta ella porque, a la caída de la tarde, una larga procesión de antorchas encendidas se dirigía hacia allí. Oyó a alguien comentar que el Führer se retrasaría, ya que los tanques del general Guderian, procedentes de Linz, se habían averiado como consecuencia de la nieve.

La anhelada aparición de Hitler en el balcón del Neue Burg de la plaza de los Héroes no se produciría hasta dos días después, ante doscientas cincuenta mil personas. Y el Führer anunció que la anexión ya era oficial, sin importar que el plebiscito no se hubiese celebrado aún. Proclamó que, desde ese instante, Austria se llamaba Ostmark y pasaba a formar parte del Reich. La multitud entonces lo aclamó enfervorizada.

Sin embargo, Clemens no estuvo allí para verlo. La víspera, cuando habló por teléfono con Viorica, se enteró de que su madre había sufrido un infarto y se encontraba hospitalizada en Praga.

XXXIV

Praga, marzo de 1938
«Il va venir!», aria de *Rachel*, de *La judía*, de Fromental Halévy

Clemens lamentaba ahora todas las oportunidades de estar con ella que había perdido en los últimos años. Pero lo cierto es que, de alguna manera, Clementine se apartó de su hijo en cuanto constató que iniciaba su propio camino. Cuando él debutó como director a los veinte años en Brunn, pocos meses después ella se casó con un barítono checo, tras lo cual abandonó la Ópera Popular de Viena y se instaló en Praga como profesora de canto. Aunque la excusa era que a su marido, Ottokar, le habían ofrecido un contrato en la Ópera Nacional, Clemens siempre pensó que se retiró de los escenarios para que nadie le reprochase a él la trayectoria, rayana en el escándalo, de su madre. A pesar de que lo tuvo con dieciséis años, nunca se comportó con él como una hermana mayor, ni delegó en la abuela su crianza. Lo llevó consigo a todas partes en su nueva aventura artística. Y al reciclarse como cantante cuando el embarazo acabó con su figura de bailarina, no se conformó con ser una simple transmisora de las emociones creadas por otros. Adoptó el rol de directora escénica en las obras que protagonizaba, una extravagancia que, sin embargo, se le permitió por el peso de su nombre en el ámbito teatral. Así, fue Salomé y Brunilda, pero también Aida, la judía Raquel de Halévy y hasta la bella Galatea. Que lograra educar su voz de forma tardía y reconvertirse en una cantante solvente era, visto ahora, casi un milagro. Pero el caso es que él se crio en los patios de butacas de los teatros de Graz, Colonia, Essen y la Ópera Popular de Viena, testigo de cómo su madre estaba siempre en lo más alto, sin dejar de entrar y salir de las bambalinas. E igual que dirigía a sus cantantes y tramoyistas, también supervisó la educación musical de su hijo hasta el mínimo detalle, a fin de que lograra su sueño precoz de convertirse en director.

—Que nadie dirija tu vida, hijo —solía decirle, sin que él llegase a captar el alcance de estas palabras—. Que todas las decisiones que tomes sean tuyas, hasta el punto de que, si te equivocas, asumas con orgullo tus errores para no cometerlos más.

¿Consideraba que su aventura con aquel jinete de alta alcurnia, un hombre casado, había sido un error? Nunca lo mencionó, como si se tratase de una mera excusa inventada por la familia para justificar, de forma un tanto mítica, el origen de Clemens. Lo cierto es que, cuando quiso darse cuenta, el Clemens director de veinte años apenas conocía a la auténtica Clementine. La mayor parte del tiempo la vio en sus roles, algunos de los cuales formarían parte del repertorio de Viorica. Y cuando ella se marchó a Praga, no tuvo tiempo de echarla de menos ni de plantearse si eso le provocaba algún resquemor. A pesar de que solo mediaban doscientos kilómetros entre Brunn y Praga, apenas se vieron en ese tiempo. Ella no se mostró solícita, y apenas lo importunó más que con las cartas habituales por Navidad y por su cumpleaños. Cuando se veían era porque él acudía a Praga, o bien a dirigir o a asistir a alguna función de su interés.

El hecho de que no se hubiese casado hasta verle encarrilado era una prueba de que su principal preocupación fue que no le salpicase el estigma que estuvo a punto de acabar con la carrera de ella. Y ahora, en el hospital donde languidecía en estado vegetativo, su esposo, Ottokar Chmel, con el que apenas había tenido trato, le mostró dos voluminosos álbumes de recortes que ella confeccionó con todas las noticias, sin excepción, que aparecieron en la prensa sobre él. Estaba claro que deseaba que Clemens Krauss fuera recordado por sí mismo, y no por ser hijo de una extravagante bailarina echada a perder. Como mucho, que la nombrasen a ella por haber sido su madre.

—No sabes lo importante que has sido para ella todos estos años. Solo le hablaba de ti a todo el mundo, como si lo que hizo a lo largo de su carrera se le hubiera olvidado.

—Pero si tiene sesenta años —se desesperó Clemens al contemplarla intubada—. ¿A qué mujer le da un infarto a esa edad? ¿Es que no se cuidaba?

—No tiene que ver con cuidarse, Clemens. El médico ha dicho que a veces se nace con el corazón ya lesionado, y uno está expuesto a que falle un día, en cualquier momento, sin que nada pueda evitarlo.

Guardó silencio. ¿Le sucedería eso a él? Se acercó a la cama y le posó la mano sobre la mejilla. Por un lado, se vio a sí mismo, travestido, puesto que el perfil de su madre y el suyo eran idénticos, como si hubiera nacido por partenogénesis, sin la intervención de varón alguno. Por otro, se imaginó que era una de tantas actuaciones gloriosas suyas, sumida en el sueño de la muerte. De niño, corría apenas bajaban el telón tras alguno de sus decesos operísticos para comprobar que abría los ojos de nuevo. Esta vez no lo hizo, si bien percibió en sus dedos un hilo de respiración tan débil como su esperanza de que se recuperase.

—¿Crees que lo que ha sucedido en Austria puede haberle afectado de algún modo?

Ottokar titubeó antes de contestar.

—¿Para qué mentirte? No le gustan nada los nazis. Estaba indignadísima cuando escuchó por la radio que el gobierno austriaco había claudicado ante Hitler. Y quizá...

—¿Quizá qué?

—Ahora dicen que el siguiente objetivo somos nosotros... Tal vez lo mejor para ella sea no despertar.

Se metió las manos en los bolsillos con furia para resistir la tentación de pegarle un puñetazo en la nariz. ¿Cómo que lo mejor era que no despertase? Era su madre, y aunque hubiera dejado de ejercer como tal, o él no se lo hubiese permitido cuando quiso volver a hacerlo, la necesitaba a su lado. Él era uno de los favoritos del Führer, cada vez lo decía más gente y hasta empezaba a creérselo un poco, o sea que nadie se atrevería a tocarle un pelo, pensase lo que pensase. Incluso aunque estuviera casada con un checoslovaco.

—¿Es que no te has enterado? —insistió Ottokar—. Hitler ya está diciendo que quiere la región de los Sudetes. Esto no ha hecho más que empezar.

—No he venido aquí para hablar de política —le espetó Clemens, con la ira de sus palabras amortiguada por el llanto que pugnaba por desgarrarlas—. Además, tengo mucho que hacer. Avísame cuando mejore, por favor. El 25 de abril cumplirá los sesenta y uno. Ojalá podamos celebrarlo juntos.

Al día siguiente regresó a Múnich, con la esperanza de volver a verla eclipsada por la certeza de que no habría más ocasiones. Al final, el pálpito se sobrepuso al deseo. Ottokar le llamó un mes después, el 18 de abril, para comunicarle la triste noticia.

—Es curioso —le dijo a Viorica—, recupero mi patria y entonces se muere mi madre. Parece que no pueda tener todo lo que anhelo a la vez, y siempre que logro algo he de pagar un alto precio por ello.

—Lo que a mí me preocupa es que haya sufrido un infarto siendo tan joven —repuso su compañera—. Deberías cuidarte, no sea que el parecido con tu madre vaya a resultar fatal.

—Si eso sucediera —rio él—, al menos podré demostrar algo al mundo: ¡que los directores de orquesta sí tenemos corazón!

Pero últimamente, sobre todo tras la anexión, Viorica reía cada vez menos y lo miró sobrecogida, como si, en lugar de un chiste, hubiera enunciado una profecía susceptible de cumplirse pronto.

XXXV

Múnich, abril de 1938
Mov. 2, Romance, del *Concierto para violín y orquesta en re mayor, op. 35*, de Erich Wolfgang Korngold

Pese a todo, Hitler insistió en que el plebiscito se celebrase. Los resultados arrojaron un apoyo del 99,73 por ciento de la población a favor de lo que en realidad ya estaba decidido. En esta ocasión fue Viorica, que viajó unos días a Viena para estar con Naditza, quien regresó con las noticias que ya no reflejaba la prensa, tampoco la austriaca, ahora en la línea editorial del partido.

—Dicen que en la papeleta para votar, el círculo del «Sí» era el doble de grande que el del «No».

—Menuda tontería —repuso él—, ni que los votantes fuesen simios.

—Naditza me ha contado que, en los pueblos sin presencia de las SS, el «No» ganó de calle, pero se amañaron los resultados.

El pucherazo estaba claro. Si solo los judíos representaban un 4 por ciento de la población, según leyó una vez en el periódico oficial del NSDAP, el *Völkischer Beobachter*, el resultado debería haber sido de poco menos del 96 por ciento, y eso sin contar a los comunistas, los socialistas e incluso a los partidarios del austrofascismo.

—Dicen que la Gestapo arrestó al canciller Schuschnigg y luego lo torturaron —prosiguió Viorica—. A Naditza le han contado unos conocidos suyos que se escucharon sus gritos durante varios días desde un piso del hotel Metropole, donde lo tienen cautivo. ¿Tú crees que es cierto?

No respondió. Ella reflexionó en voz alta:

—A mí no me lo parece. Si ya han conseguido lo que querían, ¿para qué atormentarle? ¿Qué iban a ganar con eso? Él ahora ya no es nadie.

Para Clemens, el impacto de lo que vivió en las calles de Viena fue tan grande que aún no había logrado asimilarlo, por eso no le contó gran cosa de lo que vio. Además, tendría que haberle explicado quién era el doctor Riemann. Ella achacaba su carácter taciturno de las últimas semanas a la muerte de su madre.

Para que no hubiera resquemor entre ellos, le mostró la carta que pensaba remitirle a Hitler. En ella le exponía que, en su modesta opinión, el futuro de la Ópera de Viena estaba seriamente comprometido. Como vienés, y siguiendo la voz de su corazón, le rogaba que le reintegrase a su puesto de director de esa institución de la que se había ocupado durante cinco años hasta que fue designado por él mismo, el Führer, para ponerse al servicio del Reich. Viena y Múnich eran, cada una a su manera, las ciudades principales de la ahora unida esfera cultural del sur y ambas reclamaban su papel de liderazgo en la ópera, a fin de situar a la cultura alemana más allá de las fronteras del Reich. Clemens admitía en la carta que su pretensión de tomar las riendas de ambos proyectos podía ser fácilmente interpretada como una manifestación de ambición desmedida o de exceso de confianza en sus capacidades. Sin embargo, se reafirmaba en su convicción de que, en los años venideros, y a fin de salvaguardar los intereses de las óperas de Múnich y de Viena, toda competencia entre ambas sería desfavorable, y un liderazgo artístico común sería tanto más económico como ventajoso. Se despedía «con profunda veneración y respeto», y un «*Heil Hitler*» que le salió con un trazo un tanto extraño y que trató de arreglar con unos cuantos arabescos.

Tras leerla, Viorica se encogió de hombros con una sonrisa enigmática.

—Es lo que siempre has querido. Ahora bien, por un lado te

pones a su completa disposición, pero por otro eres un traidor... Como yo.

Él le recordó las palabras de Beecham cuando le preguntó por qué accedió a realizar la gira por Alemania si tanto rechazo le causaban los nazis. Le respondió que lo hacía por Geissmar y todos aquellos a los que habían privado de voz.

—Eso es lo que haré yo..., nosotros, querida. El mundo es una ciénaga donde la gente antepone sus intereses personales al bien común. La política solo favorece a los arribistas y, al final, los ideales no calan en la masa, que no deja de ser una criatura bruta y ciega, imposible de dominar. Creo que solo la música, con su carácter sobrenatural, es capaz de transformar la ira en paz y el horror en belleza. Esa es nuestra misión. Que el mundo tenga todavía algo noble en lo que refugiarse. Si esos energúmenos quieren apalear a la gente por las calles, no podemos evitarlo. Pero sí contrarrestarlo ofreciendo otra cara. Nosotros también somos Alemania, la mejor de las posibles, y no podemos permitirnos desaparecer.

—Qué hermoso —aplaudió burlona—. Si hubieras puesto eso en la carta a Hitler, creo que mañana mismo te convocaba para darte la dirección de todas las óperas del Reich.

—Ríete, pero el estreno de la nueva ópera del maestro Strauss ayudará a concienciar a la gente de lo necesario que es que no perdamos la cabeza con estos vientos de guerra.

—Ah, sí, nuestra ópera.

El estreno estaba previsto para el 24 de julio en Múnich, lo que le iba a procurar la satisfacción de trabajar codo con codo, una vez más, con el maestro Strauss. Llevaban sin verse desde que le hizo aquella intempestiva visita, casi tres años atrás, aunque en todo ese tiempo no dejaron de escribirse con frecuencia. Clemens pensó que sería toda una sorpresa para las Cook conocerle. Pero ¿iba a ser posible?

En el primer encuentro que tuvieron tras la anexión de Austria se dio cuenta de que algo había cambiado en ellas. ¿O era él mismo? Les recordó que, además de *Día de paz*, en breve dirigiría, tal y como planificaron juntos, *Palestrina*, de Hans Pfitzner, y *Ariadna en Naxos*, también de Strauss. Sin embargo, hicieron caso omiso de estas palabras, y hasta de la posibilidad de un encuentro con el compositor.

—Tenemos que ampliar nuestras operaciones a Austria —le dijeron.

Venían de estar en Frankfurt, en el piso de la Arndtstrasse, donde realizaban las entrevistas. Eran terribles las cosas que les llegaban de allí. El trato a los judíos vieneses resultaba todavía más atroz que el recibido hasta la fecha por los de Alemania, como si hubieran querido infligirles de golpe lo que los otros llevaban sufriendo en los últimos cinco años.

—Además, han endurecido las condiciones —le explicó Ida—. ¿Recuerda a Friedl Bamberger? Pues ahora aplican las tasas a todo el mundo. Todo judío que desee abandonar el Reich tendrá que pagar miles de marcos en impuestos, y solo le permitirán llevarse diez. ¡Diez marcos, por Dios! Y, encima, deberá contar con un visado o un permiso de trabajo.

Clemens se quedó pensativo. Trataba de recuperar su posición en Austria, como les explicó, pero organizar allí óperas o conciertos a modo de tapadera no sería sencillo. Al menos precisaría de uno o dos años.

—Maestro, no tenemos tiempo —le espetó muy seria Louise—. ¿Y la guerra?

—¿Qué guerra? —preguntó atusándose los cabellos, confuso.

—La de los Sudetes, por supuesto.

Se hablaba de que el próximo paso del Führer desataría de forma definitiva el conflicto. El canciller no dejaba de hablar de las humillaciones a las que eran sometidos los más de tres millones de alemanes residentes en Checoslovaquia. Inglaterra y, de forma más tibia, Francia habían dejado claro que no pensaban consentir un atropello como el cometido con Austria.

—¿Y su gobierno no podría sensibilizarse con esto? Quizá sabiendo cómo tratan a los judíos austriacos puedan conceder más visados.

Le explicaron entonces que había una pequeña esperanza. El presidente de Estados Unidos, Roosevelt, presionado en parte por los judíos de su país, donde conformaban un grupo con importantes ramificaciones en la industria y la política, había anunciado días atrás su idea de convocar una conferencia en la ciudad francesa de Évian-les-Bains. El llamamiento estaba abierto a todos los países que quisieran participar y brindar una salida a lo que ya era, abiertamente, una crisis migratoria.

—Sabemos que el Reino Unido enviará a alguien. Ojalá beneficie a nuestra causa de alguna forma.

—¿Por qué lo dicen? —les preguntó al ver que no estaban muy convencidas.

—Tenemos un amigo en *The Times*. Nos ha dicho que ese enviado será, casi con total seguridad, lord Winterton, quien es abiertamente hostil a los judíos. Según ha manifestado en varias ocasiones, si por él fuese no entraría ni uno solo más en nuestro país, ni tampoco en Palestina.

—Si esa es la posición del Reino Unido, la del resto de sus aliados no será muy diferente.

—Por eso, maestro Krauss, si no le importa, en estas próximas misiones vamos a aprovechar el tiempo todo lo que podamos. Pediremos las entradas como siempre a Maschat, para justificar nuestro viaje. Pero esta vez no habrá ocasión de disfrutar de su arte y el de nuestra querida amiga Viorica.

Le mostraron la lista de nombres que tenían que ser rescatados, que Clemens contempló con ansiedad, como si al sostenerla entre sus manos se sintiera responsable de sus respectivos destinos, y al mismo tiempo cómplice si no lograban su objetivo de escapar a una vida mejor.

Ese mes de julio todo fueron desazones. La conferencia de Évian-les-Bains fracasó de forma estrepitosa, con una treintena de países que se lavaron las manos porque, según afirmó alguno de sus representantes, no deseaban convertir el problema de Hitler en el suyo. Estados Unidos se negó a aceptar en solitario la responsabilidad de un flujo migratorio descomunal, máxime cuando afrontaba una enorme tasa de desempleo. Y lord Winterton, como anticiparon las Cook, se mantuvo fiel a sus ideas.

Otra frustración resultó ser *Día de paz*, que, si bien fue recibida con simpatía por el público de Múnich, no logró que calara su mensaje pacifista, camuflado, para evitar la censura, en un argumento ambientado en la guerra de los Treinta Años. Dos meses después de su estreno, el Führer se apoderó de los Sudetes sin disparar un solo tiro.

Aunque quizá lo que más tristeza inspiró a Clemens fue el palco vacío de las Cook en el estreno de la ópera de Strauss, como si ni siquiera ellas, con su optimismo inquebrantable, tuvieran interés alguno en aquella música blanda y conformista que, a fuerza de no querer ofender, tampoco entusiasmaba a nadie.

XXXVI

Múnich, Berchtesgaden, octubre de 1938
Obertura de Rienzi, de Richard Wagner

Los siguientes meses, el recién ampliado Reich contuvo la respiración ante la reacción del Reino Unido y de Francia para con las aspiraciones del Führer. La jugada austriaca había salido bien. Mussolini, quien llegó a autoerigirse en garante de la independencia del pequeño país, se limitó a enviar un telegrama a Hitler para felicitarle por la anexión. No hubo más represalia que las típicas protestas en voz baja de los aliados. Pero ahora el plan se antojaba más ambicioso, porque se trataba de que un estado, surgido también del desmembramiento del Imperio austrohúngaro, accediera a privarse de aquella parte de su territorio en la que residía la población alemana. La prensa del Reich no dejaba de dar cuenta, día tras día, del maltrato que recibían los alemanes de los Sudetes, para enojo del canciller, quien en sus discursos tildaba de gusanos a los checoslovacos y se regocijaba de la facilidad con la que serían aplastados.

La amenaza fue tomada en serio por los gobiernos francés y británico, que trataron de negociar. Pidieron reunirse con Hitler a finales de septiembre, y este los convocó en Múnich, junto al Duce en representación de Italia. Checoslovaquia no fue llamada a discutir sobre su propio destino, y se vio obligada a aceptar el resultado de los acuerdos como un hecho consumado.

Para sorpresa del mundo, incluida la de los propios alemanes, el primer ministro británico, Neville Chamberlain, y el francés, Édouard Daladier, accedieron a que el Tercer Reich se anexionara de forma pacífica los Sudetes, en tanto esa fuese la última reclamación territorial del Führer. Luego regresaron a sus países, donde fueron recibidos como héroes de la paz. Y la Wehrmacht penetró en su nuevo territorio en lo que fue un apacible desfile de sus efectivos.

Clemens, que esos días se debatía entre un orgullo irracional y una preocupación que juzgaba estúpida, se preguntó si las escenas que iban a producirse en los Sudetes serían similares a las presenciadas por él en Viena. Porque, evidentemente, habría población judía allí, y sobre todo checoslovacos incapaces de comprender por qué de repente eran parte de otro país ajeno a ellos.

—Acabará apoderándose de Europa —le comentó Hans Hotter.

Clemens y el barítono, ahora ya miembro estable de la Ópera de Múnich, habían hecho muy buenas migas. Al haber residido un tiempo en Praga, simpatizaba con los checoslovacos.

—Lo malo es que la anterior guerra dejó demasiados flecos —reflexionó Clemens—, territorios híbridos en los que conviven nacionalidades que se contemplan la mayor parte de las veces con suspicacia. En algún momento, con la pretensión de arreglar uno de esos desaguisados, calculará mal la jugada y estallará la guerra.

—¡Ja! ¿Contra quién? ¿Ha visto a los líderes británico y francés? Si es con esos con los que ha de enfrentarse Hitler, tendrá el continente en sus manos en menos de dos años.

No pudo dejar de darle la razón. Y en su fuero interno anhelaba en parte aquella expansión, un planteamiento pangermano del mundo que él intentaba adaptar a una forma lógica y pacífica de hacer las cosas. Pero en la cuestión de los judíos el esquema se hacía añicos. Estaba claro que no tratarían mucho mejor a los de futuras naciones anexionables. ¿Iba el resto del mundo a sentarse a la mesa y preguntarle qué parte deseaba ahora engullir, y si la quería un poco más hecha? La única posibilidad seria de que estallase un conflicto radicaba en la Unión Soviética, con sus propias ambiciones sobre territorios que acaso Hitler deseaba para su proyecto de añadir espacio vital a la nación alemana, el llamado *Lebensraum*, a fin de que pudiera expandirse en las próximas generaciones.

Sin reponerse aún de su sorpresa, recibió una llamada que lo dejó de piedra. El Führer había leído su carta y deseaba hablar con él en persona, en su casa de Berchtesgaden, en los Alpes Bávaros.

Viorica no salía de su asombro.

—Estarás feliz, te ha respondido muy rápido.

—Se ve que a este hombre no le gusta hacer las cosas despacio —repuso él.

Se planteó si quizá no había sido tan buena idea escribirle aquella carta. De hecho, un simple «sí» hubiese bastado. Es más, si esa era la respuesta que pretendía darle, estaba claro que el hombre más ocupado del mundo, quien acababa de anexionarse una región de treinta mil kilómetros cuadrados, se habría limitado a contestar por escrito. La cita tendría lugar en cuarenta y ocho horas, sin que le hubiesen preguntado si le venía bien o no. La persona que le llamó por teléfono se identificó como secretario de la oficina de Martin Bormann.

Dado que el Berghof estaba a unos ciento ochenta kilómetros de Múnich, decidieron ir en el coche con Brick, quien brincó de euforia en su asiento cuando le comunicaron el destino.

—¿No se da cuenta, maestro? ¡Es un hecho histórico! ¡Va a estar con el Führer unas horas! Algún día alguien relatará este encuentro entre ustedes dos.

—Quizá sea mejor que no —murmuró él.

De alguna manera, conspirar a espaldas del jefe supremo, del hombre del momento, le hacía sentirse culpable. Antes de la salida, especuló con Viorica que tal vez Hitler ignorase el tratamiento que se dispensaba a los judíos en las calles.

—¿Tú crees?

Ella opinaba que, en calidad de jefe del Estado, estaría al tanto de todas las leyes que aprobaba, como las de Núremberg.

—Es posible —trató de buscarle una explicación él—, pero a lo mejor hay un exceso de celo, alejado de su voluntad, en el cumplimiento de esas órdenes. Al final ha logrado sus dos objetivos más ambiciosos sin derramamiento de sangre, lo que es una prueba de que, por debajo de toda esa retórica tan agresiva, es un hombre de paz. Incluso me he enterado en el teatro de que alguien piensa proponerlo al Premio Nobel.

—Muy pronto vas a tener la oportunidad de hacerte una idea de la clase de hombre que es.

Aunque ambos lo conocían, e incluso Viorica llegó a cantar en su fiesta de cumpleaños cuatro años antes, nunca pasaron de intercambiar un par de frases con él. Este encuentro podría ser el único que se considerase personal entre ambos. Por una vez, Clemens agradeció el parloteo de Brick durante el trayecto, pues aplacaba sus nervios.

—He leído en el último número de *Alegría y Trabajo* que el Führer le alquiló la casa del Berghof a un empresario cuando salió de la cárcel, y que luego pudo comprarla con los derechos de autor de su libro *Mi lucha*. Más tarde remodeló la modesta casita de madera para transformarla en lo que veremos hoy: una moderna mansión con treinta habitaciones, diseñada por él mismo. Hitler recibe allí a sus invitados más importantes. Schuschnigg, el canciller austriaco, y Chamberlain, el ministro británico, han sido los últimos en visitarle.

—¿Qué es lo que le hace tanta gracia? —le preguntó Clemens, un tanto molesto, al ver que se llevaba la mano a la boca para disimular una risita.

—Ah, discúlpenme. Es que vaya dos... A Schuschnigg lo ha encarcelado, y al inglés le ha tomado el pelo. Una invitación al Berghof no es para tomársela a broma...

Después de eso, Clemens no dijo nada más y dejó que Brick se explayase a gusto con su cultura de revista. Así se enteró de que otros miembros de la cúpula nazi poseían residencias cerca de la del Führer, para lo cual hubo que reubicar a los aldeanos radicados allí en el pueblo de Berchtesgaden. En esos momentos se estaban realizando las obras de un nuevo chalet, sobre la cima del macizo de Kehlstein, que sería un regalo para el mandatario por su quincuagésimo aniversario.

Sin embargo, lo que en verdad cautivó al director y a su compañera fue la impresionante panorámica montañosa del Obersalzberg. Desde allí costaba creer que existieran las preocupaciones por las fronteras, la cuestión judía, las fricciones con otros países y los vientos de guerra. Clemens se preguntó cómo era posible que Hitler no se dejara arrastrar, al igual que las nubes que transitaban ahora por aquel cielo, como si hubiesen brotado de los pinceles de Caspar David Friedrich, hacia la gozosa fabulación de que el mundo podía comenzar de nuevo, sin imperfecciones, desde un lugar como aquel. A él mismo le dieron ganas de subirse al alto de Kehlstein para dirigir aquel poema de pastos, laberintos de abetos y músicas atesoradas en el silencio de lo intangible.

Para su desconsuelo, a Brick le obligaron a permanecer dentro del coche, en el garaje del Berghof. Aun así, les entregó una fotografía del Führer por si era posible que este se la firmara.

Cuando Clemens comprobó que la enorme terraza con aquellas espectaculares vistas a las montañas estaba situada justo encima del garaje, no pudo evitar pensar que el entusiasta diseño del Führer no había tenido en cuenta que el fuerte olor a gasolina iba a enturbiar el efecto idílico que se buscaba ofrecer a los visitantes.

En lo alto de las escaleras que conducían a la terraza los aguardaban una docena de personajes, entre los que tardó en ubicar a Adolf Hitler, pues no lucía el habitual uniforme de la NSDAP de sus actos oficiales, sino que iba vestido con un traje gris, corbata rayada y sombrero de ala ancha. Clemens recordaba que solía asistir a las óperas con frac. En realidad, todos los presentes, a excepción de los cuatro guardias, iban de civil. Junto al Führer destacaban dos mujeres de unos treinta años, que daban la sensación de ser hermanas y que se rieron sin motivo alguno cuando estrechó sus manos. Supuso que una de ellas sería la tal Eva Braun, de la que le habló Frauenfeld. También le fueron presentados dos hermanos, Martin y Albert Bormann, e identificó la voz de este último con la de quien le convocó a la reunión por teléfono. De inmediato simpatizó con él, no así con Martin, cuyo cuello de toro sostenía una cabeza de sonrisa desganada y una mirada penetrante hasta la molestia. También se encontraba allí el doctor Morell, el médico privado de Hitler, con su esposa, y una bella actriz cuyo rostro empezaba a ser frecuente en las portadas de las revistas que leía Brick, Else von Möllendorff. Asimismo, le presentaron al *Gauleiter* de Múnich, Adolf Wagner, y al ayudante personal del Führer, Wilhelm Brückner.

—Qué gracia —exclamó Clemens, sintiendo que le ardían las mejillas—, Wagner y Bruckner juntos. ¿Sabe usted, mi Führer, que una noche los dos grandes compositores compartieron unas cervezas y se intercambiaron halagos?

Una arruga de extrañeza se dibujó en la frente del líder.

—¿Ah, sí? ¿Y qué fue lo que sucedió?

El círculo al completo del Berghof le escuchó con atención, como si pasara la prueba del laberinto en *La flauta mágica* para hacerse merecedor de hallarse entre ellos. Comentó que Bruckner, entusiasmado, le prometió dedicarle una de sus nuevas sinfonías, a escoger entre dos. Pero a la mañana siguiente, a consecuencia de la borrachera, era incapaz de recordar por cuál se decantó Wagner. Así que le escribió preguntándole si era aquella cuyo tema introducía una trompeta.

—Wagner le respondió que sí, y a partir de ese momento empezó a referirse a él como «Bruckner, el de la trompeta».

Los presentes estallaron en risas y el nerviosismo de Clemens y Viorica, que seguían todavía un par de escalones por debajo de sus anfitriones, se disipó en parte, que seguían todavía un par de escalones por debajo de sus anfitriones. Entonces, Clemens se percató, con gran espanto, de que ni había alzado el brazo ni tampoco había exclamado «*Heil Hitler*» al verle. Nadie se lo reprochó, sin embargo. El canciller, una vez se hubo reído a gusto, lo que lo humanizó más a ojos de sus visitantes, le estrechó la mano con energía y afirmó:

—Cuánta belleza hay en Bruckner. Es, en verdad, la traslación del universo sonoro de Wagner al ámbito de la sinfonía. Mi estancia reciente en Linz me hizo pensar mucho en él.

Su voz, aquella por la que le preguntó Margarethe en el desfile de las Juventudes Hitlerianas, no era tan gruesa como daban a entender sus encendidos discursos. Destacaba por un hermoso juego de matices, que no solo se movían en el registro grave. Pensó que hubiera sido un buen locutor de radio, incluso un rapsoda.

Aunque lo que más le llamó la atención, visto de cerca, fue el azul puro de su mirada, que contrastaba de forma elegante con la negrura de su cabello recién rapado.

—Vengan y les enseñaré mi modesto rincón, donde hago planes para el futuro de Alemania. Y usted, Krauss, está entre ellos.

Para sorpresa de Clemens, ni el salón ni las otras estancias que pudo ver estaban atestadas de iconografía nazi, sino que habían sido decoradas con la sencillez de las casas tradicionales alemanas. Almorzaron todos en el comedor, y al fin pudo identificar a Eva Braun, al llamarla Hitler por su nombre para que dejase de filmar la escena con su pequeña cámara. Si bien se sirvieron salchichas y cerveza de trigo, el Führer tomó pasta y agua, y no espantó a dos pastores alemanes, madre e hija, que respondían al mismo nombre de Blonda, cuando se metieron bajo la mesa para hurgar con sus hocicos entre las piernas de los invitados demandando alguna golosina. La charla no versó en ningún momento de política ni de nada semejante. Else von Möllendorff habló de su última película, y compartió algunos chismes sobre las estrellas de cine que hicieron las delicias de los presentes. Eva Braun sugirió que seguro que las grandes figuras de la ópera también tendrían muchas historias similares, pero Viorica se adelantó y repuso con cierta ironía, que Clemens encontró atrevida, que en realidad, dado lo difícil que resultaba mantener la voz en condiciones, la vida de los cantantes eran más bien monacal.

—Como usted, mi Führer. Ni tabaco, ni alcohol ni excesos en la comida.

Hitler sonrió satisfecho al escuchar eso, y repuso:

—Mi única adicción es Alemania y todo lo que tenga que ver con ella, por eso escogí este lugar para descansar. Y si la providencia quiere que complete mi misión, será aquí donde me retire de forma definitiva del mundo.

Clemens recordó, en cambio, la confidencia que le hizo Frauenfeld acerca de su consumo de cocaína, pero en ese momento la puso en tela de juicio.

Tras los cafés, el Führer le hizo una seña a Clemens para que le siguiera. Viorica aguardó en vano que la invitación se extendiera a ella y se quedó sentada en un sofá, entre las hermanas Braun y la actriz, quienes aprovecharon la ausencia del dueño de la casa para fumarse un cigarrillo.

Hitler lo condujo a otro pequeño salón, presidido por una radio y un gramófono junto a la chimenea. Nadie los siguió, ni siquiera un guardia. En la mesa de roble, sobre la que reposaba una pila de discos, había un pisapapeles de mármol. Clemens se percató de que, de verse en una situación como la suya, cualquier enemigo del Reich no hubiera desaprovechado la oportunidad, allí a solas con él, de hundírselo en el cráneo al Führer en ese mismo instante. Cierto es que ese alguien no hubiera vivido mucho tras cometer ese acto, pero le sorprendió lo fácil que a simple vista parecía cambiar el rumbo de lo que su anfitrión consideraba el dictado de la providencia. Pensó de nuevo en los judíos de Viena de rodillas en las calles, y en el doctor Riemann. ¿Hubieran aprovechado ellos la ocasión? ¿O las Cook y Mitia Mayer-Lismann? ¿O incluso el risueño señor Gershon? Lo dudaba bastante.

Hitler sacó un disco de su estuche y lo hizo girar en el gramófono. Clemens reconoció de inmediato el *Concierto para violín* de Beethoven.

—Ah. —Sin darse cuenta, empezó a dirigirlo—. ¿Quién es? Déjeme adivinar... ¿La Academia Filarmónica de Viena? La reconocería en cualquier parte. Su sonido es único.

—Bravo —se asombró Hitler—. ¿Y adivinaría quién la dirige?

Ahí no fue tan certero. Solo podía asegurar que no era él.

El Führer le mostró la carátula y se quedó desconcertado, no solo por la dirección de George Szell, sino porque el solista era Bronisław Huberman. Ambos judíos y, que Clemens supiera, ya fuera del Reich.

No eran los únicos. No pudo ocultar su sorpresa ante la presencia de otros intérpretes también judíos, como el tenor Joseph Schmidt o el pianista Artur Schnabel. Y no le desconcertó menos encontrar discos de los rusos Chaikovski, Mussorgsky, Borodín y Rajmáninov, y hasta del propio Stravinski, considerado un autor degenerado por el canon del régimen. De hecho, hacía poco se había inaugurado una exposición en Düsseldorf de «música degenerada», a imagen y semejanza de la de los artistas plásticos organizada en Múnich. Clemens recordaba haber escuchado a Goebbels hablar de ese concepto el día que estuvieron en Carinhall.

—¿Le extraña lo que ve? —le preguntó Hitler, como si le hubiese leído el pensamiento.

—Mentiría si dijera que nunca los hubiese imaginado en... su colección —logró responder.

Aun sin la aclamación de las masas, y sin sus gritos y aquella declamación de ametralladora, el Führer proyectaba su carisma en privado y resultaba imposible mentirle.

—Eso es porque la música es buena —le dijo—. Es la quintaesencia del arte, la expresión del genio en estado puro. Es tan sublime que puede resistir el hecho de ser tocada por seres infectos. ¿Ha escuchado este solo de Beethoven interpretado por Huberman? Es inmaculado. Casi diría que le purifica. La música puede sobrevivir a todo. Lo que no encontrará aquí son obras de compositores judíos. Wagner ya expresó suficientemente bien en sus escritos el daño que hicieron al arte alemán.

En cuanto a los rusos, Hitler dudó si poner un disco de la *Sinfonía n.º 5* de Chaikovski, por Leopold Stokowski y la Orquesta de Filadelfia. Aunque más sorprendente fue *El pájaro de fuego*, dirigido por su propio autor, Ígor Stravinski.

—Tanto Stravinski como Rajmáninov son profundamente antibolcheviques. Es más, me consta que el primero es un gran admirador del fascismo. Eso les ennoblece.

Clemens se abstuvo de informarle de que este autor era, junto a Schönberg, el blanco más furibundo de los ataques de la exposición. Ellos y el jazz americano, interpretado, según le contaron, por una *jazz-band* cuyos integrantes llevaban la cara pintada con betún para parecer negros.

—Le voy a confesar una cosa, Krauss. ¿Sabe que de joven tuve la ridícula idea de querer ser un segundo Wagner? Naturalmente, mis conocimientos de música eran los de un simple espectador. Apasionado, pero espectador. Tenía un amigo músico por aquel entonces, Kubizek, con el que casualmente me reencontré el otro día en Linz. Pues bien, hace más de treinta años le tarareé durante varios días los temas que se me ocurrieron para una ópera que titulé *Wieland, el Herrero*. Pobre, hasta una obertura transcribió. Pero luego la empresa se reveló inmanejable. Aunque en una cosa no andaba yo desencaminado: la ópera era la clave de mi destino; en concreto, las obras de Wagner.

Le habló entonces de una función de *Rienzi* a la que asistió en Linz, en su adolescencia, precisamente en compañía de aquel amigo.

—Ya había visto *Lohengrin* a los doce años, pero cuando asistí a la historia del tribuno del pueblo me di cuenta de que ahí estaba escrito mi camino. Hasta entonces soñaba con ser artista, y abandoné esa idea. Como Rienzi, yo debía ser el salvador; en mi caso, del pueblo alemán. Ahí empezó todo…

Para sorpresa de Clemens, Hitler comenzó a canturrear con su voz grave, a un volumen bajo pero recreándose en cada una de las notas, el final: «*Mientras se levanten las siete colinas, mientras se alce la Ciudad Eterna, ¡verás regresar a Rienzi!*».

Su entusiasmo fue contagioso y percibió que a él también se le humedecían los ojos. Por eso consideró que hubiera sido de mal gusto recordarle cómo acababa en realidad la obra, con la maldición que Rienzi lanza a Roma antes de morir: «¡Maldita sea esta ciudad y ojalá sea destruida! Que se desintegre y marchite Roma. Es lo que anhela tu pueblo degenerado». Lo sabía porque, en cierta ocasión que la dirigió, examinó la edición original y dedujo que Wagner cambió el texto para que todo concluyera con un mensaje de esperanza. Pero el Führer ya estaba al tanto de esto, pues abrió un cajón del que extrajo el manuscrito original, que le permitió examinar. Creyó prudente ahorrarse el comentario de que era una pena que el compositor hubiera renegado de esta obra de juventud, hasta el punto de que prohibió que se representase en el Festival de Bayreuth.

—No era mi destino escribir una ópera, sino dirigir yo mismo el destino de mi pueblo, como si fuese también un drama. Tras la tragedia del primer acto, con la pérdida de la guerra, ahora es tiempo de que lleguemos a la conclusión épica de la historia.

—¿Y cuál será mi papel en esto? —se le escapó a Clemens, y se arrepintió de inmediato porque la expresión de gozo de Hitler mudó en una de desconcierto.

Le recordó entonces la carta en la que le rogaba que le devolviera la dirección de la Ópera de Viena a la vez que mantenía la de Múnich. Pensaba que le había llamado para hablar de eso.

—Ah, ya —dijo entre dientes el líder—. ¿Sabe qué, Krauss? Ya sé para qué le he mandado venir. Para decirle que admiro su entrega, pero que necesito que siga exactamente donde está y haciendo lo que hace.

Clemens no pudo evitar recordar los hechos de los últimos meses, incluidos los momentos de tensión vividos con las Cook.

—Al final, todo ese asunto de su venida a Berlín y su cambio por Múnich ha molestado a algunas personas. Incluso a algún que otro de sus valedores.

¿Sería Göring o Goebbels? Apostó por el primero, quien se habría percatado al fin de lo sucedido, incluso de la intermediación de su rival, el ministro de Propaganda.

—Debe continuar en la Ópera de Baviera, donde su labor es encomiable. Es verdad que conoce la Ópera de Viena a la perfección y que podría manejarla. Pero no puede usted hacerlo todo y en todas partes.

Recordó con amargura que ese último argumento lo utilizaron con frecuencia sus rivales cuando comenzó su carrera. Uno de los perniciosos usos de la democratización en el arte.

—¿Y qué va a pasar con Bruno Walter?

Este llevaba ya dos años con la dirección artística de la institución.

—Walter... —Al Führer le costó volver al mundo real después de su ensoñación. Luego abrió los ojos hasta el límite de lo que le permitían sus músculos faciales y permaneció un minuto largo sin pestañear—. Sí, es cierto. No tiene por qué preocuparse más por esa rata. Estaba en Ámsterdam dando unos conciertos cuando nuestras tropas entraron en Austria y no ha tenido agallas para regresar a Viena. Dejaremos que Erwin Kerber prosiga al frente de la gestión de la Ópera.

—Pero... con todo el respeto, mi Führer, como austriaco que soy, igual que usted, quisiera hacer algo por la música de nuestra... provincia —¿estaba bien llamarlo así?— y destacar la personalidad propia de la música austriaca, cuyos autores son los mejores de la historia.

—Alabo su entusiasmo, pero no olvide que Austria es ahora solo una parte más de la gran patria alemana. —Hitler empezaba a dar muestras de cansancio con aquel tema—. Vuelva y haga propuestas. Seguro que hace mucho que no dirige a la Academia Filarmónica de Viena. Hable con ellos. Y respecto al Festival de Salzburgo, también allí habrá algo que hacer. Ese rojo de Toscanini ha renunciado a dirigirlo en protesta por la anexión. Hay una tarea ingente que es deshacer los estragos que han causado los judíos todo este tiempo en ese festival.

Clemens comprendió que, de repente, todo el interés que pudiera tener para el Führer se había desvanecido. O eso, o su tolerancia con los temas que no le interesaban, o que no hubiera propuesto él mismo, apenas le daba para unos minutos de aguante. Tocó un timbre para que acudiera un miembro del servicio a guardar los discos, y Clemens recordó entonces el autógrafo prometido a Brick. Le entregó la fotografía, rogándole que se la firmara.

—Con mucho gusto —asintió, pero cuando descubrió que no había nada con lo que escribir en aquella estancia, un punto de cólera le tiñó la voz de grana—. ¿Es que las cosas no pueden estar nunca en su sitio en esta maldita casa?

—Le traeremos una pluma, mi Führer —dijo el sirviente.

—¡No se trata de que me traigan, sino de que no haya que traer!

De repente, el apacible anfitrión había adquirido una pose próxima al estallido que anticipaba al Hitler desatado de los discursos.

—¿Se imagina en una guerra y que alguien diga en el frente, en plena ofensiva, «habrá que traer a la artillería»? —exclamó.

—Quizá le sirva esta, mi Führer.

Clemens le ofreció una que llevaba consigo.

Hitler volvió a colocarse en su sitio el mechón despegado durante la amenaza de arrebato, se sentó y esbozó su rúbrica sin preguntar a quién estaba destinada. Luego examinó la pluma con curiosidad.

—«M. L.». ¿A quién corresponden estas siglas? Déjeme adivinarlo... Ah, ya sé. *Mein Leben* («Mi vida»). Esto, sin duda, se lo ha regalado la señora Ursuleac, ¿a que sí? —Orgulloso de su perspicacia, desplegó una gran sonrisa que le confirió un aspecto entrañable—. Dígale que tiene buen gusto. Y se escribe muy bien con ella.

—Si me permite obsequiársela, estoy seguro de que ella se sentiría muy feliz, al igual que yo.

—Pero entonces esas iniciales no pertenecerían a su destinatario.

A Clemens se le ocurrió que podrían corresponder a *Mein Licht* («Mi luz»), ya que eso era él para todos los alemanes. Para su sorpresa, Hitler se sonrojó como una adolescente ante un piropo y se guardó la pluma en el bolsillo de su chaqueta.

Luego regresaron al salón, donde su séquito proseguía de cháchara entre copas y cigarrillos. El servicio abrió entonces las ventanas, a fin de que se disipase el humo, y Hitler dirigió una mirada de irritación al grupo, en especial a Eva Braun, que apagó de mala gana su pitillo contra una mesa de roble milenario.

—¿A alguien le apetece ver una película? —propuso.

Todos levantaron la mano, y Else von Möllendorff, las dos.

—¿Puede ser una de las mías? —sugirió.

Hitler meditó unos instantes antes de aceptar.

—Siempre y cuando no sea una de esas estúpidas comedietas que acaban con el protagonista preguntándole a la chica si quiere casarse con él. Aborrezco esos finales idiotas.

Fueron a la sala de cine del Berghof y el proyeccionista, atendiendo a la petición de la señorita Möllendorff, eligió *Napoleón tiene la culpa de todo*, una comedia dirigida, escrita y protagonizada por Curt Goetz, aún no estrenada en las salas comerciales. El argumento giraba en torno a un lord inglés obsesionado con Napoleón, hasta tal punto que descuidaba a su esposa y viajaba a París para asistir a una conferencia sobre el emperador. Una vez allí, entablaba una relación con una bella cantante, lo cual daba lugar a toda clase de enredos. La película era divertida y los presentes se rieron muchísimo, aunque Clemens se preguntó si no se debería a que imitaban a Hitler y se carcajeaban haciendo eco de sus propias risas. De hecho, nadie osaba reírse si él no lo hacía antes. El canciller poseía una risa generosa, que en ocasiones daba la sensación de no tener fin. Cuando las luces volvieron a encenderse, comentó:

—Quizá algún día alguien haga una versión de esta película y la titule *Hitler tiene la culpa de todo.*

Esto provocó más carcajadas, pero cesaron ante su siguiente reflexión:

—¿Se han dado cuenta? No necesitamos para nada a Hollywood. ¿Para qué queremos un Chaplin si ya tenemos un Curt Goetz? Son estos los artistas que llevarán el arte alemán a su cima. Y, si no, al tiempo. Estoy seguro de que el doctor Goebbels y su ministerio se implicarán a fondo a ello.

Luego, como si se hubiera percatado de que el contexto precisaba algo más, se acercó a Clemens y le posó la mano sobre el hombro, y eso que le sacaba más de una cabeza al canciller.

—Usted también es uno de los responsables de que eso suceda, amigo mío. No ceje en su labor. Estamos muy satisfechos con lo que está haciendo, y si quiere organizar algo en Viena, no dude de que lo seguiremos con gran interés.

Estaba claro que aquello era una despedida. Clemens se alegró, porque ya no le veía ningún sentido a permanecer allí. Sus impresiones respecto al encuentro eran encontradas. Por un lado, le había fascinado el carisma, todavía más atractivo de cerca, de quien estaba llamado a regir el destino de la nueva Alemania. Por otro, le faltó todo el repertorio de gestos y exabruptos que desplegaba en sus discursos para terminar de creerse que acababa de estar con Adolf Hitler y no con un amable imitador suyo. De hecho, esta última posibilidad hubiera justificado ciertas inconsistencias, como lo de los compositores rusos y otras cosas más.

—¿Y qué te ha dicho? —quiso saber Viorica cuando regresaban a Múnich en el coche.

—Que, a partir de ahora, todo lo que suceda en nuestro país va a ser como una ópera gigantesca...

—¿De veras ha dicho eso? —rio ella—. Qué pintoresco.

Sin embargo, Clemens se reservó, por el oído siempre alerta de Woldemar Brick, su siguiente pensamiento: que ojalá dicha ópera no resultara ser *El ocaso de los dioses*.

XXXVII

Múnich, octubre-noviembre de 1938
La despedida de *La canción de la tierra*, de Gustav Mahler

Un par de semanas después de la visita al Berghof, un inesperado éxodo colapsó las principales estaciones de las ciudades de Alemania. Clemens y Viorica fueron informados por Adele Kern, quien llegó a la Ópera cuando estaban a punto de comenzar un ensayo y rompió a llorar.

—¡Es terrible! —exclamó una vez la hubieron llevado a su camerino para que se tranquilizase y bebiera un vaso de agua—. Había incluso mujeres y niños. Los niños lloraban, pero los soldados amenazaban con pegar a las madres con fustas si no los silenciaban. Una joven me dijo que llevaban desde las ocho de la mañana..., nada menos que diez horas, sin que les dieran agua y comida, y sin permitirles ir al baño.

—Pero ¿quién es esa gente? —preguntaron con asombro.

—Polacos a los que están deportando no se sabe adónde.

Clemens y Viorica se miraron sin comprender.

—Sé que sois sensibles a este tema —se sinceró Adele—, las buenas hermanas inglesas ya os habrán contado que estoy al tanto de todo. Yo las ayudo, les brindo mi casa cuando necesitan que esas personas en apuros pasen aquí una noche o dos. Y sé que vosotros también las auxiliáis.

Clemens meneó la cabeza, desesperado. Un secreto a voces.

Tomó un ejemplar del *Völkischer Beobachter* que alguien había dejado allí y lo blandió en alto.

—A este paso, ¿por qué no vamos y lo publicamos? Creo que todavía no se han enterado en Bonn —dijo con sarcasmo.

Y de pronto reparó en la noticia: el Reich había decidido expulsar a dieciocho mil judíos polacos residentes en Alemania. En teoría, su destino era su patria. Sin embargo, el gobierno de Polonia había manifestado su intención de no acoger a más de cuatro mil. Ahí estaba la respuesta.

—¿No podemos hacer nada por ellos? —preguntó Adele con aquel punto de dulce coloratura en su voz, que derretía el corazón de los espectadores cuando estaba en el escenario.

—¿Ayudar a dieciocho mil personas? —replicó Clemens.

¿Es que acaso eran ellos Noé y su familia? Estaba lloviendo. Quizá fuera el momento de construir el arca.

Decidió marcharse a su despacho, instante que Viorica aprovechó para reprocharle con la mirada que dejase a su amiga en aquel estado de consternación. Él se encogió de hombros; era un mal día para tener conciencia.

Sin embargo, no logró disponer de unos minutos de recogimiento antes de comenzar el ensayo. Su asistente, Erik Maschat, vino a buscarle con gesto grave.

—Maestro, tiene una llamada que debe atender.

—No quiero problemas. —Empezaba a dolerle la cabeza—. Di a quien sea que vuelva a intentarlo mañana.

—Creo que esta persona no puede esperar.

Su perplejidad fue enorme cuando al otro lado de la línea reconoció la voz de Bruno Walter. Dado que no simpatizaban el uno con el otro, habían hablado en pocas ocasiones. Pero recordaba aquel tono nervioso que remarcaba una de cada tres sílabas al hablar.

—Krauss, tiene usted que ayudarme... —comenzó.

«Esa rata», recordó el calificativo del Führer al referirse a él.

—¿Yo?

Le explicó que cuando se produjo la anexión él estaba con la orquesta del Concertgebouw, en Ámsterdam, y que su hija mayor, Lotte, había sido arrestada en Viena.

—He hablado con las nuevas autoridades, pero se limitan a decirme que vaya a buscarla en persona.

—¿Y qué puedo hacer yo? ¿Para qué me llama a mí? Estoy en Múnich. Usted es el director musical de la Ópera de Viena, no yo...

La última frase entrañaba un sincero resentimiento y se arrepintió al instante de haberla pronunciado. Quizá lo más incómodo era que Maschat, en lugar de marcharse, lo contemplaba de brazos cruzados, sin disimular su inquietud.

—Usted es uno de los favoritos de Hitler —le espetó Walter, sin que dejara de sonar a recriminación—, si hay alguien a quien puede hacerle caso es a usted.

Podría haberle explicado que, al contrario, ignoró con amabilidad su petición de hacerse con el puesto que él acababa de perder. Se llevó los dedos a los ojos y restregó las yemas contra los párpados, sin saber por qué no le colgaba de una vez.

—Lo siento, no puedo hacer nada. Será un error. Ya la dejarán libre.

—¿Un error? ¿Tiene idea de lo que esa cuadrilla de hunos le están haciendo a la gente? ¿Y ahora a esos pobres polacos, a los que amontonan en la frontera como si fueran toneladas de escoria?

—Le deseo mucha suerte... A su hija y a usted. A todos.

No colgó lo bastante rápido como para ahorrarse el insulto de «¡Hijo de puta! ¡Nazi asqueroso!» que masculló su colega, entre estertores que sonaban a muerte y a una maldición gitana.

Miró a Maschat, que se encogió de hombros.

—¡Que salve a su hija, dice! —trató de excusarse—. ¿Es que acaso tengo cara de Moisés?

—No, herr director.

—¿Qué tiene todo eso que ver conmigo?

—Nada, herr director.

—Pues eso... Tenemos mucho trabajo que hacer. El mundo cambia demasiado rápido como para dejar que nos afecte lo que les pasa a los demás.

—Gran verdad, maestro.

Le sorprendió que Maschat no se recreara en el argumentario

habitual de los miembros del partido. Cuando el encuentro con Geissmar, fue visiblemente crítico con ella, aunque, dada su natural prudencia, se reservase lo que pensaba. Pero ahora apreciaba en su expresión, inocua en apariencia, que Walter no le suscitaba esa aversión, aunque en teoría tendría que haberlo hecho. Como se le quedó mirando durante un rato, a la espera de una reacción, solo se le ocurrió preguntar:

—¿Walter no era un gran valedor de Mahler?

—Y lo será hasta la muerte. Fueron amigos íntimos. Seguro que no sabe usted este detalle: su apellido real es Schlesinger. Fue Mahler el que le sugirió que se lo cambiara porque, dado que denotaba su origen, no hubiera podido hacer carrera. Y Mahler sabía de lo que hablaba, él mismo tuvo que convertirse al catolicismo. Fue el requisito que se le impuso para dirigir la Ópera de Viena.

Clemens se preguntó si el joven Hitler enamorado de la ópera no habría visto en muchas ocasiones, durante sus años vieneses, a Mahler. Como si le leyera el pensamiento, Maschat quiso saber si él llegó a verlo.

—Sí, yo tendría catorce años. Pero pocas veces, porque luego se marchó a Estados Unidos.

—¿Y cómo fue la experiencia?

Hubiera podido confesarle que a raíz de contemplar a aquel tipo, que estiraba los brazos con tal flexibilidad que parecía a punto de tocar con los dedos la gran araña que pendía del techo, le dijo a su madre que deseaba ser director de orquesta. Fue tal el impacto de ver a un solo hombre controlando hasta la respiración de sus músicos y del público presente, que creyó apreciar en aquella estampa la perfecta síntesis de lo que debía ser el universo; interconectados sus elementos hasta el mínimo detalle por la fuerza creadora, ya fuese de un dios o de la pulsión cósmica. Quizá fueran los discursos de Hitler lo más parecido en ese sentido que había visto desde entonces, aunque la musicalidad de estos fuese del todo inferior. Daba igual lo que Gustav Mahler dirigiera en aquellas ocasiones; era como si la música brotase de su cuerpo para atravesar el de todos los presentes, incluido el de Clemens, cuyos latidos adquirieron el ritmo de un ostinato que no se había detenido desde entonces. A él le debía que en aquel momento se dedicara a esa profesión. Después, la muerte de Mahler tras una larga enfermedad, a su regreso de Estados Unidos, truncó su sueño de volver a verlo sobre el podio.

—Era un buen director —se limitó a responder.

—¿Y no dirigió usted algo de él? —inquirió Maschat, y sin aguardar su contestación, añadió—: Creo que con la Academia Filarmónica de Viena, ¿no fue la *Sinfonía n.º 7*?

¿También su asistente lo sometía a vigilancia? Dada la cantidad de músicas consideradas ahora degeneradas, no había ningún director que no tuviera en su expediente algún borrón del pasado en ese sentido. Él mismo pasaba de puntillas sobre Berg, del cual también llegó a dirigir algunas obras. Pero el caso de Mahler era particular. Todos sus estrenos se saldaron con sonados fracasos, a excepción del de la *Sinfonía n.º 8*, cuya buena acogida se debió más a la espectacularidad de precisar de mil personas para su interpretación que a la música en sí. «Mi tiempo llegará», decían que afirmaba, mas no vivió para verlo. Y después, pese a contar con férreos defensores de su obra, como Bruno Walter o Willem Mengelberg, aquella profecía no acababa de hacerse realidad. Mahler seguía siendo un autor extraño, que abrumaba al público tradicional, como el vienés, por la longitud de sus sinfonías, su empeño en pasar de lo trágico a lo cómico sin transición, y su querencia por las bandas militares y las canciones infantiles. Era cierto que unos años antes Clemens quiso enfrentarse a la *Séptima* y a la *Sexta*, pues encontraba que eran las más crípticas de sus composiciones. Y el público reaccionó con la hostilidad de costumbre hacia Mahler, sobre todo cuando en la *Séptima* un inesperado solo de mandolina descolocó a los asistentes al concierto. En verdad que su tiempo estaba lejos de llegar, y más ahora que era un autor prohibido.

—Todos tenemos un pasado —dijo encogiéndose de hombros.

En ese momento, Viorica entró en el despacho.

—Adele se encuentra fatal. Me la voy a llevar a casa.

—Muy bien —exclamó él—. Tú te vas, ella también. ¿Qué demonios pasa con el ensayo?

—Ya haremos nuestras partes mañana por la mañana.

Decidió acompañarlas. Además, aún faltaban cantantes por llegar debido al colapso del tráfico por el problema con los polacos. Le pidió a Maschat que dirigiera él lo que se pudiera con los que ya estaban.

Cuando a la salida los abordó Brick, les recomendó que fuesen a pie, dado que incluso los tranvías se habían visto afectados. Adele vivía a unos tres kilómetros de la Estación Central. Clemens objetó que, si la visión de aquellas largas colas la afectaba tanto, sería mejor que no regresara. Podía irse a casa de ellos y pasar la noche allí.

—Es una buena idea —aceptó Viorica.

Fueron caminando y apenas pronunciaron palabra. Una vez acomodada en el gran sofá del salón, con una infusión tranquilizante, Adele volvió a hablar:

—¿En qué se ha convertido este mundo en el que vivimos?

Clemens decidió regresar a la Ópera. Aunque confiaba en el criterio de Maschat, prefería no dejar ningún cabo suelto. Salió a paso ligero en dirección al teatro. Durante el trayecto, recordó cómo su pasión por Mahler le llevó a asistir al estreno de sus dos últimas obras inéditas, poco después de su muerte. Una fue en Viena, la *Sinfonía n.º 9*, cuyo adagio inicial infinito retumbó en su memoria durante meses, como una despedida del mundo, pétalo a pétalo de flor, gota a gota de rocío, hasta la inmensidad oceánica de aquellas montañas perennemente cubiertas de nieve en las que ser humano alguno jamás pusiera un pie. La otra fue *La canción de la tierra*, y en ambos casos fueron dirigidas por Bruno Walter.

La canción de la tierra resultó ser un extraño ciclo de canciones, para tenor y mezzosoprano, sobre poemas clásicos chinos traducidos al alemán. Clemens, que contaba por entonces diecinueve años y viajó a Múnich para escucharla, quedó deslumbrado por las canciones que versaban sobre la soledad, la juventud y la belleza. Pero cuando la orquesta atacó con sus soliloquios de oboe el movimiento final, *La despedida*, sintió que todo se tambaleaba a su alrededor. Tuvo que sujetarse a la butaca para comprobar que la convulsión procedía de su propio cuerpo. Los textos, que luego se aprendería de memoria, fusionaban poemas de dos autores de los siglos VI y VIII, en un canto a la naturaleza, a la hora de la despedida. En realidad, Mahler sabía que le quedaba poco, y agregó algunos versos alusivos a ello, como «mi corazón está cansado».

Mientras reflexionaba sobre esto, se percató de que sus pasos le condujeron a un lugar muy distinto al que deseaba llegar. No se encontraba frente a la Ópera de Baviera, sino ante lo que tendría que ser la Estación Central de Múnich. Un gentío como jamás había visto en su vida la rodeaba, como si estuviese a punto de tomarla al asalto. Pero todos ellos se mantenían en pie contra su voluntad, instados por miembros de las SS a levantarse del suelo si habían cedido a la necesidad de sentarse. No se trataba, por tanto, de soldados al uso, como le describió Adele.

Intentó acercarse, sin tener muy claro para qué, y de inmediato le dieron el alto de malos modos.

—Los viajes han sido cancelados —le dijeron con un tono de voz próximo al escupitajo—. Lárguese de aquí.

—Pero ¿adónde va esta gente? —preguntó con involuntaria ingenuidad.

—¿Y a usted qué le importa? Circule.

Puede que aquel teniente de las SS tuviera razón. ¿Qué le importaba a él? Ya no se trataba de los judíos, tan similares a él, colegas de profesión algunos, con estudios y un trabajo respetable, con los que parecía haber coincidido en alguna ocasión. Estos polacos no dejaban de ser extranjeros, cuyos rostros se le antojaban ajenos, tanto en sus rasgos como en aquella expresión, de deslumbrados por un sol inexistente esa tarde, con la que contemplaban el entorno en el que sentían que no deberían estar, sin comprender por qué. Daba la impresión de que estaban allí con lo puesto, después de haber sido arrestados sin tiempo para llevarse consigo más que lo esencial. Abundaban, pues, las maletas de cartón, muchas atadas con cuerdas, en un intento de llevarse más de lo que era posible meter en ellas. Tenía la idea de que en su mayor parte serían de origen obrero, pero las ropas de bastantes revelaban una posición cuando menos acomodada. Si hedían después de tanto tiempo en ese lugar, hacinados como el ganado que se montaba en los trenes en los que parecía que iban a meterlos, no estaba tan cerca como para comprobarlo. Lo que sí constató, en el poco tiempo que le permitieron estar allí, fue que, en efecto, nadie atendía a sus necesidades de alimentarse y de otro tipo. De hecho, estas últimas, que un anciano realizaba contra un muro de la estación, provocaron que varios SS le propinaran patadas, que continuaron una vez se vio derrumbado sobre el suelo. Los intentos de varios jóvenes judíos por protegerlo recibieron por respuesta una lluvia de palos. Entonces sí, se escuchó a los niños llorar, y a las mujeres gritar, pero no en polaco, sino en un alemán tan genuino como el suyo propio. Pero ¿cómo? Entonces, ¿también se llevaban a personas criadas e incluso nacidas en Alemania solo porque sus raíces eran de otro país? ¿Qué podría decirse entonces de la actual Austria, con su mezcla de húngaros, checos, bosnios y otras etnias, cuyos integrantes llevaban siglos asentados allí?

«¡Piedad!», empezaron a implorar en el mismo alemán diáfano cuando las SS los doblegaron a fustazos, sin contemplaciones, por aquellas quejas. Algunos viandantes que pasaban en ese momento, o los vecinos de los edificios próximos, asomados a la ventana, aplaudieron. En otros rincones, familias enteras se amontonaban componiendo un solo ser multiforme, con una docena de cabezas e infinidad de brazos y piernas, como si pudieran protegerse de males desconocidos con la fuerza del nombre que todos portaban. Y otros clamaban al cielo, como si en él anidase, escondida entre los nubarrones, la respuesta siniestra a por qué se encontraban allí. Lo único que lograron fue, a fuerza de herirlo de imprecaciones, que se desgarrase en una tormenta para la que no tenían cobijo.

Decidió marcharse. Él no tenía amigos polacos, se dijo. Hasta que le vino a la memoria Jerzy Maliniak y la forma tan afectuosa con que lo recibió en la Ópera de Viena el día de la anexión. Polaco y judío. ¿Hubiera podido encontrarse entre aquellas personas? ¿O acaso Bruno Walter, aunque fuese austriaco de pura cepa, y, por extensión, su hija?

¿Por qué no se llevaban bien? ¿Por una rivalidad en lo profesional o porque, en el fondo, eran de generaciones distintas y con una visión opuesta de cómo debían hacerse las cosas? Quizá la amistad entre directores de orquesta no resultase sino una quimera. Recordó entonces cómo lo amó, tal cual si fuera Mahler reencarnado, en aquel estreno de *La canción de la tierra* en la Tonhalle de Múnich, cuando la mezzosoprano Sara Cahier cantaba en el último crepúsculo del mundo:

Amigo, aquí en la tierra,
¡la suerte me dio la espalda!
¿Adónde voy?
Errante por los montes,
mi solitario corazón busca la paz.
¡Retorno a mi patria, al hogar!
No habrá más horizontes lejanos.

Aunque no volvió la mirada atrás, encontró estos versos chinos perversamente adecuados a las escenas que acababa de presenciar y, si bien no habían llegado a afectarle de un modo especial, pudo llegar a comprender por qué sumieron en tal estado de consternación a Adele Kern.

De vuelta al patio de butacas de la Ópera, donde los cantantes lo recibieron con una ceja levantada por aquel deslavazado ensayo, reclamó a Maschat. Era preciso, dado que antes había escuchado la conversación con Bruno Walter, que fuese consciente de lo que se proponía hacer a continuación.

Ya en su despacho, llamó por teléfono a Frauenfeld, delante de él.

—Ya puedes estar contento —le dijo su amigo—. He colocado a ese golfo que echaron de tu teatro, el rojo falsificador. Espero que sea tan bueno como dices y se haya redimido de veras. Empezará la semana que viene en el Teatro de Cámara de Múnich. Que no me falle, o me perjudicará gravemente.

—No te llamaba por ese tema. Verás, ha surgido un problema...

Maschat abrió los ojos, sorprendido. Cuando terminó de contarle a Frauenfeld lo de Lotte Walter, escuchó un resoplido de irritación y Clemens temió que le siguiese una interrupción brusca de la llamada.

—Pero ¿qué me estás diciendo? ¿Es que te la estás tirando o algo así? Ya te solucioné el problema de aquella inglesa loca. Pero esto...

—Piénsalo bien, Alfred —le reconvino—. Walter tiene mucho prestigio fuera de aquí, sobre todo en Estados Unidos. Puede que esto se convierta en una publicidad mucho más negativa que lo de los judíos polacos que están deportando ahora. Y no nos conviene que se difunda la idea de que se saldan viejas cuentas con las hijas de los enemigos del arte alemán.

Esta vez escuchó un suspiro.

—Además, como futuro *Gauleiter* de Viena, no creo que te cueste mucho que entren en razón y la dejen marcharse, aunque sea con lo puesto.

Ahí se produjo un silencio incómodo que a Clemens no le costó desentrañar.

—¿No te has enterado? Al final han nombrado a otro. A ese cabrón de Odilo Globocnik.

—¿Quién?

—¿Lo ves? Eso mismo dije yo: «¿Quién coño es ese tío?». Pues un enchufado de las SS, que sin duda le pidió a su papaíto Himmler un cargo de renombre. No me he enterado por la prensa, pero casi.

Clemens no contaba con eso. Pero su amigo abandonó de inmediato su tono sombrío y, con su energía habitual, exclamó:

—Bien, no te preocupes. Todavía tengo mano. Todo lo concerniente a la actividad teatral en el Reich es de mi incumbencia, y ese tiparraco dirigía la Ópera de Viena. Y tienes razón, los indeseables deben marcharse sin hacer ruido. Pero ya son tres los favores seguidos que te hago. Espero que sepas devolvérmelos, ¡mejor si es en un buen restaurante de la Ringstrasse! Y así celebraremos también tu nombramiento como director de la Ópera de Viena.

—Claro, sin escatimar el champán.

Prefirió no comunicarle la negativa del Führer, no fuera a atenuar su buena disposición. Se despidió de él con afecto y colgó.

Maschat lo contemplaba intrigado.

—¿No le parece que he hecho lo correcto? Al fin y al cabo, se trata de preservar el buen nombre del Reich y no dar munición a nuestros enemigos.

—Sí, ha hecho muy bien, desde luego —repuso el asistente—. Walter puede hacernos mucho daño fuera. Ya sabemos lo intrigantes que son.

Clemens se tocó la punta de la nariz con los dedos y tomó conciencia, una vez más, de lo grande que era.

—Eso sí, ¡espero que nadie me diga que se me ha puesto cara de Moisés! —dijo riéndose, y Maschat lo imitó.

Clemens regresó a casa con la esperanza de que los trastornos en la ciudad a causa de las deportaciones cesasen pronto. Pero era lógico que, al ser Múnich un punto neurálgico del país, hubieran confluido allí buena parte de todos los polacos detenidos. Por otro lado, deseaba que a la mañana siguiente Adele Kern regresase ya a su domicilio y calmara sus nervios. El estado de alteración en que la vio le hizo temer que hablase de más y alguien se enterara de la gran traición cometida entre todos. A menos que alguien de su círculo lo supiese ya. Se preguntó si sería el caso de Hans Hotter, tan crítico, aunque discreto, con el nacionalsocialismo.

Esa noche durmió en una de las habitaciones de invitados, en la misma cama que había ocupado el señor Gershon, pero antes se preguntó durante una hora larga cuánto tiempo más tendrían que estar sometidos a sorpresas desagradables con cada nuevo día. La respuesta se la dio Gustav Mahler desde el más allá, aquel que le inspiró para ser director con catorce años, y cuya música tanto le fascinaba aunque no acabase de comprenderla del todo, como le sucedió en su intento de dirigir sus dos sinfonías más complejas. En el duermevela le llegó la voz de Sara Cahier, en aquella actuación de *La canción de la tierra* de 1911, con la invocación repetida siete veces, a modo de conclusión enigmática: «Eternamente, eternamente, eternamente, eternamente...».

XXXVIII

Múnich, del 9 al 10 de noviembre de 1938
«The world turns on its dark side-Interludium»,
de *Un niño de nuestro tiempo*, de Michael Tippett

Todas las radios interrumpieron sus emisiones para informar con indignación de un hecho acontecido en París. Dio igual que tanto el nombre de Ernst vom Rath como el de Herschel Grynszpan no significaran nada para el pueblo alemán, porque surgieron de golpe convertidos en la encarnación, respectivamente, de la virtud y la infamia. El joven Grynszpan, residente en París, de diecisiete años, se enteró por una carta de una hermana suya de la situación límite en la que se encontraba su familia tras su deportación de Alemania hasta territorio fronterizo. Así que se presentó en la embajada alemana de la capital francesa con un revólver que acababa de comprar y efectuó cinco disparos al funcionario que fue a atenderlo. Vom Rath agonizó durante dos días, en los que se comentaba que los rezos desde los barrios judíos, para que no muriera, podían escucharse en todas las ciudades del Reich. Pero el Todopoderoso les volvió la espalda, al igual que en los últimos seis años.

Goebbels habló por radio y prometió un infierno para los judíos como jamás hubieran imaginado. Incluso quienes lo consideraban un fanfarrón, en esta ocasión se percataron de la gravedad de sus palabras. Entre el personal de la Ópera corrió la voz de que nadie tuviera la descabellada idea de dejarse caer en los próximos días por las zonas donde residían los judíos. Clemens deseó con toda su alma que las Cook no hubiesen hecho una escapada sin avisarle esos días, por muchas solicitudes de ayuda que hubiesen recibido. «Parece que esto va en serio», se dijo.

Y así era, porque al salir del ensayo esa tarde, Woldemar Brick, con una expresión más reservada de la que le habían visto jamás (a excepción del día en que Clemens descubrió la fotografía de su hermana), les dijo que los dejaría en casa en un tono imperativo que no admitía discusión. Estaba claro que sabía lo que iba a suceder, porque quizá fuese a tomar parte en ello.

—Supongo que no van a salir para nada esta noche... ¿Tienen todo lo que necesitan en casa? Si no, puedo acercarme con el coche a una tienda de confianza.

—No debería trabajar hasta muy tarde —le reconvino Clemens—. Al fin y al cabo, usted también es humano.

—El trabajo no admite discusión —fue su sombría respuesta.

Ya en su casa, Viorica y él estuvieron pendientes, asomándose de vez en cuando al balcón, pero no parecía que fuera a suceder nada. Hasta que, a eso de la medianoche, sintieron en la lejanía sirenas de camiones de bomberos y un rumor sordo, como de gritos ahogados y pequeñas explosiones de cristal. ¿Vidrios rotos? En todo caso, aquellos sonidos, a bastantes kilómetros de distancia, quedaban amortiguados por el silencio de su barrio, como si se tratase de un choque de cuerpos celestes en el espacio exterior. Entonces divisaron en el horizonte varias columnas de humo que emergían como culebras negras de ojos brillantes entre los edificios más altos de la ciudad. Se marcharon a la cama sin decir nada, aunque no lograron conciliar el sueño.

Por la mañana, la radio contó que hubo disturbios por toda Alemania, iniciados por los judíos, quienes además provocaron numerosos incendios. Se hablaba de imponer a la comunidad hebrea una multa de mil millones de marcos por el asesinato de Vom Rath, cometido por un judío polaco en suelo francés.

—Tenemos que ver lo que ha sucedido —le dijo Viorica, muy nerviosa.

Clemens no se opuso. Para su sorpresa, cuando bajaron con

la idea de tomar un taxi, Brick los aguardaba frente al portal. No habían manifestado el día anterior que fuesen a necesitar de sus servicios y eran las siete y media de la mañana, demasiado temprano para la hora en que se dirigían al teatro, que era hacia las nueve menos cuarto. ¿Se había pasado toda la noche allí, pendiente de que no salieran? Clemens apreció en su mirada vidriosa que no había pegado ojo y, lo que era más inquietante, en ambas manos tenía arañazos sanguinolentos muy recientes. ¿Quizá de cristales que le hubieran saltado?

—¿Han descansado bien? —inquirió con voz de ultratumba mientras se ponía los guantes—. ¿Los llevo al teatro?

—No. Mejor llévenos a la Sankt-Jakobs-Platz.

—¿Para qué quieren ir allí?

Viorica se asustó por su brusquedad. Clemens decidió que el director de orquesta que era no podía tolerar una salida de tono de un simple chófer, por mucho poder que pudiera tener sobre ellos desde la sombra, además de una pistola en la guantera.

—Usted llévenos y no haga más preguntas.

Con la boca torcida de rabia, Brick arrancó. Clemens le dio esa dirección no solo porque los principales negocios judíos estaban cerca, sino porque allí se levantaba la sinagoga vieja Ohel Jakob, la más importante de la ciudad, y la noche anterior le pareció que la columna de humo más grande procedía de esa zona.

Una vez se hubieron internado, les dio la sensación de hallarse en territorio de guerra. Pero nunca, ni siquiera en los crudos días de dos décadas atrás, se había visto afectada de esa manera la armonía milenaria de las ciudades alemanas. Una avenida de cristales rotos a ambos lados, procedentes de todos los negocios de la Blumenstrasse, que se extendía, como un segundo río Isar de sal molida, a lo largo de todas las calles habitadas por la comunidad judía. Sobre el pavimento estaban desparramados objetos de toda índole, desde zapatos hasta maniquíes mutilados, cajas registradoras abiertas y vacías, libros antiguos y discos partidos por la mitad, cual lunas negras crecientes enmudecidas. Los pocos escaparates que se salvaron de la destrucción estaban salpicados de estrellas de David amarillas, que daban la falsa idea de que estas los protegieron de las piedras. No había un alma por la calle, lo cual hizo que

Viorica y Clemens se temieran lo peor respecto a las personas que regentaban aquellos negocios, menguados de clientela tras las fuertes restricciones impuestas por las leyes de Núremberg.

Llegaron hasta el lugar donde antes se erigía la sinagoga Ohel Jakob, convertida ahora en una estructura vacía, como un colosal huevo que hubiese reventado tras vomitar el formidable amasijo de piedras y vigas retorcidas humeantes que lo rodeaba. Destacaban entre los escombros algunos rollos litúrgicos ennegrecidos y algo que provocó que Clemens ordenase a Brick que aminorase la velocidad. ¿Eran...? No, imposible. Supuso que se trataría de una estatua calcinada de alguna figura santa del judaísmo. Pero recordó al instante que esta religión no veneraba reproducciones humanas por considerarlo idolatría. Quizá, se dijo, fuese un maniquí, como los que habían visto en las tiendas de moda asaltadas. Cuando el coche pasó cerca de los restos de la sinagoga, se percató de que no había uno sino varios asomando de entre las ruinas apiladas, como ahogados recién emergidos de un océano de piedra. Se trataba de cuerpos calcinados, de cuyos rostros brotaba un humo que, igual que si de su último aliento se tratase, pareciera querer decir que una vez fueron seres humanos como ellos.

—Pare, Brick. Pare...

Pero el locuaz chófer no solo no hizo caso, sino que giró con brusquedad el volante y emprendió el regreso por donde habían venido.

—¿Es que no ha oído lo que le he dicho?

Sin aminorar la velocidad, Brick se volvió hacia él:

—Será mejor que se tranquilice, herr director. Ahora soy yo quien tiene el control de la situación.

Fue imposible replicar. Su voz, ahora irreconocible, implicaba consecuencias terribles si no se le obedecía. De pronto apareció un camión, de cuya cabina descendieron varios miembros de las tropas de asalto que los conminaron a detenerse. En la caja de carga llevaban a una veintena de civiles, con los rostros emborronados de hollín y magulladuras, todos ellos con trajes cubiertos de polvo que hasta no hacía mucho debían de pertenecer a prósperos comerciantes o a miembros del clero rabínico.

—Vaya, vaya —dijo el que estaba al mando—. De paseo con el coche nuevo, ¿eh? Bajad ahora mismo de ahí, que tenemos uno más grande para que deis una vuelta.

Clemens se preguntó si su prominente nariz sería el motivo de que los tomaran también por miembros de la comunidad judía.

—Cállese —le dijo Brick con odio—. No sabe con quién habla.

—¿Que no sé con quién hablo? ¡Hijo de puta, ven aquí a discutirlo como un hombre!

Los ojos del SA se contrajeron con un destello amarillo, surcados de venillas enrojecidas, lo que provocó que Viorica se echase a temblar. Clemens la agarró de la mano, y él también tembló.

Brick, sin arredrarse, bajó del coche y los SA enarbolaron sus porras, como a la espera de la orden para descargarlas sobre él. Sin embargo, se llevó la mano a la chaqueta y extrajo su cartera, en la que había un documento que mostró al grupo. Todos se cuadraron y realizaron el saludo nazi. El SA al mando se acercó al coche y repitió el saludo a Clemens y a Viorica, que, de forma instintiva, levantaron el brazo.

—No deberían estar aquí —le dijo a Brick—. Deje que uno de mis hombres vaya con ustedes hasta la salida del barrio y nadie les molestará.

—No necesito de sus hombres, gracias.

Clemens y Viorica miraron a los prisioneros del camión, ignorantes del destino que les aguardaba. Luego, él fijó la vista al frente y, con rígida suavidad, instó a su compañera a hacer lo propio. El chófer que tenían ante sí era ahora otra persona. Una que, a pesar de protegerlos en ese momento, les hizo echar de menos al charlatán indiscreto al que estaban acostumbrados.

—No olviden que trabajo para el Ministerio de Propaganda —les dijo Brick una vez llegaron al teatro—. Esas credenciales nos protegen. Pero les rogaría que de ahora en adelante, dada la excepcionalidad de estos días, no hagan cosas fuera de lo habitual. Piensen que, de alguna manera, yo soy responsable de lo que les suceda.

A pesar de que hablaba con más sosiego y se parecía al Brick de siempre, no olvidaban al otro, con toda probabilidad más cercano a quien era en realidad, vigilante de sus pasos día y noche. No le dijeron nada al descender del vehículo.

Durante el ensayo de ese día, Clemens no hizo más que equivocarse, lo mismo que Viorica. Luego, en el descanso, tanto el elenco como la orquesta comentaron lo sucedido. Si alguien desaprobaba los ataques, como era el caso de Adele Kern, se guardó mucho de expresarlo. Todo fueron elogios a la actuación de las tropas de asalto y al llamamiento de Goebbels a dar una lección definitiva a aquellos cerdos.

—Están echando a los judíos polacos —comentó el concertino—. Pero ¿cuándo les llegará de una maldita vez la hora a estos? Es inconcebible la blandura del Reich para con ellos.

Y Clemens se preguntó si los autores de estas opiniones seguirían sosteniéndolas de haber visto con sus propios ojos lo que descubrieron su compañera y él en las calles que confluían en la Blumenstrasse.

XXXIX

Múnich-Frankfurt, noviembre de 1938
Mov. 3, Largo, del *Cuarteto de cuerda n.º 3, op. 46*,
de Viktor Ullmann

Fue inevitable que a Clemens lo invadiese el miedo. Para empezar, lamentaba haber rogado a Frauenfeld que intercediera por la hija de Bruno Walter y, por extensión, su apoyo a las misiones de las Cook. Supuso que, a raíz de lo sucedido, que empezaba a conocerse en la calle como «la noche de los cristales rotos», quizá las valientes hermanas pusieran punto final a sus visitas al Reich. En todo caso, no tenía manera de comunicárselo, a menos que les enviase un telegrama a Londres lamentando que tuvieran que dejar de verse en un tiempo debido a las «circunstancias concurrentes». Fue a la oficina cercana al teatro decidido a hacer el envío, pero cuando el telegrafista le pidió que le repitiera el mensaje, se le trabucó la lengua y no fue capaz de pronunciar «circunstancias concurrentes». A la tercera, le dio un ataque de risa y exclamó:

—¿Sabe qué? Mejor lo envío otro día.

Al final se decidió por una llamada telefónica. Le respondió Louise, quien se mostró alarmada:

—¡Oh, maestro Krauss! ¿Le ha sucedido algo a Ida?

Se enteró así de que la obstinada escritora estaba en Frankfurt, adonde había acudido sin mediar invitación alguna de él por correo y sin ninguna ópera en cartelera.

—Pero ¿qué hace allí? ¿No es consciente de que es la situación menos propicia para viajar?

—Yo me he quedado por mi trabajo —le explicó Louise—, pero allí había algo que no podía esperar.

Clemens le solicitó la dirección en Frankfurt y se despidieron.

Ahora sí que estaba asustado. Ida apenas hablaba alemán. Ya vivió la experiencia de estar una semana sola en Múnich, cuando hubo que solventar el asunto de la familia Gershon. Se lo comentó a Viorica, quien se contagió del mismo temor.

—Creo que la hora de hacerse el héroe ha terminado —reflexionó él—. Sea lo que sea que haya venido a hacer, la convenceré para que lo cancele y no regresen en bastante tiempo.

Además, estaba el asunto de Brick. Ya no dudaban de que era un topo ni de que llegó a ojear la lista de nombres.

—De todos modos, no te han detenido —replicó ella—. Lo cual quiere decir que si sospecha algo, no puede demostrarlo.

¿Detenerle solo a él? Se mordió los labios para no recordarle que ella estaba igual de implicada, y que todo comenzó por su genial idea de ayudar a escapar a Mitia Mayer-Lismann.

—Ve, querido —le dijo con una sonrisa amorosa—. Procura que no le pase nada. Y ten cuidado tú también.

Tomó un vuelo la mañana siguiente, tras dejar a Erik Maschat a cargo del trabajo pendiente. Puso como excusa que su exmujer se había puesto enferma y, de paso, podría ver a sus hijos, aunque en realidad Margarethe estaba ahora en Viena y no contemplaba la idea de salir de allí en bastante tiempo. Al parecer, temerosa de que en Frankfurt todavía hubiera quien pusiese en tela de juicio el origen de su apellido «Abraham», decidió quedarse donde Clemens, recién rehabilitado por el nacionalsocialismo local, era considerado una autoridad moral. Cuánto la envidiaba, porque Múnich había acabado por atragantársele, sobre todo después de que Hitler le hiciera saber que no pensaba moverle de allí.

El domicilio no estaba lejos de la Ópera de Frankfurt, donde había pasado tantos momentos relevantes de su vida, como su encuentro con Viorica. Su temor inicial fue que la zona también hubiera sufrido los estragos de la noche de los cristales rotos, aunque esta era una calle más residencial, con escasos comercios, por lo que los destrozos parecían casi episódicos. La devastación estaba reservada a otros rincones de la parte antigua, en los que observó que ya empezaban a repararse tímidamente los daños de los escaparates.

Le abrió una mujer cercana a los cuarenta años, seca y fibrosa, que, tras dar un respingo inicial, exclamó con desconcierto:

—¿Maestro Krauss?

«¡Vaya con la discreción de las Cook!», dijo para sí. Sin embargo, la desconocida lo identificó porque había sido cantante de ópera.

—¿No me recuerda? Soy Pauline Jack. Me dirigió usted en alguna ocasión, hace años. Por ejemplo, en *Las bodas de Fígaro*. Yo era Barbarina.

Ah, ahora la recordaba. Pero en aquella época lucía un tipo más generoso. Sin duda alguna, las privaciones de los últimos tiempos habían hecho mella en su figura. Ignoraba que fuera judía. Recordó, además, que ejercía como profesora de canto en el Conservatorio Hoch, donde también trabajaba Mitia Mayer-Lismann.

—Ya no puedo impartir clases a arios, maestro. ¿Qué le trae por aquí?

Le explicó que buscaba a Ida Cook, lo que sorprendió mucho a Pauline Jack.

—De manera que son amigos... —empezó a atar cabos.

Clemens comprendió entonces que era él quien estaba exponiendo a sus amigas, y no al contrario. Pero ya era tarde. Aceptó pasar y que le sirvieran una modesta taza de té. Pauline le presentó a su hermana, Gertrud. La espaciosa vivienda contaba con dos plantas, y arriba se escuchaban correteos y risas infantiles.

La presencia del recién llegado alteró a Gertrud, quien se adentró en un pasillo que conectaba con los dormitorios de la planta baja. Clemens se preguntó cuánta gente acogería aquella casa, que él, por las descripciones de las hermanas Cook, imaginaba como un escondrijo abandonado y minúsculo. Pero no; en las dos horas que estuvo allí de forzada charla con Pauline Jack, mientras ella hablaba del mundo de la ópera y sus chismes como si nada anómalo estuviese sucediendo en el país, no dejó de escuchar movimiento de personas, tanto en otras estancias como en la parte superior. Incluso en un momento determinado se asomó al salón un sacerdote que, al ver que había una visita, prometió regresar más tarde.

A eso de las diez de la noche apareció Ida con un gesto de agotamiento que, sin embargo, se desvaneció al verle allí. Le dio un abrazo tan efusivo que Clemens tuvo que sujetarse a la pared para no verse derribado.

—Pero ¿qué hace aquí? Está usted loco. ¿Para qué ha venido?

—La pregunta es qué hace usted aquí —respondió tratando de mostrarse severo.

¿Entendían el inglés Pauline y su hermana Gertrud? A esas alturas supuso que ya daba igual. Cuando Ida supo que sus protegidas no habían salido de su dormitorio desde la llegada de Clemens, fue a buscarlas. Le presentó de inmediato a una madre y una hija, de unos cincuenta y cinco y veinte años, respectivamente. La madre cojeaba de forma visible, de una manera que le recordó al andar trasnochado de Goebbels.

—Estas son Irma Bauer y su hija Ilse. Son austriacas, como usted.

—Mucho gusto. —Les tendió la mano con cierta incomodidad, pues lo miraban con desconfianza resentida, acaso por haber tenido que esconderse aquellas dos horas a causa de su inesperada visita.

Ilse hablaba algo de inglés, igual que Pauline Jack. Con las demás Ida se entendía con un lenguaje muy básico y un impresionante despliegue gestual. Tras tranquilizar a sus anfitrionas, la escritora se llevó al director a un despacho para hablar a solas con él. Clemens le explicó que había ido en su busca al enterarse de su audacia.

—Las cosas han llegado a un punto de peligrosidad tal que ya no veo factible mantener la farsa de los viajes operísticos —le dijo.

—Al contrario —repuso Ida—, ahora son más necesarios que nunca. Ya no se puede esperar. Y lo interesante es que, después de la noche de los cristales rotos, el mundo entero sabe la verdad de lo que está sucediendo.

—Pero ya ve lo que pasó en la Conferencia de Évian, nadie movió un dedo.

Ida pasó a referirle que las cosas estaban cambiando. Estados Unidos iba a ampliar la cuota de exiliados judíos que podía acoger. Y el Reino Unido también se abría a lo mismo.

—El otro día hablé de ello a la multitud que suele congregarse en Hyde Park. ¿Sabe que cualquiera puede ir y dar un discurso sobre el tema que desee? Pues hablé de lo que había visto con mis propios ojos en Alemania y de cómo condenaban a una muerte segura a cientos de miles de personas con esta política de convertirlos en parias. En esto, un joven se adelantó, un muchacho rubio y de ojos azules, con acento alemán. Pensé que era un nazi que iba a insultarme o algo peor, pero se volvió hacia la multitud y exclamó: «¡Esta mujer dice la verdad! ¡Yo soy judío y he vivido ese calvario en la que hasta ayer era mi tierra!».

Ida también le contó que los anuncios que insertó en varias publicaciones parroquiales habían recibido muchas solicitudes.

—Es verdad que está la cuestión de los niños de acogida. Miles de familias británicas se han ofrecido a recibirlos, pero es un tema muy espinoso. Separar a los niños de sus padres puede abrir heridas mucho más dolorosas que las que está generando esta persecución civil.

Clemens no pudo estar más de acuerdo.

Pero Ida aún tenía más noticias. Se había pasado el día entero en el consulado británico, en la Guiollettstrasse, haciendo cola como una más de los que buscaban ayuda con desesperación. Al final, gracias a una amable secretaria del cónsul, que se percató de que ella estaba allí con otro propósito, tuvo acceso al diplomático, el señor Robert Townsend Smallbones. Ella le expuso la situación, así como el drama de las familias que habían contactado con ella en busca de una salida.

—No tuve que convencerle porque él mismo ha visto escenas horribles estos días en Frankfurt. ¿Sabe, herr director, que durante nueve días se ha prohibido a los judíos de Alemania comprar alimento alguno? Salvo aquellos que, en previsión de una locura semejante, hicieron acopio de conservas, cientos de miles de personas han estado sin comer prácticamente nada en este tiempo, dependiendo de la generosidad de algunos amigos y vecinos arios, que los han socorrido con gran riesgo. De hecho, cuando hoy me han recibido en el consulado, me preguntaron si había comido, pues me tomaron por judía, y me brindaron café y sándwiches antes de que pronunciase una sola palabra.

Clemens tuvo que admitir que no era consciente de la situación.

—Entre lágrimas, les relaté mi historia, la de Louise y la mía, y el señor Smallbones no daba crédito a que hubiésemos llevado a cabo todas esas misiones. En un principio dijo que éramos unas inconscientes y que podíamos haber acabado en un campo de concentración, de esos de los que tanto se habla ahora, donde van los criminales que el Reich considera más peligrosos. Pero luego me pidió que me reuniese mañana con él, en el hotel Savoy. ¿Le gustaría venir?

Él estaba allí para convencerla de lo contrario, y ahora ella buscaba arrastrarlo más aún. Ida le mostró una lista, con pulcra caligrafía en tinta violeta, que desprendía un dulce aroma a esos años escolares que tan lejanos quedaban en la memoria de Clemens.

—No sabemos qué pasará mañana. Seguimos recibiendo llamadas. Hoy quince personas se han entrevistado conmigo ahí, en ese salón. Algunas estaban sentadas en el suelo. Pauline ejercía de intérprete, pero ni siquiera hacía falta. Yo leía en sus ojos su sufrimiento, y en los míos... podían ver mi necesidad de hacer algo por ellos.

—Todavía sigo sin entender eso —la interrumpió Clemens—. Con lo que han hecho, ya se han ganado el cielo. No necesitan hacer más, está bien así. Ahora todo se ha vuelto demasiado peligroso y temo que acaben arrastradas por esta locura, al mismo destino que... esas pobres personas.

Ida endureció su acento, hasta el punto de que su voz se tornó nasal y aguda rozando el ridículo. Estaba indignada, nunca la había visto así.

—Qué fácil es hablar de la gloria cuando se está en lo más alto. Maestro Krauss, mi hermana y yo admiramos, desde que tenemos uso de razón, a las grandes figuras de la ópera. A nuestro idolatrado Ezio Pinza, a Rosa Ponselle, a Amelita Galli-Curci. Pensábamos: la naturaleza, o Dios, llámelo como guste..., les ha dotado de un don y han decidido utilizarlo para hacer felices a los demás. Quizá sus vidas no lo sean tanto. Acaso hayan pagado un alto precio que, como seres de carne y hueso que son, no les compensase lo más mínimo. Pero lo han hecho porque se sentían llamados a esa misión en la vida. Pues, con toda la modestia del mundo, esto que llevamos a cabo Louise y yo significa lo mismo para nosotras. Nuestra vida era alegre y sencilla, pero le faltaba algo. Ahora ya sabemos qué: tener un lugar en el mundo. Quizá el Señor podría habernos convertido en reinas de Inglaterra, o en actrices de Hollywood, pero determinó que debíamos ser...

Se quedó colgada de sus propias palabras, sostenidas en el aire. Clemens le rodeó los hombros con el brazo y le susurró al oído:

—Salvadoras.

Ella enrojeció como aquella vez que, estando solos, le contó todos los detalles de su misión. Él, al percatarse de ello, también experimentó un ardor en las mejillas que le resultó insoportable. Apartó el brazo.

—Bien. Pues ya que estoy aquí y debo quedarme hasta mañana por la noche, dígame en qué puedo serle de utilidad.

—Entonces, ¿ya no quiere disuadirme de que siga en esto?

Él negó con la cabeza.

—No quería decir eso, sino que, ya que estoy en Frankfurt, prefiero matar el tiempo haciendo algo de provecho.

—Está bien. Me acompañará a hacer una visita, y si nos paran esos indeseables de las SA, su presencia les impondrá respeto. Además, así nos servirá de intérprete. No sabe lo cansada que estoy de manejarme por intuición.

A eso de la medianoche llamaron a la puerta de la casa. Le presentaron a la recién llegada como Elisabeth, la madre de Friedl Bamberger, la joven cineasta.

—No ha querido marcharse aún, pero está muy contenta de que su hija se encuentre a salvo en Londres. Ya haremos lo posible para pueda irse también. Pero vamos por partes...

Le explicó que, en el caso de las Bauer, la hija, Ilse, había logrado un visado para el Reino Unido. A la madre, en cambio, se lo denegaron por tener una dolencia en la rodilla, un problema reumático.

—Al parecer, quien concedía ese visado se temió que, si estaba incapacitada para trabajar, acabase convirtiéndose en una carga para el gobierno de Su Majestad. ¡Qué indolencia! Y pensar que todo eso lo deciden funcionarios con el culo pegado tan ricamente a su silla, en una oficina a miles de kilómetros de aquí. Le he hablado al señor Smallbones de ese problema, y de tantos otros, y me ha prometido estudiarlos con detenimiento.

—¿Y qué pasa con Pauline Jack y su hermana? ¿Y esos niños a los que se oía arriba?

—Por partes, por partes, herr director. ¡Ha venido a disuadirme y ahora le entra esa histeria por querer salvar a todo el mundo!

Junto a Elisabeth Bamberger se encaminaron hacia Frankfurter Strasse, una zona residencial cercana al río Meno, cuyo silencio nocturno, como de aliento contenido, resultaba desasosegante en aquellas circunstancias. Elisabeth le explicó a Clemens que, desde la noche de los cristales rotos, no se veía a ningún judío por la calle, ni de noche ni de día. Y que los escuadrones de las SS recorrían puntualmente sus barrios a la espera de encontrarse alguno que subir a sus camiones.

Llamaron a la puerta de una casa con varios golpes cortos y uno largo, que él entendió como una clave, y abrieron con extrema suavidad, de forma que apenas se oyese el chirrido de las bisagras. Era una joven de unos veinticinco años, en camisón, que no podía dejar de temblar, quizá más por el frío nocturno de noviembre que por el temor. La casa, cuyo exterior *art déco* prometía un interior primorosamente decorado, estaba destrozada por completo. Un espejo veneciano les devolvió a los visitantes, a la luz de una vela, su imagen multiplicada por cincuenta a consecuencia de un impacto con un objeto contundente. Y todos los cuadros, que dio por sentado que eran valiosos y merecedores de estar en algún museo, colgaban a lujosos jirones de sus marcos. Con dolor, Clemens creyó reconocer algo parecido a un Caravaggio. Pero lo que de veras le partió el corazón fue un piano completamente despanzurrado, con todas las teclas arrancadas, como una boca privada de sus blancos dientes. Pese a todo, la muchacha y su madre, que respondían al nombre familiar de Basch, los agasajaron con una copa de champán, un huevo duro y un vaso de agua; la cena más extraña que Clemens había tomado jamás. Ninguna de las dos hablaba inglés, así que él tuvo que oficiar de intérprete, como Ida ya le había anticipado.

—Lamentamos mucho el estado de la casa. Las SS estuvieron aquí dos noches. La segunda, se llevaron a mi padre, pero antes le hicieron contemplar el destrozo de toda la vivienda, habitación por habitación. El espejo veneciano lo rompieron estrellando contra él su cabeza. Hace unos días nos llegó una carta desde el campo de Dachau, donde está internado.

—Le pediremos al señor Smallbones que interceda por ustedes. Habrá un visado para las dos y también para su padre. No teman.

No dejaba de maravillarle que aquella mujercita, a la que parecía que un soplido bastase para tirarla al suelo, prometiera la libertad, y quién sabe si de alguna manera la vida, a personas a las que acababa de conocer, como si fuese una maestra recién llegada a su clase que ofreciese caramelos a quien mejor se aprendiera la lección. Cuando las Basch se lamentaron de que no sabían dónde iban a meterse en un país desconocido, Ida les ofreció su ático de Dolphin Square. Pero ¿cuánta gente podía entrar ahí? Hubo un detalle que, incluso a la magra luz de las velas de aquella casa devastada, no se le pasó por alto. Ahora Ida no iba vestida como una pretendida millonaria, sino con la ropa de su día a día: un vestido tan rústico que tal vez fuese de elaboración propia, carreras en las medias y unos zapatos de puntas desgastadas. Quizá, a pesar de ganar dinero con sus novelas, aquella fortuna se le escurría entre los dedos con tanto viajar al continente. De nuevo, no lograba entenderla, ni a ella ni a su hermana, y, sin embargo, algo en su interior pugnaba por hacerlo. Y a fe suya que estaba seguro de hallarse cerca.

XL

Frankfurt, noviembre de 1938
Mov. 2, Prestissimo, del *Cuarteto de cuerda*, *op.* 2,
de Hans Krása

A la mañana siguiente, Clemens se despertó en el hotel Savoy, donde había decidido pernoctar para coincidir luego con el cónsul Smallbones, y le costó un rato recordar dónde se hallaba. Más trabajoso fue hacer repaso de lo sucedido el día anterior en Frankfurt, pues Ida le presentó a tanta gente, de perfil tan similar y en circunstancias igual de angustiosas, que mezclaba unos rostros con otros, y a las Bauer con las Basch, y a Pauline Jack con Elisabeth Bamberger. Entonces pensó que, aunque con distintos nombres, no dejaba de tratarse de las mismas personas. Recordó la creencia hinduista en las diferentes vidas, y se preguntó si habría alguna religión que creyera en la posibilidad de vivirlas todas de forma simultánea.

En el comedor se encontró con Ida, recién llegada de casa de sus amigas, en la Arndtstrasse. Esta vez vestía más elegante, quizá para no desentonar con el boato del Savoy. El cónsul era un hombre de unos cincuenta y cinco años, que acudió con una jovencita de unos dieciocho a la que presentó como su hija Irene. En un principio contempló con recelo a Clemens, hasta que Ida le explicó de quién se trataba y lo valiosa que estaba resultando su ayuda en sus operaciones. Clemens dudó si pedirle al cónsul que no confiase a nadie aquella información, pero luego estimó que hubiese sido un mal comienzo. Su hija Irene, en cambio, sacó una libreta y empezó a tomar nota de lo que allí se hablaba, en inglés, para que nadie cercano pudiera entenderles.

Ante su recelo, Smallbones lo tranquilizó:

—Mi hija ha sido decisiva en la ayuda a la comunidad judía de Frankfurt. Yo estaba en Londres la noche de los cristales rotos, y ella y mi esposa, por su cuenta y riesgo, abrieron las puertas del consulado para dar cobijo a decenas de personas que, de lo contrario, hubiesen sido detenidas por las SS, o algo peor...

—¿Peor?

Irene no osó levantar la vista de la libreta, pero Clemens apreció que apretaba los ojos con fuerza. El cónsul se lo explicó en su lugar:

—Le gusta la equitación y suele ejercitarla a las afueras de la ciudad. Esos días se encontró con un espectáculo dantesco en un bosque. Había al menos..., no los contó... Pero, en fin...

A través de una serie de eufemismos, Clemens creyó entender que se vio de repente en una arboleda macabramente decorada con una galería de personas ahorcadas. Quizá lo interpretó mal, pero no se atrevió a preguntar. Puede que fuese un defecto de la traducción.

—Luego tuvo que intervenir, porque de regreso a la ciudad vio cómo se llevaban a un hombre con la intención de colgarlo de una farola... Ella llevaba la fusta en la mano y la emprendió a golpes con ellos. Por fortuna, pasaba por allí un funcionario del ayuntamiento que la reconoció y evitó que le hicieran daño. No sabemos qué fue del hombre.

—Comprendo.

El cónsul ojeó la lista que le entregó Ida, encabezada por las Bauer, a las que les seguían las Basch y una serie de nombres, entre los que reconoció un apellido: Lismann. La inglesa, al percatarse de ello, le explicó que era Paul, el hermano de Mitia.

—Está mayor, y casi ciego. Es preciso que abandone Alemania cuanto antes.

—Es una lista extensa, y será difícil conseguir visados para todos —reflexionó Smallbones—. Pero hay una posible solución.

Existe lo que se llama «visado de tránsito». Podríamos solicitar a Estados Unidos el compromiso de brindarles asilo en un futuro, lo que nos permitiría extender un visado de dos años en el Reino Unido, a la espera de que tramiten su petición allí.

—Pero ¿garantizaría la salida de toda esta gente? —A Clemens le parecía demasiado fácil, vistas las dificultades experimentadas hasta la fecha, incluido aquel perverso impuesto para la salida de los judíos que el Reich se sacó de la manga.

—No tenemos garantía de nada, pero podemos probar —admitió el cónsul—. Mi colega, el vicecónsul Dowden, está de acuerdo y haremos todo lo que esté en nuestra mano. Y eso ya es más que nada. Eso sí, hablamos de un proceso burocrático lento, que tendremos que cumplimentar sin ayuda alguna, salvo la de mi hija y los pocos trabajadores del consulado.

Eso suponía detallar la situación de cada solicitante y lograr la aprobación de la Gestapo para que esas personas salieran del país. Una vez logrado esto, habría que enviar toda la documentación a la embajada de Berlín, que a su vez la remitiría a Londres. Y así, caso por caso, habría que aguardar la pertinente respuesta por el mismo conducto, solo que en sentido contrario.

—No parece que vaya a hacerse de la mañana a la noche... —dedujo Clemens.

Smallbones se encogió de hombros. No les quedaba otra.

—¿Por qué hace esto? —quiso saber Clemens.

El cónsul sopló en su taza de té y luego rebajó en varias octavas la gravedad de su voz, para remontarse en el tiempo hasta sus inicios como diplomático.

—Estuve unos años en el África Occidental Portuguesa y pude ver en primera persona lo que era la esclavitud real. Sí, esa que creíamos abolida a mediados del siglo pasado. Por un lado, el sentido común me pedía mirar hacia otro lado, no involucrarme en cosas que no eran asunto mío y que no podía cambiar. Pero, ¡ay!, ¿quién puede acallar los gritos de la conciencia? De modo que decidí intervenir en asuntos que, en apariencia, no me concernían. Estuve así un tiempo, hasta que me apodaron *Dom Pé no saco*, que significa algo así como «Señor Grano en el culo». Después, cuando mis superiores se cansaron de los problemas que les acarreaba, me enviaron a Checoslovaquia. También allí me percaté de que las minorías eran tratadas como si fuesen animales: húngaros, rutenos... Sí, y también alemanes. No voy a darle la razón a Hitler, pero es cierto que se les ha tratado como a ciudadanos de segunda, hasta ahora que han cambiado las tornas. En fin, que tengo la rara vocación de meterme donde no me llaman, con la pretensión de arreglar los problemas de un mundo sin solución. Y dígame, ¿por qué lo hace usted?

—En realidad, mis esfuerzos son simbólicos, poca cosa —dijo, y luego desvió la cuestión—: ¿Y cómo piensa convencer a la Gestapo para que acepte que se concedan visados a quién sabe cuántas personas?

—Es una buena pregunta. Nos hallamos en un punto en el que los judíos tienen menos derechos que nunca. Ni siquiera los pogromos de la Edad Media llegaron a tanto. Mire, he anotado aquí las últimas disposiciones contra ellos.

La lista asombró al propio Clemens, quien pensaba que a esas alturas ya no quedaban cosas para prohibirles. Pero ahora se había determinado confiscar todos los bienes de los judíos para pagar la multa de mil millones de marcos impuesta por la muerte de Vom Rath. De esa manera, se cerraban todas las empresas de propiedad judía, a menos que se vendieran por precios irrisorios a industriales arios. También se había expulsado a los niños judíos de las escuelas públicas. Además, toda la población judía debía entregar su pasaporte, que le sería devuelto con una jota que indicaba su condición. Naturalmente, quien poseyera esa marca en sus documentos no estaba autorizado a salir del país.

—Va a ser divertido negociar con la Gestapo todos esos visados, de veras que sí —admitió Smallbones—. Pero ya estoy anímicamente preparado, he aprendido cómo se dice «Señor Grano en el culo» en alemán: *Herr Schmerz im Arsch.*

Clemens se echó a reír, pero, cosa curiosa, Irene Smallbones se levantó entre lágrimas y corrió camino del baño. Ida la siguió.

—Está muy sensibilizada con lo ocurrido. No se lo tenga en cuenta —le dijo el cónsul a Clemens.

—Dígame, señor Smallbones, qué más puedo hacer yo, habida cuenta de que mis movimientos son muy limitados.

—No lo sé, señor Krauss. Cuando ni yo mismo sé si mis gestiones van a tener resultado alguno, no puedo pedirle nada a los demás. Pero como alemán...

—Austriaco —puntualizó él.

—Pues eso... Como austriaco que es, le ruego que resista y no vaya por el camino de la deshumanización. Su pueblo necesita gente como usted para no dejarse arrastrar al colapso total. Mientras haya personas con conciencia, todavía podemos rezar para evitar males mayores.

Se lo prometió. Ambos miraron a la vez la hora y luego se sonrieron. Sí, era momento de marcharse. Pero antes el cónsul aprovechó la ausencia de su hija y de Ida para preguntarle en voz baja:

—Sigo sin explicarme este sadismo repentino de tantas personas, de una sociedad que yo creía civilizada y razonable. Dígame usted, ¿se trata de algún tipo de perversión sexual generalizada, propia del carácter germano?

XLI

Garmisch-Partenkirchen, noviembre de 1938
Morgen!, op. 27, n.º 4, de Richard Strauss

Clemens le propuso a Ida quedarse unos días más en Frankfurt, para lo que ella pudiera necesitar, algo que rehusó.

—El plan está en marcha, y la reunión con el cónsul no pudo salir mejor. Su presencia fue fundamental porque le transmitió la idea de que no todos los alemanes aprueban lo que se está haciendo. De hecho, el señor Smallbones me dijo: «Para salvar a esa sociedad de la degeneración en la que ha caído hacen falta personas valientes y honestas. Y el maestro Krauss es una de ellas».

Él, en cambio, no se consideraba ni lo uno ni lo otro. Es más, ignoraba cómo era posible que su ánimo fuese tan cambiante e hiciera siempre lo contrario de lo que deseaba. En el podio de director, sin embargo, eso no le sucedía. Era capaz de detectar, a mero golpe de oído, los defectos ajenos y los corregía con firmeza, pero sin severidad, para que no volvieran a repetirse. Podían producirse, eso sí, otros nuevos, o versiones evolucionadas de los primeros, pero nunca los mismos. En cambio, en lo referente a su carácter, erraba una y otra vez, a veces solo para humedecer el brillo de aquella mirada de admiración con la que lo cautivaba Ida Cook. Con Louise, en cambio, resistía mejor, al ser ella la que empleaba con él una lengua que le era ajena, en la que se manejaba con más torpeza. Pero el candor permanente de Ida lo dejaba desarmado.

Se interesó por la madre y la hija austriacas, con las que no cruzó palabra. La madre cojeaba con evidente dolor. ¿No sería mejor buscar una forma de que se marchase ya, sin esperar a que el bienintencionado Smallbones atravesara aquel laberinto burocrático de solicitudes a la Gestapo, permisos a Berlín y requerimientos a Londres?

—No tenemos otra opción, maestro. Habrá que esperar. Vinieron desde Viena la víspera de la noche de los cristales rotos. Que hayan logrado eso ya es un milagro.

Sin embargo, él no pensaba rendirse. Ya que había empezado algo, por mucho que le disgustase, era preciso acabarlo. Se consideraba tan tozudo como su madre, que cambió la danza por el canto con la mera fuerza de su voluntad.

De vuelta en su casa, le contó a Viorica lo que sucedía y ella no dejó de admirarse de la determinación de la mujercita inglesa.

—Clemens, sabes que acabarán atrapándolas. Es casi un milagro que se hayan salvado hasta la fecha. Y eso significa que nuestra participación se sabrá. ¿Estás dispuesto a pagar ese precio?

Él se encogió de hombros. Ya asimilaba que nunca volvería a dirigir la Ópera de Viena, o sea que tampoco iba a perder mucho por seguir involucrado.

Para alejarse de la extraña atmósfera, mezcla de euforia y silencio, que siguió en Múnich a la noche de los cristales rotos, aceptaron pasar un fin de semana en la Villa Strauss, en Garmisch-Partenkirchen. Durante los preparativos de *Día de paz*, meses atrás, el maestro Richard Strauss apenas les habló de nada que no tuviera que ver con la ópera. Ahora lo encontraron agotado y más serio que de costumbre. A pesar de que su familia trataba de mantener la normalidad, se respiraba un ambiente plomizo, de tema eludido, que se hacía presente en cada frase pronunciada sin intención. Hasta los nietos del músico, Richard y Christian, se mostraban apagados, desprovistos de la alegría propia de su edad, con un temor palpable a todo lo que ocurría fuera de los muros de la propiedad. En cuanto a la mujer del compositor, Pauline, estaba muy irritable y despotricaba a la mínima por cualquier cosa, ya fuese el precio de los huevos, la lluvia incesante o la escasa calidad de las óperas alemanas actuales, con la excepción de las de su esposo.

—Este es el Reich de la mediocridad —soltó durante una comida delante de sus invitados, y los criados prefirieron desaparecer, tal vez para que nadie pudiera acusarles en un futuro de haber escuchado palabras traidoras y no dar debida cuenta de ello a las autoridades—. Se potencia a los que mejor posicionados están en el partido, y cada vez hacen menos caso a las nuevas creaciones de Richard. En el futuro lamentarán haberle ignorado, poniendo así punto final a la edad dorada de la ópera en lengua alemana.

—Supongo que también influye que, desde que murió mi querido Hofmannsthal, no he podido encontrar un libretista a la altura... —se sinceró el maestro, y pareció que iba a mencionar a Zweig, pero se abstuvo—. Y luego está ese Gregor, que es un obtuso. ¡El nuevo libreto que me ha proporcionado para *El amor de Dánae* es tan poco entusiasta! Voy por la mitad de su escritura y aún no me he emocionado. Me temo que sea un fracaso, como *Dafne*.

Esta ópera se había estrenado apenas tres meses después que *Día de paz*, en Dresde, en medio de una gran indiferencia. En esa ocasión dirigía Karl Böhm. Clemens, con cierto resquemor, eludía hablar de este título con el maestro, más por su rivalidad con Böhm que por celos.

—Yo ya intenté, cuando las Olimpiadas, que se celebrase un festival con todas sus óperas en la Ópera de Baviera —le recordó—, pero el ministerio se opuso. Mejor dicho, ese idiota de Hanke. Me escribió diciendo: «No veo por qué habríamos de tener esa deferencia con un músico y no organizarles festivales idénticos a todos los compositores del Reich».

—No es Hanke —lo interrumpió Strauss—, es Goebbels. Siempre él.

Luego miró en derredor suyo y comprobó que su hijo Franz seguía en la biblioteca, adonde se había retirado a leer los periódicos, como era su costumbre tras la comida. Su nuera Alice estaba con los chicos en sus cuartos, para tomarles las medidas de unos pantalones primaverales.

—Nuestro hijo está muy nervioso —precisó Pauline—. No le gusta que hablemos de política con las visitas, y más desde...

Hasta la temible soprano que llevó al altar al autor de *Salomé* ponía cuidado a la hora de seleccionar sus palabras.

—¿La noche de los cristales rotos? —la auxilió Clemens.

Los dos ancianos asintieron. Las SA no se habían atrevido, por supuesto, a entrar en la Villa Strauss, pero todas las propiedades de los padres de Alice fueron asaltadas, golpearon a algunos primos suyos, y a dos de sus tíos los enviaron a Dachau.

—Los niños... —indicó Strauss con un temblor en la voz, y, por primera vez en su vida, Clemens apreció algo cercano al llanto en el habitualmente frío compositor—. Mis nietos queridos... Los sacaron del colegio, en mitad de las clases, y los llevaron a la plaza del ayuntamiento para que escupieran a un grupo de muchachos de su edad, solo porque eran judíos. Y luego les escupieron a ellos. Vinieron a casa con fuertes convulsiones de terror. El mayor, Richard, les advirtió: «A mi abuelo no le va a gustar esto». Y le respondieron: «Dile a ese amigo de Palestina que será el primero al que colguemos de ahí», y señalaron el reloj del ayuntamiento. ¿Lo ha oído? ¡Que me colgarían a mí! ¡Al autor de *El caballero de la rosa*!

»Naturalmente, llamé a Goebbels para expresarle mis quejas, y este me dijo: "¿Y qué espera usted? ¿Que hagan excepciones con su familia? Que su hijo se lo hubiese pensado mejor a la hora de casarse con esa mujer". Así que le recordé que yo era el compositor del pueblo alemán, a lo que me respondió muy tranquilo: "No, Strauss. Usted ya representa el ayer. Mire a Lehár. Él es quien arrastra de veras a las masas".

»¡Lehár, un puñetero compositor de operetas! ¡Y húngaro, además! —bufó el maestro al rememorarlo.

Por una vez, fue Pauline la que tuvo que calmarlo a él, y pidió al servicio que le trajese una tila.

—Así están las cosas, queridos amigos. Nuestros nietos están aterrorizados a causa de esta experiencia. Hemos contratado a un profesor particular para que les dé clases en casa, y ya no salimos para nada. Tenemos miedo por Alice. Ella nos pide que hagamos algo por su familia, pero a veces nos preguntamos si podríamos protegerla en el caso de que intentaran hacerle algo a ella.

A punto estuvo Clemens de clamar que eso sería un escándalo a nivel internacional, mas ¿no lo era también lo que estaba ocurriendo esos días, sin ningún resultado?

Strauss rechazó la tila y se bebió de un trago una copa de vino, y con las mejillas de la tonalidad del licor añadió:

—Me hace tanta gracia esto... ¿Saben de qué me he enterado por un amigo que tengo en el ministerio? Disculpen que no les desvele su identidad. Pues resulta que es *vox populi* que la mujer de Goebbels, Magda...

—¿La que antes estuvo casada con el industrial Quandt? —Viorica sonrió satisfecha, pues creía que se había anticipado a lo que estaba a punto de contarles, pero se equivocó.

—Pues esa señora —prosiguió Strauss—, la madre de sus cinco hijos, a los que ha puesto nombres que empiezan por hache para honrar a Hitler, ¡fue sionista!

Se miraron perplejos. Sonaba a un rumor malicioso propagado por los enemigos del Reich. Richard Strauss lo afirmó de forma categórica:

—Su padrastro era judío y ella misma estuvo prometida con un sionista en su juventud, y hasta aprendió a hablar hebreo. Las pruebas no las tengo, porque han desaparecido de todas las hemerotecas... Y el prometido en cuestión, por cierto, también se desvaneció sin dejar rastro. Pero sé de gente que la conoció bien en esos años en Berlín y la tomaban por una chiflada. Solo que ahora su locura está sancionada por este gobierno. Esos son los que pretenden sentar cátedra y ponerse de ejemplo de pureza racial. ¿Y ha afeado alguien a Max Lorenz que se haya casado con una judía? Ah, no, que él es el tenor favorito del Führer y de Winifred Wagner. ¡El señor es intocable!

—¿Quién es intocable? —rezongó Franz, que en ese momento entró en el comedor con un periódico bajo el brazo—. ¿Ya habláis de eso otra vez?

—En realidad —intervino Clemens—, su padre y yo estamos comentando un nuevo proyecto de ópera. Y se me ha ocurrido que, dada su poca satisfacción con Joseph Gregor, que, al parecer, cree que sus versos son intocables, quizá yo pudiera echarle una mano con el libreto.

Franz sonrió, aunque sin perder del todo el gesto de crispación con el que venía dispuesto a montar una escena.

—Es una idea estupenda, Krauss. Eso es lo que tiene que hacer mi padre, trabajar. Servir al Reich. Si lo hace con generosidad de corazón, se solventarán esos malentendidos que nos persiguen desde el desgraciado asunto de Zweig.

¿Culpaba el hijo al pobre escritor exiliado de la tragedia de su propia familia? A Clemens no le cupo duda de que era su forma de reaccionar a la impotencia de no poder hacer nada.

—Deberías escribirle otra vez, o, si acaso, verle en persona y disculparte —le insistió Franz a su padre—. Eres demasiado orgulloso, y al final estás cosechando los frutos de tu soberbia. Nunca la cultura alemana ha estado tan predispuesta a mimar a sus artistas. Pero tú pretendes que te den la razón en todo. Como músico, eres el mejor, pero como hombre político, una completa nulidad. Debes dejarte guiar y asumir tu papel con la mayor humildad del mundo. ¿No lo cree usted, Krauss?

—Sí, Franz, lo creo. —Alzó su copa y observó al trasluz rojizo del vino las facciones del anciano, al que vio sobrepasado por las circunstancias—. Su padre es el mejor compositor del mundo.

Por la tarde pasearon por el jardín de la villa, pues el propio Strauss se negaba a poner un pie fuera de ella, donde su nuera y nietos no se sentían ya seguros.

—¿Hablaba en serio con eso de escribir una ópera juntos?

—En realidad, fue una excusa para cubrirle ante Franz, pero ¿tiene en mente alguna propuesta?

—Es una vieja idea de Zweig —le explicó el maestro—, y traté de que Gregor la desarrollase, pero sin resultado. La propuesta me fascina. Se trataría de dilucidar qué arte es mayor, si la poesía o la música.

—Se lo pregunta usted a un músico, nada menos.

—¡Ajá! Pero necesitamos ambas para crear una ópera. Porque aquí la una no puede sostenerse sin la otra. Cortejan a la belleza con sus distintas dádivas, sin que ella termine de inclinar la balanza de sus favores hacia ninguna de las dos.

Cuán reconfortante era hablar de belleza, ya a las puertas de aquel invierno incierto, en un jardín en el que, pese a la desnudez sin lágrimas de los sauces llorones y la rugosidad recogida de las últimas flores, la vida aún palpitaba, como en las postales de una vieja amiga cuyo regreso fuera a ser inminente tras un largo viaje. A Clemens se le ocurrió una tontería, una condesa de finales del siglo XVIII que tuviera que decantarse entre dos pretendientes, uno poeta y el otro compositor. Strauss, sin embargo, se mostró encantado.

—¡Eso es maravilloso! ¿No podríamos empezar por ahí?

Clemens se encogió de hombros. ¿Hablaba en serio? En caso afirmativo, tendría que sentarse a pensarlo con tranquilidad, y no era algo de lo que anduviese sobrado.

—Hágame una propuesta. El tiempo no importa. Acabo de visualizar cómo podría sonar una música que pusiera en juego a esos personajes.

—¿Así, de buenas a primeras? ¿Se va a sacar de la manga una ópera producto de un simple capricho?

¡*Capricho*! Ya tenían el título. Era un punto de partida. Resultaba maravilloso sentir, al lado del creador, cómo la música fluía en su interior, al igual que la fuerza por la que aún se mantenía en pie, dispuesto a luchar contra viento y marea por lo que más le importaba en este mundo.

En esto, apareció Alice con los dos niños en el jardín. Ella sostenía un farolillo, mientras Richard tocaba un cencerro de vaca y Christian, un tambor.

—¿A alguien le apetece asistir a un pequeño concierto?

El amoroso abuelo se agachó y los apretó contra su pecho.

—Queridos míos, mis pequeños, lo más importante que tengo en este mundo. Más aún que mi música.

Luego, después de la cena, Strauss se permitió acompañar al piano a Viorica en la que a ella le parecía su más hermosa canción, *Morgen!*, escrita como regalo de boda a Pauline. Y aquella promesa de amanecer, tras la más oscura de las noches, hizo olvidar a todos por unos instantes los momentos amargos de los últimos días:

Y mañana, otra vez brillará el sol,
y el camino que tome
nos reunirá, de nuevo, en la dicha
de esta tierra que transpira sol...

Y hacia la ancha playa azul
bajaremos, despacio y callados,
para mirarnos a los ojos
y que nos cubra el silencio de la felicidad...

Clemens reparó en los niños, medio adormilados en un sofá mientras duró la canción, y a propósito del comentario de Strauss en el jardín se preguntó si, así como el Reich no sería capaz de despojarle jamás de su música, no le resultaría tan difícil, en cambio, arrebatarle a sus nietos.

XLII

Múnich, febrero de 1939
«Der Mond ist fort», de *La luna*, de Carl Orff

—He tenido una idea estupenda —le comunicó una tarde Erik Maschat—. Me he enterado de que en la Bräuhausstrasse varias viviendas propiedad de judíos han sido desalojadas. ¿Por qué no solicita al Ministerio de Propaganda que nos sean cedidas algunas? Podríamos utilizarlas tanto para alojar a los cantantes de fuera como para darles algún uso como almacén u oficina. Aquí llevamos años pidiendo reformas y, como el teatro es un monumento, no nos dejan tocar nada.

—¿Quiere que utilicemos las casas de los judíos en beneficio propio?

Maschat se encogió de hombros. Si no las solicitaban ellos, lo harían otros. De hecho, seguro que ya habría lista de espera. ¿Por qué desaprovechar la oportunidad?

—Los alojamos en el Cuatro Estaciones y nunca se quejan.

—¡Y bien caro que nos sale! —insistió el secretario. No parecía hablar movido por los prejuicios que lo caracterizaban, sino con una sincera voluntad de ahorrar—. Esos pisos nos los concederían a coste cero. Piénselo, pero no mucho tiempo. ¿O es que le dan pena?

Clemens levantó una ceja para insinuarle que mantuviera la

debida distancia, pues, a pesar del trato cordial existente entre ambos, no dejaba de ser su superior.

—Está bien, lo pensaré.

En las últimas semanas, empujado por la premura, había tomado muchas decisiones de las que estaba seguro que algún día se arrepentiría. Por ejemplo, volvió a visitar a Albrecht Holzing, esta vez en su nuevo trabajo, en el Teatro de Cámara. Supuso que lo encontraría pletórico, enfrascado en un nuevo montaje protagonizado por el prestigioso Lothar Müthel.

—Me ha engañado usted —le espetó cuando se aseguró de que estaban a solas en la sastrería.

—¿No era lo que deseaba? Estaba usted en la lista negra y he logrado que volviera a la profesión.

—¿A qué profesión? ¿Ha visto usted esto? —Le mostró el cartel de la función que se estaba representando, *Rothschild vence en Waterloo*, de Eberhard Wolfgang Möller—. ¡Es una mierda reaccionaria y antisemita! Y, encima, debo contribuir a que tenga éxito. ¡Bertolt Brecht sí que era un dramaturgo, no ese lameculos!

Clemens se disculpó con sinceridad. Pero era lo que había, también él estaba obligado a dirigir obras que no siempre eran de su agrado. Al menos la próxima que tenía pendiente de estreno, en la Ópera de Baviera, *La luna*, de Carl Orff, le resultaba deliciosa.

—Este Orff tiene algo —trató de desviar a Holzing del objeto de su irritación—. ¿Sabe? Hace un par de años estrenó una cantata sobre textos del siglo XIII titulada *Carmina Burana* que está causando furor en todas partes. Quizá tengamos ahí al próximo gran autor alemán.

—Qué fácil es hablar de hace setecientos años y obviar los problemas de la actualidad —endureció el tono Holzing—. Así se convierte uno en un mimado del poder, con los ojos cerrados a lo que sucede.

Clemens, hastiado, abrió con cuidado su chaqueta y extrajo varios pasaportes que Ida Cook le había traído desde Frankfurt en su último viaje. Correspondían a las Basch y a otras personas a las que, por su situación de indigencia, les era imposible obtener el visado británico. En cuanto a Irma Bauer, quien continuaba acuciada por sus dolores reumáticos, habían vuelto a rechazarla por motivos desconocidos.

Según Ida, el cónsul Smallbones ya había tramitado varios miles de solicitudes, que aguardaban respuesta desde Londres. Lo más difícil, la negociación con la Gestapo, pudo llevarse a cabo tras larguísimas y agotadoras gestiones. Y le contó que el cónsul dijo: «Caso por caso, ha habido que convencerles de que esa persona ya no tenía más bienes que incautar. Para ser esta una cuestión de higiene racial, les interesa sobremanera la cuestión material».

Pero las Cook no podían aguardar tanto. Tras múltiples entrevistas realizadas en el piso de Arndtstrasse, reunieron una serie de nombres y buscaron, mediante más anuncios en revistas parroquiales, personas dispuestas a acogerlos. El problema era la jota maldita de los pasaportes.

—¿Podría hacer usted una copia idéntica eliminando este detalle? —le pidió Clemens a Holzing—. En su lugar tendría que añadir este otro.

Le entregó un sello de estampar del consulado británico en Frankfurt. Ignoraba cómo lo consiguió Ida, pero no se imaginaba a Smallbones entregándoselo *motu proprio*. ¿Acaso la hija de este, Irene? A los diecinueve años se hacían ese tipo de cosas.

Holzing examinó los materiales. Ya no se trataba de replicar un pasaporte extranjero, que, al fin y al cabo, era menos reconocible para los aduaneros alemanes. El figurinista pasó la yema de su pulgar derecho sobre la jota estampada en la página inicial del documento de Irma Bauer.

—Podría intentar rasparla, y así el pasaporte seguiría siendo auténtico. Salvo que desee que cambie los apellidos judíos por otros que pasen más desapercibidos. Entonces ahí sí que tendría que hacer una réplica. A menos que...

—Que...

Holzing se dio cuenta de que, con la ayuda de un pincel muy fino, era capaz de cambiar la grafía de los apellidos y transformarlos en otros.

—Mire, por ejemplo ese «Bauer». No es estrictamente judío, pero sí que lo llevan muchas personas que lo son y podría despertar sospechas. Digo yo que podría transformarse en «Bauder». Es un apellido suabo y, por así decirlo, más «ario».

—¿En serio?

—Sí, mire este otro de aquí... Aunque espere, no. Tendré que realizar una réplica. No nos sirven por un motivo.

—¿Cuál?

Le hizo ver algo en lo que Clemens no había reparado. Todos los hombres llevaban «Israel» como segundo nombre y las mujeres, «Sara». Era imposible alterarlos o eliminarlos sin que se apreciase el hueco.

—Será una disposición para marcarlos como apestados —apreció Holzing—. Desde luego, hay que tener a alguien con mucho tiempo libre para que se le ocurra esto.

—¿Sara e Israel?

A Clemens también le parecía ridículo. En realidad, encontraba todo el plan descabellado. Porque una cosa era hacer pasar a una familia puntual por británicos, como en el caso de los Gershon, quienes salieron camuflados entre un grupo de turistas, y otra muy distinta, que determinados judíos alemanes, con la reciente miseria grabada en el rostro y ciertos rasgos inequívocamente semíticos, pudieran pasar por arios.

—¿Por qué frontera han de pasar? —se le ocurrió a Holzing—. Podemos atribuirles un origen en la otra punta de Alemania, donde la gente pueda tener otra cara. Más aún, podrían ser de origen polaco, húngaro o checo. Eso no importa, con tal de que no sean apellidos semitas. ¿Y van a Inglaterra, decía? Quizá debiéramos ponerles nombres de allí, con la excusa de que tienen familia a la que visitar.

La idea no le parecía tan mala a Clemens. Incluso podrían utilizar apellidos rumanos, como el de Viorica. Pero, como la otra vez, no disponían de mucho tiempo y Holzing ahora no estaba desocupado.

—Lo haré. No va a ser fácil, porque esos cabrones han cambiado el modelo y ya no son páginas blancas, sino que llevan un fondo de florecitas que pretenden imitar las filigranas de los billetes. El efecto no es el mismo, aunque me costará trabajo. Pero usted a cambio me reintegrará a la Ópera de Baviera.

—Ya le he dicho que no puedo hacer eso...

El figurinista le entregó los pasaportes.

—Entonces puede volverse por donde ha venido.

Clemens no daba crédito.

—¿Dónde está su humanidad?

—No me hable de humanidad —dijo con el dedo muy próximo a hundírselo en el pecho—. Precisamente usted, que va a la mesa del gran amo como un perrito faldero, a dejar que le pase la mano por el lomo y le arroje un trozo de carne.

Eso sí que no pensaba tolerarlo. Tomó los pasaportes con ira y los arrojó sobre la mesa, en la que el figurinista tenía una casaca napoleónica a medio coser.

—Si soy como dice, ¿por qué demonios hago esto, entonces?

—Ah, no sé —contestó Holzing sin inmutarse—. Usted sabrá qué tiene sobre su conciencia.

—Pues si no quiere tener el destino de estas personas sobre la suya, ya sabe lo que tiene que hacer. —Ofendido, se dio la vuelta para marcharse, pero antes depositó un fajo de billetes junto a los pasaportes—. Para los materiales —zanjó.

Estando aún en el pasillo que daba a la escalera que conducía a la calle, escuchó perorar a aquel dudoso aliado:

—¡Un día se dará cuenta de que hay cosas que el dinero no puede comprar!

Clemens regresó a los ensayos de *La luna*, en la que no actuaba Viorica porque todos los protagonistas eran masculinos. La historia contaba que cuatro sujetos deciden robar la luna del cielo y llevársela a su país, que carecía de ella. A la muerte de los granujas, san Pedro la recupera para devolverla a su emplazamiento original.

—Un país que no tiene luna se la roba a los demás —ironizó el tenor Julius Patzak en medio del ensayo—. ¿De dónde ha salido eso?

—Me he basado en un cuento de los Grimm —respondió Carl Orff desde el patio de butacas.

—¡Pues a mí me recuerda a los polacos robándonos Danzig

para tener una salida al mar! —exclamó un viola, al que le gustaba dejar constancia en todo momento de su devoción al partido.

—¡Pues ojalá el Führer haga como san Pedro y nos lo devuelva pronto!

—¡Eso, eso, *Heil Peter*! —gritaron los miembros del coro-madera, haciéndole el saludo nazi a Paul Bender, el bajo que daba vida a san Pedro.

La ocurrencia fue muy celebrada, hasta que Erik Maschat, que no la encontraba tan graciosa, pidió seriedad y que el ensayo continuase.

Clemens se quedó preocupado y se lo confió por la noche a Viorica. Una vez zanjada la cuestión de los Sudetes, ¿quién aseguraba que recuperar Danzig no fuese el siguiente paso del canciller?

—Pues, si lo hace, supongo que Inglaterra y Francia harán como que protestan y ya. Hasta ahora le han dado todo lo que ha querido.

—¿Y si esta vez no se lo consienten? Ha tenido suerte dos veces. Una tercera me parece imposible.

Pero hubo una tercera. Poco más de un mes después del estreno de *La luna*, Hitler ordenaba a sus tropas tomar Checoslovaquia entera, donde tampoco necesitaron disparar un solo tiro. Antes había recibido al nuevo presidente del país, Edvard Beneš, a mero título informativo. Ante la disyuntiva de que Praga fuera arrasada si se resistía, el envejecido Beneš sufrió un infarto, del que lo salvó una inyección del doctor Morell, aunque solo para que aceptara el plan de rendición. El 16 de marzo, el Führer proclamó desde el Castillo de Praga el protectorado alemán de Bohemia y Moravia, mientras permitía a Eslovaquia independizarse bajo un gobierno de corte autoritario. Fueron inútiles las nuevas y tibias protestas de ingleses y franceses al comprobar con qué facilidad los había engañado el taimado canciller. El entusiasmo en el Reich era indescriptible, aún mayor que en anteriores ocasiones. Y, en efecto, en las calles se gritaba cada vez más alto: «¡Y ahora a por Danzig!».

Al ver en la prensa las fotografías de aquella sesión histórica, Clemens se percató de que la pluma con la que Hitler firmaba la proclamación se parecía bastante, si es que no lo era, a la que Mitia Mayer-Lismann se dejó olvidada en su casa, grabada con las iniciales «M. L.».

Ante el cariz que estaban tomando las cosas, decidió comunicarle a Maschat que quizá no fuera mala idea solicitar aquellos pisos en la Bräuhausstrasse para la Ópera de Baviera.

XLIII

Múnich, mayo de 1939
«Ah! Ich habe deinen Mund geküsst, Jochanaan!»,
de *Salomé, op. 54*, de Richard Strauss

Todo fue demasiado sencillo. Y cuando los ciudadanos de a pie se percataron, el desmantelamiento de Checoslovaquia ya era un hecho. La idea del «espacio vital» se hacía realidad con una naturalidad pasmosa. Y, al mismo tiempo, el temor a la guerra se diluía ante la perspectiva de que las democracias occidentales no iban a hacer mucho más que protestar. El triunfo del general Franco en España, tras una guerra civil que había durado tres años, con la consiguiente instauración de un régimen a la sombra del fascismo italiano y el nacionalsocialismo, corroboraba cuál podía ser el destino de Europa en los próximos años. Y no era menos cierto que la ayuda militar prestada por Hitler al caudillo español fue decisiva, en muchos aspectos, para que lograra la victoria. Pero Clemens tenía ahora una preocupación que no le permitía reflexionar con seriedad sobre estos temas. Se trataba del gran festival de verano, que iba a tener lugar entre el 29 de julio y el 10 de septiembre, con un total de cuarenta funciones de ópera, sobre una veintena de títulos. Él sería el encargado de dirigir los seis de Richard Strauss programados, de los que Viorica participaría en *El caballero de la rosa*, *La mujer sin sombra*, *Arabella* y *Día de paz*. A fin de corresponder a la idea del Führer de convertir Múnich en el gran centro neurálgico de la cultura alemana, decidió rescatar los decorados de las míticas producciones firmadas por artistas como el fallecido Ludwig Sievert o Alfred Roller. En cuanto a la ópera italiana, de manera testimonial se programaron dos títulos de Verdi y uno de Puccini. Y todavía tuvo que recibir una reprimenda por carta del idiota de Hanke porque, según él, el festival no era lo suficientemente alemán.

El maestro Strauss le manifestó su voluntad de no acudir, en protesta por los atropellos sufridos por su familia, pero luego su esposa Pauline le hizo cambiar de idea con el argumento de que su ausencia constituiría un triunfo más para aquellos que deseaban verlo hundido de forma irremisible.

En esos meses de constantes tensiones con los cantantes, y con los otros directores a los que invitó para dirigir los restantes títulos, Clemens empezó a abstraerse de todo. Así que, cuando recibió un telegrama de Frankfurt para una reunión, citando el día y la hora, a fin de tratar un asunto urgente, estuvo a punto de rasgarlo por la mitad y despachar de malos modos al pobre empleado de la oficina de telégrafos que se lo entregó en el descanso de un ensayo de *Salomé*, con Hildegard Ranczak de protagonista femenina y Hans Hotter como Juan el Bautista. Ambos se habían metido tanto en la piel de sus respectivos personajes que se odiaban en la realidad, y en sus intervenciones juntos, cada uno elevaba aún más la voz para eclipsar la del otro. Por eso, cuando a Ranczak le entregaban la supuesta cabeza de él en una bandeja, la besaba con obsceno deleite, mucho más que el que requería el personaje, y a Clemens mismo le daban ganas de hacer oír su vozarrón por encima del indignado rey Herodes y gritar: «¡Matad a esa mujer!».

—Perdone, ¿ha dicho usted algo? —preguntó, con cara de susto, el empleado de telégrafos.

—No... Espere, tome esto. —Y deslizó en su mano un billete de cinco marcos.

¿Había pronunciado aquellas palabras, sin ser consciente, pensando más en Ida Cook que en Salomé? En el mensaje le requería por una cuestión de vida o muerte y solicitaba que preguntase por ella, vía telefónica, en el consulado del Reino Unido en Austria.

Por desgracia, Viorica estaba visitando esos días a su hija Naditza en Viena. Sin duda, ella hubiese sido la voz de la razón, y lo cierto es que el agotamiento empezaba a hacer mella en él. Quizá, como consecuencia de su petición de dirigir Viena y Múnich de forma simultánea, alguien en el ministerio decidió que andaba necesitado de trabajo, o demasiado atareado en urdir conspiraciones, y procuraban saciarlo ahora hasta el límite de sus fuerzas. ¿Sería Goebbels, molesto por su encuentro con Hitler, quien consideraba que había pasado por encima de su autoridad, igual que hizo él con Göring? En todo caso, le era imposible pensar en otra cosa que no fuese el maldito festival de verano. No estaba seguro de si estaba ya agotado o le agotaba la idea del trabajo, de plazos salvajes, que tenía por delante. Por una vez, su necesidad imperiosa de ayudar en los planes de rescate de las hermanas británicas era menor que la de quedar contento con su trabajo. De repente se preguntó qué sucedería si ignorase aquel telegrama. «Vaya, debieron de entregárselo al portero del teatro y se le pasó dármelo o no me encontró». «Qué miserable», se dijo. Por otro lado, ¿hasta cuándo estaría al otro lado de la barrera de la legalidad y la moral que se aventuró a cruzar un par de años atrás? ¿A cuántos más tenía que contribuir a salvar? ¿No estaba ya para eso el cónsul Smallbones, a pesar de que sus gestiones no pudieran asegurar visados para todos los solicitantes? Con la incorporación de Bohemia y Moravia, a buen seguro que los judíos perseguidos serían muchos más. ¿Tendría que ayudar también a esos? ¿Y quién le ayudaba a él?

Siguió dándole vueltas en el camerino, y cuando Maschat entró a preguntarle si no reanudaban el ensayo, pensó que el drama de Wilde y la música de Strauss se lo quitarían de la cabeza. No fue así. La forma en que languidecía Juan el Bautista en un calabozo, por ser fiel a sus ideas, lo llevó a imaginarse a él mismo en una celda de la Gestapo, tal vez no cargado de cadenas, pero sí sucio, con el cuerpo cubierto de cardenales y comido por los piojos. A veces Viorica le comentaba que, aunque los pillasen, no iba a suceder nada terrible. A lo sumo, la expulsión de la profesión, con la posibilidad de exiliarse a Inglaterra o a Estados Unidos y continuar sus carreras allí. También le señalaba que Frauenfeld había pasado un tiempo en prisión, encarcelado por el gobierno austriaco, y en modo alguno ofrecía la imagen de alguien traumatizado. Como tampoco lo hacía Hitler, si bien su corta estancia en la prisión de Landsberg, tras su fallido golpe de Estado de 1923, fue casi como unas vacaciones en un balneario.

Tras el ensayo, que alargó hasta casi medianoche, con las consiguientes miradas de cansado reproche de los cantantes y los miembros de la orquesta, se marchó a casa en coche. Desde que Woldemar Brick desobedeció sus órdenes después de la noche de los cristales rotos, se estableció una barrera invisible entre ambos. Clemens se dirigía a él lo justo, y Brick no era más elocuente. Ya no les comentaba ufano los reportajes de sus famosas revistas, y ni siquiera hacía preguntas, ni curiosas ni rutinarias. Era un juego en el que los dos estaban al tanto de lo que el otro sabía, y procuraban mantenerse en su puesto sin bajar la guardia, a la espera del golpe que estaba por llegar, y en este caso era evidente que vendría de parte del chófer.

Por la mañana fingió no oír el despertador, ni tampoco el teléfono. Solo cuando los golpes en la puerta se colaron bajo la almohada con la que se había cubierto la cabeza, accedió a abrir.

Era Adele Kern.

—¿Se encuentra bien, maestro?

Clemens había salido a recibirla en bata. Le pidió que aguardase unos instantes y regresó con la primera ropa de calle que cogió del armario. La invitó a entrar, pero antes se encendió un cigarrillo. Le supo horrible, pero así era como se sentía.

—Sí... He debido de dormirme.

¿Había sonado convincente? En realidad, hubiese deseado no despertarse en cien años. Supuso que todas las épocas de la historia conllevaban sus momentos desagradables, pero intuía que aquella los iba a sobrepasar con creces.

—Verá, hoy no me tocaba ensayar, pero fui al teatro a buscar una partitura que me dejé allí y todo el mundo estaba bastante alterado porque usted no aparecía. Le han llamado por teléfono y no sabían si avisar a la policía o enviar a alguien aquí. Veo que no han hecho ni lo uno ni lo otro.

Descubrió en el reloj de pared del salón que eran cerca de las dos. Pues sí que se daban prisa en comprobar que estaba bien. Quizá a nadie le importase un comino. De hecho, a él empezaba a invadirle la misma sensación.

—¿Sabe? Algunas personas han comentado que, como ayer finalizó el ensayo inusitadamente tarde, tal vez estuviera usted agotado. Pero como Viorica me dijo que su madre falleció del corazón... —bajó la voz y la sangre se le agolpó en el rostro al decir esto—, yo he empezado a hacerme preguntas extrañas y he preferido venir. Quizá debería llamar para tranquilizarlos.

—Supongo que lo haré.

No añadió más. En realidad, ahora se arrepentía de haberle abierto la puerta y no veía la forma de hacer que se sintiera incómoda y se marchase por donde había venido. Aunque empezaba a sospechar que su visita no era tan solo para comprobar si aún vivía.

Ella lo corroboró al instante:

—Verá, ayer intentaron ponerse en contacto con usted, y, como no han sabido nada, han recurrido a mí.

No preguntó quién, tampoco Adele se lo dijo. Ambos lo sabían bien.

—Ha surgido un imprevisto. Una persona a la que no se le permite abandonar el país, ni siquiera con los visados que ha obtenido el consulado británico en... Frankfurt. Supongo que nada de esto le resulta extraño.

—A estas alturas me pregunto qué no es extraño, Adele.

Su propia voz le sonó desagradable, quizá a consecuencia del efecto del tabaco en su organismo antes de haber ingerido líquido o alimento alguno. Un par de minutos más tarde se encendió otro cigarrillo. No le importó que el humo hiciera toser a su inesperada invitada. Quizá así se levantara y se marchase.

Sin embargo, bastó que la soprano, con su languidez de heroína mozartiana o, mejor aún, de opereta de Johann Strauss hijo, le dijese un nombre para que el humo se incrustara en sus pulmones como unas garras de rapaz:

—Maliniak.

¿Era posible? Él lo imaginaba fuera del Reich, como a Lothar Wallerstein y a otros tantos. Como al doctor Riemann, del que ignoraba la suerte que había corrido junto a su esposa. Estuvo tentado de pedirle a Ida que hiciera gestiones para saber dónde estaba el doctor, pero se abstuvo puesto que, tras la humillación de obligarle a limpiar la calle, supuso que luego se marchó de Austria, aunque fuese con lo puesto. Quizá nunca llegaría a saberlo.

—Su mujer, Gerda, es muy buena amiga de Mitia Mayer-Lismann. Tenía el número de su domicilio en Londres y la llamó para pedirle ayuda. Como bien sabrá usted, Mitia vive en casa de...

Seguía sin pronunciar los nombres de las hermanas Cook, como si ni siquiera en aquella casa estuvieran a salvo de los oídos que todo lo oían, repartidos por todas las calles, los cafés, los cines y las tiendas del Reich.

—Lo sé —repuso, y le indicó con un movimiento de cabeza que prosiguiera.

—Gerda, como quizá sepa usted, no es judía, aunque al estar casada con uno, la ley la considera como «medio judía».

Le explicó que cuando se vieron atrapados en Austria, tras la anexión, enviaron a su hija al Reino Unido con una familia de acogida, e iniciaron los trámites, a través de amigos, para que a Jerzy lo contratasen en la Universidad DePaul de Chicago, cosa que finalmente lograron. Sin embargo, desde Washington, las autoridades se negaban a otorgarle un visado si no podía demostrar los años que había trabajado en la Ópera de Viena. Y la nueva dirección de esta no quiso extenderle un documento que así lo certificase.

—Así que la Gestapo se lo ha llevado a un campo de concentración. Y a Gerda le ordenaron que se divorciase de él, o la considerarían «judía» completa y la enviarían también allí.

Adele le relató que Gerda tuvo que esconderse unos días en casa de su hermana, puesto que la policía se apostó en la puerta de su domicilio, a la espera de su regreso, para arrestarla. Después deambuló durante días enteros por Viena para no comprometer la seguridad de su hermana, y finalmente fue al consulado polaco, donde le aseguraron un visado, ya que estaba casada con un ciudadano de ese país. Viajó en tren hasta Polonia, aterrorizada con la idea de que la detuviesen en la frontera. Sin embargo, le permitieron pasar, y desde allí llamó a las Cook, quienes decidieron viajar a Viena para tratar de solucionar el embrollo. Por desgracia, a última hora Louise tuvo que quedarse aquejada de un fuerte dolor de muelas e Ida se aventuró sola, con su nulo alemán, y se presentó en el consulado británico de la capital austriaca, aprovechando sus contactos con Smallbones.

—Lo peor es que Maliniak es diabético...

Clemens lo recordaba bien, siempre obsesionado por la comida que ingería y en cantidades precisas, y brindando con agua en lugar de con champán en las ocasiones especiales. Comprendió lo que eso quería decir, que un tratamiento inadecuado en el lugar al que lo llevaron podría, con facilidad, constituir su fin.

—¿Cómo se ha enterado usted de todo esto?

—Me llamaron desde el consulado británico en Viena...

—¿Todo esto se ha hablado por teléfono?

Adele se encogió de hombros, a la par que las lágrimas le saltaban de los ojos como chispas de una bengala.

—¿Y mi nombre se ha citado durante esa conversación?

—Bueno... Era inevitable, maestro. Ida me dijo que no lograba localizarle, y ella también estaba preocupada por si le había sucedido algo.

Clemens estuvo a punto de levantarse de la silla y zarandearla, llamarla estúpida y gritarle en las narices que no eran conscientes de lo mucho que se jugaban todos. No era la primera, ni la segunda ni la tercera vez que representaban un papel que no les correspondía en una comedia macabra en la que solo cabía un final trágico, como en *Salomé* de Strauss. Pero no lo hizo, porque a esas alturas ya no iba a servir de nada.

—Váyase, Adele —le dijo sin más, y se levantó para abrirle la puerta.

—¿Me echa?

—No la echo, pero tengo que pensar qué es lo que voy a hacer, si es que hay algo que pueda hacerse aquí.

—Pero Ida dijo...

—La señorita Cook es una novelista con una gran imaginación, y no me cabe la menor duda de que la ha empleado con bastante acierto en momentos críticos. Pero ya no se trata de sacar a alguien por la puerta de atrás del Reich. Maliniak está en manos de la Gestapo, y eso son palabras mayores. Haré un par de llamadas, y si me dicen que no hay nada que hacer, habrá que asumirlo.

—Pero es su amigo.

Era el reproche que le faltaba.

—Usted también lo es. Pero en este momento es peligroso que nos vean juntos fuera de nuestro contexto de trabajo. Vuelva al teatro, diga que me he levantado con fiebre, y no trate de ponerse en contacto conmigo de ninguna forma.

—De acuerdo, maestro.

Cerró la puerta tras ella. Al rato se sirvió un coñac, que despachó de dos tragos, y reunió el coraje suficiente para ir a ver a Frauenfeld, que esa semana estaba en Múnich para acudir a una reunión de la Cámara de Cultura del Reich.

Se dirigió a su villa *art nouveau* y tardó una media hora larga en salir a recibirle, avisado por el servicio. Su expresión seria no constituyó un buen presagio.

—¿Qué es lo que quieres ahora?

—Me he enterado de lo de Maliniak, y me preocupa su precaria salud, expuesto a las privaciones del campo al que se lo han llevado.

Alfred resopló de forma ruidosa.

—¿Y qué quieres que haga? ¿Que salve a otro judío, como a la hija de Walter?

Clemens aludió al posible escándalo internacional, como en la ocasión anterior, pero no sirvió de nada.

—Que se joda. Él y todos los judíos. Y los putos polacos, también. Están poniéndose gallitos con la reclamación de que devuelvan el corredor de Danzig. Y afirman que el Reino Unido y Francia los protegerán en caso de un ataque. ¡Y una mierda! Es mala idea ser polaco en este momento. Y si eres polaco y judío, lo siento por tu Maliniak.

—Pero él iba a salir del país, solo necesitaba un certificado de que trabajó en la Ópera de Viena y se lo han denegado.

Frauenfeld titubeó unos instantes, y luego, con cierto aire teatral, como el que adoptaba en sus funciones de juventud, le replicó:

—Clemens, te seré sincero. Ha llegado a mis oídos un rumor muy feo sobre que estás implicado en asuntos que atañen a la seguridad del Reich. Al principio no le di crédito, pero empiezo a tener mis dudas. ¿Tú tienes algo que ver con un cónsul británico que se ha vuelto loco y quiere sacar a todos los judíos del Reich y llevárselos a su país?

Decidió que sería mejor no mentir, o al menos no del todo.

—Ahora que lo dices, hace poco me presentaron en un desayuno casual a un tal Smallbones, en el hotel Savoy de Frankfurt. Ese es el único cónsul que conozco, pero hablamos de ópera.

—Pues aléjate de él. Tiene unas amistades bastante sospechosas, y me temo que puedan meterte en un lío, si es que no lo han hecho ya. Y hablando de líos, me la jugaste con ese maldito falsificador comunista.

—¿Por qué? ¿Qué sucede con Holzing?

—Lo hemos despedido. En una representación de *Fausto* llenó la cocina de la bruja de hoces y martillos, sospechosamente unidos, como parte del *atrezzo*. ¡Y lo peor es que se le ocurrió hacer un apaño al actor que hacía de Mefistófeles justo antes de salir a escena, y le pegó un bigote recortado bajo la nariz y le peinó el cabello bajo los cuernos para que le resaltase un mechón moreno! Le he evitado la prisión para que no te salpicase el escándalo porque nos lo recomendaste tú, y eso después de lo que hizo con los billetes.

Clemens empleó todo su poder de persuasión en pedirle disculpas, pues ignoraba que aquel tipo fuese un delincuente de ese calibre. Justificó todo en que lo engañó, pues le juró que era una persona en una situación vulnerable que solo deseaba servir al Reich de la mejor forma posible.

—Picando piedra también puede prestarle un buen servicio —resopló Alfred—. Si todo esto ha sucedido porque eres un ingenuo, con tu estúpida manía de no querer meterte en política, lo prefiero a que me hayas hecho una jugarreta. Y respecto a lo otro, mira bien con quién te relacionas. Ya no puedo protegerte. Es más, si de veras me la has jugado, presionaré para que te sea aplicada la ley en todo su rigor.

Tras estas palabras meditó unos instantes, tal vez dolido por lo que acababa de decir, y añadió en un tono algo más suave:

—Hay que andarse con cuidado con ciertas cosas. Todos hemos tenido la debilidad de tener un amigo judío en algún momento de nuestras vidas, al igual que hemos querido ser poetas o mandarlo todo a la mierda e ir a recorrer el mundo sin un céntimo en el bolsillo. Pero si la patria exige el sacrificio de cortar esos lazos, no hay forma más entregada de demostrarle su amor y fidelidad, incluso denunciándolos si es preciso.

Se despidieron con forzada cortesía, aunque antes Clemens le aceptó un coñac, a fin de pasar el mal trago lo antes posible. Estaba claro que ya no podría contar con él.

A la salida de la villa, ni siquiera tuvo que mirar en derredor para que el diligente Brick lo localizara y le abriese la puerta de su coche.

—No podía resultarme más útil —le dijo con una sonrisa que desconcertó al chófer—. Lléveme ahora mismo al aeropuerto.

XLIV

Viena, mayo-junio de 1939
Mov. 3 de la *Sinfonía n.º 4 en mi bemol mayor, «Romántica»*, de Anton Bruckner

Lo cierto era que, cuando tomó el avión a Viena, ignoraba a quién dirigirse. Dedujo que el tal Odilo Globocnik, nuevo *Gauleiter* de Viena, no lo tomaría en serio, y hasta era posible que fuera abiertamente hostil con él si alguien le informaba de su amistad con Frauenfeld, a quien le arrebató el puesto. Así que decidió jugarse el todo por el todo y tomó un taxi hasta la Ópera de Viena. Allí pidió ser recibido por su actual director, Erwin Kerber, del que Hitler le comentó la buena labor que realizaba. Fue al grano con él: Maliniak.

—Ha sido detenido, en parte, porque en esta institución se negaron a certificar algo que era absolutamente cierto: su vinculación a esta casa durante muchos años como director. De habérsele facilitado las cosas, ahora estaría tan tranquilo dando clases en Estados Unidos.

—Krauss... —Kerber se mostraba visiblemente nervioso por encontrarse con él frente a frente—. No sé a qué viene esto, que no tiene nada que ver conmigo. Si la Gestapo se lo ha llevado a un campo de concentración es porque es un...

—¡Sabe quién lo ha detenido y adónde lo han llevado! —le interrumpió Clemens, sin necesidad de exagerar su estado de alteración—. ¿Negará que no se urdió todo desde aquí? No bastaba con llamarle al día siguiente de la anexión y decirle que se prescindía de sus servicios, ¡no! Tenían que destruirle. ¿Quizá porque a él y a mí nos unía una relación de amistad? ¿Ha sido por eso? ¿Han querido vengarse de mí en el pobre Jerzy Maliniak?

—¡No, no ha sido por eso! —estalló Kerber—. Los motivos han sido muy distintos...

—¡Entonces admite que hubo una conspiración para que no pudiera abandonar Austria y marcharse a América!

—Mire, Krauss... —Kerber se levantó de su sillón y abrió la puerta de su despacho para comprobar que no había nadie cerca que pudiera enterarse del contenido de aquella conversación—. ¿Qué demonios es lo que quiere?

Clemens le explicó que mantuvo un encuentro con Hitler en el Berghof algún tiempo atrás, donde le expuso la idea de unificar la dirección de las óperas de Múnich y Viena, y que el Führer se mostró encantado, añadió con la esperanza de que la mentira no alterase la convicción con la que martilleó cada una de las palabras que salían de su boca. Cierto era que, entre la cuestión de Checoslovaquia y otros asuntos, no llegaron a reunirse de nuevo, pero tenía previsto escribirle para terminar de formalizar el acuerdo.

—Por tanto, le hago una propuesta, Kerber: renuncio a la pretensión de dirigir esta ópera y me conformaré con mi puesto en Múnich, si usted intercede por Maliniak y hace las gestiones necesarias para que abandone el Reich.

Aquello cogió con el pie cambiado a su interlocutor.

—¿Está dispuesto a renunciar a tanto solo por un judío?

—Si usted no comprende el sentido de la palabra «amistad», no creo que sea yo quien pueda explicárselo —le respondió.

Kerber pidió entonces garantías de que, en efecto, desistiría de sus pretensiones, pero Clemens se encogió de hombros. No se redactaba un documento en un asunto como este, tendría que creer en su palabra.

—¿O no somos dos caballeros? —añadió, tendiéndole la mano.

—¿No me la estará usted jugando?

—Puede ir al Berghof y preguntárselo al Führer en persona. O, si no, aguardar a que en unos pocos meses, quizá semanas, se le comunique amablemente su relevo y se le agradezcan los servicios prestados, como ustedes hicieron, quizá con algo más de brusquedad, con mi amigo. ¿Qué le parece?

—¿Y cómo puedo plantearle algo así a la Gestapo? —dudó Kerber.

—Puede aducir que, dado que es escoria polaca, que lo devuelvan a su país para que no contamine más el Reich con su presencia. Luego, si es tan tonto de permanecer allí cuando el Führer tome Polonia, allá él con las consecuencias de su falta de previsión.

—Sí, cuando Polonia sea nuestra.

Kerber le estrechó la mano con una sonrisa que Clemens encontró un tanto lúbrica, como si esa idea fuese aparejada a alguna fantasía sexual. Recordó entonces las palabras de Smallbones sobre la cantidad de sádicos que emergían en el Reich, y, lejos de sentirse ofendido por lo referente a su patria, se preguntó si no tendría razón.

Antes de regresar a Múnich, se pasó por su antiguo domicilio, donde residía ahora Naditza, y se encontró a Viorica, quien al verle abrió los ojos como si se tratase de un aparecido. Cuando le explicó lo sucedido, ella se llevó la mano al corazón.

—Es maravilloso lo que has hecho y me siento orgullosa de ti, querido.

—Pues cualquiera lo diría, viendo tu cara.

Viorica le confesó que empezaba a sentir miedo. Sobre todo desde que vio los estragos de la noche de los cristales rotos y, después, la forma tan vertiginosa en la que el Reich se estaba apoderando de otros territorios.

—¿No deberíamos ir pensando en marcharnos también? La gente ya no reclama el corredor de Danzig, sino Polonia entera. ¿Dónde está ahí la justificación histórica? Es un país y una cultura que ya no tienen nada que ver con nosotros.

—Podríais iros a Inglaterra, tenéis muchos amigos allí. De hecho, cada día más —ironizó Naditza desde su cuarto, donde se probaba vestidos frente al espejo.

—¿Y tú no te vendrías con nosotros? —replicó él con amargura.

Por mucho que se esforzasen, no se entendían, aunque al menos la distancia que ambos guardaban era casi siempre respetuosa.

—¡Oh, no! Es en Viena donde está la diversión. No podría imaginarme otro lugar del mundo donde querer morir.

¿Por qué había dicho «morir» en lugar de «vivir»? ¿Era un lapsus, un pálpito o solo una forma de entender los tiempos que corrían?

—Yo tampoco —le dijo Clemens, pensativo.

Entonces le propuso a Viorica ir con él al consulado británico. Ella se sorprendió, como si se hubiera tomado su sugerencia de marcharse tan al pie de la letra que le fuese imposible esperar un poco. Pero no hizo preguntas y se dispuso a acompañarle.

Allí se encontraron con largas colas de solicitantes de asilo, a los que la policía amedrentaba, de cuando en cuando, ante la mirada impasible de los *bobbies* británicos, que contemplaban desde sus garitas el lamentable espectáculo. Clemens consideró que no disponía de tiempo para aguardar y pidió ser recibido por el cónsul, lo que le hizo ganarse una mirada de velado reproche de su compañera, por su petulancia. Pero lo atendieron. Al entrar en el consulado, les sorprendió la cantidad de personas de aspecto desastrado, con chaquetas raídas, zapatos con las suelas sueltas y rostros curtidos por la desesperación, que atestaban los pasillos y las oficinas. Una figura familiar dio un respingo al verlos y se abrazó a sus cuellos. Era Ida Cook.

—¡Maestro! ¡Sabía que no se quedaría de brazos cruzados! ¿Ha solucionado el asunto?

Él dudó si responder, pero ella le dijo que no debía preocuparse:

—Oh, somos un equipo y me he quedado a ayudar estos días. Todavía tengo algunos asuntos que resolver.

Los introdujeron en un despacho donde un grupo de más de veinte personas no dejaba de sellar documentos y repasar pasaportes y cartillas. Ida se adelantó y les señaló a un individuo sin afeitar, en mangas de camisa, al que presentó como George Berry.

—Este es el maestro Krauss. Le he confiado a él el asunto de Jerzy Maliniak... y otras tantas cosas más.

—Dios le bendiga —exclamó entonces otro hombre, completamente calvo, con dos arañazos en proceso de cicatrización bajo sendos ojos, a la manera de sangrientas antiparras.

Este fue presentado como el reverendo Frederick Collard, de la Iglesia Anglicana de Cristo.

—El equipo que ve, dirigido por el señor Berry, está haciendo algo similar al señor Smallbones en Frankfurt. Son miles de visados para los judíos de Viena. Y la labor del reverendo no es menos encomiable...

Resultaba que Collard y otro sacerdote realizaban cientos de bautizos de judíos al día allí mismo, en el consulado, con el fin de que esto pudiera protegerles del destino que les reservaban las leyes de Núremberg.

—Pero ¿eso servirá de algo? —exclamó Clemens, atónito.

—Que no sea por no intentarlo... —apuntó Collard—. Yo ya se lo he explicado a la Gestapo y, al parecer, no lo entienden. Pero no he cejado en mi idea, pese a las amenazas.

Se enteraron así de que se lo habían llevado al hotel Metropole, donde, tras golpearlo con dureza, lo amenazaron con tirarlo por la ventana. Lo tuvieron colgado boca abajo del quinto piso durante una media hora.

—Yo les decía: «¡Esto no es nada para mí, a san Pedro también lo crucificaron en esta postura!». Al final se cansaron y, tras amenazarme de muerte, me dejaron marchar.

El hotel Metropole, donde Clemens escuchó que habían llevado al excanciller Schuschnigg para torturarlo, debía de ser el centro de operaciones de la Gestapo en la ciudad. Le asombró sobremanera que pudieran dispensar semejante trato a un religioso extranjero. Berry les explicó que la labor que realizaban había sido iniciada por el diplomático Thomas Kendrick, quien llegó a negociar la salida de diez mil judíos hacia Palestina. Sin embargo, la Gestapo acabó por llevárselo al hotel Metropole, donde lo torturó durante días y luego lo expulsó de Viena, en agosto del año anterior.

—El trabajo del señor Kendrick fue increíble y hemos tratado de continuarlo en la medida de lo posible. Pero apenas contamos ya con medios y siguen haciéndonos la vida imposible.

—Pero ¡es una locura! ¿No se supone que son ustedes diplomáticos? ¿No es esto una embajada? —se indignó Clemens.

Entonces se enteró de que, tras la anexión, la embajada fue degradada a legación y después a consulado general. Esa pérdida de categoría también implicaba algo parecido en lo referente a la inmunidad. Le dio por pensar en Smallbones y su pretensión de querer ser un «grano en el culo» de los nazis. Acaso estos dispusieran de las herramientas adecuadas para extirpárselo de golpe.

Como no deseaban entorpecer aquella labor frenética, Clemens y Viorica decidieron retirarse, pero Ida se ofreció a acompañarlos un rato.

—Todos los días se viven historias terribles entre estas paredes. Vienen mujeres embarazadas que creen que si dan a luz aquí, sus hijos nacerán británicos y no podrán hacerles nada. Y hace unos días llegó una pareja joven que deseaba evitar su arresto y traslado a un campo de concentración. Como no fue posible conseguirles el visado antes de la fecha que tenían fijada para el juicio... ¡Sí, un juicio! Todavía se hacen, aunque sean pantomimas... El caso es que se envenenaron con arsénico frente al consulado. La policía advirtió al señor Berry de que los multarían por ensuciar la vía pública de esa manera.

A Clemens y a Viorica se les revolvieron las tripas. Deseaban marcharse cuanto antes. Sin embargo, él reiteró a Ida que lo de Maliniak iba camino de resolverse.

—Es estupendo, ya hemos tramitado todo para que les ofrezcan acogida en un domicilio de Londres, adonde se trasladarán desde Polonia cuando lo suelten a él. Y luego recuperarán a su pequeña, que está con una familia de acogida.

—Por cierto, tenemos que olvidarnos de los pasaportes falsos. Me es imposible volver a contar con la persona que me los suministraba.

—Es una lástima —exclamó Ida—, han sido de gran utilidad para esas personas a las que no podíamos conseguirles el visado a tiempo.

La última para la que Holzing hizo un pasaporte no era judía. Se trataba de Alice Schreiber, propietaria de una prestigiosa sombrerería de Berlín a la que acudían a comprar la mujer del ministro de Asuntos Exteriores, Joachim von Ribbentrop, y la de Goebbels. El marido de Schreiber sí que era judío, pero logró escapar a Holanda, aunque Clemens no supo con la ayuda de quién. Así que frau Ribbentrop ofreció a Alice la posibilidad de conservar la sombrerería si se divorciaba de su marido. Al igual que Gerda Maliniak, ella se negó, y tampoco quiso venderle el género de forma clandestina, como le sugirió. A consecuencia de ello, le expropiaron el negocio y, al intentar escapar a Holanda, como su marido, le impidieron el paso en la aduana. Estaba en la lista negra, más por desairar a la mujer del ministro que por su matrimonio en sí. Por fortuna, la pericia de Holzing le permitió cruzar la frontera con otra identidad.

—Se me ha ocurrido que hace años que no visito la Academia Filarmónica de Viena —propuso Clemens, deseoso de escapar de la atmósfera opresiva del consulado—. ¿Nos acompañaría usted, querida amiga?

Si bien Ida tenía muchos compromisos pendientes, no deseaba renunciar a esa oportunidad, y se apresuró a ir a buscar su sombrero.

Fueron a pie hasta el Musikverein y, cuando Clemens fue a presentarse, los porteros se quitaron la gorra en señal de respeto.

—¡Cuánto tiempo, herr director! ¿Nos volverá a honrar con su presencia?

Echó cuentas y llevaba sin ponerse al frente de la Filarmónica desde su repentina partida a Berlín, cuatro años atrás.

—¿Sabe que yo fui su último director musical por suscripción? —le comentó con orgullo a la inglesa—. El primero fue Otto Nicolai, el compositor, hace casi cien años. Yo estuve desde 1930 hasta 1933, en que se decidió acabar con esta figura para recibir solo directores invitados. Esta orquesta se ha negado siempre a contar con titulares. Sus miembros tienen a gala gobernarse a sí mismos. Luego, claro, cuando pasé a dirigir la Ópera de Viena también trabajé mucho con ellos, pero ya no era lo mismo.

Del interior de la Sala Dorada llegaban los primeros compases de la *Sinfonía n.º 1* de Brahms. Preguntó a uno de los porteros quién dirigía el ensayo. Se trataba de Heinz Drewes.

—A ese no lo conozco —confesó con apuro Ida.

—Es natural —le susurró Clemens—, es un mediocre.

Y ambos se echaron a reír, para escándalo de Viorica, que no deseaba entrar en la Sala Dorada con ese alboroto.

En realidad, Drewes era un tipo peligroso, uno de los músicos más comprometidos con el régimen, promocionado a los puestos más altos solo por este motivo. Aunque Clemens pensó que algunos podrían afirmar lo mismo de él. También tenía cierta relación con el maestro Strauss, aunque menos estrecha que la que mantenía él.

Se sentaron en las butacas de la parte trasera y quedaron deslumbrados por la pureza del sonido de la Filarmónica, extrayendo volutas doradas de la partitura de Brahms, que se mezclaban con las de los relieves de la propia sala, diseñada por Theophil von Hansen. Al interrumpir Drewes la ejecución, molesto por la presencia de invitados inesperados, otra persona allí presente se levantó de su butaca, situada en la mitad del pasillo. El rostro ceñudo de aquel oyente se deshizo, de repente, en un gesto de amabilidad.

—¡Maestro Krauss! ¿Qué hace usted aquí?

Era nada menos que Baldur von Schirach, quien le estrechó los brazos con un afecto que no creía merecer, a tenor de lo poco que se habían tratado. Le comentó que estaba allí por una reunión de las juventudes austriacas, quienes podían, al fin, mostrar su adhesión al Reich sin miedo a las represalias del pasado. También le preguntó por Octavian, y luego saludó con entusiasmo a Viorica y a Ida Cook, quien se sintió incómoda ante aquel personaje de alta graduación.

—He venido por nostalgia —le explicó Clemens a Schirach—, llevo mucho tiempo sin escucharla.

—¿Y no le llaman para dirigirla? —se extrañó el jefe de las Juventudes Hitlerianas—. Pues eso no puede ser. Señores, ¿han visto quién está aquí? ¡El maestro Clemens Krauss!

Tras pronunciar aquel nombre, se escucharon entusiastas golpes de arco contra las cuerdas. Si antaño tuvo que marcharse casi como un ladrón de aquella ciudad, ahora los miembros de la Filarmónica, integrados a la perfección dentro del régimen nacionalsocialista, se sentían muy honrados de tener ante sí al director de la Ópera de Baviera, quien era considerado el predilecto del Führer.

—¿Sabe qué? Podemos arreglar eso. En un par de semanas, el ministro Goebbels tiene previsto venir para dar un discurso aquí. Se me ocurre que sería magnífico enmarcarlo dentro de un concierto, como el acontecimiento merece, ¡y usted podría dirigirlo! ¡Y usted, señora Ursuleac, cantar en él! ¡Y usted...! —señaló a Ida, como si esta tuviese que tocar algún instrumento dentro de la Filarmónica—. ¡Tocará o vendrá a aplaudir! ¿Qué les parece?

—¿No es un poco apresurado? —repuso Clemens, con escasa resistencia.

¿Era posible que se viera al fin al frente de su orquesta favorita, después de tanto tiempo?

—¡Díganme! ¿Quieren que vuelva el maestro Krauss? —consultó a la orquesta Schirach.

El «sí», al que le siguieron, quién sabe por qué, varios «*Sieg Heil*», fue tan unánime que Heinz Drewes ordenó un descanso, tras lo cual se marchó enfurruñado a su camerino.

—Ya lo estoy viendo. Va a ser un regreso sensacional, un concierto histórico. Seguro que Goebbels se muestra encantado.

—Quizá podríamos colaborar en un futuro, la Filarmónica, usted y yo —se le ocurrió a Clemens, quien decidió capitalizar todo aquel entusiasmo.

—Claro, ¿por qué no? ¿Tiene algo en mente?

—Cuando pienso en la Filarmónica, la primera música que se me viene a la mente es la de los Strauss. ¿No podría programarse en ese concierto tras el discurso de Goebbels?

—Me temo que necesitaremos algo más serio y solemne para ese día. Pero queda pendiente eso que me dice de los Strauss, maestro. Podemos poner en marcha algo muy hermoso.

Dicho y hecho, apenas un par de semanas después, el 5 de junio, Clemens volvió a situarse al frente de la Academia Filarmónica de Viena con dos oberturas de Schubert, la *Sinfonía n.º 4* de Bruckner y los *Dos himnos de Friedrich Hölderlin* de Richard

Strauss, que Viorica cantó de forma muy sentida. Su amiga británica, en cambio, no asistió, pues la reclamaban otros asuntos en su país.

—Bravo —le dijo al término del concierto el ministro Goebbels, quien, pese a todo, se mostró distante con él—. Aún presta usted un buen servicio al Reich, Krauss. Parece que la Filarmónica le ha echado de menos durante estos años.

Pero quien más distante se mantuvo, hasta el punto de que no bajó siquiera a saludarle, fue Erwin Kerber, quien contempló desde su palco con enorme recelo un concierto al que, debido a la visita de Goebbels, le era imposible no asistir. Y es que, por problemas de mantenimiento, este tuvo que celebrarse en la Ópera de Viena en lugar de en la Sala Dorada del Musikverein.

XLV

Viena, 28 de diciembre de 1944
«Komm in die Gondel», de la opereta *Una noche en Venecia*,
de Johann Strauss hijo

—Stiefel —repitió Erich Krenn, como si fuese un conjuro capaz de hacerle confesar—. Veo que voy por buen camino, he apreciado que ese nombre le da miedo.

—¿Se molestará si le digo que quien me da miedo es usted?

El *Hauptsturmführer* se echó a reír, y entonces sí que le inspiró una imagen que no le hubiera gustado encontrarse en las calles por las que caminaba en sus sueños, por lo general pertenecientes a una ciudad imaginaria, compuesta de retales de los rincones de todos los lugares en los que vivió o dirigió conciertos.

—Más bien es un halago. Pero si le doy miedo, supongo que es porque teme que descubra su juego. Le voy a tranquilizar. Ya lo he descubierto. Ahora le toca a usted admitir que es verdad todo lo que le he dicho.

—De acuerdo, es verdad todo lo que ha dicho —aplaudió Clemens. Luego se levantó y dirigió sus pasos hacia la puerta del camerino—. Muchas gracias por la visita, tenga cuidado con la nieve.

Ignoraba cómo, pero Krenn se apresuró, a velocidad sobrehumana y sin estridencias, a apoyar su mano enguantada contra la puerta para impedir que la abriese.

—Buen intento. Retrocedamos. ¿Admite usted que colaboró con esas inglesas en la fuga de todas esas personas que hemos nombrado?

—¿Stiefel también?

Decidió que, dado que todo era una comedia sin sentido, debía hablar en el mismo lenguaje que él, al menos para agotarlo y que rebajase la presión sobre él. Pero aquel tipo tenía algo de Mefistófeles, y la prueba era que, además de no haber bebido ni ingerido alimento en ese tiempo, no daba señales de necesitar ir al baño. Se preguntó si, de haber intentado golpearlo, se hubiera encontrado con que era incorpóreo.

—Stiefel, por supuesto. Venga, no alarguemos esto. Lo desea usted y lo deseo yo.

El capitán arrancó una hoja de su libreta y la depositó sobre la mesa del tocador del camerino. Le entregó igualmente su lápiz.

—¿Quiere escribir usted mismo su confesión o se la redacto yo?

Clemens cogió el lápiz y lo miró como si fuese la primera vez que veía uno.

—Verá, me tienta el hecho de que quiero irme. Pero, como comprenderá, este juego no da más de sí. Soy una persona ocupada y usted, por su cargo, me da la impresión de que también. Pierde el tiempo. La pregunta es: ¿para qué iba a cometer una persona de mi posición un acto de traición como ese? ¿Qué ganaría yo?

¿Era posible aplicar la lógica de lo ilógico y reconducir la situación de modo que el tipo de delito del que se le acusaba no cuadrara en absoluto con su perfil público?

Le reveló su sueldo. Podía parecer escandaloso, y más en tiempos de guerra, pero lo hizo. Incluso lo infló un poco, al dar como ingresos fijos la cantidad percibida por ciertos conciertos extraordinarios en los últimos años. En fin, el propósito era que le quedase clara una cosa:

—No ganaría nada con ello. Primero, si fuese por dinero, ya ve que mi situación es más que solvente. Segundo, gozo de un prestigio social que se iría al garete si incurriera en actividades así. Y tercero, aunque pueda sonar fatuo afirmado por mí, dicen que soy uno de los directores favoritos del Führer. ¿Qué más puedo pedirle a la vida? En cambio, si fuese partícipe de esa historia increíble que me cuenta, lo perdería todo. ¿Y por qué? ¿Por unas chifladas de Londres que me ponen ojitos? Pero ¿las ha visto usted?

El labio inferior de Krenn tembló como si fuera a responder a eso, pero se contuvo.

—¿Y ha visto a las mujeres que se me acercan tras cada función a pedirme autógrafos? ¡Son bellísimas y jóvenes! Porque soy muy feliz con mi compañera, pero si yo quisiera...

No hubo respuesta. Ahora el rostro de su rival se le antojaba impenetrable, como si meditase su siguiente movimiento ante esta salida de tono.

—Si yo quisiera... —prosiguió Clemens, con cierto sentimiento miserable— podría irme cada noche con una, o con las que me apeteciera. Así que, le repito, ¿qué ganaría yo?

—El triunfo de su verdadera personalidad —respondió Krenn en un tono de autosatisfacción, acaso por creerse muy sagaz—. Es usted una persona vanidosa que se ha llevado por delante a todos los rivales que se han cruzado en su camino. Y el poder se le ha subido a la cabeza. Quizá esos pobres desgraciados no le importen una mierda y su verdadero objetivo sea sentirse una especie de dios o de héroe rebelde, porque acaso cree que les otorga así la vida. En verdad, no hay nada que haga sentirse más invulnerable a una persona que tener entre sus manos la decisión de si alguien vive o no. Sí, créame, le comprendo bien, porque eso es lo que experimento en estos momentos hacia usted. Le tengo entre la espada y la pared, Krauss, y me bastaría un sencillo movimiento para hundirle el hierro en las entrañas.

El agobio que le provocaron esas palabras le llevó a encenderse el último cigarrillo que le quedaba. Krenn se lo tiró de un manotazo suave al suelo y lo destripó con la bota.

—Un sencillo movimiento —repitió—. Ya está, Krauss, se le han acabado los privilegios por esta noche. —Y volvió a echarse a reír.

Clemens empezó entonces a experimentar un nuevo miedo: el de que la angustia le hiciera plantearse redactar su confesión.

XLVI

Múnich, agosto de 1939
Preludio al acto II de *Palestrina*, de Hans Pfitzner

El festival de ópera se desarrolló en una atmósfera de expectación tal que el público apenas prestaba atención a lo que sucedía en el escenario. La verdadera emoción era la de sentirse un pueblo unido, de aplausos al unísono y desfiles marciales, cada espectador en su asiento, como si se dispusieran a asistir a una serie de mítines cantados. Pero con la excepción de la *Canción de Horst Wessel*, que Clemens dirigía antes de cada función, nada de lo que allí se interpretaba guardaba una relación próxima con los hechos de la calle. Wagner, por supuesto, era la quintaesencia de la germanidad, y enardecía el orgullo nacional fuera cual fuese la obra interpretada, aunque el compositor no hubiera dejado, a diferencia de sus rivales italianos, prácticamente ningún hueco en el que pudiera aplaudirse en medio de sus óperas. Pero los Strauss y Mozart apenas daban lugar a interpretaciones en clave patriótica. Y es que Clemens había diseñado una programación sin concesiones a la insistencia de Hanke desde el Ministerio de Propaganda. No permitió que se colara ningún compositor arribista, bien posicionado dentro del partido, y defendió que, ante todo, había que celebrar el septuagésimo quinto aniversario de Richard Strauss, el mayor músico vivo. Como mucho, consintió en programar *Palestrina* de Pfitzner, que relataba la vida del gran madrigalista italiano, y la versión alemana de *Los cuatro cascarrabias*, de Ermanno Wolf-Ferrari, como una muestra de la amistad germano-italiana, al ser este compositor hijo de padres de ambas nacionalidades. O por lo menos esa fue la excusa que puso para que el ministerio la dejara pasar. Precisamente, en esos días frenéticos se produjo una reunión de la Sociedad de Naciones con el Führer por el problema del corredor de Danzig, a la que asistió el conde Ciano, de quien se afirmaba en los mentideros políticos que era menos proclive a apoyar a Alemania en una posible guerra europea que su suegro, el Duce.

A partir de ese momento, los periódicos y los noticiarios anticiparon una partida de ajedrez entre gigantes, en la que se realizaban movimientos en apariencia inocuos, de despiste, desde el ángulo más alejado del tablero. Francia, el Reino Unido y la Unión Soviética se reunieron para acordar una reacción común a una posible invasión del territorio polaco, pero, días después, los soviéticos rompieron las conversaciones y firmaron un acuerdo comercial con el Tercer Reich. Si eso sorprendió a la población alemana, lo que no se esperaba era el acuerdo que se anunció a los pocos días entre Hitler y Stalin, materializado a través de sus ministros de Asuntos Exteriores, Ribbentrop y Mólotov. En él, ambas potencias pactaron no agredirse mutuamente ni formar parte de alianza alguna contra el otro. Todo ello conllevó una serie de tratados económicos todavía más desconcertantes.

Clemens, centrado en las óperas, se enteraba por los comentarios de sus músicos.

—¡Se han vuelto locos! —se atrevió a exclamar uno de los violonchelistas, el que cantaba a voz en cuello el himno nazi al comienzo de cada concierto—. ¡Cuando me enteré, estuve a punto de romper mi carnet del partido! ¿Cómo vamos a ser aliados de esos comunistas del demonio? ¿Dónde queda el espíritu de los camaradas caídos el 9 de noviembre del 23? ¿Y qué hay de los mártires asesinados por los rojos?

Sin embargo, la mayor parte era de la opinión de que había que ser prudentes. El Führer había jugado muy bien sus cartas hasta la fecha con Renania, Austria y Checoslovaquia. Era de esperar que su siguiente movimiento requiriera de una estrategia distinta, a fin de evitar las represalias de los aliados. Y si la URSS se ponía ahora de su parte, contra las democracias de Occidente, resultaba difícil imaginar que estas fueran a declarar la guerra al Reich, incluso si la Wehrmacht entraba en Danzig.

Los movimientos se sucedieron en un goteo. Al poco de firmar el Reino Unido un tratado de socorro mutuo con Polonia, tropas británicas fueron enviadas a Francia. Estaba claro que se encontraban a un paso de que estallara la guerra. Y, sin embargo, quien movía los hilos, con puestas en escena de sus ansias por devorar el pastel polaco, se dejaba caer por las tardes por la Ópera de Baviera, como si nada sucediera, para disfrutar del festival. Allí recibía los aplausos de los asistentes a las óperas, más pendientes de su más mínimo movimiento que de lo que pasaba en el escenario. Y así, solo por reacomodarse en su asiento, rascarse la oreja o apartarse su sempiterno flequillo de la frente, Hitler era ovacionado en medio de algún pasaje, lo que le obligaba a rogar, con gestos premiosos pero sin perder la sonrisa, que se guardara silencio. Luego, al término de cada función, era ovacionado con el mismo entusiasmo que si fuese el autor de *Tristán e Isolda* y *Las bodas de Fígaro*.

Esos días, Clemens tuvo oportunidad de recibir una nueva rehabilitación con su regreso al Festival de Salzburgo, donde dirigió de nuevo a la Academia Filarmónica de Viena con un programa de valses y polkas de los Strauss que le hizo sentirse insólitamente feliz. Aunque, con la anexión, el festival había cambiado de forma radical, pues no estaban allí Lothar Wallerstein, Jerzy Maliniak ni, por supuesto, Bruno Walter, entre muchos otros.

A propósito de Walter, varios días después de este concierto, durante un ensayo de *Arabella*, a Clemens le llegó una terrible noticia a través de Hans Hotter, quien tenía familiares en Suiza. Al parecer, la hija de Bruno Walter se había enredado en una relación sentimental con el bajo Ezio Pinza y solicitó el divorcio a su marido, quien, en respuesta, la mató a tiros. Aquello fue recibido por algunos de los cantantes con una mezcla de estupor y risas.

—Que se joda esa zorra —soltó alguien detrás de Clemens—, así aprenderán a no contaminar a otras razas.

—Bah, es un italiano —dijo una integrante del coro—. Esos son medio judíos, medio africanos, tampoco es una ofensa contra las leyes raciales.

Si alguien se sintió indignado por aquellos comentarios, no hizo demasiado por exteriorizarlo. Clemens experimentó un temblor en las piernas y por poco no se desvaneció sobre el atril. Fue auxiliado por Maschat y Hotter, y lo trasladaron al camerino, lo que inquietó no poco a los músicos.

Alguien decidió llamar a un médico.

—Puede que trabaje usted demasiado —le comunicó este una vez lo hubo examinado, media hora después—. ¿Tiene algún antecedente en su familia que haya padecido del corazón?

—Supongo que es el calor —respondió Clemens—. De repente hemos amanecido con bochorno.

—En todo caso, ¿por qué no descansa estos días? Su asistente podría sustituirle.

Maschat mostró su buena disposición, aunque no insistió.

Una vez se hubo marchado el facultativo, se quedaron en el camerino Maschat, Viorica y Adele Kern, quien estaba presente en el ensayo como espectadora, ya que no cantaba en esas funciones.

—Si lo sucedido se debe a que era la hija de Bruno Walter —susurró Maschat con delicadeza, como si con ello diera fe de su discreción—, Hotter me ha contado que era Gretel, no Lotte. Ya sabe, la que... se quedó atrapada durante la anexión.

Lo dijo como si la diferencia fuese importante, como si pensara que de no haber intercedido por ella aún seguiría con vida, eso sí, en poder de la Gestapo y quizá en el hotel Metropole, pero viva. Nada cambiaba aquello.

—No, no ha sido por eso —le respondió Clemens, en un intento de endurecer el gesto—. Y me encuentro bien. Tenemos que volver al trabajo.

—Al menos permita que el ensayo lo acabe yo —le insistió el asistente.

Consintió, y luego observó a Viorica, que estaba pálida por completo, incapaz de articular palabra. ¿Le había traído a la memoria el trágico episodio de Grosavescu? Quizá ahora aceptase hablar al fin de ello. Sin embargo, la presencia de Adele era un inconveniente.

—Querida, yo creo que estaré bien. Además, Viorica también debe proseguir el ensayo... ¿Qué clase de *Arabella* sería sin Arabella?

—Problemas. —Después de permanecer inalterable en presencia de Maschat, el rostro de la soprano se mostró desencajado.

—Sí, pero estos se solucionan en un momento.

Clemens le posó el brazo sobre los hombros, instándola a salir del camerino, pero la dulce Kern se lo retiró.

—Estamos metidos en un buen lío.

—¿Estamos?

Requirieron de un oído absoluto y una paciencia extrema para descifrar lo que tenía que comunicarles, toda vez que, al verse sola con ellos, estalló en un sollozo interminable para el que no encontraba consuelo. Cuando comprendieron el alcance de sus palabras, se miraron el uno al otro, con los labios temblorosos.

Al parecer, las Cook estaban en Berlín organizando las que podían ser sus últimas misiones de rescate antes de que estallase la guerra. Su objetivo en esta ocasión era un hombre implicado en actividades clandestinas, como impresión de octavillas que denunciaban los crímenes nazis, el fin de las libertades en Alemania y la persecución de los judíos. Él mismo lo era, aunque estaba casado con una aria, a la que las Cook lograron sacar del país. Previamente enviaron a Londres a su hija de cinco años con una familia de acogida. Ese hombre estaba buscado por la Gestapo y cada noche dormía en un domicilio distinto. Alguien le proporcionó el contacto de las hermanas inglesas, pero, incapaz de dar con ellas de otra forma, cometió la temeridad de llamarlas por teléfono al hotel Adlon.

—Toda una temeridad, sí —exclamó Clemens, quien se temía lo peor.

Viorica continuaba sin pronunciar palabra.

Adele se recompuso un poco, pero no dejaba de hipar, haciendo irritantes pausas en su discurso. Proveniente de Frankfurt, el fugitivo había quedado con ellas en la Estación

Central de Berlín, donde llevaría un periódico en inglés bajo el brazo a fin de que lo identificaran. Sin embargo, ya se había prohibido vender periódicos en ese idioma y tuvo que adquirir uno en sueco, por lo que no logró encontrarlas. Sí que se percató de que varios agentes de la Gestapo vestidos de paisano, a los que había aprendido a reconocer, estaban en puntos clave de la estación, atentos a los viajeros que llevaban un periódico bajo el brazo. Comprendió entonces que su conversación telefónica con las Cook había sido escuchada. El hecho de que su periódico no fuese inglés lo salvó de ser detenido allí mismo. Consciente de que podían pedirle los papeles, compró un billete para el primer tren a Múnich.

—En realidad, el plan inicial era que las Cook le proporcionasen el documento de una familia inglesa responsable de su acogida para que lo presentara en la aduana británica, sin el cual no podría entrar en el país. Luego pensaba venir aquí para que usted le consiguiera un pasaporte falso, con el nombre que rezaba en el documento de acogida. Pero, así las cosas, se precipitó todo.

Qué temerarias, creer que él obtenía pasaportes como si fueran estampitas de la Virgen, pensó Clemens. Además, tras lo sucedido con Holzing, su intención era no tener más relación con él. Con su obstinación por ir de héroe de no se sabía qué, llegó a poner en peligro al propio Frauenfeld, quien no volvió a llamarle ni a quedar con él, dando por hecho que su amistad era cosa del pasado.

Adele prosiguió:

—Cuando faltaban un par de estaciones para llegar a la Central de Múnich, varios miembros de la Gestapo subieron al tren y pidieron los papeles a todos los pasajeros. Él se metió en el baño y, de milagro, saltó por la ventanilla con el tren en marcha.

Estaba por taparle la boca con las manos para impedir que siguiera diciendo disparates. Pero aquella historia, propia de una mala película de espías británica, parecía ser una aberrante realidad.

Adele volvió a llorar. Lo suyo hubiera sido que Clemens o Viorica preguntaran si resultó perjudicado en la caída, pero no daban muestras de querer saberlo.

—Le dispararon desde el tren y lo hirieron en un hombro. No sé cómo, logró esconderse bajo un puente y pasó allí la noche. Se hubiera desangrado de no ser por unos vagabundos que lo tomaron por uno de esos deportados polacos, se apiadaron de él y le hicieron un torniquete con la manga de una chaqueta. Por suerte, la persona que le proporcionó el contacto de las Cook también le dio mi número de teléfono, por si las cosas se torcían, como en efecto sucedió.

—¿Ha permitido que su número de teléfono circule por ahí, Adele?

Ella se sonrojó tanto que Clemens creyó sentir el calor que desprendía su piel.

—Solo para una urgencia. Esta es la primera vez que una de estas personas... necesitadas de ayuda... me ha contactado directamente.

Clemens tomó conciencia del riesgo que corrían Viorica y él. Adele formaba parte de su compañía, con lo que ahí había otro indicio que apuntaba a ellos.

—Por la mañana me llamó desde una cabina y dijo que yo tenía una habitación para él. Supuse de inmediato que era alguien que me enviaban las Cook. Quizá me llamaron por teléfono para advertirme antes, pero estuve todo el día fuera de casa.

—Podía haber sido una trampa de la Gestapo —le reprochó él.

—Fui a buscarle al lugar convenido —continuó, pasando por alto el comentario—, pero no esperaba encontrármelo herido. Todo el mundo nos miraba por la calle, así que le dije que entrásemos en mi portal por separado... Pero la precaución no sirvió de mucho. Algún vecino lo vio y llamó a la policía.

Otro hipido. No osaban levantar la mirada del suelo, como si cada palabra fuese una paletada más de tierra sobre sus futuras tumbas.

—Por la tarde, la policía llamó a todas las puertas para comunicar que alguien había visto a un individuo sospechoso entrar en el edificio y si tenían idea de quién era o dónde estaba. Por fortuna no registraron el piso, y menos mal, porque no hubiera tenido forma de impedírselo. Era la policía normal, no la Gestapo. Luego llamé a las Cook al hotel Adlon de Berlín para decirles que nuestro amigo estaba bien. Suspiraron aliviadas...

Ahí Clemens abrió los brazos, desesperado.

—Tranquilo... Lo hice desde una cabina —lo calmó ella—. Desde la última vez, en que usted me señaló lo peligroso que era, he extremado las precauciones.

Sin embargo, estaba claro que alguien tenía bajo la lupa a las hermanas inglesas. Quién sabe si a Viorica y a él también.

—¿Quién es ese hombre? —quiso saber Clemens.

—Se llama Walter Stiefel. Estaba al tanto de las actividades de Ida y Louise porque ellas salvaron a su padre, Ferdinand Stiefel, y a su madre, Getta. Los enviaron a Escocia, para lo cual...

—Ellas tuvieron que poner una libra a la semana de su propio bolsillo —completó él, pues Ida le contó las circunstancias de aquel rescate.

Adele asintió.

—¿Y las Cook eran conscientes de las actividades de Walter Stiefel?

—No quiso ponerlas en peligro. Ni ellas lo sabían, ni tampoco les dijo su nombre por teléfono. Solo que su situación era desesperada y necesitaba su ayuda.

—Por tanto, la Gestapo escuchó aquella conversación y buscaba a ciegas a alguien con un periódico que tenía la intención de huir de forma clandestina de Alemania. Tiene sentido. De haber sabido quién era, seguramente hubieran dispuesto de su fotografía para identificarle. No es que mejore la situación, pero al menos no la empeora.

—¿Qué hacemos, herr director? Al señor Stiefel le duele mucho la herida. Tendría que verle un médico.

En ese momento, Clemens se sentía en la tesitura de tirarse de un puente o pedirle a Woldemar Brick la pistola para descerrajarse un tiro. De haber tenido a mano al doctor Riemann, le hubiera pedido su parecer. Aunque a saber dónde se encontraba ahora el pobre. A propósito de Brick, era la única opción que se le ocurría. Descabellada e irracional, pero la única.

Viorica debía volver al ensayo ya. Maschat regresó en ese preciso instante para confirmar si se ocupaba él de todo. Clemens asintió. Le tendió la mano a su compañera y se la estrechó con fuerza, como si no fueran a verse más. Viorica seguía sumida en su estupor. Y a Clemens le vino a la mente aquel nombre, «Grosavescu». Y aunque nunca lo vio en persona, solo a través de una serie de fotografías borrosas en la prensa, cuando anunciaron su muerte, era capaz de imaginarlo a la perfección, con ella entre sus brazos, los labios en el cuello, dándole pequeños mordiscos hasta acoplarse en su boca. ¿Por qué le atormentaba tanto aquella imagen, no confirmada, de una época en la que ni siquiera Viorica y él tenían relación alguna? Ella se marchó y dejó a Clemens sumido en la duda de si le saldría siquiera la voz.

Luego suspiró y se dirigió a Adele:

—Hemos de sacar a ese hombre de su casa con la mayor discreción posible. Pero necesito un rato. ¿Me espera en su portal a eso de las cinco?

XLVII

Múnich, agosto de 1939
Tritsch-Tratsch Polka, op. 214, de Johann Strauss hijo

Aún no tenía muy claro lo que iba a hacer, pero su cuerpo iba por delante de su mente y le instaba a no quedarse quieto. Recordó dónde se guardaban unas llaves que nunca había tenido intención de utilizar, intentó visualizar cómo se manejaba una máquina con la que solo tuvo contacto esporádico, y en un modelo bastante anterior, y salió a la calle. Buscó a Woldemar Brick, quien estaba sentado dentro del Opel Olympia. Curiosamente, ahora echaba de menos su forma de ser de antes, por muy irritante que le pareciera. Incluso estaba tentado de llevarle unas revistas para que retomase la costumbre de importunarlo con chismes y datos extravagantes extraídos de sus páginas. Por otro lado, a fin de amortizarlo, lo tuvo entretenido con el traslado, del teatro a sus casas u hoteles, de los cantantes más importantes de todas las producciones del festival, y el chófer realizó esa labor con discreta eficiencia. Algunos de los que ya le conocían de antes le corroboraron a Clemens su cambio de actitud.

—Tal vez sea mal de amores —bromeó alguno.

Esta desidia melancólica le llevó a pensar que acaso no se tratase de un espía al servicio de la Gestapo o de las SS, como le hiciera ver a Alfred Frauenfeld. No, quizá era un aldeano metido a la fuerza en la gran ciudad que se había hartado de conducir un coche sofisticado que jamás iba a poder permitirse, y de leer revistas que reflejaban un estilo de vida también alejado de sus posibilidades. Porque no era una estrella de cine, ni un cantante, ni un político de renombre, sino un testigo obligado al silencio ante otros privilegiados, a los que, como mucho, podía entretener. Aunque la forma en la que se enfrentó a las tropas de asalto, tras la noche de los cristales rotos, contradecía por completo esta teoría.

En todo caso, ahora necesitaba de él y de su pretendida ingenuidad. Le explicó que había abandonado el ensayo porque se sentía indispuesto y que quería que lo acercase a casa, pero que antes debían parar en una farmacia.

—Por supuesto, maestro. Supongo que entonces no desea que le ponga la radio.

—¿Para oír que vamos a saltar en mil pedazos? No, gracias. Para eso ya brego con cantantes.

—Es triste este mundo en el que vivimos, sí —replicó Brick, y se enderezó la gorra como si fuese a añadir algo más profundo, pero se contuvo.

Se detuvo delante de una farmacia en la Maximilianstrasse.

—¿Le importaría ir usted a comprar una caja de aspirinas?

—No, por supuesto. Espéreme aquí.

Dejó el motor encendido, cosa que Clemens agradeció pues no estaba seguro de ser capaz de arrancarlo a la primera. Se bajó con tal rapidez que se golpeó la cadera con la puerta trasera al cerrarla. Luego se acomodó en el asiento del conductor y sintió el calor de las nalgas de Brick en la tapicería, que se le subió al rostro como una descarga de culpabilidad. Se puso en marcha sin mirar por el retrovisor, para no ver cómo su chófer salía, presumiblemente, a toda prisa de la farmacia con las aspirinas en la mano.

La falta de práctica hizo que fuese a trompicones durante un buen rato, con el temor a acabar ahogando tan refinado motor. Además, le costó enfilar hacia la casa de Adele Kern. En un inicio pensó que se había equivocado de dirección, hasta que la vio salir presurosa del portal.

—Pensaba que no iba a venir… Qué susto. Hasta me preguntaba si le habrían detenido.

Subieron hasta el cuarto piso, donde se encontró en el salón frente a Walter Stiefel. De unos treinta y pocos años, con barba de dos días y una mata de cabellos rebeldes que no contribuía demasiado a alejar de él la imagen de alguien subversivo. Tampoco era de extrañar que hubiese llamado la atención, con el rostro y las manos surcadas de arañazos, supuso que por la caída del tren que bien podría haber sido mortal. Lucía una chaqueta gris cuya tela había traspasado la sangre de la herida del hombro. Adele explicó que aquella prenda era de un hermano suyo, y que fue un triunfo lograr que se la pusiera, pues a punto estuvo de desmayarse por el dolor.

—Tengo la bala dentro —dijo Stiefel con la voz rota, acaso por haber pasado la noche a la intemperie—. Si no me ve un médico, me temo que pueda infectarse.

¿Qué podían hacer? Si al menos estuvieran en Frankfurt, tenía a aquel amigo cirujano que operó la rodilla de Friedl Bamberger. Pero en Múnich no se fiaba ya de nadie que no perteneciera a su círculo más íntimo, y ni siquiera eso.

—Primero vamos a llevarle a un lugar más discreto, y después ya veremos lo que hacemos.

Adele le tendió otra chaqueta, también de su hermano, que Clemens le echó sobre los hombros. Incluso el roce de esta sobre la herida le arrancó lágrimas.

—Tiene que aguantarse hasta el coche. Yo lo cogeré del otro brazo.

Ya eran más de las seis y quedaba todavía algo de la luz menguante de finales de agosto. Descendieron juntos, hasta que en el segundo piso se abrió la puerta y una anciana, que sin duda los había estado espiando por la mirilla, comenzó a gritar:

—¡Es el vagabundo! ¡El ladrón que vino esta mañana! ¡Policía, policía!

—¿Qué dice, señora? —trató de serenarla Clemens—. Es mi primo Klaus, que ha venido a verme desde Dortmund.

—¿Y quién es usted? ¡Seguro que un cómplice suyo! ¡Venían a robar! ¡Policía!

Las puertas del piso inferior y los superiores empezaron a abrirse al escuchar los gritos. Clemens vio a Adele Kern asomada por el hueco de la escalera y le dijo adiós con la mirada. Bajaron sin pausa y sin hablar con nadie hasta que entraron en el coche. Ahora la anciana estaba asomada a una ventana de su casa y se desgañitaba aún más, lo que alarmó a los vecinos de los edificios cercanos.

—Tal vez esa mujer tenga algún problema —la excusó Clemens.

Pero el verdadero problema era que ignoraba cómo hacer que el motor se pusiera en marcha.

—¿Le ha echado usted combustible? —preguntó Stiefel con cierta sorna, aunque su rostro reflejase dolor a causa de su herida.

—Sí, y le he cambiado los neumáticos —rezongó Clemens.

Estuvo cinco minutos buscando el botón de arranque, sabedor de que al coche no le pasaba nada y todo se debía a su propia impericia. Al final, y ante el escándalo que se propagó con rapidez por el vecindario de Adele Kern, estuvo a punto de decirle que salieran de allí y se marchasen andando. Stiefel dio con la clave.

—¿Por qué no gira la llave que ha metido en la ranura?

—Pero ¿no se arranca presionando un botón? La llave es solo para desbloquear el motor.

—No... Este es un nuevo modelo y funciona así. —El joven la hizo girar y, en efecto, se escuchó el ansiado gruñido del motor—. ¿Quiere que conduzca yo?

—Ah, pero ¿puede con ese brazo?

—Con este no, pero creo que me manejo mejor con uno solo que usted con los dos.

¡Menudo arrogante! Aunque apenas llegó a conocer a las personas rescatadas por las Cook, este Walter Stiefel le resultaba, de largo, el más antipático de todos. Con gusto lo hubiera dejado a merced de la Gestapo.

Se puso en marcha justo cuando un policía en bicicleta, alertado por los viandantes, a su vez avisados por los vecinos, se dirigía hacia ellos. Clemens echó marcha atrás para dar la vuelta y golpeó sin querer la bicicleta, provocando que el policía se cayera al suelo. Por fortuna, no llevaba más arma que una porra en su cinturón, con la que poco pudo hacer salvo amenazarlos cuando se alejaban de allí.

—Es usted duro, ¿eh? —bromeó Stiefel entre lo que parecían ser agudas punzadas.

Cuando llegaron a la Bräuhausstrasse ya empezaba a oscurecer. Stiefel descendió del Opel con dificultad, pero sus molestias se trocaron en risas al observar la parte trasera del coche, con uno de los pilotos destrozado y una profunda abolladura en la carrocería.

—Espero que tenga usted un buen seguro —le dijo.

Clemens se echó las manos a la cabeza. Si ya tenía que darle explicaciones de lo más estrambóticas a Brick, ¿cómo iba a justificar aquello? Luego trató de convencerse de que, después de todo, era su jefe y no tenía por qué rendirle cuentas de nada. Cosa distinta eran los otros superiores del chófer, quienes, a esas alturas, ya estarían enterados de su escapada. Solo cruzó los dedos para que no se les ocurriera registrar los pisos incautados a familias judías que les concedieron para las necesidades de la Ópera de Baviera. Sin embargo, él se negó a que dieran acomodo a nadie, ni siquiera por una noche; de hecho, no se habían llegado a utilizar para nada, pese a la insistencia de Maschat. Cada vez que este le sacaba el tema, le daba largas con el ruego de que esperase a la conclusión del festival.

Instaló en el piso más grande a Stiefel y buscó en vano alguna lata de conservas o algún otro alimento. Los ocupantes se marcharon de forma apresurada, como revelaba el hecho de que buena parte de los libros y las numerosas prendas de vestir estuviesen desperdigadas por el pasillo y los dormitorios. Al final halló un poco de té en una lata.

Stiefel se retorcía en el diván del salón, incapaz de hallar una postura en la que su herida no le causara tanto dolor.

—¿Y qué va a hacer conmigo? —le preguntó.

—Eso mismo querría saber yo.

—Va con un atuendo muy elegante. ¿Es camarero en algún café de lujo?

Iba a responderle una grosería, cuando reparó en que llevaba una bandeja con la taza de té humeante y la impresión no era tan descabellada. Se echó a reír.

—¿No se lo ha dicho la mujer que le ha acogido?

Stiefel negó con la cabeza.

—Nada de nombres. Eso me pidieron las inglesas y es lo mejor. Si me atrapan, saben cómo hacer que uno hable, aunque sea lo último que haga en su vida. De hecho, suele serlo.

Al menos las Cook hicieron las cosas de forma correcta, dentro de que fuese un delito de traición contra el Reich. Rogó a Stiefel que le esperase, si bien no podía precisarle cuándo iba a volver. Este le pidió un arma.

—Quiero estar preparado por si vienen —dijo a la vez que se pasaba el dedo por el pescuezo.

Tras dudarlo, buscó en la cocina y le tendió un cuchillo, que el herido apretó contra su pecho como si fuera su última esperanza.

Clemens bajó a la calle ya de noche. Esta vez había dejado el motor del coche encendido. Tras casi una hora dando vueltas por barrios en los que jamás había puesto un pie, logró orientarse y se plantó frente a la imprenta del padre de Holzing, en el doble de tiempo del que había estimado. Cuando entró, el hombre abrió los ojos con estupor. Ni Clemens tuvo que preguntarle nada, ni el otro consideró necesario que le dijera a quién buscaba. Le señaló el camino al despacho, donde halló a Holzing enfrascado en el diseño de un castillo muy similar al de Neuschwanstein sobre un fondo de cisnes. ¿Acaso una idea para una producción de *Lohengrin* que jamás vería la luz?

—¿Qué quiere de mí? —le soltó Albrecht Holzing con todo el desprecio que pudo plasmar en su voz, ya de por sí barriobajera.

—Ya lo sabe usted.

—Me la jugó pero bien.

Ah, ¿de modo que él hacía propaganda bolchevique en *Fausto* y quien se la jugó fue él?

—Necesito de su ciencia, Holzing.

—Y yo, de su religión.

Apenas llevaba dinero encima, y tampoco había tiempo para buscarlo. En casa no le quedaba, y los bancos estaban cerrados a esas horas. De todos modos, lo que buscaba Holzing no era eso.

—Tiene que lograr que me readmitan.

—¿En el teatro? Está loco. Después de la que ha armado...

—No. En ese teatrucho infecto, no. En la Ópera de Baviera.

Ahora sí que estaba convencido de que algo no marchaba bien en aquella mente prodigiosa para el fraude y la imitación.

—No puedo —replicó con dureza—. Y, aunque pudiera, tampoco lo haría. Sería ponerme yo mismo la soga al cuello.

—Ha venido aquí a la desesperada —apuntó Holzing—. La soga ya la tiene, herr director. Y si soy su única esperanza, entonces yo le pido a cambio que se convierta usted en la mía. O me reincorpora a la Ópera o se vuelve por donde ha venido. Mejor aún, soy un hombre desesperado. Estoy pensando en entregarme a la policía y confesar.

—¿Y qué es lo que va a confesar?

En el rostro prematuramente curtido del figurinista asomó una sonrisa siniestra, como si la hubiese dibujado un niño travieso en el encerado en ausencia del maestro.

—Mis múltiples delitos. Falsificación de pasaportes y encubrir una operación de huida de judíos ricos a países enemigos del Reich.

—¿Enemigos?

—Si no lo son hoy, quizá lo sean la semana que viene. Los ingleses ya no son bienvenidos en Alemania. Creo que usted lo sabe bien. Es más, me pregunto si esa amiga inglesa suya todavía seguirá por aquí jugando a *Emilio y los detectives*. Si hablo, quizá la detengan antes de que pueda salir del país.

De modo que eso era. Estaba dispuesto a morir matando, o estiraba su farol hasta la última carta.

—Y eso, supongo, me arrastraría también a mí.

—Por lógica, herr director. Entenderá que un hombre desesperado hace lo que sea por sobrevivir. Y ahora creo que tiene que aplicarse el cuento y llamar a todos sus amiguitos de arriba para que hagan desaparecer mi expediente y yo vuelva a mi trabajo, que, usted mismo lo ha reconocido muchas veces, se me da muy bien.

—Tan bien como el chantaje. —Impulsado por esa desesperación que acababa de describir Holzing, decidió jugárselo todo—. Le pido un último trabajo y luego haré todo lo posible para que le reintegren a su puesto.

Qué mal mentía. ¿O no? Recordó todas las cosas que le había ocultado en los últimos tiempos a Viorica, aunque se consolara pensando que ella hizo lo propio.

Holzing negó con la cabeza.

—Primero la rehabilitación, y luego ya veremos.

—Déjeme que lo piense.

Clemens salió del despacho sin añadir más.

—Usted verá lo que le urge. Pero si ha venido aquí a estas horas, me da que bastante.

El figurinista le despidió con un resoplido producto de las carcajadas mal reprimidas. Clemens pensó que disfrutaba teniéndole en sus manos y que, por una vez, otros experimentasen un sufrimiento como el que mostraba con el orgullo de una cicatriz infantil.

En la calle, abrió la puerta del coche, en esta ocasión con el motor apagado, y luego la guantera. Cuando regresó a la imprenta, el padre dio un respingo al verle entrar de nuevo con algo en las manos. Fue derecho al despacho.

—Tengo una nueva oferta que hacerle. Un último pasaporte por su vida.

Holzing alzó la vista, molesto, de sus bocetos.

—Oh, por favor. ¿No somos ya mayorcitos para...?

El cañón de la pistola de Brick se posó en mitad de su frente y, de pronto, un frío y metálico estremecimiento le recorrió el cuerpo entero.

—Estoy desesperado, sí —admitió Clemens—. Y no sé manejar bien esta pistola, como tampoco el coche de ahí fuera. Se me puede ir el dedo y matarle aquí mismo, lo cual sería un fastidio para mí, ahora que tanto le necesito...

—Mire —acertó a decir Holzing—, creo que estamos sacando las cosas de quicio. Yo...

—Le voy a levantar la tapa de los sesos si no se calla —le dijo en un tono intimidatorio que a él mismo le asustó—. Coja todo lo que sea necesario para hacer un pasaporte y acompáñeme a un lugar. Si se niega, le mataré. Y de veras que no me dará ninguna pena acabar con una rata como usted.

El padre de Holzing estaba asomado a la puerta del despacho, como petrificado, y a pesar de su sigilo, abortó su intento de retirarse, con toda probabilidad para ir a pedir ayuda.

—¡O, si no, a su padre! —Clemens retiró el cañón de la frente del sudoroso Holzing y apuntó al viejo.

Este levantó las manos y permaneció paralizado, como una estatua de sal.

Al final, Albrecht accedió a colaborar. Con gran pesar, ató a su padre de pies y manos y lo dejaron sentado en el despacho, con una mordaza. Clemens le prometió que volvería para soltarlo cuando hubiese acabado el trabajo.

—¿Tienen algún otro familiar que pueda venir aquí y encontrarle?

—Mi madre murió hace tiempo —contestó Holzing—. No va a venir nadie.

Aunque podía estar engañándole, intuyó que la amargura de sus palabras destilaba sinceridad. Holzing abrió su carpeta de trabajo y le mostró un pasaporte en blanco que le sobró de anteriores ocasiones, con el cual llevaría a cabo la falsificación con relativa rapidez.

—No se olvide de ningún material —le aconsejó—. Si, una vez llegamos allí, me dice que le falta algo, entenderé que me ha engañado y...

—Quiero acabar con esta mierda cuanto antes —rezongó—. Llevo todo cuanto necesito.

Cerraron con llave la imprenta y Clemens le preguntó si sabía conducir. Holzing asintió. Con el cañón del arma asomando bajo la americana, le indicó que se sentara al volante, con lo que se libraría de otro rato más de tormento.

Cuando llegaron al piso de la Bräuhausstrasse, encontraron a Walter Stiefel desvanecido en el sofá, presa de unas violentas convulsiones febriles.

XLVIII

Múnich, agosto de 1939
Rosas del Sur, op. 388, de Johann Strauss hijo

—¿Qué le ha hecho? —exclamó horrorizado Holzing.

Clemens se temió lo peor, se acercó a Stiefel y le posó la mano sobre la frente.

—Espero que no sea una infección.

Como eso no tranquilizó al figurinista, tuvo que explicarle que le había disparado la Gestapo cuando se arrojó de un tren. Esto no contribuyó, desde luego, a calmarle.

—¿Es que no piensa llevarle a un médico? Puede morirse aquí mismo.

—¿Y adónde demonios lo llevo en ese estado? Tampoco tengo a nadie de confianza para que venga aquí. Además, eso implicaría dejarle solo a usted, y no pienso arriesgarme.

Se palpó la pistola, que se había guardado en el bolsillo interior de la chaqueta y amenazaba con desgarrarse por el peso. En realidad, le atemorizaba la idea de que pudiera dispararse sola. Le preguntó cuánto podía tardar.

—Dado que tenía este preparado por si era necesario realizar alguno más, no demasiado. Solo tengo que ponerle los sellos falsos y escribir el nombre que usted me diga.

Clemens recordó que ese nombre debía coincidir con el del documento británico de acogida, que obraba en poder de las

Cook. Pero ignoraba cuál era. Tendría que intentar localizarlas en Berlín y preguntárselo. Pero ¿cómo hacerlo sin ser interceptado? ¿Desde una cabina de teléfono, como hizo Adele? Si elegía un nombre cualquiera, las autoridades aduaneras británicas no le dejarían entrar en el país. Necesitaban el documento de marras.

—¿Y dónde está la foto? Sin ella, no puedo hacer nada —insistió Holzing.

Buscaron entre sus ropas y hallaron, dentro de su cartera, una en la que salía con su mujer y su niña de cinco años. Una pequeña risueña de bucles dorados y mirada de agua, herencia de su madre no judía.

—Oh, ¿dónde está esta preciosidad ahora? —exclamó el figurinista.

Clemens le explicó que con una familia de acogida, en Londres. La sonrisa de Holzing se desvaneció al escucharlo. Examinó la fotografía una y otra vez.

—No tiene el tamaño de las que van en los pasaportes, pero casi. Si la recortamos, puede servir, siempre y cuando el aduanero no sea muy puntilloso. Pero me temo que habrá que destruir el resto, porque si le registran y ven que su cara ha sido recortada de ahí, se percatarán del engaño. Y quizá él no quiera perder la foto. A lo mejor es lo único que le queda de su familia.

Clemens lo sopesó unos instantes.

—Mejor su vida que un recuerdo, aunque sea uno tan importante. Si logra volver a abrazarlas, lo valorará más que un pedazo de papel.

—De acuerdo, me pondré a trabajar entonces. Dejaremos el hueco del nombre para lo último. Si quiere, márchese ahora y yo adelantaré lo que pueda.

En eso no hubo consenso. Clemens detectó su voluntad de marcharse de allí y dejarlo en la estacada para ir a la imprenta a liberar a su padre. Debía dejarlo atado también a él mientras trataba de ponerse en contacto con las Cook. Cuando adivinó sus intenciones, Holzing alzó los brazos como si fuese a apaciguarlo, pero luego lo empujó en el pecho. Clemens se tambaleó sobre una pierna y logró detener la caída agarrándose a una mesita sobre la que reposaba una menorá de bronce. La mesita cayó de todos modos al suelo, y la menorá le aplastó un pie a Holzing, lo que impidió su siguiente acción, que sin duda hubiera sido abalanzarse sobre él. El figurinista se retorció de dolor por el suelo. Clemens agradeció a los desahuciados propietarios que no se llevaran el objeto salvador, probablemente debido a su excesivo peso. Sacó la pistola del bolsillo de la chaqueta y, sin que le dejara de temblar la mano, ordenó a Holzing que se levantase.

—¡Joder! Creo que me he roto algún hueso del pie. No podré.

—Tanto me da, pues se quedará en el suelo.

Buscó varios cordones de cortinas y le obligó a atarse los pies con ellos, y luego él le hizo el nudo en las muñecas sin soltar la pistola, lo que le llevó un buen rato. Antes de amordazarlo, le dijo:

—Nos podríamos haber ahorrado todo esto si usted hubiese cooperado.

—Sea lo que sea que vaya a hacer —le espetó con odio Holzing—, ya ha traspasado todas las líneas rojas. No saldrá indemne de esta.

—Pues si yo caigo, usted también.

Le metió en la boca un enorme pañuelo que encontró con unas iniciales en hebreo bordadas. Por un instante temió que pudiera ahogarse, pero no podía mostrar piedad porque estaba en lo cierto: después de los últimos pasos que había dado, sobre todo el robo del coche de Brick, ya no había vuelta atrás.

Sorprendentemente, la pelea y la posterior inmovilización del falsificador transcurrieron sin que Stiefel recobrase el conocimiento. Lo dejó allí, sobre el sofá, tembloroso y empapado en sudor, sin saber si seguiría con vida a su regreso. Tal vez todo aquel esfuerzo fuese para nada, pero a esas alturas daba igual.

Volvió a casa cerca de las once de la noche. Por fortuna, Viorica ya estaba allí. Iba a decirle que estaban acabados, pero ella se le adelantó:

—No tenemos escapatoria. —Sus ojos, atravesados por miríadas de diminutos alfileres rojos, se habían secado después de llorar durante horas—. Han venido preguntando por ti al acabar el ensayo.

—¿Quién? —Tuvo que calmarse, pues sentía cada palabra que le brotaba de la garganta como si de cuchillas de afeitar se tratase.

—Un tipo de la Gestapo... ¿Cómo era su nombre? Krempf, me parece que ha dicho. Cuando se ha presentado como *Kriminalinspektor*, me he puesto tan nerviosa que no he entendido el resto.

—¿Y qué quería?

—Buscaba a las Cook...

Le contó que el agente preguntó cuál era la relación que ambos tenían con ellas. Viorica le explicó que eran grandes aficionadas a la ópera y que trabaron una profunda amistad. Además, eran las artífices de viajes organizados de otros melómanos británicos a las funciones de los teatros alemanes.

—Yo insistí en que nada de malo había en ello... Hasta que... ¡Oh, Clemens! —Intentó llorar, pero sus lagrimales vacíos no destilaron una sola gota más—. Me mostró una foto tuya con ella en la entrada de la delegación británica del consulado británico, en Viena. A mí también se me veía, pero cortada por el hombro, así que no pudieron reconocerme. Yo...

—¿Qué le dijiste?

Viorica se quedó sin voz, y él la apretó contra su pecho a fin de reprimir la tentación de zarandearla. Se lo preguntó de nuevo, con los labios sobre el oído.

Al fin respondió:

—Que el cónsul inglés también es aficionado... Y él, furioso, me ha cortado: «Sí, aficionado a ayudar a los judíos a escaparse». Ha estado casi dos horas aguardando tu regreso, pero como no venías, se ha marchado muy contrariado. Y ha añadido: «De todos modos, ya sabemos dónde encontrar a esas Cook». Pero dijo que volverían a buscarte, y eso último me ha sonado...

A fuerza de contraer los pómulos contra los ojos, brotó una ansiada lágrima que, solitaria, se deshizo indolora barbilla abajo.

Clemens ni siquiera aguardó a que terminase de hablar. Marcó el número de la casa de Adele Kern.

—Hay que llamar a Berlín... —dijo antes de que ella pudiera hacer referencia a nada.

—Me temo que es tarde —dijo Adele con evidente inquietud, e hizo una pausa para seleccionar con cuidado sus palabras—.

Ya no hay nadie que atienda al teléfono. Mi impresión es que alguien ha venido ya.

Clemens, consciente de que aquella conversación podía estar siendo escuchada, decidió que ya no tenía nada que perder. No deseaba que ella se implicase aún más. Si eso era así, él iría a ponerlas sobre aviso apenas llegasen a la ciudad.

—Mi querido maestro —dijo Adele, y sonó como si fuese la última vez que hablaban, algo que, de alguna manera, también sentía él—, qué buena persona es usted. Que Dios le bendiga y le acompañe en este camino.

Tras colgar, miró a Viorica durante un largo minuto sin pronunciar palabra, pese a que ella le preguntó una y otra vez qué sucedía.

—Todo se ha ido al garete. Si la Gestapo sabe lo que hacen las Cook, no tenemos salvación. Las detendrán y dudo que resistan un interrogatorio como el que nos describió el reverendo inglés en Viena.

—Entonces, debemos evitar que las encuentren.

Pero ¿cómo? Según el *Kriminalinspektor* Krempf, el que fue a buscarle al teatro, ya sabían dónde localizarlas. Si la conversación telefónica con Stiefel fue lo que les puso sobre la pista, estaba claro que pincharon sus comunicaciones desde el hotel Adlon. Y también estarían enterados de que se alojaban en el Cuatro Estaciones en Múnich. La única duda era si sospechaban que venían de camino. ¿Habrían llamado también desde el teléfono del hotel a Adele Kern poniéndoselo en bandeja a sus perseguidores? ¿O estos daban palos de ciego, ignorantes del siguiente movimiento de las hermanas? Estaba claro que escucharon, en su conversación con Stiefel, que él debía viajar a Múnich para recoger un pasaporte falso. Por eso fueron a detenerlo en el tren en alguna de las últimas estaciones. Pero no podía estar seguro de que supieran dónde andaban ellas ahora. Solo contaba con dos opciones: o ir a la Estación Central de Múnich para ver si bajaban de algún tren nocturno procedente de Berlín, o dirigirse al hotel Cuatro Estaciones. En ambos casos podían ser detenidos en el acto si la Gestapo ya se encontraba allí.

Clemens sacudió la cabeza, al borde de la desesperación, y varias gotas de su sudor nervioso perlaron la frente de Viorica.

—¿Qué hacemos?
—Dividirnos —propuso ella.
—Quizá Adele nos proporcione información más precisa si vamos a verla. Tal vez tengan otro lugar en Múnich en el que refugiarse para una situación así.
—No, no la comprometamos más, querido. Si hemos de caer, que no seamos todos.
—Está bien. ¿Vas tú a la estación y yo al hotel?
Ella asintió.
—Estarán vigilando. Si nos ven, será como asumir nuestra culpabilidad.
Había una cosa que a Clemens le llamaba la atención, y era que hubiesen renunciado a interrogarle, por el momento, y se conformaran con hacerle aquellas preguntas a su compañera.
—Tal vez no estén seguros de nuestra participación —le dijo a Viorica—. Si lo único que tienen para ir a buscarme es mi presencia en el consulado británico de Viena, podríamos llegar a negarlo. Estuve con Beecham cuando vino de gira, y tú y yo también hemos actuado en el Covent Garden. Nuestra relación artística con ese país está probada, y que las Cook son aficionadas a la ópera es algo que puede corroborar mucha gente; Maschat, el primero.
—Que pase lo que tenga que pasar —respondió ella, con un gesto de resignación y bravura que le recordó a su interpretación de Tosca, cuando visita a Cavaradossi en su celda para rescatarlo, en vano, antes de ser fusilado al amanecer—. Hemos hecho lo que nuestra conciencia nos pedía.
Estrechó sus manos.
—Sabes que te he querido siempre, Clemens.
Él asintió. Consideró estúpido replicarle con palabras similares. La besó hasta que el carillón del salón proclamó con mecánica indiferencia la llegada de la medianoche. Bajaron a la calle y él decidió dejarla en la estación y luego dirigirse al hotel.
No había nadie, ni en los pasillos ni en los salones de esparcimiento. Solo un somnoliento muchacho que, en cuanto le vio, le preguntó con una sonrisa incitadora de propinas:

—¿Es usted el maestro Krauss? Hay una señorita inglesa que le espera en la habitación 424.

Subió hasta la última planta a pie, al ver que el ascensor no bajaba todo lo rápido que le hubiera gustado, y llamó a la puerta con suavidad para que nadie en las habitaciones contiguas se percatara de una visita a horas intempestivas. Cuando esta se abrió, se encontró el rostro anguloso, de valquiria cazadora de guerreros, de Unity Mitford.

—Buenas noches, herr director —le susurró con una dulzura propia del dialecto de las serpientes—. Hacía mucho tiempo que esperaba este momento. Pase.

Él, sin responder al saludo, entró en la habitación mientras se maldecía por sentir lo mismo desde el día en que se conocieron.

XLIX

Múnich, agosto de 1939
Preludio al acto III de *Tristán e Isolda*, de Richard Wagner

La señorita Mitford iba ataviada con un vestido de color cereza, a juego con las dos manchas sanguíneas que relucían en su rostro, sobre las que revoloteaban unas pestañas semejantes al vuelo de un ave del paraíso. Si hubiese querido, bien podría haber desarrollado un código con ellas, sin que restara un ápice al efecto narcotizante de sus palabras. Fue al mueble bar y sirvió dos copas de champán, y le tendió a él la primera. Propuso que ambas entrechocasen y luego lo miró con la misma expectación que el halcón a la paloma.

—Bien, querido Clemens, ¿le sorprende encontrarme aquí?

—¿Qué se supone que debo responder?

Notó las burbujas del champán demasiado concentradas y su chisporroteo se le subió a la nariz, lo que provocó que le entraran ganas de toser. Se contuvo, a costa de que la mirada se le empañase.

—La verdad. ¿Qué le ha dicho el muchacho de recepción? ¿Que le esperaba su amiga inglesa?

—Algo así me parece haberle entendido.

—Y usted ha subido sin dudarlo. ¿No es un poco extraño que supiera que yo estaba aquí? ¿O es que posee el don de la clarividencia?

—Si le dijera que intuyo que esa cuestión va a ser motivo de disgusto entre nosotros, ¿estaría siendo clarividente?

La Mitford rio como solo sabían hacerlo las criaturas fascinantes, y Clemens encontró encantador aquel cascabeleo, que bien pudiera ser el de una soga que iba a anudarse en torno a su cuello antes de que una trampilla cediera bajo sus pies.

—Vayamos por partes. Usted buscaba a una amiga inglesa que no soy yo. ¿Podría tratarse de una de esas dos hermanas estrafalarias que pretendían dárselas de millonarias en este hotel y en el Adlon de Berlín?

—Todos los que se consideran amigos de los músicos son, por lo general, gente estrafalaria.

Debía contenerse. El juego estaba acabado, pero no le daría el gusto de verlo suplicar, ni trataría de explicarse. Es más, era otro gusto el que su inoportuna fantasía pugnaba por proporcionarle. Pero ¿qué estaba pensando? ¿No se despidió de Viorica con un beso que temió que fuera a ser el último? «El último con ella», matizó una odiosa voz en su cabeza, muy similar a la de la señorita Mitford, modelada por las traviesas inflexiones británicas.

—No me gustan las dilaciones, Clemens. ¿Le puedo llamar así?

—Es un hecho consumado, porque ya lo ha hecho dos veces.

«Consumar». Todo apuntaba a verbos que se le podían volver en contra. Era como un roedor que se hubiera internado por error en la madriguera de un reptil hambriento. Lo malo era que empezaba a preguntarse si no sería tan mala idea dejarse devorar por él, solo para que este ¿sacrificio? sirviera al bien común de la misión que lo había llevado hasta allí.

Habían apurado demasiado pronto las copas. Ella sirvió otras dos.

—Bien. Usted ya me dio esquinazo de mala manera hace un tiempo, al dejarme en una posición muy desagradable con...

«Posición». Se le escapó una risa floja. Ella abrió los ojos, entre sorprendida e irritada, y sus pestañas se endurecieron como dagas.

—... ese insoportable amigo suyo. Pensé que quizá fuese usted un aburrido de esos que practicaban la fidelidad o la monogamia, llámelo como prefiera, por un estúpido sentido del deber. Pero luego me pregunté si, en realidad, no me rehuyó porque yo tuve un pálpito certero sobre usted... y sus dos amiguitas.

—Le juro que lo que hay entre ellas y yo es una buena amistad —afirmó.

Se rieron los dos, pero habían bebido demasiado poco como para que les hiciese efecto tan pronto.

—Vamos, usted me entiende. Despertaron mis sospechas sobre si iban siempre en compañía de judíos que intentaban huir de Alemania y con su patrimonio encima. Porque, qué casualidad, esas Cook visten como unas pobretonas en Londres, viajan en metro y sus entradas para la ópera son en el gallinero. En cambio, aquí se alojan en los mejores hoteles, llevan pieles y joyas y tienen palco propio en la Ópera de Baviera. ¿No es de lo más llamativo?

—He de confesar que disfrutan del palco por invitación mía.

—¿Sí? ¿Y también las invita a rodearse de gente de aspecto indeseable? Las vi tres veces, a lo sumo, pero fueron suficientes para despertar mis sospechas. Y luego, por puro azar, resulta que viven en el mismo barrio que mi hermana y mi cuñado, el señor Oswald Mosley, aunque en una casa mucho más modesta que la de ellos. Así que no me costó nada preguntar.

—Bien hecho, preguntar todavía es gratis. Incluso para la gente como ellas.

Ahí sí se desvaneció la sonrisa de Unity, que dejó la copa sobre el mueble bar con un golpe seco.

—He podido saber que están en contacto con organizaciones judías, y también con parroquias que en los últimos tiempos están invirtiendo todos sus esfuerzos en llenarnos el país de escoria. Naturalmente, informé sobre esto a personas de mi confianza que tienen relación con la Gestapo. Al principio no me hicieron caso. Pero hace poco, en una visita a Viena, fui a visitar el consulado británico allí.

Unity Mitford hizo una pausa y bebió un largo trago, como para conferirle glamour a lo que iba a revelar:

—Estoy empleando todas mis energías en que cuando el Reich invada Polonia, el Reino Unido no le declare la guerra. Es primordial que nuestros países, tan similares entre sí, sean aliados. El verdadero problema está en el Este...

—Oh, no crea. Ahora somos amigos de Stalin también.

Ella obvió el intento de interrupción y prosiguió:

—He ido de consulado en consulado tratando de convencerles de que no ayuden en modo alguno a los judíos, tan enemigos de los alemanes como de los británicos.

—¿No ha leído *El mercader de Venecia*? Shakespeare ya los dejó bien retratados.

—En el consulado de Viena me encontré a decenas de judíos en su interior haciendo una pantomima de acogida en sagrado solo para no entregar sus posesiones, robadas con usura a los alemanes. ¡Ya he visto basura de la misma índole en otros consulados! —exclamó con rabia—. Pero lo peor ocurrió cuando, mientras esperaba al cónsul para manifestarle mi indignación, lo vi salir de su despacho ¡con una de las Cook! Creo que era Ida. Naturalmente, me quedé de una pieza, y avisé de nuevo a mis contactos en la Gestapo. Esta vez revisaron la información recabada sobre el consulado británico de Viena y me mostraron varias fotografías en las que se veía a esa mujer, frente al edificio, acompañada por usted. Ignoraban quién era, pero yo lo identifiqué.

—Es posible —suspiró Clemens—, hace poco estuve allí y nos encontramos de forma casual. Y quiso presentarme al cuerpo diplomático de su país.

—Ahora me dirá que también son unos grandes aficionados a la ópera.

—Creo que ya no es necesario. Lo ha dicho usted.

—Sí... Como también lo es el cónsul Smallbones de Frankfurt, ¿verdad? Me parece que le vieron con él en cierta ocasión. Por fortuna, en el Reich siempre hay buenos alemanes dispuestos a ser los ojos del Führer.

Frauenfeld le había advertido sobre ciertas sospechas en torno a él, a propósito de su fugaz encuentro con Smallbones. Se produjo un silencio más interesante que incómodo. Era una pena que aquella mujer no se dedicase al canto. Aunque rubia, qué gran Salomé hubiese hecho de ella en la danza de los siete velos, hasta despojarla de toda su palabrería insinuante. Recordó que ninguna de las intérpretes de este papel lo bailaba y ponían el pretexto de no tener formación en danza, aunque la verdadera razón era que no querían dejarse llevar por la fuerte carga de voluptuosidad de la música. Así que, en ese número, era una bailarina la que sustituía a la soprano. Solo la finlandesa Aino Ackté encarnó, en la época del estreno, el personaje en ambas facetas. Se imaginó entonces a Unity Mitford mientras bailaba para él la música de Strauss, hasta que le ofrecía el cuello para que lo cortase y rellenase con su sangre la botella, próxima a vaciarse, de champán.

—La Gestapo hizo un seguimiento de ambas hermanas a partir de sus lugares de alojamiento habituales, y, de esa manera, han tenido noticia de que iban a ayudar a un delincuente a salir del país. Estuvieron a punto de atraparlo, pero escapó. Y ahora está, que se sepa, aquí en Múnich, donde quién sabe si no le habrá dado cobijo usted mismo.

—¿Tengo yo pinta de dar cobijo a un delincuente?

Los rostros de ambos estaban tan próximos que solo las copas de champán establecían una barrera de cristal quebradizo entre sus bocas.

—Tengo el pálpito de que sus amigas vendrán tarde o temprano a este hotel, sin duda para ayudar a ese criminal fugado. En cuanto pongan un pie aquí, serán detenidas.

—¿Está aquí la Gestapo? —Se hizo el sorprendido—. No he visto a nadie, menos al chico de la recepción.

Ella sonrió, satisfecha otra vez de arrogarse un nuevo mérito.

—Precisamente, le he dicho que van a venir unas compatriotas amigas mías y que quiero darles una sorpresa. Así que, cuando lleguen, las alojarán en la habitación de al lado y me avisarán por teléfono. Y luego no tengo más que llamar a los agentes que aguardan en un Cabriolet, junto a una cabina telefónica, en la puerta de servicio del hotel.

—Es una misión digna de Mata Hari. —La risa le salió ahora sucia, muy poco convincente—. Y se la han confiado a usted, cuando podían haberla resuelto ellos.

—Oh, no tiene ninguna importancia. Además, no lo hago solo porque yo puedo identificarlas de inmediato, sino porque tenía el pálpito de que vendría usted. Y creo que ya es hora de que discutamos un asunto que no deja de darme vueltas en la cabeza desde aquella maldita noche.

—Si quiere que la cabeza deje de darle vueltas, no debería tomar tanto champán.

Ella volvió a servirle y le apuntó con el cuello de la botella, a modo de pistola, en una invitación a beber sin demora.

—Ya está bien de juegos. Sé que intentó librarse de mí y de mis sospechas con la ayuda de su estúpido amiguito Frauenfeld. ¿Cree que no me di cuenta de que conseguirme una casa fue cosa suya? Lo supuse desde el principio, aunque lo he corroborado mucho tiempo después gracias a mis contactos. Todo ello, con el propósito de alejarme del Cuatro Estaciones y que no constatase todo lo que pensaba de las Cook y de usted.

Ya no quedaba más champán en la botella, así que abrió la segunda con tal violencia que la espuma salpicó de lleno a Clemens en el rostro.

—Eso es caro —protestó—, no debería desperdiciarlo de ese modo.

—Lo va a pagar usted. Mejor dicho, me las va a pagar todas juntas. Me despreció aquella noche, cuando el degenerado de su amigo nos dio aquella porquería. Pero yo vi en sus ojos lo que usted deseaba en realidad.

Lo suyo hubiera sido preguntar qué era lo que deseaba, pero había llegado a un punto en el que la respuesta se tornaba demasiado deseable. Bebió para no pensar, y cuando se terminó el champán, los pensamientos volvieron a aflorar en él bastante ebrios. En ellos no era más que un pez moribundo al que solo le restaba dejarse arrastrar por una corriente burbujeante.

—¿Quieres más? —La Mitford había pasado a tutearle—. Pues bébelo de aquí.

Le ofreció su boca, como un cáliz carnoso colmado de licor. Al besarla, percibió en sus labios el aroma culpable de los de Viorica. Pero no podía hacer otra cosa. Era besar o morir. O besar para morir después, de todos modos.

—Me las pagarás —le rugió más que susurró Unity al oído—. Nadie me humilla sin pagar un precio. Dime que en el fondo eso es lo que deseas, que te humille.

Resonó en su cabeza entonces el acorde de Tristán, empleado por Wagner para plasmar el gozo ponzoñoso de la más desatada de las pasiones. Aquella prohibida y condenada por la humanidad, por ceder a impulsos imposibles de plasmar con palabras atropelladas más que con solo cuatro notas culpables: fa, si, re♯ y sol♯. Wagner había escrito la ópera mientras se acostaba con Cosima, la mujer de su amigo el director Hans von Bülow, que luego se convertiría en su esposa. Pero en lugar de revelarle directamente la situación, esperó a que este dirigiera el estreno de su *Tristán e Isolda*, sin saber que daría forma ante el mundo a su propio engaño. Fa, si, re♯ y sol♯.

Se fue a despojar del traje, pero ella se lo arrancó sin miramientos, como si se tratara de su piel y deseara procurarle la lenta muerte de los desollados.

—Di que lo deseas. Quiero escucharlo de tu boca.

—Sí, lo deseo.

—¿El qué deseas?

—Que me mates ahora mismo.

Recordó que había dejado la pistola en la guantera del coche. De haberla tenido a mano, se hubiese disparado para morir con honor en brazos del deshonor. La tentación era tan grande que solo la muerte hubiese evitado que cayese en ella. Cuando la valquiria dejó resbalar hasta sus pies el vestido color cereza, estuvo a punto de echarse a reír. ¿Era posible que ambos lados de las bragas tuvieran sendas esvásticas bordadas?

—¿Qué coño miras?

Le propinó un fuerte revés en la boca que le hizo morderse el labio. Ahora el sabor de la tentación se tornó agrio, como la sangre. Luego le señaló el lecho, sin remisión, como si en realidad le indicara cuál sería su tumba.

—No pienses que nada de lo que hagas o digas te salvará. Es una deuda que teníamos que resolver. Después te entregaré, igual que a ellas.

Se tumbó sobre la cama y su cuerpo se hundió en la blandura

del colchón como si de arenas movedizas se tratase, en un intento fútil de evadirse de aquella escena onírica de pintura degenerada.

La valquiria se sentó sobre las piernas de él y se rio con una crueldad que Clemens encontró deliciosa.

—Piensa que será la última vez, o sea que disfrútala como se merece.

En ese momento llamaron a la puerta.

—¿Quién diablos es? —rugió Unity, girándose encima de él.

—Servicio de habitaciones.

—No hemos pedido nada, lárguese.

—Perdone, señorita, pero creo que aquí hay algo que le interesará ver.

Dubitativa, se levantó desnuda y se cubrió con un albornoz. Quizá fueran los agentes de la Gestapo para avisarla de alguna incidencia en la misión. Abrió la puerta lo justo para que el cañón de una Luger 9 milímetros se posase en su garganta.

—Abra la puerta despacio, sin hacer ruido.

En la habitación entró un hombre encapuchado, vestido con un sencillo traje de pana. Al ver a Clemens, le hizo señas de que se pusiera en pie y se vistiera. Por alguna razón, no se sintió intimidado por el desconocido. Su prevención iba dirigida en exclusiva hacia la mujer. Sacó unas esposas de un bolsillo y le indicó a Clemens que se las pusiera a Unity. La Mitford intentó resistirse, pero fue inútil. La enganchó de la muñeca derecha a un barrote del cabecero de la cama. El encapuchado arrancó el cable del teléfono que había en la mesilla, y luego, al observar la segunda botella de champán casi llena, tuvo una idea.

—Déselo —ordenó a Clemens.

Este fue a protestar, pero entonces el tipo le apuntó a él con la pistola. Con cierta lástima, le acercó la botella a la boca y luego la levantó. El contenido se vació en menos de un minuto, pese a la resistencia de la valquiria, en el fondo de su garganta. Los estragos de lo que Talleyrand llamaba «el vino de la civilización» no tardaron en dejarse sentir en su rostro y su expresión salvaje se amansó a base de espumarajos en la boca. Al final quedó sumida, como Brunilda, en un sueño del que acaso solo el más grande héroe sería capaz de arrancarla. En todo caso, no iba a ser él.

—Tengo una idea —dijo el encapuchado al verla—, pero tendrá que esperarme aquí unos minutos.

Aunque Clemens no tenía intención de ofrecer resistencia, el tipo sacó otro par de esposas del bolsillo y lo sujetó a la pata del pesado ropero que había al fondo de la habitación, lo que le obligó a quedarse tumbado. Todo intento de volcar el armario o romper la pata fue en vano. No se le ocurrió gritar para no atraer a los agentes de la Gestapo que esperaban en la calle.

A los diez minutos apareció de nuevo, ya sin capucha, el mismo tipo, que no era otro que Woldemar Brick.

Extrajo de sus bolsillos varios objetos que deslumbraron a Clemens, incluso a la mortecina luz de las lamparillas de noche. Eran pendientes, brazaletes y collares de oro o incrustados de piedras preciosas. Los esparció sobre el cuerpo de la inconsciente Unity Mitford, a la que había despojado del albornoz para dejarla sumida de nuevo en su rosada desnudez. Al ver sus bragas tiradas en el suelo con las esvásticas, no pudo evitar echarse a reír él también.

—¿Sabe, herr director? Me encantan *La traviata* y *Rigoletto*, y sé perfectamente que, por mucho que usted las haya dirigido y la señora Ursuleac cantado, los personajes de esas óperas no son amigos de ustedes.

Luego se agachó y lo liberó de las esposas. Clemens se levantó con dificultad, mareado por el champán.

—¿Qué se supone que hace usted aquí? —le preguntó al fin.

—Hágase cargo de cómo me lo he encontrado antes. ¿No sería yo quien debería hacer esa pregunta?

Supuso que sí. Brick le mostró entonces la pistola, pero sin apuntarle.

—Me lo ha puesto fácil. La volvió a dejar en mi coche, y además lo ha aparcado enfrente para que supiera que estaba usted aquí. Por otro lado, he preguntado por usted en recepción y me han dicho que había subido a esta suite. Eso sí, estoy muy disgustado por las abolladuras. Realmente decepcionado con usted, herr director.

Luego el chófer abrió la puerta de la habitación y se asomó al pasillo.

—Debemos salir con sigilo. Los amigos de la señorita Mitford siguen abajo, frente a la puerta de servicio. Pero yo he movido el coche y lo he dejado en la parte de atrás del hotel, junto a otra puerta por la que sacan la basura. Saldremos por allí.

Durante los cinco minutos que duró aquel descenso, Clemens no dejó de preguntarse qué circunstancias habrían concurrido para verse en tan extraña situación, sometido a un gozoso y letal chantaje por parte de Unity Mitford y luego rescatado, en apariencia, por su chófer, al que le había robado el coche apenas unas horas antes.

Pero para lo que no estaba preparado era para encontrarse, en su interior, a dos figuras llorosas y sonrientes que lo colmaron de besos cuando se sentó junto a ellas en la parte de atrás.

—¡Querido maestro Krauss! ¡Qué alegría verle sano y salvo!

Se trataba, nada más y nada menos, que de Ida y Louise Cook.

L

Múnich, agosto de 1939
Mov. 2, Andante molto tranquilo, de la *Kleine Symphonie*, de Werner Egk

Como iban a pasar junto al Cabriolet de los agentes de la Gestapo, Woldemar Brick les ordenó que bajasen las cabezas. Luego abandonaron la Maximilianstrasse y se alejaron del centro histórico de la ciudad.

—¿Por dónde pensaban regresar ustedes al Reino Unido? —les preguntó Brick en un inglés mucho más fluido que el que chapurreó con ellas en cierta ocasión.

Sorprendidas, se miraron entre ellas y respondieron que por el aeropuerto de Colonia.

Brick negó con la cabeza.

—Es bastante probable que hayan dado sus nombres y tengan orden de retenerlas. No sé si en todos los aeropuertos alemanes, pero sí en los más importantes, eso desde luego. Pero no pueden controlar todos los trenes. Les propongo que vayamos hasta Garmisch-Partenkirchen, que está a una hora en coche, y desde allí tomen un tren en una estación de las afueras, poco concurrida, en dirección a Suiza.

¿Suiza? Se miraron confundidas. El problema era que transportaban una maleta llena de joyas. Eran propiedad de Alice Schreiber, la dueña de la sombrerería donde compraba la mujer de Ribbentrop. Ella estaba a salvo en Londres, pero aquel era todo su patrimonio. Clemens comprendió que las piezas incrustadas de brillantes que Brick desparramó sobre el cuerpo de Unity Mitford procedían de aquella maleta. Al parecer, un pequeño sacrificio por el bien común.

—En la frontera con Suiza vigilan mucho lo que entra. Nos lo retendrán.

—Mientras no sean judías, los alemanes no les prestarán mucha atención. Además, estos días, temiendo una guerra con Polonia, hay tal cantidad de turistas en fuga que no dan abasto. Y si los suizos les hacen abrir las maletas, digan que son su patrimonio, que atesoraban en un banco alemán y que, ante la inminencia de la guerra, quieren ponerlo a salvo en uno de Suiza. Les extenderán hasta una alfombra para recibirlas. Luego tomen un vuelo desde Zúrich hasta Londres. Si los aduaneros de allá les preguntan por la procedencia de lo que llevan, entonces digan que lo tenían en un banco suizo y que prefieren sacarlo del continente y guardarlo en Londres. Creo que son argumentos bastante convincentes. Como les he dicho, va a ver tal éxodo que ni repararán en ustedes.

Clemens no sabía quién estaba más sorprendido, si las hermanas o él. ¿De qué iba aquello? Brick se detuvo junto a una gasolinera.

—Maestro, sus caminos se separan aquí. Díganse lo que tengan que decirse ahora —le apremió antes de salir del vehículo.

Clemens ignoraba por dónde empezar. Ellas le preguntaron por Walter Stiefel.

—No se preocupen por eso... Lo tengo todo bien atado...

Y recordó entonces al padre de Holzing atado de pies y manos, al igual que su hijo, y que la valquiria esposada. Parecía una broma siniestra. Él mismo se había llegado a visualizar con grilletes cuando estuvo en la suite con Unity Mitford.

—Pero bien... bien atado —añadió con una sonrisa. Luego su semblante adoptó una expresión de gravedad—. Pero está herido, no sé si sobrevivirá. No he podido auxiliarle en ese sentido.

—Rezaremos por él —dijo Louise con cara de circunstancias—. Está muy cerca de lograrlo. Gracias a usted, lo conseguirá.

Le entregaron el permiso de trabajo británico, en el que figuraba el nombre que debía llevar su falso pasaporte. Él prometió que estaría listo en cuanto llegase a casa.

—Es usted nuestro héroe... —exclamó Ida, vencida por el llanto—. Usted, la señora Ursuleac, la señorita Kern y, por supuesto, ¡el gran Ezio Pinza!

¿Debía decirles lo que le sucedió a la hija de Bruno Walter tras haber tenido una aventura con el bajo italiano? En todo caso, aunque el villano de la historia era el esposo de la joven, prefirió no contarles nada que enturbiase la aureola que poseía el cantante para ellas. Cada uno tenía derecho a idolatrar a sus héroes, fueran quienes fuesen. «¿Y si uno de ellos era Adolf Hitler?», preguntó una inoportuna vocecita en su interior, muy parecida a la de Viorica. Decidió ignorarla.

—Ustedes son mis heroínas —les dijo al fin, también con lágrimas en los ojos—. ¿A cuántas personas han salvado?

Ida echó cuentas.

—Esta tarde, antes de tomar el tren en Berlín, hemos enviado un giro postal a un muchacho que debía coger un barco en el puerto polaco de Gdynia. Es un transporte de niños de acogida para el Reino Unido. Por unos escasos días, este cumplía con la minoría de edad y lo han admitido. Si ha logrado embarcar y sacamos al pobre Stiefel del país, habrán sido veintinueve misiones exitosas. Respecto al número, tendría que hacer un cálculo. Hágase a la idea de que en algunos casos se trataba de familias. Quizá oscile entre setenta y ochenta personas.

«Ochenta», repitió para sí con incredulidad, dudando de si debía mostrarse alegre por ello o triste porque eran pocas. Eso lo respondieron las Cook por él:

—El señor Smallbones ha logrado tramitar cincuenta mil visados de salida desde la noche de los cristales rotos. Y tendrá otros cincuenta mil listos en los próximos días. Eso si no estalla la guerra antes. Él sí que ha sido de ayuda para estas personas. Y el señor Berry en Viena y su equipo han logrado sacar a mucha gente. Lo nuestro es una anécdota.

Las abrazó con tal fuerza que se extrañó de que no profirieran un gemido de dolor.

—¿Nos volveremos a ver? —le preguntaron.

—Claro que sí. Ya sea en Múnich o en Londres, o dondequiera que la razón se haya impuesto a la locura, nos encontraremos, y Viorica estará allí también.

—¿Sabe que seguimos sin tener una fotografía firmada de usted con las dos? —le recordó Louise—. Después de aquella de Ida con la señora Ursuleac y usted en el Covent Garden que tomé yo, lo hemos intentado a lo largo de estos años y siempre ha habido algo que lo ha impedido.

—Entonces ya tenemos la excusa perfecta para ese reencuentro.

Se bajó del coche, a instancias de Brick, al que no sabía cómo dirigirse. Este le hizo alejarse unos cuantos metros del vehículo a fin de que nadie los escuchara.

—¿Cuál es la situación entre nosotros? —le preguntó Clemens.

De repente, el semblante del chófer se le antojaba menos amable.

—Soy suboficial de las SS —le dijo—. Por orden de Reinhard Heydrich, se me encomendó la misión de convertirme en su sombra y averiguar su grado de compromiso con el Reich. Igual que se ha hecho con otros artistas.

—Entonces, ¿dejará que ellas se vayan y después me entregará?

—¿Cómo se lo explicaría?

El chófer rebuscó en su chaqueta y extrajo una fotografía. La alzó para que una de las farolas de la gasolinera permitiera distinguir, entre las sombras, la imagen de la niña que Clemens conocía bien. La chiquilla con síndrome de Down.

—Es mi hermana Elfriede. Nació diferente al resto, y mi padre se avergonzaba de ella. Jamás le dio un solo abrazo ni le dedicó una palabra cariñosa. Pero mi madre y yo siempre la hemos querido. Por ella ingresé en el partido. Mi pueblo, como bien sabe, es austriaco, pero está rodeado de Alemania por los cuatro costados. Mucho antes de la anexión, los jóvenes de allí se afiliaron al nacionalsocialismo. Y así empecé a escuchar cada vez más comentarios sobre que a los diferentes, llamémoslos así, habría que darles una muerte misericordiosa. Al fin y al cabo, eran una degeneración de la raza. Entonces pensé que si yo mismo era parte del sistema, nadie se atrevería a tocarle un pelo a Elfriede.

¿Adónde quería llegar con eso? Le entraron escalofríos cuando Brick le detalló cómo tuvo la oportunidad de ingresar en las SS al poco tiempo de afiliarse, y de la noche a la mañana pasó de mero candidato a soldado de primera clase distinguido.

—En realidad, espiarle a usted era solo una parte de mi trabajo; el resto implicaba a todo el personal de la Ópera de Berlín primero, y después de Baviera. Y ¿sabe? En Berlín solo pudimos colocar micrófonos en su despacho, pero cuando llegó aquí y se instaló en su actual casa, ¿recuerda que le regalaron una radio de parte del Ministerio de Propaganda? Pues bien, hay un micrófono dentro.

Clemens recordó que, en ocasiones, el aparato se desintonizaba solo, y él lo achacaba a algún problema del repetidor.

Brick señaló la puerta del copiloto del coche.

—Yo he podido escuchar todo lo que ha dicho usted en su casa y en el teatro, ¿y sabe desde dónde? Desde la radio del coche, que está preparada para ello. De ahí que me encontrase usted muchas mañanas frente al portal de su casa.

—Pero entonces, ¿desde cuándo sabe usted que las Cook y yo...?

Aquí la sonrisa del chófer relució de orgullo.

—Casi desde el principio, herr director. No ha sido usted precisamente discreto. Y lo que no he podido seguir a través de sus conversaciones con la señora Ursuleac, lo he averiguado de otra forma. Cuando me llevó a la imprenta de ese tipo, Holzing, no tuve más que indagar un poco sobre su identidad. Entonces comprendí que ese falsificador colaboraba con usted. De hecho, cuando me robó el coche ayer, envié a algunos de mis compañeros a la imprenta para ver si lo encontraban por allí.

—¿Y llegaron a entrar? —A Clemens empezaron a temblarle las piernas.

—No he tenido noticias de ellos. —Se encogió de hombros—. Gracias a su charla previa con Adele Kern en el camerino, ya me hice a la idea de que estaban en una situación de crisis. Luego he andado a ciegas hasta que conseguí otro coche con un equipo de escucha similar. Ahí ya me enteré, por su conversación en su casa con la señora Ursuleac, que iban a ir a buscar a las Cook al hotel.

Así que me presenté allí y logré interceptarlas antes de que entraran. Lo malo es que no pude hacer lo mismo con usted. Porque ese es otro tema. La diabólica señorita Mitford. En teoría, seguirle a usted era un asunto de mi competencia. Pero ella ha levantado la liebre, sobre todo a raíz de unos informes en los que se documentaban encuentros suyos con Smallbones en Frankfurt y con Berry en Viena. Y algún amigo suyo, con ganas de ascender en la Gestapo, y con el que probablemente se ha estado acostando, ha iniciado una investigación. ¡Y usted les ha puesto las cosas demasiado fáciles, maestro Krauss!

—Entonces, ¿estamos perdidos de todos modos?

Woldemar Brick reflexionó unos instantes antes de responder:

—Tengo una idea para desacreditar esa investigación, pero deberá repetirle palabra por palabra al señor Alfred Frauenfeld lo que le voy a decir. Creo que, aunque no ha sido nombrado *Gauleiter* de Viena, todavía conserva el suficiente poder. Y además está resentido con la señorita Mitford por cómo lo rechazó la noche aquella en que se fueron de fiesta.

—¿Cómo demonios...? —fue a preguntar, pero comprendió que el teléfono también estaría intervenido.

En verdad se encontraba en manos de aquel tipo al que en su momento tomó por imbécil, si bien luego sospechó que lo vigilaba, pero nunca imaginó hasta qué grado. Por otro lado, si escuchó todo lo que sucedía en su casa, ¿le habría oído haciendo el amor con Viorica? Aunque la idea le violentaba, al final resultaba ser lo menos preocupante.

Brick le explicó qué debía comunicarle a Frauenfeld.

—No lo entiendo. Sabe usted todo esto desde hace años, ¿por qué no nos ha denunciado antes?

—He oído toda su vida en este tiempo, maestro. Y he podido comprobar el tipo de persona que es. Al principio lo tomé por un arribista más, como todos esos miembros del círculo del Führer. Pero luego comprobé que le movían otros motivos.

—¿Y cuáles le movían a usted?

Brick suspiró. Miró la hora en su reloj de pulsera y empezó a mostrar síntomas de nerviosismo.

—Si queremos que sus amigas se pongan a salvo, no tenemos mucho tiempo. Está claro que ellas han colaborado con enemigos del Estado, como Stiefel, y su amistad con esos cónsules hostiles a las leyes de Núremberg no mejoran la situación. Pero todas las pruebas que puedan tener contra usted son humo. Dimes y diretes. Al fin y al cabo, como primer director del Reich no es extraño que haya coincidido con todo tipo de personas, incluidos diplomáticos. De hecho, esas pruebas las tengo yo.

Abrió el coche y extrajo de la guantera una carpeta, que Clemens recordaba haber visto allí cuando cogió la pistola.

—Aquí está toda la documentación, desde el principio. No hay más copias de este informe y nadie lo ha leído. Y cuando me han solicitado grabaciones suyas, les he proporcionado conversaciones de usted con la señora Ursuleac del todo inocuas.

Clemens abrió el grueso informe por una hoja al azar y vio una copia de la lista con los nombres y las direcciones de judíos que Ida perdió de vista un instante, aquella tarde en que fueron a la imprenta de Holzing.

—¡Sabía que usted la había cogido! —exclamó, satisfecho de su propia sagacidad—. ¡De hecho, no se molestó en disimularlo!

—Quise ponerle nervioso, maestro. Aunque me hubiese correspondido el papel de idiota, me molestaba un poco que ustedes pensaran que lo era de veras. Pero mi verdadero propósito era que no llamasen tanto la atención. De haberlo querido, no se hubiesen enterado de que les quité esa lista.

Acto seguido, le recomendó que, a partir de ese momento, refutase cualquier relación con las Cook que no se limitase a la de un artista con sus admiradoras. Y si alguien le acusaba de haber colaborado en una operación de espionaje, siempre podía negarla diciendo que fue un ingenuo y que ellas se aprovecharon de su pretendida amistad para llevar a cabo sus turbias actividades.

—Sigo sin entenderlo, y usted no me ha respondido. ¿Por qué?

Después de titubear unos instantes, Brick se puso de medio lado para que no le viera el rostro.

—Cuando me percaté de lo que sucedía, decidí no actuar. Me dije que si sus actividades iban a más, podría destapar una operación de gran calado. Y eso, sin duda, hubiese supuesto un ascenso importante. Pero también entendía qué les movía a actuar de ese modo. En realidad, pensaba que cualquier información importante podía ser utilizada como moneda de cambio por mi parte si en algún momento...

Se quedó sin aliento. La voz se le agudizó y alcanzó un timbre chillón, a un punto de lo insoportable. Luego continuó a trompicones:

—Creía que podría evitarlo... Hace unas semanas la citaron en una clínica aquí, en Múnich. Afirmaban que el Reich sencillamente deseaba estudiar caso por caso a los niños como mi hermana. Sin embargo, a los pocos días llegó una notificación donde aseguraban que, «lamentándolo mucho», había fallecido de neumonía.

En ese momento Brick se quebró. Clemens quiso posarle la mano sobre el hombro, pero él retrocedió. Tardó dos minutos en recobrar el pulso de la voz y prosiguió:

—Tenía dieciséis años y la sonrisa más bonita que nadie hubiera visto jamás. A pesar de que su mente iba más despacio, no era para nada estúpida. Entendía el mundo mejor que usted y que yo. Y mi madre la crio sana como un roble. ¿Neumonía? Le diré lo que pasó: a todos los niños que ingresaron ese día en esa clínica, de la misma condición que Elfriede, les dio por morirse de neumonía.

Brick volvió a consultar la hora. Debía marcharse, le estrechó la mano sin fuerza y luego abrió la puerta del coche, pero antes añadió algo más:

—Por cierto, mis padres ignoran que soy de las SS. Creen que mi profesión es la de chófer. Y poco podía imaginar mi padre que investigué de dónde salió la petición de que Elfriede fuese llevada a esa clínica. Descubrí que... fue él... «Solicito a quien corresponda que ayude a esa criatura, inútil para la sociedad, a librarse del sufrimiento que arrastra desde que nació y que inflige a su propia familia»... No olvide destruir el informe, maestro Krauss.

Lo dejó allí, en aquella gasolinera, sin saber qué hacer ni adónde ir. Era demasiada información la que tenía que asimilar. Luego recordó que debía ir en busca de Walter Stiefel y concluir con éxito la última misión.

Por fortuna, no tardó más de media hora en llegar a la Bräuhausstrasse. Cuando abrió la puerta, vislumbró una silueta sentada en una silla en el salón. ¿Se habría recobrado el herido de sus fiebres tras aquellas horas de reposo?

—Buenas noticias —le dijo—, ya tengo los documentos que necesitábamos. Hay que conseguir que viaje cuanto antes a Londres.

—Krauss —le replicó entonces la silueta—, quizá no debería haber dejado al alcance de mi mano el cuchillo que le entregó al señor Stiefel.

Albrecht Holzing se levantó, empuñando el arma, en dirección a él.

Clemens trató de aplacarlo, pero no tardó en verse contra la pared del pasillo, con la punta del cuchillo sobre su garganta.

—No sé lo que me frena de cortarle el cuello como al cerdo que es.

LI

Múnich, agosto de 1939
Entr'acte-Valse, de Josef Hellmesberger hijo

En ese momento, una voz que denotaba cansancio clamó con energía:

—¡Eh, Holzing! ¿Qué demonios hace?

Como Lázaro resucitado, vislumbró, en lo que creyó que sería la última imagen que vieran sus ojos, a Walter Stiefel avanzar hacia ellos. Iba desnudo de cintura para arriba, con el brazo herido vendado de forma rudimentaria con retazos de sábanas. Sin embargo, su aspecto era notablemente mejor que la última vez que lo vio.

—Déjelo. Venga, ya está. Lo hemos hablado, el señor Krauss es de los nuestros.

Holzing apartó el filo, no sin antes hacerle una pequeña incisión en la garganta, de la que manó un finísimo hilo de sangre que salpicó el cuello de su camisa. Entonces se percató de que estaba rasgada a consecuencia de la violencia con la que se la arrancó Unity Mitford.

—Ha tenido usted suerte —dijo entre dientes el falsificador—. Estas cosas solo pasan en las novelas, no en la vida real.

Y después se enteró de lo sucedido. Holzing logró arrastrarse hasta el desvanecido Stiefel y coger el cuchillo, con el que cortó las ligaduras. Sin embargo, cuando se disponía a marcharse, sintió lástima por el malherido y decidió extraerle el proyectil del hombro. Según dijo, no era la primera vez que tenía que hacer algo así. Sin apenas material, recurrió a lo que encontró en la casa. Y con la ayuda de unas pinzas quirúrgicas que halló en el baño pudo sacar todos los fragmentos de la bala. Después desinfectó la herida con alcohol y le aplicó algodón. Durante el proceso, Stiefel recobró el conocimiento, en medio de espantosos dolores que trató de aplacar mordiendo una correa. Al final se desmayó, pero la limpieza había alejado el riesgo de infección. Y ahora llevaba un rato despierto y hasta con hambre, aunque en la casa no había nada de comer. Lo más curioso es que, mientras hablaban, cayeron en la cuenta de que existía un vínculo entre ambos. Y es que Stiefel había redactado varias octavillas antihitlerianas que, de cuando en cuando, eran esparcidas por las universidades, a la entrada de las iglesias o incluso en los parques públicos. Pues bien, algunas de ellas salieron, precisamente, de la imprenta del padre de Holzing.

—Es sorprendente, sin duda —exclamó Clemens—. Y usted le ha salvado...

—Todos nos hemos salvado aquí —rio Stiefel—. Usted, Krauss, a mí, y yo a usted del señor Holzing.

—¿Y quién demonios me salva a mí? —rugió el figurinista, al que aquellas muestras de entusiasmo le resultaban indiferentes—. Tengo que ir a por mi padre. ¡Como le haya pasado algo le arruinaré la existencia, Krauss!

¿Debía decirle que él mismo ignoraba su suerte, habida cuenta de que Brick envió a algunos de sus compañeros a la imprenta en busca del coche robado? Se apresuró a extraer el permiso de residencia británico de Stiefel. Iba a ser acogido por una familia en Altrincham, cerca de Manchester.

—Aquí está el nombre: Heinrich Schneider. Complete el pasaporte, por favor.

—¿Cree que soy una vaca a la que se le aprieta la ubre y sale leche? —refunfuñó Holzing—. Necesito mi tiempo.

Se sentó ante una mesa, pluma en ristre, y comenzó a trazar en caligrafía inglesa, y con un esmero especial, las letras del nombre solicitado.

Mientras, Clemens recordó que era preciso destruir la documentación que le había entregado Brick. Pero antes quiso comprobar qué contenía el informe. Lo abrió. Estaba redactado a máquina, con numerosas anotaciones manuscritas. En la primera página se recogía una semblanza biográfica de Ida y Louise Cook, y una fotografía de ambas frente a la Ópera de Baviera. A pesar de que estaba bastante movida, se las reconocía sin dificultad. El informe destacaba que Ida era la más inteligente de las dos, aunque no hablase alemán, y que Louise actuaba más a remolque de las iniciativas de su hermana. Incluso figuraba su domicilio en Londres y su número de teléfono. Las siguientes páginas hacían lo propio con Viorica y él, y Clemens se sorprendió de cuántas cosas había hecho como director al verlas en orden cronológico. Después de esta presentación, un tanto inocua, el informe entraba en el meollo de la cuestión, y ahí un escalofrío le recorrió la columna vertebral al percatarse de todo lo que llegó a averiguar el taimado SS, ahora reconvertido en aliado.

Allí estaba detallada toda su colaboración con las Cook, con la copia de la lista que les sustrajo aquella tarde. Pero Brick había ido más allá en sus investigaciones porque, dado que Viorica y él solo conocieron la identidad de unos pocos fugitivos, y casi no los citaron en sus conversaciones privadas, se encargó de rellenar los huecos en ese sentido. Al lado de algunos nombres aparecía un interrogante, y encima, una anotación en lápiz rojo que indicaba «desaparecido de Frankfurt el día...» o «visto por última vez en Berlín en fecha...». El chófer, con gran acierto, relacionaba a estas personas con las funciones operísticas que Clemens programó con la colaboración de las hermanas, señalando quiénes sospechaba que habían sido los fugados en cada una de ellas. También había registrado la llamada telefónica de Clemens a su amigo el cirujano de Frankfurt, en la que le pidió que operase a Friedl Bamberger sin hacer preguntas. El nombre de Mitia Mayer-Lismann era el que más se repetía porque había anotado su grado de relación con la mayor parte de los que allí figuraban, y bastantes eran miembros del profesorado del Conservatorio Hoch de Frankfurt, como el caso del señor Lukas Gershon.

No había referencia alguna a Walter Stiefel, ni siquiera en la lista inicial, y mucho menos en la resolución, todavía en ciernes, de su huida. Evidentemente, Brick no tuvo tiempo de añadirlo. Por otro lado, quizá la ausencia del fugitivo se debía a que las Cook no lo consideraron en ningún momento entre sus candidatos a ser rescatados. Él contactó a la desesperada con ellas a través de conocidos comunes.

Lo peor, sin embargo, era una síntesis de algunas conversaciones entre Viorica y él, donde se evidenciaban las tensiones por cómo se implicaban más y más en las operaciones de rescate. Brick documentaba discusiones casi completas cuando tocaban el tema, con las fechas en las que se produjeron; también las de las reconciliaciones, llegando a añadir cosas como: «La noche del 16 de septiembre, Krauss se disculpa con Viorica y hacen el amor dos veces». Podría haberse ahorrado aquello, o al menos haberlo eliminado de lo que le entregó. ¿O deseaba que comprobase hasta qué punto se metió en sus mentes y en sus cuerpos, como si hubiera sido el mismo Dios? En su afán investigador, incluyó una carta de la Radio de Ámsterdam en respuesta a una pregunta realizada por su departamento, que corroboraba que, en efecto, quien acompañó al piano a Viorica en aquella transmisión, cuatro años atrás, fue Mitia Mayer-Lismann y no él. ¡Y aquello sucedió antes de que lo hubieran puesto a su servicio! ¿O es que acaso Brick empezó a espiarlos con anterioridad? Fue tal su rabia por las anotaciones en torno a su vida personal que las hizo trizas allí mismo, incluyendo una fotografía suya recortada de un diario en la que salía frente a la Ópera de Berlín. Luego se metió los trozos de papel en los bolsillos, con la idea de tirarlos en el primer cubo de basura que encontrase por la calle.

Pero deshacerse de todo lo referente a él no era suficiente. El expediente era muy voluminoso y tardaría un rato largo en hacerlo, pues el resto de la información era de lo más comprometedora. Lo mejor, sin duda, era quemarlo. Se levantó para examinar la chimenea, que resultó estar cegada.

Stiefel le preguntó qué necesitaba. Dudando si mostrársela, a pesar de haber sido despojada de sus datos más íntimos, depositó la carpeta sobre la mesa donde Holzing continuaba su imitación caligráfica de los emisores de pasaportes. El mero roce de la carpeta contra la madera provocó que se le escapase una gotita de tinta y chascó la lengua.

—¿Quiere no molestarme? —le dijo a Clemens—. Tendré que quitar la mancha, y no sé si saldrá.

—Claro, disculpe. —Se sonrojó, y luego señaló la carpeta a Stiefel desde lejos—. Es preciso que destruya su contenido. Tiene información comprometedora para las hermanas Cook y todos nosotros.

—¿Por qué no la arroja a la calefacción central del edificio?

—¿Cómo se hace eso?

Stiefel lo acompañó al pasillo principal, en uno de cuyos muros había una rejilla de la que, en efecto, brotaba un pesado aire caliente.

—Este es el conducto de la caldera; si arroja los papeles por aquí, caerán directamente en ella y se convertirán en cenizas.

—¿Está seguro? Si tuviese cerillas o un mechero... Pero con las prisas me las dejé en casa. ¿No tendrán alguno de ustedes?

Se percató de que llevaba más horas sin fumar de lo que era capaz de recordar, quizá desde su adolescencia. Por alguna razón, las descargas de adrenalina experimentadas esa noche habían sustituido de forma eficaz a las dosis de nicotina diarias que requería su organismo. Tal vez, pensó, de llevar una vida repleta de sobresaltos, hasta podría abandonar el tabaco.

Stiefel había perdido su mechero al arrojarse del tren y Holzing, nuevamente molesto, confesó que no fumaba porque padecía de asma. Un tanto cansado, el fugitivo tomó el cuchillo de la discordia y desatornilló la rejilla. Clemens volvió al salón y, con mirada implorante, requirió la carpeta, que le fue entregada por el figurinista con la misma expresión con la que le hubiera propinado un bofetón. La abrió una última vez y contempló los rostros risueños de las Cook, como detenidos en una época que ya había llegado a su fin. Stiefel, impaciente, le arrebató la carpeta y arrojó su contenido al interior del sistema de calefacción centralizada. Esperaron escuchar algún eco en el fondo de las calderas, pero solo les llegó un crepitar de llamas sobresaltadas.

—Destruido —exclamó Stiefel—, ya no le dará más problemas.

—Ojalá pudiéramos destruir con tanta facilidad cuanto nos

aflige —comentó Clemens, a la par que repasaba los agitados acontecimientos de las últimas horas.

—¿Y qué le aflige a usted, Krauss?

Consideró aquella pregunta un atrevimiento, habida cuenta de la inexistente confianza entre ambos. Aunque de inmediato se percató de que la vida de aquel hombre había estado literalmente en sus manos, y eso lo hacía más cercano que muchos de sus allegados. Clemens quiso cambiar de tema, pero el convaleciente Stiefel le sonreía como si tuviera el don de leer los pensamientos ajenos. Así que le rehuyó la mirada, por si así fuera.

—De modo que ahora ya sabe quién soy —sacó a colación.

Era una tontería ocultarlo, cuando estaba claro que Holzing se lo habría revelado, como así fue.

—En realidad, sigo sin saberlo. Solo conozco su nombre y su posición. ¡Uno de los directores más importantes del Reich! ¿Quién lo hubiera dicho? Creo que le comprendo. Usted es parte de un sistema que aborrece, pero del que cree que no puede escapar. Y probablemente siente remordimientos por lo que otros están haciendo en nombre del pueblo alemán y, por tanto, también en el suyo propio.

—Si quiere conducirme a una conversación política, pierde el tiempo, Stiefel.

No le apetecía que Holzing los escuchara, no solo porque pudiera demorar su tarea, sino porque le incomodaba que conociera sus debilidades. De hecho, a él mismo le angustiaba la idea de tomar plena conciencia de las mismas.

Stiefel no se arredró:

—¿Ha leído a Hermann Hesse? Vive exiliado en Suiza. —No aguardó a conocer la respuesta de Clemens, que intuía negativa—. Hace unos años publicó una novela fascinante sobre Buda titulada *Siddhartha*. Hay una enseñanza importante entre sus páginas. Nos habla de una piedra. ¿Qué puede decirme usted de las piedras, Krauss?

Aquel inicio de conversación le pareció absurdo, pero no desentonaba en absoluto con el cariz de los acontecimientos. Supuso que Stiefel soltaría a continuación una perorata moralizante de carácter místico.

—¿Que se puede ser más tonto que una piedra? —repuso burlón.

Su interlocutor se echó a reír.

—Eso es lo que Siddhartha piensa al principio. Que la piedra es algo sin ningún valor, seco, duro y carente de emociones. Pero entonces se percata de que pronto, según el círculo de las transformaciones, se convertirá en polvo, y después en tierra, y de ahí, en planta o animal. En definitiva, que podría llegar a ser un ente humano y un espíritu. Incluso hasta un dios. Y aquí está lo interesante de la reflexión, que Buda ama a esa piedra no por lo que podría llegar a ser, sino por lo que es: una simple piedra que ha sido todas esas cosas desde siempre.

Stiefel tomó un cenicero de mármol que había en una mesita y, a pesar de lo doloroso que resultó aquel movimiento para su miembro herido, lo recorrió con su índice derecho con delicadeza.

—Y así es como da sentido a todos sus huecos y líneas, incluso al sonido que se produce cuando lo golpea, o a su sequedad.

Lo normal habría sido que aquellas palabras le hubieran provocado una sensación de vergüenza ajena, pero recordó que, no mucho atrás, estuvo reflexionando sobre la creencia en la reencarnación del hinduismo y que se preguntó si no sería posible que un alma viviera todas sus vidas de forma simultánea. Sin embargo, prefirió replicar con socarronería:

—¿Qué está insinuando? ¿Que soy una piedra? Incluso en estos tiempos, algo así es peligroso. Todo el mundo sabe que *Stein* suena inevitablemente a judío.

Stiefel fue a replicar, divertido por la recurrencia del apellido «piedra» en alemán, pero Clemens no le dejó:

—De todos modos, ¿son estos conceptos los que usted difunde en sus octavillas?

—No. De hecho, todo esto lo he aprendido hace muy poco. Me lo ha...

Albrecht Holzing irrumpió ceñudo en medio de la conversación y mostró el pasaporte falsificado sin dejar de soplar en sus márgenes, temeroso de que la tinta fresca delatase su origen. Se lo entregó a Walter Stiefel, que le estrechó con fuerza las muñecas, resintiéndose de la herida aún abierta.

—Ahora debo marcharme.

Clemens le preguntó si estaría seguro.

El otro asintió.

—Solo un día de carretera me separa de la libertad. El señor Holzing me ha facilitado las señas de un camionero, aquí en Múnich, que es camarada. Le voy a pedir que me lleve a otra ciudad más al norte, que no les precisaré para no comprometerles más, y espero tomar allí un avión a Croydon; como muy tarde, esta noche.

Los tres bajaron al portal y vieron las primeras luces de aquel último amanecer de agosto, con el sol asomando indoloro, como un párpado rosado, por encima de las nubes azules. Decidieron que cada uno se marcharía en una dirección distinta.

Clemens lamentó no tener ya el coche para acercar a Holzing a su imprenta. Este le estrechó la mano a regañadientes.

—Espero que mi padre se encuentre bien de salud —le advirtió—. Como le haya sucedido algo, que le quede claro que me vengaré de usted. Sé demasiadas cosas.

—Es verdad —admitió Clemens—. Llegado el caso, tendría usted razón en querer vengarse. Pero quiero que sepa que ha hecho algo muy grande. —Le señaló a Stiefel, que justo en ese momento doblaba una esquina y salía de su campo de visión—. Ha salvado a un hombre. Y mientras haya vida, habrá esperanza.

—¿Esperanza de qué?

La pregunta quedó sin respuesta. Su extraño aliado se alejó también, con sus bártulos bajo el brazo, cojeando de su pie dañado.

Clemens llegó a su casa hacia las ocho de la mañana y abrió con extremo cuidado la puerta. Se asomó al dormitorio y le tranquilizó escuchar la respiración de Viorica. Luego volvió al salón, descolgó sin pérdida de tiempo el teléfono y marcó el número de Frauenfeld. Era jueves, por lo que ya se habría levantado.

—Alfred... —le dijo, y se hizo un silencio desconfiado al otro lado de la línea.

—¿Qué es lo que quieres? —preguntó con hastío el que hasta hacía poco era su amigo.

—Me he metido en un buen lío. —Procuró, por la cuenta que le traía, no hablar demasiado alto.

—¿Otro? Ya te dije la última vez que no recurrieras más a mí.

—La señorita Mitford.

—¿Qué pasa con ella?

Clemens apreció alarma en su tono de voz, así que pasó a contarle la historia ideada por Brick: que Unity seguía obsesionada con él y que, sabedora de sus encuentros circunstanciales con varios cónsules británicos, le había acusado de cosas descabelladas, como ser cómplice de una supuesta fuga de judíos.

—También dice que estoy compinchado con unas hermanas inglesas que vienen a todos mis conciertos. Es verdad que las conozco, porque llevan años dándome la lata. Pero de ahí a urdir con ellas no sé qué planes extravagantes... Además, esas pobres mujeres me parecen las últimas personas a las que se les ocurriría jugar a los espías. En fin, que me ha amenazado con contar esa sarta de mentiras a no sé qué amigos suyos de la Gestapo.

—¿Y qué has hecho tú?

—¿Qué iba a hacer? Me he asustado y le he dado lo que me pedía a cambio de su silencio.

—¿Cómo? ¿Que le has dado lo que te pedía? ¿De qué hablas...?

—Lo que no obtuvo el día de la fiesta. Me citó anoche en el hotel Cuatro Estaciones... Y fui.

Frauenfeld escuchaba cada vez más estupefacto.

—Pero tú, el virtuoso Clemens Krauss, ¿caíste?

Asintió en silencio, aunque Frauenfeld no pudiera verlo al otro lado de la línea, ni tampoco fuese cierto. ¿O no del todo? Recordó la propuesta de Richard Strauss de que se convirtiera en el libretista de su nuevo proyecto de ópera. Desde luego que él no era Zweig, pero ¿podría sonar lo suficientemente convincente, aunque la patraña hubiera sido urdida por Brick? Dio varios detalles, más imaginados que reales, de lo que no llegó a suceder. Sin embargo, el temblor de sus labios, el jadeo entrecortado, mezcla de angustia y deseo involuntario al recordarlo, fue de lo más real. Solo lo adornó un poco y luego se ciñó al guion del chófer.

—¡Quiso utilizar unas esposas y todo! No me atrevo a contarte más.

—¿Y tú te dejaste?

—Verás, cuando estábamos..., escuché un ruido. ¡Había alguien en el armario! Me levanté para comprobarlo y el mirón salió corriendo. Era un compinche de ella, con una cámara fotográfica colgada del cuello. ¡Querían chantajearme! Lo de esparcir infundios en torno a mi persona solo era un anzuelo para su verdadero propósito: atraerme hasta allí, tomarme unas fotos y pedirme dinero.

—¿Y te lo pidió?

—Sí, nada menos que diez mil marcos. Me enseñó su maleta, en la que llevaba un buen número de brazaletes, collares y pendientes con piedras preciosas. Al parecer, ha estado haciéndoles lo mismo a otros. Gente bien posicionada en el partido. ¿Sabes a qué me recuerda esto? ¡Al escándalo de Blomberg!

Esto también fue cosa de Brick, para dar verosimilitud a la historia, puesto que no era un asunto de dominio público. En enero de 1938, el ministro de Guerra, Werner von Blomberg, viudo desde hacía tiempo, se casó con su secretaria, de tan solo veinticinco años. Pero al poco tiempo llegó una carpeta a la mesa de Hermann Göring con fotografías pornográficas de la novia y documentos que atestiguaban su pasado como prostituta en un burdel regentado por su propia madre. El escándalo se llevó por delante a Blomberg, lo que permitió a Hitler arrogarse el papel de dirigir él mismo al ejército en previsión de una futura guerra. La jugada fue tan inesperada que Blomberg confió a su círculo más íntimo que había sido víctima de una trampa. Frauenfeld no le preguntó a Clemens cómo estaba al tanto de aquel turbio asunto.

—Entonces, ¿le pagaste los diez mil marcos?

—No... Perdí la cabeza. Casi la ahogo allí mismo. La he dejado desmayada en una suite del hotel Cuatro Estaciones... Esposada a la cama, desnuda y con las ganancias de sus chantajes desperdigadas por la habitación. No sé si ya habrá recobrado el sentido.

Sobre esto último, habida cuenta de que se había bebido de

un trago una botella casi entera de champán en menos de un minuto, apostaba para sí que aún continuaba inconsciente.

—¿Puedes hacer algo?

Frauenfeld resopló.

—Cada vez me metes en más líos, Clemens. Supongo que puedo llamar a un par de personas de mi absoluta confianza, de arriba del todo, y contarles el caso. Si es una chantajista, eso ha de ser puesto en conocimiento del círculo del Führer para que no la dejen acercarse más a él.

—Por lo que le entendí, tiene cómplices en la Gestapo. Quizá sean amantes suyos... Y es posible que el que tomaba las fotos fuese uno de ellos.

—De acuerdo. También informaré de eso. Llamaré ahora mismo para que alguien vaya a detenerla.

—¿Detenerla?

—El chantaje es un delito, ¿no? Y, encima, es extranjera. Inglesa, además. Y me parece que dentro de poco ese país no se contará entre nuestros amigos.

Nada más colgar, se percató de que Viorica estaba de pie, descalza y en camisón, en la puerta del dormitorio. ¿Cuánto había escuchado de aquella indeseable conversación?

—Querida...

Se aproximó, pero ella extendió los brazos para impedírselo.

—Ni te me acerques.

—Eso que has escuchado...

—¡Qué asco! ¿Es cierto? ¿Esa zorra y tú...?

—No, por supuesto que no. Tienes que escucharme, es una mentira que he tenido que contar para...

Su mirada azul desprendió un brillo de ira forjada en acero. Clemens se quedó paralizado, bajo el peso de una culpabilidad que algo en su interior le obligaba a aceptar, pese a creer que contaba con argumentos que la disipaban.

—Dímelo ahora, sí o no, Clemens. ¿Has estado en la habitación de un hotel con esa mujer en la cama?

—Sí —admitió—, pero no hemos...

—¿La deseabas, Clemens? Dímelo. ¿Tú la deseabas?

Lo fácil hubiera sido mentir, decir que fue por el bien de la misión y para salvar a Walter Stiefel. Pero el peso de la inexorable verdad hizo que inclinara la cabeza hacia delante en una involuntaria afirmación. La deseó cuando Frauenfeld lo arrancó de sus brazos, y volvió a desearla esa noche, cuando tuvo ante sí la imagen más descarnada de sus deseos incontrolables. Era la mujer que lo había comparado con el Führer, al que afirmaba admirar más que a ningún otro hombre del planeta. Y él era uno de los directores favoritos de su ídolo, una prolongación más sofisticada y suave de su caudal de pasión incontrolable. Y, de alguna manera, estaba seguro de que en sus brazos se hubiera sentido tan invencible y poderoso como el propio Hitler.

—Repítemelo.

—La deseaba. Y si Woldemar Brick no hubiese entrado a tiempo en la habitación, yo...

Quizá fuese mejor vivir sin aquel peso, con la conciencia de quién era en realidad, y lo que hubiera podido llegar a ser de habérselo permitido las circunstancias.

—¡Eres un cerdo! —Viorica escupió a sus pies, luego volvió al dormitorio y se encerró de un portazo.

Eso mismo le había llamado Albrecht Holzing cuando posó el cuchillo sobre su garganta. «El cerdo que es», le dijo. Tal vez no estuviese del todo desencaminado.

Al día siguiente, 1 de septiembre de 1939, la radio anunciaba un ataque de saboteadores polacos a los soldados alemanes apostados frente a la frontera de ambos países. La noticia era tan increíble que todo el mundo la dio por veraz sin dudarlo, por la necesidad de que hubiese al fin un detonante para la tan prometida invasión. Esta se produjo mientras el pueblo aún estaba entregado al sueño en el disputado territorio de Danzig, con el bombardeo de la fortaleza de Westerplatte por el acorazado alemán Schleswig-Holstein.

La guerra había comenzado.

LII

Viena, 28 de diciembre de 1944
Vals del emperador, op. 437, de Johann Strauss hijo

Krenn miró furtivamente su reloj de pulsera. ¿Sería posible que también él estuviera agotado? En lugar de sumirle en un sopor de gruñidos en el estómago y calambres en los pies, Clemens decidió acabar de cansarle con su propia charla:

—¿Sabía que tenemos la maravillosa música de Strauss hijo por una desobediencia?

Su interrogador amagó un bostezo y volvió a tomar su lápiz, dispuesto a anotar cualquier cosa que Clemens le dijera, aunque se tratase de una anécdota tonta como aquella. Le ordenó que se explicase.

—Pues fíjese usted qué curioso. Strauss padre, que había conocido el éxito a costa de muchos sinsabores y tras unos primeros años errantes, de cervecería en cervecería, decidió que su fortuna iba a servir para darles a sus hijos la oportunidad de la que él careció en sus inicios. Y les prohibió estudiar música. De Johann, o «Schani», como llamaba a su hijo mayor, esperaba que fuese banquero. Pero, claro está, ¿cómo no va a querer uno dedicarse a la música si su padre es Johann Strauss? O sea que la madre, ya sabe, la dedicataria de la *Annen-Polka*, contrató al primer violinista de la orquesta del padre, Franz Amon, para que le diese clases en secreto. Pero, ¡ay! Un día, Strauss llegó a casa antes de lo previsto y escuchó un violín perfectamente afinado que tocaba la melodía principal de uno de sus valses. Entró de sopetón y sorprendió a su hijo con el instrumento aún sobre el hombro. ¿Y qué cree que le hizo?

—¿Le pegó un tiro? —replicó Krenn sin parpadear.

De repente, la anécdota se tornó escabrosa y a Clemens ya no le apetecía llegar a su conclusión.

—Estoy de broma —precisó el *Hauptsturmführer*, sin dar señal visual alguna de aquella aseveración—. De haberlo hecho, no hubiese compuesto esas obras maestras. Dígame, ¿qué le hizo?

—Le dio una paliza y afirmó que le iba a sacar la música del cuerpo a golpes.

Clemens lamentó haber iniciado aquella conversación, ya que la mención a la paliza logró que Krenn se mostrase satisfecho. Luego finalizó la historia de mala manera. Después de que Strauss padre abandonara el hogar para vivir con otra mujer, la madre, en represalia, no solo hizo que Schani retomase los estudios, sino que obligó a los otros dos hermanos, Josef y Eduard, a convertirse también en músicos pese a que sus vocaciones eran bien diferentes. Y Johann hijo se posicionó como el rival más directo del padre, quien hizo todo lo que pudo por sabotear sus inicios. Las orquestas de los dos Strauss se batieron como ejércitos por todos los salones de Viena, en una guerra que concluyó cuando la temprana muerte del progenitor, con tan solo cuarenta y cinco años, contagiado de escarlatina, obligó al hijo a asumir el mando de ambas formaciones.

—Al final, la obstinación del padre en que el hijo no siguiera sus pasos provocó que este se propusiera superarle. Esa es la historia.

—Y cuál cree que fue la razón auténtica de que el viejo no quisiera eso. —Formuló la pregunta sin entonación interrogativa, dispuesto a responderse a sí mismo—: Que solo podía haber un rey del vals y pensaba que, en justicia, ese honor le correspondía a él.

—Pero hubo dos... Y en orden hereditario.

Ahora Krenn ahogó una risotada con su puño de cuero.

—¿Sabe qué? —exclamó, ya sin asomo de fatiga en el rostro—. En el fondo, estaba en lo cierto. El hijo usurpó su nombre, su estilo, y hasta se apoderó de la orquesta que él había fundado. Para colmo, pasó a la posteridad como el padre de otro tipo llamado igual que él. De haberlo sabido a tiempo, quizá le hubiese dicho que no debía tomarse tan a la ligera la palabra de un padre. En ese sentido, la paliza se quedó corta. Tendría que haberle roto las manos para que no se le pasara por la cabeza rozar siquiera un arco de violín. Eso es lo que hubiera funcionado. Aunque, como le he dicho antes, nos hubiese privado de esas obras tan germánicas.

Esta última palabra la pronunció casi con desprecio. Clemens se preguntó cuál sería su problema con los Strauss, cuando al conocerle unas horas antes se presentó como un supuesto admirador de su arte.

—En todo caso, esa historia, tal como la cuenta usted, ensalza la desobediencia como un valor frente al poder establecido. Sáquela del contexto de un hogar vienés del primer tercio del siglo pasado y aplíquela a la Alemania actual. E imagine que el padre es el Führer y alguien, por ejemplo, el director de orquesta Clemens Krauss, le desobedece en nombre de unas supuestas buenas intenciones. ¿Debería pasarse por alto su traición solo porque enarboló la bandera de una buena causa, o no estaría el Führer, y el Estado al que él representa, legitimado para castigarlo con la más absoluta severidad, para evitar que nadie más ponga en tela de juicio su autoridad y con ello peligre la casa que costó levantar a costa de tantos sacrificios?

El silencio de mármol que por unos instantes inmovilizó a Clemens bajo su peso solo se resquebrajó con otro de esos navajazos sonoros que eran las risotadas de Krenn.

—Pero ¡qué cara se le ha puesto, hombre! Esto no implica nada. Usted ha querido contarme una historia y yo le he correspondido con otra. ¿O piensa que es el único con arte para contarlas? Va a ser cierto que los directores, después de todo, son unos egocéntricos que no escuchan a nadie.

Nadie. El problema era ese. Que nadie podía escucharlos. Estaban aislados en un teatro de conciertos, bajo una nevada intensa, en una noche tan propicia como cualquier otra para ser blanco de un ataque aéreo aliado. De repente, Clemens se preguntó si esta última opción no sería la mejor, porque sabía que le era imposible escapar, tomase el camino que tomase.

LIII

Múnich, de septiembre a diciembre de 1939
Preludio de *La valquiria*, de Richard Wagner

Todo sucedió de forma tan vertiginosa, no en vano aquella comenzó siendo una «guerra relámpago», que resultaba imposible asimilar todos los cambios que traía cada nuevo día. La invasión de Polonia se completó en apenas un mes, con una superioridad aplastante del ejército alemán. El Reino Unido y Francia se apresuraron a declararle la guerra a Alemania, si bien todo quedó en un principio en palabras, cierre de embajadas e interrupción del intercambio comercial. Hasta que apareció un actor inesperado, la Unión Soviética, que invadió el flanco oriental de Polonia sin que Alemania se lo impidiera. Quedó entonces clara la naturaleza del pacto de no agresión firmado por las dos potencias poco tiempo atrás. Los aliados no debían esperar, de momento, ningún tipo de ayuda en el combate que se les avecinaba con el Reich.

Gracias a Woldemar Brick, Clemens se enteró de lo que le sucedió a la señorita Mitford tras su último y accidentado encuentro en el hotel Cuatro Estaciones.

—Intentó por todos los medios hablar con el Führer después de que su país nos declarase la guerra, pero él dio órdenes de que nadie, absolutamente nadie del partido, tuviese trato con ella. Quiso quemar su último cartucho con el *Gauleiter* de Múnich,

Adolf Wagner, pero este se limitó a decirle que disponía de un plazo para abandonar suelo alemán. Así que se fue al Jardín Inglés y se pegó un tiro en la cabeza, precisamente con una pistola de mango de perla, regalo de Hitler.

—¡Ah! ¿Está muerta? —La idea le horrorizó. A pesar de que ella estuvo a punto de destruirlo, no le deseaba ningún mal.

—No. De forma milagrosa, la bala le atravesó el cerebro, pero sigue con vida. Está ingresada en un hospital, en coma. No saben qué hacer con ella. El Führer está deseoso de que experimente alguna mejoría para meterla en un avión de vuelta a su casa. Ha dicho que es un asunto de lo más desagradable.

—Si tenía una pistola consigo, el día del hotel podría habernos disparado de haberle dado usted tiempo para ello.

El chófer se echó a reír.

—Puede, pero tal y como iba vestida, me parece que no tenía dónde guardarla, ¿eh?

Otra cuestión que atormentaba a Clemens era si aquel repentino ostracismo al que fue sometida, y que la llevó a tomar tan desesperada decisión, se debía a cómo actuaron con ella, convirtiéndola en una supuesta chantajista.

—En cierto modo, la dejamos en una situación muy comprometida.

Brick no se atrevió a asegurarlo.

—Que no le remuerda la conciencia por cómo nos libramos de ella. Si eso le hace sentirse mejor, piense que el Führer la ha repudiado por pasarse años haciéndole creer que Gran Bretaña nunca nos declararía la guerra y que tenía más contactos de los que luego ha resultado tener. En todo caso, estaba claro que veía que su posición ante él se tambaleaba a medida que se aproximaba la guerra, y vio una oportunidad de hacer méritos con el descubrimiento del supuesto complot de las hermanas Cook y usted.

—Cierto. ¿Cómo va a quedar ese asunto?

Brick le dijo que estaban de suerte. Al haber caído Mitford en desgracia, no se iban a investigar los extraños hechos acontecidos en el hotel. Los agentes enviados a petición de Frauenfeld la sacaron sin dejarla vestirse siquiera, mientras protestaba que había descubierto ella sola toda una trama criminal internacional contra el Reich. Como no pudo justificar el origen de las joyas que le encontraron, tuvo que pasar un par de noches en comisaría, hasta que fue liberada, con la guerra ya iniciada.

—Se le ha aplicado una *damnatio memoriae.* Todos los archivos relacionados con ella han sido destruidos por orden de Hitler. Así que su nombre no saldrá a la luz, ni siquiera como denunciante. Y respecto a las Cook, como están fuera del país, es un asunto que no creo que nadie vaya a remover demasiado...

—¿Ni siquiera por su vinculación con Walter Stiefel?

Brick sonrió.

—Yo supe de ese nombre por los micrófonos en su camerino, cuando Adele Kern les contó que lo tenía en su casa. Pero él nunca se identificó cuando llamó por teléfono a las inglesas al hotel Adlon, o sea que nada los relaciona en los informes de esa investigación. Pero, como le he dicho, ya no existen. Yo mismo lo he comprobado. De todos modos, todas las cuestiones que tienen que ver con judíos en fuga han pasado a segundo plano. Ahora la prioridad es el trabajo que nos espera en la reorganización de la Polonia conquistada. Estese tranquilo y dedíquese a la música, que es mucho más sana que la guerra.

—¿Y qué ha pasado con el asunto de Holzing?

Brick tardó en darse cuenta de lo que le hablaba, y luego admitió de mala gana que ahí las cosas se torcieron.

—¿Recuerda que envié a unos agentes en busca de mi coche a Haidhausen, a la dirección de la imprenta de ese figurinista suyo? La verdad es que son aspirantes a entrar en las SS, muy dispuestos a hacer lo que se les diga. Una vez allí, escucharon ruidos dentro del local y rompieron la puerta. Y hallaron dentro al padre del tal Holzing, atado, intentando soltarse. ¿Tiene alguna idea de por qué estaba así?

—Alguna... —Clemens se sonrojó.

—Pues bien, aquello les pareció extraño y les dio por registrar el local... Y encontraron octavillas de propaganda comunista. Se llevaron al viejo y me temo que no lo esté pasando bien.

—Pero ¡eso es terrible! —exclamó—. Y ha sido por mi culpa. Holzing no me perdonará jamás.

—¿Qué se le va a hacer? No es usted quien ha impreso ese material. Él se arriesgaba a que los descubrieran, igual que nos hemos arriesgado usted y yo con lo que hicimos. No deje que eso le quite el sueño. El viejo se autoinculpó, y del hijo, que yo sepa, no hemos tenido más noticias.

Dicho esto, Brick le anunció que dejaba de ser su chófer. Se le requería para otras tareas, precisamente en Polonia.

—No sé cómo se pide la baja de las SS —confesó—. Elfriede era la única razón por la que solicité mi entrada en la organización. Quizá pueda alegar motivos de salud, o la necesidad de atender a mi desconsolada madre. En todo caso, ha sido un placer estar a su servicio, herr director.

Se estrecharon los brazos como verdaderos amigos, sin saber si volverían a verse. Le hubiera gustado compartir con Viorica su impresión del tipo tan estupendo que era en verdad Woldemar Brick, pero desde su confesión aquella última mañana de agosto no le dirigía la palabra. Cuando trabajaban juntos en la ópera, ella cumplía con todo lo que le solicitaba, sin salirse de la estricta neutralidad impuesta por el momento interpretativo. Después se despojaba de la piel de las heroínas y volvía a ser aquella mujer de labios contraídos y ojos vidriosos. Supuso que tarde o temprano lo abandonaría, aunque ahora había simulado aquel repentino viaje a Viena para visitar a su hija. Dado que su agenda en la ópera lo permitía, nada pudo impedirlo.

Fue en esos días cuando recibió una citación de la recién creada Oficina Central de Seguridad del Reich para entrevistarse con Reinhard Heydrich en Berlín. Consultó a Frauenfeld acerca de esta comunicación y este se echó las manos a la cabeza.

—¿En qué lío estás ahora, Clemens? ¿Te has metido en la cama de otra loca?

Le juró y perjuró que ignoraba por completo el porqué de aquello, si bien podía compatibilizar la citación con unos conciertos que iba a dirigir en Berlín.

—Esta oficina es un invento de Himmler —le explicó Frauenfeld—. Ha fusionado en su solo aparato a la Gestapo, al servicio de inteligencia de las SS y a la policía criminal, entre otras. Ahora su poder es infinito, y Heydrich es su mano derecha. Ya te hablé de él. Estos no son como Goebbels o Göring, que tienen un lado muy humano. Todo el mundo los teme en el partido; a Heydrich, al que más. Dicen que no tiene corazón, o mejor aún, que es de hierro. —Luego, de forma inesperada, se echó a reír—. ¡No sé en qué demonios andas metido, querido! ¡Pero ya me da miedo incluso hablar contigo! A ver si me van a detener a mí también solo por ser amigos.

Pasaron dos semanas hasta que se materializó el encuentro con Heydrich en la sede de la Oficina Central de Seguridad del Reich, situada en la Prinz-Albrecht-Strasse de Berlín. Lo condujeron por interminables pasillos, en los que resonaban ecos constantes de cerrojos descorridos y puertas que se cerraban con contundencia. En ocasiones le pareció escuchar algún chillido, que luego identificó como alguna pieza metálica chirriante de aquellas puertas. Solo se cruzó con miembros uniformados de las SS, de distinta graduación. Pero, dado el lugar que era, no le costaba imaginar que hubiese una galería de mazmorras, con toda probabilidad en el sótano, ocupadas por criminales y disidentes, términos que en aquel momento eran indistinguibles.

¿Para qué lo buscaría Heydrich? Brick le aseguró que todo estaba solucionado. Él mismo había destruido toda la documentación de su caso. No pudo ocultar el temblor de sus manos cuando se presentó ante Heydrich, así que, una vez le hubo estrechado la diestra, se las llevó a la espalda. Casi como si estuviera esposado.

Heydrich era, sin duda alguna, un ejemplar de la raza aria preconizada por la propaganda de Goebbels. Pero su cabello rubio, cuidadosamente peinado hacia atrás, evidenciaba una calvicie prematura, y sus ojos azules no refulgían con la pureza mineral de los del Führer, sino que los ensombrecía un fondo gris que dotaba a sus deliberados silencios de un aura de meditación profunda. Su rostro era afilado, rasgo que parecía conferirle una astucia innata.

—¿Sabe por qué está aquí? —le preguntó.

—Para lo que usted quiera de mí —dijo Clemens, procurando que el temblor de sus manos no aflorase a sus palabras.

—En realidad, podíamos haber quedado en el hotel Prinz-

Albert, aquí al lado. Quizá hasta hubiésemos coincidido con el *Reichsführer* Himmler, que suele hospedarse allí. Pero mi tiempo es limitado. En este momento llevo siete departamentos en uno.

—Supongo que es como dirigir la Ópera de Viena, la de Múnich y el Festival de Salzburgo a la vez.

Heydrich no sonrió. Tal vez lo consideraba una muestra de debilidad.

—Como supongo que sabrá, mi padre fue un gran compositor.

Clemens elogió sus óperas *Amén* y *La luz eterna*, cuyas partituras tuvo la prevención de buscar en la Ópera de Baviera para examinarlas antes de aquella cita. También destacó el interés de la única sinfonía escrita por Bruno Heydrich. Aunque de esta no pudo encontrar nada, y se limitó a enumerar una serie de generalidades sobre la misma. Solo esperaba que su hijo no le preguntase dónde la había escuchado.

—No esperaba menos del primer director del Reich. Pero si le parece tan bueno, ¿por qué se le ha despreciado durante años? Es más, usted nunca ha programado nada suyo.

Clemens se excusó en que cada teatro tenía su política de compromisos, y luego se encogió de hombros ya que la decisión final era del Ministerio de Propaganda de Goebbels. Eso estuvo bien jugado, porque la mención de ese nombre hizo que los ojos, ya de por sí rasgados, de Heydrich se contrajesen de resentimiento.

—Es cierto. Hay demasiadas personas con intereses particulares, y a veces se olvidan de los artistas de corazón, los que supieron mantenerse al margen de esas modas degeneradas de la modernidad. El caso, Krauss, es que mi padre falleció el año pasado, prácticamente en el anonimato, y yo quiero rendirle un homenaje como se merece.

—¡Por supuesto! —exclamó, a punto de saltar de la silla—. ¿Qué obra le parece que podríamos rescatar..., interpretar de él?

—Creo que *Amén* es su obra maestra, en eso coincido con usted. Por desgracia, con una guerra por delante, que esperemos no dure mucho, ahora se me acumula el trabajo. Llegado el caso, quiero contar con usted para poner en marcha una producción a la altura de ese título, y que el legado de los Heydrich no quede en el olvido.

—Eso nunca, usted mismo, como director de... la Oficina Central de Seguridad del Reich..., lo mantiene bien vivo.

—Pero es de ustedes, los artistas, de quienes se acuerda la posteridad, o así debería ser. —¿Se dibujó un atisbo de sonrisa de orgullo en su rostro marmóreo de auriga romano?—. Bien, le agradezco su buena disposición. Ya le llamaré para establecer dónde y cuándo hacemos esto.

Se despidió de él y salió a paso firme por el inmenso pasillo de paredes de hormigón, del que no colgaba ni una sola fotografía, ni un mapa, ni siquiera una esvástica. Como si, de alguna manera, se quisiera transmitir al visitante que no había salida para él, una vez franqueadas las puertas que conducían hasta allí.

A la salida del inquietante edificio, pasó junto a un cine del que estaban retirando varios carteles de películas protagonizadas por Curt Goetz. Recordó entonces la que vio, con el Führer y su corte, aquella vez en el Berghof. Cuando preguntó el motivo de aquel proceder, no quisieron darle explicaciones, pero entonces el gerente del cine, que le reconoció, se lo llevó aparte para explicárselo:

—¿Ah, es que no se ha enterado? Ese traidor de Goetz ha abandonado Alemania para instalarse en Hollywood. Ha preferido a los judíos que al Reich, ahora que empieza lo mejor. Desde luego, para nosotros está muerto. ¡Ni un cine alemán más volverá a proyectar ninguna de sus asquerosas películas!

LIV

Viena, 31 de diciembre de 1939
Primer Concierto de Año Nuevo
Obertura de *El murciélago*, de Johann Strauss hijo

Decidió que, después de todo, era momento de hacer algo. No parecía que la guerra fuese a durar demasiado, ya que los aliados seguían sin dar señales de que fuesen a atacar. Y como pidió Goebbels en una de sus alocuciones radiofónicas, era deber de cada alemán que la vida prosiguiera, dentro de lo posible, con absoluta normalidad, a fin de estar a la altura de la coyuntura que exigía el momento histórico. Así que aprovechó su estancia en Berlín para visitar a Baldur von Schirach. Dado que la idea de hacer alguna cosa con la Academia Filarmónica de Viena en parte era suya, consideró que le brindaría todo su apoyo, aunque no tuviese mano en Austria.

Para su sorpresa, tras los saludos iniciales le hizo la siguiente confesión:

—Tengo previsto convertirme en *Gauleiter* del Reichsgau de Viena muy pronto. Se me ha pedido que permanezca al frente de las Juventudes unos meses más, para que mi sucesor encuentre solucionados una serie de problemas burocráticos. Pero si usted quiere que hagamos algo, le digo ya que sí, sin saber siquiera qué es.

—¿Por qué no hacemos un concierto para celebrar el Año Nuevo desde Viena?

—¿Desde la Ópera?

—¡No, desde la Sala Dorada del Musikverein!

—¿Y cuál sería el programa de ese concierto?

Eso era lo mejor.

—Strauss.

—¿Richard? —Schirach levantó una ceja, a punto de desdecirse de su entusiasta apoyo.

—¡No, Johann hijo! ¡El rey del vals! Un repertorio de polkas y valses, y alguna obertura de opereta. La esencia de la música vienesa. ¿No le parece que no hay nada mejor para comenzar el año de forma desenfadada?

Schirach estuvo de acuerdo. Solo le preocupaba que, para la fecha escogida, la guerra aún no hubiese acabado y eso pudiera ofrecer una imagen frívola, de insensibilidad con los soldados que pasarían ese invierno en Polonia, sacrificándose por el Reich, tan lejos de sus familias.

Clemens propuso entonces, con cierta timidez:

—¿Y por qué no destinamos los beneficios de ese concierto para ellos?

El líder de las Juventudes Hitlerianas aplaudió. ¡Claro! Podían integrar el espectáculo en el tradicional Plan de Socorro de Invierno, que ya llevaba años en marcha. Una idea patriótica que, además de ayudar a las familias de los soldados, sirviera para entretener al público. Le encantaba.

—De todos modos, en Viena ya se hacen conciertos el día de Año Nuevo desde hace mucho tiempo —objetó Schirach—. ¿Por qué no lo ofrecemos el 31 de diciembre?

—Bien —asintió Clemens—, de esa forma despediremos como es debido este año de 1939, que sin duda quedará para la historia.

Clemens vio un rayo de luz filtrarse entre los barrotes de su jaula dorada muniquesa. No retornaría a la Ópera de Viena, pero sí que iba a estar de nuevo al frente de su admirada Filarmónica vienesa, y en un proyecto respaldado por las autoridades. También podría sacar a relucir su orgullo austriaco. Por otra parte, los preparativos le permitirían no pensar en la separación de Viorica, que llevaba más de dos meses en Viena, y cuya ausencia era imposible de disimular ya en la Ópera de Baviera. Otras sopranos se hicieron cargo de los roles que tenía comprometidos, y, conscientes de que Clemens estaba viviendo un momento difícil, tanto los cantantes como los músicos tuvieron la delicadeza de no nombrarla ante él.

En cambio, él hubiera agradecido escuchar su nombre pronunciado por otros labios para mantenerse en la ficción de que aún continuaba a su lado, no solo en relación con una prueba de vestuario de una nueva producción y asuntos similares. Decidió no molestarla con llamadas, y escribió varias cartas en las que, sin hacer alusión a lo sucedido, expresaba lo mucho que la echaba de menos y su deseo de que pudiera participar en los próximos proyectos del teatro. La única respuesta que recibió fue una escueta carta de tres líneas en las que le solicitaba que le enviase parte de su guardarropa a casa de su hija.

Sin embargo, aquel 31 de diciembre se puso delante de la Filarmónica con la convicción de que Viorica iba a escucharle. El concierto no se transmitiría por radio. Hubo un tímido intento por su parte de proponerlo, pero se consideró que el programa era un tanto menor y no insistió. Aun así, quiso imaginar que ella estaba allí, sentada en una de las sillas de aquella mezcla de salón de baile y teatro con hechuras de bombonera regia. Solo eso le confirió las fuerzas necesarias para entregarse al deleite de una música concebida para ser más feliz, y en la que él estaba obligado a creer para transmitirle ese sentimiento a quienes la escuchasen.

Fue un programa modesto, preparado con poco tiempo, pero contó con el apoyo entusiasta del concertino Willi Boskovsky, con el que apenas había trabajado antes. Había en la orquesta otros músicos con los que estableció una relación muy estrecha en el pasado, como el violonchelista Emanuel Brabec. Comenzó con la alegría florida, pletórica de redobles y adornos de *Periódicos de la mañana* para seguir con la *Annen Polka*, dedicada por Johann Strauss hijo a su madre Ana. Aquí no pudo evitar acordarse de la suya, que había muerto el año anterior, y que sin duda hubiera estado presente en la sala para verle. Aunque, por otro lado, supuso que era mejor que no hubiese llegado a presenciar el desmantelamiento de Checoslovaquia, que ya consideraba su país. Siguieron las *csárdás* de la única ópera de Strauss, *Caballero Pásmán*, todo un canto de amor a Hungría, por entonces parte imprescindible del imperio. Siguió con el *Vals del emperador*, del que el ahora degenerado Schönberg, fugado a Estados Unidos, más por judío que por lo primero, o acaso por ambas cosas, hiciera un maravilloso arreglo de cámara. Atenuó la majestuosidad de esta página con una polka, *Sangre ligera*, y después casi logró poner en pie, y de perfil, como los relieves de los faraones, a los espectadores con la enigmática *Marcha egipcia*. *Cuentos de los bosques de Viena* arrancó lágrimas a los presentes con su precioso solo de violín a cargo de Boskovsky, y luego la folclórica y ensoñadora intervención de la cítara, tras la cual se desarrollaba el tema principal del vals. La *Polka Pizzicato* arrancó risas por su simpatía, y el *Perpetuum mobile* puso el motor de la Filarmónica a una velocidad imposible. Todo concluyó con la obertura de *El murciélago*, que anticipaba algunos fragmentos de esta opereta, como el melancólico trío del acto I, «*So muss allein ich bleiben*», que siempre le hacía pensar en Viorica, a quien dirigió más de una vez cantándolo. Su amada Viorica, a la que había perdido quizá para siempre, y con razón. Pero lo cierto era que cuando pensaba en Unity Mitford, aquel demonio con sonrisa de ángel —¿o más bien era él el ente diabólico, deseoso de arrancarle las alas a quien no era culpable de desplegar una fascinación reservada a muy pocos seres de carne y hueso?—, aún lamentaba que no hubiese llegado a suceder aquello por lo que ahora se veía solo, en aquel podio, aferrado a la idea infantil de que Viorica lo contemplaba desde el patio de butacas.

Cuando acabó la obertura de *El murciélago*, el público de la Sala Dorada aplaudió enardecido, como jamás lo había visto en ninguno de sus conciertos en la ciudad de Viena. ¿Qué era lo que acababa de suceder? Al fin y al cabo, era un repertorio de sobra conocido, considerado incluso vulgar por los amantes de las sinfonías de Brahms o Bruckner. Aplaudieron tanto que estuvo tentado de ofrecerles alguna pieza más, en agradecimiento. Pero ignoraba qué. Para él, no había forma mejor de acabar aquella velada que con *El murciélago*.

Entonces la vio. No era un sueño. Viorica avanzó por el pasillo de sillas hacia él, a lo largo de la Sala Dorada. Había lágrimas en sus ojos, pero no de dolor, sino de una felicidad inesperada, acaso debida a que la ciencia del viejo Strauss cumplió con creces su función.

—Feliz año, querido —le dijo.

Faltaban aún unas horas para que comenzara 1940, pero no importó, como tampoco el que estuvieran en una sala abarrotada de público. Se fundió con ella en un sentido abrazo mientras lamentaba estar empapado de sudor, como le sucedía en sus conciertos más entregados o extensos, ya fuera con las óperas de Wagner o de Strauss. Sin embargo, era la primera vez que le ocurría con el repertorio del rey del vals.

—Feliz año —le respondió, sin saber qué más decir.

¿Le había perdonado porque le añoraba tanto como él a ella, o porque al verlo, allá en lo alto, haciendo lo único que sabía hacer bien en la vida, acabó por aceptarlo como era, con todos sus defectos? Daba igual. Algo grande acababa de nacer en la Sala Dorada. Ignoraba si un amor renovado, que dejaba atrás rencores y ofensas, o algo incluso más perdurable, tanto como los valses de Johann hijo, con su redentora sensación de que el mundo, incluso con una guerra de final incierto, podía ser un lugar mucho mejor.

LV

Múnich, 1940
Balada de Mackie el Navaja, de *La ópera de los tres centavos*, de Kurt Weill

El año 1940 comenzó cargado de promesas para Clemens Krauss. El éxito del concierto de Año Nuevo fue tal que pronto empezaron a llegar más propuestas de conciertos en todo el Reich, incluso en aquellas zonas de nueva incorporación. En ellas se le requería para que dirigiera más música de Johann Strauss hijo. Baldur von Schirach se reunió con él durante una de sus actuaciones en Berlín, a fin de explicarle sus planes.

—Creo que hemos iniciado algo histórico. El concierto de Año Nuevo debe quedar institucionalizado. Dijimos que otros podían constituir una fuerte competencia, pero creo que se ha dado con la combinación perfecta: valses y polkas de Strauss, la Academia Filarmónica de Viena y usted. Trasladaremos el siguiente al primero de enero de 1941, para que se quede como la fecha definitiva.

—¿También como parte del Socorro de Invierno?

Schirach titubeó antes de contestar:

—¿Para nuestros soldados? Esa es una buena pregunta. Presupone que la guerra no habrá terminado para entonces. Es casi un año, y aún no nos hemos enfrentado a británicos y franceses. Habrá que ver si funciona con ellos la «guerra relámpago» que tan buenos resultados ha dado. Y si para esa fecha ya no estuviésemos en conflicto, siempre habrá otros motivos de celebración.

—Es una lástima que el 31 de diciembre ya no haya concierto, habida cuenta de que en la noche de San Silvestre es tradición hacer uno antes de la cena, aunque con otros repertorios —lamentó Clemens.

—No tiene por qué. Se me ocurre que haga ambos con los Strauss. Ya sea el 31 o, si los compromisos de los teatros lo impiden, uno o dos días antes. ¿Qué mejor forma para un artista que conmemorar unas fechas como esas con su propio arte? —Schirach estiró los brazos con las palmas abiertas, como si se dispusiera a dirigir una orquesta imaginaria—. ¡Van a sentirse ustedes muy orgullosos! ¿No quería reafirmar la personalidad de la música austriaca dentro de la alemana? ¡Pues lo va a hacer a lo grande! ¡Todo lo que hacemos los alemanes es grande!

Por el momento, el Reich parecía haber aparcado la grandeza en pro de una prudencia extrema. Los medios de comunicación celebraban las conquistas del Führer sin señalar nuevos objetivos. Por supuesto que las bravatas respecto a cómo la Wehrmacht destrozaría a los aliados si osaban penetrar en territorio germano eran frecuentes, pero no se anticipaba movimiento alguno. A todo el mundo le resultaba sorprendente la placidez de aquella pretendida guerra. De hecho, se seguían con más avidez las noticias de la invasión de Finlandia por parte de la Unión Soviética que los movimientos de tropas en Francia. Finalmente, en marzo, y tras cuatro meses de brava resistencia, los finlandeses aceptaron entregar parte de su territorio a Stalin para preservar su independencia.

En las calles se comentaba que la URSS había ganado esta efímera guerra por superioridad numérica y brutalidad, pero que, en el fondo, acusaba muchas carencias. Sobre todo porque buena parte de los altos mandos habían sido purgados por Stalin. Pero nadie dudaba de que, en un enfrentamiento con el ejército alemán, serían derrotados con la misma celeridad con la que habían caído los polacos. Según lo veía Clemens, la gente estaba ávida de esa guerra que nunca llegaba, después de que hubieran despertado su apetito bélico.

Pero en sus vidas cotidianas, ni él ni Viorica notaron nada de particular. No hubo escasez de ningún tipo, y los alemanes seguían acudiendo a los restaurantes, salas de baile, cines y teatros, incluso más que antes, para recrearse en esa prosperidad generalizada que estaban seguros de que no iban a tardar en disfrutar. La agenda de ambos, sobre todo la de Clemens, estaba completa, y eran invitados casi todas las semanas a fiestas organizadas por personalidades importantes del partido, que siempre concluían con él al piano y ella agasajándoles con alguna canción de Schubert o arias de ópera. Una de ellas tuvo lugar en casa de Peter Raabe, el actual presidente de la Cámara de Música del Reich, quien había sustituido a Strauss después del incidente con Zweig. Precisamente, Viorica pensaba obsequiarles con *Das Bächlein*, una de las últimas canciones del maestro, cuando Raabe exclamó:

—¡Ah! ¿Por qué siempre tenemos que aguantar a ese pesado? ¡Es verdad que hizo unas cuantas óperas divertidas hace unos años! ¡Pero no soporto ese tono llorón que tiene que imprimirle a todo! ¿No se supone que esto es una fiesta?

—Si quieren algo más alegre, puedo cantarles *La balada de Mackie el Navaja* —replicó ella, irónica.

—¡Pues eso sería mucho más animado! —exclamó uno de los invitados, completamente sobrepasado por el champán.

Ni Viorica ni Clemens lo conocían, pero lucía el uniforme de teniente de las SS.

—Tóquela, Krauss —ordenó Raabe, dispuesto a satisfacer a sus invitados.

¿Era preciso recordarle que aquella pieza, perteneciente a *La ópera de los tres centavos*, había sido escrita por un músico judío y un letrista marxista? Era imposible que al menos el presidente de la Cámara de Música del Reich no supiera que sus autores eran Kurt Weill y Bertolt Brecht. Sus operetas con estética de cabaret y una acendrada crítica social a los últimos años de la República de Weimar habían irritado profundamente a los nazis, y los dos creadores se aprestaron a tomar el camino del exilio en cuanto aquellos llegaron al poder.

Nadie preguntó a Clemens ni a Viorica cómo es que se sabían

aquella pieza en la que se relataban las fechorías del orgulloso protagonista, asesino de profesión. Y el motivo era que todos los allí presentes también podían cantarla de memoria. Así que contó, con descarada socarronería, la historia de aquel macarra apostado en una esquina, cuyas víctimas, principalmente hombres ricos y viudas confiadas, aparecían con un cuchillo clavado en el pecho, unas veces a plena luz del día y otras en una oscuridad que daba cabida a todo tipo de aberraciones imaginables. Durante la actuación, Clemens recordó que en la época del estreno algunos quisieron ver en Mackie una alegoría no demasiado sutil de los propios nazis, y empezó a temer la reacción de los invitados, no menos de treinta, cuando terminase. Sin embargo, prorrumpieron en una sonora ovación más dirigida a sí mismos que a Clemens y a Viorica, por haberla seguido también con los pies y los chasquidos de sus pulgares. Él se preguntó si la canción les agradaba por su melodía o por la temática. A Viorica se le ocurrió sugerir si deseaban escuchar otra del mismo compositor, sin citar su nombre.

—Desde luego —exclamó el teniente—. La verdad es que la ópera es un coñazo insoportable, sea en el idioma que sea. Es más divertida la música que representa al pueblo.

Viorica le propuso a Clemens que la acompañase en *Youkali*, escrita por Kurt Weill en su exilio en Francia para un musical titulado *Marie Galante*. Aunque estaba prohibido, como todo lo escrito por Weill, no fue difícil que alguien le enviara desde París una copia de la partitura. Y allí descubrió ella aquel bellísimo tango-habanera.

Lo cantó sin decir qué era, y suscitó una emoción aún mayor que la pieza anterior, a pesar de que nadie entendía allí el francés. La letra hablaba de un país soñado, en donde se inventó el color y en cuya frontera se detenía el dolor. Pero al final de la pieza se desechaba aquella utopía y Youkali no existía, sencillamente porque era producto de un sueño. Cuando acabaron, incluso vio lágrimas en los ojos de algunos de los presentes. Y Peter Raabe se mostró sorprendido.

—Lo cierto es que los alemanes somos tan cojonudos que hasta nuestra música degenerada es buena —afirmó.

Luego dijo que ya habían escuchado suficiente música y pidió un nuevo brindis en honor al Führer y a la victoria a la que conduciría muy pronto a Alemania.

El 9 de abril, después de medio año de guerra sin actividad alguna, invadieron Dinamarca y Noruega. La primera cayó a las pocas horas, en tanto que la tierra de los fiordos ofreció una resistencia inesperada, pero no lo bastante importante como para evitar que el 10 de mayo Hitler emprendiera una nueva acción, esta vez contra Francia.

El país al que responsabilizaban de todos sus males tras la Gran Guerra, y que luego trató de salir a flote de la crisis del 29 a costa de ellos, no resistió ni mes y medio. El tan temido y ancestral enemigo resultó estar mal preparado moralmente, y con un alto mando anquilosado en tácticas militares del siglo anterior. La zona boscosa de las Ardenas, escenario de uno de los grandes triunfos alemanes veinticinco años atrás, sirvió para que los tanques y la infantería penetrasen ahora en dirección a la costa, burlando a ingleses y a franceses, quienes creían que el ataque iba a producirse desde el centro de Bélgica. En el camino había caído Bélgica, además de Luxemburgo y Holanda.

Más de trescientos mil soldados franceses y británicos se vieron acorralados y tuvieron que replegarse en Dunkerque. Por alguna razón que nunca le quedó clara al pueblo alemán, Göring no dio la orden a la Luftwaffe de aniquilarlos desde el aire, lo que hubiera resultado excepcionalmente fácil. Algunos creyeron que Hitler, en su deseo de llegar a una paz rápida con el Reino Unido, les facilitó la huida. Se produjo entonces una evacuación marítima de las tropas derrotadas por el canal de la Mancha, algo sin precedentes. El Führer ya tenía la vista puesta en su entrada en París, que se produjo el 23 de junio. Las imágenes de su llegada, con la torre Eiffel de fondo y acompañado del arquitecto Albert Speer y el escultor Arno Breker, irradiaban una extraña serenidad que no se correspondía con su aseveración de que era el día más feliz de su vida. Visitó los principales monumentos franceses y en los Inválidos, donde estaba enterrado Napoleón Bonaparte, se quitó la gorra de plato y le hizo la promesa solemne de traerle los restos de su hijo, Napoleón II, que estaban en Viena. Después comentó a su séquito su extrañeza por que un hombre tan grande hubiera sido enterrado en un monumento cuyo sepulcro los viandantes debían contemplar desde las alturas.

Al día siguiente, el Führer llevó a cabo el acto más simbólico de toda la guerra. Hizo traer el vagón de tren en el que se firmó el armisticio de 1918 desde el museo en el que estaba, y allí obligó a los representantes de Francia a firmar su claudicación. Luego ordenó que el vagón fuera enviado a Alemania, donde todo el que quisiera pudiera montarse en él para celebrar su parte de la victoria.

Todo escepticismo fue acallado en el Reich. Incluso quienes discrepaban, aunque en silencio, del tratamiento dado a los judíos, o los que habían tenido noticia de un comportamiento inhumano para con los polacos tras su derrota, tuvieron que descubrirse ante Hitler. Las comparaciones con Alejandro Magno, Julio César o Napoleón empezaban a quedársele pequeñas a aquel conquistador, que en menos de un año se había apoderado de toda Europa occidental.

Ante esto, Clemens, Viorica y Adele Kern se reunieron una tarde en el Jardín Inglés de Múnich para debatir. Después de la experiencia con los micrófonos de Brick, decidieron no volver a hablar del tema en ningún lugar cerrado. Clemens no pudo decir que no a su compañera cuando propuso aquel lugar, pero la señorita Mitford era todavía un tabú aún mayor desde su reconciliación. En realidad, no habían vuelto a hablar más de ella, ni de las Cook, ni tampoco de las misiones de rescate. Fue Adele quien convocó aquella reunión.

—¿Se dan cuenta? —les dijo con su vocecita de pájaro enamorado—. Al final, él es el héroe de Alemania. Ahora tengo ciertos remordimientos por lo que hicimos.

Viorica se mordió los labios. Ni siquiera con su amiga presente se sentía con fuerzas para volver a ese pasado reciente que aún no había asimilado, rematado por la gran traición de él.

—Prometió hacer grande a Alemania y lo va a cumplir —reflexionó Clemens en voz alta—. ¿Y qué hemos hecho nosotros? Traicionarlo. Facilitar la huida de personas consideradas enemigas del Reich…

«Traición». Viorica abrió los ojos y no parpadeó hasta que él bajó la mirada. Ya le era imposible escuchar aquella palabra sin asociarla a él. «Y en el programa, *El caballero de la rosa*, dirigida por el infame Clemens Krauss y con las cooperadoras necesarias en la traición, Viorica Ursuleac y Adele Kern».

—No lo entiendo —admitió la amiga de la pareja—. ¿Estará él enterado de lo que se hace con los judíos? Parece mentira. ¿Y si se están malinterpretando sus órdenes?

¿Cómo podrían malinterpretarlo?, se preguntó Clemens. Viorica continuaba sin decir nada. Hitler había sancionado las leyes que los reducían a la condición de parias. Era imposible que no supiera lo que estaba sucediendo. O al menos... —recordó aquella calle de Viena, con el doctor Riemann de rodillas y un SA que le golpeaba la clavícula con un puño americano— no con un grado muy grande de detalle.

En todo caso, les habían arrebatado todo ya. No podían comprar lotería ni tener palomas mensajeras. Sus movimientos estaban restringidos y se vieron obligados a entregar todo el oro y las piedras preciosas que tuviesen en su poder, sin compensación alguna. La mayor parte de ellos tuvieron que regalar sus negocios a propietarios arios tras la noche de los cristales rotos. Pero luego el Führer poseía discos de intérpretes judíos y a la Cámara de Música del Reich en pleno le gustaban en secreto las canciones de Kurt Weill. ¿Por qué debían ellos experimentar los remordimientos de sus paradojas si el mundo entero no era sino una gigantesca contradicción?

—Quiero pensar que, una vez acabada la guerra, el Reich se va a sentir más fuerte —dijo Clemens, incómodo por el silencio en el que llevaban sumidos un rato, sin mirarse siquiera a los ojos—. Será la primera potencia mundial, sin duda alguna. Ya se ha humillado a Francia, y es probable que los ingleses claudiquen para ahorrarse una invasión relámpago. Después de eso, es posible que el Führer relaje su actitud respecto a los judíos. Al fin y al cabo, el resentimiento que hay hacia ellos es por una cuestión de dominio económico, ¿no?

—Olvidas una cosa —intervino al fin Viorica.

—¿Cuál?

—Que en los países que hemos conquistado también hay

muchos judíos. Los de Polonia no lo están pasando bien. Se cuenta que ahora han de llevar una estrella amarilla a la vista, prendida en la ropa, para ser identificados como tales en público. ¿Qué te hace pensar que el trato a los de Francia, Holanda o Bélgica va a ser distinto?

¿Y el Reino Unido?, se preguntó él a su vez. Si el Reich lo invadía, estaba claro que iba a apresar no solo a los judíos de allí, sino también a los fugados de Alemania y Austria. Es decir, a los que ellos ayudaron. Sus esfuerzos, por tanto, no habrían servido de nada. Y por mucho que Brick le asegurase que los informes sobre las actividades de las Cook fueron destruidos por pertenecer al expediente Mitford, ¿quién le aseguraba que, una vez hubiesen claudicado los ingleses, los conquistadores alemanes no castigarían a las hermanas por sus actividades subversivas y por haber sacado verdaderas fortunas del Reich?

Clemens se fijó en un tilo con unas manchas oscuras en sus raíces, sin duda de algún líquido pegajoso vertido sobre ellas de forma accidental. ¿Sería la sangre de Unity Mitford? ¿Y si se disparó justo allí, en el centro del jardín, mientras a sus oídos llegaba, como el arrullo del sueño último, el discurrir tranquilo del arroyuelo Eisbach? Alzó la vista y contempló, sobre una colina cubierta de césped, un templete neoclásico, a la manera de aquellos en los que los antiguos realizaban sacrificios a los dioses la víspera de una batalla. Tal vez, pensó, y se sintió algo malvado por ello, hubiera sido más propicio que Unity se hubiese descerrajado el tiro allí, para cumplir con el rito y lograr la imposible alianza entre su país y Alemania. ¿Habría escogido el Jardín Inglés para morir por ser un lugar que, aunque solo de nombre, remitía a su añorado suelo natal? Volvió a examinar las manchas. Ahora le pareció que eran más bien de resina.

—¿Y si no volvemos a hablar de esto nunca más? —propuso Viorica.

¿A qué se refería exactamente? Los tres miraban en dirección al templete, y una brisa suave, de verano que se hiciera esperar, les revolvió los cabellos.

—Por mí, de acuerdo —asintió Adele—. Que sea Dios quien decida si nuestras acciones fueron justas.

«Dios está muy ocupado ahora», estuvo tentado de responder Clemens, pero prefirió deshacer la quietud que les embargaba y emprender la salida del recinto.

Al día siguiente, en la Ópera de Baviera, su fiel y también entrometido Maschat le comunicó que había llegado una carta para él de Ámsterdam. La última vez que tuvo noticias de esa ciudad, Bruno Walter lo llamó «hijo de puta» por teléfono. Se preguntaba si el muy desagradecido sabría quién intercedió por su hija, pero luego cayó en la cuenta de que en esos momentos se encontraría de duelo por la otra. Cuando leyó la carta, la depositó boca abajo sobre su mesa de trabajo, con el deseo de que se le olvidara lo que acababa de leer.

—¿Más problemas, herr director?

Contempló a Maschat. Era leal y disciplinado, y un buen director, que jamás tomaba en su ausencia decisiones que él hubiese reprobado. Cierto que era un miembro fiel del partido, pese a lo cual no hacía como otros integrantes del personal del teatro, que se pasaban el día alardeando de su compromiso, como si tuvieran un pasado sospechoso o genealógico que esconder. En su caso, era la discreción personificada, hasta el punto de que nunca hablaba de su familia ni de la vida que llevaba cuando salía del trabajo. Jamás debatieron en torno a nada que no concerniera a la música o a la gestión teatral.

—Supongo que recuerda a Lothar Wallerstein.

—Sí, claro. El director escénico con el que usted colaboró mucho... —Maschat dudó sobre si formular la siguiente pregunta, pero rara vez faltaba a su característica sinceridad—. ¿No era amigo suyo, y judío?

—Lo primero, dejó de serlo hace tiempo —repuso Clemens—, y lo segundo, por desgracia, lo lleva en la sangre.

La carta era de un profesor del Conservatorio de La Haya, cuyo nombre nada le decía, quien le contaba que la Gestapo había apresado a Lothar en aquella ciudad y estaba a la espera de un destino incierto.

LVI

Múnich, mayo de 1940
Sexteto de cuerda (preludio), de *Capriccio*, *op. 85*, de Richard Strauss

«El muy necio, ¿no podría haberse marchado a Estados Unidos?», dijo Clemens para sí. Después de la anexión de Austria, no tuvo mejor idea que sumarse a Bruno Walter en Ámsterdam para poner en marcha un *Don Giovanni*. Entonces le propusieron dirigir el Conservatorio de La Haya, y allí fue donde lo sorprendió la invasión. ¿Por qué no volvió a escaparse? Por lo que le contaron, Bruno Walter se apresuró a tomar un barco rumbo a Estados Unidos en cuanto Alemania se aseguró el dominio de Polonia. ¿Es que Lothar pensó que no tendrían la tentación de entrar en Holanda? Por otro lado, era una suposición lógica, pues nadie esperaba que Hitler atacase a tantos países a la vez, cuando, en teoría, sus enemigos eran Francia y el Reino Unido.

Después de lo que acordó con Viorica, decidió resolver la cuestión en solitario. O, mejor aún, no resolverla. Para él, Lothar era un hijo de puta. Le volvió la espalda cuando más necesitaba de su amistad, en aquel Festival de Salzburgo en el que le trataron como a un apestado por haber escogido su propia carrera frente a un patriotismo errático, copia degradada del nacionalsocialismo alemán, que, como se vio, carecía de su grandeza. Aunque era cierto que el régimen austriaco no perseguía a los judíos.

—¿Va a hacer algo por él? —le preguntó Erik Maschat con pretendida candidez.

—¿Y qué debería hacer?

—Como ayudó usted a la hija de Bruno Walter...

Su asistente dejó la frase en el aire, como en una insinuación de que sabía que había hecho más, mucho más. ¿Sería capaz Maschat de traicionarle, aunque fuera porque ambicionaba en secreto su puesto?

—Lo hice por un concepto que, mucho me temo, se queda obsoleto cuando estalla una guerra: la compasión.

—Es cierto —asintió Maschat—, pero esta puede ejercerse de formas *a priori* chocantes para quien siempre la ha entendido como una idea exclusivamente judeocristiana.

—¿A qué se refiere?

Su asistente se sonrojó, temeroso de haber hablado más de la cuenta.

—Ya lo ha dicho usted, estamos en guerra. Dar muerte a un enemigo de forma rápida también podría considerarse un acto misericordioso. El deseo de que, después de todo, no sufra. Si nuestra victoria sobre él es evidente, ¿qué lograríamos infligiéndole un tormento añadido?

Clemens recordó el rostro de ojos rasgados y sonrisa de media luna de Elfriede Brick en la fotografía que su hermano llevaba siempre consigo. Al parecer, se habría sometido a otros niños de su misma condición a ese «piadoso» final. O al menos así opinaba Woldemar. ¿Y si se equivocaba y la pequeña realmente murió de neumonía? Aunque él descubrió que los otros niños que llegaron al centro en la misma fecha que ella fallecieron por idéntica causa. ¿Y si resultó ser algún brote de otra enfermedad que, por desconocimiento, calificaron de forma genérica de neumonía? La idea de que algo así pudiera hacerse con la misma sistematización que se oprimía a los judíos no entraba en su cabeza.

—La verdad es que no sé qué tipo de compasión debería emplear con Wallerstein —admitió al fin—. Me ha insultado varias veces ante otras personas, también amigas mías, y se le olvidó que, en cierto modo, yo impulsé su carrera cuando estábamos en

Frankfurt. No digo que me sea indiferente lo que le pueda pasar, pero sí que no deseo que me afecte lo más mínimo. ¿Me considera una persona fría y sin sentimientos?

—Desde luego que no. —Maschat levantó las manos como en un amago de cambiar de tema—. Solo pensaba que, al haber sido su amigo, a lo mejor deseaba interceder por él de alguna manera.

El fin de semana siguiente, Clemens viajó a Garmisch-Partenkirchen para entregarle al maestro Strauss el último borrador del libreto de la ópera en la que trabajaban juntos, *Capriccio*. Gracias a esta colaboración se veían con frecuencia, aunque él sospechaba que algún manejo hubo por parte del hijo del maestro, puesto que en el tiempo que estaba allí, su nuera Alice no se dejaba ver, y solo escuchaba a los niños con sus juegos en la segunda planta de la villa. ¿Acaso los escondían de la gente después de los desagradables sucesos vividos? ¿O habían desarrollado algún tipo de temor a toda persona ajena a la casa? Dado que Strauss no hablaba de ello, él tampoco lo hacía.

—Me gusta mucho el monólogo del director escénico La Roche —le dijo el compositor—. Ese momento en que es criticado por su puesta en escena de un texto de Metastasio, y él arremete contra el músico, por la convencionalidad burguesa de su música, y contra el poeta, por la endeblez de sus versos. ¿Por qué no lo lee para mí en voz alta, por favor? Creo que así visualizaré enseguida la música que ha de acompañarle.

Clemens lo hizo, no sin cierto sonrojo. Había retratado en el público las muecas, a modo de máscaras, que restaban todo atisbo de dignidad humana. Eran la crítica a las obras que sin embargo toleraban, convirtiéndose en cómplices con su silencio. El director La Roche, en cambio, hacía gala de servir a las leyes eternas del teatro protegiendo el arte de los padres creadores. Pero le angustiaba no encontrar la obra que hablase al corazón de la gente y pudiera reflejar su alma. Solo encontraba estetas fríos que se mofaban de lo tradicional, sin aportar nada nuevo ni mejor, con héroes del tres al cuarto que agitaban sus espadas mientras soltaban murgas ya repetidas desde hacía mucho tiempo.

De repente, al escuchar aquel texto en su propia voz, se percató de que allí figuraban cosas que no recordaba haber escrito.

Pero esa era su letra, y el contenido de aquel monólogo, aunque en teoría planeado por Zweig en su proyecto inédito, se debía en exclusiva a su propia imaginación amateur.

—¡Cómo me gusta eso de que el silencio los haga culpables! —exclamó Strauss, y aunque quienes le conocían de manera superficial lo consideraban un hombre gélido, su mirada se deshizo en dos pequeñas lágrimas—. Y eso otro de las mismas frases repetidas desde hace tiempo.

«*Sieg Heil! Sieg Heil!*», resonó en la mente de Clemens como un coro de voces blancas y recién mudadas de las Juventudes Hitlerianas, aquella tarde tan lejana en Berlín, con su propio hijo Octavian blandiendo su «espada».

—Pensaba en Lothar Wallerstein —añadió como quien no quería la cosa.

Clemens no le preguntó por qué, pero el maestro prosiguió:

—Al oír hablar a ese director de escena, me es imposible no pensar que se ha inspirado usted en él. Es su misma pasión, su vivo genio. ¿Recuerda cuántas cosas y tan de provecho hicimos juntos?

Por si las había olvidado, Richard Strauss se las enumeró. Era Lothar quien tocaba el piano fuera del escenario en el estreno mundial de *El caballero de la rosa* en 1911. Y muchos años después, cuando ya era el flamante director escénico de la Ópera de Viena, solicitó su ayuda para una revisión que pensaba hacer de *Idomeneo, rey de Creta*, de Mozart. Así pues, Wallerstein lo tradujo del italiano al alemán de forma que encajase en la música original, y Strauss lo reorquestó y dirigió aquella sorprendente resurrección.

—Y todavía recuerdo que ustedes empezaron sus colaboraciones en Frankfurt. ¡Qué tiempos aquellos! Estrenaron allí *Turandot* de forma conjunta, y fue el delirio. Hasta yo me emocioné.

¿A qué venía aquello? No solo era la primera vez que Strauss le nombraba a Lothar Wallerstein desde que rompió su amistad con él, sino que incluso elogiaba a Puccini, algo que, desde luego, nunca hacía. Pero era cierto que Clemens y Lothar formaron un dúo de extraordinaria intensidad que el público apreciaba, y que copaba siempre las primeras planas de todos los periódicos, ya fuese en Alemania o Austria.

—En Viena fue sorprendente verlo dirigir *Andrea Chénier* —prosiguió Strauss—, con Lotte Lehmann y... ¿Cómo se llamaba aquel pobre muchacho? Ah, sí, el tenor Trajan Grosavescu. ¿No cantó la señora Ursuleac con él?

Ahora se percataba de que nada era casual. Una vez más, el maldito Grosavescu se cruzaba en su camino. Ni siquiera en la última crisis que habían tenido, Viorica le confesó que ella también había deseado de forma desbocada a otro, hasta el punto de que este perdió la vida. Como lo hiciera la hija de Bruno Walter por el amor de Ezio Pinza. Y si Strauss lo sacaba a colación sería porque estaba al tanto de algo. Aunque lo peor en ese momento era lo de Lothar.

—Espero que esté bien —añadió con inverosímil candidez—. Y ojalá que cuando pasen estos tiempos convulsos, él también pueda ver *Capriccio*. Seguro que le encantará. ¿No le parece?

—Me parece que antes debe escribirla usted —fue la conclusión un tanto seca de Clemens—. Yo, por mi parte, trataré de que el libreto esté acabado cuanto antes.

—Estupendo, y ahora ¿le apetece cenar ya? Creo que la cocinera ha hecho un *Sauerbraten* para chuparse los dedos.

Se disculpó. Tenía mucho trabajo y no podía quedarse. Por fortuna, Múnich estaba a una hora en coche. Su nuevo chófer era tan discreto que ni recordaba su nombre. A veces le llamaba de forma instintiva «Brick». Pero su aliado había dejado de dar señales de vida, como le prometió. Solo esperaba que no le fuese mal. El mismo deseo de Strauss para con Lothar Wallerstein.

—¿Cómo es posible? —se le escapó—. ¡Lo sabe y quiere cargarme a mí con la responsabilidad de hacer algo! ¡Maldito viejo!

—Perdone, herr director —le dijo el chófer—, ¿me hablaba a mí?

—No, disculpe.

Era evidente que Strauss estaba al tanto. Quizá también le habían escrito a él desde La Haya en busca de ayuda. Pero con el problema de su nuera y sus nietos, Strauss no estaba en condiciones de ayudar a nadie.

Se mordió los labios para que no se le escapase nada más en voz alta y maldijo durante todo el trayecto a Wallerstein. ¡Maldito cabrón! ¡Tan claras que tenía las ideas, con lo virtuoso que se consideraba y la forma en la que lo trató! ¿Y ahora quién era? Un don nadie. Menos que un don nadie. Un judío despedido de su trabajo en Viena y, después, en su país de acogida. Le habría encantado ver cómo lo detenía la Gestapo. Seguro que suplicó por su vida y aseguró que él solo se limitaba a dirigir escenografías de óperas, que jamás hizo daño a nadie. No era cierto. A él le causó mucho, tanto que ahora le era imposible aplacar el profundo resentimiento que le guardaba desde aquel Festival de Salzburgo y su último encuentro en la Ópera de Viena, dos días después de la anexión.

Entonces vio a Lothar arrastrado por el suelo como Berta Geissmar, o de rodillas en las calles de Viena, e incluso con un traje hecho jirones, la entrepierna meada de miedo, en la Estación Central de Múnich. Y al fin lo contempló tirado sobre un diván, con una herida de bala en la frente, mientras murmuraba entre convulsiones las últimas palabras de Cristo en la cruz:

—*Eloi, Eloi! Lama Sabactani?* («Dios mío, Dios mío, ¿por qué me has abandonado?»).

Ya de vuelta en Múnich, preparó su maleta y reservó un vuelo a Berlín para la mañana siguiente.

—Pensé que te quedarías a dormir en casa del maestro Strauss —le dijo Viorica.

—Ha surgido algo... Tengo que ver a Baldur von Schirach.

—Ah, ¿y referente a qué? ¿Al próximo concierto de Año Nuevo?

—Sí, eso es. ¿Te gustaría que se convirtiese en una tradición?

—Me encantaría. Es una idea preciosa.

Clemens creyó apreciar una expresión muy similar a la de su reencuentro en el primer concierto en el Musikverein, cuando hicieron las paces a medias.

Localizar a Schirach sin haberle avisado con antelación le obligó a permanecer tres días en Berlín. Al tercero, Schirach le comunicó a través de un secretario que, dado que carecía de huecos en su agenda, fuese a comer a su casa. Allí lo recibieron él y su encantadora esposa Henriette, quien resultó ser la hija del fotógrafo personal del Führer, Heinrich Hoffmann. Al saber de la visita de tan ilustre director, Henriette confió a la nodriza a sus tres pequeños, el último un bebé de apenas un año, y se sentó con ellos a la mesa. Clemens hubiera preferido exponerle la cuestión a Schirach a solas.

—¿Me está diciendo que quiere que interceda por ese tipo? —le preguntó su anfitrión mientras masticaba un pedazo de codillo, que infló sus carrillos de forma amenazante.

—En esencia, sí. Siempre ha estado delicado de salud y me temo que estar detenido pueda afectarle de forma muy seria.

Schirach bebió una copa de vino a fin de que la carne pasase por su garganta.

—¿Y por qué debería ayudar a un judío fugitivo?

—Solo le estoy pidiendo que interceda por un amigo. Seguro que él no deseaba ser una molestia para el Reich. Es más, creo que, en un país como Estados Unidos, agradecerían sus servicios. Sí, podría hablar con la embajada aquí en Berlín y ver si le extienden un visado.

—Hay compañías de las que uno debería deshacerse —le espetó el jefe de las Juventudes Hitlerianas—. Acabará manchando su buen nombre por ese tipo. ¿Y qué haría yo entonces? ¿A quién le confiaría el próximo concierto de Año Nuevo con la Filarmónica?

En ese momento intervino Henriette, para sorpresa de su marido y del invitado:

—Baldur, me parece muy loable lo que hace el señor Krauss. Nadie arriesga así su posición y su prestigio por un amigo en apuros.

—Querida —dijo con una indisimulable irritación en su tono de voz, que ahogó de nuevo en vino—, no es un amigo cualquiera. Es un enemigo del Reich y de la cultura alemana.

—Nosotros vamos mucho al Berghof a ver al Führer y siempre se ha portado muy bien. Es más, yo lo conozco desde niña, de cuando mi padre le tomaba los retratos para los carteles de las primeras elecciones a las que se presentó. Quizá si le exponemos el asunto, él se haga cargo...

Baldur von Schirach puso ambas palmas sobre la mesa, sin violencia, para atajar esa idea. Tampoco a Clemens le pareció que fuese lo más prudente ir a Hitler con aquel asunto. Henriette insistió:

—Yo no lo he visto, la verdad... Pero me han contado las cosas que les han hecho a los judíos en Polonia y me parecen terribles. Pienso que se le están ocultando cosas al Führer y que, si las supiera, se indignaría mucho.

—Mira, querida... He hecho venir al señor Krauss por lo apretado de mi agenda, y en un rato tengo una reunión importante. Vamos a hacer lo siguiente: haré un par de llamadas a Viena. Pero aquí nadie le dice una sola palabra de esto al Führer... Al fin y al cabo, tiene una guerra que ganar, y esto no es más que una tontería.

Clemens se percató de que la sola posibilidad de que aquel asunto llegase a tan altas instancias provocaba un temor profundo en Schirach. Y el hecho de que su propia esposa pudiera comprometerle lo acrecentaba aún más.

Por la tarde, Clemens visitó la embajada de Estados Unidos y el embajador prometió acelerar el tema del visado, habida cuenta de la importancia de la persona de la que le hablaba. Después volvió esa misma noche a Berlín.

Viorica aceptó en silencio su explicación de por qué se había demorado tres días. Si el motivo era otro al que esgrimió, prefería no saberlo. Regresaron a su paz desganada, clavada con alfileres.

A los cuatro días de su visita, Schirach le llamó por teléfono a la Ópera de Baviera.

—Me he ocupado ya de ese asunto del que hablamos —le dijo, sin hacer alusiones concretas, lo que evidenciaba que él tampoco se fiaba de la policía de Heydrich—. Resulta que había otras dos personas de la Ópera de Viena haciendo esas mismas gestiones. No les habían hecho caso, pero mi llamada ha bastado para solucionar el tema. Solo le pido que se abstenga en un futuro de pedirme cosas similares, y mucho menos delante de mi querida esposa. Las mujeres, ya se sabe, no entienden de estas cuestiones.

Tampoco las entendía él, pero esa noche se durmió con más rapidez de la habitual, mientras resonaba en su cabeza su propia voz, a la par que recitaba, con un fondo de orgullo, el monólogo del director de escena La Roche en *Capriccio*, mientras sostenía la tradición, a la espera paciente de que, entretanto, surgiera de ella una obra moderna, valiosa, genial y fecunda.

LVII

Viena, 1 de enero de 1941
Segundo Concierto de Año Nuevo
Mov. 1 de la *Sinfonía n.º 7 en do mayor, op. 60, «Leningrado»*,
de Dmitri Shostakóvich

En contra de lo que el pueblo creía, Gran Bretaña no claudicó. En julio, la aviación alemana bombardeó puertos y barcos, y distintos lugares de la costa británica, además de aeródromos. La respuesta llegó en agosto, con un primer bombardeo británico sobre Berlín. Un centenar de aviones de la RAF atacaron el aeropuerto de Tempelhof y Siemensstadt. Quizá por un error de cálculo, algunas bombas cayeron sobre zonas residenciales, lo que causó escasos daños. De repente, la percepción de los habitantes del Reich cambió. El Führer les había hecho creer que era invencible y que la resistencia aliada iba a desmoronarse como un castillo de naipes. Ahora, pese a la levedad del ataque, muchos comprendieron que estaban en guerra de verdad. Hitler prometió por radio: «Por cada tres o cuatro toneladas de bombas arrojadas sobre Alemania, nosotros les lanzaremos trescientas o cuatrocientas. Cuando ataquen nuestras ciudades, nosotros arrasaremos las suyas».

En septiembre, la Luftwaffe inició un ataque con el objetivo de dejar reducida a escombros la isla. La idea de un acuerdo entre ambos países, planteada hasta la saciedad por Hitler y el alto mando, acabó de hacerse añicos. Además, el primer ministro Chamberlain, del cual el canciller alemán se mofó tras saltarse los acuerdos de Múnich, había dimitido y su puesto lo ocupaba ahora Winston Churchill, quien dijo en su primer discurso: «No tengo nada más que ofrecer que sangre, esfuerzo, lágrimas y sudor. Haremos la guerra por mar, tierra y aire, con todas nuestras fuerzas y las que Dios nos pueda dar, contra esa tiranía monstruosa, jamás superada en el más siniestro y lamentable catálogo de crímenes cometidos por el ser humano». Poco después prometió luchar en playas, aeródromos, campos y calles, y hasta en colinas, sin rendición posible.

Aunque la prensa alemana ridiculizó estas palabras, no fueron pocos los que se percataron de que la guerra relámpago tal vez había llegado a su fin. Quedaba ahora la perspectiva de un conflicto interminable, pero sin las trincheras del 14. Clemens no dejaba de pensar en las Cook, y estaba seguro de que Viorica también. Pero nombrarlas equivalía a recordar aquella fatídica noche, y el silencio a ese respecto imperaba entre ellos, igual que entre los detractores de Hitler, que aquellos meses de un triunfo tras otro parecían haberse evaporado.

Tampoco nadie hablaba ya de los judíos, como si estos se hubiesen marchado de golpe. Sus antiguos negocios estaban en manos arias, y todo lo que pudiera recordarles en el mobiliario urbano había sido erradicado y sustituido por monumentos y símbolos más acordes con la idiosincrasia del Reich.

En agosto, Baldur von Schirach fue nombrado *Gauleiter* de Viena, y su relación con Clemens se intensificó aún más. Respecto a Frauenfeld, apenas habían vuelto a hablar desde el día en que le solucionó el problema con la señorita Mitford. Solo le llamó una vez para comunicarle que la susodicha había sido embarcada en un avión para Londres, después de pasar meses entre la vida y la muerte.

—Se ha quedado idiota para siempre, si es que no lo era de antes.

Clemens experimentó una mezcla de alivio y dolor al escuchar aquello. Ahora estaba seguro de que nunca más volvería a verla, y al temor que sentía de que las hermanas Cook fueran afectadas por los intensos bombardeos de las fuerzas aéreas del Reich se sumó la misma preocupación por Unity. Frauenfeld también le comunicó que ahora, ya fuera de la Cámara del Teatro del Reich, estaba adscrito al Ministerio de Asuntos Exteriores. Primero lo destinaron a Oslo, y en ese momento se dirigía a Francia, donde haría labores de propaganda destinadas a la población sometida.

—Un triste final para quien prometía tanto, ¿no crees? Al contrario de lo que te ha sucedido a ti, querido Clemens. Siempre has sabido arrimarte a los árboles que mejor sombra daban. Me pregunto si los favores que te he hecho no han acabado perjudicando mi propia carrera. Pero para eso están los amigos, ¿no? Da recuerdos de mi parte al nuevo *Gauleiter* Schirach.

Era un reproche en toda regla, el primero de ese calibre que le hacía Frauenfeld. ¿Se aprovechó de su amistad? Él lo veía de otra forma: recurrió a la única persona de su confianza con contactos suficientes como para sacarle del atolladero en momentos extremos. Por otro lado, no era el primero de sus amigos que le llamaba arribista con todas las letras. Ese honor le correspondía a Lothar Wallerstein, de quien nada sabía tras su partida a Estados Unidos. El muy desagradecido ni siquiera le escribió. ¿O acaso ignoraba que él estaba detrás de su liberación?

El resto del año apenas tuvieron una sensación real de guerra, con la excepción del constante discurrir de uniformados por las calles de Múnich, y las inevitables charlas de los corrillos espontáneos en cualquier esquina o en las reuniones sociales. A Viorica le indignó especialmente que el norte de Transilvania fuera cedido a Hungría, tras una disputa entre este país y Rumanía, arbitrada por Alemania e Italia.

—¡Transilvania es rumana y siempre lo ha sido! —exclamó con una furia que Clemens rara vez le había visto—. Y hace unos meses los soviéticos se anexionaron Besarabia y Bucovina. Está visto que hay vencedores de primera y de segunda clase en esta guerra. Y los húngaros cuentan más que nosotros.

A consecuencia de esto, se hizo con el poder en Rumanía el general Antonescu, quien asumió el rol de Conducător y prometió devolver al país su esplendor pasado.

—Eso es lo que necesitábamos —exclamó con satisfacción Viorica—, un Hitler nuestro. Está visto que, de otra forma, Alemania no nos iba a tomar en serio.

Clemens empezó a experimentar una viva preocupación. Aquella no era su compañera de siempre. Para empezar, nunca la había visto manifestar tal fervor por su identidad rumana, y en lo referente al nacionalsocialismo, su discreción era encomiable, hasta el punto de cantar en los cumpleaños de Hitler sin haber alzado jamás el brazo. ¿Se había endurecido su corazón con los últimos hechos vividos entre ambos? ¿O estaba la guerra transformándola también, sacando la vertiente más dura de sí misma, que él ignoraba que tenía? Por su parte, decidió hablar lo menos posible con ella de política, y tampoco del avance de la guerra. Su campo de acción sería la música, como siempre. Ni siquiera comentó con Viorica su sorpresa ante el anuncio del pacto a tres bandas entre Alemania, Italia y Japón. ¿Cómo era posible que el Reich, que tanto insistía en la pureza racial, se hiciera aliado de un pueblo oriental? Como siempre, el *Völkischer Beobachter* brindó todas las explicaciones necesarias para que el pueblo lo comprendiera, como hizo cuando el pacto con los soviéticos.

Ese año, Baldur von Schirach le llamó para comunicarle una noticia extraordinaria: Clemens había sido nombrado director del Mozarteum de Salzburgo, lo que le permitiría consagrar su casi inexistente tiempo libre a la enseñanza. Y no solo eso, sino que su residencia en esta ciudad iba a ser el palacio Leopoldskron, que había sido propiedad del director teatral Max Reinhardt. Precisamente él fue uno de los fundadores del Festival de Salzburgo. Sin embargo, dado su origen judío, se exilió a Estados Unidos, donde ahora dirigía películas. Cuando llegó a oídos de Clemens que el palacio le fue expropiado tras la anexión, preguntó por ello a los nuevos responsables del festival, quienes aseguraron que el Reich había invertido una importante suma en él, con una suntuosa restauración supervisada por la princesa Stephanie von Hohenlohe. No le quedó muy claro si algo de esa elevada cantidad fue a parar a los bolsillos de su propietario original. En todo caso, era un sueño residir varios días al mes en aquel escenario digno de una opereta de Strauss, y no pudo menos que alabar el buen gusto, ignoraba si de Reinhardt o de la princesa Hohenlohe.

Se lo agradeció mucho a Schirach, con la promesa de que cumpliría con creces las esperanzas depositadas en él. De paso, le daba la oportunidad de estar esos días alejado de Viorica, quien prefirió pasar ese tiempo con su hija en Viena. Con cierta angustia, Clemens se preguntó si ella se sentiría tan aliviada como él cuando dejaban de verse en un tiempo. Algo les había hecho cambiar. A lo mejor no eran los únicos, se consoló. El miedo a los bombardeos nocturnos prendió en la gente, y cualquier sonido fuera de lo habitual en las calles provocaba que cientos de luces se encendieran de repente en una manzana entera de edificios.

El 16 de diciembre, la RAF bombardeó Mannheim de forma masiva. Era la primera vez que los británicos realizaban una incursión tan al interior de Alemania. Muchos lo interpretaron como una represalia por la destrucción de Coventry un mes antes. Entre los objetivos destruidos estaba un hospital militar. La noche se saldó con treinta y cuatro civiles muertos y ochenta y un heridos. Estaba claro que la guerra había dejado de ser algo que los ciudadanos del Reich pudieran seguir con comodidad desde una sala de cine o en los expositores de los quioscos de prensa.

El 1 de enero de 1941, Clemens dirigió su segundo Concierto de Año Nuevo, ahora ya ajustado a la fecha exacta. En esta ocasión decidió incluir en el programa a Josef Strauss, el hermano talentoso. Aunque Johann hijo era la estrella, y a quien se debían los grandes éxitos del género, Josef supo aportar un toque distintivo personal, caracterizado por una exquisita delicadeza. Lo que más le asombraba a Clemens era que en realidad fuese aparejador. A él se le atribuía la invención de dos máquinas que barrían las calles de Viena, y solo aceptó ponerse al frente de la Orquesta Strauss cuando su hermano Johann se encontró al borde del colapso por el exceso de actividad. Curiosamente, Josef acabó desbordado por el mismo mal, y falleció con tan solo cuarenta y dos años.

Comenzó el concierto con su vals *Frauenwürde*, compuesto el año de su muerte para un baile de estudiantes de Derecho, a los que el compositor quiso recordar, de cara a sus futuras actividades, que las mujeres aún carecían de numerosos derechos, como el de la posesión de propiedades privadas. Era una pieza poco conocida, pero que a él le sedujo por su detallista orquestación. Luego atacó con la *Polka Moulinet*, del mismo autor, para cerrar su presencia en el concierto con la polka rápida *Cartas al editor*. Después, Clemens fue al terreno más familiar para el público de Johann hijo con *Sangre vienesa*, primera pieza suya estrenada, de mala gana, por la Academia Filarmónica de Viena, que le había despreciado hasta ese momento. Repitió algunos éxitos de la edición anterior, a los que añadió, entre otras, la *Marcha rusa* o la obertura de la opereta *El barón gitano*. Decidió finalizar con una de sus piezas predilectas, el *Perpetuum mobile*.

La reacción del público fue tan entusiasta como en la edición anterior, y la Filarmónica dio lo mejor de sí, en un ambiente festivo marcado por la certeza de que ese año de 1941 finalizaría la guerra. Solo hubo un punto reseñable para Clemens, en el que no reparó en la edición anterior por la rapidez con la que se organizó todo. Se percató de que faltaban unos cuantos músicos de la Filarmónica, lo que no era extraño en circunstancias normales, entre enfermedades comunes, vacaciones o excedencias por motivos personales. Pero las ausencias seguían siendo las mismas, igual que en otros conciertos puntuales que ofreció con la Filarmónica durante ese año. Comprendió que se trataba de los músicos judíos. También había ocurrido en la Filarmónica de Berlín o en la Orquesta Estatal de Baviera, con las que había trabajado desde que abandonó Viena. No necesitó hacer preguntas.

El año comenzó sin grandes sobresaltos para Clemens y Viorica, enfrascados en la programación de la Ópera de Baviera. Sí que apreció que el Führer y su plana mayor acudían mucho menos a las funciones. De hecho, desde el inicio del conflicto, el canciller ya no se daba aquellos baños de masas, como era habitual en el Palacio de los Deportes de Berlín. También disminuyó la frecuencia de sus discursos. Fue Goebbels el encargado de seguir manteniendo la moral alta a través de sus alocuciones radiofónicas.

El Ministerio de Propaganda encargó entonces a Clemens

que ofreciera una gira de conciertos por España y Francia con la Filarmónica de Berlín. Fue excitante preparar algunas obras ajenas a su repertorio, como *El sombrero de tres picos* de Manuel de Falla, a fin de agasajar al público español. Por otro lado, tuvo la alegría de librarse del obtuso Karl Hanke, quien salió del ministerio para convertirse en *Gauleiter* de la Baja Silesia. Schirach le comentó que la verdadera razón era que Goebbels había descubierto que era amante de Magda, su esposa. «Con lo parado que parecía», murmuró para sus adentros Clemens mientras hacía un impecable ejercicio de contención para no reírse.

Schirach le encomendó también su participación en la Semana Mozart, que debía celebrarse en diciembre en Viena con motivo del 150° aniversario de la muerte del compositor. Estaba previsto que Goebbels la inaugurase con un discurso.

—Y usted, como director del Mozarteum, por supuesto, tendrá una participación especial.

No podía decirse que fuera a ser un mal año para Clemens, incluso a pesar de la guerra. No estaba al frente de la Ópera de Viena, pero el concierto en la ciudad había incrementado su popularidad, y a la vista estaba que cada vez recibía más encargos. Viorica, sin embargo, prefirió no acompañarle a la gira, y aceptó a regañadientes participar en la Semana Mozart.

—Querido, ya tengo cuarenta y siete años. ¿Sabes lo que es eso para la voz de una soprano? Los directores podéis moriros si os da la gana sobre el podio, pero yo empiezo a considerar la idea de retirarme. Siempre podré dar clases.

—¿Estás loca? Me han propuesto grabar en vivo *Arabella*, y no hay otra Arabella imaginable. ¿Y qué me dices de *Capriccio*? ¡Como libretista que soy, te digo que el maestro Strauss y yo hemos construido el personaje de la condesa a tu medida!

—Como quieras —consintió de mala gana—, pero no me hago responsable del resultado.

Así pues, ese año se vieron menos que nunca. Clemens se preguntó si aquello se debía a algo más que al *affaire* Mitford. ¿No podría ser que el hecho de ayudar a las hermanas inglesas hubiera insuflado a sus vidas una razón de ser ahora inexistente? Cuántas veces estuvo tentado de saltarse la ley y llamar a Londres, aunque fuera para escuchar un escueto «*Yes?*» con la voz de Ida Cook.

También ese año las visitas al maestro Strauss se redujeron. La excusa que le puso fue que estaba sumido de lleno en la composición de la ópera. Sin embargo, Clemens sospechaba que no deseaba que nadie contemplase su desolador panorama familiar. En una de las visitas a Viena para dirigir la Filarmónica, le expuso el caso a Schirach, quien se quedó pensativo. Esta vez no estaba presente su esposa.

—Es una desgracia que el mayor compositor alemán se vea afectado por una razón así. Pero no es el único caso. ¿Sabe que Herbert von Karajan se ve con una mujer de ascendencia judía?

—Pero ¿no estaba casado con la soprano Elmy Holgerloef?

—Hace tiempo que ese matrimonio es una ficción. Esperemos que no cometa la insensatez de divorciarse de ella para casarse con la judía. Es la heredera de industrias textiles Gütermann. Bueno, lo era... No creo que les quede ni un céntimo. En todo caso, si insiste en ir por ahí, lo expulsarán del partido y su carrera se irá al garete.

En opinión de Clemens, eso mismo había ocurrido después de una desastrosa función de *Los maestros cantores de Núremberg* poco antes de estallar la guerra. El Führer estaba presente, como anfitrión del rey de Yugoslavia, y fue tal su furia cuando Karajan se perdió por dirigir sin partitura que ordenó que aquel sujeto no volviera a participar en el Festival de Bayreuth. Sin duda, pensaba Clemens, aunque no compartió este juicio con Baldur von Schirach, ese director no dejaría apenas huella en el repertorio.

—Es lamentable lo de Strauss, como dice. Su hijo escogió mal, y ahora él ha de pagar por ello. Quizá podríamos hacer algo... ¿Dice que es usted el libretista de su nueva ópera?

—Sí. Y está mal que lo diga, pero le entusiasmará. ¿Le apetecería escuchar algún fragmento?

Acordó con él que le pediría al maestro Strauss algún número de lo que llevaba avanzado para que el *Gauleiter* lo escuchara en privado.

Con este pretexto, Clemens fue a Villa Strauss, pero el maestro no lo recibió con la calidez de costumbre.

—Están investigando a la familia de mi nuera —le comunicó—. Han detenido a algunos de sus parientes cercanos. Esto se está poniendo cada vez más feo.

—¿Y no ha recibido ninguna propuesta de Schirach?

Richard Strauss se encogió de hombros.

—La idea es que nos traslademos a Viena. Como *Gauleiter* de allí, podría brindarnos su protección. Me llamó por teléfono y me dijo que, de esa forma, mis nietos no tendrían que llevar la estrella por la calle y recibirían educación aria.

—¿La estrella?

—Ah, ¿no lo sabe? Es una idea de Heydrich. Después del verano, todos los judíos tendrán que llevarla. ¿Recuerda la bromita estudiantil de pegarle a alguien un cartel a la espalda donde decía «Patéame»? Pues será parecido, solo que la llevarán en el pecho.

Clemens guardó silencio unos instantes, y luego le preguntó por el fragmento que podían presentarle en primicia a Schirach, en su villa de Viena. El maestro respondió sin dudar que el sexteto.

—Me ha prometido su ayuda si participo en la promoción de la vida musical vienesa. ¿Y qué puede aportar un viejo de setenta y siete años como yo?

—Oh, seguro que algo podrá hacer.

De todas las imágenes desoladoras de los últimos tiempos, contemplar al maestro abatido era una de las más terribles. Su amistad se remontaba a casi veinte años atrás, cuando Strauss lo invitó a dirigir en la Ópera de Viena y a dar clases de dirección en la Singakademie de Viena. En buena medida, Clemens le debía el despegue de su carrera, y en esos momentos era incapaz de corresponderle como se merecía. Solo se le ocurrió tratar de insuflar en él el entusiasmo del que el maestro lo contagió en los albores de su amistad.

En esos días ocurrió un hecho de lo más extraño. El segundo de Hitler, Rudolf Hess, voló en solitario hasta Escocia, donde fue abatido por las defensas antiaéreas británicas. Hecho prisionero, afirmó su pretensión de negociar la paz con el Reino Unido, algo para lo que Hitler lo desautorizó de forma pública en cuanto se supo.

A pesar del intento de la prensa del régimen por maquillar aquel insólito acto como un rapto de locura de Hess, a muchos no les pasó desapercibida la existencia de una grieta en el alto mando nazi. Una de dos: o el Reich estaba gobernado por desequilibrados mentales, o existía una profunda división en su seno. Por otro lado, la captura de alguien tan importante insufló una dosis de moral al enemigo, que se mostraba aún imbatible pese a toda la retórica nazi de una victoria en ciernes.

Para complicar las cosas, el 22 de junio Alemania declaró la guerra a la Unión Soviética, abriendo un segundo frente en el Este.

El entusiasmo del pueblo por una pronta victoria empezaba a diluirse.

LVIII

Viena, Praga, del 1 de enero al 27 de mayo de 1942
Tercer Concierto de Año Nuevo
Bajo truenos y relámpagos, op. 324, de Johann Strauss hijo

En el Concierto de Año Nuevo de 1942, Clemens volvió a centrarse únicamente en Johann Strauss hijo. Mantuvo piezas como la *Polka Pizzicato* y el *Perpetuum mobile*, aunque descartó cerrar con esta última. Tras dudarlo bastante, añadió como conclusión *El bello Danubio azul*. Uno de los motivos por los que la consideraba inapropiada radicaba en que esta pieza no era sino la celebración de una derrota. En 1866, Austria había sido derrotada de forma estrepitosa por Prusia en la guerra de las Siete Semanas, lo que marcó el inicio del declive del imperio. Al año siguiente, la Sociedad Coral Masculina Vienesa solicitó a Strauss un vals cantado para la celebración de los carnavales. La letra sería proporcionada por Josef Weyl, quien era comisario de policía y que fungía como poeta oficial de la Sociedad Coral. Lo que entregó a Strauss fue un texto incendiario antiprusiano para lamerse las heridas provocadas por la derrota. Cuando el público escuchó aquello en las voces de la Sociedad Coral, mostró su profundo disgusto y Strauss comentó en una carta a su hermano Josef: «¡Que se vaya al diablo *El bello Danubio azul*!».

Sin embargo, meses más tarde fue invitado a la Exposición Universal de París, donde lo dirigió, esta vez sin coro. Y ahí nació la leyenda. A Clemens, que nunca dejaba de analizar el contexto de cada una de las obras del concierto, le causaba recelo aquel sentido original de haber perdido una guerra. Pero después de meditarlo llegó a la conclusión de que la historia ya se había repetido antes de 1941. Prusia se convertiría en el germen del Imperio alemán, y este, reencarnado en el Tercer Reich, había asimilado a Austria como provincia. No es que fuera del todo una derrota, aunque algo de claudicación había.

De todos modos, la recepción del público del Musikverein ese primero de enero fue más espectacular que en las restantes piezas. ¿Acaso porque el *Danubio* sonó como cierre? ¿O porque era el más conocido de los valses de Strauss, el más perfecto y el que sintetizaba mejor lo que aquella forma, derivada del rústico Ländler alpino, representaba? «Qué pena que esta obra no la haya escrito Johannes Brahms», se dijo.

Y eso que en ese mismo concierto hizo sonar las oberturas de *El murciélago* y *El barón gitano*, además del *Vals del emperador*, todas joyas de la corona de Johann hijo. También disfrutó mucho con la onomatopéyica *Bajo truenos y relámpagos*, sobre todo cuando algunos integrantes del público se llevaron las manos a la cabeza como si de veras tronase sobre ellos.

Aunque su deseo de ser director nació al ver a Mahler, su madre le había contado en más de una ocasión que lo llevó a ver a Johann Strauss hijo con un programa de sus propias obras. Él tenía seis años y en esa pieza, *Bajo truenos y relámpagos*, se echó a llorar y quiso meterse bajo su silla, en la creencia de que iba a ser fulminado por un rayo. Al acabar la interpretación, Strauss se volvió sobre su podio y lo distinguió entre la gente. Aunque no estaba demasiado cerca, sino hacia la mitad del patio de butacas, el rey del vals le guiñó un ojo y agitó la batuta, como si le dijera: «Tú tranquilo, que yo lo controlo todo con esto y nada te pasará». Luego siguió el resto del concierto expectante, con la esperanza de que el maestro le hiciera algún otro gesto, lo que no llegó a suceder. Tampoco volvió a ver a Johann hijo, quien murió poco después.

Los acontecimientos inmediatamente posteriores al concierto no auguraban un final próximo de la guerra. La prometedora guerra relámpago en la Unión Soviética había puesto al ejército alemán a las puertas de Moscú, pero una bajada extrema de las temperaturas, como no se viera en siglos, congeló, literalmente, las expectativas. Además, tras el ataque japonés a Pearl Harbor, Estados Unidos había entrado en la guerra. *A priori*, esto no implicaba un cambio significativo en la correlación de fuerzas en el continente europeo, puesto que su principal pugna era con los nipones. Pero aumentar el número de enemigos, después de haber roto su inexistente amistad con los rusos, constituía un más difícil todavía que la población empezaba a encontrar extremadamente temerario. Por supuesto, en público nadie decía nada, pero Clemens y Viorica aún se permitían hacer algunos comentarios con sus amigos más íntimos.

—Todo parecía ganado —opinó Hans Hotter—, y de repente tenemos a la URSS y a Estados Unidos en nuestra contra. Podríamos morir de éxito, como se suele decir. Y los británicos nos bombardean sin parar.

Colonia fue la primera de las grandes ciudades en soportar una cantidad de bombardeos nunca vista en suelo alemán. Los periódicos daban todas las semanas cifras cada vez más elevadas de muertos y heridos, con pérdidas materiales inmensas. Sin embargo, parecía que los británicos se hubieran olvidado de Múnich, donde apenas se produjo alguna que otra incursión de aviones en solitario, con la consiguiente alarma y la búsqueda de refugio de los ciudadanos. En Berlín, el más socorrido era el metro, pero como en Múnich no había, optaban por sótanos y subterráneos. Lo mismo sucedía en Viena, donde Clemens pasaba buena parte del tiempo que le dejaban la Ópera de Baviera, el Mozarteum y las giras. Las escasas ocasiones en que sonó la alarma antiaérea ni se movió de casa, y se ponía a tocar el piano para conjurar toda amenaza externa. Lo que más le gustaba interpretar en esa situación era el *Vals de Mefisto*, de Franz Liszt.

—¿Estás loco? ¿Y si saltamos por los aires? —le espetó Viorica, nerviosa.

—Entonces todo habrá terminado, querida. Telón. Supongo que tampoco nos perderemos gran cosa si dejamos esta época de mierda.

Pero, con todo, para él no era tan mala. Recibió por esos días una carta firmada por alguien llamado Heinz Heydrich, que se identificaba como el hermano del ahora Protector de Bohemia y Moravia, si bien conservaba su puesto de director de la Oficina Central de Seguridad del Reich:

> Mi hermano y yo quisiéramos reunirnos con usted para tratar el asunto de la interpretación de la ópera *Amén*, de nuestro padre, Bruno Heydrich. El caso es que el puesto de responsabilidad de mi hermano le impide dedicar el tiempo necesario a esta empresa y ha delegado en mí las negociaciones con usted. También ha decidido poner a disposición del proyecto el Teatro Estatal de Praga.

¡Allí fue donde se estrenó *Don Giovanni*! Ya solo ese hecho llenó de emoción a Clemens, aunque no estuviera seguro del valor real de la partitura de Bruno Heydrich. Heinz le proponía una reunión a tres, en Praga, pues a su hermano le resultaba imposible desplazarse. Allí le entregarían el manuscrito de la ópera a fin de que lo examinase, por si era preciso realizar una nueva edición de cara a su reestreno.

Respondió de inmediato que sí, para aceptar, entre las fechas propuestas, la del 27 de mayo para la reunión con ellos, aunque en la carta se le invitaba a asistir también la noche de la víspera, precisamente, a un concierto de obras del padre de los Heydrich en Praga. Antes de partir de viaje esa mañana del 26, decidió pasar por la residencia del maestro Strauss en Viena, situada en el lado este del palacio Belvedere. Satisfecho con el *Sexteto* de *Capriccio*, Baldur von Schirach se había comprometido a proteger tanto esta vivienda como la de Garmisch-Partenkirchen de posibles ataques de incontrolados. Clemens también pudo comprobar que ni Alice ni sus hijos portaban la estrella, como les prometió el *Gauleiter*.

Entregó al maestro la partitura acabada de *Capriccio*, que este le había prestado para que la examinara.

—Es milagrosa —le dijo—. Cada día compone usted mejor, maestro.

—¿Dice que se va a Praga ahora? —Strauss se mostró indiferente respecto a su última creación.

—Así es. Fuera me espera el coche...

¿Cómo demonios se llamaba el chófer? Todavía le venía el nombre de Brick a los labios cuando se dirigía a él.

—¿Podría acompañarle? —le propuso el maestro.

Clemens no lo hubiera esperado en la vida.

—Para mí sería un placer. ¿Acaso desea visitar también a Heydrich, en calidad de protector de Bohemia y Moravia?

—¡Al diablo Bohemia y Moravia! —estalló Strauss—. ¡Lo que quiero es a mi familia!

Le explicó que se habían llevado a la abuela de su nuera Alice. Una anciana entrañable, algo lenguaraz pero muy sensata, llamada Paula Neumann. Sin más, la Gestapo entró en su casa y la sacaron de allí a rastras.

—No ha sido algo casual —masculló—. ¡Lo han hecho para dañarme! ¡Sabían perfectamente de quién se trataba! Schirach ha protegido a mi núcleo familiar más íntimo y han ido a por la pobre mujer.

—¿Está seguro? Quizá se trate de un error.

—¿Un error? Mire lo que me enviaron hace unos meses de forma anónima.

Strauss extrajo de su cartera un recorte de periódico amarillento que desdobló con sumo cuidado, como si temiera herir a los personajes de la fotografía que contenía. Clemens vio que eran un hombre y una mujer, en apariencia dormidos en una cama. El pie de foto estaba en portugués.

—Son Stefan Zweig y su mujer. Los dos muertos, en Brasil.

—¿Muertos? —A Clemens le palpitaron los ojos—. ¿Seguro? ¿No será algún tipo de montaje?

—Se suicidaron. Me han traducido el recorte y afirma que vivían angustiados ante la idea de que el Tercer Reich conquistase el mundo y acabase con todos los judíos.

La imagen era atroz, sin duda. Y la noticia, terrible. Pero era probable que Zweig y su mujer se hubieran dejado llevar por el sentimiento de desarraigo y la añoranza del hogar al que jamás volverían. Clemens no creía que el objetivo final del nacionalsocialismo fuera «acabar con los judíos». Aunque luego recordó el asunto de Elfriede Brick. Se había fijado y hacía tiempo que no veía por la calle a ninguna persona con síndrome de Down. Todos los niños parecían nacer sanos ahora en Alemania, e incluso las referencias a las enfermedades mentales desaparecieron de la vida cotidiana como si estas fueran parte de un pasado muy lejano.

—La abuela de Alice está en un sitio llamado Theresienstadt, cerca de Praga. He hablado con Baldur von Schirach del tema, pero me ha dicho que se sale de su competencia. Entraría en el terreno de Heydrich, y es algo a lo que no puede arriesgarse. Es providencial que usted se dirija a verle ahora. ¿Vamos juntos?

¿Cómo iba a negarse? Sin embargo, todo el placer que hubiera constituido un viaje tan largo como aquel en su compañía se esfumó a causa de su comprensible preocupación. Precavido como era, el maestro no dijo una sola palabra de más ante el chófer, pero luego añadía cada poco tiempo:

—Iremos directamente al lugar donde está internada y me escucharán. Soy Richard Strauss y todo el mundo me conoce. No podrán negarse a entregármela.

Llegaron hacia las cinco de la tarde. Les costó encontrar el sitio, porque cada vez que paraban a preguntar a un lugareño por su ubicación, este gesticulaba asegurando no entender el alemán y se alejaba a paso ligero. En un momento determinado, el asfalto se acabó y tomaron un camino de tierra, hasta un puesto controlado por varios soldados y un cabo de las SS.

—¿Quiénes demonios son? —les preguntó de malas maneras el cabo.

—Soy Richard Strauss y este es Clemens Krauss —dijo decidido el maestro.

El cabo, desconcertado, les preguntó qué deseaban. Clemens creyó oportuno añadir:

—Tenemos una cita mañana con el protector de Bohemia y Moravia, pero ha habido un malentendido y una familiar del maestro Strauss ha sido traída por error a este lugar, por eso estamos aquí.

Los SS se apartaron y hablaron entre ellos. Al final les permitieron el paso, sin mucha convicción.

—Háblenlo con el comandante del campo —les dijeron.

Lo que aquel cabo llamaba «campo» no era sino una ciudad fortaleza construida a finales del siglo XVIII. Clemens recordó entonces un noticiario en el que se anunciaba que el Führer había regalado una ciudad a los judíos no muy lejos de Praga. Las imágenes recogidas en él daban la sensación de mostrar más bien la vida cotidiana en un balneario que en un campo de concentración. ¿Sería ese lugar Theresienstadt? En apariencia, daba la sensación de estar abandonado, pero al aparcar el coche les llegaron rumores desde el interior. Eran ruedas de carretillas, martillos golpeando estacas y calzado marcando el compás. También se distinguían voces apagadas, parecidas al murmullo furtivo de estudiantes al fondo de una biblioteca tras descubrir un libro prohibido, y un fuerte aroma como a goma y sopa quemada. La fortaleza estaba coronada por un vallado de alambre de espino y en una de las puertas vieron un letrero que rezaba: EL TRABAJO HACE LIBRE.

—¿Qué demonios es eso? —refunfuñó Strauss—. ¿Un lema comunista?

Descendió del vehículo, dispuesto a entrar por la puerta principal. Aparecieron dos guardias de las SS, con sendos fusiles, sin duda alertados por los del puesto de control.

—¿Quiénes son ustedes y qué hacen aquí?

El maestro Strauss extrajo una fotografía de su bolsillo de una sonriente Paula Neumann.

—Soy Richard Strauss y he venido a por esta persona.

Los guardias permanecieron impasibles.

—Es la abuela de mi nuera… La han traído aquí por error.

Al fin, uno de ellos hizo amago de sonreír.

—Si está aquí, no se trata de un error —replicó.

—¡Claro que sí! —insistió Strauss—. Ella es mi… La verdad, no sé cómo describirla. El padre de mi nuera es mi consuegro. Pero no sé si existe un nombre para ese grado de parentesco.

—¡Momia! —dijo el soldado que había guardado silencio hasta ese momento, y las bocas de ambos reventaron de risa.

Los labios de Strauss empezaron a temblar de cólera.

—¡Se acabaron las burlas! Soy Richard Strauss, el autor de *El caballero de la rosa*. He sido presidente de la Cámara de Música del Reich y soy amigo personal de Joseph Goebbels y Baldur von Schirach.

Lo primero era bastante discutible, y lo segundo, no demasiado sólido.

—Hemos venido a Praga a ver a Reinhard Heydrich —intervino Clemens, lo que no hizo mella en la expresión pétrea de los guardias—. ¿No podríamos hablar con el responsable al mando?

—Vayan a ver al Protector, si dicen que son tan amigos. Bastará una orden suya para que su abuelita salga de la casa del lobo —dijo el primero, ya sin risas, en un tono que no admitía discusión.

—¡Esto es una falta de respeto! —Strauss cerró el puño con impotencia—. ¡Déjenme pasar! ¡Tienen que soltarla! ¡Yo he escrito *Salomé* y *Ariadna en Naxos*! ¡Yo he...!

—Usted ha hecho una puta mierda —contestó el otro.

Se oyó el chasquido del seguro de su fusil al descorrerse. El cañón se situó a un palmo del rostro del maestro y Clemens percibió el aroma picante a pólvora.

—Lárguense ahora mismo o los metemos dentro, con billete de ida.

No dijeron nada en el camino de vuelta a Praga. Clemens ni siquiera se atrevió a mirar al maestro, cuyas lágrimas copiosas de impotencia sintió en el aire.

Una vez en la ciudad, y dado el cansancio emocional que embargaba a ambos, Clemens consideró prudente no sugerirle ir al concierto de obras de Bruno Heydrich. Pese a que eso le dejaría en mal lugar ante el Protector y su hermano, algo le decía que no era el mejor momento para ello. En su lugar, fueron a alojarse en el Grand Hotel Šroubek. Apenas se dijeron nada durante la cena y, a las seis de la mañana, el maestro llamó con insistencia a la puerta de Clemens a fin de que se encaminaran a ver a Heydrich.

—Me temo que la cita es a las doce de la mañana —repuso con cierto embarazo.

—¡Qué lento pasa el tiempo en este país! —se lamentó el compositor, y regresó de mala gana a su suite.

En realidad, después de su espantada la noche anterior a la cita en el teatro, a Clemens le causaba una profunda incomodidad tener que reunirse con ellos. ¿Bastaría con explicarles que

Strauss se había sentido indispuesto y no quiso dejarle solo? Aunque, bien mirado, ¿qué pintaba el anciano compositor allí? Ahora dudaba que su petición de intercesión por la abuela de Alice fuera a ser bien recibida. Más aún, se arrepentía profundamente de haber accedido a traerlo consigo.

Cuando al fin se dirigieron al castillo de Praga, les pareció que la ciudad estaba más revuelta de lo habitual. En la lejanía no dejaban de escucharse sirenas y frenazos de vehículos.

Para sorpresa de ambos, una multitud de soldados de las SS estaba congregada ante el castillo. Había tensión en el ambiente, y algunos de los superiores trataban en vano de imponer la cordura. Hablaban de dar una batida por la ciudad y matar a todos los checos que hallasen. Cuando un capitán advirtió la presencia de aquellos visitantes de aspecto alemán, les hizo señas para que se le acercaran. Al conocer su identidad se mostró de lo más perplejo.

—Queremos ver a Heydrich —exclamó, todavía rojo de ira, Strauss.

Clemens trató de rebajar el tono, al intuir que algo inquietante sucedía allí.

—Yo tengo una cita con él en media hora. Con él y con su hermano Heinz.

El capitán asintió. Heinz Heydrich estaba allí. Lo mandaron llamar.

—¿Es que no saben lo que ha sucedido? —les preguntó.

El hermano del Protector apareció a los pocos minutos con el semblante lívido. Sus facciones eran menos afiladas que las de Reinhard, y las gafas y el pelo ondulado le conferían un aspecto más afable. Pero en modo alguno irradiaba bonhomía.

—¿No se han enterado? ¡Esos hijos de puta!

—¿Quiénes?

Entonces el maestro Strauss y Clemens fueron informados de que Reinhard Heydrich, el todopoderoso lugarteniente de Himmler, había sufrido un atentado aquella mañana a manos de partisanos checoslovacos.

LIX

Berlín, junio de 1942
Marcha fúnebre de Sigfrido, de *El ocaso de los dioses*,
de Richard Wagner

Reinhard Heydrich agonizó durante varios días en un hospital de Praga, en parte por su obstinación en ser atendido por un médico alemán. Para cuando Himmler le envió uno de las SS, las esquirlas metálicas de la bomba que le arrojaron los partisanos, y la crin que rellenaba la tapicería de su Mercedes-Benz Typ 320, le habían causado una infección en la sangre. La petición al Reino Unido de penicilina como muestra de buena voluntad entre dos naciones hermanas fue en vano, y Heydrich murió el 4 de junio. Con ello, los países ocupados por los nazis descubrieron que eran mortales, incluso los más poderosos. Y Hitler decidió comprobar el grado de mortalidad de la población checa con la promesa de la represalia más feroz jamás vista. No fueron muchos los detalles que salieron en la prensa alemana, pero la ciudadanía dio su aprobación, y en algunos casos pidieron que el castigo fuese aún mayor.

Fue inevitable que Clemens comentara lo sucedido con Viorica. Su propia preocupación era, a esas alturas, imposible de ocultar. Ella, sin embargo, solo acertó a decir:

—¿Crees que vendrán a por nosotros también?

«¿Quiénes?», se preguntó él. Hacía ya tiempo que ignoraba

en qué bando se encontraban. Si ni siquiera estaba a salvo la familia del maestro Strauss, que era el compositor más grande del mundo, ¿quién podía estarlo?

Antes de partir de Praga, Strauss se sintió indispuesto y Heinz Heydrich les aconsejó que hicieran noche allí. Aunque el ambiente no fuera el más propicio, solicitaría que los alojaran en el castillo. Un médico proporcionó unos calmantes al anciano, que no tardó en conciliar el sueño, y el hermano del Protector se interesó por la presencia de este allí.

Clemens, dubitativo, se lo contó.

—Vaya, ignoraba que tuviera esos problemas de índole familiar. Ojalá Reinhard se recupere. Yo creo que no será insensible al tema. Él es un hombre muy... de familia. Tendrían que conocer a su mujer y sus hijos.

—Espero, con sinceridad, que se recupere —le dijo.

—Sí, vamos a rezar por ello. Además, no sabe la ilusión que le hace poner en escena la ópera de nuestro padre. ¿Sabe que guarda el manuscrito con mucho celo entre sus papeles más importantes? A veces creo que su destino también estaba en la música. Está claro que, de haber seguido esa vocación, ahora no se encontraría en esta situación.

Cuando se despidieron a la mañana siguiente, Heinz le prometió que, apenas su hermano se hubiera restablecido, le expondría el tema de Paula Neumann.

—Seguro que la sacará de Theresienstadt. Estoy convencido.

La muerte de Heydrich truncó esa posibilidad, si es que había existido.

Para el gran funeral de Estado en Berlín, el Ministerio de Cultura requirió a Clemens para que dirigiera a la Orquesta Estatal de Berlín con la *Marcha fúnebre de Sigfrido*, de *El ocaso de los dioses*. Las exequias tuvieron lugar en la Nueva Cancillería. Clemens nunca había visto nada semejante. Parecía no ya que Berlín, sino que Alemania entera se hubiera congregado para la ocasión en la Wilhelmstrasse. Las coronas de flores que llegaron, enviadas por todos los sectores de la sociedad, casi cubrían la plaza por completo. Como funeral pagano que era, no se realizaron ritos religiosos. Solo sombríos discursos de distintos mandos del partido, con promesas de venganza. El Führer, sin embargo, no habló. Apareció con ropa de civil, algo que había prometido no hacer hasta que ganase la guerra, y consoló con palmaditas en las mejillas a los hijos del difunto. A Clemens le conmovieron unas niñas de las Juventudes Hitlerianas con pequeñas cestas repletas de flores. Al clima fantasmagórico de la ceremonia se sumó la música de Wagner y, por unos instantes, pareció que estaban todos muertos a consecuencia de la caída del Valhala, después de que Heydrich, como un Sigfrido moderno, sucumbiera a una lanzada en la espalda.

—¡Él volverá, y con él, miles! —rugió uno de los oradores, cuya identidad Clemens ignoraba, lo mismo que la de esos miles a los que se refería.

Su idea, tras dispersarse las masas, cosa que tardarían bastante en hacer, era marcharse con discreción y tomar el primer vuelo a Múnich. Pero reconoció entre los dolientes a Heinz Heydrich, y no quiso perder la oportunidad de saludarle.

—Krauss —le dijo con la expresión llorosa al verle, reteniendo su mano entre las suyas—. ¿Sabe? He pensado mucho en usted estos días.

Clemens no comprendió a qué se refería.

—Sí... Han sido días para reflexionar. ¿No podríamos hablar usted y yo en algún momento? ¿Quizá mañana por la mañana?

Era lo último que deseaba hacer. Viorica llevaba unos cuantos días asustada, desde que le preguntó si era factible que alguien fuese a por ellos. Sin embargo, por alguna razón desconocida, simpatizaba con aquel hombre.

—He tenido acceso a los papeles de mi hermano, ¿sabe? —le dijo Heinz con un aire de misterio.

Supuso que se refería a los manuscritos originales de la ópera de su padre, si bien estaba seguro de que la representación ya no iba a tener lugar. Es más, después del torrente de violencia desatado por el asesinato del Protector, Clemens prefería olvidar el proyecto. Bastantes problemas se le avecinaban ya. Pero, a la hora de la verdad, no pudo decirle que no. Heinz lo citó en un hotel de la Kurfürstendamm a las once de la mañana.

Lo que más le llamó la atención fue que no se reunieran en el salón restaurante. Insistió en que subiera a su habitación y, una vez allí, Heinz colgó el cartel de NO MOLESTAR. Luego comprobó, «pegando la oreja a la pared», que no hubiera nadie en las habitaciones contiguas. Por último, abrió la caja fuerte de la habitación y extrajo un fajo de papeles.

—No sé qué estoy haciendo —dijo—. Usted es un desconocido para mí, pero por la forma en la que me habló del problema del maestro Strauss, creo que podré confiarle esto...

¡Problemas! Clemens estuvo a un tris de abrir la puerta y salir de allí a todo correr. No era el más idóneo para confiarle nada. Porque, tal y como sospechaba, tras pronunciar esas palabras no era la partitura de *Amén* lo que iba a mostrarle.

—Me entregaron los documentos privados de Reinhard... Los guardaba en su caja fuerte, en la Oficina Central de Seguridad del Reich. Mírelos, por favor.

A priori, aquello no le decía nada a Clemens. Eran columnas de cifras con diferentes destinos, algunos de nombre desconocido para él. Belzec, Chelmno, Sajmište, Maly Trostenets, Majdanek y el más repetido: Auschwitz-Birkenau.

—¿A qué le suena esto?

Tras meditar unos instantes, Clemens preguntó, sin mucha convicción:

—¿Son cifras de deportaciones?

—¡Son números de muertos! —exclamó Heinz, estirando los brazos y abriendo mucho la boca, como si acabara de perder la razón—. No están todos los documentos. Me asusté cuando entendí a qué se referían. De hecho, quemé el más importante de todos, el memorándum de una reunión que mantuvo mi hermano en Wannsee el pasado mes de enero. No le voy a decir quiénes estaban presentes, así le protegeré...

¡Valiente tontería! De haber querido protegerle, no estaría contándole aquello.

Heinz comenzó entonces su relato. La reunión se había articulado en torno a lo que ellos llamaban «la solución final». Se trataba de dar con la clave del problema judío. Habían descartado deportarlos a Madagascar o que se instalaran en Palestina. La solución, en concreto, era el exterminio absoluto de todos los judíos de Europa. Todo ello a través de la industrialización de la muerte. Campos en los que apenas comerían y se les sometería a trabajos sin sentido alguno, con el único propósito de causarles el mayor sufrimiento posible antes de su erradicación definitiva. Además, pensaban aprovechar todo lo que pudieran: no solo sus posesiones personales, sino también el oro de sus dentaduras, su piel para forrar muebles y lámparas, y hasta el cabello de las mujeres, a fin de emplearlo en la industria textil.

—Es una locura —dijo Clemens—. ¿Para qué iban a hacer eso? Si tanto los odian, sería suficiente con matarlos.

—Se creen dioses, y quizá hasta dotados del don de la inmortalidad —prosiguió Heinz con voz de perturbado—. Pero mi hermano ha sido castigado por su vanidad... y sus crímenes. Y no me cabe duda de que Dios ha propiciado su muerte.

«¿Y también la de los represaliados a consecuencia de la misma?», estuvo por preguntarle. Quería marcharse ya. No deseaba estar en aquella habitación para no comprometerse ni escuchar más insensateces.

—Los están matando no a miles, sino a millones. ¿O no se ha preguntado usted adónde se los llevaban? Y él ha sido el arquitecto del plan. Y el Führer...

Seguro que era delito escuchar algo así, pero no pudo evitar repetir, inquieto:

—El Führer...

—... es el instigador supremo de todo esto. En aquel documento de Wannsee figuraba con claridad: «Deben ser extirpados de la faz de la humanidad y solo así habrá una Alemania pura». Y cuando se hagan con el Este de Europa, harán que los eslavos mueran en una o dos generaciones, y solo habrá arios en el mundo.

Parecía una novela de fantasía siniestra.

—¿Se da cuenta de que lo que dice es imposible? Es un sinsentido que personas cabales no podrían...

—¡Cabales! ¡Eso es! ¿Lo que ha visto desde que Hitler llegó al poder le parece cabal? ¿No habrá estado usted ciego, deslumbrado por el poder que han puesto en sus manos?

¿Poder? Se las miró. ¿No lo había ejercido en cierta medida al ayudar a las Cook a salvar a unas setenta u ochenta personas de un destino que, según las averiguaciones de Heinz Heydrich, no era otro que la más espantosa de las muertes?

—Yo también estuve deslumbrado, al igual que mi familia. Ser el hermano de una de las personas más poderosas del Reich me convertía a mí también en importante... Y en cómplice involuntario de sus crímenes. Como también lo fue usted ayer, cuando dirigió la música del funeral como si mi hermano fuese un héroe. Créame, si hay un cielo y un infierno, ¡no me cabe ninguna duda de dónde está él ahora!

Puso en sus manos más documentos, en apariencia incomprensibles. Pero, de repente, vio que junto a aquellos números había nombres concretos de personas, no solo alemanes o polacos, sino también checos, eslovacos, rusos y de otras nacionalidades. ¿Estaban muertas todas ellas?

—Comenzaron con los fusilamientos en masa, como se ha hecho en la guerra española —prosiguió Heinz—. Pero había un problema: los soldados se desmoralizaban después de tantas ejecuciones. Al fin y al cabo, por muy voluntariosos y obedientes que fueran, debe de haber algo aquí dentro que te hace clic cuando disparas contra una mujer con su bebé en brazos. Decidieron entonces convertir el rito en algo más aséptico. Primero, camiones para gasearlos; pero era un sistema caro, porque los motores se estropeaban constantemente, y a veces había que sacarlos medio asfixiados y rematarlos a tiros, a la vieja usanza. Así, empezaron con un nuevo sistema en Auschwitz con cápsulas de un producto para la fumigación... —Le arrebató los papeles a Clemens y lo buscó—. Zyklon B. Suena a nombre de robot de una película de ciencia ficción norteamericana, ¿verdad? Lo probaron en septiembre del año pasado con seiscientos prisioneros soviéticos y doscientos cincuenta enfermos; los metieron a todos en unas cámaras con lo que parecían duchas, para que creyeran que iban a asearse. ¡En veinte minutos estaban todos muertos! Han llegado a exterminar a doce mil personas al día. ¡Y eso solo en Auschwitz! Mire la lista de los campos que hay.

—¿Y cómo puede estar sucediendo esto sin que nadie se dé cuenta? —preguntó Clemens.

—Fíjese, la mayoría están en zonas ocupadas por nuestros ejércitos. Los de los pueblos vecinos no van a protestar... Además, en muchos de esos lugares odian a los judíos y no les importa lo que hagan con ellos. También estamos en guerra y es fácil disimular las atrocidades cuando nuestra preocupación es si los ingleses nos van a bombardear esta noche.

—¿Para qué demonios me ha contado esto? —exclamó Clemens, y arrojó los papeles al suelo, como si pudieran contaminarlo.

—Para no sentirme solo... —Heinz se levantó y se volvió hacia la ventana de la habitación. En la calle, unos niños jugaban a atrapar el pañuelo—. Me fijé en su mirada, como le dije, cuando me contaron el problema de la pariente del señor Strauss y comprendí que usted era distinto.

—Entonces, ¿ella...?

—Está muerta. Como todos... —Heydrich suspiró sin volverse—. Si la familia política del maestro es judía, que se olvide de ella. Es más, no estoy seguro de que pueda proteger a su nuera y a sus nietos por mucho más tiempo.

—Bien. Ahora saldré de esta habitación y me marcharé a Múnich. Y esta conversación no habrá tenido lugar entre nosotros —le dijo Clemens—. ¿Qué le parece esta perspectiva?

Heydrich se volvió y rebuscó entre sus ropas. ¿Acaso estaba armado? Al final extrajo una pitillera. Clemens le aceptó un cigarrillo tras dudarlo unos instantes.

—Estamos condenados —le soltó con voz de profeta herido de muerte—. Usted, yo y todo el mundo. Una generación que hace esto no merece vivir. Como los impíos del pueblo de Israel a los que Yavé destruyó tras haber adorado el becerro de oro. No hay nada que podamos hacer para salvarnos. Si Alemania pierde la guerra, seremos castigados por estos crímenes. Y si la gana, liquidará a los que lo sabemos. No creo que deseen iniciar el Reich que ha de durar mil años con unos cuantos testigos incómodos...

Entonces Clemens tuvo una idea. Otra más. Tan descabellada como todas las suyas de los últimos años.

—Dios solo condenó a los que habían pecado... —repuso—. Al resto, a los que no participaron en el acto de idolatría, les permitió vivir, aunque fuera con la dura prueba de vagar cuarenta años por el desierto.

—¿Y cómo podríamos salvarnos nosotros?

—¿Está pensando en hacer algo?

—Más que en hacer, en deshacer todo lo que pueda el mal causado por mi hermano —respondió sin dudarlo.

—¿Se refiere a ayudar a los judíos?

—Por ejemplo...

—¿Facilitándoles su salida de Alemania?

Heinz asintió.

—Pero no sabría por dónde empezar.

Clemens se sonrió por lo paradójico de la situación.

—Podría localizar a personas en riesgo de ser capturadas. Debe de haber todavía algunas, bajo nombres falsos o escondidas en algunos rincones del Reich. Quizá, si se les facilitasen pasaportes falsos, podrían escapar... No hay muchos lugares ahora en Europa donde puedan recibirlos. Pero está Suiza. La España de Franco es un régimen afín al de Hitler, pero creo que no tienen leyes raciales; aunque eso no quiere decir que no entreguen a judíos fugitivos. También está Portugal.

—Pero yo no sé cómo se falsifican pasaportes. Si conociera a alguien dispuesto a ello... Supongo que usted no sabrá de ninguna persona.

Clemens tendría que haber salido de aquella habitación mientras estaba a tiempo. Pero no lo hizo. Ahora ya no era parte del problema, sino el problema mismo.

—Conozco a una persona, aunque hace tiempo que no sé de ella. Tal vez... Tal vez pueda localizarla.

Y se dio cuenta de que no tenía ni idea de dónde podría encontrarse, si es que aún estaba vivo, Albrecht Holzing.

LX

Múnich, junio de 1942
Golondrinas de un pueblo de Austria, op. 164, de Josef Strauss

Clemens se preguntó entonces por qué nunca hizo el esfuerzo de contactar con Holzing tras los acontecimientos que vivieron juntos. Al fin y al cabo, aunque a punta de pistola, realizó una labor extraordinaria. No hizo falta que reflexionase sobre la respuesta. Cuando Brick le comunicó que el padre de Holzing había sido arrestado, aunque de forma indirecta, por su culpa, sencillamente lo apartó de su mente. No quiso sentirse responsable y, por otro lado, Holzing ya no le era de ninguna utilidad. ¿Lo convertía eso en un oportunista? ¿Alguien que se aprovechaba sin escrúpulo alguno de los demás para conseguir sus objetivos? El último en reprochárselo había sido Frauenfeld. ¿Acaso era cierto y todo el mundo se percataba de ello menos él?

—¿Soy un arribista? —le preguntó a Viorica a ese respecto.

—¿Quieres decir que si utilizas a la gente para lograr tus fines? —Después de meditarlo unos instantes, añadió—: Has logrado casi todos tus fines. Piensa en cómo lo has hecho.

Su abandono de la Ópera de Viena fue algo que él no propició. Göring deseaba debilitar la institución cultural más prestigiosa de Austria, cuyos dirigentes se resistían a estar en la órbita del Reich. Pero era verdad que luego acudió a Goebbels para lograr la Ópera de Baviera, así como Baldur von Schirach le consiguió el concierto de Viena y la dirección del Mozarteum, que le permitieron regresar, más o menos por la puerta grande, a la vida musical de su país. Ahora bien, ¿había hecho daño a alguien para lograrlo? Pensó en Furtwängler, en Knappertsbusch y en los otros directores. En realidad, se ganaron la hostilidad del Reich sin que él hiciera o dijera nada. Se limitó a ocupar los vacíos dejados por ellos por la sencilla razón de que alguien tenía que hacerlo. Un director que estuviera en buenos términos con el poder, como era su caso. Pero seguía sin ser miembro del partido y no mostraba el ferviente compromiso de otros, como Karl Böhm o Heinz Drewes, estos sí, nazis convencidos.

Y ahora no había nada que le obligase a ayudar a Heinz Heydrich. Hacerlo equivalía a más problemas. Por otro lado, después de conocer la verdad, si es que lo que le contó era cierto, ¿cómo debía reaccionar? Decidió proteger a Viorica de ese horror que le embargaba y no le reveló nada. Lo malo era que si actuaba de forma clandestina otra vez, quizá sospechara de la presencia de una nueva amante. Aunque, dado el distanciamiento entre ambos desde los hechos que ninguno más volvió a nombrar, no parecía importarle gran cosa cuánto tiempo se ausentara ni dónde. Y contaba con estupendas coartadas, como clases ficticias en el Mozarteum o algún ensayo con la Academia Filarmónica de Viena.

Se acercó al local donde estaba la imprenta y en su lugar encontró una frutería. Cuando preguntó por el anterior propietario, no quisieron o no pudieron responderle. Lo habían alquilado un par de años antes y, por lo que les dijeron, llevaba un tiempo vacío.

La única opción que le quedaba era preguntar al personal de la Ópera de Baviera si alguien sabía algo del figurinista. Tras consultar, como quien no quería la cosa, a una veintena de personas, una muchacha de sastrería se sonrojó al escuchar el nombre. ¿Había habido algo entre ellos? No lo admitió de forma abierta, pero Clemens percibió que sí.

—Hace años que no lo veo... Ya sabe usted que tuvo problemas, maestro.

—¿Y no sabes dónde podría encontrarle? —Como vio que

ella titubeaba, añadió—: Quizá consiga que lo readmitan para una nueva producción. Era único para ciertas cosas... —«Como falsificar pasaportes», dijo para sí.

La joven le dio el nombre de un pueblecito del que eran oriundos su padre y él: Oberbrunn. Clemens no había oído hablar de él, pero estaba a unos treinta kilómetros de Múnich.

Viajó una tarde en coche, sin mucha idea de cómo podría localizarle. Tal y como sospechaba, era una aldea de campesinos formada por una docena de granjas, y la desconfianza fue palpable en cuanto empezó a hacer preguntas. Nadie parecía conocer a ninguna familia Holzing, o, como mucho, le respondieron que era un apellido muy común. Al pasar por delante de la iglesia, denominada de San Pablo y San Pedro, se le ocurrió que el párroco tenía que conocerlos por fuerza. Lo recibió con gran cordialidad, hasta que pronunció aquel nombre.

—He de suponer que no ha venido a buscarle para nada bueno.

—Al contrario, hace años nos prestó un gran servicio en la Ópera de Baviera y me gustaría volver a contar con él, era un joven prometedor. —Y para darle verosimilitud, añadió—: Es verdad que tenía una personalidad un tanto difícil y nos causó algún problema, por eso prescindimos de él. Pero desde entonces no he podido encontrar a nadie con su talento e imaginación.

¿Sería pecado mentirle de esa forma a un sacerdote? De todos modos, Clemens era muy escéptico en lo que a Dios se refería, especialmente en los últimos años.

—Si ha venido para ayudar a ese muchacho, entonces creo que puedo conducirle hasta él. Pero si su propósito es hacerle algún daño, será el Señor el que le pedirá cuentas por ello —le advirtió el párroco, que demostró así no ser ningún ingenuo—. Esa familia ha sufrido mucho. El padre falleció hace unos años en circunstancias terribles.

—Creo que yo fui el culpable de su muerte —se le escapó.

¿Por qué había dicho eso? El sacerdote abrió los ojos con perplejidad. De pronto se llevó las manos al rostro. ¿Por qué le fluían aquellas lágrimas de los ojos? Con la voz ahogada, intentó retroceder al momento anterior, cuando se creyó su burda historia y estaba a punto de decirle dónde hallar a Holzing...

—No diga más, padre. ¿Murió ese hombre en un campo de concentración?

—En Dachau...

—Entonces quien le condujo a la muerte... fui yo. —Se arrodilló ante él—. ¿Puedo acogerme al secreto de confesión?

El cura asintió, tras superar su desconcierto.

—¿Cuánto hace que no te confiesas?

—No lo sé —respondió con la voz atenazada por el llanto.

Luchó contra aquel sentimiento sobrevenido de culpabilidad irracional, que no creía haber experimentado hasta ese momento. Si en lugar de un sacerdote hubiese tenido ante sí al doctor Riemann, podría haber hablado con aquella seguridad en sí mismo que siempre demostraba ante los demás. Pero se sentía incapaz de cargar más con aquella cruz sin compartirlo con alguien. Las Cook ya no estaban, e ignoraba si se encontraban bien tras los constantes bombardeos de Londres; Viorica era una extraña desde su reconciliación, y los que en su momento fueron sus verdaderos amigos, como Lothar Wallerstein, estaban lejos y le odiaban, o, sin más, consideraban que su amistad no daba más de sí, como le demostró Frauenfeld. Se sentía solo en un mundo miserable, empeñado en destruirse a sí mismo, y ahora su siguiente esperanza de redención era el hermano de un asesino de masas, de cuya salud mental no estaba del todo convencido. Y para ello necesitaba a Holzing, pero él había contribuido al asesinato de su padre con su torpeza de querer jugar a ser espía o, mejor aún, a ser Dios.

—Creí que salvar gente era como dirigir una orquesta —dijo al fin, con palabras arrastradas, igual que su propia alma—, que podía decirle al fagot: «Ha entrado usted un compás tarde», o al cuarto violín segundo: «Ese vibrato ha sonado demasiado sobrecargado». Pero mis decisiones han podido desembocar en verdaderas tragedias que yo ignoro, como esta del señor Holzing.

El sacerdote suspiró al fin, después de escucharle durante más de una hora.

—Lo que me cuentas, hijo mío, es terrible y extraordinario a la vez. Si tu camino te ha conducido, por encima de tu egoísmo, que admites que es mucho, a sacrificarte por los demás, entonces no debes temer tus siguientes acciones.

—Puedo perder la vida. Y también arruinar la de mi compañera... Aunque, por otro lado, a veces no me importa. Sé que quieren construir algo grande sobre una inmensa mentira. Sobre el sufrimiento de millones de personas, me dijo aquel hombre. Estamos todos condenados por lo que estamos haciendo.

—No has entrado aquí por casualidad, en busca del joven Holzing. Quizá esa fuera tu excusa, pero en realidad entraste en la casa de Dios en busca de tu salvación.

Clemens le preguntó qué opinaba él del Führer y las facciones del sacerdote se endurecieron.

—No me corresponde a mí juzgarle, sino a Dios. Ven, te llevaré donde Holzing.

Resultó que residía en una pequeña cabaña, con una porción de tierra a su cargo y un huerto. Cuando el párroco lo condujo ante él, se percató de que le hubiera costado reconocerle de habérselo cruzado por la calle. Había engordado de forma considerable y lucía una melena y una barba descuidadas que le daban aspecto de herrero de leyenda rusa. Su primera reacción fue la de echar a correr, pero luego se volvió y tomó a Clemens de las solapas, zarandeándolo como a un peral.

—¿A qué ha venido? ¿A rematar su obra? ¡Hijo de puta! ¡Esta vez no se me va a escapar!

—Ha venido porque te necesita, hijo —le dijo el sacerdote.

—¡Para arruinarme la existencia! ¡Este es el cerdo que vendió a mi padre!

Lo empujó hasta dar de espaldas contra la pared de la cabaña. Lo siguiente, dedujo Clemens, sería recibir algún puñetazo. No trató de cubrirse. Al fin y al cabo, lo que afirmaba Holzing era cierto.

—Llevas años lamentándote de tu suerte —prosiguió el religioso—. Quizá tienes una misión y ha de llegarte de la mano de este hombre.

—¡Usted no sabe quién es y las cosas que ha hecho, padre!

Ahora sí, descargó un puñetazo contra la nariz del director, y la sangre le salpicó los ojos. Ante la visión de sus nudillos teñidos de rojo, Holzing pareció darse por satisfecho y retrocedió.

—Lo sé, porque me lo ha contado todo. Por eso lo he traído

ante ti. Y me ha dicho que juntos hicisteis el bien y os arriesgasteis por los demás. Si él te necesita ahora no es para su provecho, ni tampoco para el tuyo. Puede que volváis a correr un gran riesgo, pero vuestras vidas están vacías en este momento.

—¡Seguro que la del señor Krauss es una vida terrible! ¡No creo que viva en una choza infecta, obligado a alimentarse de patatas asadas día sí y día también, con miedo a que lo envíen al frente ruso!

De repente, ante la visión de la nariz goteante de sangre, que manchaba las solapas de su chaqueta y su corbata, Holzing tuvo el arresto de entrar en la cabaña y salir con un jirón de tela sucio, con el que acaso limpiaba su gallinero. Clemens venció todo escrúpulo y se limpió con él.

Sin que le hubiera preguntado nada, Holzing se explicó:

—Me llegó una carta en la que me ordenan presentarme en el cuartel. Creo que me tienen reservada una tumba muy bonita bajo la nieve, en Rostov.

Clemens le pidió echar un vistazo a la carta.

—Tal vez podamos hacer algo para que cambien ese destino —dijo.

—Eso no es más que palabrería...

—¿Acaso tiene algo que perder?

—No —admitió—, usted ya me quitó todo.

Fueron los oficios del párroco de San Pablo y San Pedro los que lograron algo que en un principio parecía imposible: Clemens se comprometía a evitar la marcha de Holzing al frente y este se pondría a su disposición.

—Pero, una vez acabada la guerra, ha de darme su palabra de que volveré a la Ópera de Baviera.

Estuvo por mentirle, pero ante la mirada mediadora del cura le fue imposible.

—Dudo que para entonces estemos vivos usted y yo, Holzing. Es más, quizá estemos adelantando nuestro final.

—Bueno... —dijo tras meditarlo unos instantes—. Mejor morir aquí que en Rusia.

Holzing le estrechó la mano de mala gana tras ser persuadido por el párroco.

—Tal vez algún día podamos considerarnos amigos —le dijo Clemens.

—Creo que eso es lo que Hitler le dijo a Stalin —repuso entre dientes el figurinista.

Clemens se despidió de ambos, pero antes de marcharse quiso estar un momento a solas con el párroco.

—No lo entiendo. Podría estar muy cómodo con todo lo que tengo y el prestigio del que gozo en el Reich —reflexionó—. Entonces, ¿por qué me complico la existencia de esta manera y se la complico también a los demás?

—Hacer el bien no implica sentirse uno bien —le explicó el sacerdote—, precisamente por eso es tan difícil ser justo y recto. Si nos procurase una satisfacción inmediata y nos hiciera sentirnos felices, todo el mundo lo practicaría. Solo se recorren los caminos más tortuosos para llegar a un lugar en el que merezca la pena estar. En cambio, el mal es fácil. Gratifica de inmediato, y si uno tiene la fuerza de voluntad de no mirar atrás, parece que siempre compensa. Ya lo dijo Cristo: «Los últimos serán los primeros».

—Entonces, padre, ya no volveré a sentirme mal por creerme el último de los últimos.

El sacerdote le contó también que, durante el tiempo que llevaba refugiado en Oberbrunn, Holzing no había dejado de jurar venganza contra los responsables o, más bien, el responsable de su situación.

—Me entristecía profundamente verlo consumido por el odio. Creo que, con tu llegada, esto cambiará.

Clemens experimentó un escalofrío al tomar conciencia de una cosa: ¿hasta qué punto podría haberle perjudicado Holzing de haberlo intentado? Solo se le ocurrió que no se atrevió por temor a delatarse a sí mismo, o porque aquel hombre de Dios lo había persuadido durante aquellos años.

El párroco sonrió cuando Clemens compartió aquel pensamiento con él.

—Oh, no ha sido necesario. En realidad, es un joven extraordinariamente inteligente y sensible. Bajo esa apariencia de dureza, posee un corazón generoso. Y ha tenido mucho tiempo para debatir consigo mismo todas esas cuestiones. Creo que sus lecturas, en ese sentido, le han ayudado mucho.

Recordó entonces que, en efecto, a pesar vivir en la miseria, no faltaba en su cabaña una estantería repleta de libros de hojas amarillentas y encuadernaciones rústicas. Clemens dedujo, nada más verlos, que serían panfletos marxistas.

Solo de regreso a Múnich se percató de que no le había preguntado al sacerdote cómo se llamaba. Y ello pese a haberle revelado una información que, en manos de cualquier otro, podía suponer su perdición.

Unos días después, se reunieron con Heinz Heydrich en los pisos de la calle Bräuhausstrasse, donde el figurinista estuvo con Walter Stiefel. Clemens le explicó que era preciso eximir a Holzing de su reclutamiento forzoso en el frente del Este.

Heydrich lo meditó unos instantes.

—Ha trabajado usted en una imprenta, ¿no? Eso es interesante. Yo edito *Die Panzerfaust*, el periódico de los soldados. Voy a hacerle un contrato y alegaré que sus servicios me son necesarios, y trabajaremos codo con codo. El único inconveniente es que tendrá que venirse a vivir a Berlín.

Holzing accedió. No le quedaba otra. Miró a Clemens de reojo antes de marcharse, sin decirle siquiera adiós. Estaba claro que aquel hombre y él, unidos de forma caprichosa por las circunstancias, no estaban destinados a ser amigos.

Una vez que se quedaron a solas, Heinz comentó:

—Parece cosa del destino que este muchacho sea la persona que necesito para llevar a cabo lo que hablamos, y que yo tenga una forma de librarle del frente ruso. ¿Sabe? Creo que eso era para él una muerte casi segura.

—¿Qué está sucediendo en el Este? —preguntó Clemens, desconcertado.

—Los periódicos no informan de ello, como de casi nada de lo que está ocurriendo en realidad. Es una verdadera carnicería. La guerra está perdida.

Aquello cogió por sorpresa al director.

—¿No éramos la nación invencible, el pueblo superior a los demás, destinado a gobernar el mundo durante un milenio? ¿Y no eran los eslavos unos infrahombres a los que se podía derrotar con facilidad por su primitivismo? No sé si alegrarme de la noticia, por lo que va a suponer para todos, incluido yo mismo.

Heinz prosiguió, como si eso no le importase:

—Tampoco se habla de las represalias por la muerte de mi hermano. Casi cinco mil personas han sido asesinadas por ello. En su empeño vengador, Hitler ha hecho erradicar de la faz de la tierra a dos pueblos con todos sus habitantes, incluidos ancianos, mujeres y niños. Dos pueblos que en realidad no tuvieron nada que ver con el atentado. ¿Se da cuenta, Clemens? Con la guerra perdida, cuando todo se sepa, el nombre de Heydrich, el mío propio, quedará asociado para siempre a la infamia.

Aquella noche, ya en casa, sin decirle una sola palabra a Viorica de lo sucedido, Clemens se preguntó cómo pasaría a la historia su nombre, y si «Krauss» sería pronunciado por siempre jamás con desprecio y asco.

LXI

Viena, Múnich, del 1 de enero al 3 de octubre de 1943
Cuarto Concierto de Año Nuevo
Metamorfosis, de Richard Strauss

El 28 de octubre de 1942 se estrenó *Capriccio* en el Teatro Nacional de Múnich. A pesar de que Viorica brilló como la Condesa, lo mismo que Hans Hotter en el papel del poeta Olivier, y Horst Taubmann en el del músico Flamand, el público aplaudió con tibieza. Había una sensación de despedida en el ambiente que disipó la alegría que, en teoría, debería provocar el acontecimiento. Tampoco el patio de butacas, con más conversaciones que de costumbre, contribuyó a despertar el entusiasmo de los presentes. Clemens sospechaba que la camarilla del Reich, empeñada en hacerle la vida imposible al maestro Richard Strauss, con Goebbels a la cabeza, hizo todo lo posible para que no se disfrutara del acto. Al concluir, y a pesar de que tuvo que salir a saludar en varias ocasiones por ser quien era, Strauss le dijo al oído:

—¿Lo ha visto? Se acabó. No escribiré más óperas.

A Clemens le pareció una verdadera tragedia, que solo él asumió como tal en aquel momento porque el pueblo estaba más pendiente del desarrollo de la guerra. Pocos días antes, los británicos habían derrotado al Afrika Korps alemán en El Alamein, en el norte de África, y las tropas del mariscal Rommel, el Zorro del Desierto, tuvieron que replegarse hacia Libia, en lo que la prensa nazi denominó una «retirada táctica». Mientras, en Stalingrado, continuaban los encarnizados combates entre la Wehrmacht y el Ejército Rojo, que enfrentaron a tres millones y medio de soldados. Por supuesto, las noticias que llegaban a Alemania eran triunfalistas. Sin embargo, y pese a ser considerado un delito de traición, todos los ciudadanos podían sintonizar la onda corta en sus radios, donde escuchaban emisiones como la del Canal del Atlántico, que proporcionaba en alemán crónicas muy distintas sobre el frente. Si bien se trataba de propaganda británica, no eran pocos los ciudadanos del Reich que dieron credibilidad a aquellas informaciones, que apuntaban a un descalabro si se abría un segundo frente. De momento, los soviéticos parecían estar resistiendo, aunque a costa de cientos de miles de vidas. Los rumores que llegaban del frente eran que Stalin en persona había dado la orden de disparar a los soldados rojos que retrocedieran, con lo que solo tenían la opción que morir de la forma más honorable posible.

En el concierto del 1 de enero de 1943, Clemens volvió a incluir a Josef Strauss con su maravilloso vals *Música de las esferas*, además de las polkas *El libelo* y *Jocoso*. Esta vez dejó fuera *El bello Danubio azul*, ya que la derrota del Reich iba en serio, y finalizó con el *Vals del emperador.* Algo parecido debió de pensar el director interino Jerger, quien le preguntó si consideraba apropiado interpretar la *Marcha egipcia* de Johann hijo.

—¿Por qué no?

—Después de lo de El Alamein, quizá traiga malos recuerdos al público.

—¡Valiente tontería! —respondió Clemens.

¿Qué tenía que ver una cosa con la otra? Aunque en su fuero interno se hizo la misma pregunta. También rescató el vals cantado para soprano *Voces de primavera*, que deseaba que Viorica interpretase. Pero cuando se lo comentó, ella se negó con una sonrisa triste:

—Querido, tu gran momento del año es este concierto, y yo te lo agradezco, pero mi voz, como ya te comenté hace no mucho, no está para esos trotes. Es una página de coloratura y yo ya me muevo por la decadencia de la tesitura dramática. Haría el ridículo. Podrías buscarte a otra. ¿Por qué no Adele?

Clemens decidió que se hiciera en versión orquestal. Esta vez suprimió el *Perpetuum mobile*, y en su lugar introdujo la chispeante polka *Tritsch-Tratsch*, alegato contra los chismorreos de la prensa amarilla en torno a su vida privada, sobre todo sentimental, escrito por Johann hijo. El título era una onomatopeya del acto de chismorrear. Qué triste, se dijo Clemens, que ahora todos los rumores estuvieran centrados en una sola cosa: el curso de la guerra. A propósito de rumores, en este concierto había apreciado un eco extraño, ¿quizá un efecto de la acústica de la Sala Dorada? Se trataba de un violín que parecía replicar a la primera sección de este instrumento, y en especial a algunas intervenciones solistas del concertino, Willi Boskovsky. Es más, ya creyó detectarlo en los ensayos. Pero por mucho que su oído entrenado quiso localizar la procedencia de aquella letanía amortiguada, no identificó al músico responsable. No era que el efecto resultara desagradable, pero, desde luego, respondía a una circunstancia extraña que se quedó sin aclarar. Llegó a pensar si su oído empezaba a no ser tan privilegiado. No en vano, a finales de marzo iba a cumplir cincuenta años.

Pese a todo, el concierto fue un éxito, lo que convertía en incontestable la cita y su continuidad. Baldur von Schirach lo abrazó mientras la gente lo aplaudía, y le dijo:

—Gracias por proporcionarnos una bocanada de aire fresco en estos tiempos tan difíciles.

Si él mismo lo admitía, entonces es que eran difíciles de veras.

A finales de ese mes de enero, el VI Ejército claudicaba en Stalingrado. Hitler acababa de nombrar mariscal al general Von Paulus, en la creencia de que no se enfrentaría al deshonor de una rendición. Se equivocaba: Von Paulus se entregó a los soviéticos. Las emisoras de onda corta hablaban de más de ochocientos mil muertos en el bando alemán, junto a sus aliados italianos y rumanos, en tanto que los soviéticos sumarían cerca de millón y medio. Cuando escuchaba cosas así, Clemens desconectaba la radio y se reprochaba dar crédito a lo que no era sino descarada propaganda.

«Los están matando no a miles, sino a millones», recordó las palabras de Heinz Heydrich aquella tarde, cuando le mostró los supuestos papeles de su hermano Reinhard. ¿Qué sentido tenían ya cifras semejantes? Los muertos a los que uno ponía voz y rostro, como su madre Clementine, significaban algo. Pero esas cifras alineadas con la frialdad de un inventario de productos agrícolas inducían primero al abrumamiento y luego al escepticismo. ¿Cómo era posible sentir un dolor desgarrador por una sola persona e indiferencia por una serie de números interminables?

A la pérdida simbólica de Stalingrado le siguió Kursk, donde los alemanes solo aguantaron una semana. Y en verano, los estadounidenses y los británicos desembarcaron en Sicilia. A los pocos días, después de que los aliados bombardearan Roma, el pueblo italiano volvió la espalda a Mussolini, que fue depuesto por su propio Gran Consejo Fascista, incluso con el voto a favor de su yerno y hombre de confianza, el conde Galeazzo Ciano. De repente, Alemania perdía a un aliado fundamental como era Italia, que ahora solicitaba renunciar a su participación en la guerra.

Fue en esos días cuando le llegaron noticias de que Baldur von Schirach ya no era amigo del Führer. Este recibió a Clemens en su villa de Viena para darle su versión de los hechos.

—Quiero que sepa que ya no podré apoyarle en ningún proyecto que quiera emprender. Es más, quienes se decían mis amigos me eluden ahora. Prefiero que se entere por mí y actúe en consecuencia.

Le explicó el motivo de su caída en desgracia. Semanas atrás, su mujer estuvo en Ámsterdam y contempló cómo un grupo de mujeres judías eran obligadas a desfilar por la calle, en dirección a la estación de tren. Por el camino, fueron golpeadas y escupidas en repetidas ocasiones por soldados de las SS, quienes además las despojaron de sus posesiones. Henriette se acercó a uno de ellos, y este creyó que estaba interesada en el reloj que acababa de arrancarle de la muñeca a una de aquellas mujeres. Se ofreció a dejárselo a buen precio. «Informaré de esto al Führer en persona», le dijo, lo que provocó risas entre los soldados. Y la hubieran golpeado allí mismo de no haber intervenido los guardaespaldas de Henriette, que la acompañaban vestidos de paisano.

—Le pedí que no dijera nada al respecto, pero es muy obstinada. Afirmaba que Hitler la iba a escuchar porque la conocía desde que era una niña. No tuvo mejor idea que contárselo en una de las cenas del Berghof. El Führer guardó silencio durante unos segundos, como si no se creyera lo que acababa de oír. Luego estalló, y a gritos le dijo que aquello no era más que sentimentalismo barato. «De modo que diez mil de nuestros soldados mueren a diario en combate, ¿y debemos compadecernos de esos pobrecitos judíos, que están tan cómodos en los campos en los que los tenemos?». La discusión terminó ahí, y al día siguiente todo el mundo hizo como si nada hubiera sucedido. Pero a mí se me ocurrió mencionar las recientes derrotas en Stalingrado y Kursk y le planteé si no habría que pensar en detener la guerra. ¡No sé todavía cómo tuve la osadía de decirle algo semejante! Él respondió que sopesaba aquello tanto como pegarse un tiro en la cabeza. Después de eso, se nos invitó a marcharnos del Berghof y ya no hemos vuelto. Está buscando un sustituto para mí como *Gauleiter*, aunque los candidatos a los que ha consultado se han negado a aceptar el puesto.

—Sea lo que sea que suceda, cuente con mi amistad incondicional —le dijo Clemens.

Conmovido, Schirach le estrechó las muñecas. Clemens fue a preguntarle qué opinaba de la visión de su mujer respecto al trato a los judíos, pero entonces recordó, y estaba seguro de no equivocarse, que un año atrás el *Gauleiter* pronunció un discurso en el que afirmaba que la deportación de miles de judíos de Viena no era sino «una contribución a la cultura europea». Y le había dicho lo mismo acerca del Concierto de Año Nuevo auspiciado por él. Clemens solo esperaba que dicho acontecimiento no pusiera en peligro la vida de nadie.

La percepción de que la guerra era algo que ocurría lejos, en despachos o a cientos de kilómetros, se hizo añicos la noche del 2 al 3 de octubre. Múnich fue salvajemente bombardeada por la RAF, después de haber vivido años de placidez en ese sentido, a excepción de una pequeña incursión en noviembre de 1940.

Esta vez, Viorica no permitió que Clemens se quedase tocando Liszt.

—¿Quieres que vayamos a refugiarnos a los sótanos del Teatro Nacional? —le propuso él.

—¿Estás loco? Es como ir a buscar cobijo debajo de una diana.

Así que se trasladaron a los sótanos del edificio en el que vivían y sintieron los temblores de tierra provocados por las bombas incendiarias. Cuando pudieron salir, eran incapaces de reconocer la que era su ciudad desde hacía ocho años. Los objetivos dañados no eran militares, sino viviendas de gente corriente, como ellos. Y también el Teatro Nacional. Las bombas incendiarias lo habían destruido hasta casi los cimientos. Una inmensa columna de humo emergía de entre sus restos, como si se tratase de las velas de la tarta de cumpleaños de un gigante de edad avanzada.

A pesar de las órdenes de los bomberos y los efectivos del ejército, que acordonaron la zona, Clemens se negó a marcharse. Se sentó en la acera, frente al que una vez fuera el coliseo más hermoso de toda Alemania, y permaneció allí dos horas, absorto en su destrucción. Alguien se le acercó en un momento determinado. Le tendió la mano para que lo ayudara a sentarse junto a él.

—El mundo es un lugar cruel —le dijo el maestro Richard Strauss mientras recorría con la mirada las ruinas humeantes—. Con esto, han acabado de asesinarme.

LXII

Viena, 1 de enero de 1944
Quinto Concierto de Año Nuevo
Perpetuum mobile, op. 257, de Johann Strauss padre

El concierto para dar la bienvenida a 1944 comenzó con cuatro piezas de Josef Strauss. El otro Strauss, Eduard, le parecía más ramplón y poco inspirado, si bien su gestión de la orquesta y el legado de la familia fue impecable. Eran el hermano bueno y el hermano malo. Eso le recordó a los Heydrich. No volvió a tener noticia de Heinz, lo que interpretó como una señal de que las cosas no iban mal del todo. Por otro lado, esta edición estuvo acompañada de nuevo por el violín fantasma, y en un momento determinado a Clemens le dio por dirigirle también, y este pareció seguir sus indicaciones. Es más, en el último año lo escuchó con frecuencia en muchos de los conciertos que dirigía allí con la Academia Filarmónica.

Para este rescató también *El bello Danubio azul*. Quizá porque pensó que era una tontería achacarle una posible derrota en ciernes, o porque, después de todo, era indudable que se trataba del mejor de los valses de Johann hijo. Recuperó el *Perpetuum mobile*, mantuvo el *Vals del emperador* y *Bajo truenos y relámpagos*. En realidad, era una combinación limitada de las mismas piezas, pero al público le daba exactamente igual. No se cansaban jamás de este repertorio, al igual que nadie se cansaba del champán en las fiestas.

El año no pintaba tan glorioso como los anteriores. Si bien Hitler había tratado de restituir el fascismo en Italia, solo logró un gobierno títere en el norte del país, controlado por un Mussolini al que hubo que rescatar de las garras de sus antiguos colaboradores. Temiendo que algo parecido sucediera en su otra aliada, Hungría, el Führer ordenó ocupar dicho país.

Sin embargo, la preocupación de Clemens y Viorica ahora era no sucumbir en ningún bombardeo. Con la Ópera de Baviera destruida, se trasladaron a Viena, donde Clemens proseguiría sus actividades con la Academia Filarmónica. Si bien la antigua capital imperial había escapado hasta entonces casi por completo de los ataques aéreos, eso cambió cuando los aliados establecieron una base en Foggia, en la región de Apulia. El 17 de marzo, los estadounidenses lanzaron un ataque contra la refinería del distrito de Floridsdorf, y ya dejaron claro que volverían a castigar el mismo objetivo.

En junio se produjo el desembarco de las tropas aliadas en Normandía. El temido segundo frente era ya una realidad. Mientras tanto, los soviéticos, triunfantes, comenzaron su marcha hacia al oeste con el objetivo, primero, de cruzar el Vístula. Cuando no podía ir peor para los alemanes, el Führer sufrió un intento de asesinato. Por un milagro, que él atribuyó a la providencia, se libró de una bomba que estalló en una sala de reuniones del cuartel general, al que llamaban la «Guarida del Lobo», en Rastenburgo. Cuatro personas murieron a consecuencia de la explosión, pero Hitler apenas resultó herido de levedad. Esa noche, tras reprimir el intento de golpe de Estado orquestado en el seno del ejército, anunció por radio que aquella traición, la más grande de la historia, se resolvería del modo en que los nacionalsocialistas acostumbraban a ajustar cuentas.

Clemens se percató de que si el asesinato de Heydrich había sido vengado con la muerte de cinco mil personas, este atentado fallido acarrearía consecuencias aún más funestas. El Reich libraba, por tanto, su guerra dentro de la guerra. Quizá por ello no pudo evitar que, a finales de agosto, la mayor parte de Francia y de Bélgica fueran liberadas, igual que el sur de Holanda.

Al mismo tiempo, un levantamiento en Rumanía derrocaba

al führer local, Antonescu, lo que provocó una caída en cascada. Con el cambio de gobierno rumano, Bulgaria se rindió, y las tropas del Reich se vieron obligadas a salir de Grecia, Albania y el sur de Yugoslavia. Sin embargo, otros levantamientos locales fracasaron, como el de Eslovaquia y Polonia. En Varsovia, la resistencia salió a las calles al tener noticias de la proximidad del Ejército Rojo, pero los soviéticos se negaron a entrar en la ciudad para socorrerla y permitieron que los alemanes extinguieran hasta el último foco de rebeldía polaco. Por su parte, Finlandia se apresuró a aceptar un armisticio con la URSS, al intuir el destino que iba a correr Alemania, su aliada hasta ese momento.

La mayor preocupación para la población era que los aliados hubieran alcanzado la frontera alemana por el oeste. Si bien, muchos ciudadanos empezaron a discutir la conveniencia de rendirse a un enemigo que consideraban civilizado, frente a las hordas rojas, sedientas de venganza, que habían jurado no detenerse hasta alcanzar Berlín.

—¿Qué podemos hacer? —le preguntó Viorica a Clemens—. Arrasarán con todo. Son como animales. Nos violarán a todas y a vosotros os matarán.

—Quizá les hayamos dado motivos para ello —suspiró el director—. A los soviéticos y al mundo entero.

—Pero alguna cosa tendrán prevista. No iban a organizar todo esto sin haber pensado en una salida. Todavía quedan ejércitos enteros intactos. ¿Qué va a ser de nosotros, Clemens? ¿No crees que podríamos escapar a Estados Unidos? Hemos ayudado a mucha gente. No sé a cuánta, pero...

—Me parece que eso importa bien poco, querida. Somos el enemigo. Una pandilla de hunos modernos que ha puesto patas arriba al mundo entero.

¿Era buen momento para relatarle sus últimos movimientos? Quizá así ella se abriera a contarle lo sucedido con Grosavescu. Llevaba años luchando con ese fantasma que se interponía, invisible, entre su compañera y él en el lecho, o cada vez que se abrazaban. La sombra del amante insuperable, aquel que conservaba intacto su poder de seducción más allá de la muerte.

Estaba decidido a confesarle todo, cuando llegó a sus manos

un ejemplar del *Völkischer Beobachter* con el anuncio de la muerte de Heinz Heydrich. El periódico destacaba que, además de ser hermano del Protector de Bohemia y Moravia, desarrolló la importante labor de edición del periódico militar *Die Panzerfaust*. Según relataba la necrológica, Heydrich había muerto el 19 de noviembre a consecuencia de un disparo mientras limpiaba su arma. Estaba claro que aquello no fue una muerte normal. ¿Participó acaso o le acusaron de haber estado involucrado en la conspiración del 20 de julio? Desde entonces, la prensa no había cesado de dar cuenta de múltiples traiciones, castigadas todas ellas con la pena de muerte. Se rumoreaba que en algunos casos por ahorcamiento con cuerdas de piano, la más dolorosa de las ejecuciones posibles. Los noticiarios de los cines mostraban algunas imágenes de aquellos juicios, presididos por el temible magistrado Roland Freisler. Este juez era tan extremo en sus dictámenes que el acervo popular le atribuyó un pasado comunista, el cual buscaba hacer olvidar con su desquiciado compromiso con el régimen. Así, los acusados eran obligados a despojarse de los cinturones para que escucharan todo el alegato contra ellos con los pantalones en trance de caérseles. Los noticiarios, por lo general dados a la censura, no se privaron de recoger los insultos que Freisler les dirigía con voz de maniaco: «¡Usted cállese, idiota, anormal, imbécil, parásito, cerdo!».

Otros fallecimientos de personalidades ilustres recogidos por la prensa en aquellos últimos meses resultaban de lo más sospechosos, como el del héroe de guerra Erwin Rommel, el Zorro del Desierto, acaecido en el mes de octubre. En su caso se hablaba de un derrame cerebral. Aunque se le tributó un funeral de Estado, Clemens se preguntó hasta qué punto aquello no fue una pantomima, pues notó la ausencia de altas personalidades del ejército, como Jodl y Keitel.

Otra opción era que Heinz Heydrich hubiera sido descubierto cuando ayudaba a fugitivos judíos, y entonces era posible que Albrecht Holzing hubiese caído con él. Pero, por la cuenta que le traía, no iba a mover un dedo para enterarse.

En diciembre, el Reich prometió la victoria definitiva. Una ofensiva que neutralizaría por completo a los aliados. Solo los más fervientes creyentes en el Führer aceptaban la posibilidad de un milagro, como el que se había obrado cuando se libró de la onda expansiva de la bomba del conde Claus von Stauffenberg.

En todo caso, la vida, o la muerte, debía seguir su curso.

Una mañana, mientras diseñaba la programación del siguiente Concierto de Año Nuevo, Erik Maschat, al que había vuelto a llevarse consigo como asistente a Viena tras la destrucción de la Ópera de Baviera, le anunció que una persona deseaba entrevistarse con él.

—No parece un músico, desde luego —comentó.

En verdad que no. Era un tipo largo y encorvado, de unos cuarenta y pocos años consumidos de forma prematura, con barba agreste de al menos una semana, surcada de canas en algunos tramos. Su gabardina, teñida del color del tiempo, más su sombrero repleto de dobleces, como si acostumbrara a guardarlo en un bolsillo, le conferían un aspecto de fugitivo que hizo recelar a Clemens. Le recordó al holandés errante, pero vestido a la moda de los años cuarenta. Intuyó que portaba consigo problemas, de los que esperaba hacerle a él depositario.

—¿Podríamos hablar en privado?

Clemens dudó si quedarse a solas con aquel extraño. Por una vez, estaba dispuesto a que Maschat asistiese a la reunión, porque a esas alturas ya había sido testigo de unas cuantas cosas fuera de lo habitual. Pero al final le pidió que buscase en el archivo las partituras de las obras nuevas que pensaba incorporar al concierto, como la obertura de la opereta *Índigo y los cuarenta ladrones*.

—Usted dirá.

—Herr director, mi nombre no le dirá nada. Me llamo Rolf Sander.

—Es un nombre como otro cualquiera.

Por algún motivo, sintió que debía mostrarse a la defensiva, como con cualquier otro desconocido que se hubiera presentado allí diciendo llamarse Rolf Sander.

—Aunque en realidad no me llamo así. Nací como David Bloch.

—Perfecto —asintió Clemens—, suena mucho mejor que el otro.

Se levantó y abrió la puerta del despacho, y luego señaló la esfera de su reloj de pulsera.

—Tiene exactamente un minuto para abandonar este lugar o avisaré a los porteros, señor «se llame como se llame».

El tipo se quitó el sombrero, desconcertado.

—¿Es que ni siquiera piensa escucharme?

—Le quedan treinta segundos.

—Deje que me explique y después me marcharé por donde he venido.

—Espero que hable rápido, porque no le voy a dar más tiempo.

—Pues mire esto...

Abrió la cartera de mano que traía consigo y extrajo varios pliegos, con una caligrafía llena de arabescos en al menos una docena de colores. Todos los pliegos estaban encabezados por el dibujo de varios blasones.

—Soy genealogista de profesión, maestro. He podido camuflar mi identidad real al elaborar, a partir de las raíces de personas arias, una ascendencia verosímil y respetable para mí.

—¿Y a mí qué me importa eso? Si ha de adoptar una identidad respetable será porque la suya no lo es. Sus treinta segundos han acabado. Márchese.

—¡Espere, esto le atañe también a usted... y a sus orígenes!

A pesar de su naturaleza tranquila, le entraron unas ganas terribles de propinarle un puñetazo. De repente, la media sonrisa que apareció en aquel rostro mal barbado y el brillo fugaz de su mirada legañosa desprendían la silueta inconfundible de la codicia.

—¿Qué tiene que decir de mis orígenes?

Bloch, Sander o como se llamara le pidió que tomara asiento. Le entregó entonces dos pliegos: uno de los Krauss y otro de los Baltazzi. En él advirtió Clemens de inmediato un parentesco del que no acostumbraba a presumir. Su padre, Hector, era tío de la infortunada María Vetsera, la amante de Rodolfo, el heredero al trono del Imperio austrohúngaro. Ambos aparecieron muertos en extrañas circunstancias en un pabellón de caza, lo que obligó a buscar una alternativa a la sucesión imperial. El nuevo heredero en cuestión, Francisco Fernando, sobrino del emperador Francisco José, no llegó a gobernar porque lo asesinaron en Sarajevo, lo que sería el detonante de la Primera Guerra Mundial. Era comprensible que en su familia no se presumiera de aquellos lazos de sangre. Él tampoco solía sacarlos a relucir ante nadie.

El pretendido genealogista sacó un lápiz rojo de su mugriento abrigo y rodeó con un círculo una serie de nombres, muy en la cúspide del árbol de los Baltazzi. Nombres de resonancias semíticas.

—Rosenthal significa «valle de rosas» —pronunció con lúbrico deleite Bloch.

—Ya, como los de las vajillas.

—El blasón es tan hermoso como el apellido. Mírelo, son dos rosas sobre un escudo de armas con un morrión. Solo cien años le separan de sus orígenes hebreos, señor Krauss. Es una sangre que, pese a las mezclas posteriores, no se ha diluido del todo. Estoy seguro de que a sus nietos ya no les llegará nada.

—¿Es esto un chantaje?

—Oh, al contrario, considérelo una protección. Ni una palabra de esto saldrá de mí, y es una suerte que lo haya descubierto yo y no alguien que le quiera mal.

Clemens ojeó entonces el árbol correspondiente a su madre y sonrió.

—Veo que la línea de los Krauss es más pura, ¿verdad?

—Hasta donde he podido alcanzar, y son más de diez generaciones, sí. Tan sano como una manzana, maestro.

Dio una palmada de fingido alborozo para resistir la tentación de abofetear a quien ya tenía por un embaucador.

—¡Pues entonces le voy a dar una estupenda noticia! Hector Baltazzi no era mi padre.

Uno de los ojos de Bloch se desvió de su trayectoria, confiriéndole por unos instantes una mirada estrábica.

—¿Ah, no?

—No. De hecho, en mi partida de nacimiento, y a todos los efectos, soy hijo de madre soltera. Muy honrada, eso sí, ¿eh? Y es su apellido el que llevo, como habrá comprobado.

—Pero siempre se dio por sentado que el caballero Baltazzi...

Clemens le explicó que eso fue lo que su familia hizo creer a la sociedad, para que su condición de bastardo no implicara un origen espurio.

—En realidad, aunque los fondos para mi educación salieron del bolsillo de Baltazzi, en la familia se ha mantenido otra tradición: que mi verdadero padre fue el káiser Guillermo II.

—¿Cómo, el káiser? —La cara de Bloch era todo un poema, y contempló sus legajos como si estos hubieran perdido de un plumazo todo su valor.

—Sí. Como hubiera sido un escándalo admitir esa paternidad, Su Majestad decidió que uno de los miembros de su círculo de confianza, además de amigo íntimo, el caballero Hector Baltazzi, asumiese el pecado por él. Y si se le da tan bien investigar, podrá comprobar que el káiser asistió aquellos días a las funciones del ballet imperial en las que actuaba mi madre, nueve meses antes de mi nacimiento. Le diría que, si tiene alguna duda, se lo pregunte a él, pero por desgracia falleció hace tres años. Y si quiere buscar algún judío en su árbol familiar, adelante. A lo mejor nos llevamos una sorpresa.

—¿Es esto una burla? —Las manos de Bloch temblaban ligeramente.

—Espere, le voy a mostrar algo. —Abrió su cartera, en la que, junto a una foto de Clementine Krauss en su juventud, había dos pequeños retratos de los susodichos, Hector Baltazzi y Guillermo II—. ¿A quién cree que me parezco más?

La elección no era sencilla, porque Clemens era tan calcado a su madre que se hubiera dicho que lo concibió en solitario por alguna especie de milagro evangélico. Respecto a lo del káiser, era algo que se había comentado en su familia, siempre como broma, pero que él investigó cuando tuvo uso de razón. Y encontró que, en efecto, había más de sí mismo en la frente del monarca que en los rasgos afilados del caballero Baltazzi. En todo caso, su madre, la poseedora de la respuesta al enigma, nunca quiso hablarle de ello. Y era cierto que Clemens jamás se sintió tratado como un bastardo en su infancia, ni dentro ni fuera de su familia, y que incluso los extraños, una vez que se enteraban de quién era, lo trataban con un respeto que él consideraba exagerado.

—Tiene las mismas oportunidades de demostrar que soy hijo de uno como de otro.

Clemens pensaba zanjar la conversación ahí, que solo encontraba divertida por el gesto crispado de quien sin duda era un chantajista en toda regla.

—Mi intención era protegerle y ayudarle a ocultar una información incómoda —le aclaró Bloch—. Pero, en realidad, he venido por otra cosa.

—¿Vuelvo a poner el reloj en marcha? Le doy otro minuto.

El tipo le explicó entonces que llevaba toda la guerra con aquella identidad falsa y que, a su vez, procuró a varias familias judías falsos árboles genealógicos que les permitieran escapar de la persecución. Podía atestiguar que algunas se salvaron de la deportación y la privación de sus bienes gracias a aquellos documentos.

—No son burdas falsificaciones. Busqué personas llamadas igual que ellas, si es que se habían desprendido con el tiempo de sus apellidos judíos, u otras de origen ario que coincidieran en el tiempo con sus ancestros, a fin de realizar una sustitución creíble y eficaz. Es decir, que he logrado construirles ascendencias limpias a base de datos reales de otras personas, y ese trabajo ímprobo ha resistido múltiples investigaciones por parte de la Gestapo. Pero, claro está, este no es un oficio sin riesgos, y algún cliente, presionado en un interrogatorio, se fue de la lengua. Y aquí me tiene, de recogida. Necesito salir cuanto antes del Reich.

—¿Y qué pinto yo en eso, aparte de que mi obligación como ciudadano es denunciarlo de inmediato? Cosa que haré apenas salga usted por esa puerta.

—Verá, esto es delicado…

Le explicó que unos días atrás conoció a un soldado de permiso, herido en el frente del Este. Eran tales los horrores vividos que deseaba huir. Había conseguido un pasaporte falsificado, una obra de arte, y, por si acaso, quería un árbol genealógico para dar verosimilitud a su nueva identidad.

—Por eso recurrió a mí. Me quedé admirado cuando vi aquel pasaporte. Lo mío, en realidad, son pliegos que puede rellenar cualquiera que sepa escribir y tenga buena mano para el dibujo.

Mi verdadera labor está en los archivos parroquiales y municipales. El soldado me dijo que se lo había hecho alguien en Berlín, aunque recelaba de darme su nombre. Tampoco puedo, en la situación en la que me encuentro, viajar tan lejos. Así que me indicó que usted era la persona de contacto del artista que ha elaborado dicho pasaporte.

De modo que esa era la trampa. Embarcarle en el negocio de las falsificaciones de Holzing. No dejó de llamarle la atención que aquel asunto, del que se creía liberado, volviera a él después de la muerte de Heydrich. ¿Acaso el figurinista, necesitado de dinero, había empezado a ofrecer sus servicios sin ninguna discreción? ¿Y, lo que era peor, implicándole? Pero eso era imposible. No lo hubiera hecho sin avisarle, a menos que tuviera intención de perjudicarle. Aunque lo cierto era que Holzing le odiaba con todo su corazón. No en vano, era el responsable indirecto de la muerte de su padre. Tal vez ahora, sin el freno de Heinz Heydrich, quería cobrarse una revancha tardía. En todo caso, aquel tipo no le inspiraba confianza, ni tampoco deseaba ayudarle, por muy delicada que fuese su situación. No había aportado nada que confirmara sus buenas intenciones, salvo cuatro papelajos que nada demostraban.

—Lárguese de aquí. Mi obligación sería retenerle hasta que llegue la policía. Pero no se preocupe, soy un fisonomista hábil, ya les proporcionaré un buen retrato robot.

—De acuerdo, y, si quiere, cuénteles esto también.

Extrajo más papeles de su cartera. Estos eran más antiguos y se leían con dificultad. Como si fuera un intérprete de jeroglíficos, Bloch se ofreció a explicarle lo que contenían.

—Le confieso que esta ha sido la sorpresa más grande de toda mi carrera. Lea aquí: «Johann Michael Strauss (1720-1800)». ¿No le suena de nada ese nombre? Mire, adjunto aquí una fotografía de su acta bautismal... Cuando tenía veinte años. Porque, ¿sabe usted?, se convirtió al catolicismo para casarse. Eso quiere decir que su nieto, Johann, era judío en una cuarta parte, y sus biznietos, Johann, Josef y Eduard, en una octava. Se lo resumo: que la dinastía Strauss tiene sangre hebrea.

Lo inesperado de la noticia le dejó unos instantes privado de la capacidad de réplica. Pensó que se trataba de una burda mentira, pero las fotografías que le mostró parecían corresponder a auténticos registros; en todo caso, no muy difíciles de localizar.

—¿Sabe lo que eso significa? Que tiene que retirarlos sin pérdida de tiempo de su repertorio. ¿Se imagina el escándalo que supondría que los autores favoritos de valses del pueblo alemán sean infrahombres, como lo soy yo?

Aquel indeseable estaba en lo cierto. Tendrían que desaparecer de la cultura germana, como Mendelssohn, Korngold, Zemlinsky o Mahler. En ese momento llamaron a la puerta. Clemens, instintivamente, dijo:

—Espere, Maschat.

Pero resultó ser uno de los porteros, que le traía un telegrama. Cuando lo abrió y lo leyó, a punto estuvo de caérsele de las manos: «Los Strauss tienen sangre judía».

—¿Qué broma es esta? —exclamó.

Bloch soltó una molesta risita de caballo.

—Mi seguro de vida, maestro Krauss. Lo he enviado antes de venir aquí. Tendría que haber visto la cara del telegrafista. Le dije que se trataba de una broma. Tengo el resguardo a buen recaudo y demuestra que usted ha recibido este mensaje. Es decir, que ya sabe lo que hay. Si dirige el próximo Concierto de Año Nuevo, incurrirá en una flagrante traición. Tiene usted la responsabilidad de informar al Ministerio de Propaganda de esta horrible verdad, y si no lo hace, se enterarán por otros cauces.

—Después de todo, es un chantajista, Bloch.

Trató de borrar su pegajosa sonrisa para adoptar un aire de negociador confiable.

—Solo le pido un pasaporte con el nombre que utilizo ahora, Rolf Sander. Cuando lo tenga, me marcharé a Suiza y no tendrá que preocuparse más por mí.

—Le repito que no sé cómo conseguir algo así. No conozco a esa persona de la que me ha hablado usted, e ignoro cómo se llama.

—Le facilitaré las cosas. El soldado me dijo que su nombre es Albrecht Holzing. Localícelo en Berlín y nos ahorraremos más molestias. Le doy una semana.

—No le prometo nada, y voy a llamar ahora mismo a la policía.

Bloch hurgó en el interior de uno de los bolsillos de su gabardina, tan profundos que a Clemens no le hubiera extrañado que sacara de ellos una cabeza. En su lugar, extrajo una fotografía suya de tamaño pasaporte.

—Sí, llámela. Que vengan y les cuenta usted los cuentos de los bosques de Viena. Le llamaré por teléfono dentro de una semana, tiempo que considero más que suficiente para la gestión. Le dejo la fotografía, espero parecer en ella una persona decente, o por lo menos acorde con lo que las leyes de Núremberg consideran como tal. Adiós, maestro.

Esa noche, cuando le contó aquello a Viorica, ella se llevó las manos a la cabeza.

—¡Está claro que es una trampa, Clemens! ¡Han averiguado lo que has hecho todo este tiempo!

—¿Lo que he hecho yo?

—Tú y yo. Lo que hemos hecho nosotros —se corrigió después de recobrar el aliento.

También cabía la posibilidad de que aquella sabandija fuera quien afirmaba ser. Acaso la desesperación por escapar de su destino le había llevado a actuar así.

—Pero si te envió el telegrama antes de visitarte es porque ya pensaba chantajearte. ¡Y también se preocupó de investigar tus posibles orígenes!

Era cierto. Fuera quien fuese aquel hombre, constituía un peligro para ambos. Y también para la música austriaca, pues Clemens no deseaba contribuir a que la verdad se supiese y los Strauss desaparecieran del repertorio. Kálmán no lo había hecho, pero el nombre de Strauss era mucho más trascendental. No solo como rey del vals, sino como el espíritu mismo de lo que significó el imperio.

Clemens ignoraba qué hacer.

—¿Y si no hago absolutamente nada? ¿Y si lo dejo pasar? Puede que la guerra acabe pronto. Hasta la fecha, hemos tenido suerte y nos hemos librado de todo.

No le tranquilizó demasiado la afirmación de Viorica de que

todas las cosas en la vida tenían un final, porque no acabó de precisar si se refería a la suerte o a las guerras.

Unos días después de aquella desagradable visita, Clemens se enfrascó en los ensayos del Concierto de Año Nuevo con la Filarmónica en el Musikverein. En el transcurso de uno de ellos irrumpió un *Hauptsturmführer* al que no conocía de nada y le preguntó:

—Así pues, ¿este año no escucharemos *El bello Danubio azul*?

LXIII

Viena, 29 de diciembre de 1944
Variación XIV, finale, de *Don Quijote*, *op. 35*, de Richard Strauss

Acababa de amanecer. Le daba la sensación, sin embargo, de que llevaba en compañía del implacable Erich Krenn varios meses y no una noche. Hubiera dado lo que fuera por un café bien cargado. Es más, hasta empezaba a plantearse si confesar a cambio de una taza de café. Por primera vez, Krenn también dio muestras de cansancio. Se levantó de la silla y, al estirar las piernas, Clemens escuchó el crujido de sus articulaciones.

—¿Conoció usted a Reinhard Heydrich? —le soltó a bocajarro.

¿A qué venía aquel cambio de rumbo en el interrogatorio? Se tranquilizó. Su visita a la sede de la Oficina Central de Seguridad debía de estar documentada.

—Le vi una vez, en los primeros días de la guerra.

—¿Solo?

—En realidad, me iba a reunir con él en Praga, y justo... le mataron.

Aquí Krenn pareció sinceramente sorprendido o supo fingirlo muy bien.

—Esa sí que es una coincidencia llamativa. ¿Qué se supone que tenía que hablar con él y con su hermano Heinz?

El sorprendedor sorprendido. A Clemens le pesaba la vejiga

como una granada de mano y no iba a aguantar mucho más sin vaciarla. La de Krenn, en cambio, debía de estar forjada en hierro, como todo él, pues en las muchas horas que llevaban juntos ni había bebido ni había probado bocado. Ni siquiera fumaba, el muy cabrón. Para Clemens, en cambio, no tener tabaco quizá fuese todavía peor que las ganas de orinar. Por un momento se vio en la tesitura de aceptar un trato: le decía lo que quisiera, su interrogador le explicaba cómo estaba al tanto de todas aquellas cosas, y luego corría al servicio.

Recordó que Heinz le escribió una carta para establecer la cita de los tres en Praga. Estaba claro que la Gestapo la había leído. Resultaba sorprendente cómo se enteraban de todo. Eran los ojos y los oídos del Führer.

Le explicó lo del proyecto de ópera del padre de los Heydrich, que no llegó a llevarse a cabo. A eso se limitaba su relación.

—¿De veras? Y si es así, ¿por qué quedaron después Heinz Heydrich y usted?

¿Cómo demonios...? Casi estaba a punto de orinarse encima cuando aquellas palabras paralizaron todo su ser.

—Hablamos de su hermano... Y de que era lamentable que hubiese sido asesinado tan vilmente. Como comprenderá, no estaba la cosa para ponernos a hablar sobre Platón.

—Pero ustedes se vieron en Múnich unas semanas después del asesinato.

El sol, cuyos primeros rayos se posaron de forma indolora sobre los ojos de Krenn, lo revitalizaron igual que a un girasol. Se había reservado aquella bala en la recámara para el final. Después de eso, ¿qué quedaba sino que lo fulminase allí mismo? Empezó a aceptar que ese sería su destino.

—Estaba de paso y se reunió conmigo para ver si existía la posibilidad de poner en escena *Amén*, la ópera de su padre. También sería una forma de homenajear a su hermano. Pero el proyecto no salió adelante... Yo estaba entonces enfrascado en los preparativos de *Capriccio*, del maestro Strauss, de la que también escribí el libreto.

—Ah, ¿y por casualidad fueron a Theresienstadt a ambientarse?

Llegado a ese punto, era incapaz de sorprenderse por nada. Le explicó la fallida visita para tratar de sacar de allí a la abuela de Alice Strauss.

—Yo estaba allí porque le dije al maestro que tenía esa reunión en Praga y quiso aprovechar el viaje, nada más.

—Supongo que sería para él una gran frustración. —Aquí Krenn trató de sonar algo humano, pero su voz se asemejó al eco metálico de una lata de conservas vacía—. Es lógico, su hijo hizo una mala elección, y él trató de enmendarlo en la medida de lo posible. Pero imagino que, llegado el momento, aceptó que su papel no era el de salvador de indeseables, sino el de primer compositor del Reich. Como usted tendría que haber aceptado que el suyo, maestro Krauss, era tan solo el de dirigir orquestas. —La humanidad no tardó en desvanecerse, al roce de una sonrisa de regodeo—. Después de aquello, el resto de la familia de Alice Strauss fue detenida.

—¿Qué familia? —se inquietó Clemens.

—Padres, hermanos, primos, tíos, sobrinos. Una dinastía muy fecunda, la de los Von Grab. Mis cálculos estiman que unos treinta y dos. Ahí ya no tuvimos ninguna protesta por parte del señor Strauss. Creo que se dio cuenta de que lo importante era conservar lo esencial; esto es, a su nuera y a sus nietos. Ya puede estar agradecido.

Desde entonces, Strauss no había vuelto a escribir óperas. ¿Era aquella la razón? Clemens llevaba meses sin verle. Lo último que supo de él era que estaba enfrascado en una pieza para orquesta de cuerda, basada en la terrible impresión que le causó contemplar la Ópera de Baviera en llamas. El título provisional era *Metamorfosis*.

—Bien, maestro Krauss. Creo que hemos tenido una charla muy interesante. Ha estado usted muy ocupado los últimos años, y no solo al frente de las óperas de Berlín y Múnich, y con el concierto del 1 de enero. Es loable su fuerza de voluntad para, a espaldas de todo el mundo, dedicarse a ser un pequeño Moisés. Supongo que todos llevamos uno dentro. Me refiero a que nos creemos héroes y hacemos nuestras las causas ajenas, más por una estúpida arrogancia disfrazada de entrega a los demás que por una tendencia natural a la traición. Ya que es tan aficionado a la obra de Strauss, ¿conoce su poema sinfónico *Don Quijote*?

Por fin Krenn le hablaba de lo único que le importaba de veras en el mundo, la música.

—Pues bien, ese noble español no era malo, solo un pobre ocioso que fingía hacerse el loco para darle sentido a su desgraciada y aburrida vida burguesa. Y así, pretendía que los gigantes eran molinos de viento, y una campesina vulgar y zafia, la mujer más bella del mundo. ¿Se ha creído usted don Quijote, Krauss?

—Si alguna vez ha tenido el impulso de luchar contra la injusticia, entonces también usted se ha creído don Quijote, capitán Krenn.

—Es verdad, soy el loco de la Mancha y tengo frente a mí a un monstruo de siete cabezas… ¡al que voy a cortarle todas!

Dicho esto, tomó su lápiz e hizo aspavientos ante la cara de Clemens, a punto de rozarle la piel, y luego se echó a reír. En esto, llamaron a la puerta. El capitán, contrariado, la abrió. Apareció otro SS, en este caso un teniente, que le susurró algo al oído.

—¿En serio? —exclamó Krenn, a fin de que Clemens lo oyera con claridad—. Esto, desde luego, lo cambia todo.

Se volvió hacia él y recogió su gorra de plato de la silla, que se ajustó sobre la cabeza con total parsimonia. Ocultó un bostezo tras el cuero negro de su guante izquierdo y comentó:

—Ha sido un placer charlar con usted, maestro Krauss. Por desgracia, ha surgido un imprevisto y tengo que irme. Un problema de genealogía. Pero seguro que nos veremos muy pronto.

Y se marchó sin más.

Antes de reflexionar sobre todo lo sucedido, se dirigió al baño y liberó al fin su vejiga, al tiempo que borraba de su mente el pensamiento obsesivo de confesar a cambio de que se le permitiera aliviarse. Después trató de ordenar sus ideas. Si Krenn lo sabía todo, ¿por qué no lo había detenido? ¿Y esa referencia a la genealogía? Estaba claro que solo podía tratarse de una cosa. Sin duda, al igual que hiciera Brick, le habían puesto micrófonos. Buscó en vano en el camerino en el que había pasado toda la noche, y luego en su despacho, donde tuvo lugar el encuentro con Bloch. Puede que los hubieran introducido dentro de algún tabique o en el techo. Estaba claro que habían escuchado la conversación, eso si Bloch no era un agente suyo.

En ese momento entró Wilhelm Jerger y le descubrió tumbado en el suelo, mirando debajo de uno de los armarios. Se incorporó con torpeza, con el pretexto de que había perdido su pluma estilográfica.

—Venga conmigo, Krauss. —Su tono no invitaba a ignorarle.

Salió del despacho y subieron a la última planta del Musikverein.

—¿Qué deseaba ese capitán de las SS?

—Entradas gratis para el Concierto de Año Nuevo...

—¿Y para eso se ha pasado toda la noche con usted? Acabo de verle salir.

—Es que yo no quería dar mi brazo a torcer. Si regalamos entradas a todo el mundo, ¿quién nos paga a nosotros?

Jerger detuvo sus pasos y acercó su rostro, muy serio, al suyo.

—Esto es importante —le susurró.

Clemens asintió. Entonces su interlocutor le dijo al oído:

—¿Le ha preguntado ese hombre por una serie de músicos que estuvieron aquí hace algún tiempo?

Era absurdo que quisiera establecer un clima de confianza con él. Su relación era puramente profesional, nada más. Jerger se había visto beneficiado de su afiliación al partido el año anterior a la llegada de los nazis al poder. De hecho, el puesto que ostentaba de director interino, más el de consejero de la ciudad de Viena, se los otorgó Goebbels por sugerencia de Schirach. Quizá ese era su único nexo sólido, la amistad con el *Gauleiter.*

—Músicos judíos —precisó Jerger.

Clemens titubeó. Le parecía que ahí había otra cuestión que preocupaba gravemente a su colega. Quizá si se enteraba de qué era, pudiera aprovecharlo para solucionar su problema. Pero antes era preciso ganarse su confianza.

—Me ha preguntado por fugitivos judíos... Personas que yo conocí hace mucho y que se marcharon a Inglaterra antes de la guerra. Se le ha metido en la cabeza que yo tuve algo que ver con ello, pero no sé de dónde se lo habrá sacado.

—Oh, vaya. Pues esto es un contratiempo. —Tras dudar unos

instantes, Jerger añadió—: Soy un ferviente católico, Krauss. No sé si usted creerá en Dios.

—Mi duda es si Él cree en mí, Jerger. Pero si quiere usted sincerarse conmigo sobre algo, le doy mi palabra de que no le traicionaré. No somos amigos, pero estamos en el mismo barco. Uno que empieza a hundirse a toda velocidad.

—Está bien, escuche con atención.

Y le relató entre susurros, por lo que a Clemens le costó seguir la historia, que cuando se produjo la anexión, las nuevas autoridades le solicitaron que purgase la Filarmónica de músicos judíos.

—Usted los recordará sin duda, los dirigió en más de una ocasión. Pues bien, al principio Furtwängler intercedió por ellos y logró que no los expulsaran. Por eso lo retiraron de inmediato. Supongo que sabe que hizo lo mismo en la Filarmónica de Berlín...

—Antes de que llegase yo —suspiró Clemens—. Sí, bien que lo sé.

—El caso es que me nombraron a mí y no pude hacer gran cosa. Las órdenes estaban ya firmadas y mi único cometido era velar por que se cumplieran. En total había veinte músicos señalados. De ellos, once estaban casados con mujeres judías o eran medio judíos. A estos se les mantuvo algún tiempo más porque, en determinados casos, el divorcio era una solución. Los que se negaron fueron obligados a exiliarse, igual que los que no podían acreditar su origen ario en su totalidad. Alguno incluso solicitó su afiliación al partido, por si eso podía salvarle.

—¡Pobre! —exclamó Clemens.

—Esa es otra. Antes de la anexión, solo el veinte por ciento de los profesores de la Filarmónica estaban afiliados. Pero al poco de la anexión, el número se elevó a la mitad de los músicos. No puede decirse que los señalados encontraran demasiada solidaridad. Cada cual miraba por su pellejo, usted sabe.

—Lo sé... —Le pareció que era mejor no responder a aquella insolencia. Al fin y al cabo, Jerger quería comunicarle algo importante.

—En total, se expulsó a trece miembros de la Filarmónica, y se procedió a localizar a otros tres jubilados hacía poco, que tampoco eran arios.

Lo llamativo para Clemens era cómo expresaba todo aquello con un lenguaje funcionarial, en el que primaban las cifras sobre los nombres. Lo mismo que en las listas que le mostró Heinz Heydrich.

—Lo peor de todo es que hubo cinco músicos a los que...

La voz se le quebró. Jamás podría olvidarlos: los violinistas Moritz Glattauer y Viktor Robitsek, el concertino Julius Stwertka y el oboísta Armin Tyroler.

—Todos ellos, ¡oh, Krauss! —Sus lágrimas humedecieron la oreja de Clemens, pues le susurraba todo esto al oído.

Le contó que las SS ordenaron su detención, pero necesitaban que alguien identificara a los susodichos. Así que acompañó a los agentes encargados de la deportación. Tuvo que hacerlo en todos los casos.

—Que Dios me perdone —sollozó—, yo no podía hacer más. Escribí varias cartas, incluso hasta lo hablé con el *Gauleiter* Schirach, pero fue en vano.

¿Seguro que le había insistido lo suficiente? En su caso, no le costó demasiado persuadirle de que ayudase a escapar a Lothar Wallerstein. Tal vez Jerger fuera menos tenaz, o tiró la toalla antes que él.

—Ha dicho usted cinco músicos, pero solo ha nombrado a cuatro.

—Es lo que le iba a contar.

El último al que tuvo que identificar junto a los SS responsables de su detención, quienes lo llevarían a la Estación Central de Viena para montarlo en un tren con destino desconocido, como a los otros cuatro, era el violín y violista Max Starkmann. Aunque en Viena no se había establecido propiamente un gueto, la mayor parte de la comunidad judía estaba localizada en torno a la Judenplatz, como el doctor Riemann.

—Iban a buscar a Starkmann y a su esposa Elsa. Los SS me dijeron, de manera confidencial, por ser yo del partido, que los llevarían a un campo en Maly Trostenets, cerca de Minsk.

¡Maly Trostenets! Clemens reconoció ese nombre de inmediato, estaba en los papeles de Reinhard Heydrich.

—No sé por qué lo hice. Cuando llegamos al edificio donde

residía Max, en la Rembrandtstrasse, en Leopoldstadt, presencié una escena dantesca. Al ver que los SS iban a entrar, un matrimonio se precipitó desde la cuarta planta, cogidos de la mano. Murieron al instante.

¡Qué horror! Más lágrimas penetraron en el oído de Clemens, quien temió que fuera a taponársele. Ignoraba que aquel tipo, al que tenía por alguien tan frío, en el fondo fuese tan sensible.

—Los identifiqué para los SS y dijeron: «Pues dos menos». Y se marcharon. Ya habían muerto a causa de un infarto otros dos músicos expulsados, a los que en teoría iban a deportar también: los violinistas Paul Fischer y Anton Weiss.

—Es una historia muy triste —admitió Clemens—, y supongo que imágenes como esa no se olvidan.

—Fue espantoso, sí... Pero no eran los Starkmann.

—¿Cómo?

Se le ocurrió en el momento. Era un matrimonio judío, de edad similar, que temía la deportación. Al ver que los SS entraban en el edificio, pensaron que iban a por ellos. Los Starkmann se asomaron a la ventana del tercer piso, horrorizados, al ver lo que sus vecinos habían hecho.

—Entonces hice creer a los SS que eran los que estaban muertos. Después esperé un rato y subí a ver a los Starkmann. Les dije que allí no estaban seguros y que teníamos que buscar un lugar donde pudieran esconderse. Le juro que... No sé por qué lo hice. Pero ya era tarde para echarse atrás, me hubieran detenido de haber descubierto el engaño. Pero, como le he dicho, soy católico... Y creo que habrá un juicio final en el que se determine, por nuestros actos, si merecemos o no el fuego eterno.

Después de esto, y sin dejar de mirar en derredor suyo, Wilhelm Jerger se acercó a un rincón de aquella estancia de la última planta, aledaña al techo de la Sala Dorada, y retiró un pesado armario de roble del siglo XVIII. Tras él había una portezuela. Al descorrerla, emergió un fuerte aroma a sudor y a pan duro. Entonces Jerger invitó a Clemens a asomarse al interior.

—Maestro Krauss, le presento a Max y a Elsa Starkmann.

LXIV

Viena, 29 de diciembre de 1944
Narciso de las nieves, op. 143, de Johann Strauss hijo

Regresó al fin a casa, donde se encontró con una Viorica fuera de sí.

—¿Dónde demonios has estado? Te he llamado a tu despacho del Musikverein toda la noche y no contestabas. De hecho, nadie cogía el teléfono. ¡Pensé que habías tenido un accidente con la nevada!

—Salgamos a dar una vuelta.

—¿Con la nieve?

—Viena parece el escenario de un ballet de Chaikovski.

Ya no estaba seguro de que no tuvieran micrófonos en la casa. Mientras caminaban por la calle de Carintia en dirección a la Canovagasse, Viorica le escuchó sin dejar de temblar, acaso más por la inquietud que por el frío. Clemens compró vino caliente especiado en un puesto callejero y revivió por dentro, pero de forma mucho más intensa, las emociones experimentadas durante aquella noche interminable.

—Ese cabrón... Tendrías que haberlo visto, me ha sacado todo a colación.

—No lo entiendo, querido —comentó ella al fin—. Si sabe cuanto hemos hecho, ¿por qué no te ha detenido?

—A lo mejor quiere divertirse antes. O busca algo más, quizá dar con presuntos cómplices de nuestras actividades.

—Entonces, ¿el informe de Brick no se destruyó?

Eso era lo más extraño. A Clemens le costaba creer que hubiera sobrevivido al fuego de la caldera en el piso de la Bräuhausstrasse. ¿Acaso se había quedado atascado en el conducto y quedó expuesto cuando el edificio fue bombardeado?

—Hay cosas que no me cuadran. Citó a Stiefel, pero no especificó cuál, si Ferdinand o Walter. Es imposible que sepa del segundo porque Brick no llegó a incluirlo en la lista.

—Pero Holzing sí conocía ese nombre...

—Querida, hay algo que tengo que contarte de Holzing.

Le relató su encuentro con Heinz Heydrich, aunque ocultándole la parte más importante, esto es, la documentación de su hermano sobre el plan de la «solución final». Solo le dijo que Heinz deseaba ayudar a gente en apuros, como hicieron ellos, para lo cual necesitaba a alguien que le falsificara los pasaportes. Así pues, él lo puso en contacto con Holzing y después se enteró de la misteriosa muerte de Heinz por los diarios.

El temor de Viorica se transformó en una ira alimentada por el calor del vino.

—¿Por qué no me has dicho nada de esto?

—Porque deseaba protegerte. Era volver a meterse en líos, y después de lo que ocurrió con el asunto de Stiefel, no quería ponerte en peligro.

—Habíamos hablado de que no tendríamos más secretos —le reprochó ella, lo que no era del todo cierto.

—No, querida, estábamos con Adele y prometimos no volver a hablar nunca más de esto.

Viorica se terminó de un trago su vaso de cartón y luego, arrojando relámpagos con la mirada, trató de refrenar el grito que pugnaba por brotarle de la garganta.

—Entonces, si Holzing te odia, ¿cómo es posible que me hayas ocultado que te responsabiliza de la muerte de su padre? —Apretó los puños y trató de sosegarse—. Veamos, si ese tal Krenn sabe lo de Walter Stiefel, ha tenido que enterarse por él.

—Pero Holzing no tuvo acceso a esa lista de nombres en ningún momento. Falsificó unos cuantos pasaportes, pero sin conocer las identidades reales de aquellas personas. Ni siquiera llegó a verlas. Como mucho, sus fotografías. Y hay otra cosa...

—¿Cuál? —Ella se temió lo peor.

—Krenn citó a la Mitford. La señaló como posible testigo de nuestras..., de mis actividades sospechosas.

—¿Cómo no iba a salir esa otra vez? ¡Si es que al final tendrías que haberte marchado con ella a Inglaterra a ser felices y comer perdices!

—Se pegó un tiro...

Viorica había hecho ademán de dejarle allí solo, pero se volvió con los ojos muy abiertos. Clemens le explicó todo.

—¿Y cómo te enteraste?

—Me lo contó Frauenfeld.

La aparición de la británica en la conversación amenazaba con una tormenta más terrible que la que había cubierto Viena de blanco aquella noche, así que Clemens creyó oportuno seguir relatando cosas. Y a pesar de lo abrumado que se sentía, al menos contaba con material suficiente para disimular el nombre de Unity bajo un montón de problemas más. Le recordó entonces la visita, con chantaje incluido, del extraño genealogista.

—Lo peor es que Krenn se marchó de repente, tras decir que había surgido un «problema de genealogía».

—¿Por qué no vamos al puesto de antes y pedimos otros dos vinos?

Eso hicieron. Viorica estuvo a punto de quemarse la garganta de lo rápido que se tomó el segundo.

—Entonces ese capitán de las SS sabe que el genealogista te andaba buscando —razonó.

—Si el tipo no mentía, la información sobre mí se la proporcionó un soldado desertor al que Holzing le hizo un pasaporte falso. Aquí encajaría que, en efecto, Holzing quiera vengarse de mí y esté haciendo circular mi nombre como participante de actividades delictivas. Lo que ya no me cuadra es que eso también sería su perdición.

—¡Pues estamos metidos en un buen lío! —resopló ella.

Clemens casi se echó a reír.

—Espera, porque no te he contado lo último.

El rostro de ella era un poema cuando escuchó que en el Musikverein había un matrimonio escondido desde hacía más de dos años. Una vez terminó de contárselo, Viorica preguntó con precaución:

—¿Hay alguna calamidad más que deba saber?

—No... —Clemens fingió hacer memoria—. Creo que con eso ya está todo. La mayor calamidad es que esta tarde dirijo el concierto para la radio y, sin pegar ojo, ya te digo cómo va a salir eso.

—¿Y cómo es que Jerger, la voz de su amo, y tan nacionalsocialista él, ha escondido a dos personas?

Clemens le dijo que la visión de aquella pareja que se precipitó desde las alturas lo afectó tanto que se sintió incapaz de decirles a los SS que las verdaderas víctimas estaban vivas.

—No sé si se ha arrepentido de ello, pero, como es lógico, lo encontré muy agobiado con el tema. Todo el rato sacaba a relucir sus firmes creencias católicas, como si quisiera justificar el haber hecho algo que contradice a su ideología. Lo peor es que no creo que me lo haya contado porque necesitara compartir un secreto así, sino para endosarme el problema a mí.

—¿Por qué?

Le contó que en los dos últimos conciertos de Año Nuevo le pareció escuchar un violín fantasma en la lejanía, que resultó ser el de Max Starkmann, a quien le dio por tocar el repertorio desde su escondrijo.

—Pues bien, Jerger dice que en las últimas semanas ha perdido todo sentido de la discreción y se pone a tocar en cualquier momento, y que lo han escuchado varios porteros e incluso varios miembros de la orquesta. Y alguno ha llegado a comentar: «Da la sensación de que hubiera alguien escondido en el edificio». Por eso está de los nervios, e insiste en que hay que sacarlos del Musikverein.

—¿Y por qué te lo ha dicho precisamente a ti?

—Supongo que la aparición de Krenn acabó de desquiciarle. Yo ya le dije: «Al mostrarme esto me está comprometiendo seriamente», y él respondió: «Mejor, así ya seremos dos. Puede llamar a ese amigo suyo de las SS y contárselo todo, y cargar con ello sobre su conciencia el resto de su vida, o ayudarme a encontrar una solución».

—¡Pues se le ha ocurrido solucionarlo en el momento más inoportuno! ¿Qué vamos a hacer?

Clemens lo ignoraba. Lo que estaba claro era que Jerger le instaba a sacar del Musikverein al matrimonio cuanto antes, pues temía que los rumores de que había alguien oculto en el teatro se materializaran en una denuncia.

—Tendremos que solventarlo nosotros. Tener conocimiento de ese hecho y no denunciarlo ya me convierte en cómplice.

—¿Y cómo vamos a planificar algo así?

La respuesta vino con un chasquido de dedos mudo, debido al cuero de los guantes de nieve de Clemens.

—Seguiremos el mismo método que las Cook. ¿Cuándo llevaban a cabo las operaciones? Cuando había una ópera en la ciudad. Debemos hacerlo con el concierto de los Strauss.

—¿El 1 de enero? Pero es a plena luz del día. De haber tenido tiempo, lo mejor habría sido esta tarde, coincidiendo con tu transmisión de la radio.

—No, porque hubiéramos tenido a cincuenta técnicos de radio repartidos por todo el Musikverein. Es mucho mejor por la mañana, cuando los vieneses están todavía en la cama después de haber bebido demasiada cerveza en Nochevieja. Y ni los miembros de la orquesta ni el público asistente se percatarán de nada. Ese día, además, apenas hay personal en el Musikverein. Viene solo el necesario para abrir las puertas.

—Pero ¿dónde llevaremos a esa gente? ¿Y quién va a hacerlo? Porque te recuerdo que tú tienes que dirigir.

—¿Es que no vas a ayudarme?

Viorica se sonrojó, tal vez a consecuencia del vino especiado.

—Oh, querido, que me lo preguntes es lo último que debería ofenderme, habida cuenta de que me has ocultado tantas cosas, y tan importantes, como si tratases con una niña que fuera a tener pesadillas por enterarse de que vivimos en un mundo horrible. Ya hablaremos de todas esas ocultaciones a su debido tiempo. Respecto al tema que nos ocupa ahora, necesitamos a alguien más y, en caso de que hubiera que conducir un vehículo, ignoro cómo hacerlo.

De repente, a Clemens le vino una melodía a la mente. La saboreó entre sus labios y luego se atrevió a encajarla en su voz grave, si bien fue escrita originalmente para tesitura de soprano. Viorica, al reconocerla, se dejó llevar y la completó, pues en realidad era un dúo. Una de las páginas más encantadoras de las muchas que escribió Wolfgang Amadeus Mozart, el número entre la Condesa y Susana de *Las bodas de Fígaro*, «*Che soave zeffiretto*».

—Creo que ya sé con quién podría contar para hacerlo —dijo al fin él.

Todavía esa tarde, en la que dirigió a la Filarmónica sin pensar, y con los párpados caídos en los pasajes *pianissimi* de los valses de Strauss, de vez en cuando le asaltaba traviesa la melodía mozartiana como la solución más plausible a sus numerosos problemas. Por otro lado, le había dado la impresión de que Krenn iba a acudir a este concierto, aunque fuera para aumentar la presión sobre él. Pero el hecho de no distinguirlo entre el público le alteró los nervios mucho más que si hubiera acudido rodeado de una compañía entera de las SS.

LXV

Viena, 30 de diciembre de 1944
Mov. 5, Wiegenlied, de la *Sinfonía doméstica, op. 53,*
de Richard Strauss

Ya no eran unos niños: Octavian había cumplido los veintiuno y Oliver, dieciocho. Tras decidir que no merecía pasar tantos sinsabores por el riesgo a que le expropiasen una casa, Margarethe maniobró para que participasen cada vez menos en las Juventudes Hitlerianas, y al final no pareció que estas dejaran en ellos una huella particularmente honda. Tal vez las numerosas molestias que le había ocasionado el apellido «Abraham» en todos esos años, y que la obligaron a recurrir constantemente a Clemens, tuvieran que ver con ello. En todo caso, Octavian decidió que quería ser abogado y estudiaba en la Universidad de Viena. Oliver, sin embargo, manifestó su interés por convertirse en actor, y Clemens solicitó su ingreso en la Universidad de Música y Arte Dramático. Ninguno de los dos quiso seguir con la tradición musical de la familia.

Fue a visitarlos a la casa de su madre, y lo recibieron con su afabilidad habitual. En el tránsito de la adolescencia a la juventud, su relación se había estrechado, y eso que no se veían demasiado. Y ahora incluso mantenían una relación bastante cordial con Viorica y simpatizaban con Naditza, pese a verlas aún menos que a su padre.

De las actividades paternas, a Oliver solo le interesaba la faceta teatral y lamentaba que Clemens no hubiera vuelto a ocupar el puesto de director de la Ópera de Viena.

—Y el libreto que escribiste para Strauss no está mal —le dijo un día—. Pero, a mi entender, le falta algo. Yo lo hubiera resuelto de otra forma.

—También dramaturgo —aplaudió Clemens—, qué orgullosa se hubiera sentido tu abuela.

El día que fue a verlos, víspera de Nochevieja, los diarios anticipaban una gran victoria en las Ardenas. Se trataba del contraataque anunciado por el Reich que partiría en dos las líneas aliadas y las haría retroceder por el oeste. En esa batalla se iba a decidir el destino de la guerra. A pesar de las constantes noticias de posiciones ganadas y numerosas bajas enemigas, las emisoras aliadas de onda corta seguían informando de hechos muy distintos. El más escalofriante fue una matanza de prisioneros llevada a cabo por las SS en un pueblo de Lieja, que contravenía todas las normas de la guerra. Los locutores clamaban por que, una vez derrotada Alemania, se juzgase con severidad a los responsables. Cada vez que escuchaba afirmaciones así, se preguntaba qué sucedería una vez que perdieran. Porque estaba claro que eso era lo que iba a ocurrir tarde o temprano. Aunque, en ese sentido, las noticias eran cada vez más vagas en los medios del Reich, y los soviéticos avanzaban implacables por el este, con una inmensa ansia de revancha. Llegado el día, ¿cómo lo tratarían a él, en teoría connivente con todo lo sucedido y mimado por el régimen? De momento, y pensando que aquellas podían ser las últimas Navidades para todos, aprovechó su situación de privilegio para que se eximiera a sus hijos de ingresar en las filas del ejército. Ignoraba cuánto tiempo podría protegerlos de ese riesgo, porque se comentaba que, ante el gran número de bajas, el Reich sopesaba reclutar a niños y adolescentes para defenderse del asalto final.

—He de contaros algo a los dos.

Se ahorró todo lo sucedido con las Cook y se limitó al matrimonio Starkmann. Habían sobrevivido más de dos años escondidos, y ahora, que él acababa de enterarse, era preciso sacarlos del Musikverein y ponerlos a salvo. Ignoraba dónde. Era algo que todavía tenía que decidir. Pero su idea era que los sacasen en los cajones en los que se transportaban los instrumentos cuando la orquesta se iba de gira, y luego cargarlos en una camioneta que alquilarían. Todo ello debía hacerse durante el concierto del 1 de enero. Era el momento en que menos llamarían la atención, y tanto la oscuridad como el hecho de que los vieneses estuvieran en sus casas a esa hora contribuirían a la discreción más absoluta.

Octavian y Oliver volvieron a intercambiar miradas.

—¿Tú, ayudando a judíos fugitivos? —exclamó el primero.

Durante unos segundos temió que ellos, víctimas del adoctrinamiento recibido, lo calificaran de traidor e incluso lo denunciasen a las autoridades.

Entonces, Oliver añadió:

—¿Como cuando salvaste al señor Gershon?

Aquello lo dejó descolocado.

—Pero ¿vosotros sabíais...?

—Papá —le cortó Octavian—, éramos unos niños, pero no tontos.

—¿Y qué opináis?

volvieron a intercambiar miradas antes de responder y, como si se leyeran la mente, Oliver habló por los dos:

—Somos tus hijos, y siempre te hemos considerado un hombre honesto. Lo que tú hagas para nosotros estará bien hecho.

Clemens tenía que formularles una última pregunta:

—¿Sois conscientes de que esto os convierte en unos traidores y, con toda seguridad, esto nos acarrearía la cárcel y tal vez algo peor?

Esta vez fue Octavian el que respondió:

—Gracias a ti no nos han llamado a filas, de momento. Pero todo el mundo sabe que la guerra está perdida. Y después del atentado contra el Führer, ya se ha visto que el «sálvese quien pueda» ha cundido incluso entre los altos mandos. Quizá ya no tengamos nada que perder, papá.

Los contempló muy satisfecho. Su trabajo, la guerra y las actividades subversivas apenas le dejaron tiempo para ellos cuando eran pequeños, pero ahora que los veía convertidos en hombres de bien, sintió un orgullo que iba más allá de la sangre común que corría por las venas de los tres. Agradeció que fuesen de naturaleza bondadosa, y que Margarethe hubiera sabido educarlos con rectitud.

—Nosotros nos ocuparemos de alquilar la camioneta.

—Quizá haya problemas para conseguir el combustible.

—No te preocupes, tenemos hasta pasado mañana. De algún lugar lo sacaremos. Dinos a qué hora debemos estar ese día en el Musikverein... Ah, y piensa ya dónde vamos a llevar a esas personas.

Ese era el problema. La solución de los pasaportes ya no estaba a su disposición y, aunque hubiera tenido a mano a Holzing, no hubiese recurrido a él después de la visita del inquietante genealogista Bloch. Se preguntó si podría esconderlos en su propia casa o en la de Naditza, pero no estaba seguro de que Viorica deseara poner en riesgo a su propia hija, como él estaba haciendo con los suyos.

Dado que Margarethe no vivía muy lejos del Belvedere, donde estaba la residencia de Richard Strauss, decidió acercarse a felicitarle por anticipado las fiestas. Aunque ambos residían ahora en Viena, apenas se habían visto, y el maestro tampoco se dejaba caer por los conciertos celebrados en la ciudad.

Cuando se presentó en la residencia, el mayordomo dudó si anunciarle siquiera. Luego le pidió que esperase unos instantes, que acabaron siendo diez minutos. Bajó Strauss en persona, apoyado en un bastón. Parecía haber envejecido una década desde su último encuentro.

—Si viene a felicitarme las fiestas, me temo que no podré corresponderle, amigo Krauss. En esta casa no hay nada que celebrar.

Ya lo había visto llorar en otras ocasiones, pero jamás como esta, hasta el punto de que apareció su esposa, la temperamental Pauline, con el rostro hinchado de furia.

—¿Ya estamos otra vez, viejo llorón? ¿Cuántas veces te he dicho que no quiero que nadie te vea así? ¡Eso es lo que desean, hundirte! ¿O es que aquí tú eres la mujer y yo el hombre?

Tardó unos instantes en percatarse de que Clemens aguardaba en el umbral.

—No es buen momento, querido amigo —le dijo ella.

También la encontró mucho más deteriorada.

—La Gestapo se la llevó hace una semana. —Strauss se enjugó el llanto.

Su mujer, nerviosa al escuchar que pronunciaba aquel nombre con la puerta de la calle abierta, instó a entrar a Clemens.

En el amplio salón, Franz Strauss fumaba una pipa frente a la chimenea. Ni siquiera se volvió para saludar al recién llegado.

—¿Ya estáis con vuestros escándalos? —refunfuñó—. No hacéis más que exagerar las cosas. Ha sido un error y ya está. Cuando se percaten de ello, la traerán de vuelta. En esta casa somos buenos alemanes. Como que mi padre es el mejor compositor del Reich, el heredero vivo de Wagner.

Habló un rato más para las llamas crepitantes del hogar y después se retiró con una copa de coñac rebosante en la mano.

—No quiere atender a la realidad. —Strauss meneó la cabeza—. Toda la familia Von Grab ha sido detenida y deportada en los últimos dos años. Solo les faltaba ella. Y mis nietos... Supongo que tarde o temprano vendrán a por ellos.

—Pero ¿adónde se la han llevado? —quiso saber Clemens.

—He estado en todos los lugares posibles, comenzando por el infame hotel Metropole. Pero allí juraron y perjuraron que no la tenían. Hablé con Baldur von Schirach, quien afirmó que la orden vino de muy arriba y que no tiene potestad para revocarla. Llamé a Goebbels, incluso, pero se negó a atender la llamada. Es su venganza definitiva por no haber podido domar mi espíritu.

Clemens comprendió que Schirach seguía siendo un apestado, pese a que aún no le hubiesen retirado del cargo de *Gauleiter.*

—La guerra acabará pronto, es extraño que lo hayan hecho precisamente ahora —comentó.

—Al contrario —razonó Strauss—, es el momento de ajustar las cuentas que les quedaban pendientes.

Un escalofrío recorrió la espalda de Clemens. ¿Y si tomaban la misma determinación en los campos de concentración donde, según las listas de Heydrich, se hacinaban millones de prisioneros? ¿Serían capaces de dar un último golpe de proporciones colosales? ¿La matanza de las matanzas? Tenía la esperanza de que Alice no hubiera sido deportada a ninguno de estos lugares.

—Querido Clemens, usted que tiene tan buen corazón y siempre ha sabido moverse entre aguas turbias, ¿no podría hacer nada?

Por desgracia, sus problemas eran demasiado grandes como para sumar uno tan complicado. Además, todas las personas influyentes a las que recurrió en el pasado ya no lo eran ahora, o, con total seguridad, estarían más preocupadas por salvar su propio pellejo. Solo pudo hacerles una promesa:

—No tengo potestad ninguna, pero si veo la oportunidad, haré todo lo que esté en mi mano.

El anciano lo abrazó entonces, cosa que jamás había hecho antes, como mucho se habían estrechado las manos con fuerza, y lo besó en la frente igual que un abuelo cariñoso.

—Que Dios le bendiga. El mundo es mejor porque existen personas como usted.

Se despidió de los Strauss, y como las calles estaban resbaladizas a consecuencia de la nieve helada, decidió tomar un taxi hasta su casa. En ese instante se detuvo junto a él un Opel Kadett K38 de color beige.

—¿Le llevo a alguna parte, herr director?

Por la ventanilla del conductor asomaron las facciones, curtidas por el tiempo transcurrido, de un risueño Woldemar Brick.

LXVI

Viena, 30 de diciembre de 1944
Liebesleid, de *Alt-Wiener Tanzweisen*,
de Fritz Kreisler

Por un instante creyó que se trataba de una ensoñación. A esas alturas lo daba por muerto en el frente o en algún destino no mucho mejor. Brick le propuso que hablaran mientras él daba vueltas en torno al casco histórico de la ciudad.

—Llegué anoche de Berlín —le explicó—. ¿Cómo andan ustedes de bombardeos aquí?

Clemens le dijo que casi se habían acostumbrado a ellos. El objetivo predilecto de la aviación norteamericana eran las refinerías, sobre todo la de Floridsdorf. Por eso la ciudad llevaba varias semanas con severas restricciones de gasolina y solo se veían circular vehículos militares.

—Quizá debería ahorrarse esta vuelta. A lo mejor luego no puede repostar —le advirtió.

—Déjelo de mi cuenta. Ya sabe que siempre me las arreglo para conseguir lo que necesito.

Clemens quiso saber cómo le había ido en esos años. La piel de su rostro estaba apergaminada, alejada de sus tersas facciones juveniles. Y la sonrisa, que casi siempre lucía como una credencial, acusaba un cansancio vital que Clemens dudaba que pudiera aliviarle una semana de sueño.

—Estuve en el frente, en la batalla de Kiev, y me hicieron este rasguño.

Extendió la mano izquierda como para estrechársela y Clemens se encontró con una superficie abombada de piel y hueso. ¡Era un muñón!

—¿Cómo demonios puede conducir con una sola mano?

—Mientras haya vida, hasta usted podría dirigir una orquesta solo con la boca, maestro. Pensé que me habían jodido la existencia y, en su lugar, esta herida me salvó. Me enviaron de vuelta. Un diez por ciento de los combatientes se dejaron la piel allí. Todos aquellos a los que yo conocí en primera línea abonan las flores que crecen en el fértil suelo soviético. Que llamen a eso «victoria» me ha parecido siempre una aberración matemática.

—Y supongo que este encuentro nuestro no es casual.

—Supone bien. Escuche con atención lo que tengo que contarle.

Después de reponerse de sus heridas, Brick fue enviado a la Oficina Central de Seguridad de Berlín para realizar tareas administrativas.

—Hubo quien sopesó mandarme de guardia a los campos de concentración, pero yo les mostraba el muñón y decían: «Mejor que no, eso no impondría respeto a los prisioneros». Yo replicaba que conocía a compañeros que perdieron un ojo en combate y fueron reubicados en los campos, pero mis superiores argumentaban: «Un hombre con un ojo inspira terror, como el cíclope. Y sobre todo asco, si se le ocurre levantar el parche. Pero un hombre manco da la sensación de que te dará la mitad de golpes. Rechazado».

Concluyó aquel parlamento con una carcajada que Clemens encontró más siniestra que contagiosa.

—De todos modos, creo que los que han ido a esos campos del Este vienen bastante sonados. Ninguno cuenta lo que ha visto allí, y un día un superior me confió que se les advierte, bajo pena de muerte, que no pueden revelar lo que sucede en esos lugares. O sea que me parece que mi manita muerta me ha salvado otra vez. Pero ahora vayamos al grano, herr director...

Brick pegó un frenazo que hizo que Clemens casi diera con la frente en el asiento del conductor, y le espetó a voz en cuello:

—¡Es usted tonto del culo!

—¿Tonto del culo? ¿Yo? ¿Por qué?

—¡Porque nos ha puesto en peligro a los dos! ¿No le dije que destruyera el informe que le di la noche que me llevé a las hermanas inglesas?

—¡Claro que lo destruí! ¿A qué viene eso?

Clemens percibió su corazón galopar como un corcel salvaje por una pradera de hierba fresca. Le violentaba sobremanera que, por primera vez en su vida, lo insultaran de aquella forma tan soez.

—Entonces, ¿cómo coño es posible que me haya encontrado una fotografía de una de sus páginas en la Oficina Central de Seguridad?

Juró y perjuró que lo destruyó. Le dio todos los detalles. De paso, le contó el desagradable interrogatorio de Krenn y cómo este demostró conocer al dedillo aquel informe, y otras cosas que no estaban en él.

—¿Krenn? —Brick le dio vueltas a aquel nombre—. Me suena... Pero no he coincidido con él. Seguro que nos hemos visto en alguna ocasión. Somos muchos.

—Pero ¿dónde encontró ese informe? ¿No sería una copia hecha por otra persona?

—No. Era una fotografía del que recopilé yo, escrito con anotaciones de mi puño y letra. Eso puede comprometerme si alguien la reconociera. Si al menos hubiese perdido la diestra, ahora tendría una letra diferente.

Brick le explicó que un par de días atrás se dispuso a revelar unas fotografías en el laboratorio de la Central. Eran imágenes tomadas en secreto a oficiales del ejército de los que se sospechaba que habían tomado parte en el atentado contra Hitler. Algunas de ellas salieron veladas y, al ir a depositarlas a la papelera de la sala de revelado, se percató de que estaba repleta. Decidió vaciarla y arrojar el material desechado a la incineradora, cuando reconoció su propia letra en una de aquellas fotografías borrosas. Rebuscó y encontró tres más que pertenecían a aquel informe, con el listado de personas salvadas por las Cook.

—Comprendí que alguien estaba investigando y que, evidentemente, irían a por usted. Por eso he venido a advertirle.

—No acabo de comprenderlo. Me deshice de él.

Clemens volvió a repasar los hechos. Primero destruyó en un ataque de ira toda la información relativa a Viorica y él. Luego ojeó el resto del expediente antes de arrojarlo por el conducto de la calefacción centralizada. Recordó que vio la primera página, donde estaba la foto de las hermanas Cook. Lo habló con Walter Stiefel, que fue quien le recomendó deshacerse de esa manera de aquel material.

—¿Había alguien más con ustedes en ese momento?

—El falsificador de pasaportes, Albrecht Holzing. Pero no pudo darle tiempo. Solo dejé la carpeta unos instantes cerca de él.

—Pero, maestro, parece mentira que sea usted tan inocente. ¿Hizo alguna alusión delante de Holzing de lo que contenía la carpeta?

—Supongo que sí, ya que les pedí un mechero a ambos para quemarla.

Brick reconstruyó los hechos.

—Está muy claro: le brindó en bandeja que allí había algo comprometedor para usted, y él estaba deseoso de venganza, por cómo le obligó a ir hasta allí, después de atar a su padre... Ese bribón aprovechó un momento en que usted no estaba mirando para cambiar el contenido de la carpeta por otros papeles.

—¿Y por qué vi la primera página antes de tirarla al fuego?

—Porque, con toda probabilidad, la dejó en la carpeta por si usted echaba ese último vistazo, como hizo. El tipo ha tenido ese material todo este tiempo. Eso es mucho más plausible que esa fantasía de que haya aparecido entre los escombros del edificio después de un bombardeo.

—No es posible. Verá... Después volví a entrar en contacto con él y, por lo que sé, quedamos en paz.

Le explicó entonces cómo lo localizó en su pueblo y lo puso en contacto con Heinz Heydrich, a fin de que le ayudara a falsificar pasaportes para judíos fugitivos.

Brick volvió a detener el coche.

—¡Es usted un completo imbécil, maestro Krauss! ¿Cómo

se le ocurrió hacer eso? ¿Es que no busqué yo una solución para que le dejaran en paz y no se metiera en más líos?

Sintió que Brick tenía razón y no se atrevió a contradecirlo.

—Le voy a explicar lo que ha sucedido con Heinz. Había rumores de que estaba metido en lo que usted acaba de mencionar. Al principio nadie se atrevió a investigar porque, al fin y al cabo, se trataba del hermano del legendario Reinhard Heydrich. El caso es que, hace poco, alguien decidió tirar del hilo y enviaron a un agente que se hizo pasar por un judío necesitado de ayuda. Y Heinz Heydrich le proporcionó el dichoso pasaporte. Me dijeron que tenían todo listo para detenerle, y él, que estaba en la redacción de su periódico, los vio por la ventana. Así que se fue al cuarto de baño y se disparó delante del espejo. Por cierto, que no es el primero que lo hace de esa forma. ¿Será porque tienen curiosidad de ver cómo sus propios sesos saltan por los aires?

Clemens estaba horrorizado. Y las posteriores deducciones de Brick lo sumieron aún más en la desesperación.

—Si usted me dice que era Albrecht Holzing quien trabajaba para él y que lo tenía en plantilla, dos y dos son cuatro. Lo habrán investigado y su historial, desde luego, era para tirar cohetes. Falsificación y propaganda comunista. Probablemente él les habrá entregado el informe que yo hice de usted.

—Pero lo ha tenido todos estos años y nunca lo usó...

—Maestro, aunque no haya vivido la experiencia de ser torturado por las SS, le aseguro que no se me ocurre ocasión más propicia para confesar lo que sea y tratar de que el trance sea lo más suave posible.

Lo que a Clemens le extrañaba era que Krenn hubiese jugado al gato y al ratón con él, sin detenerle directamente si tenía esas pruebas.

—Lo ha dicho antes. Destruyó con sus manos la parte que aludía a usted, y esa sí que no se la pudo robar Holzing. Krenn tiene la sospecha, pero no la certeza, de que usted está involucrado. Por eso quería hacerle confesar a base de sacar evidencias en su contra. Bien, puede que cuente con el testimonio de Holzing, pero la tortura tiene un aspecto contraproducente: a veces uno dice lo que sea con tal de que paren. Por eso Krenn necesita estar seguro. Al fin y al cabo, usted es alguien protegido por las altas esferas. No puede permitirse cometer un error en ese sentido.

Brick hizo una pausa para recuperar el aliento. Su mente iba más deprisa que el Opel, y en un momento determinado, harto de hacer el mismo trayecto, se detuvo frente al Musikverein.

—¿Eso es todo lo que tenía que contarme?

—Pues ahora que lo dice...

Comenzó por la extraña historia del genealogista Bloch y continuó con el embrollo de los Starkmann, a los que se comprometió a ayudar obligado por las circunstancias.

Brick tardó unos instantes en asimilar todo aquello.

—Pero ¿esto es cierto o se está riendo de mí? —preguntó malhumorado.

—Se lo juro por lo más sagrado.

Su antiguo chófer resopló.

—Me dan ganas de volverme a Berlín y hacer como que no nos hemos visto. Pero un documento redactado por mí sigue en poder de esa gente. ¿Cómo es posible que se haya metido en tantos líos? ¡Por Dios, ya tenemos bastante con lo que sucede a nuestro alrededor!

—Yo le aseguro, Brick, que no los he buscado en absoluto.

—Déjeme que piense. Tenemos que ir por partes. Por fechas... Ese Krenn lo tuvo ayer por la noche sin dormir. Y el chantajista le dio hasta mañana para que le consiga un pasaporte... o revelará que usted tiene origen judío.

—Eso son tonterías —zanjó Clemens—, pero si hace público que los Strauss lo eran, desaparecerán del repertorio.

—¿Y qué importancia tiene eso?

—¿Que qué importancia...? ¡Brick, estamos hablando del patrimonio cultural austriaco! ¿Le parecería bien que se prohibiese en el Reich *El bello Danubio azul* o la polka *Tristch-Trastch*?

—Supongo que no —repuso, no demasiado convencido—. Pero, de todos modos, me revientan los chantajistas. Deme su dirección y yo le ajustaré las cuentas. ¿No quiere un pasaporte? Pues igual se lo doy yo.

—Tenga cuidado, puede ser una trampa. Era muy extraño todo.

—No se preocupe. No he venido solo por usted, sino por mí mismo. No hemos llegado vivos hasta aquí para caer por un estúpido error. En cuanto a lo del violinista judío y su mujer... Creo que podría ponerlos a salvo en un lugar que conozco. Pero tendría que organizarlo antes.

Brick lo dejó en el portal de su casa, pero antes de despedirse, Clemens le preguntó por qué hacía aquello.

Brick se señaló el muñón, divertido:

—Oh, será porque no está de más echar una mano a los amigos. Vaya ahora a descansar. Los días venideros lo necesitaré con la mente despierta.

LXVII

Viena, 30 de diciembre de 1944
Música de las esferas, op. 235, de Josef Strauss

Quién hubiera dicho que aquel pequeño habitáculo, en su momento concebido como archivo supletorio, y abandonado por sus reducidas dimensiones, podría albergar a uno de los más grandes intérpretes de música de cámara que Clemens hubiera escuchado jamás. Porque, entre otras cosas, Max Starkmann fue violista del célebre Cuarteto Rosé.

—Eso fue algo temporal. Necesitaban cubrir el hueco hasta que encontraran a alguien estable. Estuve más tiempo con el Cuarteto Buxbaum, en la década de los veinte —contó mientras fumaba su primer cigarrillo en más de dos años.

Elsa fue a reprochárselo, para al final implorarle con la mirada a Clemens si no tenía otro. Jerger se había negado a proporcionarles tabaco por el temor de que alguien los descubriera por el olor o el humo. Clemens tomó la precaución de ir a visitarlos a medianoche.

—Pero ¿a usted lo dirigió Mahler?

—No. —Starkmann se encogió de hombros, como si aquella circunstancia lo desazonase—. Yo me integré en la orquesta el 1 de diciembre de 1911. Él murió unos meses antes; además, estuvo en Estados Unidos varios años. Así que casi todos los músicos que estaban en la orquesta cuando yo entré trabajaron con él.

¡Me contaban unas cosas! Al parecer, lo anotaba todo en las partituras, hasta cuándo tenían que respirar los intérpretes de viento. Yo tenía amistad con el violinista Julius Stwertka. Mahler mismo lo trajo de Hamburgo para que fuera el concertino de la Filarmónica. ¿Le recuerda usted?

—¿Cómo no? Se retiró el último año que yo fui director por suscripción médica. Le concedieron la Medalla de Oro de la República de Austria por los servicios prestados. Era ya mayor, quizá haya muerto.

—Es más que probable, lo deportaron en agosto del 42 a Theresienstadt, con su esposa Rose.

La mera mención de aquel lugar le heló la sangre en las venas.

—A nosotros nos citaron para octubre de ese año. Sé que a algunos se los llevaron casi a rastras, sin informarles de lo que iba a ser de ellos. En nuestro caso, fue muy funcionarial, muy ordenado. Perfectamente alemán. Nos comunicaron que el 5 de octubre iríamos a...

—Maly Trostenets —se le adelantó Clemens.

Los Starkmann asintieron, con calada simultánea a sus cigarrillos.

—Nos hicieron rellenar un formulario previo en el que debíamos detallar todo lo que poseíamos. Recuerdo que en el membrete ponía: «Lista de bienes para los judíos evacuados a los territorios orientales». Así, como si se hubiese oficializado por decreto el expolio. El funcionario de las SS, al leer que yo poseía un Stradivarius de 1714, exclamó con codicia: «¡Esto es demasiado valioso para que lo lleve usted a la estación bajo el brazo!». Y determinaron que vendrían a buscarnos a casa para «escoltarnos» después. Luego, para nuestra mayor comodidad, dijeron, nos asignaron nuestros lugares en el tren a fin de que supiéramos adónde teníamos que dirigirnos. El número de transporte era el 44, vagón Da 230, y nuestros lugares, porque ya sé que eran vagones de ganado, sin asientos, el 338 y el 339. Cada noche sueño con esos números, herr director.

—¿Me deja usted ver ese violín?

Clemens lo tomó entre sus manos. Parecía antiguo, sí, pero poco o nada lo diferenciaba a simple vista de otros.

—Perteneció a Josef Joachim. Si no me equivoco, estrenó con él el *Concierto para violín* de Johannes Brahms.

De él procedía el sonido dorado que sobrevolaba la orquesta y que tanto desconcertó a Clemens.

—De modo que era usted, demonio de hombre. Eso sí que ha sido correr un verdadero riesgo. Los miembros de la Filarmónica tienen que haberlo advertido por fuerza.

—Yo se lo decía, maestro Krauss —habló al fin Elsa—, pero es un obstinado y su mayor miedo era que se le olvidara cómo tocar. Y digo yo, ¿de qué le hubiera servido ese conocimiento en aquel lugar al que nos querían llevar?

—Fue algo increíble —prosiguió Max—, no diría que un milagro, porque nos salvamos a costa de nuestros pobres vecinos, los Natzler. Ellos decían siempre que no nos iba a pasar nada, pero, poco a poco, el vecindario iba menguando. Esa misma mañana les llegó la carta y estaban muy nerviosos. Y al ver a los SS, pensaron que iban a buscarlos a ellos. Luego ya sabe lo que sucedió. Si nuestros frustrados captores volvieron después a buscar el Stradivarius a nuestro piso, es evidente que ya no lo hallaron, como tampoco a nosotros. Nunca hubiera pensado que el señor Jerger tuviese ese corazón.

Clemens prefirió guardar silencio a ese respecto. Empezaba a sentirse incómodo en aquel habitáculo en el que ni siquiera podían estar de pie. Y ellos llevaban más de dos años encorvados allí dentro, y a oscuras la mayor parte del día, con una pequeña bombilla desnuda que solo encendían por la noche, cuando el Musikverein estaba vacío.

—Hacemos ejercicios de estiramiento de las piernas o nos tumbamos en el suelo y las levantamos, como si pedaleásemos en una bicicleta imaginaria —le aclaró Max.

—¿No es esto peor que la cárcel? —les preguntó Clemens.

Nunca oyó hablar de un confinamiento semejante, aunque, claro estaba, los campos donde se exterminaba a la gente, descritos de forma pormenorizada en los papeles de Heydrich, eran mucho peores.

—Aquí dentro, aun con todas estas limitaciones, escasamente alimentados, con un orinal que el señor Jerger solo puede venir a vaciar cada tres o cuatro días, y con miedo a hablar demasiado alto, ya con todos los temas de conversación agotados, sentimos que hemos escapado a nuestro destino —respondió Elsa—. Y eso es algo que nos hace despertar cada mañana con la esperanza de que un día saldremos de aquí.

—Eso se lo prometo yo —dijo Clemens, y se arrepintió de haber sonado más entusiasta de la cuenta.

Seguía sin estar seguro del éxito de la misión. Cuando las operaciones de las Cook, eran ellas las que se ocupaban de la parte más peligrosa. Él casi siempre se limitaba a dirigir una ópera, que, aunque fuese una labor no poco meritoria, a fin de cuentas era su día a día y lo que mejor sabía hacer. Cierto que corrió un riesgo extraordinario cuando el salvamento de Walter Stiefel, y que ahí estuvo a punto de caer. Pero entonces apareció como un ángel de la guarda el desconcertante Woldemar Brick, al que tantas veces había maldecido. Y ahora, como por arte de magia, resurgía de nuevo para brindarle su protección. Nada podía salir mal, se dijo antes de recuperar su espíritu triunfalista.

—La orquesta suena muy bien con usted —le dijo Max Starkmann—. De hecho, como nunca la había escuchado en mucho tiempo. Y me gusta el programa de este año. Adoro sobre todo los *Cuentos de los bosques de Viena*.

—Ah, por supuesto. También es una de mis favoritas, con esa parte de la cítara. ¿Sabe?, este año contamos con un intérprete estupendo, Karl Petzmayer, sobrino nieto del gran virtuoso Johann Petzmayer. Iba a decir que le encantará, pero me temo que se lo va a perder porque a esa hora es cuando los sacaremos de aquí.

Starkmann volvió a la realidad cuando apuró la última calada del cigarrillo.

—Es una pena que mis antiguos compañeros hayan caído en su mayor parte en las garras del nacionalsocialismo. Porque, ¿sabe usted?, ellos no eran así.

—Max, querido... Quizá al maestro Clemens no le guste... —Su mujer trató de hacerle cambiar de tema.

—Cuando todo esto empezó, siempre había algún exaltado —la ignoró él—, al fin y al cabo, odiar a los judíos ha sido desde antiguo una tradición vienesa. Pero había mucho de impostura en eso, porque al final todo el mundo aceptaba a Mahler, y por mucho que él se convirtiera al catolicismo para poder dirigir la Ópera de Viena, no dejó de ser quien era. Todo fue una gran mentira. Lo mismo que la mitad de los miembros de la Filarmónica afiliados ahora al Partido Nazi. Sus motivos no distan mucho de los de Mahler: sobrevivir a los tiempos difíciles, por muy discutible que sea desde el punto de vista ético.

—Pero el Partido Nazi es un movimiento criminal —le replicó Clemens.

Hablaba ahora con la voz de Lothar Wallerstein, aquella vez que se encontraron en el Festival de Salzburgo. Nunca había llegado a definirlo así, pero en su fuero interno encontraba que aquellas eran las palabras adecuadas. Y de golpe pensó en Mitia Mayer-Lismann, en Maliniak, en el doctor Riemann, en Berta Geissmar y en Alice Strauss.

Max Starkmann iba a responder a eso, supuso que con cierta ironía, como denotaba su ceja derecha levantada, cuando se escucharon unos golpecitos en la puerta del habitáculo.

—Salga ya, Krauss. Lleva ahí más de una hora.

Tendió la mano a los Starkmann para desearles suerte, pero ellos lo abrazaron como a un hijo. Según le contaron, se pasaron media vida con la pena de no haber podido tenerlos y ahora se alegraban porque así no tendrían que afrontar un destino tan terrible. No le importó que llevasen dos años con las mismas ropas. Les dejó todos sus cigarrillos.

—Ya era hora —dijo Jerger—, pensaba que le había pasado algo.

—¿Y qué se cree, que me iban a comer?

Al parecer, la razón se abrió paso, en detrimento del corazón, en la mente del director intendente, que no dejaba de requerirle una y otra vez para hablar a solas y preguntarle los detalles de la fuga, y si no era posible adelantarla.

—Me pide usted un favor que me puede costar todo y encima le parece poco —zanjó Clemens—. En lugar de denunciarle, he decidido ayudarle porque no quiero que caiga en desgracia, Jerger. Pero quiero que sepa que esta es la última vez que me juego el cuello por usted.

También le preocupaba al intendente si Clemens había solventado sus problemas con aquel capitán de las SS tan insistente.

—No lo sé. Usted lo ha dicho. Es insistente. Habrá deportado ya a todos los que tenía previstos y ahora se aburre.

—Pues congráciese con él. Invítelo al concierto.

Iba a mandarlo a paseo cuando se planteó que tal vez no fuese tan mala idea. Sí, quizá si le reservaba uno de los mejores asientos para ese día, lo tendría controlado mientras Octavian y Oliver llevaban a cabo la operación, acaso con la colaboración de Brick. No, no era tan mala idea.

—Estupendo. Mañana por la mañana me pasaré por el hotel Metropole para entregarle en persona la invitación.

Cuando esa noche Clemens se metió en la cama, con la punzada de una contractura en ciernes en la espalda, acaso a consecuencia de sus crecientes preocupaciones, todavía soltó una risotada liberadora al recordar la cara que se le quedó a Jerger cuando le dijo aquello.

Sin embargo, a los pocos minutos sonó la alarma antiaérea de una nueva incursión aliada, y Viorica y él tuvieron que buscar acomodo en los sótanos de su edificio.

LXVIII

Viena, 31 de diciembre de 1944
Mov. 1, Introducción, Largo, de *Concierto fúnebre*, de Karl Amadeus Hartmann

Sin haber pegado ojo en toda la noche, Clemens se dirigió al Musikverein. Viorica insistió en acompañarle, con una bolsa con mudas y pasteles para los Starkmann. Él ya le había advertido de que no se trataba de un espectáculo callejero abierto al público. Además, a esas horas el personal del teatro deambulaba por todos los rincones, con lo que la pretendida visita era inviable.

—Estamos en esto juntos y me has mantenido al margen de los últimos acontecimientos —protestó enfadada—. Y después me has pedido ayuda. ¿Acaso has cambiado de opinión?

—No quiero meterte en más problemas —aseguró él—, es para evitar que sufras.

—Lo que me hace sufrir es que pienses que soy una especie de muñequita que se puede romper. Olvidas que yo empecé esto, instando a Mitia a escapar con las Cook. Tú siempre vacilabas, y solo al final tuviste que ponerte como a competir, para demostrar que, como en todo, has de decir la última palabra.

—Vale, pues me callo.

—¿Lo ves? ¡La última palabra!

Ese era el día en que expiraba el plazo dado por el genealogista para que Clemens le entregase el pasaporte falsificado, que, obviamente, no obraba en su poder. Cuando llegaron al despacho, se sentó a la espera de que sonara el teléfono.

La entrada de Brick fue de lo más bienvenida. Viorica lo abrazó, conmovida, pues no solo era la primera vez que se veían en años, sino que él ya mostraba su verdadera cara, esto es, que estaba de parte de ellos. Ella se horrorizó por lo de su mano, un detalle que Clemens no le había mencionado.

—¿Le duele, señor Brick?

—Me dolió más que mi padre pusiera cara de asco cuando la vio. «Ahora eres un mutilado», me dijo. Le puse ejemplos de grandes héroes con heridas de guerra, y solo me replicó: «O el traidor del conde Stauffenberg, que atentó contra el Führer. A ese le faltaban un brazo y un ojo, ¡además del cerebro!». Supongo que ahora se avergüenza de mí como lo hacía en su momento de mi hermana.

—Oh, su hermana. Clemens me lo contó. ¿Cómo puede alguien ser tan desalmado?

En ese momento sonó el teléfono. Clemens descolgó y reconoció la voz del genealogista.

—Me ha citado en la noria del Prater dentro de una hora —dijo tras la breve conversación que mantuvieron.

—Un lugar extraño para quedar —comentó Brick—. ¿Se supone que tienen que montarse en ella?

—No funciona. Los últimos bombardeos la dañaron. ¿No oyó el de anoche?

—¡Ah! ¿Eso era un bombardeo? Pensé que se trataba de un mosquito. Los que caen sobre Berlín sí que le quitan a uno el sueño durante una semana. Lo malo es que el Prater es un sitio abierto. Se percatará de que no es usted quien se le acerca. Pero haremos lo que podamos.

Antes de que se marchara, Clemens informó a Brick de su idea de ir a ver a Erich Krenn para invitarle al concierto.

—¿Lo considera una imprudencia?

Su antiguo chófer lo meditó unos instantes y luego le aconsejó:

—Tiene que presentarse ante él como si no le tuviese miedo ni nada que esconder. No le ha detenido porque carece de pruebas —le recordó—, o sea que necesita una confesión. Y, a diferencia de lo que ha hecho con otros, a usted no puede torturarle. No le dé lo que quiere.

—¿Sabe que hablé con un sacerdote británico al que tuvieron colgado por las piernas en una ventana de ese mismo hotel?

—Vaya —silbó Brick—, espero que no llevase sotana.

Brick ya iba a salir cuando Clemens le preguntó qué pasaba con la operación del día siguiente.

—¿Adónde se supone que llevarán mis hijos a los Starkmann?

—Ya le dije que tenía idea de un lugar. Está asegurado casi del todo. Pero se lo confirmo cuando regrese. No se preocupe.

Cuando Brick se fue, Viorica insistió en acompañar a Clemens. Quería ver con sus propios ojos al tal Krenn.

Él se negó.

—Cuanto menos te involucres, mejor.

—¡Ya me queda claro que no quieres que haga nada! Ni asistir a los Starkmann, ni acompañarte donde ese tipo. Empiezo a preguntarme qué pinto yo en tu vida.

Fue a decirle palabras bonitas, pero se percató de que no serían más que eso. Ella tenía razón. ¿Qué pintaban cada uno en la vida del otro? Desde que comenzó la guerra eran más bien compañeros de trabajo y de cama que una pareja. Pero ambos se encerraban en sus propios secretos, más por temor a la reacción del otro al conocerlos que por protegerle de veras.

—Te necesito para algo más importante, Viorica.

Ella pensó que de nuevo iba a regalarle los oídos; en cambio, le contó lo siguiente:

—Aceptaste con naturalidad que Heinz Heydrich quisiera ayudar a los judíos, cuando precisamente su hermano murió víctima de un atentado a manos de sus enemigos. ¿La reacción lógica no hubiese sido que quisiera vengar la muerte de Reinhardt y se hubiera radicalizado aún más, en lugar de dedicarse a esto otro? Te contaré por qué cambió.

Le habló entonces de la «solución final», de los campos de exterminio repartidos por toda Europa y de los millones de asesinatos que se habrían producido de haberse seguido escrupulosamente la hoja de ruta de la conferencia de Wannsee.

Al cabo de diez minutos, una vez sus ojos volvieron a distinguir lo que la rodeaba entre las tinieblas del llanto, Viorica exclamó horrorizada:

—Así pues, ¿las personas que no pudieron escapar con las Cook...?

—Es probable que estén todas muertas. Igual que la familia de la nuera de Strauss. O los músicos de la Filarmónica deportados. La idea de los jerarcas nazis no era solo expoliar a los judíos, privarles de sus derechos y someterlos a la esclavitud, sino también exterminarlos a todos, borrarlos de la faz de la tierra. Y, después, quizá también a esos otros pueblos a los que consideran infrahumanos.

—Pero ¿para qué? ¿Qué sentido tendría?

—Dudo que nosotros podamos dar respuesta a esas preguntas. Pero ahora, por si no salgo bien parado de esto, quiero pedirte un favor.

Viorica asintió, con los labios temblorosos.

—Si la guerra acaba pronto, todos estos crímenes saldrán a la luz. Supongo que la idea general será decir que los alemanes no sabíamos nada. Entonces, tú podrás gritar bien alto que sí estabas al tanto. Como lo estaban todos aquellos que miraron para otro lado y se convirtieron en propietarios de las casas y los negocios de aquellos a quienes se llevaron. Lo sabíamos todos, pero era tan horroroso admitirlo que nos quedamos callados. Lo que no tiene nombre no existe. Tendrás que dárselo tú.

Ella se lo prometió.

La visita pilló desprevenido a Erich Krenn, por quien Clemens preguntó en la entrada del hotel Metropole. Dado que el edificio se había transformado en el cuartel general de las SS, la recepción era atendida por una serie de oficiales de aspecto hierático, que no saludaban a los extraños y gruñían monosílabos cuando se les preguntaba algo.

Krenn bajó al cabo de diez minutos con todos sus pertrechos, incluida la daga de las SS y la pistola dentro de su funda al cinto. Le indicó que se sentara en unas butacas junto a la recepción.

—¿A qué debo este honor, maestro Krauss?

—Me hizo usted una visita tan grata que me siento obligado a corresponderle.

Debía demostrarle que no le intimidaba lo más mínimo. Era fácil decirlo, pero otra cosa era enfrentarse a tan tenaz personaje en su propio terreno.

—¿Ha venido usted a confesar?

—Sí, claro que sí. Confieso mi desazón por no haberle invitado al concierto de la familia Strauss. Pensé en su interés y esa gran afición por la música que me ha dicho que tiene y caí en la cuenta de mi descortesía. Le traigo una entrada para el concierto de mañana, a fin de que no tenga usted que pagarla de su bolsillo.

Krenn sonrió y la cogió entre el índice y el pulgar de su guante negro, como si fuese una pinza.

—De todos modos, debería saber que los miembros de las SS podemos entrar donde queramos sin necesidad de invitación.

—¿En serio?

—¡Claro! —exclamó con una risotada—. ¿Quién osaría cortarnos el paso? Y más... —ahí se le agudizó la voz de deleite— si se trata de una investigación criminal.

Como a Clemens le fue imposible responder a eso, Krenn decidió, de forma insólita, romper la incomodidad del momento:

—Y dígame, ¿escucharemos finalmente *El bello Danubio azul*?

—¿Cómo no? —Se repuso se inmediato—. Además, por su culpa. Nuestra charla me persuadió de que esa obra maestra no puede faltar en ningún concierto que se precie de la familia Strauss.

Krenn no se quitaba la gorra de plato, lo que Clemens hubiera interpretado como que se había producido cierto acercamiento entre ambos.

—Bueno, familia, familia... Nunca incluye en ellos a Johann padre ni a Eduard.

—Bien, Eduard fue mejor empresario que músico —explicó Clemens, encantado de adentrarse en un terreno poco comprometido—. No hay nada en él que sus hermanos no sepan hacer mejor. En cuanto a Johann padre, es el inventor de los valses y las polkas, pero lo que en su caso posee gracia y encanto, en sus dos hijos más talentosos son obras maestras. Para mí, su presencia en el concierto es una mera curiosidad.

—¿Ah, sí? ¿Ni siquiera la *Marcha Radetzky*?

Clemens negó con la cabeza.

—Más bien no, la encuentro bastante ramplona.

—Pues a mí me gusta. —Krenn dejó de sonreír—. Pero está claro que usted es quien decide. En fin, me alegra que nuestra charla sirviera para lo del *Danubio*. Es una pena que mi otro propósito, esto es, que admita su implicación en esos actos de traición imperdonables, no parezca que vaya a cumplirse.

Clemens se sintió como si fuera a caminar descalzo por un sendero de cristales rotos.

—Piénselo del siguiente modo: si soy inocente, ¿cómo podría admitir lo contrario? Y en el improbable caso de que fuese culpable de lo que usted me acusa, no creo que una confesión fuera a procurarme un bienestar inmediato.

—Sin embargo, sin darme pruebas fehacientes de lo primero, ha venido a meterse en la boca del lobo. ¿Sabe qué cosas pueden suceder entre estas cuatro paredes?

—Supongo que no necesito quedarme mucho rato aquí para averiguarlo. A lo mejor, con pegar el oído a una de estas paredes baste para hacerme una idea.

En esto, un oficial requirió la presencia de Krenn, quien se ausentó unos instantes. Después regresó con gesto de apuro; tenían que despedirse.

—Estoy de servicio y ha surgido algo. Por desgracia, no puedo emplear mi tiempo en hablar con usted de música. Los SS no paramos de trabajar, no sabe usted cuánto. Dos manos no son suficientes para llevar a cabo nuestras tareas. Por eso, los que solo tienen una suelen relajarse y no cumplen con sus obligaciones.

¿Cómo, una mano? Krenn se quitó el guante derecho y tomó la diestra de Clemens entre sus dedos. Los examinó como si sopesara si abalanzarse sobre ellos a mordiscos.

—De todos modos, a los directores de orquesta solo les hace falta la mano de la batuta para trabajar. Aunque perdieran la otra, digámoslo así, por un accidente, podrían seguir al pie del cañón. Aunque, bien mirado, si le cortasen las dos, maestro Krauss, ¿se atrevería a intentarlo sujetándola con la boca? Por eso, lo más importante de todo es que al final no acabe perdiendo la cabeza.

Se despidió sin darle opción a replicar nada, pero, ya en la puerta del hotel, y mientras agitaba la invitación, Krenn añadió:

—Es una buena idea que me haya invitado mañana, así no sucumbiré a la tentación de dormir hasta tarde. Y, si se tercia, a lo mejor me lo traigo de vuelta a una de nuestras suites como un reo confeso. ¡Nos vemos, querido amigo!

LXIX

Viena, 1 de enero de 1945
Sexto Concierto de Año Nuevo
Cuentos de los bosques de Viena, op. 325, de Johann Strauss hijo

El resto del día no tuvieron noticias de Woldemar Brick. Clemens acudió al ensayo, pero no logró concentrarse. Ese día empezaban más tarde porque la orquesta había ofrecido un concierto a unos trabajadores de una fábrica de Viena, a la hora de la comida, dirigido por Leopold Reichwein. Una aportación ideada por Jerger, a fin de mantener la moral alta entre los vieneses.

A Clemens le irritó sobremanera que el citarista no hubiera dado señales de vida, por lo que no pudieron ensayar con él *Cuentos de los bosques de Viena*. Erik Maschat, reincorporado después de su catarro, trató de tranquilizarle:

—Es por la escasez de gasolina que hay en la ciudad. Él está ya en Viena, pero la cítara no llegará hasta mañana. Dicen que, como muy tarde, a las nueve.

—Pero si el concierto es a las once —protestó Clemens—, vamos a andar muy justos. Y hay que colocar ese trasto en el escenario.

—Son las circunstancias que vivimos, maestro. Es un milagro que podamos dar el concierto.

Durante el descanso del ensayo, Clemens se reunió con Viorica.

—Todo se pone en nuestra contra —le dijo—. Brick ha debido de tener algún problema. ¿Qué vamos a hacer sin él?

—A lo mejor se ha puesto a seguir al tal Bloch y todavía está tras su pista. No te alteres, vamos a esperar un poco más.

Clemens volvió al podio sin pensar en lo que hacía. Por fortuna, la Filarmónica era la mejor orquesta del mundo y era capaz de tocar sola. Al menos, a los Strauss. Cuando acabaron y los músicos se marcharon a sus casas, se sentó en el centro del patio de butacas, con la cabeza sumergida entre los brazos. Aquello le agotaba demasiado.

Viorica apareció al poco.

—He podido verlos y hablar con ellos un rato. ¡Son encantadores! Les he dejado un termo con té. Jerger se ha puesto histérico cuando me ha sorprendido bajando de la planta superior, pero no se ha atrevido a decirme nada.

Clemens no se lo reprochó. Estaba preocupado, eran las diez de la noche y Brick continuaba sin dar señales de vida. No contaban con un lugar donde esconderlos tras el traslado, ni mucho menos con un plan más elaborado para que salieran de Viena.

—Si Ida Cook estuviese aquí... —se lamentó él.

Estaba claro que fueron las hermanas las que cargaron con la parte más difícil de la historia. Viorica se mostró decidida:

—Hay soluciones. Nuestra casa quizá no sea el sitio más apropiado, pero, ya que tus hijos se han comprometido, ¿no sabrán de algún lugar donde cobijar a los Starkmann, aunque sea por unos días, mientras buscamos otra alternativa?

Recordó que la casa de Margarethe, donde vivían Octavian y Oliver, contaba con un desván espacioso, donde acabó alojado un piano que él les regaló a los muchachos para que despertara en ambos su vocación musical. Sin embargo, a medida que crecían, la visión del instrumento les recordaba que, de alguna manera, habían defraudado sus expectativas en ese sentido y decidieron apartarlo de su vista.

—En la casa de Margarethe hay un desván que podría ser una solución, pero no quiero comprometer a mis hijos. Ni tampoco a su madre. Krenn nos tendrá vigilados.

—A ti sí. Pero tú estarás en esta misma sala cuando los trasladen. Y Krenn te estará viendo justo en ese rato. Lo que menos podría imaginarse es que tus hijos estarán sacando a dos judíos escondidos de aquí. Además —bajó la voz y miró en derredor—, no me ha gustado la expresión de Jerger. No me fío de él. Se quiere librar de un problema que en su día hizo suyo y ahora se arrepiente. Y no lo disimula. Los Starkmann me han dicho que cada vez tarda más en llevarles comida, y en poca cantidad. Los ha tenido meses enteros a base de pan, agua y alguna salchicha. Peor que en una cárcel.

Clemens prefirió ahorrarle el dato de la cantidad de calorías recomendadas por preso en los campos de exterminio que había conocido por los informes de Heydrich.

—De acuerdo. Pero tengo que consultarlo con mis hijos antes..., y no sé si con su madre.

—Ellos ya son mayores, pueden decidir por sí mismos. Mira, me acerco a su casa y se lo pregunto ahora mismo. Así descansas, porque mañana será un día muy largo.

Viorica se marchó tras besarle en la mejilla y Clemens se quedó un rato allí, sentado en medio de la Sala Dorada. Se preguntó cómo sería contemplarse a sí mismo en el podio, desde ese lugar, con el mismo desenfado que provocaban en el público los valses y las polkas de la dinastía Strauss.

Era tal su preocupación que se olvidaron de la cena de Nochevieja. Clemens se sirvió un coñac para conciliar más rápido el sueño, y Viorica regresó ya cenada.

—Qué amables han sido —comentó—. La verdad es que están hechos unos hombres. Yo no deseaba molestarlos, pero me han hecho hueco en la mesa. Hasta tu exmujer se ha mostrado muy cariñosa.

—Desde luego, da gusto que la gente se entienda bien en este mundo en el que vivimos —dijo en tono irónico.

—En cuanto a lo otro —le guiñó un ojo—, dicen que no habrá ningún problema.

Él se alegró solo en parte. No era una solución, solo una huida hacia delante. Se fueron a la cama habiendo empezado ya 1945, y al despertar les pareció que no era un año que se diferenciara mucho de los anteriores, pues la guerra seguía marcando sus vidas.

Cuando llegaron al Musikverein, Brick continuaba sin aparecer. Tampoco habían tenido noticias del misterioso genealogista. Clemens estaba seguro de que ambas desapariciones estaban íntimamente relacionadas.

A las once de la mañana compareció ante el público de la Sala Dorada. Buscó con la mirada a Krenn, pero la presencia de varios uniformes negros le intimidó. Mejor no pensarlo. Saludó a los presentes, hizo el cabeceo de rigor a Willi Boskovsky, quien ya había supervisado la afinación de la orquesta, y levantó la batuta. Sonaron los redobles de timbal y comenzó con la obertura de *Índigo y los cuarenta ladrones*, que le sonó más hermosa que nunca, lo que le abstrajo momentáneamente de la preocupación que le embargaba. Aquella opereta era una amable parodia del relato persa de Alí Babá, en el que este descubría el secreto de la cueva de unos ladrones y accedía a sus riquezas. Sin embargo, en el cuento original, su codicioso hermano quiso hacer lo mismo, pero se olvidó de las palabras mágicas para salir, por lo que los ladrones lo encontraron allí y le dieron muerte, dejándolo clavado a la entrada de la cueva como advertencia para futuros profanadores. De repente se dio cuenta de que había perdido la noción de lo que hacía, y cuando volvió a la partitura comprobó que la Filarmónica se las había arreglado muy bien sin él, en parte gracias al impagable apoyo del concertino Boskovsky.

El público refrendó con sus aplausos la interpretación y entonces distinguió a Erich Krenn, aplaudiendo de forma un tanto extraña, como si abofetease las orejas de una cabeza invisible que tuviera frente a sí. Sus miradas se cruzaron, y el capitán de las SS le sonrió. Clemens se volvió hacia la orquesta y atacó el vals *Sphären-Klänge* de Johann hijo, que logró sosegar un poco sus nervios. Cuando terminó, se giró hacia el público para corresponder a sus aplausos, pero esta vez no miró a su rival.

Fue alternando a Josef y a Johann hijo en esa primera parte, que incluía páginas muy queridas por él, como la hungárica *Éljen a Magyar!* de Johann hijo, y que le instaba a ejecutar un pequeño baile sobre el podio, incapaz de refrenar sus piernas. El programa llegó finalmente a la polka *Sin preocupaciones*, del mismo autor. ¡Qué apropiada!

Aguardó a que se extinguieran los aplausos en la Sala Dorada antes del descanso, pero parecían no tener fin. Después de unos diez minutos de ovación, salió del escenario a paso ligero y se encontró con Maschat entre bambalinas, junto a un hombretón de unos cincuenta años y aspecto rústico, pese a ir vestido de frac, cuyo rostro mostraba un profundo enfado.

—Maestro, este es el señor Petzmayer. Dice que un camión trajo su cítara hace un rato y la dejaron en la puerta de artistas, ¡Y ahora ha desaparecido!

—¿Cómo va a desaparecer? Eso es una locura.

—¡Y una sinvergonzonería, vaya que sí! —protestó Petzmayer—. ¡Hay que llamar a la policía!

—¿Dice que la dejaron en la entrada de artistas?

—En un cajón de madera acolchado, para protegerla —precisó Petzmayer—. ¿Y para qué la quieren, si en esta puñetera ciudad no hay nadie que sepa tocarla?

Clemens empezó a temerse lo peor.

—Deje que resuelva esto, seguro que ha sido un malentendido... ¡Y no llame a nadie! —Como vio que Maschat hacía ademán de seguirle, se dirigió a él en un tono que no admitía discusión—: Espere aquí con el señor Petzmayer, y, por el amor de Dios, ¡que se calme!

Se encaminó hacia las escaleras que utilizaba el personal del teatro para acceder al último piso. En esto, se encontró con un Jerger con la frente roja de sudor, como si acabara de salir de una sauna.

—¿Qué demonios pasa, Krauss? ¿Por qué no se los llevan ya? Les dejé en la entrada de artistas los dos cajones de madera para transportar instrumentos que me pidió, y hay uno que todavía sigue allí.

—¿Quiere dejar de armar escándalo? —exclamó Clemens, con los ojos a punto de salírsele de las órbitas—. Procure, sobre todo, que no los vea ningún portero.

Ascendió por las escaleras hasta que se encontró en el último tramo la cítara, despanzurrada y repartidos sus trozos a lo largo de varios peldaños. Arriba estaban Octavian y Oliver, con dos cajones de madera ya cerrados, dispuestos a bajarlos.

—No sabemos lo que ha pasado —exclamó Octavian—. Subimos uno de los cajones, que pesaba mucho más que el otro, y al abrirlo resulta que estaba esa cosa dentro. Y se nos ha caído.

—¡Al diablo la cítara! ¿Dónde están ellos?

Señalaron los cajones. Habían introducido al anciano en el que portaba el instrumento y a la mujer en el otro. Quizá el descanso no fuera el momento más discreto para bajarlos, pero tenían que correr ese riesgo. Él mismo les ayudó, y a punto estuvieron de irse al suelo al enganchársele a Oliver la cuerda de la cítara rota en el tobillo. Se desprendió de ella a taconazos y por fin llegaron a la puerta de artistas. Por fortuna, no había nadie en la calle, aunque se escuchaba el rumor del público en el interior del edificio, mientras estiraban las piernas por el recibidor y las galerías del Musikverein.

Metieron el cajón en el que iba la señora Starkmann en la camioneta y subieron a por el segundo. Krauss distinguió a Jerger en una esquina, en un intento de no ser visto, y le hizo señas de que ayudara él también, a lo que se negó. Su deseo era que acabaran cuanto antes y olvidarse del problema. Lamentó que Viorica no hubiera salido para ayudarles. Pero él mismo le encomendó que localizara al capitán de las SS entre el público, algo que no le resultaría difícil porque iba de uniforme, y vigilase sus movimientos.

Cuando estaban a punto de introducir el segundo cajón en la camioneta, aparecieron de nuevo Erik Maschat y el furibundo Karl Petzmayer desde el fondo de la calle.

—¡Eh! ¿Qué llevan ahí? —exclamó el músico, airado.

Clemens le dijo que era un contrabajo para restaurar. Sin embargo, el citarista reparó en los restos de las cuerdas de su instrumento enredados en los cordones del zapato izquierdo de Oliver.

—¿Y eso? ¿Qué coño han hecho con mi cítara? —Se acercó a ellos—. ¡Este es el cajón!

Fue imposible negarlo, porque llevaba una etiqueta con su

nombre y el del instrumento. Le explicaron que había habido una confusión, pero no sirvió de nada. Petzmayer comenzó a tirar de él para tratar de abrirlo, y los muchachos ejercieron toda la resistencia que pudieron para cargarlo en la camioneta. En el tira y afloja, el cajón cayó al suelo y se hizo astillas contra la calzada. La sorpresa del citarista y de Maschat fue enorme cuando vieron emerger a aquel hombrecillo. Starkmann se puso en pie y se quitó de encima los restos de las tablas rotas que se le habían enganchado a la ropa. Luego se inclinó a recoger su violín y suspiró de alivio al comprobar que no había sufrido ningún daño.

—Pero ¿quién es este? ¿Dónde está mi cítara?

El escándalo que montaron llamó la atención de varios porteros, que acudieron a contemplar lo sucedido. La señora Starkmann comenzó a dar golpes desde el interior de su cajón para que la dejaran salir. Ante sus gritos, los hermanos Krauss no tuvieron más remedio que sacarla. Elsa se abrazó a Max, llorosa.

—Rápido —los apremió Clemens—, móntense en la camioneta con los muchachos.

—¡Que alguien llame a la policía! —instó Petzmayer a los porteros tras percatarse de las estrellas de David cosidas en los abrigos de los fugitivos.

Estos no se hicieron de rogar y entraron a toda prisa en el teatro en busca de un teléfono.

—¿Para volver a meternos en otro agujero, querido maestro Krauss? —le dijo Max Starkmann, y refugió su mirada en la complicidad de la de su esposa—. Eso no es vivir. A veces hay que asumir cuándo se pierde, y este ha sido el último concierto.

—A propósito de eso —dijo Maschat—, el público ya ha vuelto a la sala. ¿Qué hacemos? ¿Lo suspendemos todo?

Clemens miró a los Starkmann, encorvados por los años que habían permanecido sin poder ponerse en pie, a la vez que respiraban con deleite el aire fresco y limpio de la mañana vienesa. Luego hizo señas con la cabeza a sus hijos para que se marchasen ya, antes de que llegasen las autoridades, cosa que los chicos hicieron con el semblante mohíno. En esto, Jerger reapareció, completamente pálido:

—¡Ah, judíos en el Musikverein! —exclamó—. Lo que nos faltaba. La policía ya está avisada... No tardarán en venir.

—Sí, sí, todo eso está muy bien, pero ¿qué pasa conmigo? —bramaba el frustrado Petzmayer—. ¿Cómo voy a hacer ahora los puñeteros *Cuentos de Viena*?

Clemens y Max Starkmann se miraron y, pese a que no tenían ningún motivo para ello, se echaron a reír. ¿Acaso estaban pensando lo mismo? El director le tendió la mano y, seguidos por Elsa, se dirigieron hacia las bambalinas que conducían al escenario.

El maestro Krauss comenzó la segunda parte con un ligero retraso de cinco minutos. Atacó con la *Patronessen-Polka* de Johann hijo, y se recreó en clásicos como la *Polka Pizzicato*. Hasta que llegó el turno de los *Cuentos de los bosques de Viena*, con gran intriga para los miembros de la Filarmónica porque la cítara no estaba en el escenario. En esto, entró Max Starkmann, ataviado con un frac que Clemens guardaba en su camerino. Aunque le iba varias tallas grande, le había rogado a Erik Maschat que se lo proporcionara, y el asistente, a pesar de su confusión, no pudo negarse.

Cuando la orquesta se percató de que era Starkmann, de quien dos años atrás les llegó la noticia de que se suicidó con su esposa arrojándose ambos por un balcón, se produjeron varios respingos ante los atriles. Este, sin embargo, sonrió a Elsa, que le contemplaba desde lo alto del órgano. Luego, sin más preámbulos, tocó con su Stradivarius, antaño propiedad de Josef Joachim, la parte solista de la cítara de los *Cuentos de los bosques de Viena*. La interpretación de la orquesta no fue la mejor del mundo debido al desconcierto, pero Max Starkmann logró el momento de la noche por su forma de ornamentar con sus propias filigranas aquel hermoso canto alpino. Clemens reparó en que bastantes miembros de la orquesta se negaron a tocar, al menos al principio del vals. ¿Acaso por miedo a las represalias? Sin embargo, quizá conscientes de lo absurdo de la situación, se unieron a sus compañeros en el *tutti*. Clemens salió con Starkmann de la sala, en medio de una atronadora salva de aplausos para ambos, y escucharon, al otro lado de las bambalinas, voces broncas que preguntaban cuándo acababa aquella payasada. Era la policía, sin duda.

El violinista le entregó entonces su instrumento:

—Maestro, haga buen uso de él. Que sea utilizado para el bien.

Lo hubiera rechazado, pero se dio cuenta de que el anciano necesitaba un último gesto noble de despedida. Apretó el violín contra su pecho y, como no vio otra salida, se lo entregó a Erik Maschat, que apareció en ese momento y que, aun siendo miembro del partido, no le pareció que fuera a traicionarle. Recordando que al día siguiente el concierto debía repetirse tal cual en el mismo escenario, le rogó que, si él no estaba, lo dirigiera en su lugar. Maschat asintió sin poder ocultar una expresión de inquietud.

Clemens regresó a la Sala Dorada y, sin haberse extinguido aún las palmadas del público, atacó el *Perpetuum mobile* con el que cerró los primeros conciertos de Año Nuevo. Después, incapaz de ver nada a consecuencia de las lágrimas, estuvo a punto de susurrarle a Boskovsky que parasen. En lugar de ello, dio paso, a ciegas, a los primeros compases de *El bello Danubio azul*. Pero de pronto se detuvo y bajó la batuta. La orquesta se interrumpió, sin comprender muy bien qué sucedía.

Cuando al fin pudo liberar su visión con un pañuelo, no se le ocurrió otra cosa que exclamar, a modo de justificación de la pausa:

—Antes quiero decirles que la Academia Filarmónica de Viena les desea... ¡un feliz mil novecientos cuarenta y cinco!

Entonces el público, sinceramente conmovido por una felicitación que esperaba que se hiciera de veras efectiva, aplaudió aquellas palabras con un fervor como jamás acogió nada que Clemens Krauss hubiese hecho antes en la vida.

LXX

Viena, 1 de enero de 1945
Preludio de *Tres piezas para orquesta*, *op. 6*, de Alban Berg

Salió del camerino cuando todo el Musikverein se hubo vaciado. Solo le aguardaba en la puerta su fiel compañera, incapaz de alzar la mirada del suelo, consumida por la tristeza.

—Se los han llevado —le confirmó.

—Supongo que debo ir con ellos.

Entonces lo miró, con los labios a punto de desbordarse por el llanto.

—No, tú no. No has hecho nada. ¡Nadie se ha dado cuenta!

Ahí le entró una risa reconfortante, como una vaharada de abeto que inundara sus pulmones, como cuando paseaba por el Bosque de Viena bajo el sol que se filtraba a través del verde de las agujas. El mismo sol que había iluminado apenas unos minutos antes la ya de por sí dorada sala.

—No, claro, querida. Han visto volver a alguien de entre los muertos después de dos años y no se han percatado, ni tampoco de que era yo quien lo dirigía. Ha sido una hermosa forma de acabar. Dado que alguna vez tenía que hacerlo, mejor que sea así.

La estrechó contra su pecho. De repente se contagió de la gelidez de principios de enero que desprendía su cuerpo, en cuyo interior resonaban como disparos de fusil los latidos de su corazón. Cuánto amaba a aquella mujer. Tanto que, en aquel momento en que anhelaba retenerla entre sus brazos como si de su último aliento se tratara, hubiera deseado convertirse en estatua. O, mejor aún, en abetos los dos, entrelazados en la misma indolora muerte.

—No puedes dejarme, no ahora que estamos tan cerca del final. Salvémonos...

Viorica le señaló las calles desiertas de la Innere Stadt que los rodeaban, sin que hiriera la vista ninguno de los edificios golpeados por los bombardeos. De repente daba la sensación de que la guerra había quedado atrás hacía mucho tiempo y fuesen los únicos supervivientes de Viena, o acaso del mundo entero.

—No quiero salvarme —le dijo—. Estoy cansado de huir. Esa es la verdad.

Viorica entonces se acercó y le susurró al oído, más por no mirarle a los ojos que por evitar que nadie la escuchara:

—Las apariencias engañan. La música solo dice la verdad. —Hizo una pausa de unos segundos—. ¿Sabes por qué sentí la necesidad de salvar a Mitia?

—Bueno, era tu amiga, ¿no?

—En realidad... ¿Recuerdas al tenor Trajan Grosavescu? Pues yo...

¿Iba a decírselo por fin?

En ese instante, un automóvil se detuvo junto a ellos. Dos individuos de paisano se bajaron y lo agarraron de los brazos para introducirlo en su interior.

—¡¿Y qué diablos sucedió?! —le gritó Clemens mientras se lo llevaban. Luego, ya en el vehículo, les espetó a sus captores—: ¡Son ustedes unos inoportunos de mierda!

Estos se quedaron tan perplejos que no reaccionaron como era habitual en ellos con un detenido díscolo, esto es, con una lluvia de golpes.

El destino, por supuesto, era el hotel Metropole. Quizá como consecuencia de lo que el doctor Riemann llamaba un «mecanismo de defensa», Clemens no experimentó temor alguno, sino que dejó que la furia impregnara todas sus acciones.

—¿Este es el director de orquesta? —preguntó un oficial

cuando lo metieron a empujones no por la puerta principal del hotel, sino por una de servicio.

—¿Y quién coño voy a ser, vestido así? —le imprecó—. ¿Un puñetero fontanero?

Lo condujeron a una suite que tenía una amplia vista de la Morzinplatz, en la que un perro que orinaba en una farola se le mostró como la única expresión posible de vida en aquellos instantes. Lo dejaron allí encerrado, sin ningún objeto con el que poder distraerse, salvo una fotografía enmarcada del ala del hotel a orillas del Danubio en la época de su construcción. Volvió a asomarse a la ventana, pero perdió al perro de vista, como si nada tuviera que hacer allí. ¿Acaso iba a morir él como un perro? Quizá si rompía el cristal de la fotografía podría cortarse las muñecas con él. Pero no deseaba que su última visión de este mundo fuese la de Viorica cada vez más pequeña, hasta quedar reducida a un punto diminuto, mientras lo alejaban de ella. ¿Y si utilizaba el cristal para apuñalar a Krenn en el cuello cuando entrara? Recordó la visita a Hitler en el Berghof y el fugaz pensamiento, cuando se vio a solas con él, de lo sencillo que hubiera resultado para cualquiera reventarle el cráneo con el pisapapeles que reposaba sobre la mesa.

Pero entonces no conocería el final de la historia, ni el de Viorica con Grosavescu, ni el de la contraofensiva de las Ardenas o el avance del Ejército Rojo. Ni qué diría el mundo cuando se enterase de las atrocidades planeadas por Heydrich y los otros gerifaltes nazis en Wannsee.

De repente se percató de que todos sus pensamientos conducían a la muerte de alguien, ya fuera la suya propia o la de personas desconocidas para él pero a las que pronto sumaría su nombre, uno más en la lista, tan carente de particularidades como una nota aislada en un pentagrama.

Quizá pasaron dos horas, o solo fueron diez minutos. El caso es que el objeto de retenerlo allí, sin poder orientarse sobre el tiempo transcurrido, y limitado a un espacio en el que solo podía dar vueltas sobre sí mismo, no era otro que doblegarlo. Decidió que no lo lograrían, como tampoco iba a implorar por su vida. Eso sí, ni por asomo pensaba regalársela a Krenn.

Por fin se abrió la puerta y entró el capitán. Fuera aguardaban dos de sus hombres.

—Bien, Krauss, el juego ha terminado. —Se sentó en una silla y le instó a hacer lo propio sobre la esquina de la cama—. Las cartas están sobre la mesa, así que es mejor que no me haga perder el tiempo. Una confesión firmada le ahorrará muchos males.

Una confesión. «¿Recuerdas al tenor Trajan Grosavescu?».

«No le ha detenido porque carece de pruebas, o sea que necesita una confesión».

—Si desea un autógrafo mío, le advierto que nunca los concedo. Una vez firmé «Georges Bizet» en un programa de la ópera *Carmen*.

Percibía un cambio en su interlocutor. Ya no bromeaba en absoluto. También a él empezaba a pasarle factura el cansancio de verse las caras. Clemens era capaz de identificar en aquel rostro el grosor de sus poros, extraordinariamente visibles, como los orificios de una colmena en ebullición; además de una cicatriz apenas perceptible, acaso de la infancia, en la ceja izquierda, y el meandro de cuero cabelludo, rasurado con mimo, en torno al mechón negro brillante que coronaba su cráneo.

—Como usted quiera.

El canto de la mano de Krenn, como un filo de carne, restalló en la cara de Clemens y afloró a su nariz el sabor picante de la sangre. Una segunda bofetada lo derribó al suelo.

El capitán no se alteró lo más mínimo. Era una parte rutinaria de su trabajo y, sin duda, golpeaba a sus interrogados con la misma fría eficacia que redactaba un informe. Como le pareció que el director no estaba lo suficientemente intimidado, le pegó cuatro patadas en las costillas. Clemens sintió como si en el último puntapié su torturador se hubiera roto la punta de la bota. En realidad, eran sus huesos. Ya se le partieron las costillas en cierta ocasión, cuando esquiaba. Sabía que era un dolor pertinaz, como si con cada movimiento se le incrustasen cristales en el interior de la carne, y que no lo abandonaría en todo el tiempo que tardaran en soldarse, salvo cuando estuviese inmóvil en la cama.

—Empecemos desde el principio…

Krenn le tiró de la corbata para levantarlo y hacerle sentar otra vez sobre la cama. La teoría de las costillas rotas se confirmó con maravillosa precisión. No pudo evitar gritar, lo que se tradujo en otras dos bofetadas que esta vez le partieron el labio, una nueva caída sobre el costado magullado y otra salva de patadas. Sabía que no aguantaría sin expresar su dolor, cada vez más agudo, hasta saltársele las lágrimas. Solo le restaba fingir que no le importaba, cosa imposible en ese momento, a menos que...

«Tiene que presentarse ante él como si no le tuviese miedo ni nada que esconder».

—Krenn... Haré que lo envíen al frente... No sabe quién me protege.

El capitán se detuvo, sin acusar cansancio alguno. Luego se llevó la mano a la nuca como si fuera a rascársela, pero en lugar de eso, le estampó el puño enguantado en la nariz. Clemens volvió a caer al suelo, aunque del otro costado. Ahora era del tabique nasal de donde manaba sangre en un flujo eterno, como la fuente de Donner. Las patadas impactaron contra las costillas sanas, quizá con una trayectoria más lateral que evitó que se le rompieran.

—¿Sí? ¿Quién le protege, herr director? ¿Acaso Alfred Frauenfeld? No es nadie. ¿Baldur von Schirach? Está acabado...

—¡Joseph Goebbels! ¡Todo lo que está haciendo llegará a su conocimiento! ¡Si no es por mí, será por...!

—¿Por su putilla rumana?

Clemens decidió que ya le daba igual todo. Estampó su cabeza contra el pecho de Krenn y notó que algo estallaba en el interior de su nariz fracturada. Lo derrumbó y rodaron por el suelo. Krenn comenzó a toser como un tísico, y Clemens decidió que solo uno de los dos se levantaría vivo del suelo. Aferró el cuello del SS y trató en vano de estrangularle. Se percató entonces de que sus manos, como leyó en cierto pasaje de la *Divina comedia*, estaban hechas para el amor y no para causar la muerte. La piel correosa del cuello de Krenn se le escurría, y el capitán posó la planta de su bota izquierda contra su pecho para quitárselo de encima con una formidable patada que lo estampó contra la pared. A consecuencia del impacto, una lámpara cayó sobre la cabeza del director y la bombilla se astilló contra su frente. La sangre le escurría como a un Ecce Homo, cegándolo.

De pronto, la puerta de la suite se abrió y oyó amartillarse una pistola junto a su oído izquierdo.

—Alto —dijo Krenn con la voz dolorida—, aún no...

—¡Está usted loco! —le soltó Clemens a la desesperada—. ¡No tiene nada contra mí! ¡Ni una maldita prueba! ¿Una lista de nombres hallada en una casa quemada? ¡El mío no aparece en ella! ¿Unas admiradoras chifladas mías? ¿Y qué más? Máteme ahora mismo si quiere, pero lo que está haciendo llegará a oídos del ministro. ¡Y del Führer, si es necesario!

Krenn se echó a reír al escuchar eso, y sus hombres, a los que no atisbaba a ver, también.

—¿Cree que les va a importar algo lo que le pase a un estirado como usted? Por desgracia, tienen problemas más urgentes que escuchar las rabietas de un niño mimado.

—He de verle arder, Krenn. Más le vale matarme, porque daré cuenta de esta agresión...

El SS lo agarró por la corbata y apretó hasta dejarlo sin respiración. Clemens trató de inhalar con sus últimas fuerzas, pero sus conductos nasales se resintieron al penetrar el oxígeno mezclado con mucosidades y sangre de la fractura nasal.

—Explíquese... Ha escondido a dos judíos durante toda la guerra...

—Yo no he escondido a nadie... —logró farfullar, a la par que sentía cómo el azul asfixia se extendía por la piel de su rostro.

—¿Y qué me dice de ese Max Starkmann y su mujer? Él ha sido identificado por varios miembros de la Filarmónica.

—Max Starkmann está muerto. Y su mujer también. Se tiraron por un balcón.

—¿Y cómo se explica que haya aparecido en la Sala Dorada del Musikverein?

—Jerger... —pudo articular al borde de la estrangulación.

Krenn aligeró la presión un poco, con curiosidad.

—¿Qué pasa con él?

—Jerger fue testigo de cómo murieron los Starkmann. Él puede corroborarlo.

Eso hizo dudar al capitán, que se retiró unos instantes a hablar con sus hombres. Clemens estaba seguro de que el director interino no iba a desdecirse de su declaración original para no delatarse, pues tendría que admitir que los escondió él.

—Entonces, ¿quién era ese tipo?

—No lo sé... Creí que era un refuerzo. Se rompió la cítara por accidente antes del concierto y ese hombre, que me sonaba de algo, pasaba por allí cuando me comunicaron aquello... Se ofreció a tocar el violín.

—¿Y qué me dice de los dos jóvenes que trataban de sacar en una camioneta a ese tipo y a su mujer?

Clemens negó con la cabeza.

—No sé de qué me habla.

—No importa, tenemos sus descripciones y testigos que podrán identificarlos. Curiosamente, parecen ser de la edad de sus hijos.

—Mis hijos se han formado en el amor a la patria de las Juventudes Hitlerianas. Hable con cualquiera de sus superiores y corroborará su grado de fidelidad.

Desconcertado por esta respuesta, Krenn cambió de estrategia:

—Hemos registrado el Musikverein de cabo a rabo y los viejos han estado ocultos en una especie de trastero.

—Eso es absurdo. Insisto, pregúntele a Jerger. Seguro que él tampoco se lo cree. Además de un miembro destacado del partido, es el responsable de las instalaciones del Musikverein. Si él no se ha enterado de nada, es que no estaban escondidos allí.

Que invocara nuevamente aquel nombre hizo titubear a Krenn.

—Está bien. Lo que queda claro es que, fuera Starkmann o no, eran fugitivos. Sus abrigos tenían la estrella de David cosida al pecho y llevaban años sin lavarse. ¿Quiénes eran?

¿Debía arriesgarse? Negarlos, como Pedro a Cristo, le daba una mínima posibilidad más de sobrevivir.

—¿Y por qué me lo pregunta a mí?

Aunque no lo dijo, aquello sonó a «pregúnteselo a ellos», cosa que, sin duda, Krenn no tardaría en hacer. Estaban todos perdidos, porque los pobres viejos hablarían al primer tirón de pelo. No los culpaba. Eran humanos, y él mismo estaba descubriendo a marchas forzadas que su capacidad de resistencia era limitada. El telón de sangre que le opacaba la visión se desvaneció en ese instante y pudo vislumbrar en el rostro del *Hauptsturmführer* un gesto de crispación.

—Por desgracia, sus amigos llevaban unas cápsulas de cianuro camufladas bajo las estrellas de David. Los hemos encontrado muertos en la celda. Algún idiota les ha permitido conservar los abrigos porque se quejaban de frío. ¡Y ahora están helados!

—¿Lo ve? Ha descargado en mí su frustración por no tener nada…

—¿Quién ayudó a Walter Stiefel, Krauss?

—¿Quién es ese? Ya mencionó ese apellido el otro día.

Krenn hizo una seña a sus hombres para que salieran de allí. Clemens intuyó que iba a golpearlo otra vez, así que masculló:

—Máteme si quiere, pero los muertos no pueden decir lo que no saben.

El capitán meditó durante un rato largo, luego se puso en pie y volvió a llamar a uno de sus oficiales. Cuando este entró, los ojos de Clemens, hasta entonces entre tinieblas de sangre, vieron a alguien que le resultaba familiar.

—¡Bloch! —exclamó.

El aludido, que ahora lucía un rasurado perfecto y un peinado impecable, dio un respingo al sentirse identificado.

LXXI

Viena, 1 de enero de 1945
N.º 2, Adagio misterioso, Tempo di minuetto, de *2 Satze*,
de Alexander von Zemlinsky

—¿Es que se conocen? —Krenn se hizo el sorprendido, pero sin intención de parecer demasiado veraz.

—Claro que sí, este es el genealogista que... —De repente se dio cuenta de que eso era algo que le había ocultado.

—Hable, Krauss. Iba a decir algo interesante.

Clemens recobró su orgullo herido con rapidez, otra cosa era lo que tardarían sus magulladuras en sanar, si es que vivía lo suficiente para que su carne se regenerase.

—¿Y para qué voy a decir nada? Ustedes me pusieron una trampa. Un fugitivo al que, en teoría, pretendían que yo ayudase. ¡Y al que me negué a socorrer como buen alemán que soy!

—Le presento al oficial Conrad Baum. Y eso último, permítame que lo dude. Usted aceptó conseguirle un pasaporte falsificado, o sea que sus intenciones no son tan puras.

—Nunca dije expresamente que le conseguiría nada. Le seguí la corriente porque quiso chantajearme con... —Era inútil que explicase nada, las cartas ya estaban boca arriba—. Ni siquiera me presenté a la cita.

—No —precisó el falso genealogista ahogando una risita—, lo hizo su amigo, el del muñón. Intentó jugármela, pero no me pilló desprevenido. Además, yo le doblaba en posibilidades.

Clemens trató de pasar por alto la referencia al pobre Brick; era evidente que lo habían matado. Los Starkmann y él, muertos. ¿Por qué se empeñaba en retrasar con palabrería inútil el momento de su propia muerte?

—Entonces, toda esa tontería de mi origen judío y el de la familia Strauss... —murmuró, y luego hizo un amago de reírse, lo que provocó que sus costillas rotas se resintieran—. ¡Menuda patochada!

—En realidad, no lo es —precisó Krenn—. Sí que ha habido un genealogista llamado David Bloch. Precisamente, esos papeles son suyos... Bueno, no los del presunto origen judío de usted, esos son una burda copia que hicimos nosotros. Aunque, ¿quién sabe? Pero sí los de Strauss, que él quiso utilizar como moneda de cambio con nosotros. Es cierto que el rey del vals y su familia son judíos. El caso es que Bloch cayó en nuestro poder y le ofrecimos un trato: debía ayudarnos a localizar a cierto falsificador de pasaportes muy activo en Berlín. Y lo hizo bien; se trataba del señor Albrecht Holzing. No finja ahora, como hizo con Baum, que no lo conoce. Trabajó para usted en la Ópera de Baviera como figurinista.

—No he fingido nada —protestó Clemens.

—Cuando descubrimos que Holzing estaba implicado en esto y, encima, trabajaba en el *Die Panzerfaust*, no dábamos crédito. Así que estrechamos el círculo y averiguamos que quien estaba detrás de esto era Heinz Heydrich. ¡Algo sorprendente! El hermano del Protector de Bohemia y Moravia, quien curiosamente, y como ya hablamos, tenía relación con usted. Por desgracia, cuando fuimos a detenerlo, él se percató y se voló los sesos. Eso también es raro, ¿verdad?

—¿Volarse los sesos? —Clemens se encogió de hombros—. Me temo que en estos tiempos empieza a ser frecuente.

—No, lo raro es que el otro día, cuando se lo nombré, usted no hiciera alusión a su suicidio. Sería lo primero de lo que tendría que haberme hablado...

—Pero ¡si me acabo de enterar por usted! —protestó Clemens.

—Pues no parece haberle afectado demasiado —repuso

Krenn, mostrando de nuevo aquel semblante distante de cuando descargó toda su fuerza contra él.

—Me dice que los ancianos que han detenido se han suicidado, que Heydrich se pegó un tiro en la cabeza, que... —se calló a tiempo lo de Brick—. En fin, que no me da tiempo a asimilar una muerte y ya me saca otra.

—Pues espere, que aquí no acaba la historia. Detuvimos a Albrecht Holzing y registramos su vivienda. Allí encontramos una lista, parecía un informe que correspondía con el modelo de los que se realizan en las SS. No estaba completo, le faltaban páginas. Y ahí fue donde apareció el nombre de las hermanas Cook.

Clemens ya tenía la explicación de todo, como de forma muy certera intuyó el infortunado Brick.

—Entonces me mintió, usted dijo que la encontraron en las ruinas de un edificio cerca de la Ópera de Baviera.

—¡Ah! —Krenn alzó las palmas—. ¡No más, desde luego, de lo que usted me ha mentido a mí! Pero espere, que falta lo mejor. Los nombres de Ida y Louise Cook me eran familiares desde hacía tiempo. Estaban ligados a una investigación que llegó a mis manos en vísperas de la guerra y que se cerró de forma abrupta. Hasta hubo quien se encargó de hacer desaparecer los informes del caso. ¿Sabe lo que probaban?

—A estas alturas, me voy a creer cualquier cosa que me diga.

Clemens se tocó con suavidad la punta de la nariz y experimentó un mareo tan intenso que creyó que iba a desmayarse.

—Su complicidad con esas inglesas para sacar de forma ilegal a judíos de Alemania... Miento, en algunos casos se recurrió a ardides como permisos de trabajo... Eso figuraba en el informe que le intervinimos a Holzing.

—¿Mi complicidad, dice?

—¡No disimule! Hasta el punto de programar sus óperas para que coincidieran con esas operaciones de salida de judíos. Y me temo que esas Cook han sustraído al Reich millones de marcos, porque no ha aparecido nada del patrimonio de esos fugados, y ninguno lo llevaba consigo al cruzar la aduana.

—Pero ¿se da cuenta de lo absurdo que es eso? —Intentó reírse, pero sus costillas apuntalaban cada una de sus palabras—.

¿Cómo voy a hacer una programación de ópera, con lo compleja que es y lo difícil que resulta aguantar a los cantantes..., para sacar a judíos del Reich? ¡Hay que estar loco para creer que...!

Esto enfureció visiblemente a Krenn, que lo agarró del cuello de la camisa.

—A la persona que descubrió esto, usted y sus cómplices la hicieron pasar por loca... La emborracharon, la desnudaron y la dejaron esposada a la cama de un hotel cubierta de una fortuna en joyas. Y eso la hizo caer en el descrédito, como si fuera una corrupta. Arruinaron su vida.

Clemens contuvo la respiración. Se refería a Unity Mitford, y recordó que Krenn se indignó mucho en el primer interrogatorio cuando la tildó de «perturbada». Ahora resultaba que era conocida suya. O algo más, a lo que parecía.

—La versión oficial fue que se disparó en la cabeza porque el Reino Unido declaró la guerra a Alemania y el Führer le dio la espalda. En realidad, lo hizo un par de días antes, cuando todo esto llegó a sus oídos. Ustedes la hicieron pedazos, y tienen que pagar por ello. Bien, creo que había una mano negra detrás de todo este asunto que ya lo ha pagado...

Estas palabras provocaron una risotada en Conrad Baum, quien le hizo a Clemens el gesto del índice rebanándose la garganta.

De modo que aquella era la motivación de Krenn. Brick le señaló que Unity Mitford tenía amigos muy íntimos en la Gestapo, a los que persuadió para que investigaran el tema. Comprendió entonces que quien esperaba en un coche frente al hotel Cuatro Estaciones, aquella noche de finales de agosto de 1939, no era otro que Erich Krenn. El amante de Unity. Y recordó que un *Kriminalinspektor* se personó en el Teatro Nacional de Múnich en su busca, y que preguntaba por las Cook. Él no lo vio nunca, pero Viorica dijo que se llamaba Krempf. ¿Y si lo entendió mal y era Krenn? No resultaba descabellado que, en esos años, y habida cuenta de que su investigación fue cerrada a raíz de lo sucedido con ella, se hubiese desencantado de la Gestapo. ¿Y si había probado fortuna en las SS, ascendiendo con el tiempo al rango que ahora ostentaba de *Hauptsturmführer*? La hipótesis se le antojó escalofriantemente verosímil.

—Apretamos bien a Holzing y admitió haber hecho bastantes pasaportes. Dijo que ignoraba los nombres reales de sus destinatarios, menos uno... Walter Stiefel, un conocido enemigo del Reich, ahora exiliado en Londres gracias a usted y a esas infectas hermanas.

Clemens se jugó el todo por el todo. Había desperdiciado la oportunidad de romper el cristal y acabar con aquello de una vez.

—No tiene ninguna prueba de esas insensateces. Mi nombre no figura en ninguna parte.

—Pero quizá haya alguien que esté dispuesto a corroborarlo para nosotros.

Krenn chasqueó los dedos para instarle a ponerse en pie y salieron de la habitación. Cada paso era como una cuchillada en su costado, pero la adrenalina, disparada en su organismo, le ayudó a no sucumbir. Tampoco deseaba darles ese placer.

Los oficiales iban detrás, con las manos sobre las fundas de sus Luger. Subieron al desván del hotel y recorrieron un pasillo que conservaba el aroma a desinfectante de lo que en su día debieron de ser cuartos destinados a guardar los útiles de limpieza.

Tras la puerta de uno de ellos, tenían atado a una silla a lo que una vez fue un ser humano llamado Albrecht Holzing. Le habían arrancado el pelo de la cabeza, acaso con tenazas, como evidenciaban las decenas de sarpullidos de sangre en su cuero cabelludo. Estaba descalzo, le faltaban las uñas de los pies, extraídas con no menos atrocidad que las que le faltaban en todos los dedos de las manos. Fue a abrir la boca y Clemens se horrorizó al contemplar sus encías en carne viva.

—¿Sabe? Aunque se ha resistido lo suyo, lo que no ha ocultado en ningún momento es su inquina hacia usted. Al parecer, le responsabiliza de la muerte de su padre. ¿Sabe a qué se refiere?

Clemens no respondió. No podía apartar la mirada de él. Experimentaba en su propio cuerpo, con las descargas eléctricas de las costillas fracturadas, un eco vago de las inmensas penalidades que estaba pasando Holzing. Al fin, tragó saliva y admitió:

—Sí, detuvieron a su padre por mi culpa. Luego él murió. Si yo no les hubiese expuesto, supongo que seguiría vivo.

—¡Maravillosa confesión! —exclamó Krenn—. Ahora solo

nos queda que el señor Holzing haga la suya; esto es, que Clemens Krauss fue su cómplice en la confección de pasaportes falsos para ayudar a judíos a escapar del Reich.

¿Habrían traído así a Holzing desde Berlín, o esperaron a estar en Viena para torturarlo? Clemens lo miró sin artificios, en un intento de que viera en su mirada de halcón derribado por una flecha que era tan vulnerable como él. Le perdonaría, hiciera lo que hiciese, si eso le procuraba un mínimo alivio a su inenarrable sufrimiento. Es más, estaba dispuesto a admitirlo él con tal de que lo soltaran y le permitieran irse.

Pareció como si Holzing le leyera el pensamiento. Se limitó a examinar su rostro, también magullado, aunque menos que el suyo.

—¿Pueden soltarme? —suplicó.

—Claro que sí —exclamó radiante Krenn, e hizo señas a Conrad Baum para que tomase nota—. El señor Holzing va a hablar. Y, en compensación por ayudarnos a detener a un enemigo del Reich, sus padecimientos acabarán pronto.

No le prometió la vida, ni el fin inmediato del tormento. Le desataron, lo que llevó no menos de diez minutos dado lo concienzudo de los nudos con los que lo habían inmovilizado. Después, Holzing posó los pies en el suelo, y la carne abierta en el nacimiento de las uñas provocó que la sangre se le subiera a la cabeza en una fracción de segundo. Dio la sensación de que iba a soltar un grito de dolor, pero entonces su voz herida, con una sencillez casi infantil, pronunció las siguientes palabras:

—Una piedra es una piedra.

Acto seguido, propinó a Clemens un empujón para apartarlo de su camino y se arrojó por la ventana abierta.

Tras el estruendo consiguiente no hubo dramatismo, como si un carro de melones se hubiera estrellado pendiente abajo contra una cabina telefónica. Krenn y Clemens se asomaron a la vez para contemplar, cinco plantas más abajo, los restos de Albrecht Holzing.

—¡Maldito idiota! —exclamó el capitán.

Sin embargo, Clemens no sabía qué sentimiento experimentaba con más intensidad: si el de gratitud o el de envidia hacia quien, por unos instantes, tuvo su destino en sus manos desprovistas de uñas.

LXXII

Viena-Berlín, enero de 1945
El bello Danubio azul, op. 314, de Johann Strauss hijo

Tal y como le anticipó Brick, no tenían ninguna prueba y ya no podían retenerlo por más tiempo. Con la muerte de Holzing, perdieron el único posible testimonio en su contra y tuvieron que dejar que se marchara. Hubiera replicado que quién le compensaba a él por el maltrato recibido, pero lo cierto era que, después del espantoso final de quien jamás llegó a ser su amigo, sus magulladuras le parecían rasguños.

Krenn se limitó a decirle, muy sombrío:

—Usted cree que se ha librado, pero no es del todo exacto. Se le mandó un telegrama en el que se le advertía de que los Strauss eran judíos, como pudo comprobar en su árbol genealógico, y aun así insistió en dirigir el concierto de la radio del día 29 y el de Año Nuevo de esta mañana. Dudo que salga bien parado de eso. Es más, voy a encargarme personalmente de ese asunto desde ya mismo.

—Bueno, pues con eso supongo que me iré al infierno. Ya nos veremos por allí —dijo antes de abandonar el hotel Metropole.

Eran altas horas de la noche. Caminó como pudo hasta Schwedenplatz, donde un coche se detuvo a su lado. Creyó que iban a detenerlo de nuevo e intentó correr, pero el dolor de los huesos rotos lo clavó al suelo, sin posibilidad de dar un paso más.

—Maestro —dijo una voz velada desde el interior del vehículo.

Clemens reconoció entonces el coche de Brick, y a él al volante.

—¿Qué demonios...?

—Suba ahora mismo.

No se hizo de rogar, pero le llevó cinco insoportables minutos acomodarse en el asiento del copiloto.

—Menos mal que aún se tiene en pie... —añadió Brick.

Su aspecto era mucho más macilento que la última vez que se vieron, apenas un par de días antes. Su antiguo chófer le explicó lo sucedido. Fue a la noria, donde identificó por la fotografía al genealogista. Cuando fue a abordarle, el tipo, del que ahora Clemens conocía su verdadero nombre, le hundió la daga de las SS hasta la mitad del filo. Brick se revolcó en su propia sangre, ante la mirada atónita de los transeúntes, y luego se quedó inmóvil para que su agresor lo diese por muerto. Después lo llevaron a un hospital, donde denunció haber sido objeto de un intento de robo con arma blanca.

—No tenía forma de avisarle. He perdido mucha sangre y por poco no lo cuento. No querían hacerme transfusiones porque toda de la que disponen es para los soldados del frente. Por suerte, llevaba encima mi identificación de las SS y acabaron por meterme varios litros. Tuvieron que darme diez puntos, imagínese usted. Pero no podía dejarle en la estacada... Así que hace un rato me escapé del hospital y llamé a su casa. La señora Ursuleac estaba preocupadísima, pero gracias a ella pude saber dónde le retenían. Veo que no ha hablado.

—Es complicado de explicar... —Clemens respiró hondo, lo que le hizo ver las estrellas, y le contó como pudo todo lo sucedido.

Brick no daba crédito.

—O sea que ese hijo de puta de Krenn era el amante de Unity Mitford. ¡Quién lo hubiera dicho! Eso lo explica todo. No es improbable lo que usted dice, que pudiera haber dejado la Gestapo para ingresar en las SS. Poco después del asunto Mitford, Heydrich se puso al frente de la Oficina Central de Seguridad del

Reich. Es probable que alguien introdujera a Krenn en su círculo de confianza. El frente oriental, además, ha propiciado numerosos ascensos por baja. ¡Y vaya huevos, ese Holzing! Tuvo la lista todo este tiempo y no lo denunció. Ni siquiera para salvar la vida...

—Supongo.

Clemens era incapaz de hablar más de ello. Se preguntó si en verdad habría otra vida en la que Holzing renaciera transformado en planta, animal o dios, pero se guardó mucho de compartir aquel pensamiento con su acompañante.

—De todos modos, era hombre muerto —trató de animarle su antiguo chófer—. Aunque le hubiese denunciado, no le habrían soltado jamás. Tomó la decisión más sensata, y la más rápida.

—Hablando de eso... —Clemens suspiró—. Le necesito una vez más, para un último favor.

Cuando se lo explicó, Brick no salía de su asombro.

—¿Viajar hasta Berlín a estas horas de la noche? ¿Se ha vuelto loco? Y todo para desmentir un chisme sobre el abuelo de Johann Strauss...

—No es un chisme. Me temo que es una realidad, y ese sujeto va a vengarse de nosotros privándole al mundo de la música más maravillosa que se haya escrito para ser bailada. Es mi deber salvar a la familia Strauss, ya que no pude hacerlo con Holzing.

—Pero la señora Ursuleac está muy preocupada. ¿Ni siquiera piensa ir a verla para decirle que se encuentra bien?

—No tenemos tiempo —le insistió—. Krenn se habrá puesto en marcha para ir a Berlín a entrevistarse con Goebbels. Es preciso que nos escuche antes a nosotros.

Ella le perdonaría, como siempre. Por otro lado, más ganas tenía él de verla para que le contase lo sucedido con Grosavescu.

—Está usted loco, herr director... —suspiró Brick—. Pero como nadie me ha mandado venir aquí a sacarle las castañas del fuego, supongo que tendremos que llegar hasta el final.

Y se dispusieron a recorrer los casi setecientos kilómetros que los separaban de la capital del Reich, para lo que debían cruzar un país sumido en el último estertor de una guerra que nunca debió comenzar.

Tardaron casi dos días en llegar, pasando por Praga, y con una parada forzosa en Dresde, donde tuvieron que convencer a las SS locales de su identidad, ya que por las heridas de ambos sospecharon que eran convictos de algún campo. Y es que Brick había perdido su identificación tras marcharse a toda prisa del hospital. Se empezaba a percibir el desplazamiento hacia el interior del Reich de gente de las zonas por las que se presumía que pronto entrarían los tanques soviéticos. Por lo demás, todas las ciudades acusaban los estragos de las incursiones aéreas, y en algunas aún humeaban gigantescas escombreras que no hacía mucho eran bloques de viviendas, teatros, iglesias o colegios.

—¿No se supone que nosotros somos los bárbaros? —comentó Clemens ante la visión de aquello.

—Pensaban que con esta contraofensiva de las Ardenas iban a recuperar el terreno perdido desde el desembarco en Normandía —respondió Brick—, pero se equivocan. Estoy seguro de que Hitler ha elegido esa zona por su simbolismo, porque es ahí donde siempre se deciden las guerras. Y ahora se ha decantado en nuestra contra. No quedará piedra sobre piedra en Alemania.

Estaban saliendo de Dresde, la Florencia del Elba.

—Un lugar así no puede sufrir los estragos de la guerra, como es el caso de las ciudades con intereses estratégicos como la industria armamentística.

—Los aliados bombardearon Roma —le recordó Brick—, y entonces los italianos decidieron que esa era una línea roja y depusieron a Mussolini.

—¡Y nosotros hemos respetado París! —le replicó Clemens.

La capital francesa había sido arrebatada al Reich en agosto sin apenas sufrir daños. El chófer meneó la cabeza con escepticismo.

—Hitler ordenó que, en caso de retirada, ardiera hasta los cimientos. Política de tierra quemada. Pero ninguno de sus mandos allí se atrevió a hacerlo. Y eso, por tierra. Por aire, creo que no se toman decisiones tan civilizadas. Además, no olvide que su amada Ópera de Baviera ardió por los cuatro costados.

Cierto. Ojalá hubiera ardido él con ella. En realidad, aquel viaje carecía de sentido, salvo el de aferrarse a la última esperanza de salvar algo: la música de los Strauss.

Llegaron a la Wilhelmplatz, en la que estaba el Ordenspalais, sede del Ministerio de Propaganda. En ese tiempo, Clemens intentó ponerse en contacto con Viorica en varias ocasiones. Los bombardeos habían cortado las comunicaciones con Viena en varios puntos a lo largo del camino, y la única vez que consiguió realizar la llamada, ella respondió y después se hizo el silencio. La operadora le pidió disculpas y le explicó que el fallo parecía deberse a una subida de la tensión eléctrica y que harían lo posible por restablecerla cuanto antes. Pero él no podía esperar.

—Estamos a un minuto de la Oficina Central de Seguridad del Reich. Si le parece, puedo acercarme a buscar algo que me identifique y eso nos permitirá acceder al ministerio. Y, si quiere, puede llamar desde allí a Viena.

—Prefiero acabar cuanto antes lo que hemos venido a hacer. Luego ya veremos.

Brick pareció sorprenderse de su frialdad. En la Oficina Central también podría verlo un médico. Su nariz rota estaba grotescamente desviada hacia un lado y era preciso que se la recolocaran. Y tenía la cara llena de moretones, lo que no le confería un aspecto agradable. Dudaba mucho de que los dejaran pasar como si tal cosa al ministerio, pero no quería retrasar lo que le había llevado hasta allí. Ya tendría tiempo de curarse o de morir de vuelta a Viena. Era esa esperanza la que lo mantuvo firme, pese a los espantosos dolores en las costillas durante todo el trayecto, que Brick intentó paliarle mediante una faja militar.

En la puerta del ministerio, los guardias apostados se negaron a permitirles la entrada sin una citación.

—Traigo una información primordial para la cultura alemana —dijo Clemens.

Fue como si oyeran llover.

—Tenemos nuevos datos relativos a los traidores del 20 de julio que el ministro del Reich agradecerá conocer sin demora —les dijo Brick.

Entonces les permitieron el paso.

—Había que jugar alguna carta —le susurró—. No sabe la de gente que han matado a raíz de aquello. Más que los que represaliaron por lo de Heydrich.

A Clemens no le pareció que fuera tan buena idea valerse de esa excusa, sobre la que luego tendrían que desdecirse. A lo mejor Goebbels consideraba que se estaban echando para atrás y ordenaba torturarlos para que confesaran lo que sabían.

Una mujer de treinta y pocos años y gruesas gafas de lectura se acercó a ellos, avisada de su presencia.

—Parece que hoy todo el mundo quiere ver al doctor Goebbels sin una cita previa —les dijo—. Me temo que tendrán que esperar, como los que han llegado hace un rato.

Los condujo a la antesala del despacho del ministro, donde se encontraron sentados en sendos sofás a Erich Krenn y a su lugarteniente, el falso genealogista Conrad Baum. Se miraron perplejos entre sí y Baum hizo ademán de llevarse la mano a su arma, pero los guardias de la entrada les habían obligado, tanto a él como al capitán, y también a Brick, a dejarlas en depósito antes de entrar en el edificio.

—¡Vaya, qué concurrido está Berlín últimamente! —exclamó Krenn. Luego lanzó a Baum una mirada de reproche—. Pensé que te habías librado del problema.

—A veces los problemas van al hospital —repuso Brick muy serio.

Clemens le hubiera dicho que no respondiera a las provocaciones, pero ¿qué podía ganar con eso? Habían hecho el esfuerzo sobrehumano de ir hasta allí, a riesgo de coincidir con algún bombardeo arrasador y la preocupación añadida para Viorica. Pero el ministro de Propaganda los recibiría, y le era imposible negar la evidencia de aquella genealogía. A menos que la pusiera en tela de juicio. Al fin y al cabo, si Baum no era quien dijo ser, ¿por qué habría que creer sus tesis? ¿Y quién aseguraba que el auténtico genealogista judío, cuyo destino ignoraba, aunque no resultaba difícil de intuir, no mintió para sacar una ventaja en una situación desesperada?

—Lo bueno de esto es que nos va a ahorrar el trabajo de mandar que le arresten en Viena —dijo Krenn.

Tras una media hora de extrema tensión, aliviada por alguna que otra indirecta, apareció la secretaria del doctor Goebbels para anunciar a Krenn que podía pasar.

—¡Ha venido a contar una sarta de mentiras! —gritó Clemens—. ¡Y nosotros, a advertir al ministro de que no le crea! ¡Destruirá una parte esencial de la cultura alemana!

Por su parte, Krenn insistió en pasar al despacho, como se le había indicado, e incluso apartó por la fuerza a la secretaria. Esta comenzó a reclamar la presencia de los guardias, cuando se escuchó la inconfundible voz del ministro, agrandada por un punto de desconcertada cólera:

—¿Qué demonios pasa ahí, señorita Pomsel?

Bastó su presencia cojeante y diminuta para intimidar a los cuatro. Le costó reconocer a Clemens, a causa de sus magulladuras.

—¿Se le ha caído encima una casa durante un bombardeo?

—He venido a salvar el patrimonio nacional austriaco que este sujeto pretende destruir por un interés oportunista y con el ánimo de medrar —dijo señalando a Krenn.

—¡Este amigo de judíos lleva años difundiendo música degenerada a sabiendas de ello, y todavía pretende negarlo!

—¡Cállense! —gritó Goebbels con el mismo ímpetu aterrador de sus discursos, cuando ensalzaba la santidad de la guerra total.

Ordenó pasar a su despacho a Clemens y a Krenn, y Brick y Baum se quedaron a solas, traspasándose el uno al otro con la mirada. El director temió que su compañero cometiera una locura, habida cuenta de que el otro había tratado de matarlo, pero, al menos, estaban en un lugar que les impedía ir muy lejos en su disputa.

Goebbels indicó primero a Krenn que hablase, y este, satisfecho, le enseñó el árbol genealógico y otros documentos que demostraban que el abuelo de Johann Strauss padre, en efecto, nació judío y se convirtió al catolicismo.

—Y podría demostrarle también la traición del señor Krauss, que ha participado en un plan infame para ayudar a judíos a salir del Reich.

—Eso es una falsedad —replicó Clemens—, no tiene prueba alguna de ello. Admito que intermedié en un par de casos de antiguos colaboradores míos, los directores Georg Maliniak y Lothar Wallerstein, judíos ambos, para que salieran del Reich después de la anexión de Austria. Para ello conté con el apoyo de Alfred Frauenfeld y Baldur von Schirach, que pueden corroborar que hice las gestiones, como un favor personal por los servicios que me prestaron en el pasado. Si cometí un delito, ellos deberían haber sido los primeros en solicitar mi arresto, y no lo hicieron.

—Bien —replicó Goebbels—. Y, según usted, ¿también es falso lo de Strauss?

—Los documentos quizá hayan sido falsificados, es algo que debería investigarse en profundidad.

Krenn fue a protestar, y alegó que se había comprobado la solvencia de las fuentes, pero Goebbels lo contuvo con un gesto para que le dejara hablar a él. Se dirigió a Clemens:

—Usted ha venido para disuadirme de su autenticidad, así, sin pruebas. Reprocha a Krenn que le acuse de salvar judíos sin nada que lo demuestre, y hace lo mismo en este otro caso que nos ocupa.

—¡Se le advirtió mediante este telegrama! —Krenn agitó un formulario sellado—. ¡Y, a pesar de ello, dirigió el último Concierto de Año Nuevo! ¡Y antes, uno emitido por radio el 29 de diciembre! Por tanto, ha difundido ese repertorio degenerado a miles de personas, causando un daño incalculable.

—¿Es cierto eso, Krauss? ¿Conocía este dato y, aun así, siguió adelante con ambos conciertos?

De mala gana, tuvo que admitir que sí.

—¿Y por qué lo hizo?

Goebbels lo contemplaba con sus grandes ojos oscuros abiertos, sin un solo parpadeo, como si quisiera que su alma, si es que poseía una, penetrara en la suya a través de la mirada. Clemens fue a responder, pero lo que resonó fue la voz del propio ministro, ahora más sosegada, con un punto de hermosura por la delicadeza con la que pronunció las siguientes palabras:

—Yo se lo diré. La evidencia de lo que estos documentos arrojan es suficiente como para haber hecho un viaje, que supongo largo y tormentoso, desde Viena hasta aquí. Y todo para quitarme de la cabeza la idea de prohibir la música de los Strauss. Pero no era necesario… —Se volvió hacia Krenn, quien se sonrojó al ser objeto de la misma mirada, aunque acompañada de un discurso enunciado con algo más de dureza—. Me da igual que Johann Strauss hijo y sus hermanos sean judíos en una octava parte. No pienso socavar más la cultura alemana y privarnos de maravillas como esos valses y esas polkas, que constituyen un bálsamo en tiempos tan atribulados como estos. Tal exigencia en la pureza nos llevaría a quedarnos solo con Viduquindo el Sajón, Enrique el León y nuestro inefable filósofo racial Alfred Rosenberg. En cuanto a usted, Krenn, le prohíbo, bajo pena de muy serias consecuencias, que difunda esta información. Y tampoco quiero que moleste más, por su causa o por cualquier otra, al maestro Krauss, ¿ha entendido? —Luego abrió la puerta y, señalando la salida, dijo contundente—: ¿Se dan cuenta de que intentamos ganar una maldita guerra en dos frentes y ustedes me han interrumpido por una imbecilidad supina? ¡Lárguense, y no vuelvan ninguno de los dos!

Clemens recordó entonces un asunto de vital importancia y trató de que Goebbels le dedicase unos últimos minutos a solas. Fue inútil.

—He dicho que me deje en paz. ¿No tiene suficiente? Ya ha ganado. Regrese a Viena y siga dirigiendo en el Musikverein hasta que esos malditos americanos lo reduzcan a escombros.

Fue de lo más extraño tener que ir a la salida en compañía de su rival. Ni Brick ni Baum estaban en el recibidor, ni los encontraron en el pasillo. ¿Había ganado de veras? Aún quedaba ese asunto. Agarró a Krenn de la muñeca y este se zafó con brusquedad, presto a responderle con más violencia aún.

—Escuche… —La saliva le quemaba la boca como ácido corrosivo por tener que plantear aquella propuesta—. Por una vez, creo que podemos ayudarnos el uno al otro.

—¿Ayudarnos? —graznó Krenn—. Usted no tiene nada que pueda interesarme.

—Quizá más de lo que cree.

Y le rogó que le escuchara un minuto.

LXXIII

Berlín-Viena, enero de 1945
Al ir a dormir, de *Últimas cuatro canciones*, de Richard Strauss

Cuando se reencontró con Brick, el tamaño de su sonrisa contrastaba con el morado intenso de su ojo izquierdo.

—El genealogista y yo hemos salido a la calle a pegarnos. Nos han tenido que separar los guardias de la garita de la entrada. Pero él se ha llevado la peor parte: le he forrado los dos ojos. Lo malo es que se me han saltado todos los puntos de la puñalada.

—Será mejor que busquemos un médico, ese que me ha sugerido antes.

El antiguo chófer negó con la cabeza.

—Si no me he muerto hasta ahora, no creo que lo haga ya.

Clemens le contó entonces lo que le había propuesto a Krenn. La sonrisa se deshizo del rostro de Brick como si estuviera cosida a él y alguien tirase con fuerza del hilo.

—Después de todo lo que ha pasado, ¿va a confiar en ellos?

—No se trata de confiar. Era un asunto que tenía pendiente y me he aferrado a un clavo ardiendo.

—No es un clavo ardiendo, es tratar de agarrar ácido sulfúrico con las manos desnudas. Eso acabará mal —le reconvino con severidad.

—He quedado con ellos en Viena pasado mañana, al amanecer. Necesito que me lleve de vuelta.

—¿Acaso cree que soy dueño de mi tiempo? Todas estas escapaditas sin justificar me van a costar un expediente disciplinario, o directamente la expulsión por haber desertado. Y no se da uno de baja de las SS como quien deja de estar abonado a la Ópera de Viena.

—Solo le tengo a usted, Brick. Salvó mi vida aquella vez, cuando el asunto de Walter Stiefel, y si ahora no me hubiese advertido, Krenn me habría hecho confesar. Le debo todo. Y otras personas también. Por eso apelo a usted como mi última esperanza.

—Ya, otro clavo ardiendo. En el fondo, a usted le gusta vivir al límite, herr director.

—Admita que usted lo hace porque nunca creyó en toda esta locura. Y cuando perdamos, los que vengan no se creerán que tratamos de conservar la humanidad en medio de estos hombres malvados.

—Hablando de hombres malvados... ¡Llame a la señora Ursuleac, por Dios! A estas alturas ya habrá encargado su funeral.

—Es verdad. Viorica...

Las líneas telefónicas con Viena seguían cortadas por culpa de los bombardeos. Y quiso la casualidad que la oficina de telégrafos más cercana al Ministerio de Propaganda estuviera cerrada por defunción, al haber perecido su director por causas no aclaradas en la esquela que colgaba de la puerta.

—¡No perdamos más tiempo! —exclamó Clemens.

Cuanto antes llegasen, antes podría presentarse ante ella vivito y coleando. Luego se preguntó cuántas veces le habría hecho daño, al mantenerla al margen de ciertos asuntos espinosos, con el pretexto de protegerla.

Recorrieron el Reich en sentido inverso y les pareció que el desánimo cundía todavía más que un par de días atrás, con cada vez más ciudadanos desplazados y edificios tocados por los ataques aéreos que era preciso demoler por motivos de seguridad, para gran frustración de sus moradores, que no los encontraban tan dañados.

Durante el trayecto, cada uno expuso sus proyectos una vez acabase la guerra. Clemens esperaba seguir con sus giras en el extranjero, volver a Londres e incluso visitar Estados Unidos. Además, ardía en deseos de que se reconstruyera la Ópera de Baviera y ser él quien la reestrenase con algún título digno de la ocasión, como *El caballero de la rosa* o *Las bodas de Fígaro*. Obras divertidas, a la vez que radiografías del espíritu humano y sus paradojas, que contribuyeran a que el público olvidara la destrucción anterior. Y, por supuesto, deseaba continuar con el Concierto de Año Nuevo, ahora que habían salvado *in extremis* a los Strauss de ser desterrados del repertorio.

Brick no era menos entusiasta.

—Volveré a la vida civil y creo que montaré una granja. Pero solo de gallinas, vacas lecheras y ovejas. Me surtiré de lo que me den, pero no las mataré. ¿Sabe que mi hermana Elfriede no comía carne? La gente pensaba que lo hacía por imitar al Führer, pero un día me confesó que era porque todos somos criaturas de Dios. Y no soportaba la idea de irse al otro mundo y que miles de animalitos le reprocharan que se los comió durante su estancia en la tierra. ¡«Criaturas de Dios», decía la pobrecita! Su recuerdo es lo único que me ha hecho salir adelante, y pesa tanto en mí que, aunque me encontrara a los responsables confesos de su muerte, creo que no podría tocarles un pelo por mucho que lo deseara. En el fondo sería como si ella intercediera por esa gente, desde allá, donde no existe el rencor ni las diferencias de clase... Y acaso no haya ya diferencia alguna entre ser cristiano, judío o animal... —La voz acabó por velársele.

—¿Sabe qué? Iré a visitarle a esa granja con la señora Ursuleac, y me llevaré a algunos de los mejores músicos de la Academia Filarmónica de Viena para dar un concierto campestre, por ejemplo, serenatas de Mozart, a fin de que las gallinas pongan más huevos y las vacas den leche de mejor calidad... Y quizá hasta nosotros nos convirtamos en mejores personas. —Luego guardó silencio porque también se le velaba la voz.

Brick puso entonces la radio del coche y escucharon el último parte de guerra, que prometía una gran y pronta victoria en la que, sin embargo, ni el locutor daba señales de creer ya.

Quedaron a las afueras de Viena cuando rayaba el alba. Era un descampado en el que en su momento se planeó erigir una colonia de viviendas. Sin embargo, el comienzo de la guerra dejó el proyecto inacabado, con el esqueleto de un edificio de cuatro plantas, frente al que tuvo lugar el intercambio.

Clemens se acercó al coche en el que llegaron Krenn y Baum, este último con gafas de sol a consecuencia de los puñetazos de Brick. Comprobó que, en efecto, en la parte trasera había una mujer. Por unos instantes su palidez y su inmovilidad lo pusieron alerta, pero solo resultó estar dormida, tal vez a causa de algún tranquilizante. No le hizo falta escuchar su voz para reconocer en ella a Alice, la nuera de Richard Strauss. Había pactado con Krenn su liberación, pues estaba retenida en las celdas de la Gestapo en el hotel Metropole.

—¿Cómo lo ha conseguido?

Krenn resopló.

—Digamos que la hemos sacado y ya está. Hemos indicado en el informe que la orden la dio el doctor Goebbels. Si se entera, estamos perdidos. Pero, como hemos podido comprobar, está demasiado ocupado para prestar atención a menudencias así.

Luego fue a encenderse un cigarrillo, pero no tenía encendedor. Clemens le prestó el suyo.

—Creí que no fumaba —le dijo.

—Cualquier día es bueno para empezar de cero —replicó con intención el *Hauptsturmführer*.

De eso precisamente hablaron en Berlín, antes de llegar a un acuerdo. Clemens le planteó que si la guerra finalizaba en unos meses y Alemania perdía, los vencedores iban a ajustar cuentas. Y Estados Unidos era la principal sucursal del judaísmo internacional. Querrían castigar a los responsables de la persecución y de un número de muertes tan alto que muchos no serían capaces de asimilarlo. Krenn se vería obligado a huir fuera de Europa. Y de poco servirían los marcos del Reich como valor de cambio. Era preciso transportar objetos valiosos, y él poseía algo que, sin duda alguna, podía asegurar el futuro del capitán.

Clemens abrió el maletero del coche de Brick y ahí estaba, el

Stradivarius de Max Starkmann, el mismo que había pertenecido a Josef Joachim. El precio de la libertad de Alice Strauss. «¿No me dijo usted que deseaba aprender a tocar la *Chacona* de Bach? Pues ahí sonará como si fuera el canto último de los ángeles?». A pesar de que Krenn lo acusó de mentiroso y tildó aquel intercambio de imbecilidad, no tardó en asumir la tesis de que era preciso hacerse con un objeto que garantizara el comienzo de una nueva vida en otro continente y, a su vez, fuese fácilmente transportable. Aquella sería su llave para salir de un Reich derrotado. Clemens extrajo el violín de su estuche y lo puso entre sus manos. Krenn sostuvo el cigarrillo encendido entre sus labios y lo examinó. Hizo ademán de probar su sonido, pero luego, consciente de que estaban en un descampado, con la primera luz indolora de la mañana, decidió reservarse ese placer para más adelante, y en privado.

El capitán asintió e hizo señas a Baum, quien cogió a la inconsciente Alice en brazos y la depositó en la parte trasera del coche de Brick.

—Supongo que así estamos en paz —dijo Clemens.

—Sí y no. —Krenn depositó en el suelo el estuche con el violín en su interior, y después añadió, sujetando el cigarrillo con la mano izquierda—: Antes quiero que me diga qué coño era aquello que dijo Holzing de que «una piedra es una piedra». Estoy seguro de que usted sabe a lo que me refiero.

¿Qué tenía que perder ya? Clemens respondió con una falsa nota de ingenuidad en la voz:

—Me parece que es una cita de Hermann Hesse.

Extrañado, Krenn se abrió el bolsillo de la gabardina y extrajo su libreta.

—¿Hesse? Ahora que lo dice, entre los materiales subversivos que le incautamos había un libro de él. Sí, aquí está. *Siddhartha*. Pero eso no aclara a qué se refería. En fin, esa era una cuestión. Ahora queda solo otra por saldar.

Brick acababa de salir del coche y sus miradas no llegaron a encontrarse. Krenn se sacó la pistola del cinto y, de no habérselo impedido el dolor de los puntos reabiertos, quizá su objetivo hubiera podido apartarse a tiempo, o incluso arrebatársela. El *Hauptsturmführer* realizó un solo disparo. La garganta de Woldemar Brick estalló en una rosa carmesí. Clemens corrió a sujetarle y lo apretó contra su pecho, entre estertores. Abrió la boca y la sangre manó también de ella, a la vez que sus últimas palabras a medio pronunciar por el estertor de la agonía. Finalmente, intentó en vano taponarse la herida con su mano inexistente.

Krenn aplastó el cigarrillo con el tacón de su bota izquierda.

—Esto es por Unity —dijo sin gran ceremonia. Antes de guardarse el arma humeante, se dirigió a Clemens—: Si nos volvemos a encontrar, usted no dirá nada de esto, maestro Krauss. Hemos sellado un pacto con la sangre de este hombre.

Luego se puso bajo el brazo el estuche con el violín y se introdujo en su coche. Conrad Baum arrancó y desaparecieron de allí en cuestión de segundos.

Clemens trató de reanimar a Brick mediante el boca a boca y con un masaje en el corazón, pero fue inútil. Estaba muerto. Una criatura de Dios. Después de un rato en cuclillas junto a él, con las ropas, las manos y el rostro empapados de rojo, se percató de que alguien paseaba a unos perros en la lejanía. Se irguió entonces, y sus costillas aún sin soldar le recordaron lo temerario de semejante postura. Se sentó al volante y arrancó, sin volver la vista hacia el cuerpo abandonado de quien, demasiado tarde, consideraba ya un amigo.

Condujo hasta el lado este del palacio Belvedere, allí donde estaba situada la Villa Strauss. Tomó en brazos a Alice, aún sumida en el indoloro letargo de la ignorancia, y la depositó con extremo cuidado en los últimos peldaños de la escalinata que daba acceso a la entrada principal. Por fortuna, en aquel momento no había nadie en los alrededores y pudo marcharse sin ser visto. Confió en que pronto los habitantes de la casa del maestro Strauss la descubrieran allí y comprobasen de inmediato que, pese a estar manchada de sangre de los pies a la cabeza, se encontraba en perfectas condiciones.

De regreso a la ciudad, en el coche, retumbaron con fuerza en su memoria, que atesoraría hasta el fin de su existencia los terribles hechos vividos esos días, los últimos versos del *Adiós* de *La canción de la tierra* de Mahler:

Mi solitario corazón busca la paz.
¡Retorno a mi patria, al hogar!
No habrá más horizontes lejanos

Llegó a casa cerca de las ocho de la mañana, sin llaves, ni cartera ni nada que acreditara que, pese a su aspecto, seguía vivo. Viorica dio un grito al abrirle la puerta. Él se desmayó en sus brazos. Cuando abrió los ojos, a consecuencia de un dolor insoportable provocado por el roce una esponja contra sus costillas, estaba desnudo en la bañera.

—Ya te creía muerto, querido. ¡Esto es un milagro! ¡Dios ha atendido mis plegarias! No podía concebir la vida sin ti, y solo ansiaba que un bombardeo lo destruyera todo para acabar mis días, ya sin ningún sentido. Pero ¡has vuelto!

Clemens pensó que iba a preguntarle dónde había estado y qué le había sucedido, pero no lo hizo. Lo apretó contra su pecho como si fuera un niño reencontrado tras perderse entre la multitud, y le susurró:

—¿Recuerdas que estaba a punto de contarte algo cuando te llevaron de mi lado? El asunto del tenor Grosavescu. Creo que siempre has querido saberlo, pero nunca te atreviste a preguntarlo. Yo ardía en deseos de que lo hicieras, y pensaba que evitabas la cuestión porque te hacía daño. Ahora te lo tengo que explicar porque, en el fondo, empecé todo esto de Mitia Mayer-Lismann con un propósito.

Viorica le relató lo que no publicaron los periódicos, y tampoco era lo que estos daban a entender entre líneas. Ni él ni ella llegaron a ser amantes. Pero sí les unía algo especial. El secreto que, por una profunda amistad derivada de su relación profesional y su compenetración en el escenario, él llegó a confesarle. Era cierto que su matrimonio se había enfriado y que mantenía relaciones extramaritales. Pero no las que el público deseaba imaginar, a fin de identificarle mejor con sus grandes personajes, como el duque de Mantua de *Rigoletto*. Sus pasiones iban por otro lado. Se trataba de otros hombres.

—Me lo contó para desahogarse. Aunque, por otro lado, la

idea de que la prensa me señalara a mí como su posible amante le convenía. Prefería que, ya que sospechaba algo, su esposa le imaginara en mis brazos. Naturalmente, era un juego en el que no me sentía cómoda. Más de una vez le insté a que se divorciara, pero él se negaba. Necesitaba ese matrimonio para mantener la idea de que era un hombre como los demás. Si su secreto salía a la luz, eso significaría el fin de su carrera.

»Una tarde se presentó en mi casa la esposa de Grosavescu, Nelly. Estaba fuera de sí. Llevaba una pistola y me amenazó. Tuve que jurarle por lo más sagrado que no éramos amantes y que todo se debía a invenciones de la prensa. Después de una hora en la que lloramos la una en brazos de la otra, Nelly pareció calmarse y se marchó.

»Entonces corrí a advertirle a él. Sabía dónde se alojaba con su nuevo amante. Era un piso que alquiló para tener sus aventuras. Llamé a la puerta y me abrió cubierto tan solo con un batín. Estaba con un joven barítono que empezaba por aquel entonces. Pero ¡fui una ingenua! Nelly aprovechó para seguirme y apareció delante de nosotros con la pistola. Le disparó tres tiros y luego, histérica, se marchó corriendo. El amante hizo exactamente lo mismo.

«¿Y cómo reaccionó ella?». Clemens no había despegado los labios desde su llegada. Sus escasas fuerzas las reservaba por entero a escuchar aquella insólita confesión.

—Yo también me marché. Temía el escándalo y el fin de mi carrera. Él se desangraba y me pidió auxilio. Aún vivía, ¿lo entiendes? A la mañana siguiente, lo encontraron muerto en la misma alfombra donde lo dejé tirado. Estoy segura de que, de haberlo llevado al hospital, aún seguiría entre nosotros.

»La muerte de mi amigo me perseguía desde entonces y por eso, cuando comprendí que podía ayudar a Mitia Mayer-Lismann, lo hice sin dudar, sin importarme las consecuencias. Después sentí la necesidad de prestar auxilio a más personas, en la creencia de que eso me redimiría de alguna manera de aquella primera sangre que dejé que fluyera por miedo y egoísmo.

Sus ojos se quedaron sin lágrimas cuando terminó:

—Esa es mi historia, querido.

El fantasma que se había interpuesto entre ellos tanto tiempo. Sin embargo, Clemens no estaba seguro de que, ahora que se veían libres de él, su lugar no fuera ocupado por otros, como los de aquellas personas a las que no pudieron ayudar a escapar las hermanas Cook, o el infortunado Woldemar Brick.

Esa noche, cuando ya tenía el cuerpo limpio de sangre y sentía el frescor reconfortante de las sábanas de satén de Brujas sobre su piel desnuda, las sirenas antiaéreas volvieron a sonar y era preciso que se levantasen y bajaran al sótano para tratar de sobrevivir una noche más. Entonces Clemens, al fin, habló:

—Viorica —le dijo en la oscuridad, mientras bajaban las escaleras cogidos de la mano y la fuerza de sus latidos aplacaba el dolor lacerante de su costado—, ¿quieres casarte conmigo?

Puede que ese fuera el tipo de final que el Führer encontraba idiota, propio de una comedieta de aquellas que se negaba a proyectar en el Berghof. Y, sin embargo, y aunque todo concluyera esa noche con ambos sepultados bajo las bombas aliadas, a él no pudo parecerle más reconfortante.

LXXIV

Viena, 1945-1950
Marcha Radetzky, op. 228, de Johann Strauss padre

Adolf Hitler se quitó la vida en su búnker de la Cancillería del Reich, junto a Eva Braun, el 30 de abril de 1945, poco antes de que el ejército soviético tomase un Berlín reducido a escombros. Al día siguiente, Joseph Goebbels se suicidaba también, junto a su esposa Magda, después de haber envenenado a sus seis hijos. La guerra en Europa continuó, sin embargo, hasta el 9 de mayo, día en que se rindió Alemania y cayó el Tercer Reich. Para entonces, Auschwitz y los principales campos de exterminio llevaban meses liberados y el mundo pudo conocer los horrores de la «solución final», que le fueron anticipados a Clemens en los papeles de Reinhard Heydrich.

Viena había caído el 13 de abril y fue ocupada por seiscientos mil soldados soviéticos, quienes tuvieron que lidiar diez días más con algunos focos de resistencia en los alrededores.

A Clemens se le aconsejó buscar refugio en el palacio Leopoldskron de Salzburgo, pero él y Viorica prefirieron permanecer en la ciudad, junto a la Filarmónica. Precisamente se hallaba dirigiéndola en un concierto en el Musikverein cuando las autoridades de ocupación le comunicaron que estaba detenido, acusado de ser un destacado nazi. Se le prohibió toda actividad musical y se enfrentó a un juicio de desnazificación. Las principales acusaciones fueron la de traición a Austria en beneficio de la Alemania hitleriana, se le atribuyó haber conspirado para el derrocamiento de la República Austriaca y se tildó de expolio el hecho de que, al trasladarse a Berlín, se hubiera llevado consigo a los mejores cantantes de la Ópera de Viena. Sus críticos afirmaron que aquello constituyó un daño irreparable al mundo musical austriaco.

También le recordaron su estrecha relación con Frauenfeld y Schirach. Al primero no se le pudo localizar en Austria, y fue condenado a quince años de prisión, en ausencia. En cuanto a Baldur von Schirach, a pesar de su alejamiento de Hitler los últimos años, supuestamente por las críticas de su esposa a la persecución judía y por haber puesto en tela de juicio algunas decisiones de la campaña oriental, fue juzgado en Núremberg y se le condenó a veinte años de reclusión por haber deportado a ciento ochenta y cinco mil judíos de Viena a los campos de exterminio. Aun así, fue una de las penas más leves impuestas en aquellos juicios, puesto que Göring, Ribbentrop, Keitel, Jodl, Julius Streicher, Alfred Rosenberg y otros fueron sentenciados a muerte por ahorcamiento. Göring se envenenó con una ampolla de cianuro en su celda, a escasas horas de su ejecución. En cuanto a Rudolf Hess, se le sentenció a cadena perpetua después de haber ofrecido durante el juicio numerosas muestras de aparente locura.

Clemens no fue el único director de orquesta sometido al proceso de desnazificación. También Herbert von Karajan, Wilhelm Furtwängler, Karl Böhm y otros muchos tuvieron que pasar por el banquillo. No se libró ni el maestro Strauss, quien fue absuelto al cabo de dos años. Poco tiempo después iniciaría la composición de su obra maestra póstuma, las *Cuatro últimas canciones*, a partir de poemas de Hermann Hesse y Eichendorff, e inspirada sobre todo en la visión del Teatro Nacional de Múnich destruido por las bombas aliadas. No llegaría a vivir para escuchar estas canciones.

En el proceso contra Clemens Krauss no tardaron en llegar testimonios como los de Lothar Wallerstein y Georg Maliniak, quienes aseguraron deberle la vida. También las hermanas Ida y Louise Cook hicieron llegar una declaración afirmando que realizaron aquellas veintinueve operaciones de salvamento de personas gracias a Clemens y a Viorica. El tribunal llamó a su asistente Erik Maschat, quien declaró:

—Él no era miembro del partido. Lo sé con conocimiento de causa. ¿Y qué puedo decir? Que le he visto salvar judíos en más de una ocasión.

Para cuando pudo limpiar su nombre, que en Austria nunca dejaría de estar salpicado por la sospecha de traición, habían transcurrido dos años desde que le prohibieron dirigir. Durante ese tiempo, Clemens y Viorica vivieron en el pueblecito tirolés de Ehrwald, entregados a la contemplación de la naturaleza y al olvido. Por eso, cuando le llegó el telegrama con la absolución, él, que no esperaba volver a subirse a un podio, se preguntó si se le seguiría considerando necesario en un mundo musical que ya no era aquel en el que su esposa y él dieron lo mejor de sí mismos.

Sin embargo, la Academia Filarmónica, que pasó a llamarse Orquesta Filarmónica, no se había olvidado de él y le solicitó, ahora que ya estaba autorizado a dirigir, que retomase los conciertos de Año Nuevo. Los de 1946 y 1947 habían estado a cargo de Josef Krips. Este introdujo la *Marcha Radetzky* de Johann padre para finalizar el primero de ellos, lo que fue muy del agrado del público. Clemens, sin embargo, fue reacio a cambiar su programa habitual y siguió su costumbre de concluir con *El bello Danubio azul*, hasta que en el concierto de 1950 recurrió al fin a la *Radetzky*, que se convertiría tiempo después en su broche final. La orquestación que utilizaban no era la original, sino una de Leopold Weninger, fallecido al comienzo de la guerra y afiliado al partido.

Los Krauss, ya convertidos en matrimonio, y las hermanas Cook se reencontraron en Londres con motivo de una visita de la compañía de la Ópera de Viena. Allí compartieron una comida en un restaurante próximo al Covent Garden, a la que también se sumaron el matrimonio Maliniak y su hija, Mitia y Else Mayer-Lismann (Paul, en efecto, había muerto poco después del comienzo de la guerra) y una invitada inesperada: Berta Geissmar, quien mantenía una sólida amistad con los anteriores.

—Me alegra mucho verla —dijo Clemens, y le estrechó la mano.

Se percibía en ella cierto cansancio vital, como de enfermedad muy avanzada. Aunque tal vez pesase en su ánimo el haber sido prácticamente la única superviviente del holocausto de su familia.

—Yo también a usted —dijo ella con sinceridad.

Clemens reparó en que seguía utilizando el Minaudière que él le devolvió, a esas alturas ya descolorido y gastado por las esquinas. Ella se percató de que lo observaba y lo apretó entre sus dedos huesudos con el mismo afecto que si se tratase de un ser vivo.

—Es lo único que me queda de aquella época. No debemos olvidar nunca ni lo bueno ni lo malo de lo que hemos sido. Porque cuando ya no estemos, nuestra vida quedará reducida a los pocos objetos que quepan en un bolso.

—¿Es usted Clemens Krauss? —exclamó entonces la camarera que los atendía. Resultó ser una muchacha vienesa que tuvo que abandonar Austria cuando se produjo la anexión. No les dijo a qué se dedicaba antes, pero era evidente que poseía una educación esmerada y ahora servía mesas para sobrevivir—. ¿Y usted, la señora Ursuleac? ¡Les he visto tantas veces en Viena! ¡Qué emocionante es tenerles aquí!

La invitaron a sentarse con ellos a brindar. Y pese a la mirada ceñuda del propietario, ella aceptó.

—¡Qué hermoso es que la música una a personas que no nos conocíamos de antes y, en el fondo, hayamos sido amigas toda la vida sin saberlo!

Llegó el momento de la despedida. Louise recordó que les faltaba aquella fotografía frustrada de Clemens con Ida y con ella. Se la hicieron delante del Covent Garden y, al día siguiente, en que los Krauss debían regresar a Austria, las Cook tuvieron tiempo de llevársela a la estación Victoria, recién revelada, para que él se la firmase. Lo hizo con tanto entusiasmo que por poco no rasgó el papel.

—Querido herr director —le dijo Ida con lágrimas en los ojos—, ¿es consciente de todo el bien que han hecho? ¿De las vidas que se han salvado y que han podido seguir adelante? Si no fuera por ustedes…

—Créanme, queridas mías —contestó Clemens en nombre de los dos—, que son ustedes las que nos han salvado a nosotros.

Y los cuatro se abrazaron, como en aquella ocasión en que jugaban a ser héroes straussianos, con la intensidad de quien busca retener para siempre un momento que sabían ya que no iba a repetirse jamás.

LXXV

Ciudad de México, 16 de mayo de 1954
Chacona, de la *Partita para violín solo n.º* 2, de Johann Sebastian Bach

Clemens pudo cumplir al fin su sueño de visitar el continente americano junto a Viorica. En mayo de 1954 viajó a Ciudad de México para dirigir a la Orquesta Sinfónica Nacional, donde ofreció varios conciertos en el Palacio de Bellas Artes. El 16 deleitó al público mexicano con la *Sinfonía n.º 88* de Haydn, *El aprendiz de brujo* de Dukas y el *Concierto para piano n.º 2* de Brahms con una solista local llamada Angélica Morales. Para concluir la velada, escogió la obertura *Leonora n.º 3* de Beethoven.

Según declaró a la prensa, encontró muy brillante el sonido de la Sinfónica Nacional. Lo que no comentó fue la sonoridad de un violín que le resultaba familiar. Su propietario no era concertino, ni tampoco desempeñaba roles de solista, pero cuando intervenía, destacaba por encima del resto, algo que, en teoría, Clemens no consideraba positivo. Sin embargo, era innegable que embellecía determinados pasajes sin que nadie se lo hubiera requerido. Ahora bien, ¿era el violín o la forma de tocarlo de aquel músico? Se trataba de un individuo moreno con un tupido mostacho negro. El prototipo de mexicano habitual. Durante los ensayos, Clemens le dio alguna que otra instrucción solo para escuchar su voz, pero el tipo no dio muestras de comprender el inglés.

Solo asintió y respondió a lo que Clemens le sugirió a base de gestos y tarareos. En realidad, era una excusa para examinarle con detenimiento.

Cuando concluyó el concierto, el matrimonio Krauss fue abordado en el estacionamiento del Bellas Artes por un joven mexicano, de unos veinte años, quien le pidió a él que le firmara el programa de mano. A pesar de que los aguardaba un Cadillac color mostaza con el motor encendido, Clemens accedió a ello, pero no tenía con qué escribir. Viorica sacó entonces un bolígrafo azul del bolso. El joven dijo llamarse Roberto Gutiérrez Iguarán, aunque se conformó con que el maestro estampara los dos garabatos de su rúbrica en el papel en lugar de aquel nombre tan complicado para su oído austriaco. Luego Clemens se despidió de su admirador con un «muchas gracias» en español.

—Antes te fastidiaba bastante hacer eso —le recordó Viorica ya en el coche.

—Será que me estoy haciendo viejo —repuso él con una sonrisa.

Tenían prevista una comida con las autoridades culturales en un restaurante de la Zona Rosa, contiguo al hotel Montecasino donde se hospedaban, en la calle de Génova. Agotado, Clemens solicitó descansar una hora en su habitación, y cuando se tumbó en la cama le contó a Viorica que le dolía bastante la cabeza.

—¿Voy a buscarte una aspirina? —le propuso ella.

Él asintió, no sin recordarle:

—Con un vaso de agua, sí. Gracias, Arabella.

Era una alusión a la ópera del mismo nombre, de cuyo estreno se iban a cumplir veintiún años y en el que ambos participaron. Al final de la obra, la protagonista perdonaba los violentos celos de su prometido, Mandryka, ofreciéndole un vaso de agua con el que sellaban la reconciliación.

—¿Confiarás en mí? —le dijo entonces ella, metida en el personaje.

—¿Y tú seguirás siendo como eres? —le dio él la réplica.

—¡No puedo ser otra, tómame como soy!

Se rieron. Viorica le dio un beso y bajó a recepción.

Al poco llamaron a la puerta de la suite. Clemens supuso que ella se habría olvidado la llave y, de mala gana, se levantó de la cama. Al abrir, se encontró al violinista que tanto le había llamado la atención en la orquesta. Ahí lo tenía, violín en ristre, como si fuera a ofrecerle un concierto particular.

—Maestro, qué tal le suena esto —le dijo en un perfecto alemán.

Los ojos le brillaron al tipo al descubrir que eran de un azul penetrante. De repente se percató de que no era tan mexicano como a él le había parecido. Su cabello podía estar teñido, lo mismo que el bigote. En cuanto a la voz, la encontró tan familiar como el timbre dorado del violín, que el tipo comenzó a tocar con la misma destreza que el diablo en *La historia del soldado* de Stravinski.

Cinco minutos después, Viorica encontró a Clemens muerto en el suelo de la suite. La causa fue un ataque al corazón. Tenía sesenta y un años recién cumplidos. Pronto, toda la prensa del país acudió al hotel para hacerse eco de la pérdida repentina de tan reputado maestro.

Una compungida Viorica no dejó de recordar a los medios su trayectoria en las óperas de Frankfurt, Viena y Múnich, y su estrecha colaboración con el difunto Richard Strauss. Sin olvidar que fue el creador del célebre Concierto de Año Nuevo de la Orquesta Filarmónica de Viena.

Lo que se guardó para sí, temerosa de cómo podría ser interpretado, fue que, mientras estaba en la recepción del hotel a la espera de que le proporcionaran una aspirina y un vaso de agua mineral, le pareció escuchar el sonido de un violín procedente de la primera planta, en la que estaban alojados. Era un motivo que, a pesar de sonar ahogado por el piso que los separaba a Clemens y a ella, creyó identificar como perteneciente a la *Chacona* para violín de Johann Sebastian Bach. Y aunque trató de convencerse de que bien pudiera ser que las apariencias la hubieran engañado, desechó pronto esa idea, pues solo la música decía la verdad.

Nota del autor

La novela que el lector acaba de leer se inspira, de forma muy libre, en una historia real. En efecto, las hermanas Ida y Louise Cook existieron, y llevaron a cabo veintinueve operaciones de salvamento de judíos alemanes, austriacos y polacos en los años previos al estallido de la Segunda Guerra Mundial. También es cierto que contaron para ello con la colaboración de Clemens Krauss y Viorica Ursuleac, quienes les brindaron la cobertura de las representaciones operísticas, incluso elaborando ellas la programación de la Ópera de Baviera. Sin embargo, y pese a la existencia de las memorias de Ida, tituladas *The Bravest Voices*, y al excelente ensayo *Overture of Hope*, de Isabel Vincent, el grado de participación de los Krauss no está claro en muchos casos, al igual que el número total y la identidad de las personas a las que ayudaron. Se sabe con certeza, porque salió a la luz en su juicio de desnazificación, que Clemens salvó a Lothar Wallerstein y a Jerzy Maliniak. También es posible que influyera en la liberación de Alice Strauss de las celdas de la Gestapo y de algunos otros. El resto solo puede especularse, puesto que Krauss y Ursuleac guardaron silencio al respecto después de la guerra, y aunque son figuras relativamente cercanas en el tiempo, han quedado envueltas en un halo de misterio que perdura hasta la actualidad.

Oportunista, cuando no directamente nazi para algunos, héroe para otros, el nombre de Clemens Krauss, alejado de la popularidad de contemporáneos suyos como Bruno Walter, Arturo

Toscanini o Wilhelm Furtwängler, es recordado hoy por sus excelentes grabaciones y su principal legado: el Concierto de Año Nuevo de la Orquesta Filarmónica de Viena. Precisamente es en torno a las muchas lagunas sobre su colaboración con las hermanas Cook que he querido construir este relato en forma de thriller.

Quiero aprovechar estas líneas para agradecer a mi editora Ana María Caballero su confianza en mí para escribir este libro, al igual que a Ediciones B y a su extraordinario equipo de corrección, además de a mi agente Alicia González Sterling y a Pepa Muñoz de Locura de Libros.

También han participado de esta tarea Pablo Romero, como siempre, mi primer lector de todo cuanto escribo desde hace muchos años; y Ginés Cutillas, Antonio Illán y Xosé Antonio López Silva, que me ayudaron a perseverar cuando buscaba el tono de arranque de la novela. Y, cómo no, mi querida y admirada Espido Freire, quien me animó a aplicar sin miedo el *Saepe stilum vertas*, y a quien le debo la dedicatoria de una novela futura (¡llegará!). Asimismo, una interesante conversación con Klaus Eisterer me despejó ciertas dudas respecto a la verosimilitud de ciertos detalles desde un punto de vista germano y, concretamente, austriaco. También Rafael Ortega Basagoiti compartió conmigo apasionantes datos sobre la trayectoria de Clemens Krauss; y por Alfonso Aijón supe de su gira española en plena Segunda Guerra Mundial con la Filarmónica de Berlín, con la que llegó a actuar hasta en Bilbao. Y quiero expresar un agradecimiento muy especial al escritor mexicano Roberto Gutiérrez Alcalá, cuyo relato *El último autógrafo de Clemens Krauss*, publicado en Confabulario, de El Universal de México, he utilizado en el capítulo final. Se trata, en efecto, de la vivencia real de su padre, Roberto Gutiérrez Iguarán, al que Clemens firmó el programa de mano de su último concierto, una hora antes de su muerte.

Y aunque esta vez mi añorada Carolina Tofé no estuvo en la redacción del final como en mis anteriores libros, sí que fue la primera en leer el primer capítulo, en el que Erich Krenn aborda a Clemens Krauss. Tampoco pudo estar, y bien que lo siento, mi compañera Ana Lucas, cuya valentía e integridad frente a la injusticia han inspirado muchas de estas páginas. Y lo mismo digo de Rut García. ¡Toda mi admiración para vosotras y también para Clara Corrales! Éramos el grupo «Infartito de la mañana» que, por distintos motivos, se fue deshaciendo durante el proceso de escritura. Que quede aquí constancia de esos años que llegaron a ser muy felices para mí y que nuestra amistad reavivará siempre.

Respecto al Concierto de Año Nuevo de Viena, que tengo el honor de presentar para RTVE desde 2018, está claro que ha estado presente en todo el proceso creativo. Vayan desde aquí mis saludos a Arturo Morales, Federico Llano y Emilio García, de TVE, y a Isabel Zamorano, Arístides Carra y, ahora, Ana Reina, por facilitarme mi labor, a través de la UER. Tampoco quiero olvidarme del equipo directivo de Radio Clásica: Eva Sandoval, María del Ser y Clara Sánchez, quienes están llevando a buen puerto a nuestra querida emisora en su 60° aniversario.

Respecto a la bibliografía sobre el Tercer Reich, es tan vasta que solo citaré unos pocos trabajos consultados a modo de ejemplo, como las biografías de Hitler de Ian Kershaw, John Toland o Joachim Fest, las memorias de Albert Speer y Baldur von Schirach, la biografía de Goebbels de Ralph Georg Reuth, la de Göring de François Kersaudy (si bien la divertida anécdota del león incontinente la encontré en *Viajeros en el III Reich*, de Julia Boyd), la de Richard Strauss de George R. Marek, la de Reinhard Heydrich firmada por Robert Gerwarth y también *El joven Hitler que yo conocí*, de August Kubizek. También es muy recomendable *Richard Strauss y el nazismo*, de Xavier Güell. Un libro especialmente revelador es *Los músicos de Hitler*, de Pedro González Mira, con quien hablé en repetidas ocasiones sobre esta novela, y a la que aportó interesantes datos. Por desgracia, Pedro nos dejaría, tras una larga enfermedad, el 9 de agosto de 2025. Que quede aquí constancia de mi agradecimiento por su amistad y su valiosísima contribución a la divulgación musical en nuestro país.

No quiero dejar de señalar la *playlist* que acompaña a la novela e ilustra cada uno de sus capítulos. He incluido desde las consabidas obras de Wagner, Richard Strauss y la dinastía Strauss, hasta algunas de compositores perseguidos por los nazis como Paul Hindemith, Alexander von Zemlinsky, Kurt Weill, Hanns Eisler o Franz Schreker. En el caso de Viktor Ullman, Erwin Schulhoff o Hans Krása llegaron al extremo de pagar con su vida la sinrazón de la barbarie hitleriana. También he incluido obras inspiradas por hechos narrados en el libro, como *Un niño de nuestro tiempo*, de Tippett, dedicada a Herschel Grynszpan, quien asesinó a un diplomático nazi en París, lo que sería el desencadenante de «la noche de los cristales rotos», o *Metamorfosis*, de Richard Strauss, escrita tras la destrucción del Teatro Nacional de Múnich por los aliados. Y, por supuesto, se incluyen en esta lista numerosas grabaciones dirigidas por Clemens Krauss y algunas con la voz de su inseparable compañera, Viorica Ursuleac. Incluso puede escucharse muy brevemente la voz del propio Clemens, al final de *Perpetuum mobile*, en el capítulo LXII.

Por último, mi más sentido agradecimiento a mi esposa Irene, por haberse sacrificado tanto para que *El último concierto de Viena* vea la luz, y a mis hijos Maia y Mikel, a los que les prometo desde aquí que ahora tendré más tiempo para que juguemos al Scrabble. Y también a mis padres, Meli y Alfonso, por ser, desde siempre, mis más fieles y asiduos oyentes y lectores.

Madrid, 30 de abril de 2025,
en el 80º aniversario del suicidio de Adolf Hitler,
que condujo al final de la guerra en Europa